MEMORY HOUSE
记忆坊文化

美人在侧花满堂

下

MEIREN ZAICE HUAMANTANG

花清晨 著

江苏凤凰文艺出版社
JIANGSU PHOENIX LITERATURE AND ART PUBLISHING, LTD

图书在版编目（C I P）数据

美人在侧花满堂 ： 全2册 / 花清晨著. -- 南京 ： 江苏凤凰文艺出版社, 2019.1
ISBN 978-7-5594-2173-9

Ⅰ. ①美… Ⅱ. ①花… Ⅲ. ①长篇小说－中国－当代 Ⅳ. ①I247.5

中国版本图书馆CIP数据核字(2018)第107040号

书　　名　美人在侧花满堂
作　　者　花清晨
选题策划　北京记忆坊文化
统　　筹　姚　丽
责任编辑　白　涵　刘洲原
特约策划　暖　暖
特约编辑　诗　杰　绪　花
营销统筹　杨　迎
封面设计　80零・小贾
封面绘图　唐　卡
版式设计　段文婷
出版发行　江苏凤凰文艺出版社
出版社地址　南京市中央路165号，邮编：210009
出版社网址　http://www.jswenyi.com
印　　刷　北京中科印刷有限公司
开　　本　670毫米×970毫米　1/16
字　　数　760千字
印　　张　39.5
版　　次　2019年1月第1版，2019年1月第1次印刷
标准书号　ISBN 978-7-5594-2173-9
定　　价　78.00元（全二册）

影视版权抢订热线　010-57194853

目录

［三十］王府盛宴

蓝希凌被放走之后，相应的麻烦也接踵而来。

明经堂为了这事特地“召见”了她，虽然美其名曰闲聊，但在美仁看来，实则是试探。明经堂凌厉的目光直射在她的身上，两人各自想着心事。

那日试药之后，景轩就一反常态，命人封锁了夷山禁地的所有出口，似乎在查什么人，但是当着赵王爷、驸马爷等人的面，他却表现得什么事都不曾发生。那是他的儿子，他从小看到大的儿子，加上景升异常的举动，明经堂不难猜着。

明经堂知道他这个女儿很有手段，这么多日以来，他知道她了解很多事情，也知道她做的每一件事，却摸不透她的目的究竟是什么。上次景轩差点伤了她，她居然还敢为了那个捕头再次擅闯夷山，所幸她还算机灵，没有当众露出马脚，否则他也不能保住她那条小命。说是为了那个捕头，可是她所做的一切，却并不与明家产生任何冲突，相反在某些事上，倒是帮了他们不少忙。

不愧是他明经堂的血脉。

如今，一切都已经不单纯是他明家的事，不再是他一人说了算。当今太后、楚王、驸马爷及朝中的部分重臣，他整个明家上下，还有几万名将士的性命都赌在八月初五那一夜。所以就算他再宠溺她，楚王登基的大计也不容许有半点差池。

她与璇儿不同，若她是个男儿身，必定是他的另一个骄傲。但女儿家总有一天是要嫁人的，她与璇儿都是他至亲的骨肉，终是要离开这里的，他不能因为这件事，让她们任何一人有所闪失，这就是他的私心吧。

两人目光交流了很久，明经堂给美仁带来了一个消息：明景璇要出嫁了。

这事倒是让美仁吃了一惊，想到那日在水竹苑外听到景璇与景升争吵着说不肯出嫁，在夷山的时候，她也就是那么随口说说，没料到，乞巧节刚过不久，婚事就已经定下了，明家做事可真是雷厉风行。

明经堂以今后生意都以南方为中心为由，希望美仁去南方帮他拓展分店，与迎亲的队伍一同南下。美仁随口敷衍他，八月初五之前要她离开京城，根本不可能，更别指望她会护送那个臭丫头上路。

对方是江南最大的绸缎商之子，这门亲事一定下，明家就只是随便挑了个日子，送新娘子去杭州，对方也只是派了人过来代新郎迎亲，真正的新郎官都没出现过呢。

外面都在传，明家要不行了，要靠卖女儿来支撑庞大的家业。

美仁轻捻一片花瓣，心中冷嗤，联姻只是幌子，将明家的家眷转移出京城才是目的。

这几日，美仁心情大好，因为从今往后，她就可以不用再看见景璇这个令她生厌的丫头了，乐得她天天上万花楼与姑娘们行酒令。

景璇每日都哭得肝肠寸断，不吃也不喝，以死相逼，可明经堂不为所动，坚持要送她上花轿。

终于到了送新娘的当天，明家上下一片喜气洋洋，大红的喜字、大红的灯笼、大红的喜烛，眼到之处，都是一片喜气之红。

所有人都在忙碌着，最闲的莫过于美仁，一大早她就待在明府，不停地啃着今日出现最多的水果——苹果。

好戏开始上场了，她已经记不得这是她今天啃的第几个苹果，咽下最后一口果肉，在园中随手扔掉啃剩下的核，但愿来年这里能发个小芽，就当是她为某人送别的鉴证。

她拍了拍手，跟在明经堂身后去了景璇的闺房。

不顾景璇拼死拼活，明经堂命人强行给景璇换了嫁衣，喂了食物，怕她乱动或是半路跑回京城，他甚至封住她的穴道，命人一路看着她，而这人便是如妈。自然，那双腿残废的叶声泉，也要随着迎亲的队伍一同南下。

美仁看到了另一个明经堂，绝情的他、冷酷的他，比起那副慈父的样子，她反倒更欣赏这样的明经堂，够狠够绝够无情，想必当初他也是这么对娘亲的吧。

美仁有些坏心，在喜娘架着景璇出房门的时候，她早就退身立在园子里不远之处，待她们走近，她随手丢了一样不明物体，搀扶的两名喜娘与娇美的新娘子同时就这么直直地摔倒下来。

盖头落了，景璇手中的苹果和糕也跟着滚落。她脸上的妆早已因泪流满面而全花了，口不能言，躺在地上的身体又不能动。

一时间全乱了，女人的尖叫声四起。

喜娘和丫头们还没来得及扶起美娇娘，美仁已飞身至前，伸手扶起今日让所有人都注目的新娘子。

明家小姐又怎么样，拥有完美安逸的十七年的幸福生活又怎样，如今不过是个任人操纵的木偶，而她这个名不正言不顺的“明家小姐”不仅得到了她想要的东西，还可以强求更多的东西。

她将掉落在地的苹果和糕捡起，重新塞进景璇的手中，扬着唇，附在她耳边轻道：“好妹妹，东西可要拿好，这可是保你一路平安、到了夫家高高在上的好东西，可不能乱丢了哦。乖！好哥哥我这就送你上路。”

说完，她伸手捏上景璇花了妆的粉颊，稍稍使力，便瞧见眼前那双漂亮的眸子里一下子涌出泪花。邪恶的笑容在她的嘴角处荡漾开来，看到景璇怨恨的目光和委屈的神情，美仁有一种报复后的快感。

眨眼之间，那个红盖头就隔断了一切。

在鞭炮声中，新娘子被架着上了花轿，迎亲队伍开始吹吹打打。周围的街坊，平日里是不敢在明府门前多作逗留的，今日抢喜饼喜糖可是铆足了劲。

依照之前对明经堂的“承诺”，美仁跃上一匹枣红色的马儿，回首之间，明家的人都已在身后。依照规矩，明经堂是不能出来送亲的，所以送亲的人换成了景升与景承。

人群之中，景承似乎对周遭的事都不太感兴趣，他双臂抱胸，低着头，脚下不知在摆弄着什么。

她望见了一身锦衣的景升，明明他立在最不显眼的地方，可她就是一眼瞧见了。他蹙着双眉正盯着她看。她知道他在想什么，那日在夷山，他也叫她送景璇南下，可是她没有应他，今日却一反常态地主动送亲，他不禁疑惑。

美仁冲着他嫣然巧笑，抛了一个意味深长的眼色，然后回过首，夹了夹马肚，跟着送亲队伍缓缓前行。

这番去杭州的路程约莫要半个月到二十天，若是途中遇上一些麻烦事，耽搁了，起码要一个月，往返京城就要一个多月。再过几日便是八月初五，她要算准了日子，多一天不行，少一天也不可以。

挑了个艳阳高照的日子，她顺利地避开如妈和叶声泉的视线，脱离了明经堂安排的送亲队伍。其实她能这么快离开，多多少少要感谢叶声泉，若不是他牵绊着如妈，或许还没那么顺利——好似她想要做什么，叶声泉一眼便能懂她的心思。

快马加鞭，她连赶了三天的路，终于在八月初五这晚赶回了京城。

京城的每一处，如今她都很熟，摸到王钦若的府上更是不在话下。换了一身夜行衣，她直奔王府而去。

凭着脑中记着的那张地图，美仁很快便摸着了王府的位置。这王钦若受当今圣上恩宠，不过是四十岁生辰，排场却很大，远远便望见整个王府外围守卫森严。定睛细看，竟是殿前司禁军，这护府的禁卫军约莫有上百号人，原本她打算从后院混进，但那紧闭的后门门口居然也有不少禁军守卫。

虽然王钦若权倾朝野，一人之下万人之上，就算他再以小人之心度君子之腹设防森严，但仅今日一个生辰宴就动用了这么多禁卫军，也是不合常理的。看来今日这里的禁军需要保护的不是他王钦若，而是另有其人。

这么快这人就现身了，难道她来晚了？

避开两处守卫最多的地方，她打算越墙进府，于是找了处隐蔽的地方，这时，刚巧听见两名挨得最近的守卫在闲聊。

守卫甲：“唉，你说这里面的人在那儿大吃大喝，我们却要在这儿喂蚊子。”

守卫乙：“兄弟，上头交代的事，咱就得做，别心理失衡。说不准咱几个就立了大功，从此平步青云呢。”

守卫甲：“啥？兄弟，我看你还抱着你老婆在做春梦吧。这守卫一个府邸，能立啥大功？还平步青云？你当你是谁啊？”

“说了你都不信，”守卫乙四下张望，压低了声音道，“听说今晚圣上会来。”

守卫甲：“什么？圣上会来？你就吹吧。”

守卫乙：“瞧你，啧啧啧，你没见着那殿前司禁军都在前面守着吗？”

守卫甲：“这倒是……是啊，他们都守在光明正大之处，就咱这不入流的小兵才会被派在这里喂蚊子。”

守卫乙：“唉，兄弟，这是福，你懂吗？总比守城的那些兄弟们好吧？我今日意外听到都统领大人吩咐严守各城门，说是枢密院下的命令，调了很多兄弟去守城门，可能要发生什么大事。”

守卫甲：“怎么可能？啊——难道你的意思是说……今夜会有叛党攻城？！”

守卫乙：“嘘，小声些，若是让里头的人听见了，那可是要斩首的。谁知道呢，管他呢。”

守卫甲：“也是，兄弟，咱哥俩还是好好地守在这儿吧，不求平步青云，但求相安无事。”

美仁细细回味这两人的对话，不对，这整件事都存在一个很大的问题——她知道赵恒今夜一定会来，是因为王钦若的四十岁生辰，由此可以看出赵恒有多么恩宠王钦若。而王钦若选择在生辰宴上，将名噪一时的苏素姑娘献给赵恒，会更加博得赵恒的欢心。这样说来，王府周围会有禁军出现实属正常，但为何枢密院会下令派兵守城门？今夜楚王他们起兵叛变的事，怎么可能会有其他人知道?

以她那日在夷山所听到的及景升的回应，事情应该不是这样。

不对，整件事都不对……

今夜的生辰宴怕是个陷阱!

糟了！这事肯定已经败露了。

心中陡然一凉，她便提气一个纵跃，迅速进了王府。她知道他们今夜一定会起兵，但不知道确切的时辰，她要尽快找到他们，要找到景升，一定要。

没时间深究这王府比起明家格局怎样，她远远地瞧见那些官员一个个谈笑风生，她这身装扮不能接近，无法确认明经堂、景升或是景承有没有来。

她必须得找到一身衣服换下这身夜行衣，这时，来了一行人，为首的是个雍容华贵的女人，身后跟着几个小丫头。几个小丫头口中应着什么夫人，应该是那王钦若的妻妾。

突然，那走在最后面的一名小丫头好像踩着什么东西，一不小心将脚扭着了，手中捧着的鲜花全部散落在地。与之并行的另一名丫鬟停下低呼一声，小声责备她太不小心，幸好夫人没有看到，嘱咐她快快将东西拾起来跟上，说完自己先行跟上队伍。小丫头蹲在地上，将散落的鲜花一一拾起，并以手轻揉扭伤的脚踝。

美仁心中窃喜，真是上天助她。

她随即将那个小丫头敲晕，做贼似的将其拖至柴房，迅速脱了小丫头的衣裳换上身，散了头发，照着小丫头的模样，绾了两个小髻，理了理身上的衣服。

突然，她的手顿住了。

这好像是她这么多年来第一次穿女装，不知道是什么样子。唉，算了，此时哪有时间欣赏自己的衣着模样。

思忖着，她最终决定直接去正厅，跟上那位夫人，再做查探。将一切安排好之后，她捧着那篮鲜花，往宴席的方向快速走去。

这时，王府的人前来传话，晚宴即将开席，攀谈的宾客们一一入座。放眼扫去，美仁始终没有见到明经堂与景升，她明明在明经堂的书房内看到了王府的请柬，也亲耳听见明经堂吩咐下人准备厚礼，没道理不来啊。

在上席的位置，她见到了王钦若，身形瘦削的一个中年男子，眉眼间虽笑意盎然，但目光犀利如利刃箭矢。先前见着的那位雍荣华贵的夫人正坐在他身后右侧的位置，之前跟着的一群小丫头们都静静地立在她身后。

找到自己应该待的地方，她连忙垂下头，快步上前，如其他婢女一样，安静地守在夫人身后，目光小心翼翼地打量起四周，一定要在最快的时间内找到明经堂或是明景升。

这次晚宴是在王府的花园里，所有宾客都已入席，品尝着美酒佳酿，欣赏着歌舞。在座的大多都是朝中官员，有几位商贾美仁见过，都与明家有生意往来。她的目光不经意间扫到一位身着绛袍的男子，这人正是上次她亲眼看到从明家的药店里走出来的第二个人，他一直苦着一张脸，总是一会儿偏头望向正中上席的位置，一会儿偏着头望向左边，那方向正是王府大门的方向。

他好端端的在看什么呢？

宴席上，几乎每个客人的脸她都确认过了，没有明经堂和景升，除了那日在药铺见过的熟面孔之外，倒也瞧见了那位驸马爷的相貌，从外表看上去他是一个儒雅的谦谦君子。不过宴席上，有几个人的位置明显是空着的，也就是说还有人不在席间，离开的人会不会有明经堂和景升呢？

她不相信明经堂与景升都没来赴宴，想离开嘈杂的宴席四处去找找，忽然一个熟悉的面孔闪过，是明飞。明飞来了，那景升一定在。

她没由地松了一口气，方想跟去，这时听见一阵骚动，一声尖细高亢的声音响起："皇上驾到！"

顿时，所有人都惊住了，谁也没想到皇上竟然会出现在生辰宴上。他们一个个停止与身边的姑娘调情嬉闹，连忙从席间起立，出席跪倒一片，朗声齐道："吾皇万岁，万岁万万岁。"

终于来了。禁军守了这么久，当今天子终于出现了。

美仁跟着跪下，稍稍抬头，瞄了一眼当今圣上，正是当时她在树林里救的"韩襄"。他一点儿都没变，眉宇之间依然带着一丝忧郁，虽是一身便服装扮，但仍然掩饰不住一身的贵气，但也找不着一丝威严的王者之气。在美仁看来，他是一个不像帝王的帝王，儒雅而谦恭。

回过神，美仁再往之前明飞的方向望去，明飞不在了。

糟糕！她处的位置离皇上和王钦若很近，稍有动弹，都将对皇上大不敬，随时都有可能掉脑袋。

赵恒大踏步迈向上座，对着跪着的王钦若道了一句："爱卿，快快平身，无须多礼，今日朕只是作为挚友前来贺寿。"回转身，他朗声对着面前跪下的官员道，"众爱卿，平身吧。今日大可尽情畅饮，无须多礼，一切随意。"

一声"吾皇万岁万岁万万岁"之后，所有人恭敬地起身回到原来的座位之上。

王钦若改坐在赵恒的右侧，尚未坐下，只见他对着右前方拍了拍手，乐师们很快换了一首曲子。

美仁竖耳倾听，竟是来自波斯的舞曲。

紧接着，十几名衣裳暴露的舞娘上场了。一个个都是波斯舞姬扮相，上衣无袖，肚间无遮，裙子极短，露着光滑洁白的手臂和长腿，拧着露着脐眼的迷人小肚皮，露出的皮肤雪白而富有弹性，让人挪不开目光。随着乐曲，她们的藕臂、粉腿以及那诱人的纤纤腰肢在不停地摆动着，晃得在场所有的男人无不头晕眼晕，心都跟着一同飞扬。尤其是她们诱人的小肚皮上系着一根红绳，红绳之上系着一个小铃铛；光着脚的纤细足踝上，箍着一串串黄澄澄的金环，环上同样又挂满了小铃铛，一舞动起来，所有铃铛响动，发出十分悦耳的声音。更惹人的是，五光十色的灯火下，她们奇异的舞姿，甩首撩足扭腰拧股间，散发出种种妖艳诱惑的异域风情，与中原的舞蹈迥然不同，撩拨得人心间酥酥麻麻，瘙痒难耐。

在场的所有宾客都被这舞蹈惊艳住了，忘了品尝口中的美食，目光无法从这群散发着异域风情的女子身上挪开，完全沉浸其中。

为首领舞的那位舞娘，口中含着一枝艳红的花儿，出色极了，一看便是个世间不可多得的美人胚子。

美人虽是美人，即便是化了极为浓艳的妆，美仁还是一眼就认出来，她知道是怡素。

她望了一眼赵恒，他正眯着眼，嘴角轻抬，满意地盯着怡素看。

这个王钦若，果然很有手段，否则如何能得到赵恒的宠信。他能揣测到赵恒的一切需要，然后在第一时间内满足赵恒的需要，他给赵恒带来的一切都是新鲜的。

怡素的身子越转越快，身上的铃铛越扭越响，她的目标是赵恒。正当她要接近赵恒时，被两名带刀侍卫迅速拦下，寒白的刀光一闪，逼得她身体一颤，旋转了两圈，迅速地退开。

“无碍。”赵恒有些不悦，冲着两名碍了他好事的带刀侍卫挥了挥手，让这两个不识趣的家伙退下。

趁势，怡素扭动着身子又向前迈进，柔软的身体在赵恒面前仰面弯下，将口中的花取下捏在手中，以花在赵恒的下颔之处轻佻地迅速点了一下，在赵恒伸手尚未捉住她之前，她便勾着唇角，飞快地逃开了。

就这么轻轻地一点，点得赵恒心中痒痒的。他轻动了动唇，俯在王钦若的耳边低语几句，王钦若一脸谄媚，不住地点头。

美仁看了，在心中暗咒，这丫头知不知道她在挑逗的人是谁？该死的！他们难道是想利用她杀手的身份去刺杀皇帝吗？怡素虽然素来高傲，目中无人，但她聪慧过人，不至于笨到这种不知天高地厚的地步，扯上皇室纷争，到时连怎么死的都不知道，她怎么会接下这票任务的？

一曲舞毕，怡素便被安排到赵恒的身侧伺候着，众多垂涎怡素美色的宾客，此时此刻也只能眼巴巴地望着，将心中那份赤裸裸的欲望悉数压在心间。

美仁揣测着怡素的心思，以怡素的个性，美仁始终认为她绝不可能接这票任务，当务之急是要找到明经堂或者景升，在座的所有人她都看过，为何独独不见二人？

思绪混乱之间，她的胳膊肘被人捅了几下，她斜睨了一眼，是方才教训那名被她打晕的小丫头的同伴。

“你是新来的？阿兰呢？”那名小丫鬟低声问道。

美仁偏过头，小心翼翼地低声俯在那丫鬟耳边道：“我是新来的，阿兰她脚伤了，不能动，先回去歇着了，让我过来先伺候着。”

“那丫头总是毛毛躁躁的。新来的，你叫什么名字？”

“小符。”

“嗯，小符，放机灵点，待会儿要给各位大人添酒了，可别学阿兰那样，今晚到场的可是当今的圣上，其他的也都是达官贵人，绝对不能出了什么岔子。”那丫鬟压低了嗓音，一副大丫头自居的口吻。

美仁翻了翻白眼。

不一会儿，正如那丫头所说，要为各位大人斟酒。

美仁捧着酒盅，给那些大人们一一斟酒。孰料，其中一位眯着蒙眬醉眼，一只不安分的猪手趁她斟酒时，偷偷摸上她的臀部。她迅速避开，暗暗咬牙，她记下了这张脸，待会儿她一定会废了他这只猪爪。

那位官爷不依不饶，似乎还想占美仁更多的便宜，揽住了她的腰。她忍着怒火，在心中冷笑一声，再抬头，她已然成了一副斜眼歪嘴的模样，双眸的白仁比黑仁还要多，嘴角一直不停地抽搐着，背着灯火，乍看之下，要多恐怖就有多恐怖。

那位官爷瞧见如此丑陋的容貌，吓得一身汗，人也清醒了，即刻松了手，明明之前是难得一见的绝色佳人，怎么眨眼之间就成了这副模样？他不死心地再瞧一眼，比方才更恶心了，似乎还往他的身上贴来。这王大人不知怎么招的下人，这么丑的奴婢竟然允许她出现在今晚的宴席上。自认晦气，也不敢大声宣扬，他厌恶地将美仁推开。

转过身，美仁便恢复了正常表情。

不知方才是不是那位官爷的举动让那位大丫头瞧见了，她有些吃味，竟安排美仁去膳房洗盘子。哼，这对美仁来说是再好不过的时机。

她的目光又向怡素的身上瞄去，她答应过悦姨，若是见着怡素，一定会将她带到悦姨的身边。

“你怎么还在这儿？不是叫你去膳房的吗？”

自怡素出现，美仁的心思全放在了她的身上。

她回过头，是那个以大丫头自居的刻薄丫鬟。因为不想被人注意，在能自由走动之后，她特地找了个隐蔽的地方观察，却不想这个丫头这么阴魂不散。

“哦，我正要去呢。”不想惹出什么不必要的事端，她低头轻应。

“你磨磨蹭蹭到现在，还在这里偷窥，不会是安了什么不良的居心吧？”那大丫头仰着下巴，对着她吼道。

美仁低着头，翻了个白眼，懒得理她。

在那丫头看来，美仁是怕了她了。

“还不快去！”

美仁欠了欠身，迅速转身离开，却听到那个大丫头仍在身后喋喋不休地骂着：“跟阿兰那个小骚蹄子一个样，以为长了一张狐媚脸，就可以到处勾引男人了，也不掂量掂量自己几斤几两，以为老爷夸赞了几句，就了不得了——”

本想走开算了，但这个女人实在是欺人太甚。在明家待的时间长了，不代表她的猫爪就收起不利了。给她点颜色就开起染坊来，若是不好好教训她一下，她可是对不起悦姨。

离了不过十步之遥，美仁倏地回转身，扬手甩出，三根银针直射她的咽喉，只见那丫头来不及叫出声，便咚地一下栽倒在地。

这就叫作祸从口出，永远都不必开口，做一辈子哑巴好了。

四下无人，美仁走近取回三根银针，一脚勾起那丫头的身体，狠狠地踢向一旁的花草丛中，不到明日天亮是不会有人发现她的。

美仁皱了皱眉，直觉头痛，这赵恒都来了这么久，可她到现在还没找着明经堂和景升呢。不行，她一定要在怡素出乱子之前找到他们。

她凭着记忆中的那张地图，小心翼翼地在王府里一一探查。

探了王钦若的寝室还有书房及其他几处屋子，除了一些家丁、丫鬟之外并没见着什么奇怪的人。她往后院走去，在经过花园小径时，发现左侧屋子里亮着灯，她忽然听见里面传来一个清脆的女声，轻柔婉转：“景升哥哥，听说你病了很久，可惜佳如不方便去探望，现下你的身子可好了些？”

景升哥哥？那不就是明景升？

“嗯，好多了。”果真是景升的声音。

难怪她到处找不到他的踪影，原来他跑这里来私会佳人了。

屋门敞着，美仁放轻了脚步，贴近门处，里面的声音听得更加清晰了。

“哦，那……不知我差人送去的那些补药，你是否服用了？”

“有的，多谢佳如妹妹。”景升的声音一直都是温文有礼。

佳如妹妹？切!

美仁心中冷嗤一声，往门内探了探头，左侧坐着的正是景升。他正皱着眉，不停地以茶盖抚着汤花，轻啜一口，将茶盅放下，目光落在一旁的盆景之上。而那个叫他景升哥哥的女子正背对着美仁，看不清相貌，一袭粉色裙裳，从身影看，应是个可人儿。

这番情形，让美仁没由地拧紧双眉，自家兄弟的生死都快顾不上了，他居然还有闲情在这里与人家姑娘家调情。

这女子看似年纪不大，又称景升哥哥，想来是那王钦若的女儿。

“那就好……”这位小姐受礼教的约束，是个害羞之人，一时之间都不知道说什么好，羞红着一张脸，低垂着头，双手不停地绞着帕子，很是紧张，“再过一阵子，佳如就及笄了，我爹答应了，让我自己挑夫婿……”

景升抚着茶汤的手忽地一顿，眉头紧蹙，急忙断了王佳如的话：“自己挑夫婿？哦，这很好。佳如妹妹，那个……王大人派人说找我，可是你怎么会在这儿？王大人呢？”

“嗯……景升哥哥，其实是我找你……”

“你找我？”景升的声音明显提高了好些，双眉深锁，“你找我什么事？有什么话要同我说？”

“景升哥哥，我……我已经有了意中人，而他……他……”王佳如的脸越来越烫，烫得好似烧了起来，她真的好紧张，紧张到说不出下面的话。因为她想告诉景升哥哥，她心中的夫婿早已有了人选，而那人就近在眼前。

“有了意中人，很好啊。”景升心中开始烦躁不安，前来传话的人明明是王钦若的贴身护卫，那人应该只会听王钦若的吩咐，根本不是王佳如能随意指使得动的。

心中隐隐有些不安，一时间却又说不上来，他端着茶盅的手开始微颤。

这个男人，是痴呆吗？

这个王家小姐都这么明显表示了，人家是看上他了，想选他当夫婿，他还在这里揣着明白装糊涂，有模有样地喝着茶。

美仁愤愤地想着，再这么耗下去，明家有可能就要毁了，不如直接现身。

景升在看到她的那一霎，一脸愕然。

她瞪了他一眼，抬手一掌便劈向那位小姐的后颈，只见那位小姐的身子直接软下去，向前倾倒。无奈之下，景升只得起身接住王佳如。

“你怎么会在这儿？”景升疑惑。

“怎么？不可以？妨碍你了？软玉在怀很舒服是吗？”美仁讥道。

头一次看见美仁穿女装，虽是个丫鬟扮相，倒也让他惊艳。目光舍不得移开，他弯了弯嘴角，道：“这样的你很好看。”

“少贫嘴。我有重要的事同你说，跟我来。”美仁上前拽过他的胳膊，不顾他怀中还抱着个佳人，见他犹豫，她啐道，“丢下她会死吗？”

意识到她真的有什么重要的事要说，景升挑了挑眉，道：“跟我来。”说着他抱着王佳如一个纵身，飞往左前方阁楼的二楼。

美仁见他推门进了屋，跟着一个轻跃，跃上那阁楼，跟进了屋，在见着眼前的摆设之后，便气不打一处来，道：“看来你对人家姑娘家的闺房是熟门熟路了，怕是来了不少次吧。”

也难怪，谁叫他是明经堂的儿子，有什么样的爹，就有什么样的儿子，正所谓上梁不正下梁歪。

景升将那王佳如在床上放好，并点了她的睡穴，回转身便看向美仁。他蹙着眉心，双眸微眯，眼底隐隐浮现怒气，紧抿唇角一步步逼近美仁。

“干什么靠这么近？我有说错吗？”美仁压低了声音，抬眸之际正好对上景升略带探究竟味的复杂眼神。

“那份地图你不也看过？这里的每间屋子，你若是看了那地图都记不住，还好意思夜探王府？”他的语气里明显带着一丝怒气，以手挑开她已经有些散了的两个小髻，一看就是她匆忙之下梳出来的。

“喂，你干什么？别弄我的头发。”

“乱了。披下来挺好。”

“你真是越来越讨厌。”从他手中夺回一束发丝，美仁以丝带随意系好。

逼她贴在门上，景升双手撑在她的两侧，轻勾了勾唇，道：“方才你是不是吃醋了？”

“见鬼了你。”美仁猛地推开他，抿了抿嘴唇，“我找你有非常重要的事。你先告诉我，你爹为何今晚没来？”

“他病了。”

“病了？昨天明明还好好的，怎么可能就病了？”

“人吃五谷杂粮，说病就病，这也没什么好奇怪的。”

美仁决定不再多说废话，直接挑明：“你何时来的？整个王府外面围的全是禁军你有看到吗？”

“嗯，至少有一百人。”

“那你可知枢密院下令调兵严守各城门？”

闻言，景升顿时僵住身子，未久便反应过来，当下冲出屋子，在二楼的回廊之上被美仁及时拦下：“等一下，你想去做什么？在我的认知里，你不是一个冲动的人。我来的时候，是从那个方向进来的，我是听守门的两个人说的，但这两人不是禁军，也不是王府的人。”

“有内奸！”景升咬着牙冷道，“走。”

是的，有内奸，今晚实际是一个局，要将他们一网打尽的局。

好端端的王钦若突然会在宴席开席之前，派人引他来此，就是算准了，而王佳如只不过是王钦若用来拖延时间的一枚棋子罢了。该死的，他怎么会这么疏忽，他早该发觉，他都在干些什么蠢事？

他一把揽过美仁，单手扶着她的纤腰，未等她反抗，几个轻跃，便用轻功往她所指的方向飞去。

他问：“你是什么时辰来的？”

“戌时三刻。”美仁应道。

“戌时三刻……日入时分，我就来了，为何我没有察觉，该死的！”景升口中喃喃念着，握住她纤纤腰肢的手不知不觉中加重了力道。

立在屋檐之上，看清了王府外重重包围了的几圈禁军，早已不是那一百多人了。他额上、手上的青筋暴露，怎么也没有想到，除了他们自己人知道这事外，还会有谁知道，是谁出卖了他们？

“你们不是已经做好了万全准备吗？看看这里，少说也有三百号人，可不是你说的一百人而已，后面还会不会再有，都很难说。是人都知道皇帝身边的侍卫亲军不容小觑，更何况京城之内还有十万禁军。当今圣上能坐在那里神态自若地欣赏歌舞，就证明他已经胸有成竹，布下天罗地网。景哥哥，他们约定的究竟是何时？眼下还来得及，想办法通知他们撤吧，等过了这阵子，再从长计议……”

“来不及了，来不及了，来不及了……已经是亥时了……”

美仁顺着他的目光望去，朦胧的月光下，一个个刺目的白色面具正疾驰而来……

［三十一］生死一战

景轩不曾想到，迎接他的竟是一个个端着火铳的侍卫亲军，看来他们早已做好了准备，居然有人出卖他们！

没人能阻止义父登上皇位，就算是恩师也不可以。

前行的队伍受阻，眼前数百支火铳正齐齐地对着景轩和三百名兄弟们。景轩冷冷地扯了扯嘴角，高举手中的权杖，厉喝一声："所有将士们听令，只许前进，不许后退，违令者，斩！兄弟们，活捉狗皇帝，重重有赏！给我杀！"

"冲啊！"

"活捉狗皇帝！"

"杀啊！"

霎时间，好似惊雷震天一般，王府的正门一下子炸开了锅，三百名将士们手持马刀，冲入了那层层包围的禁军中。

战马嘶鸣，刀枪出鞘。

面对一支支射来的火箭，借着战马的冲力，景轩撞翻了好些个弓弩手，他一个纵身，跃下西域高头枣红色骏马，手中的权杖，毫不留情地挥开。

三百精兵，以一抵十，只为今夜一战。

城外守着的两万将士们，只等着信号发出，直取皇城。

就算是遭人出卖又怎样？就算是狗皇帝身边的侍卫亲军又怎样？他的楚军是不畏困险、骁勇善战的天下第一军队，他们有天下间最厉害的奇药龙奇果丹护身，眼前这些不堪一击的禁军算得了什么。

赵恒，过了今夜，就不再是大宋的皇帝！

在他明景轩的心目中，唯有义父那样胸襟开阔、有勇有谋、能屈能伸的大丈夫，才配坐得上那把龙椅。

王府花园内，沉浸在歌舞升平中的官员们听到那震天的声音，才惊觉发生了何事，顿时慌乱成一团，男男女女们，尖叫声成片，慌忙中相互奔走，意图逃离王府。

"保护皇上！"

"护驾！护驾！"

一时间不知从何处冒出数十名侍卫亲军，护在赵恒的周身，就连原先伏在赵恒脚边的怡素都被隔开了。

赵恒从椅子上站起，深深地闭了闭眼，原本他不信的，他不信大哥真的会叛变，会以逼宫的方式迫他让位，他知道大哥当初的逼不得已，可这么多年了，没料到他还是放不下。朱仙驿，原来抱着一丝希望能再见大哥一面，可是大哥要的却是他的命……

他不是无能，他从来就不是……

倏然睁开双目，他攥紧的拳头松开了，道："殿前都指挥使曹璨听旨，叛党之首，朕只要活的，其余叛党，一律杀——无——赦——"

"曹璨遵旨。"

怡素冷眼看着眼前发生的一切，望着身边这个全天下最具权势的男人，只需伸手，便可轻易取了他的命。可惜，她要的不是他的命，她今夜来此，只为了亲眼见到明家如何自取灭亡，只为亲眼见着怡符衣是如何的痛苦不堪。谁说天一族的女人毫无血性，杀父之仇不共戴天，她只为了今日。

明家人，你们都该死。

手中的权杖变得越发沉重，在激战中饮血变成了赤红色，景轩的身上也已经沾满了不知敌我的血液。

王府内外已然成了横尸遍野、一片狼藉的战场。

终于，景轩手握权杖出现在赵恒的面前，扬起手中的权杖，对着被众多禁卫军守护的赵恒道："你这个无能的狗皇帝，自登基以来，无所作为，年年与辽征战却只败不胜，上天瞎了眼，才会让你坐上那个宝座。今夜，我便要取你命来。"

"大胆！"所有禁卫军扬起陌刀。

"你究竟是何人？好大的胆子！"王钦若厉声道。

"废话少说，拿命来吧，狗皇帝。"说罢，景轩挥出手中的权杖。

这时，禁卫军中突然射出五条人影，五道青色的剑光闪电一般击向景轩，剑尖之上竟吐出长达三尺的青色剑罡。

景轩的左右腰眼、心房、肺部、腹部同时被利剑刺中，他们期待着长剑穿透盔甲刺入肉中，期待着五处利器破体声的同时响起，然而他们却失算了，手中的五柄利剑根本还停留在盔甲的外面。

景轩冷笑着，以肉身顶着剑，将那五名侍卫连连逼退。

"啊——"景轩运起内力，将这五人全数震退数丈之外，这五人口中狂吐鲜血，当场毙命。

"哈哈哈——"景轩仰面长笑，他有龙奇果护身，这些凡夫俗子如何挡得了他。

曹瑔面如死灰，难以置信地望着他精挑细选出的五名最厉害的侍卫亲军，竟是如此不堪一击。

赵恒心中一颤，不禁皱起眉头，强作镇定，大声道："给我拿下他，取其首级者，加官晋爵。"

"杀啊——"

景轩身后，楚军已经成功地冲入王府之内，赫然，三道同样戴着黄金面具的身影出现在他的身旁，其中一人拎着一个人头，猛地将那人头扔向众人的面前，血淋淋的模糊一片，那人头还睁着双目，一副不可置信的神情。

定睛一看，此人正是之前一直留意王府大门的昭武校尉严士远，赵恒与王钦若不禁往后退了数步。

心照不宣，景轩从同伴手中接过剑，将那颗人头挑起，运功挥出。转瞬间，人头没了，化作一片片血肉模糊的肉块，落在众侍卫亲军的眼前，即便是拥有再好的心理承受力，也很难不为这一场面作呕。

尖叫声随即而起，是随行的太监。

怡素杀人无数，但绝没见着这么恶心的场面，不免一阵作呕，往后退了数步。她倚着柱子，捂着嘴，生怕当场吐出来。

"所有将士听令，只许攻，不许退，否则这便是下场。"景轩当着赵恒的面，高傲地发着命令。

今夜势在必得!

"受死吧，狗皇帝！"景轩的权杖再度扬起，向赵恒挥去。

哧——一道剑罡震开那权杖，一道青衣身影挡在数十名侍卫亲军的身前，朗声道："服了龙奇果气力无穷，唯一的弱点就是眉心，取其命，必入眉心！"

透过黄金面具，景轩眯着眼，冷冷地望着突然现身的向昕，难以置信他竟然会知道服用龙奇果之后的死穴。是的，没错，龙奇果会让人气力无穷，但唯一的罩门就是眉心，而楚军之所以佩戴面具，除了不让身份暴露，这才是最重要的原因。

这个捕快果然不简单。

前些日子发现有人混进军营，他才下令封锁了几处次要的出口，费了好大的力气都没有抓到他，是为失策。不过，今夜既然他现身了，他就不会让他再有命活着出去。

景轩冷笑几声，道："又是你？看来你是嫌活得太腻了，前两次都让你逃了，这次，那就试试吧，看看是你的纯钧剑厉害，还是我手中的黄金权杖厉害。"说罢，他手中的权杖便直袭向昕的心口。

这次就是大罗神仙也救不了他。

“保护皇上。”

“护驾！护驾！”

领着精兵的另外三个黄金面具手中的剑并未停下，与数十名侍卫拼杀，一个接一个的侍卫亲军倒下，可是更多的禁军从四面八方涌来，将他们层层包围。

曹璨带着十余名侍卫护着赵恒与王钦若从王府后门离开。景轩击退了向昕，趁势杀出重围，追上赵恒与王钦若。但禁军的速度很快，又是一列人护在了赵恒的四周，景轩手中的权杖越挥越快。

向昕手中的纯钧剑也毫不示弱，一个个白色面具裂在自己的剑下，露出一张张蜡黄的面庞，位于眉心正中的位置一团黑气在涌动，让人惊愕不已。

怡素一直偷偷跟在护着赵恒的侍卫亲军身后，赵恒见着一脸苍白的她那副楚楚可怜的模样，心中有些疼惜，对曹璨吩咐，让她靠近些，命手下千万不要伤着她。

凄惨的叫声不绝于耳，楚军的三百名精兵很快就去了很多人，侍卫亲军死得更多，大大小小的官员及奴仆们一个个夺门而出，速度慢的便丧生在陌刀之下，整个王府在刹那间成了人间地狱。

“老三，你的女人为何还不动手？”景轩对着另一名黄金面具厉道，那人正是明家的三子明景承。

透过面具，望着一脸无辜、躲在赵恒亲卫身后看好戏的怡素，景承心中涌上一股无名怒火，她今夜究竟是怎么了？为何一夜之间突然就像是变了一个人似的？

“女人果然靠不住，尤其是像她这种女人。”未待景承反应，景轩就冷嗤一声，“养了一条狗，竟然反过来咬主人，这样的一条狗还有什么理由再留着？”

景承目光复杂地又看了一眼怡素，大哥亲自下了杀令，他也无能为力，只是可惜了这么个妩媚妖娆的女子。

怡素不知那黄金面具下的人是他，但她知道眼前那么多的面具之下，一定会有明家人，她嘴角噙着一抹笑，那是发自内心的笑意。

看着吧，禁军会越来越多，哼，看他们怎么逃，插翅也难飞。呵，他们明家万万不会想到，在她得知今夜会有行动的当下，便写了一封匿名信给王钦若大人。她就是要亲眼看着明家毁了，她要亲眼看着他们明家人死无葬身之地！

杀声震天，景升知道一切都来不及了，面对眼前高高的院墙，当下运功，只听轰的一声，将面前的一堵墙震了一个半人多高的大洞，墙外守着的几名士兵来不及反应，均已被景升封了喉。

美仁惊诧地望着景升手中的软剑，好快的剑法，这男人真是真人不露相。

“少主，你的身体……”

美仁与景升回转头，明飞正立于身后。

“无碍。我身体已经好了多半。”景升转首对美仁道，“这要多谢你的雪莲丹。”

“将军已经带着三百名兄弟杀进来了。”

“我知道。”景升从怀中摸出一块雕龙玉佩，塞进明飞的手中，急道，“带着它，去朱仙驿仙人庄，把这个东西交给楚王，他自然就会回京城。你给我找匹快马，不论你用什么法子，我要你在太阳升起之前带回楚王。快去！”

“等一下，这不是‘韩襄’给的那块玉佩吗？”美仁冲上前就要夺下那块玉佩。

景升及时拦住她，大声道：“别闹了，就当我求你，念在你体内流着明家血的分儿上，不管你心中向着谁，但求这个时候你选择明家。就要来不及了，若是楚王不能及时赶回京城，楚军将会全军覆没……”

美仁沉默了，轻轻地挣开景升的手臂，怨声道：“我本来就不想插手这件事。”

“明飞，速去速回。”

“遵命，少主。”走了几步，明飞好像又想到什么，回转身，将一面白色面具扔给景升，道，“少主，将就着用这个面具。明飞这就去了。”

白色的面具，在微弱的灯火映照下，更加惨白。

隔着面具，美仁道：“在知道一切以后，我根本就不会想怎样，这个天下谁当皇帝对我来说都一样，今日我来这里只有一个目的，我只想带走苏素。”

“看来你的速度很快，她就是艳门派出的杀手，你要找的人。嗯，那就跟着来吧。”景升先行往设宴的花园方向奔去，美仁紧跟其后。

当二人赶到之时，正碰着景轩手中的权杖砸向怡素，怡素惊呼着：“皇上救命！”

美仁在心中大喊“不可以”，施展“飞花逐月”，如闪电一般，飞向怡素，手中甩出数枚银针直射景轩。

随着楚军将士一个个倒下，景轩的心明显变得烦躁起来，正当他想一杖击毙那个背叛他们的女人时，却没料着，又凭空闪出一个人和他作对。

以权杖挡住了飞来的数枚银针，待他看清了来人之后，心中的怒火炽烈地焚烧起来，这个丫头，身为他的妹妹，竟一次又一次地与他作对，与他们明家作对，与楚王的将士们作对！上次混进夷山禁地的账，他还没和她算，今日竟然又来坏他的事。

“又是你？！”景轩怒斥一声，手中权杖指向美仁，孰料，只是一个分神，一道寒光迎面而来。

向昕眼见美仁出现在这混乱的局面之中，一颗心当下提了起来，手中的纯钧剑猛烈地劈下，只见一道寒光破空而出。

啪的一声，景轩脸上的黄金面具应声成了两半。

众人在见着那面具背后的面孔之后，无不倒抽一口冷气。那张脸，自左眉延至左嘴角一道又长又深又惊心的刀疤，其间还有几道小一些浅一点的刀疤左右纵横着，最怵目的是右半张脸，全是抓痕，那抓痕像是为猫爪利器所伤，眉心正中一团黑气从额头扩散至颧骨。

美仁已经觉得那根本就不是一张脸，眼前的这张脸比都桓的那张看来更让人毛骨悚然，尤其还是在这样一个夜晚。

不但是美仁，就连刚刚赶到的景升也怔住了，这是自大哥戴上黄金面具以后，他第一次见到他的脸，曾经那个意气风发、英俊非凡的明家大公子，他最崇拜的大哥，脸为何会变成这样……

景承也呆住了。

明经堂在看到景轩的脸之后，握着剑的手开始颤抖，颤着唇道：“你的脸……”

“哈哈哈——”景轩怪笑着，五官被刀疤扯得有些离了原位，握着权杖，再高举起，大声喝道，“所有将士听令，只许攻，不许退！”很快身边就响起一番声嘶力竭的厮杀。

或许这就是天命，在楚军命门的秘密暴露之后，那些个精兵很快一个个倒下。

明经堂手中的剑犹如疯了一般，剑花点点，肉血横空直洒。他无法接受他最优秀最值得骄傲的儿子，竟然成了这副模样。

美仁往后退了数步，挨近怡素的身子，拉起她的手，道：“跟我走！”

怡素挣扎着，不想跟她走，一双美目又投向赵恒求救。

无暇顾及这位美艳妖娆的女子，赵恒望了几眼面目狰狞的景轩，印象中大哥手下没有这样忠心义胆的将士，在一行人的护卫之下，他带着满腹疑惑退往王府的出口。

向昕手中的纯钧剑原本是不沾无辜之人的鲜血，可是这一次，他不能，这是唯一一次可以替蓝家灭门一案翻案的机会，也是宣告自己清白的唯一机会。

那些禁军根本不是景轩的对手，中杖者均是一杖毙命。

黄金权杖直向怡素挥去，美仁迅速地拉开怡素，错身避过那一杖，身未转，又是一杖袭来，来不及闪躲，眼看那权杖就要击向她，忽然一剑将那权杖挑开。

是景升。

拼尽全力，景升以剑连逼着景轩隔空退了数十步之遥，他以只有他们两人可以听到的声音说道："快让城外的两万将士退下，情势有变。"

"你知道你在说什么吗？连你也想背叛楚王？！"景轩低声怒吼。

"快点撤离。"

"……"

"留得青山在，不怕没柴烧。"

"……"

"大势已去，难道你想看到更多的人死吗？"

这时，随着砰的几声巨响，远远地，一个信号弹破空而出。

景轩迟疑了："攻城了……"

"快走！"景升以剑逼开他，转身以剑挥向明经堂等数人。

被十余名侍卫亲军包围，再面对景升挑过来的剑，明经堂全身的怒气燃至极点，恨不得一剑杀了这个孽子，这种时候，他竟然选择背叛。

一剑刺出，银光如链。

明经堂厉叱一声，身形倏转，衣角蓬飞，手腕反转，一片冷森剑气，直向景升席卷过去。

这种情形，景升无法解释，只得硬着头皮接下那一剑。

两剑相交，火花四迸。

明经堂手中的那柄剑，气势不变，直向景升的腰际横切过去，同时要避开另一名楚军将士劈来的刀剑。景升犹如泥鳅一般灵活地反转身，软剑轻抖，手腕倏转，背手接剑。

如此轻柔的剑法，明经堂再熟悉不过，这是二弟叶声泉的成名剑法"叶下无声"。他顿时怒火中烧，狠狠地削出一剑，不偏不倚，削去景升胸前散落下的一束发丝。

景升胸前的衣襟也被划开，只差一点就削至他的肌肤。

他委实大吃一惊，他所使的每一招都是以防为主，明经堂不会看不出他的每一招每一式都不会伤及他们任何一人。

只听咔嚓一声，景升手中的软剑应声断为两截，剑尖向上猛地弹起，下半截至剑柄则仍执在手中。

紧跟着，明经堂又是一剑，景升心下惊愕，倒退不迭之时，他当机立断，二指下钳，稳稳锁住飞刺来的长剑，顿时指缝间血落如胭。

此时两人身距不过三尺，明经堂咬着牙，低声怒道："你这个孽障！"

隔着面具，明景升真不知该如何解释眼前的事情，若是不狠下心，明家将不复存在，那城外的几万将士也将全军覆没。

无视明经堂的怒气，无视两指之间殷红的血直流，甘冒所有人的不理解，他以指硬生生折断了那柄剑。

［三十二］情随风逝

由于怡素一直在挣扎，美仁拖着她着实费力。景轩的武功她领教过，再加上他服用过龙奇果，即便是她和怡素两人联手也绝不是他的对手。

她以手扣住怡素的脉门，这时，空中响起一记信号弹，她抬首望向乍亮的天空，城外的将士就要攻城了，如今这个局面，再耽搁下去只有白白送死。

忽地，景轩发出一声怒吼咆哮，她回首，发现数步开外，景升替她挡下一杖，她倏然怔住，因为景升不仅仅是替她挡剑，而是完全站在朝廷这一边。方才他还很紧张所有楚军，为何这一刻他会出剑反攻景轩、明经堂以及那些戴着面具的自己人？他甚至还硬生生地以指折断了明经堂手中的那柄剑！怎么会突然变成这种局面？

分神之际，又一柄长剑向她刺来，是另一个戴黄金面具的人。那人与她纠缠，她手中的弯刀划过，震开那人的长剑。那人的剑招不似景轩那样必置她们于死地，每一招只是在逼她松开钳制怡素的手，这让她想起在别馆时，她与景承的交手，也是这种情形。

这人是景承？！素来不管明家事的景承，在最后关头，竟也出了手……

这一次替她挡剑的是向昕，向昕始终护在美仁的身边，但两人没有机会说上半句话。

美仁手中的弯刀收了势。怡素故意装作不会武功，美仁虽不明白景轩为何要杀怡素，但她知道这丫头肯定又做了什么坏事，气愤之余，她封了这丫头的穴道，强扭着她往出口退去。

这时，整个夜空被映照得更加透亮，数不清的火铳对着楚军……

回首望着众多火铳对着楚军，美仁咬了咬唇，在心中念着：谁当皇帝都与她无关，她只要带怡素安全离开就好了，只要悦姨不再暗自神伤就好了，或许从此以后她可以和昕大哥冰释前嫌，远走天涯……

可为何心中总是放不下他们……

她不是怨他们的吗……

他们不会有事的，他们不会有事的……

他们也可以顺利离开的……

终于，护着赵恒的一行人顺利离开犹如人间炼狱的王府。

眼见赵恒在一行人的护送之下踏上了龙辇，向昕提气正要追去，美仁毫不犹豫地选择阻止他。

“美仁，你为何要拦着我？”向昕不解地问。

美仁皱着眉，不悦地道：“昕大哥，你等了这么久，只为了在今夜这样一个时机去告御状吗？”

“若不是为了替蓝家翻案，为自己洗刷冤屈，我何须守在京城过这两个多月见不得光的日子？”向昕深吐了一口气，他知她矛盾，但是他不能失了这次千载难逢的机会，“有什么话，等会儿再说。”

“不行！”美仁毫不犹豫地拦住他。

眼睁睁地看着龙辇越行越远，向昕拧紧双眉盯着美仁，半晌方道：“我知道，你的心会向着他们，我不怪你，但是你知道吗？我身为一个捕快，却眼见那么多条人命惨死在眼前而无能为力，他们全都是杀人凶手，我不可能眼见他们逍遥法外！”他的声音越来越大，说到最后竟似在咆哮。

“哪里逍遥法外了？你没见着他们受到报应，死的死伤的伤吗？”美仁也忍不住地对吼。

“但是他们也逃了，不是吗？他们若不是狼子野心，又何以会招来今日这样的结局？”

一阵嗤笑，被点了穴道的怡素虽然不能动，但嘴巴不饶人，倚着墙边出言讽刺二人：“哟，小情人吵架了，真是让人叹息啊。”

“你闭嘴！”

“你闭嘴！”

美仁与向昕在同一时间怒吼而出。

嗤，眼见此情形，怡素乖乖闭上嘴，斜眼看着他们，期待他们能说出一些让她为之“欢愉”的话语来。

“是你告的密，对不对？”美仁终于忍不住指责向昕。

“你在说什么？”向昕难以置信地望着美仁，或许是两人太久没有在一起，两人之间发生的事太多了，竟会让她以为是他告的密，“虽然向某不敢自居什么侠义忠良，但也绝非那种卑鄙小人。一直以来，对于他们密谋之事，向某也绝非百分之百的把握。今夜他们会起兵谋反，向某也是不久之前才得知。若向某早就知晓，何须方才去追圣上？若我早就知晓，就一定能见到朝中的那些大人吗？就算能见到他们，不费一番力气，我就一定能知道那些大人与他们毫无牵连吗？蓝家的案子草草了结，没有人敢接手翻查，我和希凌一直在逃命，被逼着自己去查这件案子，任何事都没有十成的把握，我都不会轻易再冒险。若是我告的密，必为时已晚，今夜圣上也绝不可能活着从那里走出来。”

美仁的脸色变得异常苍白，不是他……可是，若不是遭人出卖，今夜不会变成这样。经过今夜，明家以及夷山之北的那些将士们，究竟能有多少生还的，一切都难以预料。

她不想过这种一日比一日更伤神的日子，没去蓝家之前，想怎么逍遥就怎么逍遥，斗茗、找姑娘玩行酒令、耍耍那些有钱人，赚她的银子，日子过得快活赛神仙。

“昕大哥，这件事就到此为止吧，你放弃吧，那个蓝德宗也是罪有应得，若不是他私下欲与契丹人勾结，也不会弄到家破人亡的地步。”

“罪有应得？什么叫罪有应得？或许他是做了很多天理不容的事情，他是该死，可他的家人呢？那么多条无辜的性命，我不可能眼睁睁地看着不管。我第一天成为捕快之时，便立下重誓，绝不让任何一个歹人逍遥法外！”

“继续追究下去的结果是什么？你已经看到了，他们不是已经兵败了吗？”美仁的声音陡然提高了些许。

“美仁，我能理解你的心情，所以我不求你做到大义灭亲，但请你也不要拦着我。所谓国有国法，一日不见他们伏法，我一日不会放弃。”

知道再谈下去也不会有什么结果，美仁深吸一口气，道：“昕大哥，我累了，不想再留在这里，一日都不想，我们能不能离开这里再说……”

向昕知道，若是他应了她，就表示他要随她离开。在蓝家的事没有解决之前，在没有亲眼见着他们伏法之前，他不能走，唯有忍着心中的痛，道了一声：“对不起……”

美仁瞪大双眸，不敢相信向昕竟然拒绝了她。胸腔中陡然涌出一种难以言喻的情绪，双眸之中好似喷出火焰，她逼近向昕，怒道：“你说什么？你再说一次！”

向昕咬着牙，再一次道：“对不起……”

她期盼了很久的男人，却为了不相干的人以及他所谓的什么正义之气，选择离开她。亏她时时刻刻都惦念着他的安危，亏她甘冒生命危险去救他，亏她想方设法也要保蓝希凌一命，她甚至还傻傻地想将来与他浪迹天涯，做一对神仙美眷。原来这一切都是空想，不，不是空想，而是她的奢想，是她自作多情的奢望罢了。

忽然间，她不由得笑出声，那是一种怆然的笑。她一字一句地道：“好，好，好一句对不起，我明白了，是我奢望了。既然昕大哥还有气力，还不太累，那么就祝昕大哥好运，能追上当今圣上的步伐。美仁就此别过。”

向昕面色一变，握住纯钧剑的手一颤，缓缓举起手想要拦住美仁，却只能僵在那儿，慢慢垂下。

美仁决然转身，挂在嘴角的笑容隐了去，面对着满脸嘲讽的怡素，她一怒之下强拉过她的胳膊，拖着她便往另一方向离去。

向昕僵立在原地，望着美仁离去的身影渐渐消失在夜幕之下，他抡起拳头狠狠地捶在墙壁之上……

客栈内，怡素躺在床上，望着刚换好女装的美仁，讥讽道：“那就是你千挑万选的男人？”

美仁只顾着整理身上的衣服，连看都不看怡素一眼。

“她一直夸你有一双慧眼，我看你不但没有一双慧眼，反而是瞎了眼，瞎了眼才会挑上那样的男人，木讷、无趣、不解风情，最要命和最难让人接受的是，他还是一个死脑筋。”身子虽不能动，只能两眼望着床幔，怡素那张嘴可是一刻也没闲着，最重要的是，她不会放过任何一个挖苦诋毁美仁的机会。

美仁停下手，虽嘴上没搭理怡素，但在心中回道：昕大哥不是木讷，不是无趣，不是不解风情，而是有原则，以至于死脑筋到让人无法接受。

“怎么？昨夜都那样了，你还不死心？还想着他？还指望同他死灰复燃再续前缘？”怡素尖锐的声音再度响起，“不过也难怪，一直都是个长不大的毛丫头，要胸没胸，要屁股没屁股，还整天一副野孩子的装扮，有男人能看得上也就怪了，难得遇上个高大俊朗的男人献殷勤，想不动心都难。不过以后你就不用担忧了，如今也总算有个女人的样子了，啧啧啧，回倚笑楼挂牌，保准你那屋的门都不用关的。”

“如果你想下半辈子都开口说不了话，我想我不介意让你闭嘴。”美仁淡淡地回了一句。

怡素的话字字句句都戳痛了她的心，怡素说得没错，她是没有死心。昨夜一夜她都没有睡着，脑中反复回荡着“对不起”三个字，或许她中了向昕的毒，也成了一个死脑筋的人。但就算没有死心又如何，都是命中注定，她同娘一样，命中注定要被男人遗弃。

她心中起伏不平，望着窗棂上投进的一缕阳光，缓缓走过去，打开窗，阳光四射。这就是八月初六的清晨，原以为这样的清晨，会是别样的重新开始，可她还是错了。

长舒了一口气，背对着怡素，她绾了个简单的发式，这是同奉剑学的，如今整个京城变了天，外人都知道她是明家的义子，她再不能以男子的模样出现，只能换回女装去探探情形如何。

“呵呵呵，瞧你那副没了男人后失魂落魄的怨妇样，你哪里值得她夸你？”怡素又讥道。

“究竟谁是怨妇，等到了杭州，自然见分晓。”回转身，美仁扯了一抹冷笑，论吵架，她可不会输给这个不知好歹的丫头，“你就乖乖地给我在这儿躺着好了，要是想男人伺候你，那就等我回来，包你满意。”

她抬了抬嘴角，嘲弄完转身打开房门，这时，身后怡素不甘示弱的声音再度响起：“好姐姐，别说我这个妹妹没忠告你，他与蓝家小姐孤男寡女地独处了那么久，再加上蓝家小姐那一脸的狐媚样，勾引男人的手段我看也不比你我差，就算你那听大哥再正人君子，这干柴烈火的碰在一起，怎么也会发生点什么事吧。”

蓦然回首，美仁将桌上的一壶茶水及茶盅全数掷向躺在床上的怡素。由于美仁的力道很大，啪的一声，茶盅撞在墙上，顿时成了碎片，随即怡素的尖叫声响起：“怡符衣，你这个死丫头，难怪他不要你，因为你根本就不配！有本事你别困着我，有本事我们决一死战，我要杀了你，我一定要杀了你——”

怡素尖锐的嘶吼声似要将这屋顶震碎，引来隔壁客人探究的目光，美仁以脚将房门用力踢上，阻了那些人好事的目光。

美仁慢慢走回床沿坐下，以手轻轻地将怡素脸上的茶叶及茶水拨开，理了理散乱在她面颊上的发丝，似笑非笑，寒意逼人。

这样的笑容让怡素冷不防打了一个寒战，道：“你想干什么？怡符衣，你这个疯子，拿开你的脏手，别碰我。”

美仁从怀里摸出弯刀贴着怡素的脸颊，来回磨蹭，瞅了一眼寒光森森的刀面，声音冰冷到了极点：“怎么，怕了？有胆子从一睁眼就说到现在，这会儿怎么就怕了？你知道你现在像什么吗？肉砧上的肉。信不信你再说一句，我就割了你舌头？还是你选择让我划花你这张如花似玉的脸蛋？”

靠近她的面孔，美仁满意地在她的双眸中看到了恐惧。

“你敢！你要是敢这么做，我娘不会原谅你的。”

“终于知道叫悦姨一声娘了？怎么，只有要死的时候才会想到她，想着叫一声娘？你不是很有骨气很有节操的吗？”

“你这个疯子——”

“是啊，我就是疯子，你最好小心些，要是惹了我一个不开心，我真会那么做。这世上有种东西能使鬼推磨，我不会傻到自己去做，即便是做了，也不会让悦姨知道。”

怡素只能狠瞪着一双美目，却不敢再多说一句。

美仁从怀中摸出一个瓷瓶，倒出一粒药丸，掰开怡素的红唇，硬生生地将药塞了进去。

"你给我吃了什么？"怡素连吐了几下，可那药入口即化。

"绝命曼陀罗。"

"你——居然给我吃这种毒药？！"

"你诡计多端，不这样，怎么绑你回杭州？不知好歹的丫头，你最好给我安分些，乖乖地等着我回来。"

"怡符衣，你会不得好死——"

"多谢你吉言。就算我死，也要先看你死。"

［三十三］成败论人

砰砰砰——

隔壁屋子响起一阵急促而粗鲁的敲门声，接着就是一声大吼："都出来，给我进去搜！"

美仁闻声脸色一变，顺势点了怡素的哑穴，对怡素道："不想节外生枝的话，你这双眼睛就安分些。"

与此同时，屋门被人撞开。

回首，她便见着几个官兵立在门口，为首的男子粗声道："朝廷捉拿叛党，请这位姑娘外面说话。"

她缓缓偏过头，一点儿也不急着起身，对着那几位官兵娇喉轻啭，诚惶诚恐地道："几位官爷，对不住，民女方才不甚将茶水打翻了，请容民女收拾一下。"

将床上摔碎的茶壶茶盅碎片一一拾起，盈盈起身，美仁放下碎碴，扭着腰肢缓缓走向当中带头的一位官差，有礼地欠了欠身，嫣然一笑，道："民女的妹妹身染重疾，民女带着她前来京城治病，不知发生了何事，惊动了各位官爷？"

官兵们见着美仁这一笑，眼睛全部都看直了。如此一位佳人，怕是那万花楼里的姑娘们都要逊色几分。瞧！如扇般的长睫，一汪似水的黑瞳，眼底透着不明所以的惶恐，这副楚楚可怜的模样让人不禁心生怜爱。

为首的官爷不禁倒抽一口气，挺直了身体，结巴道："姑……姑娘，不……不必惊慌，昨夜京城内出现叛党，我等只是例行搜查，姑娘可曾见过这几个人？"

那位官差抖出三张画像，美仁轻瞟了一眼，竟是明经堂和景承的画像，还有一位她并不熟识，没有景轩的，没有景升的，也没有鱼海浪的，莫非他们……

她暗暗咬了咬唇，好容易平复住胸腔内不停猛跳的心，轻摇了摇头，道："回禀官爷，不曾。"

"哦，我们也只是例行公事，姑娘不介意我们细搜一下吧？"这位官差完全没有之前在隔壁屋大呼小叫的架势，就连开口说例行搜个屋子的语气都变得轻声细语，生怕惊吓了佳人。

美仁心系明家一干人，回过神，轻应："啊，这是当然。"说着，她便垂着头缓缓退居床沿，以眼神警告怡素。

无奈，怡素只得乖乖闭上了眼。

那几位官爷虽说是例行公事搜查一番，可是一个个双眸时不时瞟向美仁，在看到床上同样躺着位绝色佳人时，不禁又是一阵倒抽气。

这对姐妹花长得可真是祸国殃民啊，几个人在屋内磨蹭了半晌，方依依不舍地离开。临行前，官差的头头还不忘对美仁嘱咐，若是两姐妹有何困难，尽管去开封府衙找他。

终于，门合上，屋内又恢复了之前的宁静。

美仁走到床前，只淡扫了怡素一眼，便匆匆离开屋子，立在走廊之上，眼见那些个官兵还在楼下一个个盘查，并未离开，为了不节外生枝，她只能选择从客栈另一侧隐蔽的窗户处离开。

出了客栈，美仁才知道一夜之间，京城已发生天翻地覆的变化，到处都是官兵，无论走到哪儿都能看到通缉明经堂他们的告示。

她绕了几条街巷，终于到了明府那条巷前，明府的大门上并未被贴上封条，这倒是让她有些匪夷所思，除了门前守着两位官兵，来回还有好些走动的官兵。

兵变失败，明家应是被抄了……

望着明府那金灿灿的匾额，美仁的胸口一阵抽动，似被千斤巨石压住，透不过气来。

明家被抄了，那里曾是她待过几个月的家，被抄了……

家人生死未卜……

想到竹芙园，毫不犹豫，美仁直奔那里，同样有官兵把守，不过人数不多，正巧听见两人在闲聊，声音十分熟悉。美仁定睛一看，正是那天在王府后门把守的两位。

"真不知道在这里守什么？明摆着是耍我们，要人人没有，要银子银子没有，还指望着能剩下个古董花瓶什么的，他大爷的，只剩下空空的几间破竹屋。”

“也不是啊，还有那一池莲花，据说当初这明府的当家的为了讨其夫人欢心，从老远的南方给运回来的，瞧，还有那一园子的美景。”

“我说兄弟，你是有意气我吗？这是一座空宅，连只死蟑螂都没见着。你没听守明府大宅的那些兄弟们说吗？明家的人该跑的早就跑了，是早有预谋的。谋反是诛九族的死罪，他们怎么还可能再回来？美其名曰让我们守着，说是叛党会出现，实则就是看咱哥俩不顺眼。这京城有谁不知那叛党的首级都挂在城门之上，要抓余党，怎么也得上城门那儿去守，这破园子守着何用？要是去守明府大宅，好歹还能捞些东西。”

叛党的首级都挂在城门上？

美仁浑身猛地一颤，通缉令上没有见到景轩、景升和鱼海浪，莫非他们已遭遇不测……这样一个念头，让她心中的担忧转为无限的恐惧。不会的，他们武功那么高，应该可以逃掉的，城门上悬挂的叛党首级会是其他人的，不会是他们，不会……

浑身的力气仿佛被全抽走了一样，美仁不知道是怎么离开那里的，她不再放任自己胡思乱想，决定去城门看一看。

她一心念着叛党首级悬挂在城门之上，急着离开，却没有听到那两人最后还说了一句话：“守着明府大宅，是为了守住关在明府里的人。”

美仁拉住一位急匆匆赶路的男子，问道：“这位小哥，听说昨夜出了大事？”

“是啊是啊，昨夜参知政事王大人生辰，谁知府中遭遇刺客，听说是刺杀当今圣上的，那些个叛党连王府大宅都给毁了。”

“那……抓到那些叛党了吗？”

“有几个逃了，抓了几个，不过当场正法，斩首刳肠，断四肢，昨儿半夜就分挂几个城门，以儆效尤。首级在西水门，这不，正赶去看看是什么人呢。听说其中一个叛党的脸全毁了，听上去就怪吓人的。”说着那人急匆匆往西水门的方向跑去。

有一个人的脸全毁了？

美仁的脑袋一阵嗡嗡作响，说的是景轩吗？

不假思索，她跟着那人一路狂奔向西水门。城门被封了，远远地，她便瞧见五个人头被悬挂在城门之上。城门之下，黑压压地挤着许多人，对着那五个人头指指点点。

费了好大的力气，美仁好容易挤进能看清那五个人头脸面的地方。

第一个，是景轩，那张狰狞可怕的脸，是他没错，混夹着干涸的血迹，那张脸让人看了夜里都会做噩梦。

她咬着唇，极力克制着情绪，把目光转向第二个，那张脸不认识。下意识地，她松了一口气。

第三个，是鱼海浪，那个疼她宠溺她、说话大声、没事就会死命拍她的鱼三叔。

那种心情、那种感觉，只有在萧山娘死的时候她才体会到的痛，再次袭上她的四肢百骸，她用了整整十年才渐渐淡忘的疼痛又一次尝到了，也只有曾经尝过，才能真正体会出那种失去的痛到底有多痛。

原来，她一直把他们当作自己的亲人……

双拳紧握，十指深深地嵌进掌心，她深深地闭起双眼，竟然没有勇气看向第四个和第五个人头，就怕看到了不想看到的……

“真没想到紫玉山庄的明大善人一家子竟然是叛党，真是人不可貌相。”挤在美仁身边的两位妇人指着城门上悬着的人头议论开来。

一位胖胖的大婶压低了声音，道：“可不是哟，以前明家大公子做官的时候可威风了，那真是一表人才，上门提亲的姑娘家怕是要踏破了明家的门槛，瞧！如今却成了一个罗刹。”

另一妇人同样压低了声音，接着道：“我说呀，这面善有个屁用，长了一副狼心狗肺才可怕。”

“你是说那二公子？”

“可不是？你看那明家二公子，相貌俊不？那是一等一的俊。虽然整天绷着个脸，脾气怪里怪气，可就是惹姑娘家喜欢，是个女人都夸他。但这一切都是假象，完完全全的假象，”那位妇人将声音压得更低了，“长得像他这样俊的人，有谁能猜到他是一个忘恩负义、背信弃义的小人？竟然出卖自己的父亲兄弟，你说这样的人可不可怕？”

“王大婶，你也不怕这话说出去要砍头，他那叫大义灭亲。”回应的声音同样很低。

“话是没错，可那城门上挂着的是他血脉相连的亲人哪，被斩首刳肠断四肢啊，还有父亲兄弟全都被通缉呢，就他一人没事。其实我说啊，还不是他自己贪生怕死。唉……”

美仁猛地抬起头，睁大了双眼，仔细盯着城门上第四和第五个人头，那两张血淋淋的面孔完全是陌生的，没有景升和明经堂。那晚，她急忙带着怡素离开时，无意中瞥见他手中的剑对着楚军，原来那不是她眼花，那也不是她的幻觉，那都是真的。

不可能，他怎么可能会背叛明家，背叛楚王？以他的个性，他绝非这两个长舌妇口中所说的忘恩负义、背信弃义，还有贪生怕死之辈，这绝不可能。

喉咙微动，她忍不住往那位王大婶身边挤了挤，小声问向她：“大婶，想请问，那位明家二公子现在身在何处？”

那位王大婶惊愕地望着美仁突然凑过来的头，结巴着道：“你……你……你是谁？怎……怎么可以偷听别人讲话？”

“大婶您莫惊慌，我不是坏人。只是带着亲人上京城来求医，不想遇上这么大一件事，一时好奇而已。”美仁浅浅一笑，一脸真诚的模样。

“吓死我了——”这位王大婶不停地拍着胸口，眼见这位姑娘美若天仙，出尘脱俗，绝非恶人，忍不住附在她耳朵旁戏问，“姑娘你为何就好奇这明家二公子，莫不是也觉得他长得好看？”

美仁微皱了皱眉，有些厌恶，佯装一脸迷茫地望着这位王大婶。

王大婶瞧见美仁这副不谙世事的模样，肯定是被那明家二公子给迷惑了，便开始喋喋不休：“姑娘，瞧你的模样不食人间烟火，可别被人骗了。他那种人连自己的亲妹妹都不放过，听说啊，是为了避家丑，才将妹妹嫁人了。姑娘可不要泥足深陷，他那种人不能信——”

“他那种人连自己的亲妹妹都不放过”，一听到这句话，美仁浑身就开始不自在，这位大婶胡说八道这么久，虽然说的是景璇，但这一句确实是万分正确。

“大婶，您真的好厉害，人家这样的家事你也能探听到，真是让人好生钦佩。”言下之意，大婶你真的很长舌，美仁保持着笑意，道，“不过那明家二公子如今怎么样了？”

“呵呵呵，”王大婶被美仁这一笑，弄得有些不好意思，“他啊，可是飞黄腾达了，据说两次救了皇上的命，如今就等着加官晋爵呢，也算官运亨通。”

没死反过来去报效赵恒？以自己父亲兄弟的血肉换得所谓的加官晋爵？他真的背叛了，做了一个忘恩负义、背信弃义、贪生怕死的小人？

望向城门上悬着的五颗人头，突然间，美仁不能接受这样一个结果。

“姑娘，你没事吧，脸色不太好的样子，要不要去看大夫？”王大婶忽然又冒出了一句话。

美仁轻应了一声“没事”，暗叹一口气，转眸之间，在人群里，她看到了一个高大的身影，是向昕。他正双手抱胸盯着那几颗人头，只见他抿了抿唇，倏然转身，离开人群。

顿了一下，忽然想到什么，美仁忍不住破开人群，追了过去。

只是匆匆一眼，向昕早已失去了踪影。

她还在期盼什么，缘分早已尽了。

或者是在明家待得太久，她便多了一些莫名其妙的情绪，他们天一族的女人不需要太多的情分，她只要守着对娘和悦姨的那份感情就好了，其他的都不再需要……

明家人的生与死，一切的一切，从今往后都再与她毫无干系。

她的家，只在杭州，只在倚笑楼……

［三十四］横生突变

从西水门慢慢走回客栈，美仁一直在考虑如何出城。由于昨夜的事，各城门都已封锁，要想顺利离开京城，势必还要在这里多待上几日。

也不过是晚几日回到杭州，晚几日见到悦姨和倚笑楼的姑娘们。一想到倚笑楼，压在她胸前的千斤巨石也渐渐没了。

推开屋门，美仁望着空无一人的床榻，只是一刹那，所有不安全数回到脸上。

快步走向床前，她拔下那钉在床头的蛇形小锥，取下上面的字条，上曰：勿念。

勿念?

究竟是什么人这么狂妄？她竟然不知怡素被她绑着还能找人救走她。

掌心紧握，再张开时，那张字条已经化作片片碎末。

她冲出客房，一把揪住前来送茶水的店小二，怒道："我临行前不是交代过，任何人不得踏入这个房门吗，给你那么多银两，你当我的话是耳旁风了，还是觉得我的银子很好赚？"

啪的一声，那店小二手中的茶壶茶盅摔得粉碎，茶水溅得美仁的裙摆上全是。她强抑着心中的怒火，将店小二猛地一推，厉声道："说！我走后，谁进过屋子？"

"向……向姑娘，是两……两个男……男人……"店小二战战兢兢地应着，早上出门时这位向姑娘对他笑的时候，他再没见过比她更美的女子，只觉得世间所有事物都变得很美好，若是向姑娘能天天对着她笑，就算老天爷罚他短命十年二十年，他也甘愿。可是眼前的她，他不能确定是不是自己眼花了，方才他好像看见她的双眸中泛着妖异的红，这太可怕了。

"两个男人？"

男人？还是两个？族人怎么可能会派男人出谷寻找《天一圣经》？

"长什么样？老的少的？高的矮的？是黑是白？"

“两个年轻人，个头都挺高的，一个长相很俊，还有一个长得也不差，只是肤色有些偏黑，一副不苟言笑的样子。”

长得俊？天一族的人就没有长得不俊的。

她在脑中搜索着天一谷中她有印象的所有男人，除了怡家那几个老不死的，其他男人她从未关心过，长得是圆是扁，那都与她无关，隐约记得几张脸，但没有一个符合这小二的形容。原以为可以省心一些，可以回杭州，可以回家了，却未料到，居然能在这节骨眼上出事。该死的！都怪她太过大意了，她不应该留怡素这个祸害一人在客栈，就算是绑在身边，她也应该绑着她一起走。

美仁怒道：“你可以滚了，我住在这儿的几天要是再敢让人踏进我屋子半步，别怪我不客气。”

“是是是，小的一定留心了，再不敢了！”那店小二战战兢兢地拾起地上的碎屑，蓦地抬头，小心翼翼地又道，“向姑娘，这也不能全怪咱，是其中一个男人说是你表哥，说是比你和你妹妹两人晚一步到京城，这一到京城就来寻你们了。”

“什么？表哥？”见鬼！她哪里来的表哥？

“你妹妹本来病重躺得好好的，但是一见着他就从床上坐起来了，十分激动地叫了他一声表哥，所以这样，小的才放心让他们三人离开。”那小二补充道。

她点了怡素的穴道，怡素突然能动能说话，那就是那个自称是她们表哥的男人替怡素解了穴道。

该死的！她就不信这几天，他们能飞出京城。

自那夜楚军兵变失败之后已匆匆过去三日，景升捏着手中的酒壶，猛灌了几口，不知这三日来他是怎样度过的。

桌上正放着圣旨，那是他“出卖”父亲、“出卖”兄长、“出卖”亲人、“出卖”数万兄弟换来的封侯拜将的“证据”，在他看来，就是个屁。

他早就说过那个昭武校尉严士远很有问题，绝非一个可信之人，可除此之外，却还有内奸。三天过去了，他竟然查不到那个人是谁，他怀疑过向昕，可经过三日的查探，他知道不是他。

为了保全大哥他们的性命，他只有做一个背信弃义、忘恩负义的小人，在最短的时辰之内逼退他们，他们有退路，就还有机会活着出去东山再起。可他错了，他算错了在那样的情形之下，不是都可以全身而退的；错在那样的情形之下，他还以为凭那些虚招可以瞒过那些人。

大哥死了，三叔死了，死于万箭穿心，为的就是护着爹和景承，还有更多的兄弟离开。为何非要到了最后一刻，大哥才知道要放弃，才知道他们训练出来的楚军不是天下第一，不是坚不可摧的？只要是人都有他的弱点，服了龙奇果又怎样，一样有弱点。

如果挡住那些禁军的是他，而不是大哥，不是三叔，情形就会不一样了，他们就不会死。

楚王来了，带着那雕龙玉佩来了，十万火急地赶回来了，没有人知道他与赵恒彻夜长谈了些什么。他只知道次日夷山之上的所有一切，就毁于一片火海之中。那场大火整整烧了三天三夜，才火灭烟散，连同一起消散的还有城外那两万将士中的少数先锋。其余人的命虽然保住了，但全数编充边疆，抵抗契丹大军；名义上捉拿叛党的告示虽未撤回，但他知道赵恒不会再追究，他明家人的命也算是保住了。

大哥与三叔的尸首挂在城门之上，已经三天了，这是赵恒对明家的惩罚，要他们明家活着的所有人都记着这个惩罚。他什么都不可以做，只能待在自己的屋子里醉生梦死。

想再灌一口酒，可是酒坛里仅剩下最后一滴，他扯了扯嘴角，嗤笑出声，只听啪的一声裂响，一直握在他手中的酒坛被他扔出去跌了个粉碎。

楚王要他下跪对天起誓，今生今世只忠于当今圣上赵恒，如有二心，不但自己身首异处，明家也将再无活口存世。逼他发完誓，楚王便离开了，临行前，对他说了一句："三日后，将景轩好好安葬。"从此，楚王不会再踏入京城半步。

外面的人都传他是踏着自己亲哥哥的尸体飞黄腾达了，其实守在这明家的每一个官兵都知道他是被变相软禁了。

醉眼望着面前摆着的一对磨喝乐，那一男一女的娃娃正笑脸盈盈地望着他，正如她一样，整天笑嘻嘻，可是在那些笑脸背后，有谁知道哪个才是发自内心的……

"美仁，你说我是不是错了……"摩挲着那女娃娃的脸部，他痴痴地笑了起来，口中喃喃地念着，"美人在时花满堂，美人去后空余床。床中绣被卷不寝，至今三载犹闻香。香亦竟不灭，人亦竟不来。相思黄叶落，白露点青苔……美人在时花满堂……相思黄叶落……"

"美人……美仁……美仁……你不是我妹妹……我亦不是你哥……我不是……我不是……美仁……美仁……"他紧握着手中的女娃娃泥偶，伏在桌上，所有痛楚化作声声深情的低吟，最终沉沉睡去。

月已深，人声悄寂。

一阵轻响，窗户轻摇，淡柔的轻风吹了进来，吹动他身上的衣袂飘然，却吹不散他眉心间的忧愁……

全京城的百姓都在传，当今圣上宅心仁厚，此事仅是以儆效尤，那些叛党的首级将被取下，城门也终于可以开了。

得知这样一个消息后，美仁收拾包袱再次去了城门口，原本以为能见到怡素和那两个男人，可她还是失望了。

城墙上的人头被取下，她意外见到了景升。他身着一身官服，一脸淡漠地立在那儿，目光茫然地望着其他地方，仿佛从城门之上取下的人头不是他的亲生哥哥和疼爱他的鱼三叔一样，他只是一个陌生的人，只是一个奉皇命行事的人，做着他应该做的事罢了。

很快，他便跨上马，带着一行人浩浩荡荡地离开。

就在人群拥挤着往后退的时候，他看见她了，这是他第二次看见她身穿女装，然而这一次，他只是淡淡地扫了她一眼，就头也不回地骑着马离开了。

这样的景升，美仁是第一次见到，陌生，绝情……

之前所想的千万不可能，而如今变成亲眼见到，她有些难以接受。

或许今生今世，她也将再没有机会见到这个令她咬牙切齿、恨不得大卸八块的男人。她应该高兴才对，为何心口之处却有种难以言喻的痛，她莫名感到心房之处隐隐作痛，那种痛、那种感觉，与失去娘亲、失去鱼三叔，甚至得知怡素恨她时，完全都不一样……

是彷徨……她却不知道她在彷徨什么……

指甲早在不知不觉中刺痛掌心，她却浑然不觉。

回过神，四周又恢复了以往平静的样子，周围的人并未因人头被取下而散去，相反越聚越多，一个个等待着接受盘查出城。

与明家的种种过往，永远地结束了，或许只留一丝回忆待她今后在无聊的时候慢慢回味。不，她不要再想着有关明家的一切。早在确定《天一圣经》下卷并不在明家的时候，她就决定要离开了，如今这样一个结局虽然不是她所预料的，但是，一切都与她无关了，她要回杭州，回倚笑楼。

就算没有找到《天一圣经》的下卷，没有带回怡素，但她就是要回去，她想悦姨了。

怡素的事，她是永远不会放弃的。

这三天来，她一直在查探怡素的消息，却劳而无返。

那两个男人究竟是何来头？天一族，果然一刻都没有遗忘过，一想到她发狂不能自控地杀了连碧容，她就知道注定会迎接难缠的局面。她也很讶异，连家的人居然可以隐忍了几个月一直都没有动静，忍他人所不能忍，似乎不太像连家人的作风。

不过，她连怡家的那几个老家伙都不怕，更不会怕连家。她对天一谷没有什么感情，在外面漂泊多年，若不是那里是娘、悦姨的根，她甚至都不会回去。

曾经她把怡家几个老家伙气得吹胡子瞪眼睛，若不是悦姨保住她，只怕那几个老家伙早就动用了族规惩罚她。

她知道娘犯了族规，被赶了出来，但她不知道原因，因为娘从来都不告诉她。那个时候她还小，只当娘是得了重病，可渐渐地，以她在天一谷的所见所闻，她才明白娘是按族规被下了毒才死的。

她愤怒地去找怡家那几个老家伙理论，那几个老家伙竟然骂她不识好歹，要重罚她，生平第一次，她将全部所学用在了反抗怡家长老身上。若不是悦姨及时赶到，只怕她早已与娘相见。

当悦姨将满身是伤的她带走时，只说了一句话："若要活下去，就乖乖地闭上嘴，你娘的事只字不许提。"

从那以后她就乖乖地闭上了嘴，娘触犯族规一事，在整个怡家都是大忌。在怡家看来，她的出生就是一种耻辱。若没有娘触犯族规，也就没有她的存在，所以起初她在天一谷的日子并不好过，好在悦姨后来不知为何也与怡家长老翻了脸，带着她和怡素一起离开，去了杭州，那里离安葬娘的萧山很近。

如何来，就如何回去，虽然没有找到《天一圣经》的下卷，但她相信悦姨是不会责怪她的。回去之后，她一定要问清悦姨为何要她去找《天一圣经》。

倚在马车里，她闭着眼，嘴角漾着浅笑，归心似箭。

倏地，一支精致的梅花簪子擦着她的面颊而过，钉在了车厢的内壁上。

美仁猛地睁开双眼，揭开窗帘，望着远处茂密的树林深处，一个人影匆匆闪过，她对着马夫大喝一声："停车！"

她拔下那支梅花簪子，取下被钉在其后的两张字条，美仁的手禁不住颤了几下，这支梅花簪子是怡素最心爱的饰物，如今却以这样的方式出现在她手中，这意味着什么？

展开第一张字条，上面只有草草几个字，写得非常潦草，却是她熟悉到不能再熟悉的字迹："你男人要杀我，救我！"

而第二张字条，上面的字迹却是陌生的，只有三个字："桐柏山。"

美仁紧握起手，有些恼怒，毫不留情地将两张字条以内力灼烂，咬着牙，对着车夫命令道："不去杭州，去唐州，去桐柏山！快！"

承

“爹，为何整个山上，只有美人、爹，还有娘亲三人呢？”小女娃睁着圆圆的眼睛问正在池中采摘莲花的父亲。

白衣男子微微抬眸，淡淡笑道：“因为其他人都住在山下。”

小女娃端起瓷钵伸过去，接过父亲摘下的最后一朵莲花。

“爹，山下好玩吗？都有些什么人？和我们长得一样吗？”小女娃将瓷钵递给他。

白衣男子回首细细地审视着她，抿了抿唇，方道：“美人寂寞了？”

“每到入冬之后，这里几乎看不到人，眼下是春暖花开的时节，山那边偶尔能见到几个上山采药的、砍柴的，还有抓我那些动物朋友们的猎户。美人只是好奇，这些人都住哪儿？昨日我救了一个上山采药的小哥哥，他说山下有很多好玩的东西，和我说了好多好多。”小女娃倚着他撒着娇。

他将莲花细细碾碎，放进药罐之中，听到女儿的述说，他停下手中的玉杵，淡淡地道了一句：“美人长大了。”

小女娃瞧见他的脸色暗了下来，急忙摆了摆手，道：“爹，美人不是故意惹你难过的。娘一定会醒过来的，这是最后一朵莲花了。”

“爹没有不开心。”他笑着抚摸着她的头，又望了望床上的妻子，深吸了口气，继续着手中的活。

小女娃托着腮帮，又问：“爹，你上次说的那个故事，后来他们都怎么样了？为何你都不往下说了？每次美人一问你，你都说改日再说。”

他专注地盯着火上的药罐，偏过头，对女儿笑道：“下面的故事，等你娘亲醒来，让娘亲讲给你听好不好？”

“嗯！爹，娘的声音好不好听？是不是柔柔浅浅的、很动听的那种？嗯，是不是像前几天受伤的那只小黄莺的声音一样？”小女娃傻傻地问着。

小孩子的问题总是很多，而且总是让人忍俊不禁。

他勾了勾唇，轻笑：“傻丫头，人的声音和鸟的声音当然不同，这是两种声音，小黄莺有说过话吗？娘的声音很好听，爹觉得比那只小黄莺好听多了。”

“爹爹羞羞，只要是关于娘的，爹爹都会说是最好的，羞羞。”小女娃跳了起来，在他的面前做起了鬼脸。

他不以为意，以手轻弹女儿的粉颊，道：“美人，等你长大了之后，要是遇到了喜欢的男人，若是他也喜欢你的话，就一定要将心中的爱说出口。有时错过了，就会错过很多，知道吗？”

“嗯，美人知道了，美人一定会记住爹爹的教诲。”小女娃并不明白父亲口中所说的爱是什么，在她的理解里，就是喜欢的东西一定要说出来，可是她待在山上真的好寂寞，昨日那个小哥哥和她说了好多吃的玩的，她真的好想下山去看看，但是娘亲还没有醒过来。

“药好了，小心烫，你去端给娘喝。”

“嗯，美人今天要和爹一起喂娘亲喝药。”

他望着女儿娇小的身体，端着那碗汤药小心翼翼地走向寒玉床。

女儿已经知道寂寞了。

他同样寂寞了六年，她究竟要到何时才能醒来看一看他……

第三卷

情动江南

［一］挥剑断情

冷风过境，桐柏山间的云雾或淡薄缥缈，或绵厚稳重，瞬间变幻，云蒸雾缭，峰顶即为云海淹没，雨丝拂面，行云如万马奔腾。

立在太白峰顶，北视中原，南阅楚天，千山万壑，尽收眼底。

隔着这云海，瞧不见向昕，怡素一个蹒跚跌倒在地，她想爬起却再没有力气，伏在泥地间，大吐了一口血水。

这个叫向昕的神捕，出手可真重，一点儿都不知道怜香惜玉。难道她今日就要死在这里了吗？不要！她未来的日子还很长。那个死丫头不是对那个女人起誓要带她回杭州吗？她现在人在哪里？人到底在哪里？为何她把她最心爱的梅花簪子都送给她了，她还不来救她？

她就知道阴豫不会这么好心，说什么给她一个怡家在族内扬眉吐气的机会，却是要她用命去换，早知道这样，她宁可不要接受这个比试。她不想死，她还很年轻，还有大把的美好时光要挥霍。

艰难地往前爬了数步，她真的再没有多余的力气了。

阴豫究竟有没有将那封信送到？为何她还不来救她……

云雾散尽，再回首，那柄纯钧剑已然抵至她的下颌。

怡素直盯着那把纯钧剑，扯了扯嘴角，笑看着向昕，媚眼如丝，道："你不怕杀了我，她会恨你一辈子？"

"我不会杀你，但会把你送交官府。"向昕冷冷地道。

怡素以手轻轻拨开纯钧剑，望着一本正经的向昕，忽然狂笑几声，道："向昕，有种就挥下你的纯钧剑。我知道你喜欢她，可你知道我是谁吗？我是她这辈子在这世上最在乎的人。"

向昕微微皱眉，声音总算有些起伏："我知道，久闻怡家姑娘的大名。

见向昕神情松动，怡素即刻摆出一副楚楚可怜的样子："向大哥，请允素素叫你一声向大哥，你我的渊源也绝非这样简单。其实你和她之间还可以回头，虽然那夜你俩看似一刀两断，但以我对她的了解，我知道她心中还是放不下你。你知道吗？她可以弃明家不顾，但决不会弃我不顾。若我有个不测，你俩真的就再也无法回头了。你难道真的就这样轻易地放弃她？为了那个蓝家，值得吗？"

向昕冷言喝断："够了，你不要再说了。天子犯法，与庶民同罪，向某身为一个捕快，就是要将杀人凶手追捕归案，而不是讲私情。你有什么话，留着上公堂再说吧。"

"杀人凶手？哈哈哈，明家都已经得到应有的惩罚，就连当今圣上都没有再追究这件事，我只是收人钱财，替人办事，你为何还咬着不放？"

"收人钱财，替人办事？自以为是江湖中人，就可以任性妄为、草菅人命了吗？"

"呵呵呵，瞧你那副朽木的模样，我看你是为了蓝家小姐吧？是我和她错看了你，别说什么你和她误会重重，中间隔着明家、隔着我，我看你根本就是和那个蓝家小姐有什么不干不净的事吧，否则怎么会如此尽心尽力？"

"含血喷人！你派人将只剩下一口气的蓝希凌送到我面前时，就应该知道今日的下场，一切都是你咎由自取。"向昕愤怒到了极点，强行将怡素拉起。

"哼，还说没关系？那女人我能让她活那么久，完全只是想玩玩，岂料一时失手竟让她跑了，还碰上了你。我们做杀手的讲究的就是信用，就算雇主不在了，该死的人还是得死。看在你我同为天一族人血脉的分儿上，我已经好意地让她留着最后一口气，与你话别，这样还不算够仁慈吗？天下间女人那么多，你何苦死盯着一个明明就该死的人不放？你不是还有她吗？还是你追杀我，追到舍不得，以此做借口故意接近我？嗯？是不是？"怡素媚笑着，双手放肆地摸上了向昕的胸膛。

“你不用枉费心机，天一族的女人怎样，我一清二楚。”向昕冷着一张脸，毫不留情地反扭过她的手腕，只听她惨叫一声。

“姓向的，有种你就杀了我，你杀了我，她一定会为我报仇的。我倒要看看你究竟是选择和她在一起，还是选择为蓝希凌而杀了我？”

“你这个无可救药的恶毒女人！杀人全家，连一个手无缚鸡之力的无辜女子都不放过，你都对她做了什么，你自己心中有数。”

“笑话，若不是她心中存有恶念，我如何能操纵得了她？你别忘了杀死她全家人的并不是我，而是她，是她亲手杀了她全家！别告诉我你不懂驱魂术！她应该谢谢我，是我把她从那几个流民手中救出来的，否则她死都见不到你的面。”

“你——到了这种时候，你还可以睁眼说瞎话，歪曲事实？罪无可恕，这次定饶不了你！”向昕愤怒地押起她，这时眼前飞过一支暗器直袭他的面门，不得已，他松了手，单手捏住那支暗器，定睛一看，原来是一支梅花簪子。

怡素一看到那支梅花簪子，惊喜地偏过头，一把夺过那支簪子，猛地推开向昕，拼尽所有气力奔向来人，高声叫道：“我就知道你一定会来救我的，他要杀我，我不想死，你要救我！”

向昕怔怔地望着来人，她手中提着一柄长剑，一袭鹅黄色曳地的绣花长裙，不同于以往的一身男装，束在头顶的发髻也已散开，漆黑如缎般的长发只以一根浅黄色的丝带束着，随意地绾在耳侧，柔顺地垂下来。

看不清她面部的表情，因为她的脸上居然戴着那个象征叛乱的黄金面具，她想做什么？

向昕深皱起眉头。

除了上次在王府见着她身着丫鬟的衣衫，这一次算是第一次见她着女装，他不太确定：“美仁？”

美仁不动声色地避开怡素的手，从怀里摸出一方帕子，递给怡素，淡道：“把你嘴角的血迹擦干净，跟我走。”

向昕收起纯钧剑，一把将二人拦下，道：“慢着！她，你不能带走。”

“若我偏要带她走呢？”隔着面具，美仁丝毫不退让。

“她杀了人，杀人者偿命，我必须将她送交官府。”

怡素拉扯着美仁的衣袖，急道：“不要！姐，我跟你回杭州。”“姐？怕死了？居然开口叫我姐？”偏过头，美仁冷笑着望着怡素。

怡素盯着面前冷冰冰的黄金面具，虽瞧不清她的表情，但听她的口气，明摆着就是借机嘲讽她。她不明白，她来救自己，为何要戴着这个破东西。她咬着牙，在心中咒骂着，可又不能激怒这个唯一可以保她一命的死丫头。

美仁扯了扯嘴角，对着向昕道：“她杀了人？哼，我也杀过人，我还杀过很多人，那又怎样？难道你就没有杀过人吗？死在你纯钧剑下的又何止一个亡魂？”

眉头拧紧，向昕一时语塞，半晌愠道：“你……我从来不知道你是这么是非不分！”

“是非？那是什么东西？在我眼中从来就没有什么一定是‘是’，什么一定是‘非’。”美仁冷冷回道。

“就因为她是你妹妹，你就要这样护着她？她是个什么样的人，你难道不清楚吗？蓝家的事是她做的，她易容成你的模样，嫁祸给你，你还记得你当时知道此事的情形吗？你当时是怎样想的？是不是恨不得杀了她？”

“够了！你不用再说了。总之，人，我一定要带走。”美仁怕面对向昕会失控，所以今日特地戴上了面具，她不要他看到她有丝毫的情绪，强忍着心中的痛，拉过怡素道，“我们走！”

可没走几步，向昕的身影赫然阻止在前。他咬着牙道：“美仁，别逼我对你举剑。”

“为了蓝家，为了那个女人，你终于要对我出手了吗？”

“不是终于，是我一直都未曾放弃过。明明错了，她却还一错再错，死不悔改。我给过她太多的机会，这次无论如何，都要捉她回去衙门俯首认罪。”

“你真个死脑筋！好，那我今天就领教一下你的纯钧剑法。”说罢，美仁手中的剑已然出鞘，寒光一闪，凌空划出一道弧线，直刺向昕。

“你——”向昕躲过这一剑，以手中的纯钧剑横挡住美仁削来的第二剑。

“你说你给了素素很多次机会，可我也给了你很多次机会。你眼里除了那该死的仁义道德，你还有什么？”

“我没有！”

“没有？”

有口难辩，向昕的纯钧剑一直未出鞘，他生怕手中的剑一出鞘，就会伤了美仁。

“我一次又一次地相信你，相信你和蓝希凌之间什么都没有，相信你和她只是结拜兄妹，可每每遇到那个女人，你总是可以弃我于不顾，”美仁似要将心中的所有委屈全数倾出，她的剑法看似轻盈如落花、飘逸如诗章，却招招凌厉，正是他教她的纯钧剑法，“我等着你八月初六清晨和我一起离开，可是你呢？为了那个女人，你还是不放弃？明家都毁了，你为何还不放弃？城门上悬着的五颗人头，有一个是我大哥，有一个是我三叔，你不是看到了吗？当今圣上都没有再追究此事，为何你还是不甘心？是不是要看到明家所有的人全都死光了，你才会罢休？你已经为那个女人着了魔了，你知不知道？！你口口声声说你对我是真心的，可你的真心在哪儿？”

“我向昕自问对得起天地良心，句句属实，不论是不是我间接害了蓝家，还是因为希凌是我的义妹，这都已经成了我逃不掉的责任。你可知希凌是怎么死的？你问问她，她都做过些什么？简直是禽兽都不如！”一想到希凌几乎是半裸着身体，下身满是鲜血地被人像弃物一样抛在他面前，他就控制不住，怒瞪着怡素吼着。

希凌留着最后一口气反复地只念着一句话：“向大哥，我好爱你……”她死在他怀里的那一刻，那凄惨的笑容，让他今生今世都无法忘掉。他不能忍受这样一个好的女子已经被人糟蹋了，可凶手却还是不肯放过她。他知道希凌一直以来都很喜欢他，他心里却始终只装着一个女子。他知道自己只能负了她，但他发誓一定会为她报仇，将凶手绳之以法。

在捉到凶手的那一刻，他恨不能即刻就亲自手刃她。但他是捕快，国有国法，所以他不能杀她。他万万没有想到，他心中装着的那个女子却为了凶手向他举剑。

怡素连忙往远处退了几步，趁势想离开，却被向昕以一记石子击中，封住了穴道，跌坐在地上。

美仁偏首扫了她一眼，怡素猛地抬头，对她道：“你别听他胡说，是他自己和那个蓝希凌不干不净，见着情人死了，心有不甘。”

“你还敢含血喷人？你敢说污辱希凌的那些人不是你找来的？你敢说不是你杀的她？”

望着怒气已经燃烧到极致的向昕，怡素心里一阵恐慌，这情形，她还能活命吗？刚才美仁已经为了她向他举剑了，她不能让这个男人有机可乘，只要完全激起美仁的怒意，她一定会奋不顾身地护着她，否则，她们俩今日都别想逃掉。

想至此，她扬起嘴角，反问向昕：“你再逼我也没用，我说没有就没有。明明是你自己心虚，你敢说你在这几个月里和蓝希凌什么事都没发生？你中了寒冰毒，你们两人，孤男寡女地独处在那个山洞里。啊，对啦，你会说你当时神志不清，不知道是蓝希凌脱光了衣服为你取暖。你在骗谁呢？你见过哪个女人会主动为一个半死不活的男人宽衣解带？”

向昕怔住了：“那毒是你下的？”能知道他中了寒冰毒的，除了下毒者不会有第二人。

的确，他是中过寒冰毒，昏迷不醒，也的确，他不知道那一夜究竟发生了什么事。可从那一夜之后，希凌的态度就完全变了……难道怡素说的全都是真的……

分神之际，一道寒光直刺他的胸口，这剑来得太急太快，剑尖已经划开他的衣襟，他只能空手握那柄剑尖，阻止剑尖刺得更深。

一时之间，寂静无声。

向昕抬眸望向眼前日夜思念的人，同样的面容之上，他却惊愕地看见一双熟悉又陌生的眼眸。为何她会变成这样？向昕只记得在蓝家遇到的那个都桓也是这种样子。

此时此刻，美仁已经取下黄金面具，双眸殷红如血，嘴角处漾着的笑意有些狰狞。

望着眼前不可思议的一幕，怡素同样怔住了，她没有想到美仁会真的刺下去，早知道她会因嫉妒发狂，她早就该添油加醋地说出来。

剑又往前进了寸许，鲜血顺着向昕的指缝一滴一滴滴落在泥土上，他的双手握住剑身，不曾松开。

美仁握着那柄长剑，一步步逼向他，他只是无怨言地连连后退，直到退至距悬崖边只有数步之遥。

“你知不知道？此次上太白峰，为了怕自己心软，我才选择戴上这个不近人情的黄金面具。但我始终没有想到你居然会骗我，这辈子，我最痛恨的就是被男人骗，尤其是被自己喜欢的男人欺骗。你为何要骗我？你为何要说那么多的花言巧语，让我总是对你抱有期望？！”美仁怒不可遏。

“骗你？我何时有骗——”向昕的话未曾说完便被美仁断了去。

“你敢说你没有？你明明会驱魂术，却对我装作什么都不知道。蓝希凌中了驱魂术，若不是有人替她解咒，她就会是一个疯子，你敢说她身上的驱魂术不是你解的？在夷山，为了你，我甘冒生命之忧，以驱魂术救你，你那时已身受重伤，若是你不会驱魂术，你当你还有命活到今时今日？怡素易容成我的模样，陷我于不义，我可以不计较，依然要保她，因为她是我的妹妹，她是我最敬重最深爱的悦姨唯一的女儿。在这个世上，悦姨和她是我愿意承认的唯一亲人。你为了蓝家，查明家的底，让明家功亏一篑，明家的事我可以选择不管，明家的人我可以不救，但我决不允许任何一个人伤害悦姨，伤害悦姨最疼的女儿。有资格惩罚她、责难她的也只有悦姨，其他人，无论是谁都不可以。为了悦姨，我会杀人，就算那人是我所爱之人也一样。”每说一句，美仁的剑就向前刺入一分。

那一剑虽然是刺在向昕的心口处，却同样也是刺进美仁的心里。

向昕苦笑着，仿佛感觉不到疼痛一般，任由手中血流如注。他渐渐止了笑声，怔怔地望进美仁那双血眸，曾经漆黑如墨，灿烂如星光，眼下却已入魔。

“我会驱魂术，是因为我娘是连家的女儿。‘追魂香’只有天一谷才有，对吧？本来我不知道，但自从你第一夜用了‘追魂香’将我迷晕之后，我就开始怀疑你。能够查出都桓的下落，的确是我骗了你，是我利用了你。当初，蓝家三夫人中了驱魂术，而你只是一个十三岁的孩子，一个不会武功只有十余岁的平凡孩子，何以能从中了驱魂术的蓝家三夫人手中逃脱？三夫人的‘婢女’，也就是那个都桓，早在那之前，我就与他交过手，他是个男人，一个武功内力修为都在我之上的男人！而你，一个当时不会武功的孩子却能轻易从这个武功高强的狂魔手中逃脱，却告诉我他是不小心碰到了化尸粉死的。若是我没有猜错，他是自杀，对不对？那个孩子喜欢爬树，喜欢在树上睡觉，每天都会爬到树上等待一只鸽子的到来，逗弄一番，其实那个孩子是在等信，等一封很重要的信。你何尝不是一直在骗我？”他从怀中摸出一张早已被揉烂的字条，递到美仁的眼前，那字条上赫然写着“紫玉山庄”四个字。

“你……你……竟然什么都知道……”原来他早就知道她会武功，他早就知道她是装的，只不过不揭穿她而已。

一刹那间，熊熊怒火瞬间爆发，美仁手中的剑柄灼烫起来，所有的气力全数化作怒火，猛地将剑向前一刺，刺入了向昕的皮肤里。

“嗯……”向昕被眼前猛刺来的一剑所震慑住，他没有料到，他与她之间会走到今日这一步。

手心猛然被一股巨力震开，美仁被迫松了手，连连向后退了数步，向昕以内力震开了她。

“是的，我一直都知道。我知道我一直无可救药地爱着一个曾经身形看似小孩模样的女子，我宁愿相信那个女子只是个孩子，宁愿相信她纯真无邪，宁愿相信她只是很顽皮，我愿意守着她，等她长大，我告诉自己那是我向昕将娶的女子，今生今世都会珍爱她……”向昕说着，身体有些支撑不住，以手中的纯钧剑支撑着，半跪在地。

美仁的脸色变得异常苍白，嘴唇颤动，说不出话来，眼眸的血红色也在逐渐变淡，怔怔地望着自己的双手，她不敢相信，她居然将剑刺进了昕大哥的胸膛。

“昕大哥，我……”她往前迈了一步，又矛盾地顿住。

怡素知道美仁心软了，大喝一声：“怡符衣，你不可以过去！”

只要向昕一日不死，就始终会追着她，这个她最痛恨的丫头可以救她一次，但不可能第二次第三次都恰好救下她，她的命终究会有一日不保。

“你别被他骗了，他根本不爱你！他从一开始就知道你的身份，一直就是在利用你。蓝家只不过是幌子，是他的一个借口，他的目的是报复明家，就是他害得明家尽毁！”怡素道。

“你满口胡言乱语。”向昕怒道。

“我没有胡说！怡符衣，你我都知道，他娘为了享尽荣华富贵，抛夫弃子，跟了当年的秦王。而将他娘献给秦王的，就是你爹明经堂。就是因为这事致使他爹跳河自杀，他成了无依无靠的孤儿，所以他发誓，他要报仇。他根本就是在利用你，利用你对付明家，你不要听他的话。”

“不要再说了，不要再说了——”才平复下来的美仁忽然间抱住了头，她的头又开始撕裂般地疼痛起来。

向昕忍着痛，他冲向美仁抱住她，急道：“美仁，你怎么了？”

怡素彻底慌了，可身体还不能动，她已经在拼命移穴换位。她不知道为何美仁会突然变成这种样子，但她知道，只要刺激了美仁，她就会神志不清，甚至发狂。她就是要她神志不清，她就是要她发狂！

于是，她拼尽全力大叫起来：“向昕，你这个浑蛋！你这个骗子！你放开她！怡符衣，你这个傻子，他是骗你的，他根本就是骗你的。若是他和蓝希凌那夜没什么，为何他一定要杀了我不可？因为我知道他全部的丑事，我若死了，就没人知道了。”

向昕抱着跪在面前痛苦不堪的美仁，不能忍受她一心保护的妹妹在这种时候还在歪曲事实，不断地刺激她，怒道：“怡素，你给我闭嘴，你信不信你再多说一句，我马上就杀了你。”

“哈哈哈，怡符衣，你听见没有，他心虚地要杀我，你听见没有？”怡素不顾一切地大笑，这时候，她根本不怕向昕，这两个笨蛋，最好一块儿去死，她又骂道，“怡符衣，你这个笨女人，你这个痴子、傻子。难道你忘了你娘是怎么死的吗？是你爹，明经堂，是他始乱终弃，抛弃了你娘。你娘离开明家的时候，还怀着你，可明经堂呢，在她走了之后，娶了一个又一个。这世上的男人没一个好东西，天一族里的女人都是受了诅咒的，跟任何男人都不会有好下场，永远不可能！”

“你闭嘴！”终究忍不住，向昕捂着胸口，捡起之前那柄差点刺穿他胸膛的剑，凌厉一挥。

怡素以为自己就要死在向昕的剑下，却见美仁像发了疯似的狂啸一声，倏然睁开嗜血如魔的双眼。凌空一道光芒，那柄从不离向昕手的纯钧剑不知在何时冲出剑鞘，快得让人看不分明，随着破体声的响起，这一剑却是刺进向昕的胸膛，整个剑没入了向昕身体内。

“美仁……你是不是……练了什么魔功……走火入魔了……”向昕不相信她会突然发狂，伸手想要摸摸她的脸，“为……什么……”

美仁挥开他的手，两股清澈热流直涌出双眸，狂笑着道：“什么为什么？男人算什么？爱情又算什么？我天一族的女人本就无情无爱。向昕，你这个痴人，亏你娘还是连家人，难道她没有告诉过你，遇到天一族的女人要离得远远的吗？明知道我是天一族的女人，你为何不躲远一点？想想你爹是怎么死的，想想你娘走的时候是不是很绝情？你居然还期待我会为爱而放任你伤害我最亲的人，哈哈哈，你简直是痴人说梦。我们天一族的女人最不需要的便是爱。”

“怡符衣，杀了他，只有杀了他，我才不会死。我若死了，我娘生生世世都不会原谅你，永远都不会。”怡素看到了希望，就绝不放弃。

向昕眼中充满了惊怒，抚上美仁握着剑的手，骨节泛白的手指在她的纤手上握了握又松开，复又紧握。

向美仁，像美人……

原来，她的真名叫作怡符衣，是怡家的女儿……

美人纤手如玉，如玉一样光滑，同样如玉一样冰冷……

他怕是不会再有机会握住这样冰冷的双手了，因为他没有听娘的话……

“怡符衣？我生生世世都会记住这个名字。我从不后悔，没有听娘的话。”向昕露出一个惨白的笑容，温暖的目光逐渐变得冰冷，他大力地握着美仁的双手，咬着牙，凑近她的耳边，吐着温热的气息，“你一定会后悔的，出卖明家的人不是我，而是你的好妹妹，我以我的性命做赌注，你会后悔的，终有一天你还是会杀了她……”

“不会的……不会的……不会的……”美仁挣脱开向昕的大掌，惊慌失措地拔出剑，连退了数步。她握着纯钧剑的手不受控制地颤抖起来，当的一声，剑从她手中滑落在地。那种撕裂般的疼痛又开始袭来，她的身体软软地滑下，双手抱着头痛苦地跌坐在地上呻吟着。

“我以我的性命做赌注，你会后悔的，终有一天你还是会杀了她——”向昕捂着胸口，身体在不停地晃动着，想要伸手去触摸美仁，可是虚弱的身体终是支撑不住，顷刻之间，他犹如断了线的风筝一般，向后仰去……

“你会后悔的，终有一天你还是会杀了她——

“终有一天你还是会杀了她——

“你还是会杀了她——

“会杀了她——

“杀了她——

“……”

向昕的声音颤颤幽幽，像寂寞的风一样回荡在山谷中，让倍受折磨的美仁从痛苦中一时间回过神来。

“昕大哥——”她尖叫着惊慌地爬向崖边，瞪大着双眸望着那郁郁葱葱的崖谷，山势陡峭，深不见底。

昕大哥从这里掉下去了，怎么还有生还的可能……

她不是存心要刺那一剑的。

不是的，不是的……

昕大哥死了……她喜欢的第一个男人被她亲手杀死了……她控制不住体内的邪劲杀了他……

为何他一定要这般死脑筋，她不想杀他的，放她们走不就好了？明家的事都已经完了，连当今圣上都不再追究，他为何还要这么执着？都怪那个蓝希凌，若不是她缠着他，他也不会有今日这样的下场。不，要怪也要怪他自己，一直以来她都以为他和别的男人不一样，为人正直，刚正不阿，不近女色，可是呢，结果他还是会骗人，与那个女人纠缠不清，他根本就是被那个女人给迷住了，还口口声声欺骗她，甚至为了那个女人对她动手。悦姨说得没错，怡素也说得没错，这世上没有一个男人是好东西。

忽然飘来一片云海，骄阳当空，整个太白峰顶犹如一座孤岛，茫茫云海遮住了美仁的视线，她惊恐地乱挥着那团白雾，失控地大声叫着："给我走开！走开！走开！你们男人都不是好东西！天下间的男人没有一个好东西！向昕，是你先对不起我，是你先变的心，错的是你，是你，是你——啊——啊——"

……

俯在悬崖边，美仁发泄了很久，口中声声怒斥着向昕，然而内心却怎样也掩饰不住自己的悔意。

这一刻，她分不清自己究竟是在笑还是在悲伤，可是心真的很痛很痛，就像是被人狠狠剜了一刀，而那个剜了她一刀的人却又是她自己。

昕大哥，为何你要那么傻？为何都不还手？为何？如果你还了一招，结局也许就不会是这样了。

为何都不还手，为何……

她不是存心要害他的，她是失了神志才会错手刺下那一剑的，如今的她已经很难自控，只要稍稍受到一丁点儿刺激便会发狂，或许某一天，她会发狂，像都桓一样，杀了自己。

"昕大哥……昕大哥……昕大哥……昕大哥……昕大哥……对不起……对不起……对不起……对不起……"

［二］悲不自胜

渐渐地，美仁眼中的颜色褪尽，她呆坐在地上一动不动，直到滚烫的泪珠灼痛了她的手背，她才意识到自己一直在流泪，抬手方要抹去，便听见怡素讽刺而尖锐的笑声自身后传来。

“怡符衣，你这个蠢货，竟然会为了一个男人流泪？我果然没有看错你，你这个蠢货。哈哈哈，凭什么她整日说我比不上你，就凭你为一个男人可以轻易地掉眼泪，你怡符衣这一生就注定要输给我怡素！”

美仁不着痕迹地抹去泪水，回眸狠瞪着怡素。好容易终于平静了，心中的暴戾之气散了，可身后这个狼心狗肺的臭丫头却始终不放过她，她上辈子究竟是造了什么冤孽，才要今生今世来受？

这丫头知道她的弱点，知道她的情绪会在某种情况下难以控制，方才若不是她火上浇油，她也不会那么轻易地发狂。

一想到昕大哥被她错手刺的那一剑跌下崖谷，还有方才昕大哥临死之前说的那句话，她倏然起身，冲至怡素的面前，一把揪起她的衣襟，狠狠地打了她一记耳光，怒吼：“蓝希凌被人强暴后又被人杀害，是你找人干的对不对？你还是不是女人？你既然要杀她，为何不一刀解决，为何还要把她再送回向昕的身边？你明知道他不会放过你，你还自找麻烦，我不信你会是这种自找麻烦的人。说，你为何要这么做？”

“对，是我干的！因为我要看着你疼，看着你痛，看着你生不如死。因为我知道你一直喜欢那个蠢到不能再蠢的男人，我不但要蓝希凌死，我还要她死得惨不忍睹，要她死得有利用价值。我留着她的最后一口气，送她回向昕身边，就是要她死在向昕怀里，要她亲口告诉向昕，她有多爱向昕，让向昕一辈子都忘不了她。哈哈哈，向昕会自责，会为她报仇，会要杀了我，而你一定会站在我这一边，一定不会让我死。收到梅花簪子后，你是不是恨不得马上飞过来？”穴道终于解开了，怡素铆足了劲一把推开美仁，狞笑着，“告诉我，他死了，你的心是不是很痛？而且还是你亲手杀的，那种万蚁噬心的滋味是不是很痛？是不是很不好受？有没有一种生不如死的感觉？”

“是的，我会痛，非常痛，看见我痛，所以你就开心了？你以自己做饵，就是为了看我心痛，看我难受？”美仁禁不住尖声反问。

她终于明白怡素会这么做，是因为恨她，目的就是要看着她伤心难过。

怡素恨她，她也恨怡素。

怡素恨她，是因为嫉妒，恨悦姨对她的爱。

她恨怡素，是因为伤心，恨怡素总是伤悦姨的心。

纵然怡素有千错万错，罪不可恕，可是为了悦姨，她依然选择挥剑指向向昕。

怡素笑道：“我当然开心了，这世上能让我发自内心笑的，就是亲眼看见你生不如死。”

美仁扯了一抹冷笑，面部表情有些扭曲，冷冷地道："怡素，你太高估向昕在我心中的地位了。若是试图以向昕的死打击到我，那你就太天真了。你别忘了，我体内同样流着那个无情无义家族的血液。就算我亲手杀了他，我还是会像以前一样好好活着，这世上，没有男人可以影响到我。"

她狠瞪了怡素一眼，弯身拾起地上的纯钧剑。

怡素的脸色变得很难看，只是一瞬间，她便狂笑不止。

"你笑什么？能动了，就给我起来，跟我回杭州。"

"男人不算什么？那你娘、我娘，还有明家呢？"怡素仰面笑道。

美仁微微眯眼，琢磨怡素的话，她话中有话。

倏然，美仁以纯钧剑抵着她的下颔，愤怒至极，已然濒临爆发边缘："明家会一败涂地，是不是你告的密？除了那个昭武校尉严士远，还有一个告密的人是你，对不对？！明家和你有何冤仇？就算再不入你的眼，何以要赔上整个明家？这关我娘和悦姨什么事？你给我说清楚。"

"我就知道，只要一扯上你娘和我娘，你就会忍不住。"

"废话少说，你给我说重点。"美仁手中的纯钧剑将怡素的下颔又往上抬了寸许。

"别忘了你男人在临死前是怎样诅咒你的，他可是以他的性命赌你会杀了我。"怡素笑着。

华光一闪，纯钧剑已然回到剑鞘中，美仁厉声道："你可以说了。"

"怡符衣，你可记得你是怎样跟在我娘身边的？"

"有话直说。"

"你以为她当真好心收留你？她留你在身边只是想折磨你罢了。"

"什么意思？你究竟想说什么？"

"怡符衣，你可记得你娘是怎么死的？"

微微一怔，美仁皱起眉头。这个她当然知道，因为娘亲犯了族规，被逼喝下天一圣水，其实那是一种剧毒，为了护着她，娘亲想尽各种方法解毒，但还是逃不过命，拖到她快八岁那年终于承受不住去了，然后她就跟着悦姨去了天一谷。

怡素道："那你可记得，在怡家没人敢提你娘的事，是不是？"

是的，因为娘亲犯了族规，这事在怡家是大忌。

"你就不好奇吗？你娘究竟为何会犯族规？为何会被逐出天一谷？"怡素又反问。

半晌，美仁才冒了一句："因为她被选上做圣女，却背叛族人，与明经堂纠缠不清。"

听闻，怡素狂笑不止，过了好一会儿，才道："是那几个老家伙告诉你的？你娘被选上做圣女？简直是笑死人了。我告诉你，十九年前被选上做圣女的是怡家的女儿，但不是你娘，而是我娘怡悦。是你娘嫉妒我娘，她为了让我娘当不了圣女，于是就偷了《天一圣经》。偏偏那时明经堂好死不死也在天一谷，勾引你娘，是他带着你娘和《天一圣经》一起逃出天一谷的。"

美仁脸色大变，尖声喝断："你胡说！不可能！姑且不论那几个老家伙是不是在撒谎，但悦姨绝不会骗我，她也是这么跟我说的，说我娘是因为明经堂才背叛了天一族。"

"她的话你还相信？你当她真那么好心地收留你？你娘偷了《天一圣经》跑了这事，是天一族的耻辱，是怡家的耻辱。十九年后，都桓再犯，同样出动全族的人。整个怡家上下，都因为你娘受到了牵连，一夜之间，不但我娘失去天一圣女的资格，从此整个怡家的女儿也失去了资格，你懂不懂？这十九年来，你有见过哪个怡家女儿去争夺圣女之位吗？没有！因为自你娘偷了《天一圣经》后，整个怡家在族里便抬不起头，所有怡家人都被其他族人指指点点，受尽白眼。大爷爷会不恨？我娘会不恨？"

"不可能！你在胡说！我娘不是这样的人，悦姨也不是这样的人，是你在撒谎！是你在胡说！"美仁双手捂着耳朵，声嘶力竭。

怡素看着美仁面色苍白，就知道她不能接受这个事实，笑着继续道："怡符衣，好好地想想你这十年来是怎么过的。她教你的哪一样不是去勾引男人？她教你的哪一样东西不是去杀人？你这个蠢东西，心甘情愿地跟在她身后，愿意为她生为她死，不停地为她卖命赚银子，有哪一天为自己活过？可她呢，在背地里偷着乐吧。她在教我们所有东西的时候有多苛刻？学不会'飞花逐月'，就罚我们每日在雪地里跪着，有一丝达不到她的要求，那一天就不要想吃饭。我依然记得我终于做到'踏雪无痕'的那一天，俯在那雪堆里哭了近一个时辰。还记不记得，你这辈子都学不会的凫水？她只会在你完全沉下去不见影的时候才出手相救，再晚一步，你就淹死在水里了。你告诉我，这世上有哪一个当娘亲的，整日将自己的女儿丢在妓院里任男人摸来摸去，还差点儿被人强暴？又有哪一个做娘亲的，在自己的女儿面前毫无顾忌地和不同男人打情骂俏？每天从她房间里走出来的男人哪有相同的？今生今世都找不到比她更下贱的女人！"

美仁一把扯住她的衣襟，怒道："是你自己不争气，不思进取，不肯用功去学，每日只想着怎么玩得开心。在倚笑楼里，没有人叫你去勾引男人，没有人叫你去陪男人喝花酒，你却把所有过错全推到悦姨的头上，她花了多少心思多少心血教我们东西，你知道吗？我知道你是在挑衅我的忍耐力。可是就算我体内流着无情的怡家血，但我还是有血有肉，可你呢？狼心狗肺的东西。我知道你恨我，认为我抢了悦姨对你的宠爱，认为我在你娘心目中的地位永远都超过你，可你眼睛瞎了吗？就算眼瞎了，你的心也瞎了吗？她真正最爱的是你这个女儿！你知道每一次你与她唱反调，她有多难过？因为你从来都看不到她在背后为你哭泣的模样有多伤心。”

啪的一声，美仁狠狠地给了怡素一记耳光。

“你又打我？你竟然又打我？！”怡素的尖叫声随即而起，她拼命地撕打美仁，却反被美仁困住双手，她尖叫着，“够了！真正眼睛瞎了的人是你！我说的全部都是事实，是你自欺欺人，不愿去看清事实。我是她的女儿，我是你心目中那个最完美女神的女儿，她是个怎样的女人，我比你更清楚。你知道我爹是怎么死的吗？是你的女神杀的，是我亲眼看着她杀死他的，她从来就没有爱过他，之所以会和他生下我，是因为她要利用我去报复你娘。这一生，她从没有给过我一天的爱，她看我的眼神永远都只有蔑视与唾弃。在她心中，我只是她与一个废物生的贱种，只是她用来报复你娘的棋子，而你，也一样！”

头犹如炸开一般，美仁禁不住这突如其来的痛楚，她松开紧抓着怡素的双手，整个身体虚弱地软软滑落在地。她抱着头，不停地以手敲打着脑袋，试图减轻疼痛。

“你当我娘当真是与你娘姐妹情深吗？可怜你是孤女所以收养你吗？她会收养你，是因为她要折磨你，要让你万劫不复。曾经她可以在族里呼风唤雨，可是因为你娘毁了这一切。她不知道有多恨你娘，恨你娘毁了她唾手可得的一切。她要报复，她去勾引你娘最爱的男人，就是你爹明经堂，而明经堂从来都是对女人来者不拒，何况是主动送上门来的。最可恨的是，我娘卑鄙到利用另一个男人的骨肉，而告诉你娘，她腹中的骨肉是明经堂的。那个骨肉就是我，而那个男人就是我爹。你知不知道？她成功了，她成功逼走了你娘那个傻子一样的女人。”怡素的声音越来越高，到最后几乎是用吼的。

“你在说什么？你在撒谎！你在撒谎！你这混账东西！你再乱胡说，别以为我不敢杀了你！”美仁气急败坏，急红了双眼，一把揪住怡素的衣襟，猛地给她几记耳光，若她不是悦姨的女儿，她真恨不得生吞活剥了她。

“你打吧，有种你就打死我。有种你就动手，那个又蠢又笨的男人在死的时候都和你说了什么？哈哈哈，你这么快就忘了？怡符衣，你知道吗？我恨她，我恨你，我恨你娘，我恨你爹，恨整个明家，我恨不得你们全都去死！到了此时此刻，不怕告诉你，明家的事是我做的，那个严士远不过是个废物，是个贪生怕死的家伙，是他们蠢，才会找到他做内应。这个废物除了会玩女人还会什么，要多谢他在女人面前嘴不牢，我才有机会，是我将密函送给王钦若的，是我！从一开始接下蓝家的任务，我就对天发誓，我要为我爹报仇，我要你们一个个都不得好死。本来我只是想凭自己的力量杀了他们，谁知老天给了我这样一个好机会，哈哈哈，他们该死，全部都该死！”

“你还是不是人？还是不是人？你还有没有人性？你知不知道死了多少人？！我今天一定要好好教训你！你这个禽兽不如的东西！”

美仁再也无法忍受，一把揪起她的长发，死命地摇着她，又狠狠地给了她几个耳光。

这几巴掌打得又急又狠，怡素的嘴角顿时溢出鲜血。她身受重伤，根本不是美仁的对手，甚至连还手的余地都没有，猛地，喷了一大口鲜血在美仁的身上。这一刻，她早没了之前在生死之间的那种恐惧，甚至有了一种豁出去同归于尽的想法，她活不了，别人也别想活得好。

她狞笑着，对美仁大声笑道：“杀了我吧！你连你喜欢的男人都可以下得了手，还有什么不敢做？什么亲情？你在骗谁呢？我再告诉你一件事，你娘之所以会死，会被按族规处置，是我娘做的，因为她要你娘死！害死你娘的人就是你心目中的那个女神，是她！这世上再也找不到比她更卑鄙更恶毒的人了。不相信，你去问她，去问她啊，看看你心目中的女神会再编织怎样美妙的谎言说服你这个蠢货！我诅咒你和她都不得好死，哈哈哈——”

“我要杀了你！”

美仁的咆哮声响彻整个山谷，一道华光破鞘而出，一股强劲的气流袭卷了二人的周身。地上一层厚厚的枯叶随着泥土全数跳了起来，枝上的叶子纷纷落下，随即听到树枝断裂之声，草木皆被连根拔去，转眼之间，周围百步之内一片肃杀。

渐渐地，那股强势的气流消失了，一阵阵扑面而来的疾风也没了。

怡素躺在地上，惊恐地闭着双眼。哧的一声，直到什么东西深深地插入耳边泥土里，她才意识到自己还活着，那个发了狂的丫头终究还是没胆下手杀她。

她心惊胆战地睁开红肿刺痛的双眼，望进眼眸的却是一双如魔如妖、艳红如血的双瞳。

“为何？为何悦姨会有你这样的女儿？为何掉下山崖的不是你？为何该死的人不是你？你处心积虑地弄出这么多事来，就是为了看我难过，我伤心，我发狂，我生不如死？你赢了，你都看到了！你击溃了我原本就不堪一击的脆弱的心，你赢了，你胜了，你怡素比我怡符衣强，比我怡符衣狠。我始终下不了手杀你。”拔出纯钧剑，美仁将剑插回剑鞘，冰冷地道，“不是因为我怕你，不是因为我信了你的话，更不是因为向昕以死下的赌咒，而是因为你是悦姨的女儿，是她养我十年，疼我十年，爱我十年。你笑我痴也好，笑我蠢也罢，这十年的恩情永生难忘。我虽然下不了手杀你，但是为了今后你不能再祸害他人，我要废了你——”

说罢，美仁捉住她，运起内力，双掌毫不留情地顺着她的双臂掠过。

“啊——啊——”撕心裂肺的惨叫声破天而出。

骄阳终于冲开了层层云雾，直射在太白峰顶，映照着遍地狼藉。

将那黄金面具重新戴回脸上，美仁冰冷地看着怡素蜷缩在地上痛苦不堪，道：“这招日月同心，我从未使过，今日用在你身上，取你内力，废你武功，震碎你筋脉，便是让你永生永世都要记着你今日所犯下的错。不用担心，除了失去武功，你还和一个平常人一样，今后的生活，你依然可以自理，但切忌做过于劳累之活，思过于劳心之事。从今以后，最好永不相见，你走你的阳关道，我过我的独木桥。日后，你是生是死，都与我怡符衣无关。悦姨那里，我定会向她问个明白。我决不容许任何人污蔑她，哪怕是她的女儿。你好自为之。”

面无表情地说完最后一句，美仁提着纯钧剑决然转身，离开了这个让她已麻木得失去知觉的桐柏山太白峰。

［三］月下美人

握着酒坛，美仁拼命地喝着坛中酒。

悦姨教导她的喝酒的方式，她早就忘至脑后，眼下她最需要的就是可以麻痹自己的东西，而酒这种穿肠物再适合不过。

桌上已经有一个空酒坛，美仁的脑子却依然还是很清醒，清醒到快要发疯了。

从离开桐柏山，她不知道自己骑残了几匹马，马不停蹄地赶到杭州，赶回倚笑楼。可是物是人非，倚笑楼的老板娘换人了，迎接她的不再是她日夜惦记的那张熟悉的面孔，不再是那个妖娆风骚的女人。尚未踏进倚笑楼，她便被人给轰了出来，若不是那块金字招牌还在，她甚至怀疑自己走错地方了。

她强行闯进去，找到新任的老鸨，老鸨却告诉她倚笑楼的前任老板娘从良了，嫁人了。

这对她来说，根本就是晴天霹雳。

这么多年了，悦姨怎么可能说嫁人就嫁人，还挑在这个时候？终于找到一位熟识的姑娘，这位姑娘依然告诉她，有位出手阔绰的男人带着什么千金难求的宝贝来找悦姨，只要悦姨愿意嫁给她，那宝贝便是悦姨的，而悦姨为了那件什么宝贝就真的从良了，嫁了。

怎么可能？悦姨什么样的宝贝没见过？千金难求？就算是这世上没有的东西出现在她面前，怕是她也不会眨眼。嗤！千金难求……

内心彷徨，郁结难当，她那颗坚定的心甚至开始动摇了，难道怡素说的全都是真的……

她抓起面前的酒坛，仰面灌下，却是滴酒无存。这酒为何这么快又没了？她抬起有些发软的右手，方想再叫一坛酒，却听一个陌生的声音先她一步。

“小二，再拿一坛酒来。”

微眯了眯眼，美仁望了一眼坐在桌前的两个不请自来的男人——一主一仆。

身为主人的男人有着一张近乎完美的脸庞——修长的剑眉，高挺的鼻梁，锐利而狭长的凤目闪烁着魅人心魄的光芒，薄薄的嘴唇微微翘起，似笑非笑，说不出的魅惑邪佞。他身着松绿刺绣云纹长袍，即便只是坐在那里，这身衣衫也能衬出其修长的身段，穿上这身衣衫本应该看起来一派贵气，但就是这张几近完美的脸破坏了这种感觉。

相反，给人的却是另一种感觉，说不出的邪气。

对，没错，是邪气。

仆人，则是一身普通到不能再普通的灰衫，全身上下除了一身灰，毫无其他吸引人注意的地方，但坐在那满身邪气的主人身旁，却同样成了一道不容忽视的风景。他虽没有他主人那种绝色的相貌，但面部刚毅的线条，同样高挺的鼻梁，配上紧抿的双唇，浑身散发着生人勿近的危险气息，毫无疑问，论个人魅力，他毫不逊色。

他给人的感觉正如这人本身的气息，煞气。

对，没错，是煞气。

两个不请自来、莫名其妙、一邪一煞的男人，让美仁浑身都不舒服，但也因此，她微胀的脑袋稍稍清醒了一下。

她挑了挑眉，放下手中的空酒坛，对面前不识趣的主仆二人冰冷地道：“二位公子，劳烦你们移驾隔壁桌，这桌子我包了。”

那个邪气的主人听后也不恼，唇边漾着优雅的柔柔浅笑，道：“这位姑娘，只有这桌是空的，其他桌都满了。”

美仁抬眸扫向四周，的确全坐满了，想到之前她为了霸占这张桌子，霸道地吓退了不少前来搭讪以及想要拼桌的人，就连店主也不敢对她这种霸占桌子的行为多加言语，她不禁嗤笑了几声。

当小二新拿了一坛酒上来，美仁毫不客气地一把接过，撕了封条就要喝，却被对面的男人一把按住，道："姑娘，这酒是在下要的。"

美仁轻笑几声，弯了弯眼，瞟了他一眼道："这桌子是我包的，上到这桌子上的所有酒菜都是我的，若是你觉得我占了你的酒，那就劳烦你移驾别桌。"

说罢，她想要夺过那坛酒，却发现那坛酒在他的手掌之下纹丝不动。想来这邪气的家伙是与她较上劲了。她收回手，双手抱胸再次打量他。

他微笑着，跟店小二点了好些菜，开了酒坛，往她一直都不曾碰过的酒杯里倒满了酒，随即也给自己斟满，轮着那煞气的仆人，却是自个儿倒了酒。

"请！"他优雅地端起酒盅，敬了美仁一杯酒。

美仁只是盯着他，丝毫没有喝酒的势头。他也不以为意，勾着一对狭长的凤目，瞟了一眼美仁放在凳上的纯钧剑，剑被深色布包着，却露出了剑柄。他冲着美仁淡淡一笑："敢问姑娘芳名？"

美仁直视眼前这个邪气的男人，以他的相貌根本无须做这种随意搭讪的举动，便会有姑娘家倒贴上门。她忍不住轻笑出声，端起面前的酒盅，一口仰尽，然后牙齿轻咬着杯盅边缘，举止有些幼稚，煞是可爱。

"是在下唐突了。在下姓月，单名下字，这位是我的结拜兄弟，煞。"

那名黑衣男人在听见主人称其为结拜兄弟时，不禁一怔，而主人始终含笑，不以为意。

月下？煞？结拜兄弟？

美仁听到两人的名字后笑意更浓，这人若是当真叫月下，那就有鬼了。不过，她的名字与这位月下公子的名字连在一起，便是"月下美人"。

美仁勾了勾唇，哂道："向美仁。"

月下发出爽朗的笑声，扬了扬眉，道："月下美人？妙极！"

"月下美人"是昙花的别称，"昙花一现，只为韦驮"。相传月下美人是最专情的花，总是选在黎明时分朝露初凝的那一刻才绽放。

然而这种对爱情付出一生追求，牺牲自我的决然，她怡符衣可做不到。

"非也。向若而叹的向，仁义君子的仁。"她有多久没有这样与人解释过这个名字了。

"原来如此。向姑娘的名字很有意思，向姑娘的这把剑也很别致。"月下笑应。

眼色一黯，美仁禁不住又给自己倒了一杯酒，一口倾尽，口中含混不清地轻喃："天下间尊贵无双的纯钧剑当然别致。"

"向姑娘可知这把剑的来历？"那人又问。

美仁挑了挑眉，狐疑地望着他。

相传这把剑是天人共铸的不二之作，为铸这把剑，千年赤堇山山破而出锡，万载若耶江水涸而出铜。铸剑之时，雷公打铁，雨娘淋水，蛟龙捧炉，天帝装炭。铸剑大师欧冶子承天之命呕心沥血与众神铸磨十载此剑方成。剑成之后，众神归天，赤堇山闭合如初，若耶江波涛再起，欧冶子也力尽神竭而亡，这把剑便成绝唱。后为赵王勾践所珍藏，再后来，年代悠久，这把剑就失去了踪影。

至于怎么会到了向昕的手中，美仁便不得而知了。

“不知向姑娘可曾去过辽国？”

月下这一问倒是勾起了美仁的好奇之心，她摇了摇头，道：“不曾。”

“据我所知，这把剑在二十多年前曾现于江湖，不过，拥有这柄剑的人却是一个契丹人。向姑娘若是行走江湖，还是莫要随身携带此剑为好。”

美仁抬眸看着他，他依旧笑眯着双眼，嘴角上扬，明明说出来的话很严肃，但看着这张为祸人间的脸，美仁不禁翻了个白眼，道：“多谢月下公子的好意，此剑乃我朋友所赠，至于你说的什么契丹人，我也并不认识。我不认为这柄剑会给我带来什么麻烦。”

这时，有人送来了一封信，这是她等了几天，很重要的消息，悦姨根本就没有嫁人，那个什么出手阔绰的男人根本就是她找来的一个幌子。根据探子的消息，悦姨是回了天一谷。

那个令人生厌的地方，若是可以，她一辈子都不想回去。

不过，回去可以找到悦姨问清事情的真相，她心中悬着的巨石便可以落下了。这段日子，她憋得好难受。那日在太白峰顶废了怡素的武功，她一点儿也不后悔。即便悦姨要怪她，她心中也坦然。她并没有太过绝情，依然将怡素背下山，找人将她抬去看大夫，安排人照顾她。

自那以后怡素只和她说过一句话，那便是：“怡符衣，你今日不杀我，日后我终有一日会杀了你。”

后悔吗？若是谈后悔，她要后悔的事多了去。

收起手中的信，美仁猛吃了几口饭菜，未久，她提起包袱和纯钩剑起身便走，忽然又顿住脚步，回头对月下笑道：“虽说是我包下了这桌子，不过月下公子后来者居上，那么这顿酒菜的银两就有劳月下公子了。”

望着纤影悄然离去，月下不禁轻笑出声，道：“煞，你说是姐姐厉害还是妹妹厉害？”

“主人心中不是已经有了答案吗？”煞回应。

“煞从何时起也学会有话不直说了？”月下挑了挑眉道。

“主人当真要听煞实话实说？煞认为这次姐姐厉害。”

月下笑道："嗯，妹妹虽然武功被废，倒也不是从今往后都无用处，姐姐虽然各方面都略胜妹妹一筹，但是心终究没有妹妹毒辣，相反心肠越来越软，牵绊越来越多，弱点也越来越多，这不是件好事。反倒是妹妹无所畏惧，接下来，我看好妹妹，我赌她最终会赢。"

煞满面抽搐地望着主人，之所以他不猜，是因为每次主人想的都会和他所猜截然相反，这一次又是这样，猜测说出口了，又被主人给推翻。

"主人，族里的各位长老都催着您回去。"

月下挑了挑眉，不以为意地道："他们只是催着我回去迎娶最终胜出的圣女。只可惜，那些个庸脂俗粉比起这对姐妹逊色太多了。"

煞又道："可是怡家的女儿自十九年前就失去了竞选圣女的资格，各家的长老是不会同意的。"

"没关系，那就看看我亲自挑选的圣女厉害，还是他们挑选的圣女厉害。"

"那主人需即刻动身回天一谷了。"

"那是自然，我若不回去，我精心挑选的人选之一若是有个什么三长两短，谁赔我？"说罢，他扬着一抹邪佞而狂妄的笑容起身离开。

煞，依旧还是那副不苟言笑的表情，丢了一锭银子，随即也跟着离开。

月下并非叫月下，这名字不过是为映衬"美人"二字而取。

［四］叩首还恩

抬眸望着行走的石壁之上的一线天，让美仁确信她终于回来了，穿过那万丈悬壁，眼前一片豁然开朗。

流瀑的山泉由石缝间倾泻而下，飞溅声淙淙，远望如银龙飞天，近观直冲云霄，浩瀚的气势惊啸着整个山谷之间。四周的林木沙沙作响，一股清爽的地气迎面扑来，带着沁凉，眼前出现一片动人的景象。粼粼洒下的水气在阳光下泛出炫目的光彩，旋舞出一道道七色虹影。

天一谷，一直都是美仁心中尤为厌恶的地方，可这里偏偏美得犹如人间仙境。

"站住！什么人胆敢擅闯天一谷？"两名身着素色裙衫的女子拦住了美仁的去路。

"天一谷内迷阵重重，机关重重，你们认为非谷内人，可以擅闯得了？"美仁冰冷地讥道。

"你是哪家的女儿，口气这么狂妄嚣张？"其中一名女子凶道。

美仁瞟了一眼那名女子身上的腰牌，原来今日按规矩当守的是连家的女儿，冷嗤一声："再狂再妄也敌不过你们连家。"

那女子脸色大变，恼羞成怒："胆敢出言污辱我们连家，不管你是谁家的，我们今日定要捉你去见我们连家长老，让长老狠狠地惩罚你。看剑！"

不自量力!

自留下了纯钧剑，美仁就很少再用那把弯刀。纯钧剑尚未出鞘，美仁即以剑柄点了二人的穴道。

快步走向谷底深处，怡家所处的几间屋子赫然入眼。

有多久，她没有回这里了？

迈进屋子，径直往后院走去，直奔悦姨曾经住的屋子，却发现那里空荡一片，根本就不像是有人住过的样子。

为何悦姨回来了，却不在这里？

美仁莫名一阵慌乱，离开后院，迈往前厅。

这时，一名年纪约莫在十三四岁、长相甜美的小丫头拦住她："你是哪家的女儿，来找谁的？"

美仁上下打量面前这位小丫头，搜索记忆，以这小丫头的年纪看来，当年她离开时，她还只不过六七岁，这应该是她的另一个怡家妹妹怡漠之。

"漠漠？"她试着叫道，不敢确定。

"啊？"怡漠之听后一阵愕然，会这么叫她的只有一个姐姐，而那个姐姐早在多年前就被爷爷们一怒之下给赶出谷了，之后就算再回来，她也只能远远地瞧着，"符姐姐？"

"嗯，没想到漠漠这么大了。"美仁微笑着迎上前。

"符姐姐，真的是你吗？你回来了？爷爷们不怪你了，让你回来了？"怡漠之兴奋地拉住美仁手臂的同时，却没由地为她担心。

这丫头还是和小时候一样，居然没有被天一谷这座染缸染坏，或许要感谢她娘犯了族规，让整个怡家的女儿都失了竞选圣女的资格，否则，今日这丫头见了她，就不会是这番模样了。

美仁嫣然一笑，屈指弹了一下她的粉颊，道："我何时将那几个老头子的话放在心上了？漠漠，告诉我，悦姨住哪间屋子？我想见见她。"

怡漠之一听美仁的话，原本含笑的眼眸一下子暗了下来，原来符姐姐是私自跑回来的，而且还是为了悦姨回来的。

怡漠之内心挣扎了一下，连忙推着美仁出屋，急道："符姐姐，你快走吧，若是被爷爷们知道你回来了，定是逃不掉一顿打骂。还有，悦姨她——"

"漠之！"

严厉的声音忽然响起，美仁抬眸，却见怡家大长老怡不屈立在面前，身后还跟着怡家的另外两位长老，及一位她应该尊称一声“表哥”的年轻男子。

怡漠之见到怡不屈等人即刻松了手，立即恭敬地叫了一声：“大爷爷，四姑奶奶，二叔公，大表哥。”

怡不屈道：“漠之，你下去！”

“是，大爷爷。”怡漠之抬眸给了美仁一个“万事小心”的眼色，便乖乖离开了。

怡不屈进了屋，坐在上座，其余人也跟着分别坐下，美仁独自立在门扉之处，并未像怡漠之一样开口叫一声“大爷爷”，只是一脸冷漠地盯着他们。多年不见，她一点也不觉得多生疏，相反，当年怡不屈意欲打死她的情形，她可是记忆犹新。

怡不屈轻啜了口茶，淡淡地道：“丫头，这么多年，你一点儿都没变，还是和以前一样，一点儿规矩都不懂。”

“规矩？是吗，这里有多少人讲规矩？不都是有娘生，没爹教？懂规矩？真是笑死人。”美仁讥讽。

“你这个不识好歹的臭丫头！”怡家老二怡光潜拍着桌子跳骂起来。

没工夫和他们“闲话家常”，美仁冷嗤一声：“我想见悦姨，我知道她回来了。”

“臭丫头——”怡光潜方要发作，被怡不屈叫住。

怡不屈上下打量眼前这个丫头，多年不见，出落得如此标致，与她娘当年一模一样。只可惜当年那个不孝女毁了他们整个怡家，他心头憋着这口气，快要二十年了，都难以消退。如今这丫头又公然气他，真不知他前世造了什么孽，有这样一个女儿与孙女。还好，近二十年过去了，总算还有个素素，能给他挽回这张老脸。不过，他也很好奇，符衣这丫头这么多年不回谷内，族长怎么会知晓她的？而且还对她很感兴趣。罢了，罢了，只要那位怪里怪气的新任族长大人能重新重视他们怡家就好了。怡悦那儿，他会安排妥当，相信她不会乱说话。总之，一切对他们怡家不利的事，他都要想尽法子排除，绝不能再出丝毫差错。

怡不屈对怡光潜耳语了几句，怡光潜便匆匆离开。

怡不屈阴笑几声，对美仁道：“你悦姨最近身子不大好，正歇着呢。”言下之意，就是不让美仁见她。

“是吗？她待我如己出，若是病了，我更应该去看看她。”美仁轻抚手中已用深色布包裹好的纯钧剑，看了看怡家前厅这间大屋，笑了起来，“这间怡家大屋也有好多年了，有些破旧，不太配得上怡家人的身份了，符衣觉得应该找个时候找人拆了重建。若是‘大爷爷’不怕别家笑话的话，符衣愿为怡家效这份力。”

这丫头竟然敢威胁他，要拆怡家大屋?

怡不屈听出美仁话中的意思，这丫头知道他爱面子，若是当真让她把这间怡家大屋拆了，怕是他怡不屈在族内要有好些日子见不得人。

“哎，符儿，你是我怡家的女儿，岂能做这等粗活？方才是我话未说完，你悦姨在别处静养，我已经派光潜去找人，过会儿领你过去。”怡不屈满脸堆笑。

美仁笑着。

不一会儿，来了一名小丫头领着她去了怡家所属之地中较偏远的一间木屋。

推开屋门，美仁便瞧见她惦念了很久的悦姨，一脸木讷地端坐在椅子上，明知有人推门却连望也不望。

她的心间没由地一颤，喉咙微动，小心翼翼地叫了一声：“悦姨，符儿回来了。”

怡悦在听见这熟悉的声音后万分惊喜，抬起头，激动地站起身，但随即脸上的笑容隐了，她又回到之前冷漠的样子，缓缓坐回椅子之上。

悦姨这一举动，让美仁不解。悦姨从不会这样对她，每次她完成任务回去，悦姨都是一边对男人抛着媚眼，一边嬉皮笑脸地对她说：“今晚要多费银子做菜了。”那一晚一定会是满桌的菜为她洗尘，为何大半年不见，她突然会变这样?

连忙奔上前，她又轻唤了一声：“悦姨，符儿回来了。”

再扬起脸，怡悦换了一张笑脸，可美仁见着这张笑脸，心中陡然一阵冰寒，因为这种笑是悦姨教她的，只有在面对倚笑楼的客人之时，她才会露出这种对谁都很虚伪的笑容。

怡悦问：“我要你找的东西呢？”

“对不起，悦姨，我只带回了上卷，下卷……我一直没有找着……”她从怀中掏出《天一圣经》的上卷，恭敬地递给怡悦。

“可曾看过这里面究竟写了什么？”怡悦依旧是那副冰冷的口气。

对任何一个人她都可以撒谎，可是面对悦姨，她发现她无法欺骗悦姨说自己不曾看过，因而她选择了低首沉默。

怡悦并未接过那本圣经，不由分说，便怒拍了桌子一掌，喝道：“跪下！”

“符儿知错。请悦姨责罚！”美仁毫无怨言，乖乖地跪在悦姨的跟前。

瞧见丫头一脸委屈，怡悦想伸手摸摸她的脸，但她不能，唯有狠下心怒骂："你这个不知天高地厚的东西，你可知道这本圣经是何人才能看的吗？是本族的族长和圣女。我派你去取回这本圣经，不是要让你先看，而是为了赎罪。"

猛然间，美仁瞪大双眸望向悦姨，颤着唇问："悦姨，能否告知符儿，究竟是为了替谁赎罪？为了赎什么罪？"

"这个你无须知道。"怡悦接过那本圣经，翻了翻，越翻她的脸色越苍白，最终，她咬着牙，将那本圣经撕了个粉碎，随手一抛，秋风吹进，满屋子飘的都是那本圣经的碎屑。

美仁难以置信地望着悦姨，她辛辛苦苦拼了性命得来的圣经上卷，不是本族的至宝吗？为何悦姨就这样轻易地撕毁了它？她不解地问："悦姨，你为何要撕了这本……"

"住口！我做事还要你来教？"怡悦厉声喝断。

美仁双拳紧攥，再度望了望眼前的悦姨，今日的她与往日不同，不，应该说根本就是判若两人。她甚至开始怀疑是不是怡不屈找人假扮了悦姨，但悦姨轻轻皱眉时那种细微的神情是旁人绝对装不来的，所以，在她面前的就是悦姨本人没错，但何以会变成这样？她不明白。

"你听着，你看过圣经上卷的事绝不要对任何人提起，尤其是天一谷的人，知道吗？"怡悦在屋子里来回不停地走动，心中的焦虑难以掩饰，"既然你都看过了，那就该知道什么事该做，什么事不该做。你若不想死，就别想着去练那门邪功。"

"符儿知道……"美仁贝齿轻咬着红唇，她不想让悦姨知道她已经练了，她怕她会担心，她不知该如何开口问悦姨有关娘的事，想了又想，还是先说怡素的事为好，"对不起，悦姨，我找到素素了，但是请原谅我没有将她带回来，还有就是……我废了素素的武功……"

闻言，怡悦扶着门框的手抓得死紧，指关节处泛着异样的白，抓了又松，复又抓紧，胸口涌上一股热流，硬生生忍住。她背着美仁，不动声色地将那口鲜血吐出，以袖拭去。

废了武功好，废了武功好，废了武功好……

未久，怡悦轻笑一声，道："你告诉我这件事，是想我责罚你，还是想我原谅你？"

美仁深吸了一口气，决定豁出去，道："符儿废她武功，是因为符儿有足够的理由，但若悦姨要责罚，符儿也绝无怨言。但符儿只想知道一件事，就是当年我娘会被处以族规，是否另有隐情？"

怡悦背对着美仁，身体陡然一僵，急转身，厉声道：“不是让你永远别提这件事吗？”

“为何不能提？我娘真的是因为和明经堂私奔才受到责罚的吗？而不是因为她偷了《天一圣经》？！”美仁的声音高了些许。

“你……你从哪儿听来的？”悦姨怒吼一声，“你从哪儿听来的？谁告诉你的？跟你说过多少次，叫你不许提，你为何还是要提这件事？你忘了你大爷爷是怎样责罚你的吗？你还想像八年前一样半死不活吗？”

“纸永远包不住火。我今日敢回来这里，就没想过那几个老家伙会饶过我。我只是想问清楚这件事，我不相信我娘会是那种人。我只想听悦姨亲口告诉我，是不是我娘因为嫉妒你当上圣女，为了不让你如愿，所以她才偷了《天一圣经》和明经堂跑了？就因为她偷了《天一圣经》，所以怡家这么多年始终在族内抬不起头，所以怡家的女儿走出去，都会受到其他家族的排挤？而你因为失去圣女这个看似尊贵的身份，所以你恨她，所以你要报仇，所以你去勾引明经堂，所以利用素素的亲生父亲，怀了素素，然后再杀了他，逼我娘离开明经堂？你收养我，并非是亲情抑或是可怜我，而是因为我刚好成了你报复的棋子，是不是这样？你告诉我！”美仁心中的怨气没由地升起，声音越来越大。

未做任何回应，怡悦跌坐在椅子里，一阵失笑。她不停地笑着，双眼中不断涌出泪水。

美仁跪过去，伏在怡悦的身前，抱着她的双腿，颤声道：“悦姨，你告诉我，这些都不是真的，不是我娘嫉妒你，而是因为她与明经堂私奔才受到处置的，你告诉我，是这样的，对不对？”

怡悦闭了闭眼，手轻抚着美仁柔顺的发丝，唯有含着苦笑不停地流着泪。

“悦姨，你告诉我这一切都不真的。悦姨……”

这时，不远处有脚步声传来。

怡悦突然睁开双眸，猛地将美仁推倒在旁。

美仁一脸错愕，难以置信，前一刻还温柔如水的悦姨，却在下一刻推开她。

“为何？”不顾一切，怡悦像发了疯似的狂吼，“是的。我恨怡惜，我恨她！若不是她，我便是本族至高无上的圣女，是她，毁了我的一切，毁了我们怡家在全族中显赫的地位，是她让我们怡家人在族内遭人白眼唾弃。凭什么她怡惜从此就可以跟着个男人过着无忧无虑荣华富贵的生活，而我要受尽这种耻辱和折磨？天一族的女人本就无情可讲。怡惜错就错在，偏偏是个情种，否则我根本伤害不了她。我要她痛苦，我要她看着她心爱的东西被别人抢去，尝到被人毁的滋味。”

美仁瞪大了双眸，口中不停地念着：“不，不，这都不是真的，是你骗我

的，是你骗我的——”到最后已然歇斯底里地疯狂尖叫。

“骗你？我早就教过你，天一族的女人最擅长的就是欺骗。告诉你，圣经下卷在我手中，一直都在我手中，是你娘临死前交给我的。我之所以还会让你去紫玉山庄，就是想让你杀了明经堂。可你真是太让我失望了。你不是恨他吗？日日夜夜面对着那个辜负你娘的负心汉，你为何不动手？你忘了我是怎么教你的？杀人你都忘了吗？我叫你别杀他，你就真的这么听话地不去杀他？”怡悦一把用手扣住美仁的咽喉，狞笑着，“我用我最珍惜的贞洁去换了一个孩子，为的就是要逼怡惜。我居然还会替她养你这个孽种养了这么多年，你知道为什么吗？你有没有想过，我教给你的都是些什么？杀人，越货，卖身，如何做一个人尽可夫的娼妓？我要她在九泉之下好好睁眼看看她的心头肉，最后会变成什么样。”

美仁拼命地摇着头，喉咙被掐着，潜在心中的悲痛叫她如何倾出，这一切都不是真的，都是虚幻，她只是在做噩梦，一定是在做噩梦，眼前的这个女人不是悦姨，不是的……

不，是真的，是她在自欺欺人。

为何悦姨要这样对她，为何要利用她欺骗她这么多年？难道十年的情分还不能抵消那时的仇恨吗？《天一圣经》的下卷竟然在悦姨的手中。她想起来了，当年娘在临终前的确是交给悦姨一样东西，难不成就是圣经下卷……悦姨为何要这么对她？这叫她情何以堪？叫她情何以堪……

她后悔了，后悔回来寻找这个真相。多年来，那存于心底美好的亲情如今全数化为碎片，变成一个个利刃，直插她的心窝。

她的头好痛，真的好痛，又要爆裂开来了。

萧山木屋的大火烧尽了娘的一切，那场大火让她永生难忘。

“啊——”愤怒使美仁再次失了理智，强大的内劲震开怡悦。

“噗……”怡悦撞倒在桌上，禁不住大吐一口鲜血，“你……”

这时，怡不屈走进屋内，急忙扶起怡悦，对美仁厉道：“你这个不孝女，敢这样对你悦姨？看我不好好教训你！”

怡悦冷笑着望着虚情假意的怡不屈，不着痕迹地拭开他的手，冷淡地道：“爹，似乎你曾答应过女儿，不会踏进这间屋子半步。”

怡不屈一脸尴尬，心中虽恼怒，但也未曾显露在脸上，一声不吭，阴沉着脸离开了屋子。

怡悦又吐了一口血水，对双手捂着脸的美仁道：“你最好马上给我滚出天一谷，在我没反悔之前，马上给我滚出去！若是你以后再敢踏进谷中半步，就别怪我换另一种方式对你。从今往后，你再不是我怡家人，我不想再看到你，你给我滚！”

怡悦在心中默默地念着：走吧，孩子，离开了，就永远都不要再回来了。

美仁抬起殷红如血的双眸，发了狂地将桌上的茶盅果盘等全数扫落在地，但似乎这些都无法宣泄她心中的恨意。就这样，她一边怒吼着一边砸光屋内所有的东西，但凡能够挪动的，全都被她砸了，就差没拆了这间屋子，屋内一片狼藉。

怡悦只是静静地闭着眼坐在一旁，任由这个孩子在面前发泄。无论如何，她都不能心软。

未久，屋内再没有东西可以砸了，一切又恢复平静。

怡悦深吸了一口气，方睁开眼，却不想见到美仁那细微的变化，她全身的神经都紧绷了起来，这傻丫头怎么会变成这样？

扑通一声，美仁再度跪在怡悦的跟前，两眼空洞失去焦距，咚地磕了一个重重的响头，道：“还您十年的养育之恩。”

怡悦抬起手方想扶起她，却只能硬生生收回，抿紧了唇一句话都不说。

咚，第二个响头，美仁道：“还您八年前的救命之恩。”

咚，第三个响头，“还您这十年来所赋予的一切。”美仁久久未曾抬起头，俯在地上，双肩不停地耸动着，无声地流着泪。

半晌，她终于抬起头，幽幽地道：“我，怡符衣，今日在此磕完这三个响头，从今往后，是生是死，将与你、与怡家、与天一族再无任何瓜葛。”

说完，她便迅速起身，欲夺门而出。

怡悦突然猛地回过神，拦住了她的去路，扶住她的双肩，紧张地问道：“告诉悦姨，你是不是练了圣经里的武功？”

美仁双眸中的色彩褪却得很快，但心中的戾气尚未消散殆尽，伤痕再也无法愈合，知道所有事情之后，她已无法若无其事地再回到从前，亦不想面对，她只想快快逃离这个让她憎恨的魔域。

“这好像与你没什么干系了。”美仁的语气甚是冷淡，无情地抚开怡悦的双手，头也不回地离开了。

怡悦的身体摇晃着，眼中满是惊恐的神色，不曾多虑，她冲出屋子，追上美仁再度拦住她，颤着声道：“找个自己喜欢的男人，把它散了！”

美仁抬起执拗而倔强的黑眸，一时间心中涌起悲凉，嘴边不自觉地浮出一丝冷笑，若不是为了完成悦姨交代的任务，她何以走到今时今日这个地步？

她一直以为，悦姨教她的，与天一族的那些个女儿不一样，可到头来，才发现一切都是一场空。

什么亲情、什么养育之恩，全都是骗人的，这里的一切都是骗人的。

“散不散，那是我自己的事，不劳您费神。”她的声音冰冷得让人听不出什么情绪，她越过怡悦，离开了。

怡悦强迫自己镇定，冲着她的背影大叫一声："找个男人散了它，你给我散了它！"

可美仁就像是聋了一样，决然的背影很快消失。

身后忽然传来一道厉斥的声音："你最好给我安分点，当年惜丫头坏了事，已经让我们怡家丢尽了脸，而你，我以为你一直是个懂事的孩子，居然也走上了惜丫头的路。这怨不得我这个做爹的。总算，老天有眼，还给了我们怡家一个素素。你将符衣这丫头逐出天一谷也好，总算是去了我心头这根刺，她只要还留在你身边，就是我怡家的耻辱。你给我安分守己点，或许还可以多活几年，要是让这个臭丫头再坏了素素的好事，我定饶不了你。"

怡悦对着父亲冷笑几声，道："我这一生最后悔的事，便是错怪了姐姐。请你离开这里，以后别让任何一个怡家人出现在我面前。"

回到屋内，怡悦便撑不住虚弱的身体，软软地滑倒在门扉之处，捂着胸口，又猛吐了一口鲜血。

望着衣袖、衣摆处所沾着的鲜血，她凄凉地笑了出来。用不了多久，她就会和怡惜一样，变成一个脱发、面色枯黄的丑女人。想她怡悦这一生最重视美貌，却要在死的时候，变成一副丑陋无比的皮囊，也许这就是报应。

"姐，我错了。我对不起你，是我害了你……姐，我错了。我对不起你，我害了符儿……姐，对不起……呜呜呜……"

怡家的人不爱她，怡家的人不要她，怡家的人不容她。

就连离开天一谷，她都要大开杀戒。早已麻木了，她甚至不知道手中的纯钧剑究竟伤了多少天一族人，也不知道为何连家会那么轻易放过她，更不知道最后自己是怎样离开了天一谷。

天地之大，却没有她怡符衣可容身之处。

她注定了今生今世孤独一生，娘丢下她走了，连她最依赖的悦姨，那份成为她寄托的亲情，而今，也已幻化成片片泡沫……

绝望伴着伤心在心底蔓延，像毒药般一点点腐蚀着她的心。

接受不了这个事实，也承受不住这样的打击，她觉得整个人都崩溃了。

为何上天要这样对待她?

眼前这面静如明镜的湖水，映照出的是一双殷红的血眸，那是一双饱含着无限悲伤、愤怒、绝望、暴戾、杀戮的血眸……看着这双血眸，宛如看到了人间地狱的最深处……

《天一圣经》上卷上所记载的绝世武功，就是将人心最阴暗的一面完完全全呈现出来，逼人成魔，逼人绝望，逼人死亡……

她跪倒在湖边，伏在天一石上。都桓在临死之前要她找到《天一圣经》下卷之后，一定要在天一石前念给他。下卷她没有找到，而她失去了她最看重的亲情。如今，她要说什么，她该说什么？她和他一样，都走上了一条不归路。她终于将憋了很久的眼泪，哭了出来，她要将十八年来所有的眼泪全数哭出来……

［五］月下女鬼

大雪下了三天三夜，把大地装点成一个纯净的世界，入目尽是一片耀眼的白，远山近树，道路洼丘，宛如一幅粉妆玉琢的绝美图案。

在南方，有好些年没下过这么一场大雪了。

杭州城一家茶馆内，被风雪阻了路的江湖中人都在讨论着最近发生的几件怪事。

江湖上最赫赫有名的美杀手组织“艳门”，莫名其妙地在一夜之间遭人灭了门，全艳门上下，无一活口，全是一剑封喉，那剑法快到伤口之处只有一道干涸的血痕，再无多余的血迹。有两名任务在身的女杀手原本以为逃过了这场浩劫，孰知，不过十日，尸体就被人发现悬在废弃的艳门之内。

每每提及此事，人们无不叹息可惜了这么多人间绝色。

说到这艳门，也是平日里与人结怨太多，遭人灭门也无可厚非，但与杭州毗邻的州县乡，一些名门望族，也接二连三地死了人，死因还各不相同，追查的结果都属于自杀。死人原本不怪，单死这有头有脸的也不怪，怪就怪在这些有头有脸的人物都有一个特征，那便是身边妻妾成群，有了妻妾还不够，还总是喜欢在外面拈花惹草。半年之内，各地这类大小案件已经发生了近十起，让官府无从下手，丝毫找不着线索。说来也怪，每发生一起这样的案件之后，没过多久，接着便会有一起官府追查了许久的陈年旧案或是张贴榜文追缴匪贼的大案不查自破，不是凶手被扔在官衙大门之外，便是有人半夜送密函告知匪贼的窝藏之处，这让官府的人是又惊又喜。

当然，这两怪还不算最怪，茶余饭后，最让人们津津乐道的便是那第三怪。

传说，美丽的萧山上不知何时起住着一名女鬼，一个美艳无双的女鬼，一个经常全身赤裸喜欢在月下沐浴的女鬼。

正因为这个神秘的传说，引着许多胆大而又身强体壮的汉子连夜上萧山，但凡能够活着下山的都疯了，见着女人就会口中不停地嚷叫着“鬼啊”。

为此，官府的人还特意去搜了山，别说女鬼的影子，就连靠山吃山的一些山野村姑也没见着，不过倒是发现了好几具尸体，几具赤条条的尸体——一个个死状惨烈，有的双眼暴突，窒息而死；有的全身骨断，疑似跌下山崖致死；有的遍体鳞伤，身上没有一块好肉，失血过多而死；还有的胸膛被剖开，内脏不知是被鬼还是猛兽吃得所剩无几……

经过盘查，这些暴死的人，都是曾经雄心壮志说是去见识一下那月下沐浴的女鬼的人，孰料一个个莫名惨死，最奇怪的是，在其中一具尸体旁，发现了以石子摆出的一个“鬼”字。

这让当地的人更加确信萧山有女鬼一说。

自此，出入萧山的樵夫们，只敢选在白日出行，因为众人都信了萧山有女鬼，会杀人，会吃人。

但此事，并未因此而终结，还是不断地有人失踪，而失踪的总是身强体壮的男人，而这些男人都是不得已需要出入萧山。

坐在角落里，景升静静地喝着茶，脑中飞快地转着，想着月下女鬼这件事的可能。未久，他便丢了些碎银在桌上，出了茶馆。

冒着风雪，他好容易找了一辆马车，跟车夫提出要前往萧山。车夫一听连连摆手，直到他掏出一锭银子，并说只要送他到山脚下即可，那车夫才勉强答应。

送他到了萧山脚下，那车夫便急急调转了车头。这位气度不凡、优雅俊朗的公子独自一人冒着风雪入山，明摆着是送死。临走之前，车夫于心不忍，好心地提醒道：“公子，你还是莫要上去了，山上真的有女鬼。”

“多谢关心，在下正是前来捉鬼的。”撑着伞，景升唇边漾着一抹难以形容的微笑，笑中含着浓得化不开的奇特眷恋。

那车夫赔着笑，摇了摇头，赶着马车速速离开。

眼前，一片莹白，行人绝迹，鸟兽无踪，除了触肤如割的刺骨寒风，无休止的怒风呼号外，天地之间似乎没有丝毫生机。

美丽的萧山，在新雪的覆盖下，显得更加妖娆迷人。

选择在这样的天气上山，在世人看来无疑是送死，但谁叫那个日夜扰人寝食难安的“女鬼”就在这萧山之上呢。

不一会儿，在清冽的空气中深呼吸，最先钻进鼻翼的竟是温润的水汽。

恍然之间，景升已然立在山谷之间的一处温泉旁，这处温泉从一个巨树下的石缝里流出，满山遍野的莹白，只有这里热泉氤氲，满目青翠。

景升抬眸看看四面的高山，望着那些积雪，再看看脚下这一片春色，不禁轻勾唇角，想来那个“女鬼”应该是在这附近了。

这时，不远处传来一个男人的救命声，第二声“救”字尚未出口，便被人强行阻断。

拧紧眉头，景升循声而去，不意外，那声音就是从眼前的山洞里传出的。

揭开那遮掩着山洞口的郁郁葱葱的藤枝，一个上身赤裸的男人呈现于前。

那个男人瞪大双目，面部红紫，双手扯着死勒着脖子的白绫，在见到景升的那一霎，伸出右手对着景升不停地乱挥舞，求景升救他。

那男人的身后，十步之遥，正立着一个女人，景升看清之后即刻掷了手中的伞，击断那根就快要了这个男人命的白绫。

咚的一声，那个男人直直地栽倒在景升的脚边，晕了过去。

打算以白绫杀了这个男人的女人正是美仁，景升望着她的模样，一脸的难以置信。

眼前的她衣衫不整，上半身只着一抹艳粉的肚兜，手中紧攥着断成两截的白绫，如绸的黑发，丝丝入眼，顺着她优美的颈项，凌乱地披散在她的身上。这漆黑的长发、艳粉的肚兜更衬得她暴露在外的肌肤肤白如雪，美得叫人窒息，美得叫人目眩神摇。

好容易找到这个日夜困扰他，让他寝食难安的女人，却是见着她在糟蹋自己。

景升紧攥着拳头，手背上青筋暴露，已然到了暴怒的边缘。他一步步走近她，含怒的双眸对上她那双如魔的殷红血眸，语气冰冷至极："你都在做些什么？"

美仁弃了手中的断绫，就像看不到他一样，身如疾鸿，猛地冲向那个倒在地上昏迷的男人，一把揪起他，脚下使力，便将那个男人一脚直接踢出洞外。一个闷响，那人便滚落山崖，从这么高的山上坠下，定然是无命了。

景升想要阻止却根本来不及，大步上前只能一把攫住她的双肩，将她的身体扳过来，强逼着她与他四目对视。

"向美仁，你还嫌你杀的人不够多吗？你看看你，如今都变成了什么样？曾经我跟你说的话，你都当耳旁风了吗？叫你静心的呢？杀人，杀人！你如今眼中除了杀人，还有什么？还要如此地糟蹋自己，你把自己当什么了？"景升前所未有地愤怒，他的大掌使了力，似要捏碎了她。

"要你管我！你去死！"美仁抬起右手，从发上拔下簪子，直刺向景升心口。

她快，景升比她更快，他一把攫住她的皓腕，夺下她手中的簪子，怒吼着："向美仁，你给我冷静点！看着我！我要你看着我，看清楚我是谁！"

吼声震耳，一阵眩晕，美仁毫无预兆地便往景升身上倒去。

觉察出她的异样，景升立即松了手，连忙托住她的身子。

一种熟悉的她身上特有的馨香像是清流般沁入他的心脾。白净的肌肤一片冰凉，就像晶莹洁白的羊脂白玉凝聚而成，他的手掌微微动了动，指掌下的肌肤温暖而且充满着生命力，甚至可以感觉到血液急促且强有力的跳动，不断地自肌肤下传来。他微微垂眸，佳人的凝脂玉肌，纤腰若束，一览无遗。

他眉头越拧越紧，唇越抿越紧，呼吸也越来越重，无法继续思考，脑中有短暂一刻空白，他不敢再看她，也不敢乱动，只觉得脸颊如火般燃烧着。

余光瞥见火苗跳动，一步之遥，是一个正在燃烧的火堆。他强作镇定，一定是这火堆烤得人有些热罢了。

他深吸了一口气，别开脸，瞥见一旁地上散落的衣服，连忙拿起欲替她披上，冷不防被结结实实地甩了一记耳光，怀中的佳人毫无情面地猛推开他，并夺走他手中的衣服。

一时间空气犹如冰封了一般，景升神色暗沉，紧抿着唇，紧握的双拳青筋尽现，他强忍着心中的怒气。

美仁迅速披上衣服，冲着他怒道："明景升，你这个浑蛋，谁准你进来的，你给我滚出去！"

"你终于清醒了？终于认得我是谁了？"景升的语调里含着前所未有的怒气。

"不知道你在说什么。"衣衫不整的美仁明显底气不足，她背对着景升，慌乱地理着衣服，明明平时穿来很简单的衣裳却在这时怎么都穿不好理不顺，越急越乱。

"我在说什么你不知道？告诉我，你是不是还在练那种邪功，你是不是在用男人来练那种邪功？你为何要这么作践自己？"

"明景升，你给我闭嘴！我贱不贱关你什么事？你是我什么人？我做什么事用得着你来管？你管好你们明家人的生死就好了。"她万万没想到会在这样的情形下再见景升。为何每次在她最痛苦、最脆弱、最不堪的时候，他总是会莫名其妙地出现在她身边？这个浑蛋臭男人，居然敢骂她作践自己。等她穿好了衣服，一定撕了他。这该死的衣服为何到现在还穿不上？人欺负她，就连衣服也欺负她。

一阵冷战，她又是一阵眩晕，身体软软地滑坐在地上。

她体内那股子邪劲又开始发作了。刚想着，她便禁不住咬着牙，紧抱着身子蜷缩了起来。

"你……"见到她额头已经开始渗出血汗，半截藕臂同样点点泛红，景升便知道她开始发作了，俊雅的面庞上掩饰不住焦虑，再顾不上责难，他大步上前，一把抱住她，"忍着点，挨过就没事了。跟我下山，我一定会找到医治你的法子。"

法子？能有什么法子？唯一的法子就是男人。

“你走开……我不要你管……”她不要在他面前示弱，拼命地用手推开他，却被他抱得更紧了，“放手……”

她也不想自我作践的，可最近一段日子，她体内邪劲发作得越来越频繁，有时候承受不住，她恨不能去撞墙，纯钧剑被她举了一次又一次，最终都放下了，因为她不想死，也不能死。可是她自己知道这种日子不多了，但就这么死了，她不甘心。

体内邪劲发作的时候，她就怕被别人看到她浑身流血汗，把她当怪物来看，那个时候是她意志及身体都最薄弱的时候，任何人都可以要她的命，所以她只敢躲在这个隐蔽的山洞里，直到夜幕降临她才敢出去，跳进温泉中将身上的血迹洗尽。不想，还是被人给发现，起初，她只有杀了那人。

久而久之，人们都当她是萧山上月下赤身沐浴的女鬼，引得更多的臭男人上山。

当她熬不过的时候，就想随便找个男人散了那一身邪功算了。但每每一看到那些个男人急急地脱光了衣服，她便觉得恶心，反胃想吐。一次又一次，甚至连蒙上眼睛她都试过了，但还是受不了，她根本无法忍受一个陌生的男人趴在她的身上，无法忍受任何陌生的气息染了她的呼吸。

就像方才那个被她杀死的男人，衣服脱了一半，她就后悔了，那个男人还不知死活地试图强暴她，哼，只要是用眼睛看过她身体的男人她都会杀，这种强行乱摸她的，她更不会放过。

无论是找多少个男人，就算一个也不成功，她也决不能放任那些男人活着离开。

一想到那些臭男人碰到她，她就会发狂，那些浑蛋都该死。

还有这个整天就知道占她便宜的哥哥，也该死，可是她根本杀不了他，却要任由他这样肆无忌惮地抱着她，在她耳边低喃。再也忍受不了，她拼尽了全力，猛地推开他，嘶吼一声：“你们这些可恶的臭男人，都给我滚开！”

她迅速拔下一支发簪，猛地往自己的手臂上刺去，闭起眼，等待着那种被利器刺伤的锥心疼痛，这样她就可以忘了头痛，以及体内那一正一邪两股内气相互冲撞所带来的痛楚，可是除了这两种让她发狂的痛之外，她什么都感受不到。

倏地，她睁开眼，才惊觉手中的那支簪子正被景升夹住。

［六］花开满堂

“我叫你给我撑下去，你却自残？向美仁，你给我听着，你要是不给我忍着，我不保证不会像在夷山那样对你。你听见了没有？”愤怒的声音、冰冷的声音，却带着不可质疑的威胁。

美仁困惑地抬头，一张虽饱含着怒气却俊美非凡的男性面庞就这么撞入眼底，一双寒星般的眸子，带着十二分的怒气冷冷地看着她。

那眉眼，简直漂亮得让人窒息。

“找个自己喜欢的男人，散了它！”“找个男人，散了它，你给我散了它！”悦姨最后的话一直在她耳边不停地萦绕着。

喜欢的男人？她到哪里去找喜欢的男人，唯一一个让她心动的男人已经死了，还是被她亲手杀的！

“啊——”她痛得再度蜷起身子，额上的血汗又开始滴落。每每看到这触目惊心的血汗，她心中的恐惧便无限放大，她真的不想死。

这一年多来，她苦苦找寻了明家的人那么久，却始终无果，她知道明经堂没死，但他像人间蒸发了一样。她查到当年明经堂、叶声泉和鱼海浪三兄弟为了《天一圣经》去了天一谷，而明经堂就在那时诱引娘亲偷了《天一圣经》，若不是这样，娘亲也不会死，悦姨也不会那么恨娘亲。

她不心疼她的命，可无论如何，她也要在死之前找到明经堂，她要亲口问他，他究竟有没有爱过娘亲。

“忍着。”景升以丝帕细细地为她擦着血汗。

美仁咬着牙，看着他专注疼惜的神情，不说感恩，多少也有些为之动容。

喜欢的男人，没有。男人，眼前就有一个，却是她的哥哥。要想保住她的命，终有一天她会失去这一身武功，到那时她便是个废人，再想做什么也根本不可能了。这次他能冒着雪天上山找到她，她更加确定他对她的感情已超越了兄妹之情。想想，这个男人的气息她不算太排斥，看也被他看了，摸也被他摸遍了，吻也被强吻了。哥哥？哥哥又怎样，如今的她还怕别人说她乱伦吗？她早就万劫不复了，再多一条罪状，又何妨？

明经堂要是知道自己的儿女乱伦，一定会气得七窍流血。或许再没有比这种方式更能打击到他的吧？她坚信，景升一定能带她再见到明经堂，她要明经堂亲眼看到自己亲生的儿女是如何乱伦的。

美仁一把夺过他手中的丝帕随手扔掉，不顾他的惊愕，双手便开始解他的腰带。

但很快，她的纤手便被攫住，景升惊诧地问道：“你要做什么？”

“脱衣服，快点！”抽出手，美仁没再管他的腰带，嘶啦一声，直接撕开了他的衣襟，露出一大片结实的胸膛，手再往下伸去，再次被抓住。

随之，她头顶传来怒斥：“向美仁，你在做什么？”

抬首，她忍着痛，冲着盛怒中的景升狠瞪了一眼，颤着声道：“孤男寡女的脱了衣服能做什么？”

挣开他的大掌，她的双臂穿过他的衣衫，环住他，闭上眼，将脸紧贴在他赤裸的胸前。他身上暖暖的，让她觉得身体再没之前那么阴寒了，不知不觉中，双臂的力道收得更紧。

可这片温暖没享受多久，她便被猛地推开，只见一脸愤怒的景升拉紧了衣衫，冲着她骂道：“你知道你方才的样子像什么吗？我真没想到这一年多来，你竟然堕落成这样。”

“像什么？像娼妓！又要说我下贱？我本来就是窑子里出来的，这算什么？更下贱的你还没见过呢。”

景升深深地闭了闭眼，转过身，干脆不看她，理着衣衫，好好的衣衫已经被扯坏了，若是这样下山，定会遭人耻笑，但是他已经顾不了那么多，因为这里有个让他更为烦心的女人。

头疼得厉害，美仁实在想不通，方才她抱着他的时候，明明听到他狂烈的心跳声，明明他就很想要她，为何要将她推开？那些个男人一见着她，巴不得她全身都是光的，连衣服都不穿。现下，她倒贴上了，他居然推开她，一脸的不情愿。

男人和女人上床不就是那么回事吗，而她只要散了她体内的邪功就好，很快就完事了，又耽误不了他多少时辰。

头真的好痛，手刚想抚着额头，她却望见自己手臂上的血珠越冒越多，随手一拭，便是浅浅的一道血痕。她的时间真的不多了，依那圣经上的记载，若是她再不找个男人散了一身内力，过不了多久，她便会暴血而亡。

她忍着痛，一步一挪地走向他。

方整理好衣衫，抬首，景升便瞧见美仁苦着一张脸却很坚定地立在他跟前。他深深的拧着眉头，道：“这一年多来，你究竟发生了何事？为何你会变成这种样子？”

“景哥哥，你喜欢我，对不对？”她答非所问。

突如其来的问话，叫景升有些措手不及，他尴尬地垂了垂眼。

“既然喜欢，为何你要拒绝？你介意别人说我们乱伦，对不对？我都不介意……你介意什么……”又开始发寒了，体内的两股真气不停地相互冲击，骤然间，美仁再度软软地扑倒在景升胸前，景升下意识地抱住她。他的紧张让她抓紧了他的衣襟，拼尽力气说道，“景哥哥，我只要一次就够了，你放心，不会再有第二次。过了今日，没人会知道，只要你不说我不说，没人会知道。”

“你——”一股无名之火狠狠地往上蹿烧。

趁势，景升来不及防备，美仁双手捧住了他的脸，用力地将红唇印了上去。她的手也不曾闲下，双手灵活地攀上他的脖子，并将他束于头顶的玉髻弄散，十指插进他散开的发丝里，将他按向她，不让他的唇离开，拼命地吸吮他的薄唇。

这根本就不是吻，两齿的碰撞，撞痛了两人，这也根本不是情人间唇舌的纠缠，倒像是野兽对食物的啃咬。虽然软玉在怀，又有如琼浆仙果的红唇紧贴着自己，不断地挑逗着自己，但景升完全没有细细品尝的心情。他要的是她发自内心、带有感情地去做这一切，而不是像这样，为了达到目的，而利用他对她的感情去做这一切，他不要。

猛地将美仁拉离，景升扯下她的双手，饱含怒气的双眼狠瞪着她，隐忍着不发作出来："若你没事了，就把衣服整好，跟我下山。"

美仁恼羞成怒，扬起手便想要打他一记耳光，却被景升抓住："对，我是喜欢你，但喜欢你不代表就一定要和你燕好。男人与女人上床，分爱与不爱。我是人，不是畜生，不是随随便便就可以做出和女人上床这等事。我要的是你的真心，可我根本看不到你的真心，你这种为了达到目的可以不择手段，甚至连自己的贞操都可以利用的举动，让人很不齿！"

刹那间，美仁尖叫起来："明景升，你给我滚！既然不想和我翻云覆雨，你就给我滚！天下间男人多的是，你以为我稀罕你，我就不信我找不到一个合适的男人。"

说着，她便从地上爬起，欲扑出洞外，去寻找她口中所谓的"合适的男人"。

忽然，身体一轻，她被腾空抱起，出了山洞，迎面冷气袭来，她一阵哆嗦，暴露在外的肌肤似要被寒风割破，她直往景升的怀里钻去。

还未来得及反应，扑通一声，她便被景升毫不留情地扔进了温泉池中。

抑制不住心中的怒气，景升立在温泉池边吼道："我看你还不够清醒，既然你想头脑一直发热继续混沌下去，那就好好用这温泉水冲一下你那乱七八糟的脑袋。如果再不清醒，过会儿我就再丢你到雪地里好好地清醒清醒。"

他也要用冰雪清醒一下，一想到方才她要出去再找男人回来，他真的快要气爆了，还有之前，她居然脱得上身只着一件肚兜便和一个男人共处一室，虽然那个男的已经死了，但一想着她的妙曼身姿被别的男人窥觑，他就快要气疯了。那个死掉的并不是第一个，而是那么多个死掉的人其中之一。她就这么需要男人？就这么不爱惜自己？

"向美仁，你给我听着，别指望再去——"他意图威胁警告她，却因水汽氤氲的温泉水面不见了人影，他整颗心都跟着紧张起来，"美仁？美仁！你在哪里？"

该死的，他竟然忘了她不会凫水，竟然就这么将她给丢进偌大的温泉池当中。虽说这温泉池的水不是很深，但以她那种在水中呼吸都不会的蠢笨，想不死都难。

顾不得脱下衣衫，景升直接滑入温泉池中，不停地叫唤着美仁的名字，仔细地摸索着，乍见水面上的一团衣裳，待抓在手中，他便更急了，只是一件衣裳，始终不见她人影。他后悔了，焦虑地对着热气腾腾的水面大叫："美仁，你出来！你在哪儿？出来！"

突然间，哗的一声，只离景升两臂之遥，美仁钻出了水面。

"美仁！"

他的这声叫唤，像是摧毁了美仁之前好不容易维持的骄傲，她颤着唇，两道清泪迅速滑了下来，发了疯似的拍打着水面，在他靠近她的时候，双手的力量便转向捶打他的胸膛。

这番情景，不禁让她想到了他们两人在飞云别苑的情形。那时候的她，身材还在变化中，他因中了媚药而无法自控地乱摸她，她像一头暴怒的猛兽对他狂打一番。而眼下，却换成了她强迫他……

她想到悦姨教她的：对付不同的男人要用不同的法子，用错了法子，只会适得其反。有些男人和女人一样，不喜欢被强迫。要想让一个男人心甘情愿地为你做一切，那你就要对他付出全部的情，这里的情并不是真情，而是虚假到让他以为那是真情。

方才是她太操之过急，所以用错了法子，那么这次她再不会像方才那样了。

她伏在景升胸前，眼泪如线似的坠落。

景升将她紧紧地拥在怀里，听着她伏在他胸前小声啜泣着，他不停地道歉："对不起，对不起，我忘了你怕水，对不起……"

渐渐地，她抬起泪眼看向他，他的眼睛蕴满辉采，明澈得好似能映出人心，他发梢上的水珠滚落唇畔，消失在那薄而性感的弧线间，有几颗则落在了她的手上。恍然间，她的心怦然一跳。

"美仁，我们离开这里，我一定会找到天下最好的大夫医好你。"

美仁充耳不闻，抬起手，以食指轻点上他的薄唇，以指腹缓缓而专注地勾勒着他美好的唇型。

美仁这样的举动，让景升大吃一惊，眼前这张娇颜，双颊红润，像初开的鲜嫩花瓣，他从没见过她这般神情，亦喜亦嗔，不再殷红如血的眸子蒙着异样的光，那里好似藏了个黑色的旋涡，只要触到一星点就会不由分说地被吸进去。

怀中的她，眼下只着了一件单薄的罗衫，被浸湿的罗衫映衬得美丽的胴体若隐若现，加上温泉水的热度，景升忍不住喉头微动，觉得浑身燥热，再度懊恼自己将她丢进这里是个错误的决定。

“我们上岸……”一把抓住她不安分的手指，唯有这样，才能拉回他的一丝神志，再这样下去，不被她逼疯，他也会被自己逼疯。

美仁反握住景升的双手，摇了摇头，将脸埋在他的颈间，柔声低喃：“景哥哥，我没有作践自己，真的没有！你知道我为何要选在这个温泉池附近的山洞里待着吗？因为我会流血汗，而最近几个月，体内那股子邪劲发作得越来越频繁，身体内的寒气也越来越重，有时候我全身的衣裳都会被血汗浸透。你知道，我爱干净，只有在晚上偷偷地跑到这里洗净身上的血渍，可是却被那些个臭男人发现了，我怎么可能让他们活着离开这里？外面都传我是月下女鬼！景哥哥，你之前看到的那个男人也是，他在萧山之上守了很多天了。每一次发作都是你陪在我身边，你总是会找到法子让我平静下来。可是没有你的这一年多来，你可知我是怎么熬过来的吗？你可知我熬得有多辛苦？有的时候，痛得我就像方才那样要自残，再有的时候，我恨不能从萧山之上跳下去，这样一了百了……”

“别说了，以后都不会了……”

“景哥哥，美仁孤独了一年多了，再见到你，你知道我有多开心多激动吗？可是偏偏让你瞧见那么不堪的一幕。你每次都不会说好话，只会欺负我，叫我情何以堪……”

“我没有……”

“明明就有，你骂我贱……”

“……”

“景哥哥，我找了你们很久很久，可是我怎么都找不到你们，我好怕，真的好怕，就怕突然有一天自己暴血而亡，再也见不到你们了……呜呜呜……我再也不要离开你，再也不要……景哥哥……”说着，她便伏在景升的胸前痛哭起来。

景升深叹一口气，紧紧拥住她，温热的唇抵着她湿润的发丝：“没事了，以后都不会再发生这种事，跟我回去，我一定会找最好的大夫医好你。”

“嗯……”她哽咽着轻应。

为了洗净身上的血渍，她常常泡在这温泉水里，这温泉池水不算太深，她早没了当初在蓝家时对水的恐惧感。在她被丢进水里的那一刻，她就决定了，今日不得到他誓不罢休。她按着悦姨曾经教她的法子硬憋着气潜在水中将衣裳脱下，经过方才的解释，她早已在水下解开了贴身衣物，只要轻轻一动，她便是身无寸缕。

景升手臂微动，目光不经意间瞥见水面上漂起一件似曾相识的东西，他的眉头越拧越紧，竟是那件艳粉的肚兜。他不可置信地将手掌轻移，便触碰到一片柔软光滑的肌肤，刹那间，他无法思考，脑中一片空白。

感觉到景升的身体明显僵住，美仁伏在他胸前故作不知，缓缓抬眸，眸中噙泪，轻唤一声："景哥哥，你怎么了？"

四目相交，时间仿佛在这一刻凝结。

此刻两张脸近在咫尺，不过寸许，鼻尖几近要触碰在一起。

虽然美仁已做好施展出浑身解数都要得到景升的准备，但主动与他这般亲近不曾有过，此时此刻，他温热的气息吹拂在她脸上，加上温泉水原本就很高的温度，她两颊不受控制地烧红发烫，全身如火一样燃烧起来。水下，她明显感觉到他身体的变化，那里正抵着她的下腹，她的神经没由地紧张，双手不知不觉地用力拉扯住他的衣襟，脑袋在瞬间糊成一团，甚至忘了是否该诱引他宽衣解带。

景升呼吸混乱，凝视着眼前这张精致绝伦的容颜，脑中一片混乱，全身因欲望而紧绷，难以相信她就在自己的怀中，与自己这般亲近。他的视线停驻在她那张因欲语还休而微微轻启的红唇之上，这双唇像是饮饱了桃花露，尽显水莹剔透，记忆中这唇角总是挂着一抹傲然的笑意。忆起在夷山亲吻的那一刻，他心下一动，突然间有种再度品尝这两瓣甜蜜嫣红的欲望。

他拥住她的双手不知不觉中滑向她的腰间，滑若凝脂，微微使了力，盈盈纤腰不堪一握。

"嗯……"美仁吃痛呓语出声，身体微微前倾，毫无预示，双唇刚巧贴在景升的薄唇之上。

四唇相触的瞬间，美仁惊骇地瞪大双眸，下意识惊慌地将双手抵在景升的胸前，想将两人的距离拉开："景哥哥……"只开口轻唤了一声，粉唇就在瞬间被封住。

四唇再度相碰，仿若蝶翼翩飞，撩动人的心弦。

唇舌猛烈纠缠着，景升霸道又缠绵的吻几乎夺走了美仁所有的呼吸，令她头晕目眩。

许久，唇上的温暖突然间没有了，却听到一声戏谑："还和上次一样，不知道呼气，怕是再吻下去，你又要晕过去了。"

美仁倏地睁开双眼，便瞧见景升脸上露出一丝邪气的笑容，他竟然还敢提上次的丑事。可恶！最可恶的就是这张薄唇，每次什么讨厌的话都是从那里发出的，她要怎么报复才好？念头方起，下一刻，她便猛地咬上他的唇。

痛。

就知道怀中的女人是只野猫。唇分开，景升尝到了一丝血腥味，她竟然敢咬破他的唇，他不以为意，轻笑了起来，低沉的声音煞是迷人，脸上浮现一丝邪气的笑容，伸出舌头轻舔着唇角的血丝，仿佛对刚才那个吻回味颇深。

望着景升这个略带挑逗的举动，美仁心口一阵猛烈收缩，双手紧抓着他胸前的衣襟，难以掩饰自己狂跳不休的心……

他轻含她的耳垂，温热的气息喷吐在她耳畔，声音沙哑："比起你在飞云别苑咬我的时候，我更喜欢这个。"

美仁只觉全身的血液直冲头顶，紧张到无法呼吸，原本以为接下来就要发生些什么，可是这时景升却松开抱着她的手臂，捞起一旁漂在水面上那个艳粉的肚兜，对她道："先穿上，我抱你上去，等回到山洞里，再将衣服烤干。"

顿时，美仁的心慌乱起来，方才他明明有了反应啊，接下来就应该迫不及待地与她欢好才对，之前被她杀死的那些男人只是见着她开始脱衣服就心痒难耐，为何他的反应完全不同？这样的平淡？难道她的功力还不够？道行太浅？

她连忙叫了起来："等一下，景哥哥……"

"嗯？"

"那个……那个……"她支吾了半天，咬了咬唇，急道，"方才你提到上次我咬你，我想看看那个伤口有没有留下疤痕……"水下的双手灵活地解开了他的衣衫，露出一片精壮结实的胸膛，左肩之上，有一个浅浅的齿印，她惊愕，"你后来都没有上药吗？"

景升也不明白，明明可以上药完全见不到疤痕，可他偏偏没有这么做。

他没有应她，此时此刻，他认为再不离开这里，他怕自己快要把持不住，要知道他强忍着想要她的欲望有多久了，可他希望她对他付出真心，在心甘情愿的情况下成为他的女人，而不是这种脆弱到糊里糊涂、带着感恩或者其他什么情绪地将自己奉献出来。

他颤着双手，想要将她以衣服裹好，孰知，毫无预示，一方柔软轻覆在他左肩的疤痕处，是她在亲吻他的左肩。她的双臂不知在何时已经滑入他宽大的衣衫之内，触碰到他结实的肌肉，紧紧地拥住他，就这样，两人上身赤裸的肌肤完全紧贴在了一起……

景升极力克制着，哑着嗓音低唤："美仁……"

"你知道吗？在飞云别苑的那一次，我真的恨死你了，真的恨不能杀了你。那颗珍珠对我来说真的很重要，但若是换作其他人以那颗珍珠作为交换，我肯定不会去救，却不知为何，我偏偏救了你。你可记得向昕？可记得那夜你跟踪我，你看到他亲吻了我的额头，可除了那样，却再没有人比你更亲近我。

你可知你是唯一一个近了我的身，却没有死在我弯刀之下的人？”

这时，已不再是她一人紧紧拥住了他，而是两人紧紧地相拥，她感觉到他在发颤，抬首，对着他继续软语：“景哥哥，你可知道为何？我却发现我竟不知道……景哥哥……”

红唇在瞬间被攫住，这一次的吻比之前的更为狂热。爆发的热力如海浪般席卷而来，将她完全淹没，一丝开口的机会都不再有。他紧紧箍着她的身躯，火热的唇压着她的唇，辗转纠缠。

这个吻不知持续了多久，当两人的唇再度分开，她早已浑身虚软地伏在他的身前，意识还陷在那个吻中，大喘着气。

他的黑眸深锁着她，喘息着道：“现在后悔还来得及。”

后悔？若是眼下后悔了，怕是以后她连后悔的机会都没有。

她将脸埋在他的胸前，轻咬了一下他的锁骨，一切尽在不言中。

下一刻，他便抱着她离开了温热的泉水，四周的冰寒迅速向她袭来。在这样的冰天雪地中，浑身赤裸的她若不是窝在他的怀中，肯定要冻坏了。

只是转瞬间，两人又回到了山洞。

景升将美仁放在这洞中铺垫整齐的石榻上，随即他高大壮硕的男性躯体就压了上来。

“你没有机会了。”两片薄唇微微一扬，景升漾出一抹半邪半媚的微笑。

他那对熠熠发亮带有魔力的黑眸，似要将她的灵魂摄入，她红唇微启，坚定道：“不后悔！”

景升的唇再度落下，含着美仁柔软甜蜜的唇瓣，火热缠绵。美仁浑身紧绷了起来，这从未有过的亲密接触，让她紧张得想要逃开，每每挣扎着要离开，却被他按了回去。他咬着她的耳垂，哑着嗓子，一脸邪媚地告诉她，他给过她机会了，而她选择了不后悔，所以这次无论如何，她都逃不开了。

别再吻了，别再摸了，她快受不了，身体空落落的，叫她发狂。

这样的亲吻与抚摸，让美仁只觉得快要疯了，她闭着双眼，在心中呐喊着：天哪，为何那些春宫图上没有描绘这些，为何她在倚笑楼里偷看到的那些男人与他所做的都差不多，感觉却是完完全全不一样？

两人的身体贴得更紧，她不由自主地将身体弓向他。

睁开迷茫的双眸，一个精壮结实的胸膛呈现于前，他上身的衣物不知在何时早已褪去。

可恶的家伙，竟然这样折磨着她。仰起头，她张开口狠咬他的下颔，沿着往下，学着他，吸吮着他的喉结、他的锁骨，报复性地狠咬上一口，直到他颤着身体倒抽了一口气，她才解气。红唇方离开，下一刻，却再度被攫住，景升坏坏地啃咬她的下唇，逼她轻启小口迎入他火热的舌。

恍惚中，她觉得自己仿佛化为一摊水，全身软绵绵的，使不出半点力气，只能瘫软地躺在他身下，无助地任他为所欲为。直到身体内传来犹如将她整个人撕裂开来的疼痛，她才明白在倚笑楼里听到的那些尖叫声代表了什么。

那时的她还小，不懂，她问过倚笑楼的姑娘，初识云雨滋味有多痛，她们一个个听了花枝乱颤地大笑起来，有的说谁还记得那个，还不就和你撞伤了割伤了差不多，日子久了，早就忘了，到时候你就知道了；有的还说，没那么夸张，只会痛一下，牙一咬忍忍就过去了，过会儿只会让你飘飘欲仙，连东南西北都分不清。之后，再听到那种声音，只当是哪房姑娘一不小心撞墙了或是割伤了。

可这都什么跟什么，书上以及她们说的根本都是骗人的……

双手抵在他的胸前拼命地捶打着他，她的眼泪再也忍不住夺眶而出。

“对不起，对不起，对不起……”他愧疚不已，心疼不已，她早已让他疯狂，如今无论如何是放不下了，他只能自私地选择吻着她不断滑落的泪，最后以吻缄封她的红唇，紧紧地拥着她，动作尽量放得轻柔一些。

她不可以流泪，她不可以示弱，她不要懦弱地像那些姑娘一样尖叫着哭喊着，是的，牙一咬忍忍就过去了，忍不住，她也要将自己的疼痛发泄出去，狠狠地咬上他的肩头，十指的指甲深深嵌入他的背后……

渐渐地，美仁不再觉得那么痛了，反而是一股生平从未体验过的悸动传过她的体内，脑子里热晕晕的，无法思考，双颊更是烫得吓人。终于她相信了那些姑娘们对她说的话，难怪她常常在倚笑楼里见着她们有事没事地人手抱着一本春宫图集欣赏。

只有放纵，只有沉沦，再没有多余的思虑……

随着两个人越来越急促的喘息，情欲的气息斥满了整个山洞……

景升望着怀中熟睡的佳人，方才是累坏了她，他拨开她额前有些凌乱的秀发，俯身爱怜地在她的额前亲吻了一下，唇边一直漾着一抹幸福的微笑。

蓦地，他隐了笑意，抬起右臂，攥紧拳手，松开，复又紧握。眉头越蹙越紧，他的体内竟多了一股强劲的内力，他可以确定，这股强劲的内力至少可以让他的修为提升十年。他偏首再望向美仁，执起她的皓腕，两指探上去，她体内那一正一邪相冲的两股内力消失了，这脉象平稳得就如同一个不会武功的寻常人。

景升的喉间如同卡了个硬物，抱着美仁的大掌不知不觉中便使了力。

美仁嘤咛一声，脸贴在他的胸膛之上只是微微动了动，依旧还在沉睡着。

他抱着她再度滑进温热的泉水之中，她只是微微抬了抬眼皮，倚在他的胸前又合上了眼。

指腹摩挲，指尖点点，触到温润美玉，他细心地帮她洗净身子。

忽然间，美仁清醒了，猛地睁大双眸，见到景升的双手正在她的身上不停地抚触，顿时恼羞成怒，毫不留情猛地推开他，迅速地背过身。

“怎么了？是不是还不舒服？”他只当美仁初经人事，身体有所不适，还在气他，景升弯了弯唇，从背后轻轻地将她揽在怀中，柔声道，“对不起，以后都不会再痛了。”

以后？心猛地一沉，美仁想起了，那件事已经做完了。她看向自己的左臂，那象征着处子的守宫砂消失了，她立即紧张地气运丹田，却只觉得体内空空如也。真的，什么都没了，那一正一邪相冲的两股内力终于消失了。

“走开，别碰我！”美仁厌恶地推开景升，双手捂住脸。

她真的失去武功了，如今她就是一个废人了，随时随地都可以任人宰割了。还有，为了保住性命，她居然和自己的哥哥上了床，还是不知廉耻地多次引诱他，她觉得自己好卑劣。她是迫不及待地，想找个男人散了体内的邪功，或许当时她是被那种一心要报复的念头冲昏了头脑，事后回首再想想，与自己的哥哥上床，这种行为让她恶心到快要发疯。

她都做了些什么？她甚至还记得在洞里的透骨缱绻、抵死缠绵，回想起来，都觉得是种羞耻，而这样的羞耻将是一辈子的烙印，永远都抹不掉。

觉察到美仁的异样，景升缓缓扳过她的身子，拿开她捂着脸的双手，蹙着双眉，轻道：“你是不是后悔了？”

她是后悔了，非常后悔，这一刻她宁可选择去死。她收回手依旧捂着脸，却拼命地摇着头，强忍着不让眼泪流出来。

她将脸猛地埋入温泉水里，很快抬首，目光在不经意间瞥见景升赤裸的胸膛之上，布满着大大小小的红印，还有指甲的抓痕，她的脸颊便是一阵燥热。

她真是够放荡的，原来天一族那低劣的血液一直在她骨子里奔腾着，一刻就没停过。

她尴尬地道：“我要上岸……”

他心底竟泛起了一丝苦涩之意，紧盯着眼前面无表情的美仁，眼下的她与之前热情似火的那个可人儿可是判若两人，不，应该说，在那之前，她对他一直都是这样。

“你抓那么多男人上山，就是为了将一身的内力散去？”

水下，美仁的双手紧紧攥着，未久，便缓缓松开，抬首直视景升：“什么？你在说什么？”

“你早就知道解决的法子，可以不再让那两股真气抵触发作，不再流血汗，不再浑身发寒，对不对？”景升的语气带着明显的怒气。

他发现了？

眼下，事情并不如她预期的那样，她脑子里一片混乱。下意识里，她轻轻皱眉，咬了咬唇，矛盾地抬眸看向景升，和他靠得这么近，她可以清楚地细数出他的眉毛，目光缓缓自他浓密的眉毛下移，望进他的黑瞳，在那里她看见了一丝哀伤。

她喉咙微动，微微启口：“嗯，是的，我早就知道了，我一直都知道……”

她知道瞒不过去，索性坦白。周围的水流有所变化，她知道他动怒了，水面翻滚的力量越来越大，抑或是泡在温泉里的时间太久了，她觉很不舒服，想要离开，却一个重心不稳，脚底打滑，往后仰去。

景升眼明手快，稳妥地将她揽在怀中，两人再次亲密接触，让美仁没由地紧张，方想挣开，骤然间，一阵冰寒，景升已然带她离开了温泉池。

本来美仁不太好意思看他光着身子，想想什么都做过了，索性睁开双眼，偷瞟了一眼，发现他下身竟还着了一条湿透了的亵裤。

风雪之下，二人很快回到洞中。

不由分说，景升将她丢向那个床榻之上，美仁担心还处在愤怒之中的他会对她做出什么事来，却见他只是以被子将她紧紧地裹住，然后离开，拿起架在火堆旁已经烤干的衣衫，背着她穿了起来。

抱着被子，美仁就这样盯着景升穿衣，说实在的，她不得不承认，他不仅拥有一张俊美非凡的面容，还有一副迷人的身材，无论是之前在明府看到的，还是眼下看到的，肌肉纹理都匀称好看，只可惜那背上一道道羞人的红色抓痕破坏了那份美感。

一想到那破坏美感的羞人抓痕是她留下的，不知不觉中她耳根微微发烫。她下意识地拉紧了被子，好像她过于粗鲁了点，相比较而言，他在她身上留下的印痕，要少许多。再抬眸，映入眼帘的是景升那张冷若冰霜的脸，她着实吓了一跳。

景升只是淡淡地说了一句：“把衣服穿上。”

望着景升递过来的一套粉色衣裙，美仁微愣，之前她穿的并非这套。虽然都是无双绣坊所出，但每件都不相同。自回到杭州，她便一口气买了好几件无双绣坊的衣裳，弥补了这么多年来不曾穿女装的遗憾。其间还夹了一件淡粉的肚兜，上面绣着一朵艳红的牡丹，她不仅喜欢外表穿着艳丽，还喜欢连里面也穿得与众不同，虽然只是自己欣赏。或许是她在倚笑楼待多了，才会和那里的姑娘一样，只穿这种不是正经姑娘家才会穿的艳色肚兜，可她就是喜欢。

他怎么会这么快就找到她的干净衣物?

正要伸出手去接衣服，便听见景升似在嘲弄：“这么久不接，是在等我帮你穿？”

之前她过于冷淡的态度似乎伤到了他，他下意识地保持了距离。这突如其来的话让她茫然，她就像是被催眠一样，垂着脸，抱着被子一言不发，似在等待着什么。

倏地，身上的被子没了，美仁被景升抱坐在腿上，胸前很快地罩上了那抹肚兜，颈后与腰间已然系上了结。红唇张了又张，美仁讶异地看着景升为她一一穿戴整齐，直到腰间一抹漂亮的花结呈现于前，她才回过神，愣愣地问了一句：“你有帮女人穿过衣裳？”

“没有。”言简意赅。

“我是第一个？”

“第一个。”

“也是最后一个。”美仁接下他的话音。不管她喜欢不喜欢他，但是她将自己献给他，他这一生就只许只能只可以有她一个女人，若是让她知道他再为别的女人做这些事，她一定不会放过他。

微微眯眼，景升盯着美仁，意味深长地道：“我只会为我的内子做这些事。”

其实景升的本意是指他已将美仁当成他的内子，但这句话听到美仁的耳里就变成，她要想成为最后一个，就必须成为他的妻子，若是不想或者他娶了别的女人，他也同样会为别的女人做这件事。

“不准！你今生今世都是我的。”美仁霸道地命令。

无论她是出于什么目的、什么心态，景升在听见美仁说这句话时，心中暖暖的，表面上却仍是淡淡的。他将她轻轻放在床上，道：“天色已晚，我去弄些吃的，明日一早我们便下山。”说着，他便转身出了山洞。

是夜，景升并未如预期般挤上美仁的床，而是静静地守在火堆旁，寒着一张脸，始终保持着一副拒人于千里之外的冷淡表情。虽然这样让美仁安心，但她心中也憋着气，之前为了报复她已经主动引诱过他，这个男人占了她这么大的便宜，居然还摆脸色给她看。

辗转反侧，她根本睡不着。一年多了，没有一夜她是睡得安稳的，只要一闭上眼，听大哥临死前那绝望的神情和悦姨狰狞的面孔便交错出现在她的脑海里。

听大哥是她第一个喜欢的人，或许正如怡素所说，他是第一个真心对她好的男人，但她狠心地刺了他一剑，害他坠了崖。当她清醒的时候，她去过桐柏山的太白峰很多次，每每立在悬崖之上，望着底下的万丈深渊，她就心如刀绞，有时候甚至想着就这样跳下去，就此了结这痛苦的生命算了。可是她却懦弱地后退了，她选择了手持纯钧剑，代替他将那些绿林恶贼、江洋大盗捉拿归案，一一送交官府，以此减轻她那颗倍受煎熬的痛苦之心。

她之所以这样做，是因为她不能就这样死了，她不相信娘亲是那样的人，天一谷她是再不能回去了，所以她要找到明经堂亲口问清楚当年的事，还娘亲一个清白。

然而在心底最深处，她还有着另一个期盼，期盼着那个她此生最尊敬最景仰的人有不得已的苦衷。自从娘死了之后，她便将悦姨当成自己的亲娘，只要是悦姨说的，就算是倾尽自己的性命，她也在所不惜。可是最尊敬最景仰的人却成了伤害她最深的人，好像回到了十年前，那个原本就该是孤独的她、那个注定一生孤独的她、那个什么都没有的她，如今还背上了一个与自己哥哥乱伦的羞耻烙印……

"怎么了？好好的，哭什么？"是谁在轻拍着她？是景升。

"呃？"她在哭？以手抚摸了眼下，的确是湿润一片，她居然哭了，"不知道，反正不是眼睛进了沙子，就是温泉泡多了，致使身上的水无处宣泄。"

一阵闷笑传来，身体已经被包进一个温暖的怀抱之中，狭小的石床上挤着两人。

她迅速地抓住身后男人的手臂，想将他扔出去，但手中无力，一想到她再也不是以前的那个她，也不能再像以前一样为所欲为，唯有气恼地抓起他的手臂，狠狠地咬了一口。

双唇抵着她的发间，景升轻轻咬着她的耳垂，她觉得自己仿佛着了火似的全身发烫，松开口，羞恼地道："你别这样……"

"我们不是兄妹。"轻描淡写的一句飘进美仁的耳朵，犹如惊雷一般。

身体随之一僵，她骤然转首，火光中，与他四目相对，颤着唇道："再说一次。"

景升严肃地又道："我们并不是兄妹。"

"你确定？"

"万分确定。"

不是兄妹？！呵，不是兄妹，她自嘲地扯了扯嘴角，她没有乱伦，只不过算是挑了个相貌好，身材好，又会武功，还比较不排斥在她身上留下气息的一个熟悉的男人。那一道沉重的枷锁在瞬间被卸下了，胸口之处也不似方才那样被什么东西压着透不过气来。

“还介怀吗？”景升问。

美仁没有应他，只是重重地吐了一口气，不知不觉，一抹欣慰而苦涩的笑容爬上嘴角。

“符衣？”景升轻唤了一声，“告诉我，你的真名。”

“你……”美仁怔然，愠道，“不是已经知道了吗？”

“真的是叫符衣？那是姓怡，还是姓明？怡符衣还是明符衣？”景升又问。

“你觉得我有可能姓明吗？”美仁没好气地回道，“你怎么知道这个名字的？”

“在长命锁上看到的。”景升浅浅笑着。因为他自幼便常常看着爹对着那块长命锁发呆，那时，他就知道他还有一个妹妹叫明符衣。

美仁冷哼了一声。

“符儿？”景升又唤。

美仁白了他一眼：“别乱喊，这个名字不是你叫的。”

“那叫你什么？美人？”景升的声音柔柔的、浅浅的，说不出的慵懒。

“以前怎么叫，今后还怎么叫。”美仁又白了他一眼，对他方才的声音抗议，没事声音那么勾引人做什么？

景升深蹙了蹙眉，问道：“为何取名向美仁？”

从景升的怀抱中挣脱开来，美仁坐起身，透过火光，目光定在不远处石桌上放着的纯钧剑。为何取名向美仁？单是这三个字就宛若利刃一般再次狠狠戳向心间。

顺着她的目光看过去，景升看到那柄纯钧剑，一股无名怒火便涌上心间，他下了床，便往那石桌步去。

“别碰我的东西！”美仁尖叫着也跳下了床。

“你的东西？”抓起纯钧剑，景升一把捉住美仁挥过来的手，愠道，“这把剑是他送你的？”

世人都知道名捕向昕有一把削铁如泥的宝剑，而那把剑正是他手中的这柄纯钧剑，向昕视这把剑如自己的生命，剑在人在，剑亡人亡。而今这把剑却在她的手中，那么，要么是向昕死了，要么就是向昕亲手将这把剑送给了她。他万分确定向昕是活着离开京城的，以向昕的武功，普通人根本不可能伤得了他分毫。那么就只有一个可能，便是向昕把纯钧剑送给了她，也宣告了是将自己的命交给了她。一个男人会这样做，就证明他深爱着她。而她更不可能不知道这其中的含义，却欣然接受了这把剑，还声称是她的东西。

“是又怎样？把剑还给我。”失了武功的美仁，如寻常女子一样，最多力气稍大一些，但无论如何也挣脱不了景升的手掌。

“他送给你，你就接受了？”景升怒吼道。

“谁送我什么东西关你何事？我受不受又关你何事？”

望进美仁含怒的双眸之中，景升不可置信，原来她还是把他当作她抓来的那么多男人其中之一，她要的只是一个男人而已，而他正巧满足了她。

骤然间，寒光一闪，纯钧剑出了鞘，景升右掌掌风强劲带出，将纯钧剑掷向一旁的石壁之上，眨眼之间，纯钧剑便齐根没入石壁之中，徒留剑柄在外。

景升松开了紧抓着美仁的手，寒着一张俊脸，走回火堆前坐着。

“你这个卑鄙的家伙！”美仁尖叫着跑到那石壁旁，双手使劲地拔着纯钧剑，可无论她怎么使力也拔不出。

不知过了多久，她终于一丝力气都使不上，只有无奈地趴在那石壁上放声痛哭起来。

隐忍了很久，听到她的哭声不断传来，景升胸中的怒火骤然间爆开来，扔了手中不停拨弄的树枝，起身冲向趴在石壁上痛哭的她，像阵风似的将她卷上石榻。

“明景升，我恨你！我恨你！恨你……恨你……呜呜呜……”

不顾她的撕打，景升将美仁困在怀中，无视她的哭泣，紧紧地抱着她。

终于哭累了，美仁抽泣着幽幽启口：“他死了……纯钧剑是他留在这个世间唯一的东西……”

空气在瞬间凝结，这是景升未曾料到的事。

许久，他方道：“闭眼，睡觉。”

坚定而低沉的语气，他吐出的温暖气息环绕着美仁的耳边，却是冰凉一片。

［七］瑶琴仙子

次日清晨，美仁醒来的时候，已经下了萧山，正坐在马车里，倚在景升的怀里，而景升则是像以往一样，闭目养神。

在看到景升手中的纯钧剑之后，她直觉是要将它夺回，但无论她使多大的力，都微不足道，拉扯了半天，那把剑还是紧紧地攥在景升的手中。最终她放弃了，挪了挪身体，尽量远离景升，倚在车窗旁，两眼茫然地望着远处。

“这个，收好。”景升依然闭着眼，却将一面铜镜递给了美仁，冷淡地又道，“纯钧剑的锋芒过于凌厉，会伤着你，我先替你收着。”

握着手中的弯刀，美仁抿了抿嘴。

她终于明白昨夜他说的话，他听进去了。昨夜虽气恼他将那把剑嵌进了石壁里，但今晨还是取下了。如今她连提起纯钧剑都要费一番气力，她真的和一个废人没什么两样，手不能提，肩不能扛，稍稍费力的事都要需要假他人之手。

他居然细心地知道这剑会伤了她，可偏偏却是以另一种令人讨厌的语气和方式来交代。

这是在乎她吗？

心真的好烦、好乱，原以为不再受那邪功控制，她会轻松一些，可是眼前完全变了。身旁的这个男人，凡事都会看穿她，又凡事都会替她擅做主张地先做了，这令她很不自在。

来日方长，她不信她取不回纯钧剑。

偏首望了他一眼，美仁忽然想到他不是明经堂的儿子，那他究竟是谁的儿子呢？是养子吗？但又不太可能。脑中突然浮现出在竹芙园的时候，他送她清风，清风之上所刻的小字，以及之前她的猜测，会不会那个人才是他的生父？

她好奇地问道：“你到底是谁？明经堂不是你爹，该不会竹芙园里的那位才是吧？”

景升挑眉，道：“想知道？”

废话，这还用问吗？美仁轻蔑地哼了一声。

孰知，景升云淡风轻地道：“来日方长。昨日你累了一天，眼下不累吗？离杭州城有些距离，好好休息吧。”

什么叫她累了一天？美仁反讥：“我看是你累了需要休息才对吧。”

话音方落，她便被一双强劲有力的臂膀紧紧困在怀中，灼热的呼吸直喷在她的耳后和颈间。

美仁偏首狠瞪，却见他还是紧闭着双眸，嘴角噙着一抹若有若无的笑意，她愠道：“明景升，你信不信我将你一脚踢下去？”

“我娘名唤风清影，与我爹、叶二叔、鱼三叔为同门师兄妹。”双臂紧收，景升的声音柔浅如风，低沉如磁。

风清影，江湖人称瑶琴仙子，脱凡出尘，端庄娴雅，与明经堂、叶声泉、鱼海浪为同门师兄妹，从小一起长大。风清影弹得一手好琴，且有一把奇特的古琴名唤清风。

传闻，瑶琴仙子救人不用药，不费一两银，只凭一把琴，只凭一首曲；瑶琴仙子杀人不用剑，不沾一滴血，只凭一把琴，只凭一首曲。

当年，年轻气盛的明经堂与叶声泉都极为爱慕这位超凡脱俗的小师妹，但风清影却只钟情于有着“紫玉公子”美称的明经堂。在众人羡慕的祝福下，风清影嫁给了明经堂。

二人成婚后未久，风清影便有了身孕。明经堂日渐成熟，凭着俊朗的相貌、显赫的家世，喜欢他的女人数不胜数，甚至有的甘愿做小倒贴上门，只可惜畏惧他有一个杀人于无形的妻子。

对于明经堂这种就算是不四处招惹女人，女人也会追着他跑的日子，风清影渐渐习惯了，反正不论明经堂身边有多少个女人，都始终会回到她的身边。

日子过得很快，长子景轩出世。

叶声泉从风清影郁郁寡欢的神情中，看出她活得并不快乐，他虽然心痛，但只能远远地守着。

直到有一日，明经堂带回了一个女人，对风清影提出要纳那个女人为妾，因为那个女人怀了他的骨肉。风清影只是凄凉地一笑而过，没太多反应，默默地回到房中。

那一夜，明家上下，都听见了一阵飘忽的琴声，琴声忧伤凄楚，似在诉说着一个失意女子的哀愁。

次日，那位新进门的二夫人明明好好地赏着花，却莫名其妙地凄厉哀号起来，不多会儿，双腿之间便流出了艳红的鲜血。很快，大夫被请来了，却只是拼命地摇头说回天乏术，无能为力，救不了那位新进门的二夫人，告知早些操办后事。

明经堂急匆匆赶回府上，找到风清影，质问她弹的究竟是什么曲子。对于那位新进门的二夫人突然流产及暴毙的事情，风清影供认不讳，二夫人确实为她昨夜弹的曲子所伤。长久以来的压抑让风清影在一瞬间暴发，她警告明经堂，若想纳别的女人为妾，除非她死，否则的话她将会将那些女人全部杀死。

明经堂不检讨自己的过错，一味地怪罪风清影，受不了一直以来温柔贤淑的妻子居然有如此残暴的一面，愤然离开。

风清影一怒之下不但砸了整间屋子，同时也砸了追随她多年的清风。

美仁在听闻这事时，忍不住嗤笑，原来景承的娘并非明经堂的第二任夫人，原来早在此前就已经有一个死去的二夫人。而后，她不禁又深皱起眉头，传闻说明经堂那些老婆死得离奇，莫不是与风清影有关？对于明经堂这种滥情的行为，致使妻子走上不归路，作为女人她真的很同情风清影。

美仁问："清风已经被你娘砸了，可你怎么还送了我一把清风，还说是你娘生前的东西？"

景升笑道："继续听。"

自那以后，明经堂每每见着风清影，两人不是冷言相对，便是恶言相冲。失去清风的风清影也不再弹琴，整日失魂落魄，以酒麻痹自己。

这一切看在叶声泉的眼里，他痛在心中。

终于有一天，叶声泉忍不住，强行夺下风清影手中的酒坛，大骂了她一顿，说她再如此糟蹋自己，永远都回不了头。

风清影仔仔细细地看清了面前的二师兄，同样俊朗非凡，比起明经堂，有过之而无不及，对她更是温柔以待。他从小到大什么事都向着她，由着她，宠着她，从来不会严词责备她一句。可是那么多年，她的眼里除了明经堂之外，根本看不到其他男人，她竟然没有注意到在她身边一直守着的还有这个温柔的二师兄。

被叶声泉骂醒之后，风清影决定不再折磨自己，于是干脆搬到清静的别苑竹芙园，对明经堂的那些风流韵事眼不见为净。

自那以后，叶声泉成了风清影无话不谈的知心朋友。

因纳妾一事致使风清影搬去竹芙园，不肯回明家大宅，明经堂有些后悔。虽然他在外面有很多的女人，但他最关心最担忧的还是风清影。为了挽回风清影的心，他命人从南方移植了满池各色各样的睡莲。

风清影虽然为之动容，但因明经堂始终都没有放弃外面的那些女人，所以她坚持住在竹芙园。

叶声泉也费尽心思，找人按照原来的清风又做了一把一模一样的琴送给了风清影。风清影怀着复杂的心情，收下了那把琴，依然给它取为清风。

美仁在心中念道：难怪现在的清风之上有着那么一首诗，被她猜中了，原来真是叶声泉送给风清影的。

“琴上原来有一句诗，你可知道？”美仁道。

“嗯，是我娘后来刻的。”景升轻道。

“你娘刻的？”美仁惊道。她只当是叶声泉刻的，却没料着竟然是风清影刻的。美仁不禁挑了挑眉，继续听景升说。

一直以来，喜欢叶声泉的姑娘家也很多，只可惜叶声泉的一颗心全都放在了风清影的身上。风清影知道二师兄一直都喜欢她，可是她的情全部给了明经堂。她见他多年孤身一人，却迟迟不肯娶妻，便擅作主张，挑了好些姑娘的画像，问他中意哪家的姑娘，岂知叶声泉大怒，将那些画像全部都撕毁了。

是夜，叶声泉独自一人喝了好多闷酒，越想越觉得心有不甘，便冲到竹芙园找到风清影，声称他叶声泉此生只会喜欢一个女人，那个女人便是已嫁作他人妇的小师妹风清影。

风清影一时间乱了，未曾预料二师兄叶声泉会同她表白。事情愈演愈烈，叶声泉竟然趁着酒性想要强暴风清影。本来风清影完全可以躲开，却因心中对明经堂怨气难消，想要报复他，半推半就便遂了叶声泉。

次日，当叶声泉酒醒，发现自己做下禽兽不如的事，追悔莫及，不声不响地便独自去了西域。

不久，风清影便发现自己有了身孕，她心中充满矛盾，是否要将这个孩子生下。回想着往日叶声泉对她的好，那夜的错误并不能完全怪罪于他，更多的在于她。若不是她，他也不会被耽误了那么久，一直不娶妻。如今为了避她，他远走西域，她内心满是愧疚。最终她决定，要把这个孩子生下来，不仅还了二师兄对她多年的情分，还要让明经堂一辈子蒙羞。

七个月之后，风清影诞下一名男婴。明经堂并不知情，满心欣喜，给次子取名景升。

听至此，美仁倒觉得自己的脾气与这风清影有几分相像。

“那这么说你的亲生父亲应该是叶二叔？”

景升轻应：“嗯。”

咬了咬唇，美仁艰难地问出了她最想问的话：“你怎么就那么肯定叶二叔一定是你的亲生父亲？”

景升突然将美仁抱紧，道：“是我娘在临死之前亲口告诉我的，不过那时我不明白她究竟在说什么，后来长大了我才知道，她是在说我的身世。”

“她说了什么？”

“月影风清听泉声。”

“你娘很绝。”美仁由衷佩服。

风清影居然在临死之前告诉自己的儿子，他是她红杏出墙与别的男人生下的，还是以这么隐讳的方式。她留了这么个难题给自己的儿子，是想他知道，还是不想他知道？

景升道：“她还留了本手札给我，藏在清风里，里面记述了她这段过往。我长得像我娘，加上我当时是早产，所以所有人都以为我是我爹的儿子。”

乍看景升，从这张脸上的确找不到明经堂的任何影子，景承就不一样，一看便知是明经堂的骨肉。再细看，他的眉峰还有下颌，确实像极了叶声泉。仔细琢磨着景升的话，忆起当初她故意诬陷景升与她有染，害得他被明经堂又是毒打又是处罚，险些丧了命，是不是明经堂早就知道景升其实不是他的儿子，所以才会那样对他？

美仁忍不住还是问出口：“那你爹，不，那明经堂知不知道其实你不是他的儿子？”

这一句话将景升问住了，半晌，他方低低地道：“他……知道，只是一直不说罢了。”

“他肯定知道，若是不知，何以会那样罚你？哼！”美仁冷嗤，那几棒子打得景升起不了床，还连累她衣不解带地照顾了他三天三夜，可是让人永生难忘。

景升的脸色一黯，抿紧了双唇，只是紧紧地将美仁抱在怀里。

美仁叹了口气，道："继续说。"

一晃便是五年，这五年里，明经堂终于还是如愿纳了妾，那位二夫人后来因救明经堂而身受重伤，不治去世，留下一名幼儿，便是景承。

突然有一天，叶声泉回来了，这次他却带回了一名西域女子白如。白如是他在西域时所救下的一名女子，因身世可怜，便留在了身边。白如便是如妈，多年来一直守在叶声泉身边的如妈。

风清影依旧还是住在竹芙园。再次见到风清影，叶声泉依然为之情动，在他的眼中，她依然和五年前一样不快乐，而且是越来越不快乐。他并不知景升是其子，虽然心中爱着风清影，但因五年前的错事，这次回来他选择尽量避开见她，只是在暗处默默地看着她。

当时，江湖上有一个传闻，天一族有一本镇族之宝《天一圣经》，习得《天一圣经》内的武功，便可天下无敌，一统江湖。这便引来好多江湖中人，一个个去天一谷寻求天下无敌的神功。原本平静的天一谷不再平静，无奈之下，天一族人在进天一谷的地方就设了迷阵，致使好多江湖中人有去无返，困在迷阵之中，死的死，伤的伤。

美仁忍不住嗤笑出声："天下无敌，一统江湖？"

呵呵，若是让他们知道必须成为阉人，才能来换取这样的绝世武功，不知还会不会一个个前仆后继。

事隔没多久，出于对武学的热衷，明经堂、叶声泉和鱼海浪师兄弟三人也动身去了天一谷。过了许久，三人回来了，看上去十分疲惫，好像是无功而返，却带回了一个十分美艳的姑娘，名唤怡惜。

美仁在心中念道：是啊，就是这三个男人，罪魁祸首，若不是他们为了那《天一圣经》，找到天一谷，娘亲也不会死得那么凄惨，悦姨也不会这样对她，她也不会走到今日这样的地步。

景升轻抚着她，道："当时我还小，一直以来都随我娘住竹芙园，对于惜姨的印象并不是很深，我只知她像极了娘，除了相貌、秉性，无一处不像极了娘，宁可无名无分地跟着我爹，也不愿成为三夫人。你的拗脾气或许就是遗传自惜姨。"

这让美仁更加肯定，娘或多或少与风清影有些相似，孤傲冷淡，不屈服，明经堂才会将心思转到娘的身上，可怜的娘只不过是风清影的替代品。

这让她心中的那团怒火又激烈地焚燃起来，无情地将景升搁在她腰间的手臂举起，狠狠地咬了一口。

随她发泄，景升将她揽在怀里，继续说着陈年往事。

病来如山倒，风清影自不小心染了风寒之后，便一病不起。

叶声泉抵不住相思的折磨，终于去了竹芙园。那一夜，再见叶声泉，多年清心寡欲的风清影，心开始乱了。每一天，无论多忙，叶声泉都会去看望风清影，关心她的病是否有起色。他的细心让竹芙园的下人们甚至有一种错觉，仿佛这位叶二爷才是夫人的相公。

渐渐地，风清影的病情终于稍稍有了点起色，可以下床四处走动了，她会坐在竹芙园的竹心亭上，泡一壶樱桃茶，等待着叶声泉的到来，这似乎成了一种习惯。

两人之间这种暧昧的情形，被闲言闲语传开了。很快，也传到了明经堂的耳朵里。明经堂知道二师弟对风清影的心思，只不过他从不将情绪表现在脸上，为防止流言蜚语再继续传下去，他强行将风清影接回了明家大宅。

回到明家大宅后，风清影第一眼便见到了大腹便便的怡惜，约莫还有一两个月就要临盆了。再接着，她又见到了另一名女子。这名女子与明经堂所接触过的女人完全不同，举手投足、一颦一笑间，虽然有着一种风尘女子的气息，但妖冶不俗艳，但凡与之接近的男人，都会被她这种妩媚的妖气所吸引，就连一直比较木讷的鱼海浪也整日跟在这名女子身后。

不用景升说，美仁也这知道，这个妖艳的女人便是悦姨，她是为了复仇而去的。

或许是习惯了，又或许有着其他的原因，自回到明府之后，风清影就足不出户，对明经堂也是冷冷淡淡的，每日只会泡上一壶樱桃茶，对着那杯中的樱桃茶弹着清风。

不出几日，又传出怡悦有身孕的喜讯，可这个喜讯并没有给明经堂带来一丝欢愉。当晚，怡惜就这么凭空消失了，而那妖娆的怡悦也跟着消失了。一夜之间，两名美艳的女子怀着身孕从明家消失。

明经堂派人四处找寻她们的下落，但这两人仿佛人间蒸发了似的。

早已看开了的风清影也难免对这两名女子刮目相看。

明经堂第一次尝到了人生的挫败，但这绝不会从他的脸上看到丝毫痕迹。

到了年末，明经堂有意撮合叶声泉和白如，提议二人早日完婚。而叶声泉却毫不犹豫地拒绝了，说他只是把白如当作亲妹子一样看待。

白如因叶声泉拒婚，羞愤难当，一怒之下便离开了明家。白如自幼生长在西域，对中原完全不熟，叶声泉因不放心，追了出去。两人争执不下，白如身下的马突然受了惊，叶声泉为了护住白如，跃到白如的马上揽着她，后两人从马上摔下，一同滚下了山。

叶声泉受了重伤，待他再醒来，便成了一名痴呆且双腿残废的人。这也是后来白如终身不嫁、甘愿守候在叶声泉身边的原因，一是因为她爱叶声泉，二是因为叶声泉为她毁了一生，所以她决定用自己的一生来偿还。

身体才刚刚复原的风清影听到叶声泉不仅从此再也站不起来，还摔坏了脑子的消息，一下子心急如焚，很快便病倒了，其间病情反复无常，好了又病，病了再好，直到景升九岁那年，那副虚弱的病体终于再也拖不下去，去了。

听完了“月影风清听泉声”的故事，美仁的脑中只有一个想法，那就是造成那么多人痛苦局面的人，就是明经堂。只可惜好人不长命，祸害遗千年。

美仁突然想起一件事，便道：“突然想起初次遇见你的时候，就是在蓝家，那时我在你喝的药中，闻到了一种花香。这种花名叫嗜心花，香气芬芳，却含有巨毒。中毒者心口处会出现一朵红色的花形印记，短期内不会毒发身亡，其毒性发作极缓，短则三五年，长则十年甚至二十年，当花形印记的颜色由浅红变为深红，便会毒发攻心，状似心劳而死，故名嗜心花。你确定你喝的那药里一直有这种花？”

景升挑了挑眉，回道：“是的，一直都有这种花香。”

美仁不解，道：“不可能，你胸前没那个花形印记啊，而唯一解这种毒的方法就是——”

“唯一解此毒的方法，便是三日之内，用热水散出的热气熏蒸身体数个时辰，直至将体内的嗜心花毒蒸逼出体外。”景升接道。

“你竟然知道？”

“我从十三岁之后，喝的药中就含有这种花香。”

“十三岁之后？那就是你娘死了之后……”当年会知道下毒方法和解法的人，明家应该也只有娘和悦姨才对，若是景升十三岁之后，二人早已离开了，明家竟还有人会解这毒？而且最主要的是下毒之人对此毒也甚是了解。

美仁又问：“你可知这种毒花只生长在一个地方，它在别的地方是难以存活的，除非是将嗜心花粉从花果里提炼出来做成药粉。而当今世上也只有那个地方的人才知道中毒的迹象与解法。”

“我只知道解法，并不知它的来历。”

“那你是何时发现中了这毒的？又是谁告诉你的？又从何处得知这毒的解法？”

“你为何对这事这么上心？这事都已经过去好久。”

“就算过去好久，你也应该记得，别顾左右而言他。说吧，我想知道。”她想知道是谁还会解这种毒。

“最初知道我中毒的人不是我，而是景璇。”

“她？那么说她早就知道你们两人没有血缘关系了？”美仁恍然大悟，难怪那个死丫头整天跟她过不去，侍书和奉剑被景承要了去就是一个很好的例子，“你还真是个祸水。”

景升不说话，只是揽着她腰身的大掌微微施力。

美仁轻呼一声，又自言自语：“她那时不过才七岁，她怎么可能知道嗜心花毒？等等，除非明经堂知道你不是亲生的，莫非那毒是他下的？”

景升深吐了一口气，轻点了点头，方道：“也许是我自幼身体不是很好，大哥为朝廷效力，不住府上，景承又比较爱捉弄景璇，我虽不是太爱说话，但对景璇来说，我算是这个家里唯一可以与她说话的哥哥了。我十三岁那年，景璇她无意中偷听到爹吩咐下人在煎给我的药中，多加了这味药，她虽记不得那药名，但她知道那是种毒药，叫我从此不要再喝送来的汤药，说药中有毒。自幼，爹一直对我要求很严厉，他对我的期待一直都很高，十三岁之前我是这么认为的，认为他希望我和大哥一样。可自那之后，渐渐地，我便学会了锋芒不外露，景璇自知道这事之后，在他面前极力地讨好，只希望能借着他对她的宠爱，让他也对我好一分。其实景璇完全是多虑了，他对我和从前并无不同，无论是学业还是武功，依然对我很严厉，从外表丝毫瞧不出他究竟在想什么，他要做什么，但我知道，我与他之间有了隔阂，只要我存在着一天，便会刺痛他一天。”

没男人喜欢戴绿帽，尤其是那顶又高又亮的绿帽子还是自己最信任的师弟给戴的。

“景璇虽然知道你中毒，以她的年纪不应该知道如何解这嗜心花毒啊？”

景升笑了笑，道：“还记得那个捉弄你的黑衣人吗？”

“叶二叔？”

“嗯，那时我完全没有猜到是他，换作旁人也不会想到是他，谁会想到那个痴呆又废了双腿的二叔其实武功并没有废，只是废了双腿。景璇告诉我之后没多久，一日夜里，那个黑衣人便出现了，他总是让我背对着他，不让我看清他的模样，让我按他的吩咐去做就可以解身上的毒。自那夜之后，每晚我都偷偷地去飞云别苑泡温泉。他还会经常趁夜将我掳走，教我武功，可依旧还是让我背对着他，若我好奇想看他究竟是何方神圣，在我转身的那一霎，他已经逃开了。药依旧每天都会送来，但每次都被我给悄悄地倒了，在人前，我始终是一副病恹恹的模样。久而久之，我也养成了每月有那么几天都会去泡温泉的习惯。不过说来，也是件好事，泡温泉真的能强身健体。”

原来是叶声泉，也难怪了，他去过天一谷。

美仁斜睨了景升一眼，他果然能沉得住气。

景升道：“爹开始怀疑我，是在蓝家，那次你落水我救了你之后。”

“所以，那次你是装病？”美仁叫了起来。

景升笑着，轻点了点头。

“事后，他去探了二叔，如妈再不像当年一样还会帮着他，也正因为如妈，爹无功无返，但我确信，他早已知道二叔是装痴，而且武功没废。”

“那次你被打，在家祠里有叶二叔，那是明经堂是为了逼叶二叔出手对不对？”

“嗯。”

好厉害的明经堂，折磨人于无形，就是因为这父子两人不能捅破这层纸，都心甘情愿地守着自己的秘密。那叶声泉更是能忍，居然忍了这么多年，亲生儿子都差点被人打死了，当着面，居然还能纹丝不动，一点破绽不露。

美仁再度望向景升，有其父必有其子，他可是结合了这两个男人的所有本质了。

“果真是个祸水。”美仁啐骂。

景升则是一脸无奈，唯有双手紧抱着她，将她困在怀里，动弹不得，气得美仁牙痒痒的。

[八]陶然安居

“到了。”

不知不觉中，到了目的地。

回过神，美仁瞧见景升已然立在车下。

弯着腰，美仁钻出车厢，抬眸看着眼前这座宅子，若以女子来形容，明家是大家闺秀，那这座宅子便是小家碧玉，漆黑的匾额上书写着三个苍劲有力的大字——“陶然居”。

“先下车吧，以后有机会慢慢欣赏。”景升说着，伸出手去要扶美仁下车。

望着景升衣袂飘飘地正立在面前，美仁挑了挑眉，思忖以后难道要一直与他动不动就言语不和、针锋相对？

盯着景升那只修长好看的左手，美仁咬了咬唇，含糊地道了一声：“你抱我。”

声音很小，犹如蚊子哼一般，但景升依旧是清清楚楚地听清了那三个字。

其实话一出口，美仁便有些后悔，耳根也跟着发烫，她真的是越来越不害臊了，她不敢看向景升。

忽地，她只觉身体一轻，抬眸，映入眼帘的便是月牙白色衣襟上的绣纹，再抬眸，便是某人刚毅的下颌和好看的唇线。

没由地脸上一热，她没想到他竟真的在大庭广众之下就这么抱起她。

抱就抱，反正她也不是什么良家妇女、大家闺秀，羞涩含蓄的三从四德从来就不适合她。她的双臂很自然地攀上了他的脖子，紧贴在他的胸前，享受着这一摇一晃的舒适感。

“哥，我等你很久了。”一个熟悉的声音传来，孰料，下半句就变成尖锐的高叫，“她是谁？”

明景璇？美仁缓缓睁开眼，眼前这个比以前装扮得更加明艳的女子，不是明景璇还会有谁。呵！真是冤家路窄。没想到，第一个送上门的竟然是她。猫捉老鼠，一定要玩够了才会下手。她岂有这么轻易放过的理由？

头自然往景升的颈间靠了靠，她换了一副楚楚动人的表情，抬首轻声细语：“景哥哥，她是谁？”

景升微微眯了眯眼，垂眸盯着怀中这个前一刻还是只野猫，这一刻却变成绵羊的女人，轻皱了一下眉，嘴角微动，以只有两人才能听到的声音，道：“忘了？哦，那晚上好好再重温一下。”

什么跟什么？明明说的不是一码事，这个男人，居然以这种暧昧的言语扯上那档事……她真是服了他。她伸手摸向他的腰间，在他的腰上狠狠地捏了一把，虽然没有见到预想的表情，但她觉得舒服了。

“向美仁？居然是你。我早就猜到你是女的，没想到真的是你这个狐狸精。”景璇大声叫着冲了上来。

“景璇！”景升出口怒喝。

美仁斜睨了一眼，道：“你是谁啊？出口就伤人，小心祸从口出。”

“你——”景璇方要反击，只见景升皱了皱眉，断了她的话：“够了，别闹了。二哥这几天都很累，想好好休息，若是你闷得慌，找人陪你去西湖泛舟。”

“哥，我——”

“有何事稍后再说可好？”景升说着，转首便对一位中年妇人吩咐，随即便抱着美仁向后院走去。

景璇虽心有不甘，但见景升一脸疲惫，也只能咬着牙，狠跺了两脚，带着丫头，回自己的房里了。

进了一间厢房，景升将美仁轻轻放在精致的雕花床上，双臂支撑在她的两侧，双膝抵着美仁的衣裙，将她困在自己的气息范围内。

四目相对，如此近距离地挨着景升，美仁的心猛烈地跳动着，一张一缩。她咬着下唇，既然都到了这里，如今都成了这副局面，她还有什么好羞耻的。

“她不是嫁人了吗？怎么还会跟在你身后？”想到离开京城的时候，听到某位大婶嚼舌根，也不是空穴来风，怕是他明知道与景璇不是兄妹，才会这么肆无忌惮。

“想起来了？”景升弯了弯唇角。

“你知道的，虽然我与她身上都流着明经堂的血，但我与她就是八字不合。谁料着能在这里再见到她。她还是像以前那样骄纵蛮横，口不择言，迟早会被她那张嘴给害死。”美仁阴阴地抛下这句话。

“别这样刻薄，景璇她很无辜很可怜，也很脆弱，她没有你那么强势，亦不会像你那样可以绝处逢生。爹当初强逼她嫁到江南，是不想她也被卷进那场叛变之中，可是我们谁都没料着这样的结局。消息传得很快，没多久对方便知道了明家的事，为了不惹祸上身，他们对外宣称景璇身染重病去世，实则是将她赶出了家门。还好他们总算有良心，当时没有报官，否则如今再见她，也许只是一个坟头。待我找到她的时候，她一身褴褛，正和一群乞丐抢食。”景升道。

美仁蹙眉。

“昨日你累了一天，今日又赶路，好好休息吧。”此话再度由景升说出口，极为暧昧。

越想越觉得羞耻，美仁咬着牙，狠瞪了他一眼。

景升不以为意地垂眼，如扇的睫毛遮了眼，红唇之处还噙着一抹似有似无的笑意，随即撤了身。

望着他离去的背影，美仁在心中暗啐：真是个妖孽！祸水！眨个眼都似在勾引人。

这时，屋门被推开，进来一个绿色身影，美仁惊愕地张了张嘴。

只听来人戏道：“少公子对这厢房的布置可满意？”

“侍书？”原以为离开了明家，再没机会见到侍书这个可人儿。

“嗯，奉剑听说今日少公子会到，去市集给少公子买好吃的去了。哦，不能再唤少公子了，应该叫小姐。小姐！”侍书俏皮地笑了笑。

美仁心中暖暖的，嘴角浮着浅浅笑意，道：“走，陪我出去走走。嗯，去市集，我们去截住奉剑，给她个惊喜。”

美仁起身，拉着侍书就往外走去，她有重要的事要办。

“可二公子特别吩咐过，您需要多休息，路途劳顿，小姐不觉得累吗？”

又是累，美仁的脸一阵燥热，随即轻捏了捏侍书的下颌道：“能见着你和奉剑两个大美人，就算是累死也甘愿。走！”

侍书细心地为美仁披上了一件狐裘，美仁精致的小脸被衬得莹莹如玉，慵懒风情中扬着一丝俏皮。

杭州大街上，积雪甚多，两人深一脚浅一脚地行走在寂廖的空巷中。如今再不是身轻如燕，美仁费力地踩着松软的白雪，口中呼出的热气在冰冷的空气中瞬间形成一团团白色的雾气，一阵寒风吹来，让她冷得直打着哆嗦，突然间，脚下一滑，她不慎摔倒在地，抓着满手的雪泥。

侍书尖叫出声，连忙伸出手要扶起她。她挥了挥手，望着自己手上沾的雪泥，嘴角泛起苦涩的笑意，如今她连在雪地里走路都会摔倒，甚至还需要别人去搀扶。

她真的是个废物了。

“小姐，你没事吧？”侍书很担心。

深呼了一口气，她拍了拍手中的雪泥，艰难地爬起身，若不是有侍书搀扶着，怕是她又要摔倒了。

“谢谢。”

穿过巷口，二人很快见到奉剑举着伞的纤瘦身影，正如美仁料想的一样，奉剑一见到她便激动地大叫着扑了过来。

回首想想，侍书与奉剑算是她人生中仅有的两个朋友。

原来她是这样的孤独。

三人有说有笑地聊了好一会儿，买了好些东西，在经过一家药铺时，美仁在店前顿住脚步，道：“你们俩在这儿等我一会儿。”

“小姐，你不舒服吗？”奉剑关心道。

“嗯，只是觉得这天太冷了，身体太寒，抓些药回去调理调理。”美仁淡淡地应着，便走进那间药店，不一会儿便提着几包药出来了。

美仁一脸的沉重，又带着两人买了两坛酒，方尽兴而归。

薰草研细，每服二钱，酒送下，连续服五次，可保一年不孕。①

这是倚笑楼里的姑娘们最常用的避孕方子。

坐在桌前，美人望着眼前这碗黑而浓稠的汤药，端起递至唇边，在闻到那股子浓重的药味后，她不得不又将碗放下，不想喝，她最讨厌喝药了。

可是不喝不行，她不能确定自己还会不会去主动勾引景升，若是她还会那样，那么这药就一定得喝，赔上自己就够了，她不想这场斗争中还要再赔上一个

---

① 此草药偏方来自民间，其功效与安全无从考证，本文引用只供写小说用，请勿用于实际用途。有需要的请务必正确就医，听从医生指导。

孩子。如今，她活着的唯一目的，就是一定要见到明经堂，问清楚当年的事。

再次端起那碗药，她捏住鼻子，闭着眼，将那碗药一仰而尽。

真的好苦！幸好奉剑今日买了蜜饯，否则真不知如何是好。

蓦地，景升的声音自她身后传来："我听侍书说你身体不舒服？是不是昨日受了寒？"

一听到他提及昨日，她便有些恼羞，她就知道侍书和奉剑什么都会同他说，她镇定地转过身，挤了一丝笑意，道："那侍书是否有同你说，如今的我连滑倒在雪地里都需要人搀扶才能起来？"

微微蹙眉，景升将琴轻轻放在桌上，手抚开包裹的绸缎，抚上琴弦，轻轻以指拨动。

瞧着那把琴，似曾相识，她忍不住问："这是什么？"

一直听不到声音，背着烛光，美仁看不清他脸上的表情，也不知他是在生气还是怎么着。借着烛光，她终于看清那琴，竟是清风。

"这把琴还在？"美仁没料着，明家被抄家之后这把琴居然还在，她激动地抚摸清风，连声惊叹，"居然还在，居然还在，天哪！"

忽然间，景升的大掌覆盖在她的纤手之上，道："今日有没有伤着？"

"嗯？"惊觉她的手正被他紧握着，她脸一红，尴尬地迅速抽回手，道了声，"没。"

手中一空，景升心中一阵失落，静静地在桌前坐下，望着那个空碗，里面还残留一些药汁："不舒服？怎么不找大夫？"

"哦，没什么，只是怕会伤风，事先防着点，虽然失了武功，没以前那样厉害了，但抓几服药我还是可以应付得来的。"

"你还是像寻常姑娘家那样会好些。"

像景璇那样的寻常？若真是这样，她宁可被《天一圣经》折磨至死。她直接说："不要。"

"听奉剑说，你今日用树枝乱挥？"

"乱挥？我哪里是乱挥了？我是练习好吗？我是心有不甘，我花了十年苦练的功夫说没就没了，你说，换作是你，你甘心吗？"

"只要心中无欲无求，做一个平凡的人，怎样都是好的。"

"那是你傻。等某一天，你要是像我这样，成了一个废人，就不会这样想了。"

"又在胡言乱语，你明明好好的，哪里是个废人？"景升板起了脸。

"我这样叫好吗？我觉得倒像是生不如死。"美仁说出心中的感受。

景升沉默了。

“对了，那大之后，究竟发生了何事？为何你会突然举剑对着楚军？之前你不是派明飞去寻楚王了吗？我知道，你大哥和鱼三叔都身故了，那你爹和景承呢？为何没有见着他们的……”美仁想说“首级”，话到嘴边又觉得不妥。她小心翼翼地试探着，从昨日到今夜，她都没见到明经堂和明景承。

景升的脸色一黯，半晌方道：“楚军遭人出卖。”

简简单单的六个字已经道出了那场叛变失败的原因。

景升有一口没一口地喝着茶，将那日的情形大致说了。他被幽禁在明府大半年，直到某一日才重得自由，但是那日，便是他为赵恒效力的开始。

美仁得知他是为了保全明家、保全楚军才会这么做，心中生起一丝异样的感觉，但随即眉头越蹙越紧，因为他说，他还没有找到明经堂和明景承。

“为何你可以找到我，却找不到他们？”美仁的语气有些急，明显带着不满。

景升双眉紧拧，盯着她看了半晌，方道：“就算明经堂他不是我亲爹，对我严苛，甚至对我下毒，我也不会这么绝情，收起你脑中的这种想法。你与他们不同，你不是朝廷下了皇榜四处通缉的要犯，且你做的许多事都有迹可寻。伴君如伴虎！楚王虽能令当今圣上撤了那张通缉令，但这不表示圣上就一定会放过明家。我宁可短期内寻不着他们，也不要在我寻着他们的时候，连累着他们即刻送了命。”

美仁一时语塞，他说得没错，皇家最是无情，她相信赵恒不会这样轻易放过，就算赵恒肯，他身边的臣子亲信也不会同意。

“抱歉，我只是……算了。”她咬了咬唇，连忙换了个话题，“这里是明家的产业？以前怎么没听过？”

“不是，是我同皇上要的赏赐。”

美仁没料着他居然会说出这样的答案，轻哼一声：“看上去不错。”

“嗯。”

一时间，两人都不说话，气氛变得尴尬起来。

美仁垂下头，双手不停地绞着衣裙。

许久，景升哑着嗓音，道：“很晚了，你好好休息吧。”

“哦……”美仁轻点了点头，直到景升离开，她那颗不安的心总算是放下了，可又觉得空空的，好像少了些什么。

接下来的日子，美仁开始过着锦衣玉食、无聊又无趣的千金小姐生活。虽然有些无奈，可如今除了这样的生活，她真不知自己还能做什么。

景升一直都很忙，两人见面的机会不多，美仁的目光总是忍不住好奇地追随着他，好奇他每天都在忙着什么，只可惜每次都只是匆匆一瞥。她见着他身边总是跟着另一名看似跟班的高壮男人，心下好奇，后来她问了侍书和奉剑，才知道他身边的那人叫陈珏。再后来，她才知道明飞死了，被赵恒赐了毒酒，而端那杯毒酒给明飞的人正是景升。

那个成天被她欺负得哇哇叫，却依然喜欢和她比武的明飞，居然也成了这场皇室斗争下的牺牲品，这让她难过起来。她开始有点能够理解景升了，这个男人如今这般活着，应该很累很累，无论是心还是身。就像她一样，他是为了别人、为了亲情在活，而她，也是为了别人，却是为了仇恨在活。

不经意间，她发现她与他，居然是同一种人。

这两天，她都会去倚笑楼附近的茶楼坐着，手中抱着一个暖炉，对着“倚笑楼”那块匾额发呆，从清晨坐到黄昏，有时候甚至忘了时辰，直到侍书和奉剑将狐裘披风披在她身上，催着她回去，她才恋恋不舍地离开。

昨日坐不住，她冲进倚笑楼，但被两名龟公恶狠狠地拦在外面，还遇上几个猥琐的嫖客把她当作新来的姑娘，对她上下其手，幸好有人认识奉剑和侍书是陶然居的人，那些人才吓得放了手。因此今日，她只能包下倚笑楼附近茶楼的一间雅室，静静地望着倚笑楼里的姑娘迎新送旧。

[九] 病来山倒

美仁回到陶然居已是华灯初上，很快用完了晚膳，侍书便端着准备好的汤药进屋，放下之后，她欠了欠身便退了出去。

望着那碗汤药，美仁深蹙了蹙眉，这碗是第四次了，明日再喝一次，她便不用为突然某一天有了身孕而担忧了。

端起药碗，送入嘴边，嘴唇尚未触那药碗，只听啪的一声，她手中的药碗被人狠狠挥落。抬眸，她便看见景升那双愤怒得似要喷出火的双眸，她从未见过他如此愤怒，那铁青的脸像是一个要吃人的猛兽一样吓人。

他知道了？

她居然有些怕这样的他，双手下意识地紧抓着衣裙，往后退了好几步。

景升寒着一张脸，一步步逼近，她一步步后退，直到身子抵上后方的雕花隔栏，再无路可退，她的手紧张地握住那漆制雕花木栏。

“方才你喝的是什么？”景升愠道。

咬了咬唇，她瞪大着双眸惶恐地看着他，她真的不知该说些什么。

“前两日你是怎么和我说的？你喝的是伤寒药？向美仁，你告诉我，从何时起以酒服下薰草可以预防伤寒了？”景升怒声震耳。

“我……只是暂时不想要孩子……”她和他一定不能有孩子。

“不想要孩子？不想要孩子，你就这样糟蹋你自己？这种药，只有青楼里的姑娘才会服用，若是药量重了，你可知是什么后果？”

她当然知道，说是一年不孕，但也有可能终生不孕，这对女人来说是件很危险的事。可是，她能不能活一辈子那么久，都是个未知，如今的她无亲无故，她只想眼下过一天算一天，没精力也没心思再管以后，只要在她死前，能找到明经堂就够了。

她面无表情地盯着地上的碎片。

“好，好。是我痴心妄想了，这几日来，我一直都自欺欺人地告诉自己，在萧山之上，你是心甘情愿的，而不是因为你想散了你体内的邪功。今日我算是明白了，一直都是我在自我安慰、自欺欺人罢了。原来你是那么厌恶我，就连怀上我的孩子都让你觉得是种耻辱，没想到我明景升在你心中竟是如此的不堪！”

她没想到此事这么快就被他发现了，更没料着他会如此震怒，这种在他面前她什么都瞒不住的感觉，让她很无力。方才他说的那些话，让她的心莫名感到一阵揪痛，她有种无法言喻的愧疚感。

“不说话，那你就是默认了？”轰的一声，眼前那张桌子被景升狠狠一脚踹翻，他满面怒红，额上的青筋暴突绽现，双拳紧握，只听见指关节处咯咯作响，“好，好，好，我终于明白了！”

“景哥哥，其实我……”

景升极力压抑着，很快就打断了她的话，厉声道：“别说了！什么都别说了！请给我留最后一丝尊严！这药，也请你别再喝了。我明景升虽有一副傲骨，但也很有自知之明，你放心，我不会再碰你一根汗毛，从今往后，我明景升也会识趣地离你远远的，但求你别再做伤害自己的傻事。太晚了，你好好歇着吧。”

说完，他一脸黯然，如同一只受伤的困兽一般，愤然离去。

不多时，奉剑和侍书进来了，开始收拾凌乱的屋子。

“不许收拾！有什么好收拾的？”美仁起身，发了疯似的冲向两人，阻止她们收拾地上的碎碗片，随即将桌子四周的几张圆凳全数踢倒，她怒吼着，“有本事叫他把这里全毁了、全砸了，最好把我赶出这里！”

奉剑惶恐地叫了一声：“小姐，奉剑虽不知二公子为何发那么大的脾气，可他一定是为了小姐好啊。”

“是啊，小姐。”侍书应和着。

“我不要听！不要听！出去！你们俩都给我出去！”美仁捂着耳朵尖声叫着。

侍书和奉剑两人对望了一眼，欠了欠身，什么话也没说就离开了。

二人方离开，美仁浑身的力气仿佛在瞬间被抽走，踉跄地倒退了几步，顺着那雕花隔栏缓缓滑下，倚栏而坐，她将脸埋在两膝之间。

她觉得自己的心越来越乱了，如今是怎样的一种情绪，她自己都弄不清了。她干吗要生这么大的气？难道他发那么大的火，她也要跟着一同怄气吗？他为何要发那么大的火？她要不要孩子关他什么事？她身体是好是坏关他什么事？难道他自以为和她上过床了，就可以以她的男人自居了吗？若不是为了找到明经堂问个明白，她才不会跟他回来，才不会留在这里！他要离她远远的，那就远远的好了，她才不稀罕。

两行清泪不知不觉夺眶而出，顺着脸颊不断滑落。

她哭着在心中咒骂着：明景升，你这个浑蛋！这世上我最讨厌的就是你，就是你……

正如景升那晚所说，此后他真的离美仁远远的，最多让她捕捉到他的背影，有时候最多只有一个声音。若是当面碰上了，就算是走同一条小径，景升也总是忙于和手下交代着什么事，连余光都没有看向她。

两人一日不说话，她就一日不能知道明经堂在哪儿。一本《天一圣经》，毁了她娘一生，她一定要问清楚，她不能就这样轻易放弃。

说起来人就是犯贱。

当景升做到了他所说的，美仁没有一日是心里舒畅的。

明景升那个浑蛋，口口声声说只要她和他回来，他就会照顾她一辈子，如今却只是将她往这里一丢，不闻不问。不过是为了那碗药，至于发那么大的火吗？一想到这个，她便怒火中烧，猛地扯着手中的东西，却忍不住尖叫出声。

她低眉一看，她方才乱扯的东西竟是手中的刺绣，而绣针刚好嵌进她左手掌心内。她究竟是怎么了？居然学起绣花，还学人家绣什么鸳鸯戏水，天哪！她绣的这都是些什么东西，鸡不像鸡，鸭不像鸭。

她恼羞地拔出那枚绣针，顿时手掌心的鲜血冒出。都怪明景升！都是他害的！她气恼地将手中绣了一半鸳鸯戏水图的丝绢用来擦血。

忽然，她手顿住了。虽然失了内力，但她的嗅觉素来很灵敏，她闻到了一股浓烈的酒气。抬首，她便见景璇手中抓着一个酒瓶，身子歪歪斜斜地向她走来。

只因今日午时阳光明媚，她想找个环境幽雅的地方绣花，才选了全园内最美的池水边，她坐在亭中，而且还屏退了侍书与奉剑，却不想遇到景璇，真是扫兴！

景璇满身酒气地挨近她，劈头就骂："狐狸精！你这个不要脸的狐狸精！为何你都离开明家了还要再回来？为何你总是阴魂不散地缠着我二哥？"

美仁扔了手中的绣绢，暗骂了一声"疯子"便起身要离开，和一个酒醉的疯子没什么话可讲，况且她今日心情不好，不想吵架，更不想打架。

"向美仁，你给我站住，不许走！"景璇猛地将手中的酒瓶砸向美仁。

美仁不似曾经一样身轻如燕，耳听八方，猛地被这瓶酒砸中左肩，酒洒了一身，她轻呼一声痛，揉着左肩转身冲着景璇怒道："明景璇，你发什么神经？你再敢碰我一下，别怪我对你不客气。"

"不客气？你以为我怕你？我告诉你，我明景璇到死都不会承认有你这个姐姐。你是个贼！你是个恶贼！你偷走了属于我的家，偷走了最爱我的爹，还偷走了我最爱的二哥。二哥……"景璇突然扶着亭柱哭了起来，"二哥从来不会上花街柳巷那种地方，可最近总是喜欢往倚笑楼里跑，甚至还将那里的姑娘带回陶然居，我只不过说了他几句，他竟然对我那么凶……"

听闻景升将倚笑楼的姑娘带回来，美仁的心猛地一揪。难道说是那晚受了刺激，他才会去找花楼里的姑娘？这可能吗？那家伙不是素来洁身自好吗？

"都是你这个坏女人！狐狸精！整天往倚笑楼跑，一定是你教二哥去花楼的，都是你把二哥给带坏了。我要掐死你！"景璇冲上去便掐住美仁的脖子。

美仁决不会因为自己失了内力而变得软弱，在景璇没有触及她之前，她便狠狠地给了景璇一个耳光，怒道："你疯够了没有？要撒酒疯，滚回你屋里去，别在这里丢人现眼。"

"你打我？你竟然敢打我？向美仁，我要掐死你。"

不知道是不是因为喝了酒，借着酒劲，景璇的气力特别大。美仁只觉抓住景璇的双手，费了好大的劲才将她推开，孰料，景璇又扑了过来。

两个女子很没形象地就这样厮打开来。

嗞的一声，美仁望着自己右肩的衣衫被景璇狠狠撕了开来，半个肩头都露在了外面，虽是阳光明媚，但冬日的寒意直袭她的全身，她禁不住打了个寒战。

可恶！

美仁咬着牙，道："我再说一次，今日不想与你计较。你别再过来了！"

她以手拉着被撕坏的衣衫，往后退了几步。景璇也站立在原处一动不动。她见景璇不动，以为她作罢，便转身离开，谁知刚踏入栈桥，景璇突然从身后向她扑了过来，出手便猛地将她推入水里。

"救命啊——"美仁惊呼出声。

听到两人打架的消息，景升与一群丫鬟十万火急地朝这边过来，远远地瞧见这一幕，他心急如焚，一个纵身，施展了轻功直奔而去，毫不犹豫地跳入水中，将浑身湿透了的美仁救起。

“带四小姐回房，给她醒酒，好好地给我看着她，没有我的命令不准放她出来。”景升的声音带着前所未有的震怒，他抱起美仁直奔回寝室，吩咐下人准备热水和干净的衣裳，并在房内多摆放几个暖炉。

“景哥哥……我好冷……”全身湿透了，她早已被冻得面色苍白，嘴唇发紫，牙齿打战，虽是窝在景升的怀里，但经风一吹，身体不住地瑟瑟发抖，甚至连表情都被冻得有些呆滞，目光发直。

她终于见到他了。他还是紧张她的，还是在乎她的，他没有真的狠下心来对她不闻不问，这样她落水也算是值了。

“忍一下！待会儿就不冷了。”

他以最快的速度抱着她回了房，轻轻地将她放在床上用棉被将她紧紧地裹住，吩咐侍书与奉剑前来伺候。

他方要离开，便被美仁一把抓住衣袖。

“景哥哥……”美仁全身颤抖着，只能以自己仅有的力气抓住他。

望着美仁满脸的惶恐和无助，景升深深地叹了口气，安抚道：“我得先回屋子换下这一身湿衣。”

美仁松了手，目送着景升离开，接着她便像一具木偶娃娃一样任由侍书与奉剑摆弄着。

渐渐地，她的头开始昏昏沉沉的，呼吸有些困难，喉咙也开始发痒疼痛，全身乏而无力，为何她盖上了被子还觉得浑身泛寒？

耳边断断续续传来两个男人的声音，有一个是景升，他又来了？另一个人说她落水染了风寒，什么她受了惊吓，更重要的是还有心病，心中似乎有什么难以解开的结……

哦，原来她是病了。自习武以来，她有多少年没有染过风寒了，如今的她，竟然脆弱到这种地步。

头真的好痛，她直觉想要伸手按住额头，忽地，冰冷的手被包进了一个温暖的大掌之内。是景升吗？她的直觉反应是紧握住他的手，他的手真的好暖，好暖，让人不舍。不要松开，她真的好冷、好累、好想睡……

“悦姨，我可不可以不学凫水？”

“可以，这有什么不可以的，你不学凫水，从此我倚笑楼里便可以省了一大笔饭菜钱。挽香，从今往后膳食可以少做一份了，你也不用每日和我念叨今晚做什么菜了。”

这是谁的声音？为何这么熟悉？

美仁费力地睁开双眼，却瞧见衣着暴露的悦姨正摆弄着她那双艳红的丹蔻，她的身后正站着一个十岁模样的小女娃。她为何觉得这小女娃这般熟悉？

眼前的景象变了，变成了一条河流。

那小女娃正立在河边，回首望了悦姨很多次，可悦姨始终漠视那小女娃害怕的目光，云淡风轻地告诉她："水就像男人一样，当它团团围着你的时候，只会让你全身舒畅。跳吧，把它当男人一样，跳下去。"

男人？那小女娃一脸迷茫，想着男人就是水，水就是男人，倚笑楼里的男人不可怕，这水也就不可怕，咬了咬牙，她便一头扎进了水里。

美仁感受到那小女娃的想法，大声惊呼："不要跳，水不是男人，水会淹死你的！"

可是声音就像是被什么东西阻碍了一般，无论她怎么喊也喊不出来。落水的不是那小女娃，而是她，被水团团包围的是她，不是那个小女娃，不，应该说那小女娃就是她，她就是那个小女娃。

水一点都不像男人，至少那个让她咬牙切齿的景升，他的怀抱不是这样的，水只会让她觉得恐惧，而他的怀抱却莫名地给她安定和温暖。

悦姨真的就这么眼睁睁地看着她死吗？她真的不要她了吗？

眼泪忍不住夺眶而出，直到身体忽地被抱起，冲出那令人窒息压抑的水面，她才看清，悦姨拧着身上的湿衣，懒洋洋地说着："算了，你不想被'男人'拥抱，我也不勉强你。"

说着，悦姨绾起湿发，扭着纤腰正准备走，孰知一转身便换了另一副狰狞的面孔："我恨怡惜，我恨她毁了我的一切，毁了我这一生，所以我也恨你，我就是要淹死你。"

"是啊，都是你娘，害了我娘，害了我爹，害了我，害了我们怡家所有人！"跟随在悦姨身后的还有一个粉琢的小女娃，张牙舞爪地对她说着话，那是怡素。

"不是这样的，不是这样的！"美仁惊恐地抱着她瘦小的身子蜷在岸边，"悦姨，是你骗我的，一定是的，你有不得已的苦衷，对不对？求求你告诉我那一切都不是真的！你不要走，告诉我——"

她追了上去，可是这时不知从哪儿冒出来一团雾气，挡住了她的去路，她心急如焚地拼命挥舞着，待云雾散尽，她却孤零零地一个人站在悬崖边上。

回首之际，她却见着另一个自己一剑刺穿了向昕的心窝。

"不要！住手——"她尖叫着冲了过去，想要阻止，却已来不及，昕大哥的身体颤巍巍地来回晃动，犹如断了线的风筝一样，直坠下山崖。

"昕大哥——"

她身体一软，趴在那岩石边上痛哭起来，是她亲手杀了昕大哥。

“昕大哥，昕大哥，昕大哥——”

景升紧握着美仁乱挥的手，之前她烧得很厉害，喝了药之后，昏睡了很久，这会儿又出了一身汗，额上的发丝都湿了，还做着噩梦，口中不停地发出呓语，似在求什么人，又似在挣扎着什么。

眼下那一声声叫唤，似一柄利刃插在他的心口之上，他拧紧双眉，轻唤：“美仁，醒醒。”

美仁抽泣着，抓住一只胳膊，呢喃着：“昕大哥……昕大哥……”

景升将她揽在怀中，轻轻地摇着她，在她耳边唤着：“乖，醒过来，从那些不愉快的梦里醒过来。”

美仁嘤咛了一声，紧皱着眉头，终于从痛苦的深渊里拔了出来，缓缓睁开双眼，一张脸由模糊转清晰，是景升。

“景哥哥……”她动了动干涩的喉咙，却发不了音。

“别动，我去倒水给你喝。”景升很快将水喂给美仁，看着她将杯中的水一饮而尽，轻问，“还要吗？”

美仁虚弱地摇了摇头，问：“景哥哥，什么时辰了……”

“亥时了。从昨日晌午之后，你就一直昏迷，烧退了又起，这都亥时了，才又退了烧。”景升轻应，并用干松的软布拭去她额上的汗水。

不知是她还在发着烧，还是景升照顾她的举动让她有些不知所措，她脸颊之上一直都是滚热滚热的。

“我方才是不是做噩梦了？”

“嗯。”

她依稀记得她梦见悦姨，梦见怡素，还梦见昕大哥，好像还不停地叫着他们的名字。偏过头，透过烛光，她见着景升的下巴上隐约冒着好些青青的胡楂，心中感受一言难尽。她垂下眼帘，自嘲：“你看看我，如今落个水，都可以让我病上两日……”

景升道：“别想太多了，好好休息吧。很晚了，我去找侍书和奉剑来伺候你。”

“不要！”坚决的语气从美仁的口中吐出，却显得那样的无力，“景哥哥，你还在恼我吗？”

景升紧抿着唇，未应。

“你以为我愿意吗？除了景璇，这园子里其他的熟面孔都知道我曾是明经堂的义子，如今是女儿身，你是他的次子，若是我有了身孕，别人问起，你要怎么说？你要告诉别人，其实你不是明经堂的儿子？还是你想让孩子和我一样，又是一个私生子？”美仁费了好大的力气，一口气说了这么多，伏在景升胸前不停地喘息，这是她发自肺腑的真心话。

景升依旧是紧抿着薄唇，脸上的神情微微松动，将她轻轻放平躺在床上，道："你还病着，有什么话，等你身体好些了，再说吧。"

美仁不顾身体虚弱，强支起身子，方想再开口，便又软软地伏在景升怀中，这一次她没有放手，而是选择双臂环抱着他，急切地问道："景哥哥，你会娶妻吗？"

"嗯？"

"告诉我，你会娶妻吗？"

景升皱了皱眉，目光深锁着美仁。为何她不明白？他以为在萧山上帮她穿衣服时已经说得很清楚了，所以沉默以应。

"不要！如今我什么都没了，身边也只有你一个亲人了，你不要离开我，如果连你也离开了，我不知道该怎么办。我不要你娶别人！"说着，两行清泪顺着她苍白的脸颊滑下，她紧抱着景升不放手，接着又哽咽道，"我知道，以前我一直对你存有芥蒂，可那都是你的错。虽然我不知道我会从何时对你改观，但我以我的生命起誓，从今往后，我的心里只会有你一个人……"

刹那间，景升怔住了，回过神，他以指点住她的唇，道："嘘，你太累了，早些休息吧，有什么话，明日再说。"

美仁不会放过这个机会，紧抓着他的手又道："景哥哥，你答应我，今生今世你都不会娶别人，你答应我，无论今生今世我变成怎样，你都会守在我身边。你答应我！"

"……"

长夜漫漫难入眠。

景升望着窗外浅浅月色下摇曳的树影，又望了望身旁紧抱着他不放，却因疲累早已沉沉睡去的美仁，回想之前她的哀求，最终他还是应了。

之前一直不应她不是他不愿，而是怕做不到，以目前的情形，他的人已经不再属于他自己，而是属于当今圣上，他不能给予她太多的承诺，他不知是否真的可以实现诺言守在她身边一辈子。

就像今夜会留在这里，也是应了她。

无论怎样，无论她心中装着谁都好，就算她当他是可以为她驱除体内邪功的任何男人之一也好，抑或是无依无靠了才想到他也好，他还是应了她。

他深吐了一口气，摸了摸她的额头，确定没有再烧了，才放心地拥着她，闭上了眼。

［十］谁主沉沦

次日，当美仁醒来的时候，景升已经不在了，她先是松了一口气，之后又是一阵失落。昨夜的事，她记得很清楚，她想她是疯了、病糊涂了，才会那样要求他。

将脸埋在被子里，依然还可以感受到他留下的气息。

不一会儿，侍书与奉剑进了屋，伺候她梳洗，她却想沐浴，因为昨夜流了太多汗，身上黏湿湿的，很不舒服。一切打理好之后，她换了身干净的衣裳，用完早膳之后，她又钻进了被子里。

似乎这一场病将她的气力全都带走了，接连几日，她一直躺在床上，偶尔会在屋内转转。景升白日里很忙，直到晚上才能抽出空来看她。她会缠着他，要他陪她，他只能叹着气，待到她睡熟了之后，才会离开，继续自己的公事。

景璇就像是忽然间消失了，再没有来烦过她。

奉剑总是会有意无意地告诉她，景升自来了江南以后就变得异常忙碌，经常会处理公事到很晚，有时甚至会彻夜不眠，他房内的灯一亮就是一夜，下人们偶尔经过时，都会瞧见窗上映着他伏案的身影。忽然，某一日他收到一封信之后，便丢下手中所有的事，急匆匆地离开了，这一离开便是两日，再回来的时候，便是将她带回了陶然居。

这几日，他为了她的病更是劳心劳力。奉剑说，那日她落水，从未将喜怒之色轻易现于脸上的二公子将她救起之后，一副像是要杀人的模样，吓坏了所有人。景璇当场就被他给关了起来，直到她醒过来的那日，才被放出来，但二公子命令，不许景璇进这里打扰她休息。

是夜，月光与烛光交织。

美仁盯着铜镜里那张消瘦的脸，忆起这几日每晚都守在她身边之人，似乎比起她也好不到哪儿去。侍书说他来的时候，她睡着了。不知眼下，他在做什么？

拿起狐裘披风披在身上，她便出了屋门。好久没有出屋门了，这会儿真是身体乏力，脚步虚浮，走路轻飘飘的，像踩在棉花上一般。入夜的寒风刺骨，冻得她直哆嗦，她摸索着往他屋子的方向走去。

果真，如侍书、奉剑所说，他屋子的灯还亮着。

门未关严，美仁轻轻推开屋门。

里屋，他正埋首于案前，奋笔疾书。

忽地，脑中有了一个捉弄他的念头，她放轻脚步，悄悄绕至他身后，双手刚蒙上了他的眼睛，孰知身体一轻，她便被他抱坐在了怀中。

美仁抬眸细看着他，没有在他脸上看到预期中的错愕与震惊，倒是见着一副怜惜的神情。他的双眼深陷，布满了血丝，应该是日夜操劳的吧，他看上去非常疲惫。

美仁心中微颤，一股怜意自心底幽幽升起。

伸手方想要摸上他的脸颊，孰料，他捉过她已被冻得冰冷的双手，合在掌中暖着，语气听似责备，却是万分怜惜："你身子还没康复，这么晚了还跑过来，天寒地冻的，倘若再病倒了怎么办？"

美仁浅浅一笑，将头倚在他的肩上，道："是不是我一进门的时候，你就猜到是我了？"

"嗯。"唇角轻贴着她的发丝，他轻应，且不论她的脚步声，他早已耳熟，但凭她身上特有的馨香，就让他难以忘怀。

以手轻触他的脸颊，美仁皱了皱眉，道："你好像比我更像个病人。"

这突如其来的轻触，让景升浑身紧张，颤着声："怎么会？"

"不信？那你看。"美仁从怀中摸出那柄弯刀，头倚着他的头，对着上面的铜镜照了起来，"看到没有，双眼凹陷，满目血丝，嘴唇泛白。"

景升一把按下她的手，道："我又不是女儿家，急着去相亲。"

美仁轻嗤一声，道："今后，若是我无聊了，我可不可以常来你这里坐坐？"

景升轻点了点头。

"不论白天黑夜？"

景升又轻点了点头。

"你说我们俩这样算不算是偷情？"

偷情？景升轻蹙了蹙眉，反问："你觉得呢？"

"嗯。"美仁含笑应着，"你不觉得南唐那位李后主的《菩萨蛮》很应时应景吗？'花明月暗笼轻雾，今霄好向郎边去。刬袜步香阶，手提金缕鞋。画堂南畔见，一向偎人颤。奴为出来难，教君恣意怜。'是不是？"

其实只不过是个玩笑罢了，可景升的脸色变得越来越难看。

美仁撇了撇嘴，突然想到那日景璇说他前些日子夜夜去倚笑楼，还有过将姑娘带回陶然居的事，便揶揄他："这几日你怎么不去倚笑楼过夜了，也不把姑娘往回带了？"

景升的眉头蹙得更紧了，轻捏了一下她的下颌，道："你听谁说的？"

她努力地嗅了嗅，道："咦，屋子里好像有脂粉的香气。"

"脂粉香味究竟是谁身上散出的，相信某人应该会比我更清楚。"

"是吗？"美仁执起衣袖闻了闻，好像那香气的确是从她身上散出的。

“面对我，是不是让你很紧张？”景升挑了挑眉。

景升的话一语说中了美仁的心事，她是好容易鼓起勇气，才来到这里的。抬眸正视他，她咬了咬唇，正色道：“闭上眼。”

“做什么？”

“叫你闭上就闭上，快点。”

美仁见着他合上了眼睑，细细地审视了一番，他有一双浓密好看的睫毛，还有挺直的鼻梁、薄而好看的嘴唇，曾经她就说他就算闭上眼也是一副诱引良家女子的姿态。

眼下，她就是那个被他勾引的非良家女子。

她将脸贴向前，感受他呼出的热息，轻咬了咬唇，便将唇贴上了他的眼睑，感受到他的身子一僵，她便伸手紧紧地环住他。

唇，向下，她亲吻着那在不停颤动的纤长而浓密的睫毛，霸道地说着：“你再睁开双眸，那里只能有我。”顺着再往下，唇轻点了他高挺的鼻梁，又道，“这儿今后只为我呼吸。”她感受到他扶在她腰上的手施了力，轻笑着再低头，便轻啄上了他有些微颤的双唇，“这儿也永远都只属于我。”说完，她便毫不犹豫地吻住了他。

景升怔住了，仿佛这一切都是在梦里，他不敢睁开眼，怕一睁开眼，这梦就消失了。

他紧紧抱着美仁，动情地回吻着她，两人细细地纠缠着。

一切就像是隔着一层纱一样，想看却看不清，他只能感觉到他像是在吻饮着花瓣上的晨露，经过一夜凝结，汲取了日月之气，才会这样甘甜、清冽、香醇。

许久，景升终于依依不舍地离开了她的红唇，瞧见她脸上布满了红晕，双眸紧闭，纤长的睫毛微微抖动，惹人怜爱。

不一会儿，那如扇的睫毛打开了，她笑着便又窝在他怀里，道：“这次我没有忘了呼气。”

“嗯。”双眸迷离，他含笑回应。

她似乎又回到了萧山之上的她，热情得让他难以自拔，沉沦，再沉沦。

美仁轻瞄了一眼桌案上的一沓公文，上面有好些朱砂笔记。她知道，景升如今是为赵恒卖命，之前她问过他，皇帝封了他什么官职，他嬉笑着告诉她，他是皇帝身边的一个“御用闲人”，没有任何官职，只要是皇帝有需要，让他去哪儿，他就得去哪儿。

“还在为他卖命？”她问。

“嗯。杭州管辖内有人私设茶场和贩茶交易，以致好茶都冒禁卖给了私茶商，上缴官府的都是次茶、伪茶，让朝廷损失了一大笔税收。”景升道。

除了茶寇，其间还与京中有好些牵连，存在着一些很棘手的关系，否则赵恒也不会想到让他暗中调查的方式。

美仁抬首，对上他的黑眸，又问：“那查到了吗？”

“嗯，有了眉目。”

“哦……那你会去倚笑楼是不是也是为这事？”

“嗯，不过多亏一个人给我指了一条明路。”

“哦？看来帮你的人很多。”

“你怎么不问我那个帮我的人是谁？”

“你的朋友那么多，我岂会知道是谁？”

“那这是什么？”景升将几张纸递至她眼前。

美仁扫了一眼，那正是她找人去查的一些情况。说来都要怪奉剑多嘴，知道了他的事之后，她只是觉得在这里的日子很无聊，帮帮他而已，不过是以她独特的方式联系一些人罢了，反正又不要她去探消息，只要给银子就好，当然，这笔银子还是从他身上扒出来的。

无视那几张纸，美仁瞄了一眼桌上那些纸张，他的字迹苍劲潇洒、刚劲有力，她一时兴起，道：“我要你写几个字送我。”

景升挑了挑眉，问：“什么字？只要不是那首《菩萨蛮》都可以。”

“当然不是。嗯，我想想——”美仁笑着，想了一会儿，便道，“步摇金镶羞蛾敛，染云腻鬓妆新颜。绣罗斜遮启檀点，纤手时掩笑拈靥。”

听完，景升弯了弯唇角，执起毛笔，轻蘸了墨汁，不一会儿，便写好了这首诗。待到墨干，美仁扬着笑脸，将那张纸叠好收进袖内，道：“我要将它绣出来，不过你可别指望我会绣了送给你。”

轻笑一声，景升将她的纤手抬起，透过火光，瞧见那纤指之上，留下了好些被绣针扎破的伤痕，道：“我以为你什么都会，却没想到你竟然不会刺绣。”

“她没有教过我，也不让我学……”一提到悦姨，美仁的脸色变得黯然。

“她？”

“没什么……”

感受到她的排斥，景升便不再提，轻道：“很晚了，我送你回去。”

“不要。”美仁的双臂缠上景升的颈项，享受他宽阔胸膛带来的热力。

怀中佳人那特有的馨香迎面袭来，景升的双眸迷离了起来，哑着嗓子方道：“你确定要留下来？”

“嗯。”

“那好吧，我就勉为其难地分半张床给你。”

“真的就半张？”美仁调笑着揶揄他。

“嗯，是不是半张，试过才知道。”他将她横抱起来，往床榻走去。

美仁知道将要发生什么事，同样的事在萧山便做过了。

景升轻轻地将她放下，细看了她一会儿，四目相视：“和上次一样，你没有机会了。”

美仁含笑看着他。

随即，他低下头狂吻着她诱人的红唇。抵挡不住这份激情，她忍不住闭上眼睛，双臂犹如蔓藤一般缠上他的脖子，这个动作加剧了他吻她的力度。两人唇齿相依，舌头彼此缠绕在一起。

心慌乱地狂跳，思绪开始紊乱，莫名的骚动在体内快要爆发，她感觉到自己的每一根神经都因他的吻而起了变化。

许久，景升放开了她，坏坏地笑着：“你还病着，要好好休息，不宜太过于劳累。”

美仁整张脸窘得像红透了的樱桃，恼羞地将他压倒，封住了他的唇，不再给他开口的机会。

今夜，或许是她想试着醉一次，醉酒的人不必清醒，不必顾虑太多，此时此刻，她什么都不要去想，所以放纵一次又何妨？

天还没亮，美仁便醒了，她微微偏首，盯着一旁还在熟睡的景升，聆听着他平稳的呼吸声，心中有一种说不出的温暖感觉。她小心翼翼地起身，穿好了衣裳，轻轻地下了床，见着没有惊醒他，便舒了一口气，悄悄地离开了。

待到美仁出了门，景升便睁开了双眼，其实在她醒之前，他已经醒了，他却没想着她居然会这样不声不响地走了。心底深处隐隐抽痛，或许正如她说的一样，她正提着她的金缕鞋悄然离去。

偷情？他又一次觉得彷徨与无奈。

［十一］永安故人

美仁在细心的调养之下，脸色又恢复了往日的红润，人也更有些灵气。

偶尔再见着景璇，景璇总是一副怨毒的目光回瞪她便匆匆离开，所以每一天她的心情都非常好。

虽失了武功，但她绝对不会让自己成为一个废人。每日她早早起床，以树枝做剑，重复练习，虽不能将一身武功找回来，但无论怎样，强身健体，总比真的成了一个娇滴滴的千金大小姐要好。

偶尔她会去看一眼倚笑楼，但近些日子以来，她更多的是留在陶然居。景升不在，她会坐在他的房里看着书卷，偶尔绣绣那首诗，再无聊的时候，她便会模仿景升的笔迹，将书卷上的字一字不漏地一一抄下来。她更喜欢夜深人静的时候，不知是因为喜欢那夜偷去景升屋里的感觉还是怎样，入夜时分，她总是会在侍书与奉剑熟睡了之后，悄悄摸去景升的房里，将白日里临摹他的字展现给他看，景升被她弄得哭笑不得。

她不知道景升有没有在寻找明经堂的下落，但是她得到的消息是曾有一个很像明经堂的人在台州永安县出现过。台州永安县，离杭州不算太远，只要一两日的行程便可以赶到。

景升因茶寇一案去了遂昌，估计要去个好些日子才能返回。美仁找了个理由，安排好，便匆匆赶去了永安县。所幸，武功废了，易容术还在，她可不想因为相貌而无端惹很多麻烦。

到了永安县，她并未如愿地见到明经堂，但查探的结果让她很是惊讶。永安是明经堂老家所在，她知道，但万万没想到风清影的墓竟在此处。当她看清墓碑上的铭刻时，便确认风清影的确葬在这儿，这墓的周围找不到一根杂草，一看就是有人精心打理过。

刹那间，心中一股悲凉涌上来，原来在明经堂的心中，他最爱的人始终还是风清影，就连她死了之后，他会想到来看望的也只有她。

她可怜的娘亲啊，为他而丢了性命，而他或许早就将她的娘亲忘得干干净净了，值得吗？

她的手抚上那墓碑，想到娘只有一个衣冠冢，手指甲便死死地抠在那石碑上。

忽然间，一阵木轮轴滚动的声音传来。

是谁，会来看风清影？转过身，美仁便瞧见如妈推着叶声泉立在身后。

他们两人竟然在永安县？！

“你是何人？”如妈防备地问道。

美仁先是一愣，方想起她易了容，还是一位中年妇人的模样，也难怪如妈认不出她来。美仁没有应她，直视着轮车上的叶声泉，他也正在看着她，这一次，他没有装痴，整个人也较以往清爽了好多，细看，景升身上许多地方有着他的影子。

如妈挡在了叶声泉的身前，全身防备，又问：“你究竟是何人？”

一番斟酌后，美仁撕了人皮面具，露出原本的容貌，双拳相抱，启口便道：“失礼了，叶二叔，如妈。”

“向姑娘？”如妈也很意外会在这里碰到美仁，“向姑娘何以会在此地？”

“叶二叔，不知可否找个方便的地方相谈？”美仁对叶声泉道。

如妈望了叶声泉一眼，遂对美仁道：“向姑娘，请稍等片刻。”说着，如妈推着叶声泉离墓碑更近了一步，将带来的香烛点好，交至叶声泉的手中，叶声泉举香拜了拜。

美仁望着二人的举动，再看这墓的四周，原来是这二人常常来这里打理墓周的杂草，难道是她错怪了明经堂？

如妈推着叶声泉离开，美仁跟随其后。

三人默默走在半坡小道上。

一如在竹芙园，如妈为美仁倒了一杯樱桃茶，那樱桃茶还似以前一样艳红诱人。

美仁迟疑了一下，并未接手。

如妈为自己倒了一杯，一口倾尽，放下杯盅，算是以身试过，她笑道：“向姑娘还惦着当初那杯茶吗？老身当初会那么做，是觉得向姑娘会给竹芙园带来不必要的麻烦，还请姑娘见谅。”

去了防备，美仁端起茶盅，轻啜一口，便问：“如妈，你与叶二叔为何会在此地隐居？为何没留在杭州？”

如妈笑了起来，道：“我的责任只是护送璇儿安全至夫家，至于之后去哪儿，谁也管不着。”

美仁自嘲地干笑几声，目光转向叶声泉，叶声泉也正打量着她，看不出情绪。

忽然，如妈起身对美仁道：“我先去准备晚膳，你先坐一会儿。”

望着如妈离去的身影，美仁看到的是一个慧心的女子，回过首，她的目光再度落在叶声泉的身上。眼下她与叶声泉独处，于是她开门见山：“他是你儿子，可你却宁愿装成一个痴傻残废的人，也不愿父子相认。如今躲在这里，只为守着一个坟墓，何苦呢？”

等了半晌，美仁以为等不到叶声泉的回应，这时，叶声泉的声音响起：“他姓明，而非姓叶。”

“那坟墓里埋着的女人也姓风，而非姓叶。是人都想听自己的孩子叫自己一声爹，你真是很奇怪。”美仁反驳。

蓦地，叶声泉问道：“你很在乎他？”

美仁没好气地回道：“没有。”

“呵呵呵……”叶声泉笑出声，“丫头，你很特别，也很聪明，可惜的是在‘某些事’上还是很懵懂无知。”

不明白他在说什么，美仁只知道他不是在赞美她。

“从小到大，喜欢他的姑娘很多，但我从未见那小子对哪家姑娘如此上心过，同样是名义上的妹妹，璇儿又对他有救命之恩，但也未曾见他动过心。或许是上天注定，你注定是他的情劫。当初，你害他险些丧命，我找上你的时候，确实有要你陪葬的念头，不过总算你没让我失望，”叶声泉的声音有些嘶哑，或许是长年不开口的原因，“我不知你当初是以何居心留在明家，看似是千里寻亲，却始终父女不相认，甚至在明家最危难的时候，你竟然弃之不顾。枉我那小子事后为了寻你，费了不少精力。如今连他隐瞒了多年的身世，也全数告诉了你，可见他对你的心意。”

心中一片慌乱，美仁咬了咬唇，仍是恭敬地说着：“叶二叔，今日能够再次相见，美仁很庆幸，但叶二叔若是因说教美仁而气坏了身子，美仁便成了罪人。还望叶二叔口下饶人，恕美仁无礼了。”

“呵呵，丫头很会避重就轻。”

“多谢叶二叔谬赞了。”

“说吧，丫头，你今日可不会无缘无故来这里。”

美仁单刀直入：“叶二叔英明，万事都瞒不过你。美仁只想问问十九年前，你与我爹，还有鱼三叔三人共去天一谷的事，不知叶二叔是否还记得？”

“嗯，记忆犹新。我记得当年，我们三人被困在迷阵当中，以为就要死在那里，是你娘及时出现，带我们离开迷阵的。”

“那么，那是我爹与我娘第一次相见吗？”

“嗯，似乎是的。当时你娘很生疏地称呼我们，不过我一直都想不通，为何死在那迷阵里的人那么多，你娘却偏偏只救了我们三人。你问这做何？”

她也想不通，这世上真的会有一见钟情的爱情吗？

她又问：“那后来你们出了迷阵，就离开天一谷了吗？”

“那倒不曾。被困在迷阵多日，我们缺水断粮，身体极度虚弱，是你娘将我们装扮成天一谷的人，算是私自留我们下来，暗地里照顾我们。”

美仁在心中道：碰上你们，不知是她的幸还是不幸。

“你们后来有找到《天一圣经》吗？”

“没有。当时，隐约知道天一族内在选圣女，据说圣女选出三日后，便是族长与圣女的大婚吉日。但我们没有等到大婚的日子，你娘便声称，族人已经发现有外人，便带着我们匆匆离开。”

美仁愕然，细看叶声泉的神情，又不似在撒谎。那件事悦姨已经亲口对她承认，但是娘被明经堂诱使偷了《天一圣经》离开，同行的叶声泉没道理不知道啊。除非，娘只是将圣经交给明经堂看过，但明经堂若是想要修炼此功必要自宫，那么在娘走后，他又如何娶了别的女人，还生了景璇？

“叶二叔，有个问题难以启齿，不知当不当问。那个……景璇真的是我爹的女儿、我的妹妹吗？而不是像景哥哥一样……并非亲生……”

叶声泉先是一愣，随即笑了开来，道：“那孩子百分之百是我师兄的，你若留意，就会发现他们父女二人有很多相似之处，反倒是你与我师兄并不是很像，你像极了你娘。从我第一眼见到你，就猜到你应是我师兄的女儿，你与你娘太像了。”

也就是说明经堂并未看过《天一圣经》。怪事！娘当初为了他去偷《天一圣经》，却没有给他看，难道是怕他因对武学的追求而挥刀自宫，而走上不归路？

“多谢叶二叔解惑。”

“你会上这儿来是另有目的吧？”

“哦，其实不瞒叶二叔，景哥哥一直在找寻爹的下落，可终是无果。这几日景哥哥因公事去了遂昌，而我收到消息，有人曾在这里见爹出现过，所以等不及景哥哥回来，我便自己先跑过来了。”

叶声泉细细琢磨美仁所说的话，眉头越蹙越紧，脸色在刹那间变得难看起来，口中喃喃地不知说着什么。

“叶二叔，怎么了？叶二叔隐居这里，又常常去扫墓拜祭，可曾见过我爹？”

叶声泉未应，这时，如妈端着晚膳进屋了，美仁没有追问，静静地看着如妈张罗。三人默默地用完了晚膳，之后，如妈又去收拾，叶声泉望着如妈的身影静了许久。

美仁不能理解他这是痴情，还是绝情，对一个已亡女子的痴情，却是对另一个照顾他半生的痴情女子的绝情。

“丫头，此次相遇，你腿脚无力，下盘虚浮，是不是出了什么事？”

美仁很想说武功被人给废了，而且废她武功的人就是他的儿子，想想却含糊应道：“嗯，是出了一点点事，不过所幸，命保住了。”

叶声泉沉默了一会儿，道：“丫头，我有一样东西要送给你，你跟我来。”

他推动着轮椅，木头发出的咯吱声颇为刺耳。有些好奇，美仁随着叶声泉去了另一间屋子，只见他从柜子里取出一个木盒，递给美仁，道：“那小子将清风送了你，我便将这本曲谱送予你。”

挑了挑眉，美仁接过那木盒，打开，里面摆放着一本书卷，深色书皮，里面的纸张也有些泛黄了。美仁打开，手不知不觉中颤了起来，原来这是风清影留下的曲谱。

“叶二叔，这似乎是风前辈的遗物。”

叶声泉自嘲：“嗯，我还继续留着它，难道是想带着它一起下黄泉吗？这是清影毕生的心血，而你有一颗玲珑七巧心，这本曲谱送你正合适。”

“多谢叶二叔。”

当晚，美仁在这里留宿了一夜，与如妈同屋。

她问如妈是否见过明经堂，如妈同叶声泉一样，先是一愣，而后笑着摇了摇头，说自从离开了杭州，偶尔知道一些消息，却并未与明家的人再联系过。

虽然失望，但也不是毫无收获，从他们的言行之间，美仁还是看出他们有所隐瞒，但只要明经堂在这里出现过，就起码证实了他还活在这世上。

望着如妈那张满是沧桑的面容，知道她与叶声泉之间的纠葛，美仁觉得她这样一直照顾着自己心爱的人，即便是没名没分，她也是觉得值得的吧，因为有着一种执着。

值得？美仁想着自己做过的事，有多少是值得的呢？因为执着，如今看来又有多少是值得的呢？

浑浑噩噩，直到次日，她方辞行，离开了永安。

［十二］宣战之吻

回到杭州，回到陶然居，侍书与奉剑二人再见着她，总算是松了一口气。

景升还要好几日才能回来。

她突然有些想念他，不，只是偶尔想想罢了，她觉得这并不是在思念，只是这些日子习惯了腻在他身旁，有事没事捉弄他，看着他被她弄得哭笑不得，她就觉得心底不再似那一年多里一个人那种空洞洞噬心的难受空虚。

不知不觉，她又去了他的屋里。

顺着屋内的摆设，她的手指一一抚过，想着这些日子以来荒唐又胡闹的日子，嘴角处隐隐地现着笑意。

躺在床上，双目无意地落在那床幔之上，突然，她想到了纯钧剑。起初她找过，但每次景升都会很凑巧地回来，渐渐地，她放弃了，不是她忘了昕大哥，而是因为一想到再见那把剑，那种噬心的痛不知还能承受多少。那一年多，没有一日她是睡得安稳的。

纯钧剑，昕大哥，纯钧剑，昕大哥……

在心中不停地念着，她猛地从床上跳起，便在屋子里搜寻起来，就像当时她在明家，在他房里搜找那个“辣椒水”的解药一样，每一个角落都不放过。

在柜子的最上层，她终于找到了一个上等檀木制的盒子，内心激动得难以言喻，她打开盒子，纯钧剑上的宝石还是那么耀眼，她抚摸着剑身的手微微发颤。

她害死了昕大哥，或许是她这一生最后悔最无法原谅自己的事了。她的心一阵阵抽痛着，她不能再看到这把剑，看到它，便会时刻提醒着她，是她害死了昕大哥，日子越久，这种让内心倍受折磨的痛苦就越来越深。

她不能再看到这把剑，不能!

猛地，她将盒子合上，慌张地将它塞进柜子里，却不慎碰落了另一个檀木盒，手忙脚乱地才算是接住那个差点就要跌落在地的檀木盒。这是特别珍贵稀有的黑檀木盒，四四方方的，上头雕着细致典雅的花纹，嵌着一块稀世美玉，一看便是出自名家之手。

究竟是什么东西，他要用如此珍贵的黑檀木盒装着?

在好奇心的驱使下，美仁小心翼翼地打开了那个盒子，在看清盒中所装的东西的那一瞬间，她怔住了。

拿起那个熟悉的泥偶，这是一年多前她在七月初七那晚花了五十钱买的磨喝乐，让她更惊愕的是这个磨喝乐身旁躺着的是一个男娃娃，她的手开始发颤。

在桌前坐下，她将木盒放下，一手拿起一个磨喝乐，脑中想着一切可能。目光触到盒底放着的两张签文，她拿起，再度愕然。

那两张签文之上分别写着：

千里姻缘一线牵。

世间情缘一语间。

“那晚上……另一个磨喝乐竟然在他手上……”

美仁的心怦怦跳个不停，难以置信，手指不停地摩挲着那两个娃娃。那一晚，她将这个娃娃随手扔给了他，却没想着他会将这个娃娃一直收藏至今，更没想到另一个娃娃竟然会在他手上。

突然间，她鼻子莫名地一酸，有一种想哭的冲动。

这时，门被人推开了，两道男音随即入耳。

恍惚之间，美仁抬首便瞧见景升一脸错愕地立在隔断之处看看她。

景升对身后之人吩咐了什么，那人便有礼地退下了。

美仁知道那人是赵恒送给他的得力助手陈珏，美其名曰是皇帝派来的助手，不如说是监视着他。陈珏对她总是看不顺眼，偶尔碰上了，总是会对她冷言讽刺。

景升嘴角轻扬，瞧着她那副呆呆的模样，戏谑：“你是不是看上我这屋子了，想来个鸠占鹊巢？”

回过神，美仁匆忙用衣袖盖住两个磨喝乐，生怕被他发现自己偷看到这两个娃娃，可还是慢了些，被他看到了。

景升走近她，缓缓地，手掌覆上她的纤手，揶揄：“没料着素来脸皮厚的丫头居然知道害羞了。”

嘴角微微抽搐，美仁抬首与他对视，反讥：“第一，本姑娘的确是看中你这间屋子了，所以决定鸠占鹊巢，待会儿我就让侍书和奉剑将我的东西都搬过来；第二，就算我脸皮厚，也厚不过你。瞧，这就是脸皮厚霸占别人东西的证据。”美仁弹开他的手掌，将那个女娃娃举在他的面前。

“这个不是我霸占来的，是某人硬塞给我的。”景升接过那个女娃娃，脸上的笑意更浓。

瞧见那种“祸国殃民”的笑容，美仁羞恼地从他手中将女娃娃又抢了回来，道：“那眼下刚好物归原主。这个娃娃是我的。”

身体被轻轻一带，只是眨眼之间，她便被景升揽在怀中。或许是习惯了他的拥抱，美仁没有曾经直觉就要挣脱的反应，而是大胆地与他四目相对。

景升撩起她的一绺长发，绸缎似的柔腻在指间流泻，又滑又软，他轻握住发丝，凑近唇边，哑着嗓音道：“你舍得看着明明是一对的两个娃娃分开吗？”

美仁很不给面子地拍开他的手，抽出发丝，道：“在那卖磨喝乐的老板摊子上摆放着的时候，谁知他们是一对，说不定一个在东，一个在西，相隔甚远，如今分开也是正常。”

“原来的那个你终于回来了，能看到你这样，我很高兴。”景升突然正色道。

美仁愣了愣，表情略僵，垂下眼帘，将两只娃娃小心翼翼地放进盒子里。再抬首，她已恢复正常，扬着笑脸，对景升道：“这对娃娃，连同这昂贵的黑檀木盒都放我那儿吧，你一个大男人收藏着这东西，挺怪的。”

“嗯。”

“嗯，这次你去遂昌一切都顺利吗？”

“还好，不过，还有一些事要处理。”一想到那件案子，景升就蹙起了眉头。

杭州所辖区域内出现私设茶场，那些茶寇私自贩卖优等茶而将劣茶上缴，此番去了遂昌，查出此案牵扯着京中数位身居要职的官员，这让他很头痛。他并非赵恒亲自所封的朝廷命官，赵恒只是要他查出幕后主使是哪些人，但并未赋予他任何动用官府的权力，因而一切都要靠他自己。说穿了，赵恒是在试探明家究竟还有多少实力存在，所以他要步步为营，只要一步走错，都有可能再将明家推向风口浪尖。对于此案，即便是暗地里已经查出了一些眉目，他还是故意一拖再拖，多次回复赵恒未果，赵恒显然对他所奏的结果不满意，在给他的手谕当中明确地写着限他一个月之内赶回京城，这是给了他最后的期限，若是在一个月之内，他再给不出一个满意的回复，他就要小心他的项上人头了。

“看你眉心深锁的样子，此事还有些棘手？”美仁伸手抚平他的眉间。

“嗯，伴君如伴虎。”景升捉下她的小手握在手中。

“方才见你和陈珏好像还有很重要的公事要办，那我就不打扰了。”美仁害羞地抽回手。

“嗯。”

“那我走了。”转了转眼珠，美仁嫣然一笑，倚在他耳边轻道，“子夜时分，等着我刬袜步香阶，手提金缕鞋。”

景升的脸微微泛红，美仁见着笑了开来，他素来脸皮比较厚，很少见到他被戏弄到脸红害羞，她轻道了一声“我走了”便离开了。

景升又好气又好笑地望着她的身影步向门扉。孰知，只是一个晃神，才转身，景升只觉得那团本应离去的娇影却突然扑进自己怀里，被他接个满怀。

不由分说，美仁的双臂缠上他的脖子，满脸微笑，那艳红的双唇便贴了上来。

景升被美仁突如其来的热情举动给惊住了，伸手扶在她腰间，只能含糊不清地轻唤了一声：“美仁……”

美仁霸道地含住他的双唇，带着任性地舔舐、轻咬，不给他开口说话的机会。

不知不觉中，景升扶在她腰间的手加深了力道。

蓦地，只听啪的一声，瓷器摔碎在地的刺耳声音传来。

唇舌交缠间，景升微微睁开双眸，却见景璇一脸惊愕地立在门外，身体不由得一僵，欲拉开美仁，美仁仿佛听不见那突兀的声音一样，缠着景升的双臂收得更紧了，紧贴着他的唇始终不放开，似在惩罚他的不专心，霸道地开始啃咬着他的唇，让景升一阵吃痛低呼。

门外，见着此番情形的景璇再也忍不住，眼泪掉了下来。

她在得知二哥回来后，第一个便想到为他泡了一壶他最爱喝的信阳毛尖。虽然她心中明白二哥与那个应是她姐姐的女人关系暧昧不清，但亲眼见着他们如此亲密，还有二哥的那一声轻呼，这无一不似千万根针扎向她那原本就脆弱不堪的心。从她知道二哥不是她的二哥开始，她对二哥的心意就变了。为了二哥，她利用各种方式赶走意图留在二哥身边的女人，可她等了近十年，守了近十年，那个从小就疼爱她的二哥却再也不是她的了，她再也承受不住，捂着脸痛哭着跑开了。

看着景璇哭着离开，景升放弃推开美仁，索性任由她啃咬着他，直到她发泄够了。

终于她放开了他，双眸盯着他那被她啃咬得有些微肿的红唇，嘴角处绽开了一抹满意的笑，那笑容就像是一只吃饱后心满意足地舔着爪子的猫一样。

“玩够了？”景升双眉紧蹙，神情中带着一丝责备。

美仁扬了扬眉，不以为意地道：“怎么，心疼她了？当时我俩衣衫不整同床共枕，不也是被她撞见过？”言下之意，被景璇撞见两人在拥吻也没什么大不了，何况她是故意这么做的。方才走到门口时，她便远远地望见景璇端着什么东西走过来。如此之好的良机，为何不好好利用？

景升细细地审视着她，伸手轻轻抬起她的下颌，道：“你知道吗？方才那个吻里泄露了你心底的情绪。”

美仁瞪大双眸，转瞬，又笑了起来：“你是想说喜欢吗？”

“不是。”

抚开他的手，美仁的笑意渐渐敛了，怔了怔，依旧笑问：“不是喜欢，那你说是什么？”

“寂寞、孤独、惶恐和不安。”

半晌，美仁方强扯了扯嘴角，道：“你在说笑吗？”

景升心中暗叹，淡淡地笑道：“嗯，是在说笑。我离开这么多天，却一进屋第一眼便见到你，还有方才那个缠绵热烈的长吻，可见你是有多么想我。”

听见他这么说，美仁抿起唇角，因为他说中了她的心事，她再次被他看穿，这种感觉让她更感到惴惴不安。可又想到他在戏弄她，她便在他胸前猛捶了一拳，又狠踩了他一脚，提着裙摆跑开了。

随着那抹倩影消失在视线中，他嘴角的笑意也敛了去。

她只是比他晚一步，便查到了爹的下落。他一直不敢去想心中的猜测，若是真的走到那一步，眼前所有的一切都是泡影……

自永安之行后便失去了明经堂的踪影，时不时地，美仁想从景升口中了解一些查探的情况，却仍是无果，这让她十分沮丧，但日子终究还是得过。

清晨练剑，隅中绣花，日昳抚琴，黄昏读书，这是她给自己定下的一日安排。

她细看了风清影留下的曲谱，不得不承认，风清影是一个奇女子。按曲谱所记载，奏琴者与琴合二为一，每一个音律都呈现了弹曲者当时的内心，结合奏琴者的武功修为，可以达到以琴音为人疗伤，或是以琴音杀人的目的。

不知是自己坚持每日像初学武功时那样认真，还是叶声泉送她的曲谱上所记载的曲子的奥妙，较之前弱不禁风的样子，她的身体如今变得强壮了些。虽然离曾经的她遥不可及，但她感受到全身筋脉犹如初学时的震动，隐隐地，那种熟悉的暖流安抚着全身筋脉，让她情不自禁，喜极而泣。目前来说，她还没如《天一圣经》上卷所记载的那样有任何不适，或许日复一日，终有一天，她的执着与坚持可以让她再回到从前。

每每景升见着她手中持着封魂镜，挥洒着各种招式，总是双眉紧蹙地拉扯着她，将她丢进屋里绣花也好，抚琴也好，读书也好，虽然他知道那些招式最多只能伤着寻常人，但是他就是不想看到她经常伤着自己。

最后的一个琴音随着她手指停止而渐轻渐无，直觉眼前有人，她抬首，却是景璇。

自那日她故意强吻景升，故意给景璇撞见，就有好些日子没瞧见景璇了，因为这位千金小姐受了刺激半夜跑出去吹冷风，染了风寒，病了。其实本来也没什么事，可不知怎的，这病就是不见起色，而且越来越重。听起来就觉得有些好笑，只不过是见着自己喜欢的人和别人热情相拥亲吻，居然也能病这么久。

就像照顾她一样，景升依旧会衣不解带地照顾着景璇。一想到景升在照顾自己时，那种神情、那种温柔、那种体贴，美仁便觉得心中不快，她告诉自己那绝不是在吃醋。女人因爱而嫉妒，就像景璇嫉妒她一样，但她对景升并没有爱，所以她不会嫉妒。若是换在向昕与蓝希凌身上，她想她一定会暴跳如雷，杀了景璇都有可能。起初，她还会要要手段故意缠着景升，但到后来，她知道守在景璇屋里的除了他之外，还有景璇的贴身小丫鬟，她竟然发现自己对这事并不那么在乎了，反而每天吃得更多，睡得更香，兴致上来，她能弹奏清风几个时辰，让琴音飘满整个陶然居。

美仁认为是上苍在可怜她这个“亲妹妹”，给她这么一个机会，为了能见景升让她病了好些日子，总之比她上次病的要久多了。若是说景璇是故意久病不愈，为了可以天天见到景升那种嘘寒问暖的紧张模样，短日子还是可以理解的，但长此以往，只会越拖越糟，甚至把命拖没了，这都有大夫诊断为证。下人们都在传这位四小姐的日子不多了，甚至怀疑她的身体能不能撑过春末。

景璇的脸色异常苍白，衣着不似往常那么鲜亮。虽然正是百花盛开的春季，但以她的病情，这衣服显然还有些单薄，看样子是突然之间从屋内跑出来的，头发也只是简单地梳了一个发式，那柔弱的模样似是一阵春风就能将她给吹走。

望着眼前景璇这副半死不活的样子，美仁凝眉看着她，不是说她病得下不了床吗？她突然跑来，是想做什么？

景璇盯着清风很是激动：“原来，清风在你手上，他竟然将清风送给了你。”

美仁挑了挑眉，道：“是啊，我住在竹芙园的时候，他就送我了。”

景璇的脸色更加苍白，一步步走向前，在清风面前半跪着，手颤抖着抚摸着琴弦，口中喃喃地念着：“很小的时候，就常常听二哥弹清风，那时候三哥总是喜欢欺负我，二哥就会弹奏清风哄我开心，只要一听到这琴声，就算我哭得再伤心，都会破涕为笑。他教我弹琴，可那琴却不是清风。我央求过他送我清风，他却是以清风是他娘的遗物，不会送予任何人为由，拒绝了我，可是他却将清风送给了你。为何……”

美仁心猛地一缩：“我怎么知道？这个问题你不应该问我，而是应该去问他。”

琴弦嵌入景璇的指甲内，她抬眸死瞪着美仁，怒道：“向美仁，那次虽然我喝醉了，但我知道你是故意落水的。你一定是看见了二哥，才故意陷害我。你真是蛇蝎心肠，害我被二哥罚闭门思过。从小到大，二哥从未对我那么凶过，都是你害的。”

美仁冷笑着道：“你别含血喷人，你推我下水这事我都还没有找你算账呢。当时在场的所有人都亲眼看到，是你推我下水的，若不是景哥哥及时救了我，我就被你给害死了。根本就是你想置我于死地，让我昏了两天一夜。事情都过去那么久了，你竟然还记着，应该说是你居心叵测。”

景璇的手离开琴弦，站直了身子，俯首看着她，道：“这一次我不会再傻了，我不会再被你激怒。你别太得意了，我得不到的，你同样得不到。你别忘了，当今圣上很器重他，他的将来他未必能做得了主。只要二哥他一天还姓明，就永远都是明家人，永远都是你哥哥，你想要和他在一起，是不可能的。”

莫名地，一阵怒气涌上美仁心头，她又没说要和他在一起一生一世。哥哥？笑话，他根本就不是她的哥哥。他可以永远姓明，但她永远都不可能姓明。他对她承诺会守着她一辈子，只要他承诺了，他就要做到。

立起身，美仁抱起清风，冲着景璇讥道：“你未免操心过多了，你还是担心你自己吧。他的事用不着你操心，我的事，更轮不到你管，”越过景璇，脚步微顿，她回首又道，“你才是那个贼，原来一切都是属于我的，而你后来居上，偷走了属于我的一切，霸占着还理所当然。哼，若我真的姓了明，你就该哭了。所以，你要庆幸，我没选择姓明这个姓。”

景璇气得浑身发抖，扶着树干猛烈地咳嗽着，一口鲜血直涌而出。

她的贴身丫鬟拎着披风，到处找寻着，还好遇上陈珏，两人匆忙赶来，总算在她倒地之前，陈珏抱住了她。

陈珏抱起景璇，冲着美仁的背影道："无论你是谁，你永远都不可能是他的妻子。"

美仁冷着一张脸，抱着清风，顿了顿，怒气冲冲地离开了。

［十三］痴情遇拒

景璇自那日受到刺激后，病情恶化，说是为了让自己的病尽快好起来，和景升提出要搬离陶然居，去别处居住。景升不同意，不断地哄着她，让她不要多想，把病养好再说。

原本就公事缠身，再加上景璇的病，景升已是身心憔悴。

美仁与他就如同陷入了一个怪圈，原本温馨相处的局面不复存在，她不会再嬉笑着提着金缕鞋在深夜去找他。只有在他得空时，才能见到让他日夜思念的她，不过往往那已是夜深了，他只能静静地看着她的睡颜。

之前的夜晚有他相伴，她已经很少再做噩梦了，这些日子聚少散多，以为她一人会睡得安稳一些，孰知再见，她又是在做噩梦。

握着她的纤手，给她以安定，直到她的眉心渐渐抚平，他才放心。

她在躲着他，他知道。

他知道她有一个难解的心结——向昕的死，还有一个是和倚笑楼相关的人。他不知道向昕是怎么死的，也不想去查，即使倚笑楼在眼前，他也不想去深究她与那里面的人究竟有何纠葛。他怕一旦插手了，他所期待的一切都会灰飞烟灭。他每迈出一步，都极为小心翼翼，生怕一个万一，所有梦全碎了。

最令他头痛的是，他接到京城来的消息，赵恒收了王佳如为义妹，以示对王钦若的恩宠，王佳如被赐封为无双郡主，并有意赐婚于他，他心中早已预料，若是这次茶寇一事处理得当，那么他回到京城，就注定逃不掉那场赐婚。

若真是那样，他该怎么办?

为何眼前这个女人到现在还不明白他的心？她始终在自己的心房之外竖着一面坚硬难摧的心墙。每每从她的笑容背后看到她隐藏着那颗诚惶诚恐的心，他就有种冲动，想抓住她问个清楚，她究竟在怕什么？在担心什么?

执起她的手，放在唇边，细细地吻着她的每根手指，他愿意等，一直等到她为他敞开心扉的那一日，他甘之如饴。

景升终究还是没忍住查了倚笑楼的底。

捏着手中的一沓纸，上面详细地记载着倚笑楼的一切，景升万万没有想到，这倚笑楼的前任老鸨竟然是当年搅得明家不得安宁的那个女人。

当年他还小，只依稀记得她的名字中有个“悦”字，而这个女人便是叫作怡悦。他多次听见美仁在梦中哭喊着“悦姨”这个名字。

扫了几眼这纸上的内容，景升便已经知道这个女人不简单。一身武功不知属哪门哪派，总之邪气得很。倚笑楼里的女子除了像正常妓院里的姑娘那样接客之外，还有少数是她培养出来的，为她接一些大宗生意，不排除杀人越货这些勾当。

美仁曾经会那么多稀奇古怪的东西，又有一身毒辣的功夫，想来都是她传授的了。最奇怪的是，这个女人两年前就已经从良，将倚笑楼转给了别人。

他没记错的话，那也是美仁刚到明家的时候，美仁和他提过，她去蓝家是因为想救她的一位师哥。但真正的原因，似乎是与这个叫怡悦的女人有关。

事有蹊跷，看来他还要再细查下去，但这也有可能让这么久以来他觉得最快乐的一段日子在瞬间变成泡影。

正思虑着，突然来人打断，是景璇身边的贴身丫头。

“不好了，二公子，四小姐她吐了很多血……”

“快去请大夫！”心下一紧，景升大声吩咐着，匆忙赶去景璇的屋子。

“已经派人去请了。”

途中，一阵悠扬的琴声伺机钻入景升的耳中，当下他的脸色便一阵苍白，这曲子是娘生前所奏，为何她会弹？

已经顾不上那么多了，景升飞快地走进景璇屋中，便见景璇大咳了一口血，整个人歪歪倒倒地挣扎着。

“璇儿。”景升快步上前扶住她。

“哥……你终于来了……”景璇虚弱地叫了一声，原来红润的脸上再无一丝血气，见了景升却是由衷地笑了开来。

“快别说了，先躺着，待会儿大夫就来了。”

景璇又咳了几声，道：“哥，你瘦了，是不是璇儿的病拖累了你？”

“没事的，别胡思乱想。”

“哥，已经入夏了，还想待到乞巧节，你陪璇儿一起去看花灯和烟火，眼下，璇儿怕是要撑不过了……”

“别瞎说。等你稍好了一些，我们就回京。我会请奏皇上，求他恩赐御医替你重新把脉。”

“哥，别再骗璇儿了……璇儿知道你为了明家……失去的太多了……别去求……”

“别担心，一会儿大夫就来了，你会好起来的。”景升紧捏着双拳，心中没由地烦躁，那阵琴声悠悠扬扬不断地飘进耳里，最终他抑制不住，冲着一名小丫头发了大火，“去叫她别再弹了！叫她不要再弹了！”

小丫头战战兢兢地应了声，那个他口中叫着不让弹琴的人，正是上次掉进池里之人，上次他也是发这么大火，这次又是发这么大火，她连忙不敢再想，急匆匆下去传话。

这厢，美仁望着眼前这个在不停发颤的传话的小丫头，听了她的话，不气不恼，但也没停下手中的琴，声调一转，便又是一个曲调。

那前来传话的小丫头脸色一阵苍白，退也不是，进也不是，忍不住又道了声：“小姐您还是别再弹了，二公子发了很大的脾气，别为难小的了……”

倏然，锵的一声，弦断了。

气氛一下子凝结。

半晌，美仁回首对侍书道：“陪我去看看四小姐的病情。”

老远，便闻着景璇屋里飘着一股子浓郁的药味，立在门外，美仁犹豫着是不是真的要进去，想了又想，便提着衣裙迈进了屋内。未进里屋，她只是静静地立在隔断之处，瞧见景升背着她，坐在床沿，正细心地扶着景璇喝着药，二人并未发觉她。

景璇推开那碗药，道：“哥，我死了，你就没有负担了，别再回京城了，他找不到你的，你看你都没找到爹和三哥，你若逃了，他也一定找不着你的……我好想爹和三哥……”

“乖，先把药喝了，喝完了好好休息。”景升回避着景璇的问题。他没有告诉她，其实他早就找到景承了，只不过景承决心四海为家，而爹也在不久前找着了，但爹那副样子，他不说出来，除了另一个原因之外，便是不想她的病情继续恶化。

“哥，没用的，过了今日不知是否有明日……哥，你答应我，千万别回京城，皇上不会放过你的……”

回京城？美仁听到这句话，整个人便僵住了。

难道他要离开这里了？

景升一阵沉默，许久，方道：“璇儿，先把药喝了。”

景璇皱着眉头喝了一口药便又推开，道：“哥，你离那个女人远点吧，她会害死你的……她是来复仇的……她根本就不爱你……”

这句话让美仁下意识地捏紧双拳，她病得都快要死了，为何还这么多事……

“快把药喝完，喝完你的病就好了。”

“哥，若是当年，我没有听到爹命人给你下毒，也许永远都只当你是我的好二哥……”景璇幽幽地说着，又咳了起来，“哥，我真的好喜欢你……”

“别说了，你好好躺下休息。”景升急忙断了她的话，便要将她扶躺下。

“不要！”景璇挣扎着，突然一把抱着景升，那张脸毫无预示地就这么贴了上去，以美仁所立的角度来看，任何人都能看出景璇在做什么，而景升的身体只是微动了一下。

他竟然敢让这个女人亲吻他?

她对他说过，他是她的，不许任何女人碰他，他却拿她的话当耳旁风，竟然敢让这个女人亲吻他？男人永远都是靠不住的，男人的话永远都不可信。

紧攥着拳头，美仁负气地转身便离开了这里，出了门便疯狂地跑了起来，一不小心，却撞上前来找景升的陈珏。她怒吼了一声“滚开”，便猛地推开他，跑开了，弄得陈珏一脸莫名其妙。

屋内，景璇使尽全身的力气将景升猛地推开，抱着被子啜泣：“为何？为何你可以那样动情地抱着她亲吻她，就算被人看见了，你也无动于衷？为何却连我这最后的一个心愿都那么吝啬施舍给我……咳咳咳……”说着，她激动得又咳了几声。

“璇儿……”景升无奈地轻唤一声，上前想要扶住她，却被她避开了。

景璇抱着被子，满脸是泪：“哥，我真的好讨厌你，为何你给了我希望却又这样当面无情地拒绝我……”

对于刚才景璇的那种举动，他直觉便是错开脸，只是让她的唇印在他的发丝上，正是这样的举动让景璇一时间失了控，虽然不想见着她的病情恶化下去，但他更做不到除了美仁之外，再去碰触另一个女子。

“这个还给你！”景璇将一张纸扔在景升的面前，背过了身。

景升不明所以，打开那张纸，脸色顿时暗了下来，那纸上正是他所题的一首诗，而那首诗正是美仁所作：

步摇金镶羞蛾敛，
染云腻鬓妆新颜。
绣罗斜遮启檀点，
纤手时掩笑拈靥。

捏着纸的手在颤抖，他哑着嗓子问道：“这个怎么会在你这儿？”

“出去……”景璇的情绪过于激动，剧烈地咳了起来，吐了一大口血出来。

景升焦虑万分，急忙抱着她，回首对着屋外咆哮着：“该死的，叫你们请个大夫，都请到哪去了？！”

“大夫来了！”伴随着丫鬟的叫声，陈珏领着大夫进了屋。

未久，那位大夫便示意景升借一步说话。

“心藏脉，脉舍神，明小姐心气久虚，病气集于胸，其脉象绵绵其去……”

“其去如弦断……”景升木讷地接了下去。

那大夫点了点头，道：“嗯，脉象绵绵其去如弦断，这是死症，已回天乏术。请恕老夫多言，明公子还是准备后事吧！这是药方，但愿还能为小姐多撑些时日。”

“……有劳。”

“告辞。”

大夫走了之后，景璇也睡下了。陈珏俯在景升耳边只是轻声说了几句，景升脸色大变，低咒了一声。

方才是太过于烦躁，他才会让下人去叫她别再弹奏那首曲子，孰知，一向与景璇不和的她会跑来。据陈珏的说辞，她一定是见着了那让人误会的一幕。他该庆幸，她之所以会那样气愤地跑开，是因为她有所知觉，他期待她会有这样的情绪很久了，但眼下的情形，他根本无法开心起来，以她的性格，一定不知道会以什么样的方式去发泄。

她到底想怎样？写给她的诗为何会莫名其妙地到了景璇的手中，他不敢往下想，她究竟是在乎还是不在乎。

一拳打在桌上，他对陈珏道：“找人给我跟着她。”

说完，他沮丧地望着昏睡过去的景璇，心中说不出的悲凉。为何事情会走到这个地步？这都是他的错。是他太疏于考虑景璇的想法了，他没想到她竟然也是这样的执着。

他真的只当她是他的妹妹，尽自己一切的可能去宠着这个唯一的妹妹，那个整天只知道跟在他身后叫着他“二哥”，满眼笑意盎然的丫头，若不是那个午后，她为了救他，打翻他的药碗，告诉他那药中有毒，他与她并不是兄妹……若不是那个午后，也许事情便不会走到这一步……

如今这美好的生命却就要这样消逝了……

紧握着景璇的手，景升轻声道：“璇儿，无论还有多久，哥一定会陪你走完这最后的日子……”

［十四］情难以控

离开陶然居，美仁就像是失了魂一样，一想到方才的情形，她便怒火中烧。她坚持那绝对不是嫉妒，那只是自己拥有的一样东西被人随便触碰了去，就像是小孩拥有的玩物一样，被人抢了。她讨厌这样的感觉罢了。可为何她会这么生气，甚至慌张、惶恐？所有的不安全数涌上心头……

是因为知道他要离开这里回京城吗？她知道景升有皇命在身，若是真的因一道圣旨锁住了他，那么他还能实现对自己的承诺吗？还是因为那个吻？都不是的，都不是的，她从来就不会因为这样而感到心慌意乱。

心中没由地烦躁，她觉得她不应被他所影响到，应该是她掌控他的一切才对，而不是被他牵着走。也许是为了掩饰这种不安，在她穿回女装之后，她又穿上了久违的男装，她要去倚笑楼，她要去找姑娘喝酒，她要玩行酒令，只有那里的声色犬马，才能让她安心。

闷热的夏夜，团团的热气喷在脸上，让人心中更热了，站在灯火辉煌的倚笑楼前，望着那两排大红灯笼，她心中一暖，方要举步进去，却见一阵骚动。

“救命啊，着火了！”

“着火了，快逃啊！”

“快救火啊！”

这倚笑楼里的人就像潮涌一样，那些客人与姑娘们尖叫着夺门而出，二楼三楼的客人有些衣衫尚未穿戴整齐，赤着上身便从楼上跳了下来，摔在地上龇牙咧嘴地哼着。

美仁在听见倚笑楼失火之后整个人都怔住了，被涌出的客人和姑娘们挤到一边。这里曾是她的家，是她寄托感情的地方，如今却莫名其妙地起了大火。她心中焦虑万分，再抬眸，那火越烧越旺，起初倚笑楼里的人还在用水救火，到后来一个个全弃了水桶，大声呼叫着：“快跑，楼要塌了！”

楼要塌了，恍惚中美仁跟着人群跑离那火势的范围，离着很远，只能眼睁睁地望着那一根根木柱带着火坠下，门前的那两排大灯笼早已不见踪迹，随着啪啪之声砸下的瓦片，瞬间，那无情的大火将整个倚笑楼全数吞没。

老天为何要这样对她？就连她一直寄托期望的家也给毁了。

带着一颗伤痛的心，美仁一步一步缓缓移开，漫无目的地走在清冷的街上。

她真的不知该去哪里，怔怔地望着眼前的酒肆，直觉便是要去买一坛酒，用酒来麻痹自己。酒肆早已关了门，她使劲地拍着门，把已经睡下的老板给叫了起来，强买了一坛酒，撕了那封口，她便抱住坛子猛喝了起来。

辛辣的烈酒呛喉入腹，即刻在体内灼烧起来，那种感觉让美仁好受了些。其实她不喜欢喝酒，以前与姑娘们玩行酒令多数是她想着法子让姑娘们输了罚酒，现在却要靠这种穿肠物来麻痹自己，因为醉了就可以不用想那些令人烦恼的事。

忽然，黑暗中，几个身影从不远处掠过，美仁很清醒，那样的衣着装扮，她确定是天一族的人，她们好端端的怎么会出现在杭州，莫非又出了事？

未加思虑，她跟着追了几个空巷，远处，灯火之下几个身影映在墙壁上，从影子可以看出是一个女人以一己之力对付那几个人。她听见了激烈的争吵声，若是她没听错，应该是悦姨的声音。这么久以来，她收到的消息都是悦姨在天一谷，她为何突然回杭州了？

心猛烈地跳动着，她放轻脚步，小心翼翼地走过去，刚出了巷口，迎面就是一支箭飞来，所幸她还算反应迅速，避开了那支箭，但手中的酒坛就这么飞了出去，啪地摔个粉碎。

她瞪大双目，盯着嵌在墙隙里的那支金箭，竟是宁家的追魂箭。每个家族都有一个代表性的兵器，而怡家的便是她手中的那把弯刀“封魂镜”。追魂箭分为几个等级，身份高贵与否但凭那箭尾的颜色，而这支箭的箭尾是金色的，也就是说射出这一箭的人在宁家的身份很高，一般很难见着金色追魂箭出动，她马上想到的便是金曜使者。

宁家究竟在追杀什么人？为何她又听到了悦姨的声音？

她紧锁眉头，再往那支金箭射来的方向望去，却只捕捉到几个人匆匆离去的背影。

不知从哪儿来的气力，她急切地想知道那几人当中是不是有悦姨，拼了命地去追那些人，“飞花逐月”她施展不了，步伐慢了太多，才拐了个弯便失去了那些人的踪迹。

嗖的一声，一支长箭准而狠地向她射来，又是一支追魂箭，她的身体倏然僵住，以她如今的身手根本来不及反应，完全不知道要如何躲过这支金箭。眼看着就要命丧箭下，千钧一发之际，她身体一轻，被抱入一个结实的怀中，急旋了几圈之后停下，她才看清救了她一命之人，竟是景升。

景升抱着她的手弄痛了她，这时她才看清，他的左肩之上撕了一道血口，那箭擦肩而过，只差那么一点点那支箭就会穿进他的左肩。

她惊慌失措地大叫出声：“景哥哥，你没事吧？”

景升顾不上左肩的伤口，扶着她的双肩，冲着她吼道：“这么晚了不在屋里休息，还跑出去喝酒，差一点命就没了！向美仁，你知不知道你究竟在做什么？”

这个女人，明明以前很会好好照顾自己的，而如今整个人就像是废了一样，任何事在她的心中都激不起波澜。若不是他派人跟着她，说不准她又会去做什么傻事，方才若不是他及时赶到，她这会儿定已经没命了。

一时间，美仁也来了脾气，大声回道：“我半夜三更出来做什么，关你什么事？你又不是我什么人，我又没求你救我！你不守着你那个宝贝得快要死的妹妹，跟着我做什么？”

“你——”扯动了肩头的伤口，景升气得说不出话，在知道倚笑楼失火的那一刻，他想都没想，便冲出来四下寻她，她居然这样说话，他顿时恼羞成怒，“你这个没心没肺的女人，居然说出这样的话来。好，你是死是活都不关我的事，你爱怎样便怎样。”

景升气恼地转身便走。

美仁的双眸之中蒙上了一层雾气，望着他的背景大骂着：“明景升，你是个浑蛋，你这个浑蛋，你这个——”

第三声大骂尚未骂出，猝不及防，她的唇便被封住了。

景升将她紧紧地抱在怀内，急切霸道地吻着她，而她余气未消，打他，踢他，还愤恨地在他的唇上狠咬了一口，顿时一股淡淡的腥甜味道在两人的口中蔓延开来。

他丝毫没有退让，并未因那一点点痛而放开她，口中那股腥甜的味道再度激起他隐忍了很久都未曾爆发的怒气，全身的血液似要沸腾起来，几乎破体而出，他以更为狂烈的吻惩罚她。

她也毫不示弱地反击，迫切地发泄心中的怨气，啃咬着他。

两人就像两头互相攻击毫不退让的猛兽，以激情而狂热的吻相互啃噬着对方，密密地纠缠在一起。

不知过了多久，他终于放开了她，双眸含怒地瞪着她。

她大喘着气，不甘示弱地回瞪着他，以手拭了拭肿痛的双唇，这才察觉，他也咬破了她的唇，眼泪毫无预示地滚落出来。

不由分说，他大力地拉过她，拖着她便往陶然居走去。

回到陶然居，景升将她带回自己的屋中，毫不疼惜地将她丢到床上。他打开抽屉取了一瓶金疮药，将药瓶丢给她，示意她帮他上药。

美仁望着那瓶金疮药，抹了眼泪从床上跳起，快步出了屋子。

景升先是一怔，蕴含愤怒的双眸里掺杂着难以言喻的挫败，随即便是一掌击向一旁的盆栽，哐当一声，那么一大盆松石盆栽碎裂得满地都是。

扯到了伤口，鲜血直涌而出，他仿佛没有任何知觉，仍然维持着原有的姿势，愤怒地捏紧拳头，望着门外。

“明景升，你半夜发什么神经？好好的这盆栽惹你了？”美仁端着一盆热水进屋，便瞧见满地狼藉。

景升错愕，他以为她就这么走了。

放下热水，美仁白了他一眼，走近他，将他拉坐在床边，不理会他的一脸痴傻，伸手就猛地撕开他左肩的衣裳，以松软的白布沾了热水细细地帮他清理伤口。

“咝……”景升微抽了一口气。这丫头真是心狠，借机死命地按着他的伤口，以示报复。

“痛吗？很痛吗？下手砸盆栽的时候有这么痛吗？”美仁丢了手中的湿布，拿起之前被丢在床上的金疮药，“上辈子积德，那支箭上没有淬毒。”

景升咬着牙，愤愤地看着这个女人为他上着药，用棉纱布小心翼翼地替他包扎着伤口。

待一切完成之后，美仁抬眸便对上景升那双漂亮的眸子，两人面孔相距寸许，气息相接，景升的嘴角噙着一抹若有若无的笑意，让美仁的双颊顿时一热。她避开他灼热的目光，转看向他的左肩，这才留意到之前她扯得太用力了，将他那沾了血的衣衫全都扯开了，这会儿露出了大半个结实的胸膛。

这男人在勾引她。这男人就是个“祸水”，从第一眼见到他的时候，她就知道他是“祸水”。

她喉咙微动，望着他那微弯又性感的薄唇，突然间有了想吻他的冲动。或许男女之间的情欲是她自幼耳闻目睹太多了，所以她毫不掩饰这种女儿家应该觉得羞耻的想法，道：“别试图勾引我，收起你那一副等待女人宠幸你的模样，不然小心我扯爆你的伤口。”

“有吗？”景升哼着，她还真是一点都不会害臊。

“那就试试，之前的还没完呢。”美仁特讨厌他那种无所谓的样子，她一面狠狠地吻上他，手一面往他刚包扎好的伤口抓去。

景升的速度比她更快，猛地扣住她的手腕，靠近她，以手扣住她的后脑勺，灼热的吻便落下了。这个吻与之前的不一样，不单单是强硬与霸道的惩罚，更多的是温柔的引导，似在挑逗她，暗示她，一步一步地等待着她回应。

美仁偏不想称他的心、如他的意，看似无意地连连往后避让，实则充满了更多的诱惑。

他不给她逃开的余力，她只能被迫地仰面躺在床上，任由他将她困在双臂之间。毫无预示，他伸手挑开她头上的发髻，柔软的秀发在刹那间散了开来。他迅速以手解了自己沾了血迹的衣衫，随手抛在地上，接着想要解开她的腰带，他顿了顿，似乎想到什么，大掌一收，直接扯断那腰带，看似很粗鲁地撕坏了美仁身上的锦衣，实则力道用得刚好不过。

不一会儿，美仁便只着了一件肚兜几近半裸地呈现在他眼前，又是一抹艳色妖娆，寻常家姑娘决计不会穿的肚兜，而她，就是喜欢穿这样的艳色肚兜，曾经她是想穿给自己看，而今却是想着穿来诱惑眼前这个“祸水”一样的男人。

她讪笑着：“你撕我衣服做什么？它们和你有仇？”

“女儿家温婉的扮相更适合你，这套男式衣衫不要也罢。”

她温热的手心贴在他滚烫的胸口，眼下的娇媚神态让他的欲焰燃起，他伸手扶在她腰间，掌心触到她的肌肤滑腻如脂，俯下脸，唇齿在与她交缠间向她的耳畔慢慢延伸……

“从我娘去世之后，我便是在倚笑楼里长大的，那里是我的家，至少两年前我是这么认为的。那十年，是我过得最快乐最难忘的十年……”倚在景升的怀里，美仁望着床幔，幽幽地说着，“可是今夜的一场大火，什么都没了……”

景升轻轻地拍着她的后背，道：“想哭就哭吧，虽然你哭的时候并不好看。”

“是吗？那你还想看我哭？”美仁抬眸看向景升，嗤笑一声，“我病着的时候，在我房里衣不解带地照顾我的真的是你吗？”

“那么多个夜晚声称提着金缕鞋去我房里找我的真的是你吗？”

“忘了？我来帮你回忆。”美仁一拳打向景升的胸口，只见他闷哼一声，苦着一张脸，左肩上的伤口似乎被扯开了。美仁才不理会，损道，“只不过轻敲你一下，伤口就裂了？方才你那么使力，也没见着你这副龇牙咧嘴的样子，那样就不痛了？”

这女人，完全没有一般女儿家应有的矜持，不过他就是喜欢她这种与众不同。

景升微眯着眼，轻皱起眉，忽略她这个问题，正色道：“你是否想过倚笑楼失火绝非单纯的意外？”

“嗯。”这个问题她当然想到了，天一族的人会莫名地出现在杭州，连宁家追魂箭都出现了，定是发生了什么大事，最让她不可思议的是，她竟然听见了悦姨的声音，莫非她回到了杭州？

“明天我派人去查查此事。”

“不用了。”若是有人故意纵火，那唯一的可能就是和族人有关，美仁不想景升插手这件事，她知道族人有多卑鄙，谁也不能保证这麻烦会不会惹上了就很难甩开。

倚笑楼是悦姨一手创立的，后来她却找借口转让给了别人，回了天一谷。不谈娘亲那件事，当年她和大爷爷吵得也很凶，负气地带着她和怡素离开天一谷，只有族内有大事时，她才会带着她们回去。何以派了任务给她，她自己却莫名其妙地回谷里？这个问题她始终想不通，而如今倚笑楼出事，会不会与她当时离开倚笑楼有关呢？

“从明儿起，出门让人跟着。”一想到方才那一箭，景升便心惊胆战，若是他晚到一步，她便没命了。

“不用，那支箭的目标本来就不是我。或许是怕我追上去，发现什么，那些人才射的那一箭。”

“是吗？那一箭射得又准又狠，别忘了我还伤着，那一箭绝不是要吓退你才射的。”

“真的没事，我在杭州都待了这么久了，若是有事，早就出现意外了。”

“不用再说了，就这么定了。”

“算了，随便你。”美仁将脸埋在他胸前，深深地闭起了眼。如今她已经离开那个地方了，从两年前的那一天开始，那里的事都与她无关了，她只要找到明经堂问清当年的事，还娘亲一个清白就好了，其他的她什么也不要去管。

“美仁，还记得‘步摇金镶羞蛾敛，染云腻鬟妆新颜。绣罗斜遮启檀点，纤手时掩笑拈靥’吗？”他在试探。

“改天重给我写一张吧，上次你写的，我在太阳下照着刺绣，但是后来被风吹走了，不知被吹哪儿去了，我找了很久都没找到。本来想和你说的，可是景璇接着就病了，一直没找到机会。”

“嗯。”她的话让他不知不觉中松了一口气，但愿一切正如她所说，“美仁，今日你在景璇房中见到的事，并不是你想象中的那样……”不知为何，他忍不住对她解释。

“嗯？”她不解地抬首望他。

“算了，没事了。”或许是他多心了，或许她根本就没见着。

美仁嘴角弯了弯，再度将脸埋在他的胸前，轻喃：“抱紧我。”

依言，景升收拢了双臂，将她紧紧地抱在怀内，轻道：“睡吧。”

一觉醒来，美仁见着景升已不在身旁，抬眼望到窗外天还是黑漆漆的一片，这会儿他会上哪儿去呢？

以往她都会在鸡鸣时分醒来，偷偷地溜走，回到自己的屋里。如今却换成他不在身边，她心中一阵失落。

他究竟上哪儿去了？

她急忙起身，披上那身被他撕坏的衣衫，出了屋子，才瞧见远远的右方一片灯火辉煌，好像还有哭声传来，当下她的心一沉，那方向是景璇的屋子。

莫非景璇她……

正如她所想，景璇死了。

在他与她温存的时候死了。

景升失言了，他并没有做到如他所说的那样，陪着景璇走完人生最后的时日。

景璇的后事一切从简。

当美仁看着景璇一脸平静地躺在棺材里，心中竟然涌出一股悲凉。这里躺着的是这世上为数不多的和她有着血缘关系的人，也是她唯一的妹妹。景璇病着的时候，对她恶言相向，她恨不得景璇死去，但如今景璇真的死了，看着她的尸身，为何她还会感到一阵莫名的难过呢？她们两人之间，从未享受过一日的亲情，就像她与怡素一样，究竟是她们的不对，还是她做人太失败了呢？

燃了香，给她拜了拜，似乎这是她唯一能够做的。

景升守在灵堂三天三夜，最终他决定将她的骨灰带回永安，葬在景轩的墓旁。直到动身去永安的那日，他都没再和美仁说过一句话。不过是那一夜，变化却是这样大，这让美仁想到形容成亲后寻常夫妻的“相敬如宾”四个字，景璇这一去，两人便成了“相见如冰”。

她在心中嗤笑自己，居然会想到“相敬如宾”这四个字，她是撞邪了吗？

美仁问他，是否需要她一同去永安，而他只是给了她淡淡的两个字“不用”，便抱着景璇的骨灰坛上了马车。

算了，不去也罢，她想景璇也不会乐意她送她的，或许景璇只想他一人陪着她，就这样吧，毕竟她还不姓明。

望着他渐行渐远的身影，美仁的内心不禁泛起了一阵恐慌，她追着马车跑了几步，却又硬生生地忍住。

不知从何时开始，她好像特别不喜欢看到景升离去的身影……

景升一去便是好几日，今日是景璇的头七，可美仁还是没有等到他回来。

望着清风，手指轻拨，美仁又想到了他，那日琴弦断了之后，她便跑出去借酒消愁，琴弦并不是她送去修的，后来还是侍书告诉她，是他送去修的，似乎每一次断了的弦，都是他送去修。

悠扬舒缓的曲子，并没有让她的心清静下来，反而让心中的恐惧越来越大，他是不是就这样丢下她了？

打开手中的黑檀木盒，她拿起那对磨喝乐，手指轻轻摩挲着那个男娃娃，喃喃自语：“你若再不回来，我便离开这里，永永远远地离开这里，离开你，让你再也找不到我……”

蓦地，一个再熟悉不过的她日夜思念的声音自身后传来：“怕是你难如愿了！”

美仁急转过头，难以置信，那个她想了整整七日的男人回来了，手指尖隐隐作痛，她强扯了扯嘴角，掩饰着内心的欣喜，嘴硬地回道：“你回来得还真是适时。”

景升绕至她的身前，静静地看着她，道：“不过，圣旨一到，也要回京了。”

回京？

美仁全身一僵，捧着盒子的双手紧抠了起来。他才回来，就又要走了。她想到景璇曾经对她说的话，他是皇命在身的人。她又要一个人了，又要孤独了，如今她什么都没有了，他若是走了，只留她一人在杭州，她要怎么办？她已经不再是曾经的她了，她该怎么办？

所有的惶恐与不安全数涌上心头，她激动地跳了起来，拉着景升的衣襟尖声道：“你答应过我，无论怎样，这一生一世都会对我不离不弃的。可你呢？一去就是这么多天，才回来，就和我说圣旨到了，你要回京？为何你们男人说话总是不算话，都是骗子！”

她推开他，转身就要离开，忽地，身体被景升紧紧地拥在怀中。

“我没说过要丢下你！”他的胸紧贴着她的背，双手牢牢地圈住她的纤腰，唯恐她跑开。

她感受到他因惶恐而紧张的急促气息喷洒在她颈侧及耳间，她想说什么，却欲言又止，只能死咬着唇任凭他抱着。

这样，他抱了她很久，她才听到他的声音：“那夜，你让我承诺，我过了很久才应了你。当时并不是我不想答应你，而是怕我做不到，不是我不愿去做，而是怕我没机会做。这一生，只要那个至高无上的人不开口，我想我很难逃开他的束缚。一直以来，自以为是地运筹帷幄，可是人算不如天算。为了你，为了爹，为了景承，为了景璇，为了整个明家，王府的那一战就像是一道枷锁，永永远远地束缚着我，若想去了这枷锁，除非我死。王府那夜过后，我想你不想也不愿回京城。这件事，我一直找不着一个适当的机会同你说，若是你随我回到京城，再不会像以往一样随心所欲，周围会有很多双眼睛盯着你，你明白吗？”

第一次，美仁从景升的口中听到他这样说那件事，不知是因为他没有丢下她，还是在为他哀伤，她的心隐隐抽痛着。

“就算我留在这里，他就动不了我了吗？普天之下，莫非皇土。在你身边，或许时刻能见着，起码能见着，知道彼此是好好的，不是吗？”

景升将脸埋在她的发间，贪婪地嗅着她的馨香。他的心早就沦陷了，明明可以不将她牵扯在内，但他是自私的，他控制不住自己的心。那日，在城门下，见到她换回女装的那一霎，他强抑着心中的那份欣喜；他看见她眼中那种难以置信的悲伤神情，强抑着要解释的冲动；当他走出那个困了他很久的宅院，他下定决心就算是寻尽千山万水，只要找到她，便要将她留在身边。

在永安的那几日，景璇的离开让他痛苦不已，整日以酒麻痹自己，当他始终叫着一声二叔的亲生父亲无意中提及将娘的曲谱送给了她时，他整个人仿佛就像掉进了冰窖里一样。

那天的曲子，是她在为景璇送终。

内心的痛苦让他倍受煎熬，他发觉他越不想见她就越思念她，思念她的每一丝笑容，心疼她的每一滴泪水。他真的好想她，想到心都痛了，最终忍不住，他还是回来了。不是因为他对她的承诺，只是因为他知道自己永远都放不开她。

侧俯下头，单手抬起她的下颔，他灼热的唇烙在了她的唇上。四唇之间没了缝隙，他的吻热烈而霸道，带着惶恐不安，缠着她给予每一丝回应。

这一回，美仁伸出手环住他的颈项，带着自己也说不清的情绪疯狂地回应着他的吻。

他们感受着彼此的气息与心跳。

许久，美仁问他："何时起程？"

他应道："没有意外，应该就这两日。"

"哦。何时再回来？"经过多番斟酌，她决定留在杭州，她跟去京城只会成为他不必要的负担，而且以她目前的这副样子，只会让他和她陷入另一个困境。

"我会请旨的。"

也就是遥遥无期。

"那好，给你三个月的时间，你若不回来，这陶然居便归我了，到时我会将它改成另一个倚笑楼。"美仁取了纸笔，递至他的眼前，"立字据吧。"

挑了挑眉，景升接过纸笔，道："这是皇上赏赐的。"

"赏赐给你了，就是你的，你送予我也就是我的了，我想做什么都可以，那是我的事，而说不说服皇上那也是你的事。立字据吧。"

嘴角轻勾，景升仍是执笔笑望着美仁。

"快写啊。怎么？我可记得那日你伤的是左肩，可不是右手，这会儿应该也结疤了吧。"

"左肩？"景升喃喃自语，而后浅浅一笑，执起笔当真立了字据。

"谢了，明二公子。"美仁将字据收好。

景升一把揽过她，抵着她的发际，口气微酸：“我走了，你当真这么欣喜？”

“那是自然，你若是真的一去不回，这里可就是我的了，这里离西湖很近，地价可不便宜。这世间有谁不爱银子，是女人都爱银子，”美仁正了正身，抬手拍了拍搁在她腰间的大掌，“男人终是靠不住，就算你不回来，我下半辈子的生计也有着落了。”

景升只是笑笑，道：“言不由衷的小东西，喜欢西湖，那就陪我去泛舟。”

“明二公子，这大热天的，你确定你要这时候去西湖泛舟？”

“美人在侧花满堂，四处皆是春！”

美仁咬唇闷笑了一声，道：“这租船的人应该还在家中避暑吧，你以为你有钱，长得比别人好看，就一定能租得到船吗？我可不想与别人共挤一条船。”

“山人自有妙计。走！”

不由分说，景升抱起她，让人备了马车，直奔西湖。

多日来心中都充满伤痛，此时此刻，他只想好好地放松一下。

并不是他无情，这么快就可以忘记景璇的死，而是，他不想自己活得太痛苦，他这二十几年来，活得太压抑了，直到遇到她，她让他完完全全地放下所有的伪装，但随之而来的，是带给他另一种折磨。

他真的需要好好地纾解一下才行。

［十五］弯刀之谜

风抚杨柳，绿茵葱葱，没想到这时节这么热的天，还有这么多人出来游湖泛舟。眼下，想清静地在西湖上泛舟很难，可美仁没料着景升将所有一切都安排得妥妥当当，租到了一个很舒适的画舫。整个画舫之上，只有他们两人。

她半支撑着身体，眯着眼，倚在贵妃榻上，就像花楼里那些个大爷一样，欣赏着琴音，而弹琴之人正是景升。这让她有种感觉，她在狎妓。

狎妓？想着她便不禁笑出声。

“笑什么？”一曲奏罢，景升抬首正好捕捉到她脸上漾着一丝狡黠的笑容。

嘴角的笑意更浓，美仁道：“猜？”

“猜不着。”

“你看，你抚琴，我赏乐，我俩这样像不像对面那艘画舫上的人——对换了一下？”

不用看向对面那艘画舫，景升都知道她在说什么。对面的画舫是杭州城内另一家花楼的花舫，那里面弹曲的是姑娘，听曲的自然是嫖客。而依她方才所说，就是暗指他是“姑娘”，而她是那“嫖客”。

景升起身走近贵妃榻，俯下身，双手支撑在美仁的两侧，将她困于胸前，脸离她只有寸许，温热的气息喷洒在她的脸上，弄得她痒痒的，一直笑个不停。

“你可知，通常在那画舫之上还要做一些特别的事？”

她笑弯了眼，道：“那等靠了岸，你是否还要同我收银子？若你是要收回陶然居，那我可就亏大了。”

倏地，景升挑了挑眉，直起身，道：“已经到岸了。”

没待美仁反应，他便将她抱起，一个轻跃，已然是在保佑桥之上。

立在桥上，望着波光粼粼的湖面，美仁笑道：“断桥？呵，来晚了，这要是在你刚找着我的那几日来就好了，这里可是欣赏西湖雪景的佳地。在江南，每年雪期短促，大雪天更是罕见。尤其是像今年，都过了上元节，居然还会下那么大的雪。你看，就是这里。冬日雪霁，白堤如铺琼砌玉，晶莹朗澈，皑皑如练，连着保佑桥，待桥阳面冰雪消融，桥阴面仍然玉砌银铺，从葛岭远眺，桥与堤这长长的白练就此而断，故称断桥残雪。”

“断桥不断肝肠断，长桥不长情意长，孤山不孤寡人孤。”景升嘴角噙着浅笑，牵着美仁的手，沿着长长的白堤慢步。

望着不远处，有位老妇人在卖大笼糍，景升道：“等着，一会儿回来。”

美仁点了点头，笑望着他去买大笼糍。

极目远眺，美景尽收眼底。

骤然间，一阵风吹来，美仁的发丝散乱地张开，打在脸上生疼。风中含着肃杀之气，美仁心中一惊，偏过头，见岸边停着一艘画舫，而船头立着几个面遮薄纱的女子，细看正是怡家的女儿。

画舫内，瞧不清坐着何人，却听那人道：“怡符衣，不想见面却又见面了。别来无恙啊！”

怡素？她何时能调动怡家的人了？那晚让宁家出箭的人，难道也是她？

眼下这情形，让美仁心中恐惧不安，今非昔比，这丫头究竟想做什么？下意识地，她捏紧了拳头，往后退了数步。

“怎么，姐姐，你怕了？呵呵，素素今时前来只是邀你叙叙旧罢了。”怡素又道。

“在太白峰顶上，该说的都说完了，我和你之间无话好说。”美仁说罢，举目寻找景升的身影，远远地，却见他手中拿着个纸鸢，正扶起一个摔倒的小孩，替那小孩拍着身上的尘土。

“那好，我也就不拐弯抹角了，把怡家的封魂镜交出来。”

微怔，美仁冷笑着道：“封魂镜？你居然想得到封魂镜？在怡家，谁都知道这柄弯刀是凭本事拿到的，当年是我娘得了这柄弯刀，而后是我。想要这柄弯刀，怡素，我劝你还是省省吧。你这辈子都得不到它，不属于你的东西，永远都不属于你。”

“敬酒不吃吃罚酒，给我拿下她。”画舫内怡素命令道。

眈了一眼画舫，美仁提起衣裙便往景升的方向跑去，孰料，怡家的四个女儿迅速拦住了她。

美仁灵光一动，双手滑过腰际，紧跟着，出手便是数枚银针飞出，直袭那四名少女的门面。那四名少女眼见银针飞来不由得一顿，美仁趁机撒腿就跑，大声呼叫着景升。

那份力道太过微不足道，四名少女很轻易便躲过，其中一人很快扣住她的右肩。

一阵疼痛，她咬着唇，不能让她们知道她失了内力。下意识里，她唯有强行提气，但觉双臂经脉隐隐作痛，内力全无，倏然，她铆足了劲，左手毫不犹豫地反扣那名女子的咽喉，大叫：“别过来，不然我掐死她。”

那三人相互对望，不敢下手。

画舫内的怡素怒道：“快将她给我带上船。”

那名被美仁扣着咽喉的少女终于发现美仁使的是虚招，根本不足为惧，迅速反扣住美仁的手腕。

千钧一发之际，一阵猛烈的掌风袭来，四位少女顿时失去平衡，被那股强劲的掌风带出丈余远才稳住。

美仁一看是景升，连忙扑向他。

那四名少女一见景升护于美仁身前，对望了一眼，不敢恋战，收了剑，跃回画舫。只听船内怡素高声叫道：“怡符衣，你等着，我一定会取回封魂镜。咱们走着瞧！”

那艘画舫很快离了岸，往西面疾驰而去。

景升扶住美仁的双肩，紧张道：“有没有伤着？”

美仁摇了摇头，便紧紧抱住他。

为何怡素突然又出现了？一年多前，她便与天一族再无瓜葛，为何事隔一年之久，怡素又突然出现，而且是为了她手中的弯刀而来？那是娘生前所用的弯刀，娘死了之后便把这把弯刀交给了悦姨。依怡家的规矩，怡家的女儿不论是谁只要打败其他女儿，便可获得这柄弯刀。那年她只有九岁半，十岁不到，是她拼了命，打败了怡家的其他女儿，才有资格重新获得这把弯刀，再之后，始终没人能从她手中赢走这把弯刀。

“你真的没事？她们是什么人？封魂镜又是什么？”景升又问。

“就是我的弯刀。那是我娘留给我的唯一的东西。”

景升若有所思，望着湖面上来来往往的画舫，那艘画舫早已没了踪迹。这两日，本来他打算好好地与她将杭州城游遍，再回京城，眼下看来，还要再耽搁一些日子。

回到陶然居，美仁便对着那把弯刀发呆，为何好端端地扯上这把弯刀，这弯刀究竟还有什么秘密？她反反复复打开又合上，除了是把弯刀，就是一面铜镜。怡素那样迫切地想得到它，这里面一定藏着什么秘密。

美仁又细看了那弯刀，终于发觉铜镜的雕花面有问题，这里面好像有夹层。对着光线，美仁又细照了一下，确定内有玄机，她找了把匕首撬开那个夹层，果然，里面藏着一张很薄的纸，这张纸不知是用什么材质制成的，几近透明，但上面密密麻麻地记载着什么东西。

细看之下，突然，美仁的双手颤抖了起来，这张纸会让她如此激动的原因有二：第一，这张纸上所记载的便是《天一圣经》的下卷；第二，将《天一圣经》下卷记载在这纸上的人是娘。

这是娘亲手所写，她激动地将这张纸抱在怀里，如获至宝，除了弯刀，她没想到还能拥有娘留给她的另一样东西。

对于《天一圣经》的下卷，她很好奇，于是她摊开仔细来看。

原来以为下卷所记载的应是各类的招式，没想到依旧是心法，但下卷与上卷不同，若说上卷是一门邪气的武功，那么下卷所记载的便是一门霸道的武功。为何称其为霸？因为修行的先决条件，就是要散尽自身的所有内力，后从七经八脉提取人之精气，若是留有一点都会伤其自身，要忘记所学，一切归零，所以说这门武学霸道，有它就不可能有旁派武学的存在。

然而，当一个人本身已经有了很高的武学修为，通常都不会再愿意冒这样的风险去学这下卷里的武功，这也是防止别派偷学这门武功的厉害之处。

一邪一霸，天一族的先祖真是厉害。

圣经一上一下，若说上卷是男人自私地利用女人来修炼武功，那么下卷就是给女人一个重生的机会。难怪掌管《天一圣经》的大长老们一直对族人宣称下卷早已丢失，他们大概是怕圣女无意中得了这下卷，武功盖过族长，那就不妙了，所以她肯定历任族长是绝不会把这本下卷交给圣女看的。天一族的男人自始至终都是最自私的，天一族里自私的女人们都是他们那群自私的男人培养出来的。

怡素在事隔一年多之后，突然向她强要封魂镜，莫非为的就是这下卷？看来她也知道这其中的奥妙所在。但很奇怪，她记得悦姨说的是娘在临死前将下卷交给了她，娘那么信任悦姨，为何又抄了一封下卷藏在这弯刀里呢？按理来说，娘既然有了下卷在手，何须多此一举呢？

这难道是上天给她的一个契机，让她回到从前的契机？这一次她不想再像上一次一样那么冒险，继续往下细读，想看看究竟还有没有什么禁忌。

果不其然，伤人先自伤，伤人七分却要先自伤三分，只有对自己都可以狠得下心来的人，才能在对付敌人的时候更加残忍、更加厉害。

对着这张纸，美仁犹豫了片刻，最终还是决定冒险修炼这门武学，再配上风清影前辈留下的曲谱，她应该可以克服自伤的困难。

说到做到，美仁回到床上，闭上双眼，依照经文上所记载的方法开始修炼。一个时辰后，一缕缕精气缓缓从七经八脉渗出，游向周身几大要穴。

美仁不由得欣喜若狂，那种初学武功时的感觉又回来了，果真有效，遂连忙又按照法门修炼了一个周天。不知过了多久，来来回回多少个周天，直到最后一点的内力被融入流进丹田，她方结束这次修炼。

收了气，吐纳几次，美仁缓缓睁开眼，只觉神清气爽，精神百倍，而且身体内充满了力量，她拿起桌上的弯刀，试运起方才修炼的内气，对着那盆栽挥刀一劈，顿时一股劲气破刀而出，最前方的几片叶子竟然应刀而断。

美仁不可思议地望着那整齐的切口，兴奋得好想跳起来大声呼叫。

再次提气，挥刀而出，面前的叶子却纹丝不动。她握紧刀，那股子内力好像又没有了，心下有些失落，她不信邪地对着那盆栽又试了几下，除了袖风扫到枝叶，使得枝叶轻颤两下，真的找不到先前那种运气的感觉了。

或许是她操之过急，只不过才修行了一次，就想找回原来的全部内力，简直就是妄想。不过，这一次修炼至少证明了下卷里的武学十分有效。

她小心翼翼地将那张纸又收进弯刀里，将弯刀贴在胸口。老天待她不薄，给了她机会，这一定是娘在天有灵，保佑着她。

这时，奉剑在门外敲着门，她高声应着："进来。"

"咦，小姐什么事这么开心？"奉剑道。

"哦，没什么，我只是在比较这张字和那个绣花而已。"她佯装将自己临帖的字稿与绣图做对比。

"对啦，小姐，我想起来一件事，四小姐去的时候怎么捏着你写的那首诗？我记得你丢字的那天好紧张，前前后后找了好久都没找着。后来，我见到陈珏在园子里捡了一张纸，我当时问他捡了什么，他说没有，支支吾吾地就跑掉了。现在想来，陈珏捡那张纸的地方，似乎就是小姐当时绣花的附近，但那首诗怎么就跑到四小姐手里去了？我听其他下人说，当时四小姐为了那首诗和二公子发了好大的脾气，之后才……”

“别道听途说。”美仁断了奉剑的话，那首诗是她所作，但非她所写，的确是出自景升手笔。那日她不慎丢了，不想却被陈珏捡到，更没想到的是他竟然将这首诗交给了景璇。

奉剑吐了吐舌头，道：“不是啦，是奉剑方才碰见陈珏，又看到小姐的这些手稿，才想起这事。不过这家伙倒是带来一个好消息，就是二公子已经找到庄主了。”

什么？！

美仁瞪大双目，盯着眼前的字，手指收紧，稍稍一颤，那张纸竟被她扯破了。

“真的，那太好了。既然找到了，怎么不接回来？”美仁极力掩饰着心中的不快。

“详细的情况奉剑也不是很清楚，只是听陈珏说二公子在四小姐去世的前两个月就已经找到了庄主。陈珏那家伙你也知道的，说话只说一半，剩下的再问他，他死活也不肯多说，二公子应该是自有打算吧。”

原来景升早就找到了明经堂，却一直不告诉她。难怪她找明经堂的下落找了那么久却找不到，原来是他故意隐瞒。

美仁紧捏着双拳，压抑着心中的怒气。

［十六］谁是谁非

当晚，美仁再见景升，他依然对明经堂的事绝口不提，美仁也没有主动提及此事。次日，她费了一番心思，让侍书去打听，不久便知道了明经堂的所在之地。

她赶到那里，只是西郊一个比较偏的宅院，院门紧闭，从外面看，只当是一户平凡的人家。

景升为何要这么做？为何要瞒着她？

带着诸多不满，她轻推开那院门。院门未落闩，她小心翼翼地迈了进去，然后就怔住了，这里的格局、花草树木，竟然同竹芙园一模一样，那竹亭、竹桥，还有那回廊……

她心中说不出什么滋味，景升不知从何时就开始对她隐瞒这件事。

往前迈了几步，依据竹芙园原来的格局，她试着从自己原来住过的那个屋子开始查看。

这时，一个粗犷的男人双臂抱剑出现在她面前，道："这位姑娘，这里是私人的院落，你是怎么进来的？若是姑娘走错地方，那么请回吧。请！"

这人对她做了个请的姿势。

只看了一眼，美仁便知这人是个练家子，功夫也绝对是上乘。景升将明经堂安置在这里，为何要让这样一个武功高强的人来守着？

她很镇定地道："是明公子让我来的。"

那人满脸疑惑，望着美仁的衣着，不似普通人家的女儿能穿戴得起的。之前来的好些女子不论是上了年纪的大婶，抑或是年纪小的姑娘，穿着都十分朴素，但她们进了那间屋之后不是受伤，便是受不了惊吓，没多久便离开了，有的甚至坚持不到一个时辰便吓得哭着跑走了，或许这位衣着华丽的姑娘是恩公请来的有本事的人也没错，于是便道："姑娘是新请来的？"

新请来的？

美仁当下明白，于是接道："正是。有劳这位大哥领路了。"

"原来如此。"那人好像是松了一口气，十分有礼，"姑娘这边请。在下万镖，排行老七，姑娘若是不介意，唤万镖一声老七即可。敢问姑娘尊姓？"

"哦，姓向。失礼了。"

"向姑娘，这边请。"

"好的。"

万镖领着美仁到了一间竹屋，这间竹屋在竹芙园里是间空屋，据说是风清影生前所住的屋子。立在屋前，美仁心中又是一阵刺痛，明经堂与风清影本就是结发夫妻，他会住在这间屋子里也无可厚非。

她深吐了一口气，方要推门进屋，忽然万镖提醒道："向姑娘万事小心了，有什么意外请务必叫老七一声。"

万事小心？意外？

美仁不解，心下疑惑，浅浅笑道："多谢。"

推开屋门，屋内漆黑一片，屋外则是阳光明媚。

美仁皱了皱眉，看清屋内的陈设依旧全是竹制的，与竹芙园惯有的摆设并无不同。

走进屋子，她才发现，竹窗之上都挂着厚重的黑色布帘，难怪屋内被遮得见不到光。她方想揭了那几块厚布，却听见一个声音低吼道："出去！谁让你们进来的？出去！"

是明经堂！

循声，美仁见他蜷缩在床角，手中不知抱着什么东西。他的头发凌乱不堪，披散着的头发遮住了整张脸。她喉咙微动，屏着呼吸，缓缓走向前。

“叫你们滚出去，听不见吗？”他的头抬了起来，一张瘦削的脸上满是胡楂，露出的皮肤苍白得吓人。

这还是她曾经见到的那个注重外表、一直以来都喜欢干净清爽的明经堂吗?

“清影？”他看到了美仁，突然跳下床，只是眨眼便立在了美仁的眼前，“清影，你回来了？我以为你再也不会回来了。你回来了就好，回来了就好。”

美仁瞪大了双眼，一阵惊愕，随即愤怒地推开他。

他是不是疯了？还是眼睛坏了？竟然叫她清影？他叫的名字竟然是风清影!

“啊，看我老糊涂了，差点压着轩儿。你看，这是我们的轩儿，他真的好小，我都怕弄伤了他。这眼睛，像我，还有这鼻子、这嘴巴，啧啧啧，像你的也就是这肤色和头发了，还有这尖尖的小下巴。不行，他太瘦了，我一定要将他养得壮壮的。”

明经堂怀里抱着的是个玉观音，他却叫那个玉观音“轩儿”，他将那个玉观音当作明景轩了?

美仁望着不停在傻笑的明经堂，喉中犹如堵了一样东西，他知道他在说什么吗？那个万镖叫她万事小心，指的就是他疯了吗？他怎么好好的会疯了？为何她千辛万苦地找到他，想问他当年的事，他却疯了，甚至还拉着她叫风清影的名字？那她娘亲呢？她的娘亲算什么呢?

“不行，轩儿该睡了，我不能这么抱着他，这样他以后睡着都要赖在人的身上。”明经堂将那尊玉观音轻轻放在床上，小心翼翼地为它盖上被子，坐在床沿傻笑着，“我们的轩儿将来一定是人中龙凤。”

美仁只觉得自己快要透不过气来，她走向前，立在他的跟前，道：“明经堂，你可记得我？”

明经堂抬首望向她，一脸错愕，随即一阵惊喜，起身便大力地将她抱在怀中，道：“惜儿，真的是你吗？你去了哪里？我派人四处找你，都寻不着你，你可知道我有多担心你吗？你挺着个肚子，就快要临盆了，还到处乱跑，就算你再生我的气，可你也要为自己着想，为咱们的孩子着想啊。惜儿，惜儿，别再走了，别再和我怄气了，我真的好担心你。”

美仁浑身没了力气，倒不是因为她被明经堂抱得透不过气来，而是他这样深情地叫着她的娘亲，让她的心整个揪住，她忍不住哭了起来。

“惜儿，你哭了，别哭，哭了伤身，小心动了胎气。”

孩子？为何他关心来关心去的却始终是孩子？

美仁猛地推开他，道：“明经堂，我只想问你，当年从天一谷离开之后，那本《天一圣经》呢？你放在哪儿了？”

一听到《天一圣经》，明经堂的脸色就变了，语气转为冷淡：“《天一圣经》？《天一圣经》不是被你烧了吗？你怎么还会问我要？”

烧了？可悦姨明明说娘亲偷出来后给了他呀？这时的明经堂完全没有了方才那种疯劲，美仁觉得事情的真相就要破土而出，急道：“我千辛万苦、拼尽性命拿回来的《天一圣经》，我怎么可能会烧了？一定是你偷偷藏起来了。”

明经堂反驳：“千辛万苦？拼尽性命？对，我承认你是冒着被逐出族内甚至丢了性命的风险偷出来的，你口口声声说是为了我去偷的，可是你得到了它之后也并没有交给我，不是吗？”

原来娘真的是为了他去偷的。美仁一个踉跄，往后退了数步，咬着牙，继续她的猜测：“我怎么可能没有给你？既然我是为了你去偷的，我偷出来了为何不给你？”

“你口口声声对我说那是一本邪书。对，那武功是邪门了点儿，竟然要人散尽全身的内力，从头修炼。我承认我是害怕了，我怕废了我这一身好容易修炼成的武功，却没法练成那功夫，或是练不成，但我没说不练，我只是在考虑，可你却趁我走神之际，一把火烧了它，是你当着我的面将它烧了的，难道你忘了吗？”

他说得没错，谁愿意冒险将自己的武功散尽，重新开始？娘为了他去偷圣经，背叛族人，但为了不让他练这武功，又烧了圣经，落个那样的下场……

“那是为了你好，不然，你连死都不知道怎么死的。”美仁忍不住大叫出声。

“为我好？我连那《天一圣经》里记载了什么都根本没看清，却被你一把火烧了。如今，你还为了这事再反过来怪我？”明经堂逼近美仁，单手一把掐住她的脖子，只需一用力，他便会捏断美仁的细脖。

只不过为了一本《天一圣经》，他竟然可以对娘亲下手，他根本就没有爱过娘亲，自始至终，只是为了那本《天一圣经》罢了，可娘亲却为他失了性命。

美仁双手死抠住明经堂的手，拼尽了力气，高声叫道：“你杀了我吧，你最好杀了我！反正在你看来，我不过就是个野种，没人疼没人爱的野种。你从来就没有爱过我娘，也没有爱过我。我算什么？我算什么？你拿我当过你的孩子吗？你说你找过我们，可我和我娘在杭州待了那么久，凭明家在江北江南的势力，怎么可能找不到我们？是你根本就没想过要找我们罢了。你的女人那么多，你在乎过谁？”说着，两行清泪顺着美仁涨红的脸颊滑下。

倏地，卡在脖子上的力道没了，她的双肩被扶住，美仁看见明经堂的双眼里透着惊慌，透着悔恨，面部表情痛苦，只听他喃喃地道：“符衣，是符衣吗？真的是你吗？爹不是不爱你娘，爹也不是不要你。是你娘的脾气太倔了，她下定决心做的事任何人都改变不了。当初我不知道怡悦是她的妹妹，不知道她是为了《天一圣经》而来。可你娘知道，你娘什么都知道，却埋在心中什么都不说，叫我情何以堪？”

美仁大力地推开他，冲着他尖叫：“借口！你这都是借口。你根本就没有把我娘放在心上，悦姨那样一个风情万种的女子，是男人都会喜欢，你怎么可能会放过？是你自己风流滥情，娶了一个又一个，你居然将所有过错都怪罪于我娘的头上，明明是你的错！”

明经堂气极，捏紧了拳头，青筋毕露，怒驳：“你、你给我住口！男人有个三妻四妾，这也是很正常的事，一个家族为了开枝散叶，是男儿都会多娶妻室，为自己的家族多留血脉。我身为明家的子孙，是在做对明家有利的事，这有何不对？有何过错？你娘在没有进明家门之前，就已经知道我是怎样一个男人，我有妻室，有子嗣，这些她都是知道的，而我对她也从未隐瞒过这个事实。她甘愿随我回到明家，没有任何怨言，可偏偏在怡悦的事上，这般较真。”

三妻四妾，都是正常的事？美仁的心凉了，原来在他眼里，娘除了是风清影的替身，再就是能为他们明家开枝散叶……

“够了！你不要再说了，我不想听。”美仁捂住双耳吼道，“当初，我会到明家，是对你还抱有一丝希望，希望你是爱娘亲的，是爱我的，可如今什么希望都没有了。你知不知道？是你害死我娘的，若不是你的贪念，若不是你哄骗我娘，她根本就不会去偷《天一圣经》，她也不会为了你，和悦姨弄得姐妹之间恩断义绝。而你，你又给了她什么？你又是怎么对她的？她为了你牺牲了一切，原本以为找到了一个可以依靠可以托付终身的至情至爱，可你呢？却将她推进了万劫不复的地狱。你知不知道？她死的时候连具全尸都没有——”

明经堂惊住了，痛苦地抱着头，随后又抱住美仁，口中不停地念着：“不是的，不是的。惜儿，我是真的爱你的，你的秉性、你的声音、你的容貌，都深深地吸引着我。惜儿，我是真的爱你。我期待我们的孩子出世，我期待着我再次成为父亲的那种喜悦。惜儿，你知道的，我是真心对你的，我俩在一起的每一天都是快乐的，你说过要陪我到老，可你为何说走就走，还要狠心地带走我们的孩子？”

美仁挣开明经堂，怒道："够了！别再装模作样地情深义重，让人恶心！你说你爱我娘？你那不是爱她，你是爱每一个女人，只要是你明经堂看上的女人你都爱，你把你的心分成了好多份，分给了你的每一个女人，每一个你都舍不下。你根本就是自私，你谁都不爱，你只爱你自己。哦，不，还有一个人，或许她在你心目中的分量与别的女人不同。你敢说你当初会看中我娘，除了她能帮你得到《天一圣经》之外，更多的不是因为她有很多地方像风清影前辈吗？她只不过是做了别人的影子罢了，因为那个女人是你一辈子的耻辱——"

"清影……"明经堂似乎又陷入了疯癫的情绪之中，突然又冲至美仁面前道，"清影，我就算娶再多的女人，你始终都是我的结发妻子，她们都无法和你相比。清影，清影，别离开我好不好？"

"啊——明经堂，你知不知道？此时此刻，我恨不能杀了你，为我娘报仇。"一时之间，美仁的情绪完全失了控制，她紧攥着双拳，忽然之间双臂有一股强劲的真气涌动。

她知道，《天一圣经》下卷中所记载的心法已经在她的体内有了初始的反应，只要她坚持修炼下去，一定会恢复到从前。然而转瞬间，那股内力突然又没有了。

她愤恨地咬着牙将那些黑色的布帘全数扯下，强烈的阳光直射进屋中。

明经堂因一下不能适应强烈的光线而用右臂挡住眼睛，左手也没闲着，不停地挥动着，惶恐地道："关上，都给我关上！"

美仁知道他神志不清了，时而清醒时而混沌，可她心中那股子怨气无处可消。若不是他，娘就不会死，她也不会变成如今这个地步，所有一切都是因他而起。她真的好想杀了他，可是不知为何，她却下不了手，她心中郁结了这么久这么深的悲痛究竟要往何处宣泄？原本她有一个家，有一个可以依赖可以撒娇可以倾诉的亲人，可如今呢？却什么都没有了。而眼前的人，或许就是这世上她最亲最亲的人，然而他的心中有的始终是他的正室风清影，最疼爱的孩子还是与他正室所生的儿子明景轩，她怡符衣什么都不是。

美仁瞥见那床上以被子盖着的玉观音，冲上前，揭了被子，将那玉观音举起狠狠地摔在地上，啪的一声，那尊玉观音摔了个粉碎。

明经堂先是一怔，随即扑在地上，双手将那些碎玉片捧在手心，碎玉片割破了他的手，顿时血流如注，他却毫无知觉，只是颤抖着手哭喊着："轩儿，轩儿，我的轩儿……"

美仁冷笑着道："轩儿？这就是你的儿子？这不过是一尊玉观音，你儿子明景轩早就死了，早在两年前就已经死了。那晚你还记得吗？他为了救你们，被乱箭穿心，死后连个全尸都没有，斩首刳肠断四肢，悬在那城门之下挂了三天三夜，日晒风吹雨淋。是你啊，是你害死了他！就算你再疼爱他，他也不会回来了。明经堂，你遭报应了，若不是你风流滥情，风清影也不会红杏出墙来报复你。你装吧，你一直都知道明景升他不是你的儿子，是你那所谓的正室风清影，与你的二师弟两人背叛你生下的私生子。你下毒害他，是因为你一直都知道他不是你的儿子，你要他死得神不知鬼不觉，却被你那宝贝女儿明景璇发现了，所以他才可以活到今时今日。还有，你最疼爱的女儿明景璇也死了。你知不知道？就是因为你害的女人太多，造孽太多，所以不仅你遭报应，你们整个明家都遭了报应。你要你明家开枝散叶，多子多福？看看吧，你明家的子孙究竟有几个活在这世上的？明符衣，明符衣，我这一辈子就算是死，都不会跟你姓明！”

“啊——”明经堂双手抱着头痛苦地哀号着，骤然间，只见他冲出了屋子，拼命似的不停大喊着，“轩儿，轩儿，我的孩子啊，你在哪儿——是你，是你害死轩儿的，是你！”

不明所以的万镖赶来，便见到发了狂的明经堂，见人就伤。这里人人都知道这位当年闻名天下的明庄主疯了，个个都小心伺候着，平日里，他最多精神恍惚，说话莫名其妙，拉着人乱喊乱叫，只当是自己的妻儿，有时候发了狂倒是伤了自己，却不曾像今日这样骇人，一副要吃了所有人的模样。这新来的丫头怎么才来这么一会儿工夫就将这位庄主弄成这样？

一个不留神，万镖被明经堂狠狠地打了一掌，连退数步，嘴角溢出一丝血迹。

“轩儿，轩儿——”

美仁望见明经堂发狂痛苦的模样，心中并无一丝快意，反而是越来越痛苦，但为了心中那积聚已久的怨恨，她强迫着自己不要停下，追出门外，流着泪大吼着道：“你不是恨叶声泉吗？我告诉你，你永远都比不上他，至少他可以为了风清影守上一辈子，就算他痴了残了，他还是会为她守上一辈子。我宁可我娘爱的是他，是他——”

忽然间，那股内力又出现了，对着明经堂的后背，美仁举起右掌，倏地，她的手腕被人大力地抓住，抬眸，却是景升。

这么久以来，除了喝药避孕的那一次，她都不曾见到景升这么愤怒，一想到他对她隐瞒明经堂的事，她便气极：“明景升，你早就找到他了，为何一直瞒着我？”

“瞒着你？你自己是否想过，你一直存心要找到他的目的？我真没想到，你竟然真的想对他下毒手，他是你爹，是你的生身父亲！你怎么能下得了手？！”这熟悉到不能再熟悉的咆哮声是景升的。

景升没料到她真的找到这里，她真的来了，真的要这么做。

美仁瞪大双目，怔怔地望着他，他竟误以为她要杀了明经堂？她承认，在明经堂说出风清影在他的心中不同那一霎那间，她真的好想杀了他，可她终究没有那样做，因为她下不了手。

方才她举起右掌，是因为她感受到了那股真气，而不是要袭击明经堂。可偏偏就是这样凑巧，这时景升出现了，他却以为她是要杀了明经堂。

她死咬了下唇，一气之下，便怒道："对，我是有目的，我就是要亲眼见着他这个不负责任、始乱终弃的风流鬼会遭到什么样的报应。为何我下不了手？该死的人是他，是他，他害死了我娘，害了我，害得我与悦姨反目成仇！"

明经堂一见着景升，便放开了万镖，双眼目露凶光："叶声泉，枉我那么信任你，你是怎么对我的？十几年前都摔不死你，这次我定不会放过你，我要杀了你——"

十几年前？

景升皱了皱眉，上前轻道一声："爹，你认错人了，二叔他……不在这里……"

"你是谁？是不是你害死轩儿的？"明经堂出手便向景升袭去，景升被迫连连退后。

明经堂已经疯了，不知道会做出什么样的举动。

美仁望着他不停地纠缠着景升，心下一阵惊慌，便冲了过去，奋力地拉住明经堂的右臂，冲着景升大叫："你听到没有？当年叶二叔会坠下马，不是意外，而是他动了手脚，"转首，她便对着明经堂又道，"该死的人是你，害了所有人的是你！是你害死了风清影，是你害死了我娘，是你害死了你的儿子明景轩！"

景升急忙喝断："向美仁！你住口！"

倏地，明经堂放开景升，抱着头痛苦地哀号着，脚下踉跄，血气汹涌，吐了一大口血，两眼一翻，便直直地往后栽去。

"爹——"景升及时托住了明经堂，颤着手在他的鼻下一探，他已然断了气。

大夫说他因伤心过度而心脉受损，神志不清，再不能受任何刺激，否则就会暴毙而亡。如今大夫的话应验了，他是被活活气死的，而气死他的，却是他的亲生女儿，也是他明景升最爱的女人。

景升双拳紧握，指关节因过分用力而泛白，费了好大的力气方吞下满腔的怒气。他轻轻拭去明经堂口角溢出的一丝血迹，鼻子一酸，眼睛泛红，眼泪禁不住要涌出来，他强作镇定，深吸了口气，面无表情地对美仁冷道："如你所愿，他死了……"

美仁木讷地一怔，往后退了数步，泪水滴落。

景升极力压抑着，嘴角处泛着冷笑，讥道："他死了，你该高兴，不是吗？哭什么？还是你喜极而泣？！"

美仁逼近景升，捂着心口，言不由衷地激动道："是的，你说得没错，我是该喜极而泣。难道我娘死了，我被亲人出卖抛弃，这种痛苦就活该我一人独自承受吗？难道他疯了，就可以逃避他的罪责，逃避这一切？是不是也要我疯了，我才可以忘掉这一切？！"

"不是要你疯了，也不是要你逃避，而是要你看清事实！自始至终一直在逃避、不愿看清事实的是你自己，是仇恨蒙蔽了你的双眼！二叔会坠下马，绝非是偶然的事，早在很多年前我就已经知道了，这件事不但我知道，二叔也知道。他对我下毒，要我死在不知不觉之中，这一切我都知道。可是在我心中，他所做的错事远远比不上他对我的疼爱。娘的背叛是他酿成的过错，亦是他的悔。是他教我读书识字，是他教我拿剑学武。我自幼身体不好，是他四处求医，求得各样的秘方调理我的身体，希望我能尽快好起来。即便是后来，他对我有了杀心，他依然会将明家的产业交给我去打理，明家所有产业的账目，他很少过问，他完全信任我。他对大哥的期望很高，同样，他对我的期望和付出的心血不比大哥少，甚至更甚于大哥。他之所以会疯疯癫癫，是因为大哥的死让他自责，为了楚王，对于大哥，他没有做一个尽职的父亲。只有在面对二叔时，或是在娘的忌日，他才会痛苦不堪，才会变成另一个人……"说着，景升有些哽咽，背过脸，眼角有着还未落下的泪水，他强忍着，不想让那滴泪落在她的面前。

美仁咬着嘴唇，难以置信地看着景升为明经堂流泪，这还是她第一次见着他流泪，她不要他为了那人流泪，她不要。她哭着冲到他的面前，用双手拼命地拭去他的眼泪："我不许你为了他流泪，他根本就不配！不配！"

"别碰我！"景升绝情地甩开她的手，深深地闭起眼，复睁开，厉声道，"虽然他不是我的亲生父亲，但是让我叫了二十多年爹的人是他！一日为父，终身为父！我不是为了复仇而生，更不是为了复仇而活！我不会让仇恨蒙蔽了双眼，心中永远放不下仇恨，永远都不是在为自己而活。你有没有想过，你要的究竟是什么？你要的就是这样的结果？是不是明家的人真的都死光了、死绝了，你才肯收手？"

"不是的！我没有！"

"不是？没有？你扪心自问是不是？有没有？景璇是怎么死的，相信你比我更清楚！”

刹那间，四周的空气似乎凝结成冰。

景升冰冷的目光落在美仁苍白的脸上，看着她死咬着嘴唇：“你说不出口了？那我代你说。二叔再见到你，看出来你失了内力，他将娘的曲谱送给你，是担忧你受了极重的内伤，是想让娘生前留下的曲谱帮你有一个健健康康的身体，而不是让你学着去用琴声杀人。你很有天赋，短短的时日，便领略了那本曲谱的精髓。”

美仁抬眼，与景升对视，颤着声道：“……我没有杀她。”

“是吗？”景升冷哼一声，倏然盯着她大怒，“向美仁！不，我觉得我应该叫你一声明符衣，你体内真的流着明家人的血吗？为何你会这么冷血无情？竟然连血亲都可以下得了杀手？你告诉我为何？景璇死的那一天，你弹的是什么曲子？那首曲子，你告诉我，我要你亲口告诉我，你弹过多少次？”

“没有！没有！我没有！我只是照着那曲谱弹的，那首曲子是能让人缓解痛苦的……”景璇一病病那么久，而他，每日都衣不解带地照顾景璇。他对她承诺过，今生今世都对她不离不弃，可是她看到他那样对景璇，她心好痛，痛到无法说出口，无处宣泄，唯有清风的琴声能让她暂时平静，暂时不去想，她才会拼命发狂地弹奏，她只知道心中郁结无处宣泄，唯有琴声可以让她忘了一切。

她不是冷血，更不是无情，她留意过景璇的病情，每次大夫诊完，她都会细问一番，她知道景璇的时日不多了，所以她才会每日弹奏清风，让琴声飘满整个陶然居，试图缓解景璇的病痛。那个时候，她不承认，她其实是关心景璇的，只是不停地给自己找借口罢了。本来那日好好的，若不是景璇说了那么多话刺激她，她也不会出言相冲，害得她病情一发不可收拾。若说她害了景璇，只能说是她与景璇争吵罢了。

“照着那曲谱弹的？为何到了这种时候你还在撒谎？究竟要到何时你才能摘下你那个虚伪得让人作呕的人皮面具？以你的悟性，你会不知那是随着人内心愿望而弹奏的曲谱？若你心中没有杀念，你为何会弹出那样的曲子？你若是有心于我，那首诗就绝不会出现在景璇的手中，那也是个偶然吗，还是你送给她的催命符？！”

“我没有要杀她！我没有！我没有！我弹的那些曲子只是想缓解她的疼痛。”美仁尖叫着，泪水在脸上恣意地流着，她捂着双耳拼命地摇着头，“我只是和她吵了一架罢了。明明是她病成那样了，却还要跑到我面前向我挑衅。都是因为你，你明明给过我承诺，却和她暧昧不清，你明知道她对你的意图，你为何不躲开一些？为何你要和向昕一样？既然做了承诺为何不去遵守？其实你们男人都一样，喜新厌旧，喜欢始乱终弃。”

“我对你真是失望透了，或许该说是绝望了。是我太高估我自己，是我错了。在萧山的那一次，我就该明白的。可是，我不断地在为自己找借口，不断地说服自己，你会变的。这么久以来，我以为和我在一起的日子，你的笑容都是由衷的，你的快乐是发自内心的。终有一天，从你的眼里，我会看到那里完完全全有一个我。”景升深吸了一口气，别过头，再回首接着又道，“一度我以为，你已忘了那些不愉快的事，你去永安，我告诉我自己，你是想着去看看明家的祖坟。直到景璇离开，我才知道，原来你始终都不曾放弃过。我以为，我以为，一直以来，原来全都是我以为，都是我一厢情愿罢了。无论我多么费尽心思，可你终究什么都看不到，甚至我将我整颗心都放在你的面前，你却仍是视而不见，任由它被伤得血淋淋。我之所以一直都隐瞒着爹的事，是不想你再错下去，可是你终究还是一错再错。你的眼里除了恨，还是恨，你可以找到永安，你可以找到这里……”景璇的死让他意识到，在永安他挣扎了那么久，每日都是以酒麻痹自己，甚至有过放弃的念头，可是一想到她夜里时常发梦、孤独无助的模样，他就无法狠下心那么绝情。明家已经毁了，家破人亡，他的痛不比她少，可就连仅余的亲情，她都可以亲手毁掉，此时此刻，他才发觉他从来就没有真正地了解过她，她究竟要的是什么，“向美仁，许多事，一旦做错了，就永远无法回头。”

美仁只觉得自己心口之处好痛好痛。景升说得没错，原来他和她自始至终都是知道的，在明经堂出现之前那些美好的日子，原来就是一场幻境，是他陪着她，刻意营造的纯美幻境，他刻意隐瞒明经堂的事，只是为了延续这场幻境，延缓破灭时日的到来。如今，那个可以让她打开心结的人出现了，这个幻境自然就破碎了，消失了。她心中找不到一丝快意，只有无限的痛苦和悲哀。她究竟要的是什么？她究竟得到了什么？

吐出的话语永远是违背了自己的心，她倔强地道：“对，你说得没错，你明知道我心中有这样一个结，从始至终，你明知道我都是在利用你，你却还留我在身边，你现在看清了？后悔了？怨我了吗？早知今日，又何必当初？”

她还是没有承认自己错了，还在不断地为自己找寻借口。景升胸口之处痛得无法呼吸，他不住地摇头，那里是一个看不见的伤口，心仿佛被什么东西给硬生生剜了去，如今那伤口越裂越深，就像是一个深到不见底还在无限扩大的洞。

他红着双眼怒吼着道：“向美仁，你这个自私无情又冷血的女人！你根本就没有心，根本就不知道什么是爱！爱是要双方真心诚意地付出，彼此心灵相触地感应，不是你这种自私地只知道束缚，一味地只求别人为你付出，而你从不给予回报。”

“对，我自私，我无情，我冷血，可我没有强逼着你要你为我付出，都是你自己心甘情愿的。”美仁依旧倔强，她不肯认错，泪水肆意地流出。

景升拳头紧攥，指间一阵青白，手背上暴起根根青筋，望着她，表情三分凄凉，三分悲哀，三分愤怒，还有的只剩下麻木了。

许久，他深吸了一口气，松开手指，淡道：“我累了，也很辛苦，不想再这样强撑下去……”

说完，他没再多看美仁一眼，抱起明经堂的尸体，意欲离开。

一阵惊慌，美仁拦住了他：“你要去哪里？”

景升的目光始终落在别处，语气是前所未有的冰冷：“让开！”

美仁怔住：“你这是什么口气？”

景升未应，退后几步，就这样面无表情地从她的身边走过。

缓缓地，美仁手捂着胸口，揉搓着疼痛难忍的心口。该死的臭男人，他竟然连看都不看她一眼，还凶她……他说他累了，他很辛苦，不想强撑下去，难道她不累，她不辛苦？她同样也是在强撑着啊。

她不甘心地盯着他越行越远，最后却只捕捉到他的背影……

她难过得拼命捶着自己的心口……

［十七］原来是爱

美仁不知自己是怎么样回到陶然居的，将自己锁在屋里。

撑在桌上，她回忆着景升的话，心中的怒火便不断往上烧。她真的没有蓄意要杀景璇。他亲手写的诗是她不小心落了，她也知道被陈珏捡了去，后来知道陈珏送给了景璇，可她没有去要回来，为何？她发觉自己无法答上来。那个时候，她与景璇两人相互生厌，直到现在，她才意识到原来在潜意识里，她是在利用景璇对景升的爱，慢慢折磨着景璇。

对，景升说得没错，凭她的悟性，要参透那本曲谱并非难事。可是，她真的没有要杀景璇，后来她只知道景璇病得很痛苦，她不是风清影，她没有办法令景璇起死回生，她只想着或许听了那首曲子之后，景璇至少能够减轻病痛，她从来没有想过要杀景璇……

她辛辛苦苦追寻了那么久，就是想要知道娘当年是不是因为明经堂才犯的错，她虽然恨明经堂，恨他风流滥情、始乱终弃，恨他爱每个女人，恨他每个女人都不爱，但她决没有要下毒手杀他，她不知道明经堂不能受刺激，她的良知并非完全泯灭，她只是刚好感觉到体内的真气，刚巧举起手掌罢了……

她将桌上的茶具扫落在地，委屈的眼泪夺眶而出，扑在床上，将脸埋进被子里，任由眼泪不争气地挥洒。此时此刻，她不用再克制，不用刻意地故作坚强，不用再戴上那张面具，她终于可以放下了，她终于解脱了，她的目的达到了，从此以后她可以过自己想要的生活了，没有天一族，没有明家，没有仇恨，什么都没有了，可她的内心为何更加空落，更加难受……

他为何要怪她，为何要对她那么凶，为何要对她那么绝情，甚至连看都不愿再看她一眼……

渐渐地，她哭累了，陷入了昏睡之中。

她记得今年初春，孤山上梅花开得正艳，她不停地在梅树间穿梭奔跑，放声笑着，每走到一棵梅树下，都会笑着拼命地摇着那棵梅树，对不远处立着的人道："我要将所有的梅花瓣都摇下来带回家，用它染线，用它沐浴，用它做香包。"

是景升，他立在那一片梅树之下，头束玉冠，身着一袭月牙白长衫，面容温润如玉，微眯着双眸看着她，嘴角露着一丝似有若无的笑意。

清风吹过，衣袂飘飘，花瓣洋洋洒洒地在他的身边飘荡。

她大笑着，将手中的梅花瓣全数散在他的身上，看着他那副羞涩的模样，禁不住哂道："祸水！"

话语刚出口，便被他捉住，两人笑着，追逐着，双双扑倒在地上。

他口中含着一朵梅花，轻轻俯下，将梅花点在她的唇上，轻喃："有没有试过用梅花泡茶……"

她眯着眼，笑意盈盈，以唇含着梅花，道："可是你的独门秘方？喝了有什么好处？"

"嗯，不施粉黛而面若朝霞映雪，冰肌莹彻，且暗香袭人。"

她推开他，跳起身，立刻指着他嘲笑道："好个祸水！原来你会这样，就是天天喝这茶的？"

他佯装怒气，起身捉住她，双手往她的腰肢袭去，惹得她尖叫连连，反手抓住他的大掌……

她嘟哝着道："景哥哥，别再闹了，我不再笑你便是……"

"小姐，小姐，醒醒。"立在床沿的奉剑被抓着手腕，一脸尴尬，朝侍书挤眉弄眼。昨日美仁回来后就一直将自己锁在屋里，这会儿已经是晌午了，却还不见着出门，她急得找人将门弄开。这位大小姐倒好，还在睡着，方才她轻轻地触碰到她的腰肢，却被她死命地抓着手腕，还说着那样暧昧的话，用脚趾想，也知道这位大小姐在做着什么春梦。

侍书上前，轻拍了一下美仁的手，道："小姐，该起床了，你睡了很久了，起来吃些东西吧。”

美仁长睫微动，双眼说不出的刺痛，转过脸，许久，才看清是侍书与奉剑，原来方才的欢声笑语，只是一场梦罢了。她在心中苦笑一声，一阵失落，她怎么会以为是景升呢？她的梦里从来就只有眼泪，怎么可能有欢声笑语呢。

“哦……”她支起身，接过奉剑手中的湿布，胡乱擦了擦脸，坐到桌前，扒着午膳，无论菜色多么诱人，都食之无味，忍不住还是问出了话，“二公子他……昨夜有没有回来？”

奉剑道：“没有呢，二公子的事，我们做下人的哪好去过问。”

没回来，也就是还在那个“竹芙园”里。

一思及昨日的事，她的脑袋便嗡嗡作响。明经堂，她的亲爹是被她活活逼死的，原本以为这个负心汉死了，她便算是给娘报了仇，可是她心里一点儿都不快活，反而比之前更加难受。

眼泪又禁不住地涌了出来，不知从何时开始，她变得爱哭了，动不动就掉眼泪。放下筷子，她转身抱住左侧的侍书，倚在侍书的身上小声啜泣。

“小姐，你怎么了？”美仁这一举动真是吓坏了侍书与奉剑。

美仁低声道：“我是不是很坏？坏到让人唾弃，坏到让人无法原谅？”

侍书轻轻地帮美仁拭去眼泪，道：“怎么会呢？小姐是个好人，否则我和奉剑也不会一直跟着您这么久了。您待人和气，经常会和侍书、奉剑说一些笑话，逗得大家都笑得直不起腰，也不会乱找下人麻烦。若是谁惹着我们了，您一定会替我们出头。有什么好东西呢，更不会忘了侍书和奉剑。还有，您啊，不但人长得美，琴棋书画，样样精通，不知有多让二公子着迷呢。”

好人？她从来就没觉得自己是个好人，她杀了那么多人，为了生存，利用完一个又一个。长这么大，她才发现自己原来是这么孤独，甚至连一个可以说知心话的朋友都没有。为了她心中一直坚定的亲情，她狠心刺了昕大哥一剑；为了心中的不平，她甚至在无形之中，害死了自己的亲爹，就连一直包容她宠着她的景升到最后都觉得累了，不想看到她。她怎么能是个好人呢？

“谢谢，我没事了。”她抹干眼泪，重新坐好，扒了两口饭，手中的筷子又停下了。

奉剑凑了过来，道：“唉，小姐，虽然奉剑不知小姐为了何事不开心，但见您睡梦中都在叫着二公子的名字，还有一醒来就问二公子去了哪里，想来您心中的不快，多半也是与二公子有关了。其实，只要二公子喜欢小姐，小姐喜欢二公子就可以了，天大的事也会变成没事。小姐要乖，好好地吃完了这顿饭，然后好好地梳洗打扮，精神饱满，美美地去找二公子，有什么不快，两人说开了就没事啦。”

美仁的手微颤，刚夹到的菜便掉落下来。

她在睡梦里叫着景升的名字？她喜欢景升？不可能，她从来就没有喜欢过他。会和他在一起，是因为她太孤独了，那种一个人独自承受寂寞煎熬的痛苦日子她过够了。她没有喜欢他，从来就没有喜欢他，没有，没有，没有……

她心慌意乱地匆匆扒了几口饭。

“小姐，您不用害臊。明眼人都看得出来您喜欢二公子。”说完，奉剑与侍书两人抿嘴笑着。

她慌张地丢下碗筷，道：“我……出去走走……”

她怎么可能会喜欢他呢？她只不过是想束缚他罢了，她什么都给了他，所以她要从他身上索取回来，想要他守着她一辈子，保护她一辈子，看，她就是这样一个自私的人，怎么还能算是好人？

美仁死命地摇着头，不要再想了，所有的一切都过去了，以后她就可以过上安生的日子了。

她要去一趟“竹芙园”。

其实她的心里很不好受，她也不想明经堂死的，其实在她的内心深处，是多么渴望能够叫他一声“爹”，可是因为娘的死，心中的怨恨却叫她无法原谅他，但她真的没有想过最终的结局会是这样。

她匆匆赶到“竹芙园”，却是空无一人。昨日满屋狼藉，今日已是空屋空园。她将整个园子全部找过，景升不在，万镖不在，其他的下人也都不在，更不用说明经堂的灵堂了。

他们会上哪儿去？难道是回陶然居了？她刚巧错过？一定是的。

当她赶回陶然居，奉剑迎上来，道：“小姐，你总算回来了，方才陈珏带着人回来匆匆忙忙地收拾东西，侍书去打听，才知道原来二公子找着了庄主，只是……只是……庄主他已经过世了……”

她喉咙中仿佛卡了什么东西，轻应：“我昨日就已经知道了……”

“啊——”奉剑惊讶，“原来是这样，怪不得小姐昨日那么悲伤。咦？那小姐为何不随二公子一同去永安呢？”

“去永安？”美仁瞠大了双目。

奉剑道：“是啊，陈珏说二公子昨日便动身去了永安，操办庄主的丧事。”

原来他去了永安，却没有告诉她，她今生注定与明家子孙这个称谓无缘。

“不过，今日陈珏很忙，听他的口气，好像是要离开杭州了，好像是二公子要回京城了。太好了，这样我们也可以回京城了，奉剑很想念……”

“你说什么？他要回京城？什么时候？”这个消息让美仁彻底怔住了。若说他不告而别去了永安，她能理解，但他不说是要回京城，她便慌了。她知道他终是要回京城，但他承诺过，何时回京城他一定会告诉她，一定会在回京城的前一日陪她去孤山共赏日出直到天明。

“奉剑也不是很清楚，不过小姐可以去问问陈珏。”

美仁惊慌道：“陈珏在哪儿？”

“应该还在中院的书房吧。”

转身，美仁便往中院奔去，恰巧碰见刚从书房出来的陈珏。陈珏抱着好些书卷，挑着眉，一脸敌意地望着美仁，不说话。

美仁问道：“他是不是要回京城了？”

“是的。”陈珏淡道。

“你们何时走？为何我不知道？”

“早在一个多月前，公子便已经接到了圣旨，那时他就该走了。”

一个多月前，那不就是景璇还活着的时候吗？

陈珏看了她许久，索性将所有事和盘拖出：“因为向姑娘，公子已经耽误了好些时日，甚至让圣上动了怒，非常不满，直到后来四小姐病逝，圣上才宽限了时日，公子又坚持留在这里多待了一个多月。向姑娘与公子之间的事，陈珏并不想多事，但有一句话陈珏还是要同向姑娘说，陈珏只觉得向姑娘在公子身边多待一日，便是会误了公子，只要有向姑娘在，公子便不是公子。陈珏并不知向姑娘与公子之间究竟发生了何事，只知道公子吩咐陈珏即日动身回京，而公子也不会再回杭州，他会直接从永安回京城。”

他不会回杭州？他就这样离开了？就这样丢下她了？

美仁死死地看着陈珏，不愿相信他所说的是事实。景升不会一句话都不交代就这样离开。她急道：“你骗我！一定是你在骗我！”

“陈珏句句属实，若是向姑娘觉得陈珏骗了你，向姑娘不妨在这里守着，看看公子还会不会像上次一样急着赶回来。”陈珏的语气极为冷淡。

上次，他守着景璇的墓一直到了头七才回来，可这一次，她真的不确定他会不会回来，何时会回来。他真的生她的气了？他真的就这样离开了？

“不会的，他会回来的，他答应过要守我一生一世。”她自言自语，声音很低，带着从未有过的惊慌，不停地摇着头，身体连连退后晃了好多下，忽地抬眸又急问，“他现在人在哪儿？在永安？”

“是的，若是向姑娘现在赶过去，可能还能见公子最后一面，若是去晚了，怕是公子已经离开永安，在回京城的路上了。”陈珏的语气始终冷冷淡淡的，“若是向姑娘没别的事，陈珏要告辞了，后会无期。”

他得尽快赶回京城，还有很多事等着他去做。很庆幸，他家公子终于可以摆脱这个女人了，相比之下，京城的大家闺秀可比她温柔体贴多了。比如说王姑娘，如今已被封为无双郡主，温柔贤良，除了相貌比不上眼前这个女人，怎么看都比她强上百倍。总之，他就等公子回京呢。圣上赐了这么一桩好姻缘，希望公子尽快回京受旨，早日完婚，早日成为郡马爷，便不用整日为了眼前这个女人劳心劳神了。从今往后，他也不用再见着公子为这个女人日渐憔悴，跟着一起不痛快了。他嘲弄地看着美仁一脸痛苦的样子，脚下迈着轻松的步调，很快便离开。

美仁不信陈珏的话，冲到景升的屋子里。那里与平日没有太多的变化，所有东西都摆放得很整齐，床榻的被褥整齐到一眼就能看出无人睡过的痕迹，桌案上的所有公文全都不见了。

她抚摸着案上的笔架，上面悬着大小不等的毛笔，这些笔除了他用来批注公文，都是她平时拿来临摹他字迹时用的。

有一次她在抄写一本书，当然还是模仿他的笔迹，他从外面回来，立在她身后，她知道他在她身后，不动声色地继续抄着。

突然间，他大掌一拍书案，恼羞："你在抄什么东西？"

她回头嬉笑："抄书啊。"

"抄书？"他一把抓起她所谓的"书"，合上书封，但见那几个大字，便气得在她面前抖开来，"你这是抄的什么东西？《幽魂淫艳乐无穷》？这就是你所谓的字帖？"

"这怎么不是字帖了？这字帖很贵的，可是我花了二两银子从倚笑楼里买回来的啊，得之不易。"她接过那本书，随手翻了翻，朗声又道，"烛光影影，芙蓉帐中，狐女朱唇紧贴，恰恰莺声，不离耳畔。王生津津甜唾，笑含香舌，扶狐女仰卧，令其金莲高举，登其右肩——"

未再念下去，那书便被他夺了过去，只见他一脸不悦："你整日就在临摹这种东西？"

"对啊。除了临帖之外，你看我还作画呢。"她将一旁半卷的画展开在他的面前，又翻动那本书，指着上面的插画，又指了指自己的画，一本正经地道，"你看，这画图之人明显画技有限，瞧我画的比他强多了。这狐女的腰应该还要再沉一些才对，依这人的画法，这样的姿势只会让狐女的腰骨折断。"

她所指的书上插画和她所画的图，正是她方才所读的书中描绘王生与狐女云雨的那段，说白了就是她在临摹淫书和描绘春宫图。其实本来她一直都在临摹他的字迹，刚好倚笑楼的姑娘送了她这本《幽魂淫艳乐无穷》，那日无聊，她便决定以临摹他字迹的方式，将这本《幽魂淫艳乐无穷》抄一遍。

她笑眯着眼看向他，他正深锁着眉心，脸颊泛红，嘴角不停地抽搐着。

她发现他有个特点，平日里一本正经，时不时还会对她冷嘲热讽几句，私下里若是只有她和他两人，他便会热情如火，热情得有时候她都招架不住呢，但眼下他这般羞涩，倒是很少见呢。

她忍不住嬉笑，将那幅画又往他眼前送近一点："你说我说得对不对？"

他一把将那画按下，眯着双眸凝视着她，双颊依旧飞红，但语气不似之前那样："对，对极了。你虽画得比他好，不过，你的画没将书中原文所描绘的原意表现出来，你已经将画中人物都改了，这幅插画对于这本书来说，就是废品。"

"怎么是废品？"她挑了挑眉，不信，拿过那张画仔细看了下，没发现什么不对劲，直到她看到那个"王生"和"狐女"的脸时，她连忙将画上两个人的脸遮住，胸口一窒，羞得说不出话来，更不敢抬头看他。她终于明白为何他的脸会那么红了，因为她画的"王生"与"狐女"不是王生与狐女，而是他和她……

在她尴尬得想要逃开时，却被他一把捞住困在怀中，诱惑的声音吹拂着她的耳郭："我的美人终于知道害羞了。"

他的美人，他的美人……

"小姐——"侍书进屋正瞧见美仁的一滴泪滑落，"小姐，你又哭了？"

美仁抬头看见侍书立在门外，急忙侧过脸，拭去眼泪，她竟然看着这屋内的东西就这么轻易地落了泪。她调了调气息，哽咽着道："侍书，什么事？"

"小姐有喜欢过人吗？"侍书进了屋，立在美仁身侧，轻轻地揽住她。

倚着她，美仁轻道了一句："有。"她喜欢过昕大哥，可昕大哥被她害死了。

侍书问："那人是二公子吗？"

"不是。"她怎么可能会喜欢景升？

"不是二公子？"侍书有些疑惑，随后又道，"我以为小姐是喜欢二公子的。"

"怎么可能……"

"当然可能。因为只有当自己喜欢的人离自己而去时，才会很难过，才会很伤心，一旦难过了伤心了才会流眼泪，可小姐若是不喜欢二公子，为何会这么伤心难过呢，还在为二公子落泪呢？"

美仁静静地听着侍书的话，侍书将她问住了。昕大哥死的时候她很难过，虽然难过，虽然流过泪，却不会动不动就落泪，而现在她不但会难受，还会动不动就哭得很伤心。她为何会哭？是因为她真的喜欢上景升了吗？如今他走了，她才会觉得难过伤心，才会不停地哭？

被这样一个不可思议的念头惊住了，她在心中立即否定：不是这样的，她只是觉得一个人好孤独，有些事情撑得好辛苦。

她紧紧地抱着侍书，眼泪不停地往外流。她真的是太孤独、太寂寞了。

侍书叹了口气，决定还是要刺激小姐一下，因为小姐都不知道自己的心已经遗失在二公子的身上了。正所谓当局者迷，旁观者清。小姐从昨日回来到今日，只是一味地在强撑着罢了，而且死鸭子嘴硬不愿承认，若是一直这样下去，小姐只会像刚来这里的时候一样郁郁寡欢。她和奉剑作为小姐的贴身侍婢，实在是看不下去了，奉剑平日里与小姐打打闹闹，她说的话小姐有可能只当在开玩笑，那么这个重任就交给她侍书好了。

“小姐，若是二公子多看别家姑娘一眼，你是不是会很生气？”

这个……用不着他多看别家姑娘一眼，就算别家姑娘多看他一眼，她就会很生气。景璇缠着他的时候，她每次都气得牙痒痒的，而且能让她发泄的便是清风，还有那些树枝。

“四小姐病逝，二公子离开了那么久，小姐可有想过二公子？”

有，他离开的那些日子，她每时每刻都会思念他，思念他的笑容，思念他的哀伤，思念他的一言一行，思念到心在痛，思念到每一根手指都会在痛……

“侍书……”她的心开始乱了。

侍书又下了剂猛药：“陈珏已经走了，说短期内不会再回来，二公子留了口讯，这陶然居往后全凭小姐做主。至于陶然居的下人，二公子那边没什么人，基本上都是京城随着来办事的，也都跟着一起走了，剩下的就是原来四小姐那边的人。”

他真的就这样走了？连所有要交代的事都是通过陈珏来转告的，陈珏很讨厌她，这些个事又是他转告了侍书。

她不信，她不信。

她打开所有柜子，但到最后她也不得不信了，因为柜子里除了置放纯钧剑的那个剑盒，其他所有属于他的东西都不见了。

他说过，纯钧剑锋芒过于凌厉，不想她受伤，所以，他要替她保管。可如今，他什么都带走了，不声不响，命人将所有东西都取走了，却唯独留下这把剑，这代表了什么……

明景升，这个可恶的家伙，说走就走！

走吧走吧，她才不会稀罕，反正她从来就没有喜欢过这个可恶自大又傲气的男人，走了最好永远都不要回来，陶然居就是她的了。她一定会把这里改成最大的勾栏院，赚很多的银子。她要让他知道，就算没了他，她一样能够活得下去。

眼泪在不知不觉中又流了下来，她伏在桌上啜泣。

她究竟是哪里做错了，才会遭到这样的对待，她心中的苦、心中的委屈，又有谁能够体会得到？全凭她做主是吗？她就将这里改成勾栏院，她要把他的屋子改成花魁接客的厢房。

“好，侍书，你去找全杭州城内最有名的工匠，陶然居要全新装修。还有帮我联络一下倚笑楼的老鸨，我有事要与她商量。”

侍书惊讶得嘴巴张得老大，能塞下两个鸭蛋，刚才还一脸茫然的小姐，转瞬间就变了一个人似的。她以为她能刺激到小姐去找二公子，岂料小姐却是要重新装修陶然居，还要找倚笑楼的老鸨。她为心中的猜测不免有些担忧，得想个对策才好，侍书无奈之下，急忙退了出去。

美仁立在这屋中，环顾四周。床和床幔，她要换了，被褥枕头，她要换了，桌椅和这里的摆设，她要一件不留地全换了，全换成她的东西，不要留下一丝他的气息。

她目光所触到的每样东西，让她耳边响起当时说过的话，往事一幕幕浮现于眼前。

从蓝家与他相识，她落水，他救了她，在睁开眼的那一霎，她看到的却是昕大哥；在飞云别苑的温泉里，他被下了药，与她纠缠不清；为了保护景承，他甘愿被她栽赃，也不哼一声，被打得只剩下半条命，虽是被逼，但是她不眠不夜地照顾了他三天三夜；他请她喝酸涩如血的樱桃茶，别名情人茶，她失了内力，以为是他下的毒；在夷山之北，是他为了她挡了一杖，自己却伤上加伤；夷山之北，虽然他第一次强吻了她，却陪着她第一次度过那痛苦又难熬的一刻；他将他娘生前最珍爱的清风送给她，教她弹曲，为的是能克制住她体内正邪交错互不相容的两股内力；王府叛变，依旧是他替她挡了一杖，她才得以逃脱；大雪纷飞的萧山，她与他身体纠缠，虽是为了保命，他却是唯一一个能让她奉献一切的男人；来到这里多少个夜晚，她戏称提着金缕鞋在深夜去找他，只有在他身边她才可以安然地一夜睡到天亮，不再被噩梦惊醒，与他同床共枕似乎已成了一种习惯；倚笑楼失火，有人向她射出宁家金箭，又是他为了她，肩部中了一箭，他为了她，与天一族人为敌……

孤山赏梅，夷山夕照，西湖泛舟，放飞纸鸢，欢声笑语……

他占着她的南海珍珠一直不还给她，却以他娘最珍贵的清风来交换，这是情人间信物的交换啊。

为何她喜欢临摹他的字迹，是因为她喜欢那种感觉，潜意识里写着同样的字，其实是在感受着他当时写每一个字的情绪。

她拿起留在他屋中闲置的雕花暖手炉，眼下已是夏末，早就不用这个了。

才来陶然居的时候，她有一个暖手炉，可是那个总是烫伤她，某一天，那个暖手炉不见了，被换成了这个白铜镂空雕花盖手暖炉，后来她才知道，是他命人特地为她打造的。自用了这个暖手炉之后，她就再也没被烫伤过。

这里虽是他的屋子，但处处可见她留下的痕迹。桌案上的笔墨纸砚用得最多的是她，摆放墨迹最多的是她，桌椅茶水用得最多的还是她。他就是这样宠着她，任由她将他的屋子一点一点慢慢侵占，由她融入他的一切。

无论她在哪里，无论她有多难堪，每一次他都会在她最需要的时候出现。可是这一次她伤害了他最重要的亲人，他再也不会原谅她，他就这样一句话也没有留地走了，她才知道自己有多么思念他。原来在很久很久以前，久到她自己都不知道，他的身影早已深深烙进了她的心间。

她会画他，她会梦他，她会想他，只因为她无可救药地爱上了这个自大又孤傲的男人。

她不能让他就这么跑了，他允诺过她，这一生都会守着她，没她的首肯，他死都不能离开她。

他是她的！

“侍书——奉剑——”

她吩咐下人去找马车，她要去永安，她要去找他。

转

“爹，有一个漂亮的姐姐求见。”粉琢的小女娃蹦蹦跳跳地来到一直在打坐的白衣男子身前。

白衣男子睁开了眼，浅浅一笑，伸手轻点了点她的鼻头，道：“要叫姨，不是姐姐。”

“嗯，爹怎么就知道她一定是姨，不是姐姐呢？”小女娃闪着狡黠的目光。

“贫嘴。”他起了身，牵着小女娃的手到了洞外。

洞外，立着一个纤弱的身影，那女子缓缓转过身，见到白衣男子，淡淡一笑，叫了声：“姐夫。”

“嗯，进来吧。”他轻轻颔首。

那女子跟在他身后，脚步轻盈，唯恐惊了什么人。

来到寒玉床前，那女子轻声问道：“六年了，这日子过得真的好快，一转眼都六年了。七朵莲花都吃了，为何姐姐还不睁开眼？”

白衣男子的嘴角微动，将寒玉床上的女子轻轻扶起，揽在怀中，幽幽地开口道：“也许这就是天命吧。”

“姐夫，那你打算怎么办？打算一辈子都在这里守着姐姐吗？”女子轻皱了皱眉头。

“嗯，这就是这次我叫你上山的目的。”他望了望眼前粉琢的小女娃，轻抚了抚她的脑袋，笑着道，“美人，这是你漠姨。爹要带娘去一个很远很远的地方治病，可能很久都不能回来。从今日起，你便随漠姨下山吧，这段时日里，你要听漠姨的话。”

小女娃听了连忙扑向他，叫道：“爹，以前你不是都带着美人的吗？为何这次要让美人跟漠姨走？我不要，我要陪在你身边，陪在娘亲身边，一起等着娘亲醒来。”

“美人乖，这次去的地方，路途遥远，小孩子家不适宜去。爹也是迫不得已才将你交给漠姨的。”他苦笑着，轻揽了揽女儿，“乖，美人先出去玩一会儿，爹有话和你漠姨说。”

小女娃苦着一张脸，心不甘情不愿地出了洞。

“姐夫，你真的要带着姐姐离开吗？真的是去寻医吗？”女子问道，她的心中总有一种不祥的预感。这六年来，姐夫已经寻遍了大江南北的名医，七朵莲花几乎是最后的希望，究竟还有什么地方可去?

“嗯，就像是给你的信上所说。带美人走吧，这里已经不再适合她了。在这里，她太孤独了，是时候让她下山去看看繁华如梦的世间，这样对她来说会更好。我和符衣这样的日子，她不再适合。”

“姐夫，谢谢你照顾了她这么多年。”女子哭了起来。

“我应该谢谢你才对，当年我带着符衣四处求医无果，是你送来了美人，才让我熬过了这么艰难的六年。她真的很乖巧，又贴心。他们两人泉下有知，会欣慰的。”他淡淡地笑了笑。

“姐夫，无论姐姐会怎样，请你一定要坚持住。”女子拉起沉睡中女子的手，贴在眼前，低声啜泣，“符姐姐，为了姐夫，你睁开眼吧。”

良久，洞内都充斥着女子不停哭泣的声音。

“爹，美人不要走。”小女娃扑向他，抱着他大哭。

“乖！又不是从此再也见不到爹和娘了。爹带着娘医好了病，很快就会去找你。”他忍着痛轻道。

“美人舍不得爹，舍不得娘亲。”小女娃抽泣着。

“爹和娘亲都舍不得美人。”

“等娘亲的病好了，爹一定要接美人回来。”

“会的，等你娘亲的病好了，那个故事，让你娘亲继续给你讲下去，好不好？”他笑着蹲下身，轻拭了小女娃脸上的泪水。

小女娃点了点头，总算是破涕为笑。

“姐夫，我们要走了。”女子牵起了小女娃的手。

“爹，美人要走了。”

“嗯。”

“娘亲醒了，爹一定要将美人接回来。”

“嗯。”

望着远处小女娃频频回头的小脸，所有的不舍，都只能永远压在他的心间。

第四卷 天若有情

[一] 千里寻夫

怕美仁心急着赶路，路上出什么岔子，侍书让奉剑和万镖一路跟随。至于万镖怎么会在陶然居，侍书不知道，奉剑不知道，美仁更不知道。但陈珏在走之前交代，从今往后，万镖会负责整个陶然居的安危。

美仁一脸焦虑地赶到永安，赶到明家墓地所在，但她没有见到景升，她看到的只是两块新立的墓碑，一块上题“亡父明经堂之墓”，另一块上题“亡妹明景璇之墓”，而立墓之人都是景升。

没有香烛，没有祭品，唯有三个响头，她跪在明经堂的墓前，很虔诚地叩了三个头，她低低地叫了一声：“爹，对不起，生前无法开口叫你一声爹，愿你泉下有知，符衣知错了。愿来生，你在遇到娘之前，不要再遇到其他的女人。”

起身，她转向走到景璇的墓前，又道：“我没有要杀你，我只是想你走的时候不会那么痛苦……愿来生，你我不再是亲姐妹。”随后，她深深地鞠了三个躬。

奉剑跟着美仁分别给明经堂和景璇叩了三个响头。

拜完，美仁连喘气的机会都没留给自己，便直奔叶声泉和如妈所住的木屋。当她看到空无一人的木屋，顿时，整个人浑身的力气好似都被抽走了，她狠狠地捶了一下屋门。

别说是京城，就算是天涯海角，挖地三尺，她都一定会将景升找回来。

转身正欲离开，她便远远地望见如妈推着叶声泉往木屋的方向走来。她连忙迎上前，想要问的话却在一时间全数堵在了喉间。

叶声泉很冷淡地看了她一眼，示意如妈推他进屋。

美仁一言不发地跟进木屋，奉剑尾随其后，而万镖则是双臂抱剑守在屋外。

叶声泉抬首看了她一眼，语气十分冷淡："你这次来这里又是要做什么？"

"我是来找他的。"

"他已经回京城了。"

"我知道……"

"知道你还来这里做什么？"

"因为我知道他会先来这里……"

叶声泉沉默了半晌，方道："丫头，我一直以为你是个聪明人，却没有料着你竟然能做出这样的事来。你很像年轻时候的清影，不顾一切后果都要达到自己的目的，事后又让自己追悔莫及，却是苦了自己一生，我不希望你和升儿步上我、清影和师兄的后尘。我叶声泉宁可半生都是个废人，但求一生日子过得平静。"

"叶二叔……"

"师兄已去，璇儿病故，当今圣上也没什么可以为难升儿的了。若是你已看清自己的心，明白自己想要什么或是想做什么，而造成今时今日这样的结局，那么我也便不拦着你。"叶声泉转动着木轮椅，对如妈道，"阿如，送客。"

如妈淡淡一笑，对美仁与奉剑做了个请的姿势："向姑娘，请。"

美仁挪动步子，忽地顿住转身又道："我只是不想景璇死的时候太痛苦，我也不知道爹的心脉尽损。"

叶声泉深叹了口气，道："丫头，这话你不该对我说，而是该对你该说的人去说。"

"多谢叶二叔，美仁告辞。"

出了屋子，如妈送美仁三人很远，在快要到岔路的地方如妈才停下步子，对美仁道："向姑娘，老身只能送你们至此，一路上多多保重。"

"如妈……"先前她留意到叶声泉没有像上次一样叫如妈白如，而是叫阿如，美仁想问如妈有没有后悔过，眼下过得可好，可话到嘴边终是没有说出口。

如妈仿佛洞悉了她的心思，微笑着道："无法弥补曾经所犯下的罪，知错能改就好，怕就怕永远都不知道自己错在哪儿。追求了很久的东西，到头来却发现原来一直都在身边，这才是最幸福开心的。向姑娘，打开你的心结，好好地正视，用你的心去看，幸福平静的日子就在你身边。"

"多谢如妈教诲，美仁就此别过，祝您与叶二叔相携一生。"

如妈冲着美仁笑了笑，相携一生？呵，她这一生已经过了大半，如今有没有名分，早已不那么重要了，只要声泉在她身边就好。

回到陶然居，美仁并未急着去京城，而是交代了很多事，陶然居内外重新装修的事一律马虎不得。另外，她高价买了两张精致的人皮面具，她决定独自一人上京城。如今的她再不比从前，虽然按照《天一圣经》下卷每日修炼，加上清风曲谱，筋脉内会有一股若有苦无的真气四处游走，有时候爆发出来的威力惊人，但更多时候是死水一般，她完全无法掌控这股奇怪的内力。

早前怡素找到她，向她索要封魂镜，定是为了娘藏在封魂镜里的《天一圣经》下卷。以怡素的为人，她知道她决不会善罢甘休。她能顺利离开杭州去永安，必定是怡素还不知景升已经先行离开。

此番去京城路途遥远，她不能冒险，更不会带上侍书与奉剑，当然万镖也要守在这里，看好陶然居里的一切。岂知万镖怎么都不同意，说陶然居的安危恩公早已安排妥当，她不用担心，他万镖只要保护好她就可以了。

万镖原本是个剑刀之下将死之人，大半年之前，被外巡的景升从刀下救了回来，所以他誓死都会追随这位恩公。他知道恩公对一位向姑娘宠爱有加，第一次见到美仁的时候，他并不知美仁就是那位向姑娘，而今知道了，就连恩公十分怨她，也要将他留在这里保护她，可见恩公对这位向姑娘用情至深。他万镖为了报答恩公的救命之恩，誓死也要保护好这位向姑娘。

一时间美仁也不知该说什么好，心中对景升的思念更多了一分。

到了京城，她一定会找到景升的，就算是色诱、威吓、强逼，她都要他跟她一起回来，要让他亲眼看到一个不一样的陶然居，一个属于他和她的陶然居。

万镖坚持跟随，让美仁乱了原先的计划，思及自己如今不比当年，万一出了什么事，单凭硬气与人相拼，必死无疑，加上怡素死盯着她，所以她同意万镖随行。

待所有事都安排好之后，她将自己易容成了一个四十多岁的寻常妇人。侍书与奉剑在见到她的那一霎，以为是前些日子来收旧衣的那位大婶，直到美仁开口说话，两人才惊呼出声。

除了侍书与奉剑，陶然居内没有人能认出她。美仁依依不舍地与二人话别，便独自离开陶然居，俨然一个拾衣妇人。

万镖随后，与美仁分头行动，约好了在城外三里桥会合。

果然不出美仁所料，她事先安排了一名女子穿着她的衣服去法华寺上香，被怡素的人拦下了，所幸是在寺庙里，那名女子才没事。据信鸽带回的消息，怡素派去的人扑了空，怡素大怒。如今怡素费尽心思地在四处找寻她，她要更小心。

有惊无险，她和万镖两人总算一路平安地到达京城。

路上美仁又换了一张人皮面具，这次化作一个头发蓬乱、四处为家的浪子，身后背着那把以深蓝布包好的纯钧剑，她将清风交给了万镖帮她背着，就算是别人认不出她，她也要景升一眼就可以认得出她。若是他敢对她视若无睹，她会当着他的面，用纯钧剑劈了清风。

她与身形高大的万镖以兄弟相称，找了一家客栈住下。

美仁正准备离开客栈，去明家找景升，只听掌柜的忽然冲着小二大叫一声："今日是那郡马爷迎娶郡主的日子，就算是圣上迎娶妃子、公主出嫁，死小子你也别给我想偷懒不干活。"

那小二一脸赔笑，一把按下掌柜手中扬起的算盘，道："掌柜的，难道你就不好奇？话说那王大人的女儿被封了无双郡主，而当今圣上亲赐的郡马爷可是当年被抄家的明家二公子啊。当年明家被抄，那明家二公子还能——"

"你方才说什么？"美仁冲到店小二的面前，一把揪住他的衣襟，"你再说一次，那郡马爷是哪位？"

店小二见美仁一副凶神恶煞的样子，再见着美仁身后的高大壮汉万镖，颤着声道："那郡马爷……就是……是当年被抄家的明家二公子……"

郡马爷？他匆匆赶回京城就是为了当那个什么郡马爷？！

美仁强忍着怒气，松开那店小二的衣襟，帮他理顺，换了一张笑脸，声音也变得异常温柔："小哥莫怕，在下是个粗人，只是好奇那个郡主与郡马爷的事，你方才说的无双郡主，未封赐之前可是那王大人的幺女王佳如小姐？还有，他们今日成亲，是吗？"

店小二抚了抚胸口，看着眼前这个满头满脸乱蓬蓬的男子，恢复了鄙夷的神情，道："是啊，全京城的人都知道，今日是郡马爷迎娶无双郡主的好日子啊。"

客栈内其他人都附和着，那掌柜的也点头称是，转脸对着店小二说："你这臭小子还不去干活？别想给我趁机溜出去。"

美仁依旧笑着，问："敢问那郡马府在何处？"可别告诉她就是明府。

小二道："城西南，沿着这道往西走，再往左拐个弯就到了。"

还好那个郡马府不是原来的明府。

美仁转身，便急着要去那郡马府。

店小二只当美仁是想去凑热闹，好心地又道了一句："听说新娘子这会儿还没有到呢，若是赶得快，应该是要踢轿门。"

"多谢小哥。"

出了客栈的门，美仁便寒着一张脸，双拳紧握，十指关节泛白，已经气得说不出话了。

"老七，帮我……"美仁捂着胸口对万镖道，"以你最上乘的轻功、最快的速度送我去郡马府。"

万镖上前道了一声"得罪了"，便拦腰抱过美仁，直跃上屋顶。

排场盛大，迎亲的队伍很引人注目，不一会儿他们便赶到了郡马府附近。

京城的百姓很久没有见过这么奢华气派的婚礼，这郡马府附近的街巷被围得个水泄不通，许多百姓从王府一路跟过来。

迎亲的队伍还没到，透过黑压压的人群，美仁只能看到两尊石狮后的大门前悬着两盏大红灯笼，以及大门之上高高悬挂的匾额，镌刻着三个气魄不凡的大字——郡马府。

噼里啪啦，一阵鞭炮声轰隆作响，迎亲的队伍来了。围观的人群捂着耳朵纷纷向后退去，趁势，美仁向前挤去，但由于鞭炮作响，爆竹烟灰漫天飞扬，美仁根本看不清骑在马上之人。

待烟灰散去，终于看清那迎亲的队伍，她见到了一身大红喜服的郡马爷正坐在马上背对着她，而打扮得花枝招展的媒婆硬挤着一张笑脸，道："恭喜郡马爷！贺喜郡马爷！还请郡马爷快快下马踢轿，好迎郡主娘娘进门啦！"

那郡马爷虽背对着她，但美仁一眼就从他的背影看出那是景升。美仁气愤得指甲都快掐进手心的肉里，她一直在心中不断地念着不是他，转过脸来或许就换了别人，她很怕看到那是景升。然而就在郡马爷下马的一瞬间，美仁看清了他的脸，俊朗而温润儒雅，不是他还是谁？短短时日，他消瘦不少。

不发一语，景升斜视一眼花轿，扫过人群，刚好看到万镖背着一个硕大的不明之物立在人群之中。他心下一惊，万镖好端端地怎么会出现在这里，他不是该守着陶然居吗？他的目光落在他身旁清瘦的身影之上，那张愤怒的脸庞让他一阵错愕，她背后露出的剑柄是纯钧剑，是她……

［二］洞房花烛

景升没想到她会追来京城，一丝涩意涌上心头。他捏紧拳头，收回目光，毅然走到那花轿之前轻踢了下花轿。

他一踢完花轿，那边媒婆连忙将新娘子扶出来。在媒婆和喜娘的搀扶下，他头也不回地与那新娘子一同进了郡马府。随着一阵花炮声响，一行人消失在门内，在外守着的百姓们一哄而上，哄抢着散发的喜糖和喜饼。

那一霎那，美仁只觉得失了呼吸，心口之处痛极难忍。她不信他会丢下她另娶妻，她不信。

她撇着嘴："老七，我要进去，我不信他会拜堂。"

万镖一言不发，趁混乱，带着美仁从别处一跃偷进了郡马府。两人守在离正堂最近的一棵树上，美仁见到景升手牵着绣球的一端，绣球另一端则是由无双郡主牵着。

二人就要行拜堂礼，美仁正想冲进去搅了那婚礼，却被万镖按住，随即一道尖细的声音传来："圣旨到——"

景升连忙跪下，恭迎圣旨，身后王钦若夫妇、无双郡主王佳如及其他人全都跪倒一片，敬候那位公公宣读圣旨。

圣旨无非是说景升与王佳如郎才女貌，天作之合，皇恩浩荡，赐了一堆奇珍异宝。

景升并没有仔细听这份圣旨，他脑中浮现的是那张让他难以忘却的娇颜，方才在府外那个头发蓬乱的少年是她。她来了。

他失言了，他没能遵守承诺不娶他人。

她害死景璇，逼死父亲，一副没有做错任何事的态度，将他的一片真心无情地践踏，让他几乎失去了理智。在办完父亲的丧事之后，他便动身回了京城。为了她，他一而再再而三地抗旨不归，最终却是心被伤得千疮百孔而狼狈地逃回了京城，一个人静静地舔伤。

这个没心没肺的女人，他就是忘不了她，放不下她。为了能彻底地忘了她，他不惜向赵恒请奏奔赴沙场，抵抗契丹。

他一再抗旨，赵恒不会就这么轻易放过他，他依稀记得那日延和殿内赵恒对他所说的每一句话。

"爱卿终于回来了，让朕好一番想念。"

"草民不敢当。"

"草民？爱卿是在怪朕一直没有给爱卿封个一官半职吗？"

"草民不敢。"

"爱卿的身份有所忌讳，纵使朕千万个赏识爱卿，但也要顾虑朝中的那些大臣们。如今杭州茶寇一事，爱卿处理得十分好，这次朕一定重重有赏。爱卿喜欢什么？"

他跪下，行了个大礼，道："恳请皇上准草民北上沙场，抵抗契丹入侵，准草民为国效力。”

赵恒沉默了半晌，道：“没想到爱卿是这样一个忠心为国之人。好，既然爱卿有这份心，那么，准奏。”

“谢皇上。”他叩首。从此，心中的一切全部都要放下，岂料赵恒突然又下了道旨，这是他始料未及的。

“爱卿甘奔赴边关，为国效力，朕自是不能薄待了爱卿。如今爱卿年纪也不小了，仍是孤身一人，朕便做一次月下老人，成就一双美事，赐无双郡主与爱卿即日完婚。”

他以为他请奏边关，就可以逃掉这桩赐婚，孰料人算不如天算。

“草民不能，草民卑微，又是戴罪之身，配不上尊贵的无双郡主。”

“爱卿过谦了。朕虽未赐封爱卿一官半职，除了因之前有所忌讳，还因为朕明白爱卿将这些都视为身外之物。朕在心中，早已将爱卿视为最得力的重臣，否则又岂会将无双郡主赐于爱卿呢？”

“谢皇上恩典，草民不能，还请皇上收回成命。”他不能，他对那个远在杭州的女子有过誓言。

赵恒仿佛早已料着他会这样，不怒反笑：“爱卿是否已经有了意中人，可否说来让朕听听，是哪家的姑娘让爱卿这么挂念？”

他沉默了。

赵恒又道：“爱卿不想说，那么让朕来猜猜，是杭州城内那位牵绊着爱卿、让爱卿不想回京的姑娘吗？”

他依旧沉默，如今明家已家破人亡，赵恒还能够再利用来控制他的，除了浪迹天涯不具威胁的景承之外，便是他的软肋美仁。

“佳如是朕收的义妹，温柔贤淑，无双郡主乃朕亲赐的封号，而且佳如有意于你，朕不宜驳了这位义妹的心愿。爱卿跟随在朕身后时日虽不久，但朕很欣赏爱卿的为人与处事能力，今日爱卿向朕提出这样一个恳请，这意味着朕要失去爱卿这样一个人才了。如今我大宋缺的便是奋勇杀敌的将才，爱卿此番奔赴边关，短时日内无法回京城，虽然同是报效我大宋，但朕的身边可是少了个可以说知心话的朋友。爱卿或许会浴血沙场，或许会随大军凯旋，又或许什么都不会。无论今后会是怎样，朕都当爱卿为国捐躯，战死沙场，朕也绝不会追封于你。至于无双郡主，朕定会为她留意更好的人选。但之前朕已对郡主做过承诺，君无戏言，此次赐婚，就当爱卿离开朕的身边，为朕完成这最后一个小小的心愿吧。”

赵恒的意思是说若他战死沙场，一切都无须再论，若他有幸还能活着，赵恒承诺他，亦会当他战死，永不再追究明家反叛一事。赵恒要的是一个可以奋勇杀敌的良将，同样也要做到对王佳如的君无戏言，婚赐了，亲成了，但这桩亲事是否延续得下去，赵恒不关心。

这也是景升摆脱皇室的最后机会，而这种机会必须要他用一场婚礼来换，若他不答应赐婚，不仅是他，就连美仁也将会被牵扯进来。

最终他答应了赵恒……

“郡马爷，怎么不接旨啊？”传旨的公公捻着兰花指。

“臣明景升谢主隆恩。”他深深叩首，接过那道圣旨，将圣旨恭敬地放在上席，他与王佳如拜堂成亲对之叩首的将会是这道圣旨。

一道圣旨，一个束缚。

过了今日，他便能永远跳开这道束缚、这道枷锁。

守在树上的美仁，难以置信地望着景升当真与那王佳如行礼。当那一声“一拜天地”回荡在耳边，她恨不能扑过去，问他为何要娶别的女人。

“向姑娘莫要冲动。”万镖一把按住了她。

美仁强抑着心中的愤怒，尽量以平和的语气表达自己的想法：“莫要冲动？他都已经和别的女人拜了天地，就是正式的夫妻了，我是不是还要等着他们入洞房？”

她千里迢迢赶到京城，不辞辛苦，难道就是为了来看他成亲的？他娶了妻，所有的承诺就都没了，他和昕大哥一样，都是个骗子，给了她承诺却都做不到……

她咬着牙，低吼：“我要离开这里，离开这里，现在就走！”

“莫激动，莫激动。”万镖好言相劝，一个纵身，便将美仁带离了那个让他紧张到滴汗的是非之地。

出了郡马府，美仁便发了狂似的跑开了，万镖从惊愕中回过神，连忙追了过去。

美仁拔出身后的纯钧剑，对着眼前乱巷里摆放的东西乱砍一气。

万镖见着，道：“刀剑无眼，向姑娘莫要伤着了，找个时机找恩公说清楚吧。”

“说？我要说什么？我一个女子千里迢迢地就像是来京城寻夫一样，可他呢，竟然给我娶了妻，竟然当了郡马爷。他就在那里面，当着我的面，和别的女人拜了天地，要和别的女人洞房了！他就是个骗子！”泪水滑落面颊，她的情绪有些失控，再看着万镖身后背着的清风，她大叫一声，“把琴给我解下来，我要一剑劈了它。”

“向姑娘有话好好说。”万镖这么大一高个儿，却面对眼前手持着利剑的美仁心有余悸，生怕她伤了自己，“老七虽愚钝，但老七可以肯定方才见到的恩公与在杭州时的恩公，完全是两个人。在杭州时，恩公嘴角时不时都会露出一抹笑意，整个人如沐春风，可你看方才恩公的样子，那哪里是在成亲拜堂啊？哪有人拜堂成亲苦着一张脸，活似谁灭了他全家一样？”

是啊，她就是那个灭了他全家的人。他竟然敢娶别人为妻？他对她承诺过今生今世永不娶别人为妻，而今竟然会娶王家那个黄毛丫头。他是她的男人，他全身上下每一处都是她的，她绝不允许旁的女人来染指，她不要他帮别的女人穿衣，她不要他每夜抱着别的女人入睡。她不要，她不要！

她就不信他今夜胆敢给她洞房！

夜幕降临，郡马府上大红灯笼高挂，灯火辉煌，宴请的宾客很多，朝中有权势的人几乎都到齐了，还有好些商贾之人，一个个喝得醉醺醺的。

景升喝了很多酒，但头脑很清醒，最后被人架回了洞房。

喜娘一见着是他，便热情地上前，告诉他，他这个郡马爷该挑新娘的喜帕了。执起那拴着大红绣球的喜杆，他走到王佳如的面前，心中没由地一阵厌恶，手僵在那里一动不动，许久都不曾挑开那个喜帕。

立在一旁伺候着的喜娘，以为他是喝多了，便上前提醒他。他索性借着酒劲将那喜杆随意往地上一丢，正好丢在王佳如视线所及的范围之内。

喜娘一阵惊呼，景升晃着身子，不以为意地坐到桌前，兀自倒了一杯茶，轻啜起来。

今日他在拜堂的时候，就已经给过王佳如难堪了。他将手中绣球的一端扯断，只拿了一截红缎，当着王钦若的面，一个人给那道圣旨叩了三个响头，就当是礼成了。而新娘子只得一人抱着那个绣球，跟着叩了三个响头。

对着那道圣旨，王钦若是哑巴吃黄连，只得打落了牙齿往肚里咽。

盖着红盖头的王佳如已经累了一整天了，还要顶着这个喜帕端坐在那儿，心中虽有怨言，却不敢怒不敢言，唯有自己扯了那喜帕，怯生生地走到桌旁，在景升面前站立。

喜娘尴尬地将两杯合卺酒端到两人的面前，景升始终未接。

王佳如打发喜娘出了屋子，自己将那杯酒端到景升的面前，小心翼翼地出声道：“景升哥哥，喝了这杯酒，就礼成了。佳如自知强人所难，但佳如真的很喜欢景升哥哥，能成为景升哥哥的妻子，佳如此生无憾。今日，难为景升哥哥了，但是景升哥哥都与佳如走到了这一步，又何妨喝了这一杯酒呢？”

景升轻吐了一口气，接过王佳如手中的酒杯。王佳如喜滋滋地举起杯，小心翼翼地主动碰了一下景升手中的杯盅，便一口仰尽杯中酒，随即就被那辣味呛得整张俏脸都红了。

景升无暇欣赏她的娇羞模样，他捏着手中的杯盅，迟迟不曾饮下。

这时，隐隐约约传来一阵琴声，幽幽扬扬，丝丝缕缕，如泣如诉，越细听，那琴声越是清楚，琴声落入耳中直撞入人心间。

王佳如放下杯盅，走到窗前，脸上浮现一种怪笑："这曲子可真好听。"

啪的一声，景升手中的杯盅碎了。

王佳如回过头，望着景升一脸失神的模样，紧张地道："景升哥哥，是不是今晚喝得太多了？若是太多了，这酒便不要再喝了。"

景升挨近王佳如，伸手摸向王佳如贴在耳边的发丝。王佳如一阵羞涩，忍不住微微抬首看向景升，景升给了她一抹浅笑，并以最快的速度点了她的耳门、听宫等几处穴道，并将她带离窗前。

接下来，琴声一阵混乱，戛然止住。许久，那琴声再未响起。

景升坐在桌前，默默地喝着茶。

王佳如十分困惑，方才他还对着她笑，这会儿却又是冷若冰霜，她忍不住开口："景升哥哥……"

王佳如忽然一阵惊慌，双手捂着耳朵："景升哥哥，为何我听不到自己的声音了？"

"没事的，一个时辰后穴道自会解开。"

"景升哥哥，你在说什么？"

"陪我喝酒。"

景升倒了一杯酒，递给王佳如。王佳如又惊又喜，只当景升这是与她重喝合卺酒，接过那茶盅，羞涩一笑，便喝下了那满满的一杯酒。

景升小啜着杯中酒，想到了之前他见到的那个头发蓬乱的少年，还有刚才的那阵琴声，心中一片混乱。他捏着手中的杯子，指间紧握，关节泛白。

这漫漫长夜，他要如何熬过？熬过今夜，是否又能熬过明日？她一出现，就将他所有的思绪全都打乱了。他以为那个没心没肺的女人就这样放弃他了，岂知她一出现，便是在今日这样的场面之下。他以为自己放下一切了，可是再见到她，胸腔内的那颗心仍是会为她慌乱地跳动着。

王佳如将空杯放下，他又为王佳如倒上一杯，王佳如笑看了他一眼，直接端起又喝了下去。

不一会儿，一壶酒便见了底，全数进了王佳如的腹中，王佳如满面酡红，只听她道："景升哥哥，佳如头好晕……"说着她便一头倒在桌上，昏睡过去。

景升将她抱放在床上，点了她的穴道，转身便出了屋门。

美仁再一次举起手中的纯钧剑，要劈了清风，还是被万镖苦口婆心地拦下了。

“老七，你闪开，这琴和剑都是我的，我想劈了砸了谁都管不着。”美仁怒吼着。

“向姑娘，老七之所以拦着你，是不想你日后后悔。”这会儿她还在气头上，若是真的砸了这琴，怕是转头就后悔了。

此次上路，她将这么大的一张琴带着，每日都会深情款款地弹奏一番，明眼人一看，就知这琴定是她的有情人所赠。眼下，她却多番要砸了这琴，看来这事必与恩公有关，可想而知这琴定是恩公所赠。

“后悔？你看到了吗？看到窗前两人相依的情形了吗？他对我的承诺，全都是骗人的，他说过他不会娶他人为妻，可是和他拜堂、和他入洞房的那个女人是谁？”

夜幕之下，美仁的声音尖锐刺耳，万镖望着她，只能摸着头一言不发。

许久，美仁道：“老七，谢谢你，你誓死追随他，我与他如今是路人，感激你这段日子来的照顾，就此别过。”

说完，美仁带着她的纯钧剑离开了。

万镖又摸了摸头，不知是该追上去还是不追上去。

美仁熟悉京城的每条街巷，更熟悉京城的烟花之地。

立在万花楼的门口，那里灯红酒绿，莺莺众声，美仁毫不犹豫地迈了进去。迎上来的还是那老鸨子金万花，一年多了，虽然物是人非，可这金万花还是那么热情。

美仁扫视着大堂内那些个男人怀中所抱的莺莺燕燕，突然有种恶心的感觉，想吐。她甩开金万花的手，便奔出万花楼，扶在一个墙角之处便狂呕了起来，直到什么都吐不出来，她才起身。

她凄凉地笑了起来，如今她连万花楼都去不了了，老天都不肯如她的愿。

漫无目的地在大街上走着，经过那熟识的酒肆，她买了两坛酒，决心今天喝个烂醉如泥。她迫切地需要酒来麻痹自己，醉了就什么都不存在了，最好能醉死，不要醒来，不要再看到这个丑恶的世间。

掀开那纸封，她大灌了一口酒，辛辣的烈酒如火烧一般直灼向心间。

有人说，一坛清酒，一枝忘魂花，加一株忘忧草，合成一碗忘情水。如果世间真的有忘情水存在，她一定会找到忘魂花和忘忧草这两样东西，合成一碗忘情水，将明景升那个浑蛋彻彻底底地忘掉。

不知不觉中，她走到了竹芙园。在另一座“竹芙园”里，他与她决裂。

门上的封条早已破烂不堪，她伸手推门却推不动。目光落在那把铜锁之上，她从怀中摸出一支簪子，在那锁上捣弄了几下，咔嚓一声，那锁便开了。

推门而入，园内一片漆黑，长期习武让她的双眸早已适应了黑暗，摸索着，她回到了原先她住的房内，打着了火折子，点亮了烛台，屋内一切依旧，手所触及之处，竟是一尘不染。

渐渐地，所有怨气全都涌上心头，她抽出纯钧剑，气运丹田，一股强劲的真气贯穿全身。但凡这屋子里她所见到的摆设装饰，都逃不过她手中的纯钧剑，只是顷刻之间，便是满屋狼藉。

直到目光落在整齐的被褥之上，发现那里摆放着一袭淡蓝色衣裙，她才停下手中的剑。

那件衣裳是他送她的，她记得当时自己宁可将被面撕了穿上身，也不愿穿这身衣裳，被他戏笑像乞丐。手触及那件衣裳，一如两年多前那样令她欣喜。想要穿上这件衣裳的欲望支配着她，她冲出屋子，找到膳房，水缸里的水满满的，干净清澈得就好像是今日才换过。她撕了人皮面具，好好地梳洗了一番，回到房中，换上那身淡蓝色的裙衫。

骤然间，她浑身的力气仿佛被抽走一般，软软地跌坐在床上。如今，她穿上了这衣裳又能如何，他已经娶了别人，如今是郡马爷了。

她总是一个人孤零零的，也许这就是命中注定，身为怡家的女儿就该是这样的命。她对景升的感情绝非自己所想的那样，不只是因为孤独，不只是要人陪伴而已。

若说她对昕大哥的感情，是少女那种懵懂的喜欢之情，那么她对景升便是爱。她无可救药地爱上了景升，爱他的温柔，爱他的无礼，爱他的霸道，爱他眉眼鼻唇，爱他的一切一切。

他守在她身边的时候她不知觉，当他离开了，她才明白自己有多么在乎他。亲眼看到他娶了王佳如，她有一种生不如死的念头。她怡符衣是天下最蠢的人，坚持着心中那份复仇之意，而不去看清眼前的事实，她要的究竟是什么，追求的是什么，为了什么而活？和他在一起的时日是那样令人怀念，这不就是她期待的吗？可是她执着，她放不下心中的怨恨，她亲手毁了这一切，她有什么资格埋怨他娶别人为妻？毁了一切的人是她自己，她有什么资格怨恨？

在那个“竹芙园”里，他对她说他累了，不想再一个人撑下去的时候，她就已经失去了他，永永远远地失去他了。

此时此刻，她再也无法控制自己，趴在床上痛哭出声。

“这一套竹制摆设可是从江南一带运回的，价值不菲，你砸坏了这屋子里最贵重的东西，可是要照价赔偿的。”

美仁以为听错了，抬首，却见一身大红喜服的景升抱着一样东西立在门外，嘴角轻勾。

她一定是酒喝多了，眼花了，才会以为他出现在这里，这时候他应该在洞房花烛，和那个王佳如风流快活呢。

"向美仁，你知不知道你喝完酒之后丑态百出？"

这一次，她眯着双眼，边抽泣边抬首细看眼前这个身穿大红喜服之人，渐渐地，她瞪大双目，嘴唇微颤，激动得说不出话来。

"酒醒了？"景升靠近她，俯首与她对视。

她倏地起身，举起手便狠狠地给了他一个耳光，这一巴掌打得又快又响。

别过脸，明景升抑着怒气，揉了揉被打疼的脸颊。他没事找虐，送上门让人打。

美仁一把揪起他的衣襟，冲着他怒吼："明景升，你这个骗子！你这个浑蛋！你对我承诺永远都不娶别人为妻，你今日做的一切都算什么？我跟你说过，你今生今世都是我的，我不许别的女人碰你，你这个浑蛋——"松开他的衣襟，美仁双手环抱着他，趴在他胸前抽泣，"我不要你娶别人，我不要！我不要！你是我的，是我的，任何人都不能抢走你——"

他好不容易建起看似坚强的心墙，在见到她的那一刻，瞬间被推倒，若他可以狠下心来，他就不会立在这儿。景璇的死，他怨她；爹的死，他甚至恨她。但无论是怨她还是恨她，他始终放不下她。

双臂收拢，景升叹了一口气，紧紧地拥着她，此刻的她哭得像个孩子。回首往事，他从第一眼见到她，就知道她与众不同，在经历了这么多事之后，她再也不是当年那个调皮鬼精灵的小丫头了，而是一个脆弱而敏感的女人。她能千里迢迢赶来京城找他，这对他来说是种奢望，当他见到万镖和易容之后的她时，只觉得自己都要失了呼吸。这一刻，她却是真真实实地就在他的怀中。

他不乞求她这么快就爱上他，他只是希望她能够用心去感受他为她做的一切，用心去感受身边的每一个人并非是她想象中的那样。放下心中的仇恨，她只会活得更快乐，他希望她快乐。无论她做过什么、做错了什么，即便是将他的一颗心伤到千疮百孔，将他的人伤到体无完肤，他始终都放不下她，因为怀中的她早已深入他的血和骨髓之中。

"景璇，我真的没有要杀她，我只知道她病了，病得很痛苦，那首曲子，我只是想让她不要再痛苦，就算是离开人世，也要平平静静不受折磨地离开。我也不知道爹会病得那么厉害，一看他，我就控制不住自己，我只是心里太苦了，太苦太苦了。在要走火入魔的那段日子里，只有杀人，才能将我心中的怨恨宣泄出去。再遇到你的时候，是你给了我生存下去的希望，但同时又是你将我心中的复仇之火重新燃起。我为娘亲的死感到很不值，自从娘亲走了以后，我便无依无靠了……我以为悦姨会是给我最多温暖最多爱的人，可是到最后，原来我不过是她向娘复仇的一枚棋子罢了。那种连死都是在被人利用的感觉，你知道吗？你知道造成如今这一切的人是谁吗？是他明经堂啊……”美仁死命地抱着景升，就怕他再从眼前消失了，脆弱地哭泣着。

她将自己为何会去蓝家，为何会到明家，为何会中了邪功，为何会这么恨明经堂，为何会杀那么多的人，还有她娘的故事、悦姨的故事，她与苏素的关系、与天一族的关系，以及最终与悦姨、与天一族决裂的始末，原原本本、一字不漏地说了出来。

第一次，她将自己埋藏了这么深这么久的痛楚，完完整整地告诉了景升，她不要在他的面前再伪装了，她要他知道，她要他体会她心中的感受，她一个人承受得太痛苦了。

听完美仁的诉说，景升有一瞬间的窒息，他从不知道这背后还有这样难以解释的缘由。他无法想象这么久以来，她是怎么熬过来的。

抬起手，景升细细地为她拭去泪水。

“景哥哥，不要娶别的女人，不要丢下我一个人，除了你，我什么都没有了。我什么都不要，我只要你在我身边就好……”噙着泪，她抽泣着，抬眸凝视着他，双手捧住他的脸。他变瘦了，她不该折磨着自己又折磨他，若是她早一点认清事实，两人便不会饱受折磨。她的手指细抚上他的眉、他的眼、他的鼻、他的唇，指腹在他的唇畔不停地摩挲，“你是我的，是我的，是我的，是我的——”

她贴上他，唇滑过他的面颊、耳畔、眉心、眼睑、鼻头……就像疼惜这世间最珍贵的物品般。她的眼角噙着泪，一边哭泣，一边轻喃：“说你是我的，是我的……景哥哥，说你是我的……”

景升的心猛地一紧，抱紧了她，这样的她让人疼惜到了骨子里。在两唇相触的那一霎，他回应着：“是的，我是你的，是你的，永远都是你的，只是你的……”

他感受到了她的惶恐不安、她的小心翼翼，还有她的绵绵爱意。这样的吻再不是他的一厢情愿，再不是他的强取豪夺，这是两情相悦之吻，是他渴望已久的深情之吻，每一次的唇舌相触都是感动与期盼。

他的吻很小心很小心，好像在珍惜着什么东西一样，直到吻中含有越来越浓的咸咸味道，两人才恍然醒悟，他不知在何时也已经泪如雨下。

“景哥哥，你哭了……对不起，是我伤了你……再也不会了……”

“傻瓜！你的话虽伤人，但那是事实，从来都是我自愿的，你从来就没有强迫过我。遇到你，是我此生的劫，命中注定逃不掉的劫，既然躲不掉，逃不掉，那就无须躲，无须逃。”

“景哥哥……”

他紧紧地抱着她，轻啄她的眼睫，细细地吻着她。

这个让他寝食难安的女人，眼下这副我见犹怜、楚楚动人的模样，让他恨不得将她揉进自己的体内，捺不住想要她的欲望，他将她拦腰抱起，朝床榻而去。

两人跌入床中，他轻喃：“这套衣裳真的很适合你，很美很美……但眼下我想我们并不需要欣赏它的美，因为只有床褥映衬下的你才是最美的！”

美仁破涕为笑，这种露骨挑逗又含蓄的情话只有他才会说出口。转眼，在见到他的大红喜服之后，她便怒嗔：“我要撕了你的衣衫，你这个十恶不赦的坏男人，怎么好意思穿着这身衣衫来见我？”

“不穿着这个，难道你要我裸奔着过来？”

“你可以换衣服，我都有时间换衣服，你为何没时间换衣服？”

“麻烦。”言简意赅。

一想到她可能会做出什么傻事来，他还有什么心思去理会身上穿的衣服。好容易将王佳如灌醉，点了穴道，他便出府四下寻她。不出意外，出府走了不远，便见到了万镖。万镖告诉他，她气愤至极，要以纯钧剑砍了清风，这令他气极。这个女人无时无刻不在折磨人，居然想用纯钧剑劈了他送她的清风。还好，当他从万镖手中接过清风的时候，他庆幸，她没有真的动手劈了它。

美仁实属行动一派，当真动手撕了他的大红喜服，她要将他这一身碍眼的大红喜服撕得粉碎。

面对她这样的举动，他又好气又好笑，想到两人第一次在萧山之上，她也是这样撕扯着他的衣裳。他还记得，当时他唯有抱着她才能遮住胸前被她撕得惨不忍睹的衣服，所幸下了山就换了身衣衫，才没有出丑。

她还在抗议他的衣衫，他再也受不了地封住了她的唇，他的时间不多了，原谅他的自私，他不要把时间浪费在讨论衣服这种无谓又无聊的事上，让那些衣服都见鬼去吧。

他的吻很深、很长，炽烈而疯狂，倾泻着久积的情潮，热吻顺着她的粉颊一路到耳垂，再到颈间，惹得她一阵阵轻颤。身下这个可恶的妖精，生来就是来折磨他的，而他就是甘愿自动送上门被她折磨的天下第一傻瓜。这个没心没肺的女人，让他发狂，让他寝食难安，终于知道要来找他了。如果他能少爱她一分，他就不会那么痛苦。该死的！他真的很想咬她，咬到她叫痛，这样才能宣泄他心中长久以来积聚的不满。

“嗯——”她惊呼出声。

他真的咬了她一口，就在她细白的脖子上，当然，只是轻咬了一下，之后与其说咬，不如说是在吮吸。

他解开那件穿在她身上很美眼前却很让人嫌弃的累赘华衣，她只着一件肚兜，身体一阵清凉，让她羞得想要躲开。

只是瞬间，他结实温暖的胸膛紧贴着她，那熟悉的触感让她对他所有的思念在瞬间爆发。他的舌顺利入侵她的领域，轻啃在她的锁骨之上，这种爱恨交织的情感之吻让她全身发颤、发热，不自觉地失去了方向，也失去了思考能力。

他们深情地拥吻着，美仁以手挑开他的发髻，十指插入他的发丝，自他后颈移向他宽厚的肩头，来回滑动，最后一个翻身，她用力将他推开压倒，结束了这个绵绵亲吻，整个人跨坐在他的腰间。

她咬着红唇细细地审视着他，将他结实的身姿纳进眼里。

她曾经在潜意识里不断否认、不断拒绝、不断逃避，然而到后来却是越陷越深。或许是在萧山之上，或许是在夷山之上，或许是在飞云别苑，或许是更早之前，她的心就落在了他的身上。他的眼神、他的话语，都在不断地诱惑着她；他的亲吻、他的拥抱给她安定；他的一切，全都令她渴望不已。

相貌一等一的英俊，身材一等一的好，温柔又体贴，除了嘴巴有点坏，偶尔会凶她，这样的世间极品让她如何不着迷，让她如何放得了手？她若是再将他推开让给别人，她恰符衣就是天下最愚蠢最笨蛋的女人。

他娶了王佳如又怎样，她一定会拐着他走得远远的，让那个王佳如守一辈子活寡。居然卑鄙地用圣旨来抢她的男人，若是在以前，她一定会将那个臭丫头扒光了扔进淮河。她就要在他的洞房花烛夜占有他，完完全全地占有他，一丝空隙都不留给他，让他从今往后都无暇再看别的女人一眼。

“该死的你，胆敢对我承诺了，还给我娶那个黄毛丫头！”

“还不都是被你给气的，一时冲昏了头脑。”

“胡说，我明明看见你的手在摸她，两人挨得那么近，你还拉着她离开了窗前。”

景升一阵低笑：“可我的洞房花烛夜，不也是被你搅了吗？”

“洞房花烛夜是吗？心有不甘是吗？今夜我就让你小登科。”美仁怒吼着，一把扯了他的亵裤。

景升轻呼一声，只动了动身体，她警告他不许乱动，便压上了他……

溢出的汗水湿润了两人的身体，直到两颗苦苦相偎的心紧紧贴合，才明白心灵深处对彼此的渴望是那样的强烈。

摇曳不断的烛火就好似两人体内缠绵不熄的欲火，久久不灭。

一次又一次，一遍又一遍，撼动又迷人，这一刻，宛若灵魂都相融在一起……

她疲惫不堪，意识逐渐远去，闭上眼沉沉睡去，双臂紧紧地缠着景升，始终不放手，眼角禁不住流下幸福的泪水。

他的唇顺着她的泪水一一吻干，寻找到她的红唇，用力地吻住……

［三］爱的结晶

“景哥哥——”美仁从熟睡中醒来，身边早已没了景升的身影，她心中一片混乱。

昨夜，那不是梦镜，身体的异样告诉她昨夜一夜的纵情欢爱绝非梦境。她披上衣裳，匆忙整理了一下，下了床，看到原来空无一物的琴架之上多了一把清风，原来他昨晚来的时候抱着的是清风。

她举手轻抚了一下耳垂，多了一副耳环。这次出门怕人识破她是女儿身，她故意弄得头发乱蓬蓬的以遮掩她的耳洞，就算是昨夜换上了那身衣裳，她也绝对没有戴过耳环。走到铜镜前，她看清了那对耳环竟是一对又圆又大的珍珠，最要命的是这对珍珠怎么看都是那么眼熟。

南海珍珠？他从她手中抢走的南海珍珠？可他明明应该只有一颗啊，而眼前这两颗珍珠绝对是一对。她当时抢到手的一套只有八颗，在蓝家的时候丢了一颗，还有一颗就是被他强占了去。

只是一刹那间，她便明白了，他和她之间似乎冥冥之中就是天注定，就连她丢了的那颗珍珠，也能被他捡到。无论是这珍珠，还是那对磨喝乐，一切都是缘分天注定。什么天一族的女人注定会孤老一身，让那个诅咒有多远滚多远去吧。

“景哥哥——”举步奔出屋外，她便不停地唤着景升的名字，但始终不见他的踪影，心下没由地慌乱。

她将整个竹芙园搜遍，还是不见他的身影。

昨夜，他答应了她，会放下所有一切，带着她浪迹天涯，可为何又不声不响地就这样走了？

“向姑娘，你醒了？”

回首，美仁望着万镖手中拿着一个纸包，热气腾腾的。

这都是晌午过后了，约是未时，她睡得可真够久的。这样的情况下遇到万镖，她脸上一阵燥热，颇为尴尬。

万镖见着，耳根子也禁不住发热，向姑娘穿上女装，还真不是一般的好看。他有些不好意思地将那个纸包放至她的手心，道：“老七刚给姑娘买的包子。”

美仁顾不上吃，急道：“二公子呢？你见到他没有？”

“恩公？啊，他早就离开了，卯时不到的时候就走了，不知道是不是回郡马府了。”

“回郡马府？”难以置信，他居然还回郡马府，他就那么喜爱做那个郡马爷吗？该死的，她非得将那个王佳如给抽筋剥皮了不可。

“向姑娘，你要去哪里？”

“当然是郡马府。”

“可是，恩公吩咐，姑娘只要醒来，老七就要护送姑娘回杭州。”

回杭州？这个臭男人，一夜云雨之后，就要将她一脚给踢回杭州。有那个如狼似虎的王佳如在他身边一天，她怎么也不可能回杭州。

她咬着牙，将被她捏得稀烂的包子塞给万镖，往郡马府奔去。

“向姑娘，别这么冲动，你想想那无双郡主是当今圣上的义妹，又是圣上亲自赐的婚、赐的宅子，你若是这样闹上郡马府，只会给恩公惹来杀身之祸。”

“老七，我虽是一介弱质女流，还不至于蠢到那种地步，更不会因心中的怒气而忘了分寸。”美仁回首驳斥万镖，越想越气，她竟脱口而出，用“弱质女流”形容自己。

万镖一脸尴尬，又道：“向姑娘，可是恩公已经将马车备好，就在门外，我们还是听恩公的，早日回杭州吧。回到杭州，姑娘可以安心地等着恩公回去嘛。”

“好，你等等我，我要先和他话别。”就算回杭州等他，她也要留些纪念送给王佳如，警告她不要意图妄想染指她的男人。

万镖摸了摸头，因为今晨恩公走的时候交代他，若是向姑娘想上郡马府找他话别，就直接打晕了将她拖回杭州即可。他真的要这么做吗？抬了抬手掌，他思虑着要下多大的力才能不伤着那娇弱的向姑娘，最终下定决心，然而等抬首，美仁早已不见了踪影。

“向——向姑娘——”

再次来到郡马府，美仁早已没了先前的怒气，正想借机行事，看看怎么样能混进去，或是能打听到景升的消息，这时，她见到陈珏自里面出来。

熙熙攘攘的街上，她跟着陈珏走了两个巷口，陈珏不知是在想着什么心事，一直没有发现她。到了没人的地方，她上前拦住他。

“是你？！”陈珏见到她很是惊讶。

美仁开门见山：“是我。我要见他，帮我约他出来。”

这一次陈珏再没好脸色给她，道：“我真是没见过像你这么厚颜的女人，请你不要再缠着主人好不好？”

美仁虽然很是气愤，但依旧笑靥以对，道：“陈珏，你骂我厚颜也好，骂我无耻也罢，我都无所谓。但你也不见得有多光明磊落，你难道忘了你不过是圣上安插在他身边的眼线，死命监视他罢了，这么快就倒戈相向了，你怎么对得起你真正的主人？”

“你——”她说得没错，陈珏自认理亏，他曾誓死效忠皇上，但在跟随景升之后，才了解了景升的为人，他是一个顶天立地、值得人永远追随的好男儿。他陈珏一而再再而三地有负皇上所托。而今景升为了眼前这个女人，奏请奔赴边关，却将他留在大宋境内，不让他随同，是不想他白白丢了性命。

他不想和这个女人争口舌，捏紧拳头，转身就走，他陈珏惹不起这女人，但躲得起。

“陈珏，你给我站住！”美仁拦住他的去路，就算她没了内力，凭着一身的硬气，她今日也要突破他陈珏这个口，“我知道你忌恨我是因为景璇。我与她经常言语不和，她只要一难过，你就跟着难过，她的死你也认为是由我造成的，所以更加看我不顺眼，巴不得我早日离开他。”

陈珏的脸一阵红一阵白，他以为自己隐藏得很好的心事，没想到如今却被她揭穿了。

“别问我是怎么知道的，怪就怪你的眼神泄露了你的心事，每次只要她出现，你若在场的话，那你的目光就不曾从她身上移开过。还有，那首诗，是你捡到的对不对？你觉得很适合她，便暗地里送给了她，对不对？你知道她喜欢的人是谁，但因为你的爱慕之心，你事事都向着她，你会告诉她景升的所有事，只是为了博取她对你一笑。你以为这首诗会让她好过一些，可你却不知正是这首诗将她送上了黄泉之路。那段时日，她明明已经好了一些，可你却没料到，景升会当面拒绝她。你心存内疚，却将所有的过错都推到我头上，对我从来没有好脸色，事事与我作对。”

陈珏的脸色更白了。

美仁逼近他：“你知道我在查明经堂的下落，所以一直暗中作梗，阻止我追查他的下落。可你无意之中又从景升那里得知，他并不想让我知道明经堂的下落，你便另有想法，也猜测到明经堂将会是我与他争执的关键，所以你故意将明经堂的下落透露给奉剑，借奉剑的口来告诉我。我气死了明经堂，与景升吵翻，正好合了你的意。我说得对不对？”

“你——”陈珏惊诧得说不出话。

“我一直不说，并不代表我什么都不知道。那首诗是景升写给我的，是我珍爱的东西，被你捡了去，你交给景璇之后，她的病稍稍有了起色，因为我希望她早日病好，才没有去讨要那首诗。陈珏，我知道你对他是忠心的，是全心全意地想守着他这位主人。如果你不想我找郡马府的麻烦，给他惹祸端，那就帮我这一次，我只想见他一面，话一说完我就走。”

陈珏的脸色一阵苍白，道：“很抱歉，恕陈珏帮不了向姑娘这个忙。告辞。”

美仁不甘心，再次拦住了他：“陈珏，我知道你暗中帮了他不少忙，若不是你，我今日也不可能这么安稳地出现在京城。我和他之间的纠葛就算你不清楚，但你也应该明白我对他来说意义不一样。他就算娶了那个什么郡主，成了郡马爷，也绝非他本意。你若还敬他是你的主人，就代我传句话，约他申时相见，我在竹芙园等他。”

沉默了半晌，陈珏便道：“向姑娘不必费心了，就算你再等多久，他也不会出现。”

“你这句话是什么意思？”美仁有种不祥的预感。

“你还好意思问我？主人本该早就回京的，可都是因为你，为了你，他一而再再而三地抗旨，直到你彻底地伤透了他的心，他才放弃，回到京城。所幸圣上并未降罪于主人，原本我以为主人终于想明白了，回到京城欣然接受赐婚，会好好地过自己的日子，孰知他早已有了盘算。若不是为了你，他便不会奏请皇上让他奔赴边关，抵抗契丹！昨日成亲，今日他便离开京城去边关了。”

美仁难以置信地激动道：“你说什么？！”

“他被封为定州副都部署，今晨已经出发去了定州。”

难怪她昨夜提到离开京城，他言辞之间有所闪烁，原来是因为他要去边关。

如今谁都知道，宋辽两军连年征战，死伤甚多。望都之战，辽军大胜，王继忠被擒，对宋廷震动极大。赵恒苦于找不到合适的人选，他竟然还傻到请命去边关，这真是遂了赵恒的心意。这仗从太宗皇帝开始就一直在打，不知要打到猴年马月。

她以为昨日她的真心能够挽回他一次，孰知上天还是和她开了这么大的一个玩笑。

“呕——”忽然一阵作呕，她转身趴在一旁干呕了几下，却什么都呕不出来。

陈珏淡淡地看了她一眼，道：“请向姑娘好自为之，别再来骚扰郡马府的安宁了。”说完，陈珏便越过她，离开了。

头一阵眩晕，她差点站不住。她这是怎么了，怎么会突然又是眩晕，又是想吐？

渐渐地，她瞪大双目，一个不可思议的念头在她的脑中出现。四下张望，瞧见前方不远处有个医馆，她便快步走了进去。

未久，大夫挑着眉，捋着山羊胡，带着一种说不出的眼神审视她，道：“这位姑娘，你可知你已有了一个月的身孕？”

一个月？这怎么可能，就算她后来没有服用那个药，按理来说，也不该有身孕的。

“我……不知道……”

那大夫给了美仁一个“不用你说，我也猜到了”的神情，又道：“姑娘是否曾经服过什么至阴至寒的药物？”

美仁不作声。

那大夫又道：“依姑娘的体质来看，这胎位不稳。姑娘切记，莫要再吃阴寒的食物，莫要太过劳累，情绪不易激动，更不适宜长途劳顿，否则胎儿将不保。”

美仁走出医馆的时候，喜忧参半——喜的是，她居然有了他的骨肉，一想到这是她和他的孩子，她的整颗心都被幸福填得满满的；忧的是，这孩子来得不是时候，陈珏说他去了定州，那一刻她脑中想的便是她要追去定州，他守了她那么久，这一次换她守着他，与他共同进退。

可如今有了孩子，她便不能轻举妄动。

大夫的话，让她变得小心翼翼，若是这样赶回杭州，长途劳顿，也不知怡素是否还会在杭州等着她，怕会出什么意外，几番斟酌，她决定留在京城。当然，竹芙园她是不能去住的，这样引人注目，亦会给远在定州的景升惹来不必要的麻烦。

他让万镖重新找了一个住处，一切从简，而她则易容成了一个三十多岁的妇人。身边所带的银两，也够她维持好长一段日子。万镖也是个厉害的角色，在被景升救之前，他曾经是江湖上赫赫有名的江洋大盗，但他只夺那些大奸大恶之人的不义钱财，从不伤人性命，也算是侠盗。

所以美仁不必为了钱财而烦恼，反正都是不义之财。但万镖自从跟了景升之后便再未做过这些事，真正下起手来的时候，还懊悔了很久。

这时，美仁通常都会给他灌输一大通歪理，就是我拿人钱财，替人消灾。

她离开杭州时所使的调虎离山计，让怡素扑了个空，矛头便指向陶然居里的人。这时她终于知道了景升的厉害，景升安排的所谓“护院”，大挫怡家人，让他们不敢再犯，而撤离了杭州。

虽是这样，但她依旧会担心那两个丫头。她命万镖给杭州送信，让他切记一定要避人耳目，信上告知侍书与奉剑，她在京城一切安好，短期内不会回杭州，让她们勿念，叮嘱她们万事一定要小心。

之前，她一直在修炼《天一圣经》下卷中的心法，略见成效，但内力还是时有时无，无法掌控，若是再继续修行下去，她怕强劲的内力会对腹中的宝宝有所影响。她有些犹豫，但又不甘心放弃这得之不易的机会，最终还是孩子战胜了她一心想恢复武功的念头。

她害喜害得越来越厉害，但为了孩子，通常是吃完了便会吐，吐完了，她又会坐回桌前继续吃，吃完再吐。有时候一天下来，勉强算是吃上了一顿，但累得筋疲力尽，总是昏昏欲睡，整个人也瘦了一大圈，下巴更尖细了。

原本她还想好好地整整王佳如，如今这个样子，她也只能作罢。

万镖这个粗神经的大男人没娶过妻生过子，即便是有什么相好的女人，也会被他的粗神经吓跑。对于美仁有这样的反应，他异常紧张，以为她得了重病，死命地要找大夫给美仁看病，但被美仁回绝了。

某日，美仁又天旋地转地扑倒，吓得万镖接连喊上三四个大夫同时要给她把脉，弄得美仁哭笑不得。

待万镖明白了之后，一脸尴尬。这个粗神经的大男人，总算干了一回细心的事，便是找了一个生过很多孩子非常有经验的老妈子来照顾美仁。

可是那老妈子在见到美仁之后，便嘴碎起来，说美仁一个三十多岁的妇人，还这么不会照顾自己，这没吃过猪肉也应该见过猪跑，还不停地唠叨着万镖，说万镖一个大男人都不知道照顾自己的媳妇，弄得万镖不停地解释。

那老妈子更不乐意了，说万镖说得更厉害了，说什么他一定是嫌弃妻子年纪大了，男人都不是个好东西。

美仁掩嘴笑看着，直到万镖憋红了耳根，整张脸看起来红红黑黑的，怒吼一声，说美仁是他的当家主母，才让那老妈子住了嘴。

万镖偷偷望向美仁，美仁则是对他微笑，这让他的脸更加发烫了。他想，他一定是发烧了，不过向姑娘长得真的就好像天上的仙子，若是他真能有像向姑娘这样美丽的娘子，或许是他三世修来的福气。

老妈子夫家姓关，自她来了之后，美仁的起居饮食较之前好了很多，但身体依旧还是很弱。

美仁一直易容，关氏并不知，按那关氏的话，看美仁的面相应该是很能生的，但身体这么弱，真担心她到时候怎么生。

一个多月就这么一晃而过，美仁腹部依旧平坦得什么也看不出。

万镖常常会摸着头，盯着她肚子冒出傻话："向姑娘，你确定你真的怀了身孕？"

这话若是被关氏听见，便少不了一顿臭骂。

关氏信奉神明，眼见着美仁清清瘦瘦的，便拉着她去城东北隅白衣阁街的古观音寺上香，求菩萨保佑，把身体养得壮壮的，好生个大胖小子。

寺庙香火旺盛，烟火之味呛得美仁很难受。美仁对于生男生女倒不是很在意，只要是她和景升的孩子，是男是女都好。

关氏在其耳边唠叨着心诚则灵，美仁在敬香的时候，除了求菩萨保佑孩子平安之外，更求菩萨保佑景升平安。

上过香，美仁走到后院，想找个清静而没有烟味的地方好好休息，不经意间，却瞧见几张熟脸正往佛堂走去。

领头的正是王钦若的大夫人，身边跟着的就是曾被她弄晕了的那个侍婢，走在最后的是那个最让她不爽的王佳如。但听那王夫人对王佳如道："如儿，你还磨蹭什么？快进去上香，求菩萨保佑你腹中孩儿平安出世。"

美仁一听这话怔住了，景升成亲那晚明明是和她在一起，怎么可能与那王佳如度过洞房花烛夜？王佳如又怎么可能有了身孕？

王佳如面色微黯，犹豫了半天都未曾跨进那道门槛，却将王夫人拉到一旁隐秘的地方，道："娘，如儿觉得应该上大相国寺才对。爹前日不是说定州有捷报传回，说郡马受了伤吗？我们该为郡马求福保平安不是吗？"

景升受了伤？美仁只觉头脑嗡嗡作响，因为一直以来万镖和她说的都是他远在定州一切安好。这个该死的万镖，竟然趁她头脑昏沉的一个多月，对她有所隐瞒。

那王夫人又道："如儿，郡马爷的性命是重要，但你和你腹中的孩子也同样重要啊，这仗还不知要打到何时，你若是一举添了男丁，也好歹为王家和郡马留了个后啊。"

这时，却突然听那王佳如支吾道："娘，其实我并没有身孕。"

"你说什么？！"王夫人惊叫出声。

"那日，郡马与我喝合卺酒，不想女儿喝多了，一觉睡至晌午前后。谁知，一醒来，郡马他……他已经被皇帝哥哥派去定州了。"王佳如委屈地道。

王夫人有些动了怒："那你为何要对你爹撒谎，声称自己有了身孕，还弄得尽人皆知？你可知，若是你与郡马并未圆房，这对你来说可是件好事。"

"好事？若不是我回府探望你们，无意中听见爹在帮我物色另一个郡马爷，我还被蒙在鼓里呢。你说这哪有女儿才成亲，爹就开始又帮女儿物色夫婿准备再嫁的？既然我嫁给了景升哥哥，那便生是他的人，死是他的鬼。"王佳如语气中略带哭腔。

"你懂什么？真是被你气死了，这事若是传出去……"王夫人气得拂袖而去。

王佳如只得掩面跟着离开。

眼见王夫人与王佳如离开，顾不得休息，美仁便匆匆坐上马车，赶了回去。一回去，她便四处找寻万镖，在见到他的那一霎，她劈头就是一顿破骂："老七，我让你去打探消息，是要你给我他真实的近况，而不是你添油加醋用来蒙骗我的假消息。"

万镖自知骗不过，急道："向姑娘，你别生气。大夫说过，你不宜劳累伤神，更不能动气，若老七将恩公受伤的消息告诉你，你一定会寝食难安，这样对姑娘腹中的胎儿不好。老七这都是为了你和恩公好啊。"

为了孩子，美仁忍着，声音降了些许，又道："为了我和他好？若是他有个什么三长两短，我活着又为了什么？"。

"当然是为了你腹中的骨肉啊，你可别动怒，小心动了胎气。"万镖一脸紧张地扶她坐下。

她当真要被万镖气死了："你给我老老实实说清楚，他究竟怎么样了？"

万镖一五一十地将情况全数告诉美仁，原来景升为了救人，胸前中了契丹人一箭，所幸中箭位置刚好稍稍偏离了心脏，再过寸许，只怕就一命归西了。而这事距今也有四五日了。

听着万镖的口述，美仁的心一惊一颤，景升至今是否醒来，还是个未知。她异常焦虑，来回不停地走动，不知过了多久，只听她道："我要去定州，老七你去准备准备。"

万镖吓得目瞪口呆，直呼："姑娘，万万不可，老七在恩公面前发过毒誓，以生命作保，保姑娘安全。如今姑娘有孕在身，那么老七定当以命保姑娘母子平安，所以请姑娘别再多想了。恩公是个好人，福大命大，上苍一定会保佑他的，他不会有事的。"

"老七，你——"美仁捏紧拳头，复又松开，"好，你不送我去没关系。我不需要你的保护，从今日起，我是生是死，都将与你无关。"

"向姑娘——"

美仁手指着大门，对万镖道："我没银子付你，你可以走了。啊……"美仁腹中一阵绞痛，捂着肚子往后退了数步，在椅子上坐了下来。

"向姑娘，你没事吧？"万镖的魂都要被吓飞了。

"我没事。"额上渗出密密的细汗，美仁摆了摆手，对万镖道，"无论怎样，这次我都一定要去定州，不见到他平安，我是不会死心的。我的身体我自己知道，这是我和他的骨肉，我不会就这么让我和他的骨肉离开。你若不陪我去，我也一定会想尽法子自己去的。"

最终，万镖顶不住美仁的胁迫，同意了。请了大夫确认她腹中的胎儿一切安好后，他才松了一口气。

［四］陷入危机

一路向北，过了安阳，离战地越来越近，路也变得更加崎岖不平。

为避免过于劳累，美仁不敢太快赶路，生怕动了胎气，马车只得一路走走停停。

途经一个名叫西王镇的小镇，美仁与万镖找了户人家安顿下来。今日休息一夜，明日晌午之前，便可以抵达冀州，离定州更近了一些。

这户人家姓张，老两口带一个小孙儿，儿子儿媳在边境做点小买卖，每逢过年过节才会回来。那孙儿还只是一个三四岁的小娃娃，名叫小狗子，长得胖嘟嘟的，煞是可爱。因为刚生下来的时候，小狗子总是生病，家里人才不得不给他取了这么个贱名。

以前美仁对小孩子并无好感，只觉得他们是个麻烦，动不动就哭，有了身孕之后，如今在她看来，孩子可真是个宝。

次日一早，美仁向张氏老两口辞行，临行前，给了老两口好些银两，让老两口感激不尽。可这时，小狗子却不见了，周围有邻居说看到小狗子往市集的方向跑去了。张氏老两口腿脚不便，急着要去寻小狗子。市集离得刚好不远，美仁便让万镖去市集寻找小狗子。

等了许久，还没有等来万镖，美仁便独自往市集的方向走去，想着或许能碰上万镖。走了没几步，忽然听见远处尖叫声四起："强盗来了，快跑啊！"

美仁心下一惊，举目望去，不远处尘土飞扬，听声音约有十来骑。不一会儿，那十多余健硕的马匹急啸而来，安全起见，她连忙退居一旁。

马儿嘶啼声起，从马上跳下十多名蒙面壮汉，为首的盗贼只是举刀做了个姿势，其余盗匪大喝一声便举刀向无辜的百姓砍去。

四下惨叫声一片，只是眨眼工夫，眼前已经倒下几名男子。

当刀挥向张老爹夫妇时，美仁想赶过去救他们，可为时已晚。心中怒火熊熊燃起，她忍不住就要拔出身后的纯钧剑，岂料，被人从身后重重一击，她便晕倒在地。

当美仁醒来的时候，发现自己被困在一个车厢里，双手双脚都被束缚着，身后用布包着的纯钧剑，早已不知去向。周围与她同被困的还有十多名女子。除了一位年纪稍大的妇人之外，其余全是年轻的女子。

美仁心底一阵发毛，那伙盗贼一下子抓这么多女人，定没什么好事。她之所以易容就是为了避免不必要的麻烦，如今她是一个相貌丑陋的中年妇人，他们却还抓了她，究竟是为何。

车子在滚动，不知要将她们带到哪里去。车内的女子一直都在不停地哭哭啼啼，美仁打起精神，问身旁一名年轻女子眼下是什么时辰，这才知道原来距她被人打昏已经有一日了。

这车内的女子都是这伙人沿途抓来的。他们见着男人不论老少一律杀死，若是女人，就将年轻的女人抓来。除了易了容的美仁，和坐在美仁对面那位年纪稍大的妇人以外，其余的都被杀了。

美仁好言安慰那些女子，示意身旁的女子转过身来，她试着帮她解开绳索，也让大伙儿都这么跟着做。

这时马车停了，车门被打开，一个高大粗壮的男人身着异族服装，对她们大喝一声，叽里呱啦不知道在说些什么。

美仁细听之后愕然，这人说的是契丹语，是叫她们快滚下车。为了方便做事，悦姨曾经找人教过她和怡素契丹、西夏和吐蕃等地的语言。

抓她们的竟然是契丹人。契丹人生性残暴，如今宋辽连年战火，她们一行女子落在他们的手里，不知会被折磨成什么样，这种情形让美仁不由得打了个寒战。

车内的人一个个被契丹人强行拖下车，美仁完全合作，下车的速度很快，避开了契丹人的生拉硬扯。

美仁望见眼前的一个个军帐，心下明了他们抓这些女人来做什么。这些个禽兽，是要将她们全都给毁了。

那个契丹人对另一个说了几句，于是那些年轻的女子便被带了下去，只留下美仁和那位年纪稍大的妇人。

刚才那个契丹人是在命令将她们带到红帐中去充军妓，而留下她和那位妇人，是代替之前烧水、煮饭、打杂的妇人。原先那位妇人因为身体不支，死了。

远远地，美仁看见那些女子不停哭闹。有一个女子挣扎得厉害，一名契丹人便毫不留情地甩出一鞭子，将那名女人抽倒在地，接着那名女子便被强行拖了下去，其他女人再也不敢哭闹，乖乖跟着下去。

很快，美仁和那名妇人也被带下去。她们面临的却是一堆剥了一半皮毛、血肉模糊的不知是什么动物的肉，美仁心中一阵恶心，强忍着想吐的欲望，与那名妇人开始一边剥着皮肉，一边清洗。

当肉下锅，突然冲出来两名契丹人拿着刀指向美仁，以契丹语喝道：“你，跟我们来。”

美仁心中紧张，捏紧拳头，乖乖地跟着那两名契丹人。

望着眼前这个巨大的营帐，美仁更加紧张，这是这些契丹人的主帐，这契丹人的头子找她做什么？

她被那两个契丹士兵推了进去，膝下一软，便跪在一个桌案之前。桌案之后一种无形的压迫感向她袭来。

“抬起头来，”那案前之人的声音有些嘶哑，却丝毫不失逼人的气魄，“你这把剑从何而来？”

令美仁惊愕的是，他说的竟然是汉语，而非契丹语。

美仁缓缓抬起头，映入眼帘的是一个冰冷的黄金面具，但这个黄金面具与明家的有所区别，额上与颊上都刻着奇特的图腾，看上去十分的狰狞。

或许是因为对黄金面具的反感，她目光一转，看到他手中拿着纯钧剑，双拳攥得更紧了。这里是契丹人的地盘，万事她都要小心谨慎。

“我在问你话，你听到没有？是聋了还是哑了？这把剑，你从何而来？！”那人咆哮如雷，抓起案上一只凶恶狰狞的狼首便向美仁砸去。

美仁不敢躲避，任由那只狼首重重地砸在肩上，痛得她轻哼一声，唯有忍着。

“我最后再问你一次，这把剑，你从何而来？”

这把纯钧剑，是昕大哥留下的唯一的东西，她不想乱说也不能乱说这把剑的来历，但眼下的情形让她不得不斟酌一番：“我家相公是个铸剑师，对剑极痴，这把剑是他无意中得到的。”

“那你相公人呢？他有没有告诉你这把剑的来历？”那人又问。

“没有。这次出门做生意，相公只是将剑放在我这儿，我与他走散了，被你们强行抓来。对于这把剑，我一无所知。”

那人怒拍了一下桌案，走过来一把抓住美仁的手腕，指腹探了上去，确认她不会武功后便将她摔倒在地，对着帐外大喝一声，随即进来一个契丹士兵。他对那士兵以契丹语吩咐，让他们去查美仁所说的走散的相公，尽快将他抓回来。

美仁心想，她全是捏造的，若是他们把万镖当成她的相公，以万镖的功夫，他们根本不可能抓到他，她心下松了口气。

但见这戴着鬼面具的契丹首领，对着那柄纯钧剑细看了好久，一副爱不释手的样子，她不禁想到那个与她只有一面之缘的邪气男人月下。当时月下说纯钧这把上古名剑几经辗转，最终还是落在契丹人的手上。而眼前这个契丹人不停地追问她从哪儿得来的剑，莫不是与昕大哥有何过节？

容不得美仁多想，那人已经将她赶出了主帐，她继续与那堆恶心的动物皮毛做伴。

累了几天，美仁在做杂事的同时，会偷听那些契丹人的对话，总算探听到这个临时军营是在定州东北，宋辽边境的永清县附近，再往北走，那里便完全是契丹人的天下。

这几日里，美仁察言观色，一直埋头做事，加上她懂契丹语，从不违逆这些契丹人，所以，这些契丹人对她也就放松些警惕。这里的契丹人并不多，约莫只有数千号人，不知他们这数千号人驻扎在这里是什么用意，而且每次出动，都是神出鬼没。

偶尔她也会看见那个戴着黄金面具的首领，他叫耶律元修，据说是辽主耶律隆绪最器重的弟弟，契丹人对他很是敬重，都尊称他为大王。耶律元修很残暴，那日抓来了两名宋兵俘虏，因为从他俩口中得不到他想要的讯息，他便命人将那两名宋兵俘虏绑在柱上，执起他的弓箭，对着一人射了一箭，那一箭却不要他们的命，而是等着他们血流如注，放出大雕啄食他们。

望着他高大挺拔的身影，她心中总有种说不上来的感觉。一想到这人那日将她的右肩砸得青肿，她便更加小心谨慎。她一定要想法子尽快离开这里，再待下去，她的下场只有两种：一是死，二是到了辽境以后被契丹人当作奴隶使唤。日后若是肚子大了，这些生性残暴的契丹人一定会想法子折磨她，结局还是死。她无论如何都要保重，她和孩子一定都不能有事，她要见到景升，景升也一定不可以有事。

这一天，这些契丹人非常兴奋，据说又拿下一个县城，抄到了不少好东西，当然还包括女人。于是，晚上设宴庆祝，可是把美仁和其他杂役累坏了。

篝火映照下，那些契丹人一个个红着脸，神情异常兴奋，火堆正中央绑着几个女人，他们一边欣赏着那几个女人惊恐的表情，一边欢快地载歌载舞。

有一个高壮的契丹士兵耐不住性子，端着酒，便冲到那几个俘虏女人身边，对着她们污言秽语，做一些下流的动作。那几个女人被吓得一个个尖声惊叫，痛哭流涕，这引得其他契丹士兵更加亢奋，甚至有人跳下场，要与先前的那个契丹士兵搏斗，谁赢了，今晚的女人便归谁。

全场都欢呼起来，越来越多的契丹士兵上场，为了那几个女人开始对搏。

耶律元修今夜没有戴面具，头发遮住了他的脸，远远地让人瞧不清，他时不时也跟着叫喊几声助兴，他膝下跪着一个高壮的契丹女人，她不停地为他斟酒，喂送美食。

今夜是逃跑的最佳时机，这几日来，由于美仁手脚利落，加上懂契丹语，已经将这军营的各个出口摸得一清二楚。她缩在最不起眼的角落里，等待时机。

蓦地，契丹人一阵欢呼，只见耶律元修上场了，周围叫唤助威的声音，响彻整个夜空，将这淫糜的气氛推向了高潮。

只是眨眼的工夫，耶律元修便胜出了，他拉起其中一个女人，不顾那个女人的尖叫反抗，将她拦腰抱起，往帐营里走去。欢呼声更热烈了，那些个契丹人一窝蜂地涌向那几个女人……

美仁收回目光，静静地坐在角落里，抚着肚子。两个多月了，肚子依旧平坦，可那里正孕育着她和景升的孩子。曾经她被仇恨蒙蔽了双眼，不知道原来幸福一直就在身边。

从怀中摸出那对南海珍珠耳环，他送给她的每一样东西都是她刻骨铭心的。思念一个人，就像在心里划上一道痕，时间越久这道痕就会越深。她真的好想他，她从不知道对他的思念竟是这样的深。不知道他怎么样了，醒了没，被那一箭射中后究竟有没有事，想着，她便不知不觉中落了泪。

周围渐渐安静下来，那些契丹人挨个去了红帐。

她收好珍珠耳环，与几个俘虏去收拾残局，收拾到一半，她想到在走之前，一定要将纯钧剑拿回，于是四下张望，趁那几个人不备，悄悄地往主帐的方向步去。

方接近那主帐，她便听见女人尖利的哭喊之声和男人粗重的喘息声。她厌恶地拧紧眉头，守在帐外，忍受着那不堪入耳的声音。

终于，听不见那女人的声音了。倏地，一个白花花的东西飞出帐外，美仁定睛一看，竟是一个浑身赤裸的女人，俯在地上，一动不动，不知是死是活。

不一会儿，便来了两名契丹士兵，他们将那个女人就这么顺地拖走。美仁依稀听到这两个士兵说是埋了，还是就这么扔了，最终的结论是找个地方扔了。

那个女人就这么死了……

美仁咽了咽口水，小心翼翼地将耳朵贴着那主帐细听，里面传来那个首领平稳的呼吸声。四下张望，确认无人，她便将事先准备好的追魂香丢入那主帐之内。许久之后，待确认起了药效，她便掀开帐帘，摸了进去。

帐内的灯并未灭，上次她没有细看这里。

左侧的帐壁之上挂着一个巨大的皮制图腾，是一只邪魅狰狞的狼首。桌案倒是古色古香，雕工极为细致，铺着一张粗犷的皮革。案上除了铜制的酒壶酒杯和几张羊皮卷外，便是上次砸她的那个恶心的狼首木雕。帐壁上还挂着一把雕着奇特图案的硕大的桃木弓。

她惊觉自己是来拿回纯钧剑的，怎么就欣赏起这里的布局了？她收回视线，落在榻上，上面铺着珍稀的兽皮，雪白柔软，但不协调的是上面躺着一个男人。那个男人赤裸着上身，正反趴在那榻上沉睡着，头发垂散着，遮着脸，看不清样子。他的后背上有一个很大很吓人的刺青，是一个张着大口的狼首。

终于她看见了纯钧剑，就在那榻旁的几上，她蹲下身，小心翼翼地摸过去，身体横越过他的身子，一把将纯钧剑抓在手中，心都快跳出了嗓子眼。拿到剑之后，她退后数步，见他未醒，转身便跑。

美仁一出营帐，那榻上之人便倏然睁开双眸，嘴角之处噙着一抹阴狠的笑容。

拿到纯钧剑了，她还要送食物给那几个看守的契丹士兵，追魂香下在了食物里，她捧着那些食物小心翼翼地往军营入口处挪去。

看守的几个契丹士兵有些抱怨，今晚的好事都轮不到他们，这时美仁刚好捧来了等候已久的食物，他们一个个狼吞虎咽地将那些食物一扫而光。

不一会儿，那几个契丹士兵一个接一个倒下。

见势，美仁便奔出军营，才走了几步，想到这些天与她共事的两个老妇人，她心下一软，便又跑回头万分小心地将那两个老妇人拉了出来。红帐里的那些女人，她是没法救了，只能领着两位老妇人一起逃跑。

三人离开这军营之后摸着黑，拼了命地逃跑。那两个老妇人也许是年纪大了些，跑了没多远便气喘吁吁，喘着气说跑不动了。

美仁心急如焚，若是再这么耽搁下去，被那些契丹人发现就糟了。正劝着，便见后方火光隐隐，马蹄声急促地传来。

美仁面如死灰，当下便对那两个老妇人道："一人一个方向，快点！"

话音刚落，三人再顾不得一切，拼了命地往不同方向奔去。

不一会儿，美仁便听西南方向传来一声惨叫，接着又是一声惨叫从东南方向传来。

美仁只觉得心中好难过，她很少出手救人，这一次出手却不是救人，反倒是害了那两个老妇人。她手中紧紧地握着纯钧剑，回首，就像是在那个小镇上一样，十几骑快马向她疾驰而来。

不一会儿，她便被团团围住，火光之中，她看到了那个狰狞的面具。接着，那两位老妇人的尸体便被扔在了她的面前。

看来命中注定，今夜她是难逃一死，就算是死，她也决不会死在这群契丹人的手里。她咬紧牙根，拔出纯钧剑，做好应战的准备。

其中一个长相凶猛的契丹人叽里呱啦说了一大串，意思是她这个大宋贱民为了逃跑，不但给他们的同伙下毒，竟然还敢反抗，说着便跳下马，举刀向她劈了过来，那刀劲又猛又狠。

美仁招架不住，连连往后直退，转身便掏出怀中的化尸粉，洒向那个契丹人。只听他惨叫一声，倒在地上，抱着脸大声哀号起来，身体不断地扭动着，不一会儿，便有脓水流出，恶臭的气味紧接着散了开来。

那些契丹人怒红了眼，有的将手中的火把砸向美仁，一个个跳下马要将美仁碎尸万段。

忽然，那位契丹首领耶律元修做了一个手势，止住手下的暴怒举动。他凝视着美仁，接着便跳下马，一步步向她走过去。

美仁体内的那股真气忽然透向四肢百骸，她扬起纯钧剑向他挥去，却被他轻易地避开，只听他邪笑一声道："等了这么多天，你的猫爪终于露出来了。"

"你去死吧，万恶的契丹狗！"纯钧剑再度挥起，直袭耶律元修的面门。

她尚无法控制住体内的真气，面对耶律元修这样的高手，她的手腕很轻易地便被他捉住了。他手劲很大，捏得她很痛，但她就是死也不会松开纯钧剑，她对着他咆哮道："下贱的契丹狗！就凭你也想得到这天下尊贵无双的纯钧剑，我呸！"她冲他的面具上狠狠地吐一口唾沫。

耶律元修夺下纯钧剑，将她往眼前拉近，狰狞的面具似要贴上她的脸，她不能动，厌恶地偏开头。

只听嘶啦一声，她脸上的人皮面具被撕下。

下一刻，那十多个契丹人呼声而起，难怪大王要亲自前来捉拿这个逃跑的俘虏，没想到竟是这样一个人间绝色。为了这个美艳的女子，他们一个个都变得异常亢奋。

耶律元修扬着手中的人皮面具，阴冷地笑道："我就说，这么一张平凡的脸怎么可能配得上这么一双漂亮的眼睛。"

隔着面具，他半眯着眼，将她这张让人难以忘却的绝色面容尽收眼底。

美仁忍着痛，对着眼前这个狰狞又邪气的面具，冷笑一声。

倏地，他的大掌扣住她的下颔，道："想咬舌自尽？啧啧啧，我怎么可能就这么轻易地遂了你的愿？"

他冷笑着，扬起手掌便挥向她的后颈，紧接着，她便眼前一黑，身体软软地倒在他的胸前。

他抱着她轻跃上马，一声令下，这十余骑急啸而去，火光消失在天边。

·

定州，宋营。

一名宋兵向景升行了军礼："报——启禀将军，有位名唤万镖的人，自称是将军的属下，正在营外，说有要事求见将军。"

听到"万镖"的名字，景升立即放下手中的地图，眉头深锁。万镖不好好地守在陶然居，不守着她，竟然跑到战地，说是有要事求见，究竟是出了什么事，他要从杭州赶到这里？难不成是她也来了？

如今战事告急，各地都收到战报，遭到契丹人的伏击，尤其是那些县乡，死伤甚多，损失惨重。主帅王超已经下令誓守定州，这时决计不能出任何差错。

啪的一声，他怒拍桌案一掌，道："不见！"

"属下遵命。"

过了一会儿，那名士兵又进来了。

"报——启禀将军，那位万姓男子说若是将军不见他，他便同他手中的那把琴，一同撞死在瞭塔之上。"

该死的！万镖是不是和她在一起待得时间长了，也学会了威胁的招儿。双拳紧握，景升的指节泛白，喝道："带他进来！"

"属下遵命。"

不一会儿，万镖被带到景升的帐内。

万镖一见到景升，就激动地大叫一声："恩公，老七有负恩公所托。"

"既然有负于我，你还要求见？你应该守在陶然居才对。"景升高声怒斥，伤口虽包扎好，但只要稍稍用力，便会扯痛，那一箭几乎是要了他的命。

"老七实在是扭不过向姑娘，向姑娘不肯回杭州，一直待在京城，等恩公回去，但是在知道恩公重伤之后，执意要北上……"

"她人在哪儿？"军事重地，不得女子探视，这是军规。

"她……请恩公恕罪，老七将向姑娘给弄丢了，向姑娘如今下落不明……"

丢了？下落不明？

景升整个人宛若掉进冰窖之中，身体微晃了晃，向后退了一步，倚着桌案。他转过身，背对着万镖，攥紧拳头，颤着唇，道："她在哪里不见的？"

"冀州附近的西王镇。"

事隔大半个月，万镖仔仔细细地将那日发生的情形说了一遍，那日他去找小狗子，小狗子顽皮，往后山跑去，他一路追着，好容易抓到他之后，便赶回西王镇。孰料，整个镇子已经被人洗劫一空，小狗子的爷爷奶奶张氏老夫妇也都被人杀了，总算还有一两个受了重伤的人活着。追问之下，才知道刚才来了十几个蒙面的盗匪，见人就杀，抓走了好多女子，往东而离。他安顿好他们，一路向东追了很远，都没有见着他们所说的那十几余骑。后来沿途打听，听说这一带经常有契丹人出没，于是又往东北方向追了好远，还是没有发现他们的踪迹，他不得不先上定州找恩公。

听完万镖的描述，景升可以肯定那伙人便是近来多番在大宋境内烧杀抢劫的契丹人，这伙契丹人并非普通盗匪，他们是有目的的。据探子回报，他们洗劫的路径是由北一路南下，驻扎在宋辽边境的契丹大军也在蠢蠢欲动。不好，美仁定是被那些契丹人给捉了去。

万镖抬眼看了看面色有些苍白的景升，问道："恩公，你的伤势如何？"

"无碍。"景升蹙紧眉头，他就知道那个女人一日不折磨他便不好过。他有愧于她，那日匆匆离去，是怕自己一时心软舍不下她，误了大军起程的时辰。

他急忙走到帐外，高声道："来人。"

"属下在。"一名宋兵应道。

景升吩咐道："我要半个多月前在西王镇抢劫的那伙盗匪的详细情况，若是查到那伙人身在何处，即刻禀报。还有，去打探先行的契丹先锋军队是否去过西王镇，是否抓到一名中年妇人。老七，把她当日的模样说出来。"

景升执起笔在空白的纸上，根据万镖的形容，将美仁那日易容的样子画了出来，同时他还画了一张美仁原本相貌的肖像。不一会儿，完成之后，他便将那两张画像递给那名宋兵，道："就是这个妇人，还有这名女子，按这两个人的相貌去查，一有消息即刻禀报。"

"属下遵命。"

万镖见那名士兵出去，心中的大石也就落下了，恩公一定会找到向姑娘的，向姑娘也一定会平安无事的。他突然又想到一件事，犹豫着要不要告诉恩公。终于忍不住，他还是开了口，道："还有一件事，老七一定得告诉恩公，那个……向姑娘有了身孕，已经两个多月了。"

"你说什么？！"原本就心中不安的景升，在听到美仁有了身孕后，顿时怔住了。

他要做父亲了……

难以言喻的欣喜很快便被满腹的焦虑替代，这个妖精一样的女人，一刻都不消停，非要折磨死他才甘心，有了孩子还不安分地到处乱跑。两个多月，那就是在杭州的时候，她就有了！他怎么会这么大意，气得跑回京城，还答应了赵恒的条件?

别看她一副聪明机灵的模样，实则是个爱钻牛角尖的傻丫头。初到杭州的那段日子，因为心中的结，她是那样不快乐，每日强颜欢笑，精神恍惚，睡不安稳，时常还会做噩梦，他费了多少心血才让她有所转变。景璇和爹的事，虽然让他怒不可遏，但她也是无心之过，并且她已经知道错了，追着他去了京城。关于他与王佳如的事，他没有太多的时间同她解释，就这样匆忙地离开了……

他与她总是这样误会重重……

他担心她，无论她是曾经那个神通广大的野丫头，还是如今不会武功的弱女子，他都担心她，而眼下她有了身孕，还不知好好地照顾自己，担心他做什么？他怎么会死？他对她有过承诺，要照顾她一生一世，他怎么可能让自己这么轻易地死掉？

景升在帐内来回不停地走动，就像只找不着方向的蚂蚁，终于再也控制不住地冲着万镖怒吼了起来："这里是什么地方？你为何不拦住她？我走的时候不是和你说了吗？"

"老七不敢敲晕向姑娘，怕伤了她。况且，向姑娘对恩公一片真心，老七真的下不了手，而且……老七也很担心恩公。"

景升的表情松动，有些挫败，道："老七，谢谢你。她的事我自有法子，你也不用太担心，先下去好好休息，到时还要麻烦你。"

营救她的事，他必须亲自出马，他势必要违反军令一次，但如今战事告急，若有差池，失的便是数万将士的性命。若真的是契丹人捉走了她，失了羽翼的她落在那些野蛮、粗暴、凶残的契丹人手中，后果不堪设想。

他强迫自己镇定下来，她一定会没事的，她是那样的聪慧机灵，她不会有事的。可他的一颗心，要怎样才能平复下来？身为先锋的他，究竟要怎么做才好？

[五] 纯钧复活

"啊——不要——"美仁挣扎着从噩梦中惊醒，看到自己身上的衣服完好，才松了一口气。

她方才做了个很可怕的梦，梦见耶律元修领将她扔进了红帐，还有好多的契丹男人……她的孩子没了，她太害怕了。手抚上肚子，身体没有任何异样，孩子还在，她惊恐地望了望四周，这是那个主帐，而她躺在那张铺着白色皮毛的榻上。

她迅速起身，方想奔出帐外，帘子就被人掀了开来，进来的正是那个耶律元修。

她紧张得连连退后，摸到案上的那个木雕狼首，她将那个木雕狼首抓在手中，大声道："你别过来！"

"你害怕？"耶律元修仿佛没有听到她的话一样，一步一步往前逼近。

"契丹狗贼，别再过来！"她的声音里带着哭腔。

是的，她害怕，她从未感到如此害怕，即使在萧山面临着要走火入魔暴血而亡的险境，她也从未觉得这样害怕过。因为她的肚子里有了她和景升的骨肉，而今落在这个残暴的契丹人手里，她要是还能全身而退，那便是妄想了。她不想肚中的骨肉毁在这个契丹人手里，她不想死，她还没有见到景升，还不知道他是生是死。

景升，景升，景升……她在心中不停地呼喊着他的名字。

“你别过来……”

“我以为你天不怕地不怕，没想到你居然怕我怕成这样？”耶律元修已然立在她的面前，一把将她手中的木雕狼首夺下，“是不是有种面临死亡的恐惧？你放心好了，我不会让你这么快就死去，我的美人！”咬着牙，他轻拍了拍她的脸颊，加重了“美人”二字。

美仁抬起头，直视那个面具，问道：“你究竟想怎样？”

他忽然答非所问：“纯钧剑对你很重要？”

“对！它对我很重要，它是天下间最尊贵无双的剑，只有正直正义刚正不阿的人才配拥有它，而你，这个肮脏的契丹狗，连给那人提鞋都不配！”

“正义？哈哈哈，你居然知道什么叫正义？原来你的眼里还有这么个词，哈哈哈……”耶律元修忽然疯狂地笑了起来，过了许久，他终于止了笑声，随即厉声道，“什么正直正义？什么刚正不阿，尊贵无双？你知道什么叫作尊贵无双吗？大辽国尊贵的南院大王、统领八部的耶律元修尊不尊贵？女人，这把剑本就是我的。”

美仁望着耶律元修冷笑了起来，道：“真是笑话，你这个契丹狗贼怎么会懂什么叫作正义之剑？怎么配和剑的主人相提并论？你连给他提鞋都不配。”

“剑的主人？你可知道这把剑的主人是谁？是我耶律元修！”耶律元修一把捏住她的下颌，嗤笑，“你完全可以逃掉的，却为了纯钧剑而败，是剑对你重要，还是剑的主人对你很重要？他是你的情人？”

“你想知道？”美仁将脸凑近他，阴冷笑着，“你去死，我就告诉你。”

耶律元修狠狠地甩了美仁一个耳光，美仁的左颊上即刻现出五道红印，红肿起来，一丝血迹从她的嘴角缓缓溢出。

美仁咽下那口血，狠瞪着他，举起手，毫不留情地回击了一个耳光给耶律元修，啪的一声，他脸上的面具被打落在地。

那侧着的左颊之上，从眼角延向左耳后有一道深深的疤痕，当他缓缓转过脸来的那一霎，仿佛一切都停止在这一刻。

美仁愕然，捂住了嘴，禁不住湿了眼眶。

鼻梁挺直，眉形如剑，斜入双鬓，水色薄唇，一双黝黑的眼眸闪现出邪肆深邃的光芒。同样的容貌，除了那道伤疤和找不到温情的眼眸。她没有想到还能再能见到他。

她颤着唇问："昕大哥，是你吗？你没死？你真的没有死？"

这是不是命中注定？第一次在信阳府衙内，她用追魂香迷晕了他，让他瞧出了破绽；这一次，为了拿回他唯一留下的纯钧剑，她偏偏又用了追魂香。原本她可以逃掉的，可谁又能想到这个被她大骂为契丹狗的男人竟然是昕大哥？

他一把捉住她的手腕，似要捏断，冰冷地道："昕大哥？美人，你在叫谁呢？听清楚了，我叫耶律元修，乃大辽国尊贵的南院大王耶律元修。你再仔细地看清楚了，可不是你口中那个像傻瓜一样、被你时时玩弄于股掌之间的昕大哥。"

倚着桌案，美仁捂着嘴，眼泪禁不住地流了出来。

是他，是昕大哥，他还活着。太好了，他还活着。

"收起你那虚伪的眼泪，就算你把泪流干，哭到眼睛瞎了，也不会对我产生任何作用。我真想一刀杀了你，但是这样太便宜你了，你这个没心没肺的坏女人！"

没心没肺？景升也曾经这么说她。她是没心没肺啊，否则也不会连伤了两个天下最好的男人。她盯着他愤怒的双眼，从那里她看到了他浓浓的恨意，不禁打了个寒战。曾经那么温柔的昕大哥不复存在了，取而代之的是一个残暴的契丹人，这一切都是她害的。

她吸了吸鼻子，擦干眼泪，挤出一丝欣慰的笑容。无论如何，她该高兴，他没有死，他还活着，她的罪孽不再那么深重，心头困着她的那道枷锁终于可以放下了。

他松开她，大步走向榻旁，执起纯钧剑，寒光一闪，纯钧剑出鞘，剑尖已然抵着她的下颔。那姿势、那执剑的手法，除了昕大哥，这世间不会再有第二人。

"或许是上天厚爱我，我耶律元修才命不该绝。你也没料着你有今日，落在我耶律元修的手上，你说我该怎么对待你这个该死的女人？"

"昕大哥，我没有资格要求你原谅我，但你若真的恨我入骨，我只有一个请求，给我一年的时间，放我回去，一年之后，我定当回来向你赔罪，到时要杀要剐，我绝无怨言。"

"一年？"收了剑，他的大掌抚上她的脸，她下意识地避开。他的手滑向她的脑后，一把揪住她的头发，怒道，"你居然厚颜无耻地敢和我提出一年？你还当我是当年那个木讷无知好欺骗的向昕吗？怎么，如今连碰你一下，你都要闪开，那要是我这样呢？"

嗞的一声，他一把撕了她的衣襟，露出贴身的艳色肚兜上端。刹那间，她的脸色异常苍白，紧张的双手护住胸前。

他盯着那抹露出的艳丽色彩，突然狞笑了起来，道："你还真是遗传了天一族女人的秉性，这么艳丽的东西是想穿给哪个男人看？"

她咬了咬唇，道："够了，昕大哥，我穿什么那是我的自由，大宋的律法里没有规定女人该穿什么样的亵衣，不该穿什么样的亵衣。对于昕大哥，我心存愧疚，但不表示可以任由你辱骂。你，是耶律元修，而不是昕大哥。若你耶律元修等不了一年，那么你现在就动手杀了我吧。"

她敛了笑意，闭起双眼。还能让她亲眼见着他还活着，她此生也无憾了。不，如今眼前的男人不再是昕大哥，而是这么多日里见到的那个残暴的耶律元修，他除了满眼的血腥暴力，再容不下其他。昕大哥，他还是死了，在桐柏山太白峰上就已经死了。唯一对不住的便是她肚里的孩子，还有远在定州生死未卜的景升，她甚至还没有对他说过她爱他。也许这就是命，注定今生她没一个好结果，但她不后悔，不后悔北上找景升，从不后悔。

"你——"向昕动了怒，大声叱道，"你想死？好，那我就让你慢慢地受尽折磨而死。向美仁，不，我应该叫你一声怡符衣，那就让你看看我耶律元修有多么残暴，让你尝尝什么叫作生不如死。"

向昕拽着美仁将她扔向床榻，美仁一脸苍白，这意味着他要像昨夜对待那个女人一样对待她了。她来不及反抗，他高大健壮的身体已然欺了上来。

他的唇封住了她的唇，夺去了她的呼吸。他的吻里找不着一丝温情，就像要将人吃下似的，带着强势的啃咬，完全是以一种惩罚报复的姿态在咬她，丝毫没有尊重的意味。

那一霎那，美仁的脑中一片空白，随即反应过来便是奋力反抗，伸出手对他撕打，狠咬了一口他的下唇，以为他会因疼痛而就此放弃。但她错了，向昕在尝到了口中的血腥味道后，更凶猛地掠夺她的红唇，他粗鲁地将她的双臂束在她的头顶上方，动作野蛮地撕裂了她的外衣，顿时，那件艳丽的肚兜完全暴露在他的眼前。

向昕残酷地笑着，审视着那件艳丽的肚兜以及裸露在肚兜之外粉白嫩滑的肌肤，有一种要将她碎尸万段的念头。渐渐地，他的笑意敛了，面前的她不再反抗，一动不动，紧紧地闭着双眸，眼角处不停地流出清泪，如扇的睫毛之上沾着晶莹的泪滴，一副楚楚可怜的模样。

当下，他的心乱了，眼前一片模糊。他忆起她的眼泪，曾经，只要她一落泪，他的心就会跟着一阵慌乱。缓缓地，他俯下脸，只想亲吻她的眼泪，他不想看到她落泪，他喜欢看她的笑，她的笑是人间最美的景色。

在唇触及她的眼睫之际，他浑身犹若万针穿心一般疼痛。

"啊——"他痛苦地高叫一声，猛地将她推下榻。

美仁跌坐在地上，睁开双眼，在绝望之际，她难以置信地看着向昕满脸痛苦地坐在榻上，双目紧闭，嘴唇泛白，额上不停地渗出汗珠，双手支撑在榻上，青筋暴露。

她微动了动唇，想喊他，一想到方才，她便忍住了，抹干了眼泪，拾起地上被他撕坏的衣服披好，缩在一旁，一脸防备地看着他。

许久之后，向昕终于睁开眼，便瞧见美仁可怜兮兮地缩在桌案旁。

她居然这么轻易地牵动着他的情绪，他竟然还会在那一霎那为她动情，可这个该死的女人，居然在他吻她的时候咬他，还死命地紧咬着牙，始终不让他侵入她的领地，就像是一个坚贞的女子为丈夫守节一般。

她会有男人?

向昕捏紧着拳头，从榻上起身走向她。这个女人是天一族里出来的，就像当年的的娘一样，自私绝情，他栽在她手上一次就够了。她那是什么眼神，好像他是恶鬼一样。她究竟还有哪一点让他留恋?

怒火在瞬间爆发，他毫不怜惜地将她从地上拉起，怒道："向美仁，你给我起来。昨夜，晚宴上看到的那些个女人，你想知道她们的下场如何吗？今日我就让你见识个够。走！你给我出来。"

他硬拽着她往帐外拖去。

一想到昨夜被契丹士兵围攻的那些女人，还有被他扔出帐外的女人，美仁心中一阵恶心，惶恐地挣扎着叫道："昕大哥，你不可以这样，你不可以的！我知道是我对不起你，但我也有不得已的苦衷，那时的我已经快要走火入魔了，我根本没有办法控制住自己。这一次我说的是真话，我真的不是存心的，我没有想过要杀你，昕大哥——"

他不想听她再多说一句，无情地点了她的哑穴，厉声道："这些话，等你死了之后，说给阎王爷去听。在你没死之前，就好好享受着我为你准备的一切。记着，我恨你！向美仁，我说过，你会后悔的。"

[六] 羊入狼口

向昕强行将她拖出帐外，遇上前来报告的副将萧正甫和另两名契丹将士。萧正甫和两名契丹将士在见到衣衫不整的美仁之后，两眼都看直了，甚至忘了要给向昕禀报什么。

向昕极其讨厌他们这种目光，立即出言训斥，萧正甫这才将手中的地图呈给向昕看。

美仁一手拉着衣服，一边往向昕的身后躲去，萧正甫和那两名将士猥琐的目光让她浑身发颤。那个萧正甫，她昨夜逃跑的时候与他交过手，若是落在他的手里，她就真的完了。

向昕扫了一眼那个地图，捏着那手感粗糙的羊皮卷，猛地将她从身后拉了出来，对萧正甫道："萧将军，这是赏你的。"

向昕将美仁推向萧正甫，头也不回头地钻进营帐。

美仁口不能言，唯有拼命地挣扎着，萧正甫大笑着，一把将她抱起，带到了另一个营帐。

萧正甫将她扔在榻上，她一个翻身，便跳下那床榻，躲到书案之后，隔着那书案，示意萧正甫别过来。

"我的大美人，你以为就凭这么一张桌案，就能挡得了我萧正甫？"萧正甫以契丹语淫笑着，他早已色欲熏心，激动地解下自己身上的衣物。

美仁惶恐到不知所措，指着自己的嗓子对萧正甫呜呜叫了很久。

此时萧正甫已经赤着上身，正想脱下裤子时，才注意到美仁的动作。他咧着嘴，笑了起来："大美人，昨夜你挺能骂的，怎么今夜不能开口了？哦，被大王点了穴啊？没事，我来帮你解，过会儿我一定会让你舒服得叫爹叫娘。"

萧正甫的身手极快，一眨眼，便解了美仁的哑穴，将她抱上了榻。

美仁以手捂着他就要亲过来的臭嘴，魅惑一笑，以契丹语道："将军你可真猴急，奴家还想和你多说些话呢！"

萧正甫非常吃惊，他没料到她一个汉女竟然会说契丹语。

眼前这媚笑、这娇软的声音，勾走了他的三魂七魄，一个翻身，他将美仁抱坐在身上，疑惑地道："我的大美人，你居然会我们契丹语，可真是不简单，不过，会契丹语更好。你们宋人有一句古话，叫作春宵一刻值千金。大美人，有何话等我们快活之后再说。"

说着，萧正甫的嘴又往美仁的脸上凑过来。

美仁强抑着恶心的感觉，又以手挡住萧正甫的嘴，软语道："将军，春宵虽短，总有机会，可人生短短几十年，若是因为失了防心，丢了性命，可就不好了。"

萧正甫的神志被这娇软的话语勾了回来，他疑惑地皱起眉头，粗声道："你这话是什么意思？"

"这位将军，难道就没有想过奴家在军中这么久，大王却突然将奴家送给将军是为何？"

萧正甫的眉头皱得更深了。

"唉，其实大王他不是真心想要将奴家送给你，他将奴家送给你，就是想要将军的命！"

萧正甫顿时愣住了，粗壮的身体僵在那儿一动不动，握住美仁腰肢的手也松了松。

美仁想推开萧正甫，无奈他人高马大又粗犷，她只能拉紧了衣服，强逼着自己镇定，又扯了一抹迷人的微笑，冲着那萧正甫软声软语，道："将军，我不过是一介弱女子，眼下已在你的掌控之下，你还怕我跑了不成？只是有些话，我觉得一定要告诉将军，不想将军被蒙在鼓里，将军听奴家把话说完再做决定也不迟。"

她怎么也没料着昕大哥会这么绝情地将她丢给这个粗野的契丹人，但她确定，昕大哥对她一定还有情，他那双眼睛流露出的眼神骗不了她，如今，她只能赌一赌。

"大美人，有话但说无妨。"萧正甫粗声道。

趁势，美仁轻拍了拍搁在自己腰间的那只猪爪，从他身上站起，立即跳开数步之外，故弄玄虚，吊足了萧正甫的胃口，道："我会说契丹语，是你们大王教的。"

她不知道向昕经历了什么，但以他如今在契丹的地位，她知道他可以保她，但现在的他不愿保她，她便要自己想法子。

"不可能！"萧正甫一脸的难以置信，摸着头想了又想，"你胡说！大王对女人向来不屑一顾，就算是有女人上了他的床，等下了床不是一具尸体也半死不活的，能活着的也都赏赐给了兄弟们。除了我们契丹的第一美人，他根本不可能多看任何女人一眼，更别说教你契丹语。"

上了他的床，下了床便是一具尸体？半死不活？契丹第一美人？美仁回想起方才昕大哥的异样，难道说他也修炼了什么邪门的武功？

一个恍神，萧正甫向她逼来，笑道："大美人别浪费时间了，我还要照顾我的其他兄弟呢，哈哈哈……"

她不着声色地又往后退了几步，佯装可怜，唉声连连，道："这位将军，我真的没有胡说。我与你们大王早就相识，你敢说你们大王在两年前就是这个样子？昨夜我逃跑，他只是杀了那两名妇人，却唯独留下我的命，还让我在他的主帐之内过了一夜。"

萧正甫顿时愣住了，因为美仁说的话句句在理，她不但杀了他们的人，给他们下药，还带着他们的奴隶逃跑，依大王的脾气，她这个罪魁祸首定当死得很难看。看昨夜她被大王抓到后，大王抱着她上了马，又抱着她回了主帐，而不是将她吊起来毒打审问一番。方才，他和几个兄弟看她的时候，大王的目光明显带着不悦，但不知为何又将她赏赐给了他。

美仁见他脸色变了，应该是她的话起到了效果，于是趁热打铁接着又道：

“我之所以会说这么多，是不愿看着将军你就这么不明不白地送了命。我只是与他有些未曾说清楚的事，一直让他耿耿于怀，他不是真心要将我赏赐给你的。”

萧正甫一屁股坐回榻上，想了又想，想到前些日子为了将要到来的宋人军师，他出言不逊，还带领几名将士闹事，当时大王便狠狠地责罚了他们，莫不是大王今日借此事又想旧事重提？

一年多前，前任南院大王战死，现任大王耶律元修莫名其妙地冒了出来，不但以身故在大宋境内三王爷之子的身份出现，还一举夺了契丹第一勇士的美称，更是博得了可汗和太后的赏识，成为新一任的南院大王。大王是汉人女子养的，体内流着汉人的下贱血液，之前大王因为一个汉人军师惩罚他，他咽不下这口气。如今这个如花似玉的汉人女子，又拿大王来压他。这些下贱的汉人，整日让他们契丹人不得安宁，就连打个仗，还要受他们的眼色，他作为契丹的勇士怎么可能会咽下这口气？

趁着萧正甫发呆之际，美仁一步步向帐帘处挪去，方想逃出去，谁知被萧正甫发现了。他猛地站了起来，冲到美仁的面前，淫笑着道：“大美人，别玩花样，大王是绝不会为了一个女人为难我们这些肝胆忠心的部下的。就算他想罚我也找不着借口，因为是他当着大伙的面将你赏赐给我的。”

原以为这个契丹狗贼是个猪脑，谁知还是被他看穿了。比力气，美仁是拼不过他的。在他压住她的瞬间，情急之下，她便习惯性地以手扣住他的要穴，气运丹田，在她以为她就要被他污辱了的时候，透过掌心，一股源源不断的强劲内力灌入她的奇筋八脉之内。

“你——”萧正甫发现身体的异样，体内的内力在不断地被身下的女人吸走，他想要挪开身体，无奈整个人被强制的内力吸住，怎么样都脱不了身。

他双眼瞪得似铜铃，举起双手掐向美仁的脖子，很快便垂下，一动不动地压在美仁的身上。

美仁正想大力推开高壮的萧正甫，这时帐帘被人给揭了开来，来人行动如风，将萧正甫从背后一把抓起，大力地掷出帘外。

惊诧之中，美仁看到满脸暴怒的向昕坐在榻前。

“你这个女人，为何会那么狠心？”刺啦一声，向昕将自己的衣襟在她的面前撕了开来，指着心口处那道丑陋的剑疤，他一把扣住她的双肩，将她拉近他的身体，怒吼着，“你看见没有？这里，我用了两年的时间才让它慢慢愈合。刺我那一剑的时候，你究竟在想什么？既然你事后会后悔，为何你那一剑还能下得了手？你告诉我，你的心都是什么做的？是铁石心肠吗？”

“我以为……你会还手，你会避开的……”顿时，她的眼泪从眼眶里流了出来。

“会还手？会避开？你以为？”向昕生出从未有过的挫败感，嗤笑开来，松开手，扫了一眼她身上那件艳色的肚兜，咬着牙，便又拉起她，将她拖出了帐外。

已是入秋，出了帐外，一阵冷风吹来，让美仁禁不住打了个寒战。

萧正甫赤裸着上身一动不动地躺在地上，头部刚好撞上一旁的木桩，两眼合着，面部扭曲，神情恐怖。

向昕上前探了探萧正甫的鼻息，未久，便对着不远处的一个契丹士兵道："来人，速将萧副将抬下去，找军医给他看看。"

看见萧正甫，美仁心下疑惑，盯着自己的双手，当下再气运丹田，可丹田之处空如深谷，完全没有方才那种强劲霸道的内力。她的直觉便是，她之前修炼《天一圣经》下卷的内功心法起了作用。她仔细回忆下卷，难道这种内功心法是吸人内力为己所用吗？她好像没有留意到其中记载了这个，只可惜弯刀被向昕收了去，不然，她定要再细看看是不是这样。

她原以为《天一圣经》下卷上的功法只是霸道而已，却没料着也是如此歹毒的邪功。不过这一次，却是这个邪功救了她。

向昕根本没有顾及美仁上身只着一件艳色的肚兜，沿途，那些契丹士兵一个个色眯眯地盯着她看，所幸，她的头发全部披散了下来，还能遮住一些暴露的肌肤。

面对向昕，美仁真的手足无措，她恼他，因为他根本没有把她当作女人来对待，而是像对待一个奴隶那样对待她，但一想到是她错在先，这些苦她只能打落了牙齿往肚里咽。

向昕将她丢回原来俘虏的营帐之内。

终于，她有了能蔽体的衣物，不过却是件粗糙的契丹女人衣服，长袍左衽，圆领窄袖，腰间束带，下着长裤，裤角塞在靴筒之内，这一身衣服，让她很不习惯，但总比没衣服穿的好。

萧正甫没死，但伤了头部，对于在那营帐之内发生的事完全不记得，却记得是向昕将他给扔出帐外的，就算他对美仁再垂涎，也绝不敢再碰她一根毫毛。这一次他摔坏了脑子，摔没了内力，下一次不知是否会把命摔没了。

美仁舒了一口气，悬着的一颗心总算是放下了，没人会知道她能吸人的内力。

［七］耶律元修

美仁又开始像以前一样做那些粗重的活，和一个奴隶没什么两样。她知道她在这里所做的一切，都是因为向昕在报复她，要看她究竟能撑到什么时候，他要她活着比死了更痛苦。

她完全弄不清向昕下一步会对她怎样，她再也没法看透他，或许她原本就不曾看透过，如今他不再是曾经那个温柔的昕大哥，而是一个可怕的魔，就像当初的她一样，失了人性的魔。

每日的饭菜都是残羹冷炙，面对那种像是喂给猪狗的食物，她以为自己会吃不下去，但一想到肚子里的孩子，她就会吃得很多很多，每次都会吃到很饱很撑。若是她不吃，就不会有力气，没有力气就一定保不住自己，更保不住孩子，她就没法子逃离这里，就没法子再见到景升。

她想尽了一切法子，通过那些契丹人，她知道一个月前宋军在定州附近的战地受到了契丹人的埋伏，而景升冒着被乱箭射死的危险，从契丹人的手中将宋军的一员大将给救了回去，但不幸自己中了一箭，昏迷了数日之后总算是醒了。虽然那次契丹人小胜，但身为先锋的景升，却让契丹人一提及便气得牙痒痒的。

景升没事，她悬着的一颗心总算是放下了，但心中又会一阵阵刺痛，因为他送她的珍珠耳环被她弄丢了，应是丢在了向昕的营帐之内。这一次，她没有去营帐内找那对耳环。每每想到景升，她就忍不住会伤心流泪。后来渐渐地，她意识到流泪只会让自己丧失斗志，所以她不再伤心也不再流泪，体内有一种说不出的强大力量在支撑着。

这些日子，这几千契丹人在不停地行军，不停地更换地方扎营，根本不知道他们究竟要做什么，但她留意到，他们一直在南下，据目前的情况，这里的位置应是在澶州附近，离京城不远。

每到一个小乡镇，那里便会刮一场血雨腥风。

时常有俘虏被抓来，有汉人，有西夏人，有吐蕃人……有的是商人，有的是难民，还有的是探兵……平日里，她见不到向昕，但每次处决这些人，向昕都会将她拉到现场，逼着她看那些人被各式各样的酷刑折磨至死，逼着她看那些惨不忍睹的血淋淋的场面。

她想，这是他在警告她，等他哪一天终于忍不住，容不下她了，他便要这样对她了。

因为有了身孕，看到这些场面，她会不由自主地想吐，但她会忍着，即便是要吐，她也会等被他扔回她该待的地方后再吐。

日子一天天地过，一晃眼，便又是大半个月。之前她担心长途奔波，还有粗重的活会让她一个不小心流产，但出乎意料，这些反而让她变得强壮了。她的皮肤被吹黑了，尖细的下巴不见了，手臂也变粗了，双手再不似之前那样白皙柔滑，而是粗糙不平，上边满是大大小小的裂口。

她的肚子渐渐凸了起来，她在束腰的时候都不敢束得太紧，生怕被那些契丹人看出来。但她的肚子会越来越大，到时她再想隐瞒肯定是瞒不过的。她的防备心越来越强，时刻都处于一种精神极度紧张的状态之下。她是坚强的，在没有安全离开这里，在没有见到景升之前，她是不会倒下的，她一定要尽快想法子逃离这里。

最可恨的是那些契丹士兵，狗仗人势，喜欢刁难她，还喜欢在她的身上占便宜，但他们还是有些忌惮向昕，人多势众的情况下，他们都不敢对她怎样。

自有了上次萧正甫的事后，她时刻留意着，渐渐地，她发现只要她将意念全部集中在攻击对方身上，她体内便会有股强劲内力涌动。若是让她遇上落单的契丹狗贼，她会毫不犹豫地以他们为试验品，更不会放过吸取这些契丹狗贼内力精气的机会。

为了防止自己的行径暴露，她只能毁尸灭迹。

渐渐地，她觉得自己和这些契丹人没什么两样了，残暴，血腥。

这夜，向昕酒喝多了，看得出来心情很好，应是又俘获了不少战利品。

他闯进了她所待的帐内，将其余几个俘虏赶走，强行抱着她，哼了好多她听不懂的歌，他说："这首歌是我爹在我小时候教我的，那时候我根本不明白，直到后来，我到了契丹，才知道原来爹教我的那些歌，是契丹族的童谣。小时候，爹对我说得最多的一句话就是，不要随便在人前脱衣服，我一直记着，但从来不知道原来我的身后有着那样一个狼首图腾，那是契丹人才会有的印记。爹是契丹人，我也是契丹人……"

美仁窝在他的怀里，起初还会挣扎，之后完全放弃了，静静地听他说着很多事。

"你这个恶毒坏心的女人，你刺的那一剑很深很用力，几乎就要了我的命，在那里留下了一个永远都不可能抹去的伤疤。知道吗？我的心脏与常人不同，天生异位，心脏长在右胸的位置。也许是上天看我可怜，在掉下山的那一刻，我以为我死了，却不想砸在半山腰上的树上。脸上的伤，也是那时弄的，我不知昏迷了多久，当我醒来的时候，才知道自己被人救了，救我的人却是一名身着汉服的契丹女子。她仰慕中原的文化，所以来到了大宋，却没想到会无意中救了我。或许是摔下来的时候，我的脑部撞伤了，我连自己叫什么、从哪里来、要到哪里去，所有的一切都忘了，包括你，你这个坏女人，你真的太坏了。"他抱紧了她，滚热的脸颊贴着她的脸庞，不停地摩挲着，忽地，又以手在她的脸上捏了捏，继续说，"她见到我身后的狼首图腾，大吃一惊，没想到我身上会有这样一个印记。她告诉我，这样的狼首图腾刺青，在契丹，只有拥有尊贵皇室血脉的耶律家的子嗣才会有。那个时候，我没有记忆，满身是伤，在知道自己是契丹人之后，便踏上了北上寻亲之路。”

美仁动了动喉咙，温热的酒气闻着虽有些不舒服，但她还是会为他这样而感到心痛，这才是当年那个温柔的昕大哥，如今只有在酒醉后，他才可以心平气和地同她说着话，不那么残暴、冷酷、绝情。

“你知道吗？我爹不是寻常的契丹百姓，他是大辽穆宗耶律述律的三子耶律放。呵呵，他是最特别的皇子，无心于皇位之争，却对中原的武术痴迷。他给自己取了一个汉名叫作向天问，纯钧剑是穆宗可汗赐给他的配剑，他走遍中原大江南北，拜师学艺，自创了纯钧剑谱。爹生性好斗，常常向人下战帖。在一次与人决斗之中，他胜了，那一次的战利品便是我娘。他从见到我娘的第一眼，便爱上了她，从此为娘而荒废了很多东西。天外有天，人外有人，爹的武功并非是天下无敌，又一次与人决战，他输给了对方，废了一条腿。你知道那人是谁吗？是紫玉山庄的明经堂。不，若不是娘在酒菜里了下了药，爹或许不会输。娘为了荣华富贵，为了能成为大宋国秦王的女人，以爹的纯钧剑谱作为礼金送给了明经堂。谁知秦王失势，满门被抄，她也逃不过。我娘抛夫弃子，就落了这么个下场。她走了没多久，爹便跳河自杀，那年我只有十岁……”

除了向天问的身世之外，这一切，美仁都知道，但从他的口中吐出，她觉得何其残忍。

“昕大哥，你醉了，好好休息吧。”

“不，我没醉，我很清醒。”他换了个姿势，依旧还是将她抱在腿上，头却倚在她的肩上，“我到了上京，见到了可汗，凭着长相，和身后的狼首刺青，可汗恢复了我原本尊贵的身份，给我赐名耶律元修。在那里没多久，曾经的记忆一点一滴地找回来，因恨你，我被激起了要统领八部的欲望。我成功了，统领了八部，其后攻破大宋边境的一个城池，我被尊为南院大王。我不再是那个要捉尽天下盗贼的捕头向昕，我是耶律元修，我是深受契丹子民景仰的尊贵的南院大王耶律元修，这才是我，尊贵无双的耶律元修。我是耶律元修……耶律元修……”

他望着眼前的这张娇颜，那张艳红的双唇，不由自主地便捧着她的脸，深深地吻了上去。如同上一次，他的吻急切热烈又霸道，双臂将她困在身前不容她闪躲。

美仁只能死命地咬紧牙关，不让他有进一步侵略的机会。

渐渐地，唇上的热度没有了，随之而来的便是不堪重负的力量压在她的身上，两人双双倒向床榻。

美仁睁开眼，瞧见向昕歪着头倚在她的颈窝，合着眼，口中含糊不清地念着她的名字。

她试图拉开向昕死缠着她的手臂，却无果，只能任由他这样抱着她。当耳边响起规律的呼吸声，她又歪过头看了一眼，这时，向昕已沉沉睡去。

这一夜，美仁窝在向昕的怀中彻夜未眠，脑中混乱一片，直到三更过后才昏昏入睡。

当阳光透过帐顶的天窗射进帐内，向昕深蹙着眉头，右手抚上额头，轻揉了揉太阳穴，他整个左臂又僵又麻，这才意识到左臂被什么东西给压着。他偏首，艰难地睁开双眸，一张美丽的面庞映入眼帘。

向昕完全清醒了，左臂被美仁压着，他却动都不敢动。他细细地看着她的睡颜，心底微微泛起一丝涟漪。这绝美的睡颜，就仿佛是晨光中安然憩眠的芙蓉仙子。

渐渐地，他不由得看痴了。

似是受了晨光的诱惑，他情不自禁，伸出手轻抚上她的脸颊，她的皮肤失去了以往的白皙细嫩，略显粗糙，这都是他的杰作。他的指腹在她的脸颊之上不停地来回摩挲。这一个月来，无论他怎样对她，她连哼都不哼一声，她是骄傲的、坚强的，这就是她，她始终都没有变过，变的似乎只有他。

这美好的触感似有魔咒般的力量，让他忍不住流连再三，只有在灵魂深处出现的深情，此时此刻正呈现在他的脸上……

好痒，是什么东西在碰着她的脸?

嘤咛一声，美仁逐渐清醒，忽然想起她应该还躺在某个粗暴男人的怀里，她猛地睁开眼，望见的是向昕阴沉着的一张俊脸。她四处扫视一圈，意识到她还枕着向昕的左臂，而向昕则是半倚着身体，狠瞪着她，双眸似要喷出火来。

她猛地坐起身，脸别向他处，含糊不清地哼了一声："你昨夜喝多了……"

向昕微微动了动酸麻的左臂，一句话未说，径自下了床，整了整身上的衣服，便直接出了营帐。

若是认为仅这一夜，会改善她和向昕的关系，那便错了。

他依旧还是和之前一样，一样的冷酷绝情，一样的残暴无理。他说过他是耶律元修。"耶律元修"这四个字的寓意就是残暴、冷血、无情。

唯一不同的是，自这夜之后，这间营帐成了她一个人的了，而到了夜幕降临之时，向昕便如同鬼魅一般出现在帐内。

她只觉得头皮一阵阵发麻，担心的事终于要发生了，她该怎么办?

孰料，他只是脱了衣服，往那榻上一躺，便合上了眼。美仁一直傻站在那儿，进也不是，退也不是。

“你还傻站在那儿干吗？给我滚过来。”恍惚之间，向昕的声音传入她耳中。

不要，她不要过去，在她知道这个营帐成为她一人专属之后，脑中就冒出“独属红帐”几个字。她不再是当年的向美仁，那个心里只有向昕的向美仁，她再也不是了。

向昕知道她在抗拒什么，那种挫败而难堪的怒气直涌上心头，他一把捉过她，将她压在身下，道：“你给我乖乖地睡觉，要是你真想和红帐里的那些女人一样，我很乐意助你。”

一如向昕所说，他背对着她，只是睡觉。当她紧绷的心弦好容易松下的时候，向昕突然一个转身从身后紧紧地拥着她，让她的身体再度僵硬起来。许久之后，没有再进一步的动作，听到耳边又传来平稳的呼吸声，她的身体方再度松弛下来。

一夜复一夜，起初，他只是会抱着她，渐渐地，他会强吻她，每次她的抗拒都像是打了一场恶仗一样，而最终都是他突然放开手，满脸痛苦地似在强忍着什么。而往往这时，本来恨他入骨的她，又总是会不由自主地担心他。

她越来越烦躁，对景升的思念也越来越浓。这样的局面，让她觉得是对景升的一种背叛。她的身、她的心，都给了景升，就算是从头来过，她也无法再爱上昕大哥了，她真的不知道自己是否还能再坚持下去。

白天还要做很多的体力活，晚上又要面对他，美仁只觉得自己快要疯了。所幸，肚里的孩子是她坚持下去的力量。

[八] 阴魂不散

行军路上，最缺的便是水，而取水这个重活，自然就落在了美仁和几个俘虏的身上。从眼前这条小溪的水面上，她看到了一个头发蓬乱、脸上还有着污脏的女人。她捧起清澈的溪水不停地扑向自己的脸庞，要将那满脸的脏污全数洗去。

“下贱的汉人，是叫你来取水的，你竟然敢在这里偷偷地洗脸。”其中一个监视她们的契丹士兵高举着粗长的鞭子便向美仁抽去。

所幸美仁速度够快，然而她这才躲过一鞭，不幸又跌入了水中。

另一名契丹士兵扬着鞭子冲着其他几个俘虏吼道：“取了水就快滚回去。”

那些俘虏吓得一个个都低着头，提着水，迅速往军营地走去。

美仁从冰冷的溪水中爬起，却见着眼前这几个契丹士兵不怀好意地互望了几眼，一个个淫笑着看着她。

她心中警铃大作，双拳紧握，气运丹田，可那里始终感觉不到一丝真气。

那几个契丹士兵淫笑着，口中满是污言秽语，大意是在说这会儿就只有她一个人，离营地又远，看她怎么逃。

她紧张地往后连退了数步，这时长鞭向她挥来，直取她的颈间，瞬间，她呼吸难当，全身的血液直冲脸部。她双手紧抓那长鞭，又是一刹那，她便觉得不再那么难受，一股微弱的真气涌向她的掌心。

隔物取力？她竟然还可以隔物取力。

她瞪大了双眸，望了一眼那执鞭的契丹士兵，原本淫笑的脸逐渐变得扭曲起来，他甚至说不出话，而其他契丹士兵并未发现他的异样。

她暗自欣喜，这真是天赐的良机，她终于有了可以逃走的机会，待她将几个契丹士兵的精气全部吸去，杀了他们之后，她就可以逃走了。

这时，不知从哪儿冒出一粒石子，将那根长鞭击断，她便失了重心，又跌回溪水之中。

接着，横空闪出一个白色人影，将那个契丹士兵击晕过去。那几个契丹士兵一看见他，个个面色慌张。

“还不快滚！是不是要你们大王亲自来收拾你们？！”那人大喝一声。

那几个契丹士兵连忙将地上的同伙抬起，飞奔回军营。

美仁从溪水中挣扎着起身，抹净脸上的溪水，这才看清眼前之人。她惊诧地望着他，嘴微张了张，又合上，心中暗忖，怎么会是他？

“月下美人，我们又见面了。”月下嘴角轻勾，嬉笑着望着美仁，缓缓走向她，伸出手，意欲拉她上岸。

美仁瞥了一眼，挥开他的手，从旁边上了岸。此时此刻，她心中唯一的念头就是她可以借此良机逃离这里。

可她才走了一步，那个邪气又讨厌的月下便挡在她的面前，道：“美人姑娘的脾气似乎还和以前一样——很没礼貌。”

他又笑了笑，笑得很好看，但在美仁看来很讨厌。

美仁扬了扬唇，嗤笑一声：“对于看不顺眼的人，我素来都是这样。月下公子，劳烦请让开，不要人不当当犬。”

月下轻笑出声，往美仁面前又走近一步，道：“多看看，看多了便顺眼了。”

美仁咬了咬唇，这男人怎么这么无赖？

一阵山风吹来，啊嚏——美仁冷不防打了个喷嚏，可能是溪水太凉了，紧跟着身体就打了一个寒战。一个恍神，眼前便是一张放大的脸，吓了她一跳，她退后一步，愠道：“你、你想干什么？”

“啧啧啧，只不过两年不见，美人你变黑了，可惜了当初吹弹可破的肌肤啊。”说着，他的指尖轻佻地在美仁的颊上刮了一下。

“你——”美仁气极，往他的脚上狠狠地踩了一脚，这个邪门的家伙居然敢非礼她，“你去死！”

“我就是喜欢看你生气的样子。”月下哂笑着道。

美仁推开他，往军营的反方向跑去。

“美人，你走错方向了。”一个轻跃，月下飞身拦在了她的身前。

“你这阴魂不散的家伙，究竟想干什么？”

“是不是受不了耶律兄，所以想要离开？”月下长臂拦过美仁的腰，在她的红唇之上轻啄了一口，“美人，你的腰似乎有点粗。”

美仁愤怒至极，举起手想狠狠地给他一记耳光，孰知，月下一把捉过她的手掌，在看见那上面满是伤痕之后，叹道：“啧，耶律兄真是不懂得怜香惜玉，从今往后，有我在，便不一样了，跟着我，没人敢欺负你。”

美仁气急败坏，另一只手直取他的脉门，气运丹田，可体内那吸人内力的邪劲却一点儿反应都没有，而她已被月下拦腰抱起。

“你这个无赖，放我下来。”

月下抱着美仁方转身，便瞧见向昕立在数步之遥，一脸阴沉地盯着他们俩。

美仁在心中诅咒这个月下死一千次一万次，碍她失去这么一个绝好的逃跑机会。

向昕走近他们，月下依旧面如桃花，无论美人怎样挣扎，他就是不放手。

向昕深蹙起眉头，强抑着心中的怒气，对月下冷道：“阴兄，你似乎很闲，闲到让众将士们都在等着你，而你却在这里调戏我的女奴。”

阴兄？美仁一听到这个姓，头皮便是一阵发麻，因为天一族族长一氏便是这个姓。天一族阴氏一族身份高贵，不可能受契丹人指使，或许他姓阴只是一个巧合。

美仁也不挣扎了，与其浪费力气，倒不如静观其变，应付接下来的困境，反正她是待宰的羔羊，不过是从一个虎口跳到另一个虎口，眼下就看这两只恶虎谁厉害了。

“耶律兄吃醋了？原本好好的一个美人都让你折磨成这样了，似乎耶律兄在乎的方式很特别。”月下挑了挑眉讥道。

“阴兄，若是你没事，就请你将你的女人看好，若是你再放任她在我眼前乱晃，我不保证哪一天会动手杀了她。”向昕的脸色越来越难看，他逼近月下，手直向美仁伸来，不费吹灰之力就将她从月下的怀中拉到自己的身前，“阴兄你该回去好好琢磨你们该做的事。”

月下微微挑眉，扫了美仁一眼，勾起唇角，道：“美人，来日方长。”说完，他笑着一个纵身便消失在眼前。

月下一离开，向昕强抑了很久的怒气爆发了，他松开抱着美仁的手，若不是美仁反应快，定会摔得很惨。

“你不是被赶出天一谷了吗？怎么还想攀上阴家的人？想逃走吗？”向昕冷道。

美仁惊诧，向昕怎么会知道她被赶出了天一谷？月下是天一谷阴家的人？

她淡淡地道：“我不知道你在说什么，我和他只有一面之缘，只知道他叫月下。”

向昕一把扯住美仁的皓腕，似要捏断，怒道：“到了今时今日，你还在骗我？你身为怡家人，竟然不认识你们的族长阴豫，还称他为月下？哼！生怕他人不知道你们两人是月下美人吗？”

月下是阴豫？那个一上任就开始选圣女娶圣女，闹得全族沸沸扬扬的阴豫？

但凡她见过的人，只需一面，她便可以记住那人的相貌、年纪、声音、动作，她可以很轻易地易容成一个与她只有一面之缘的人，但在认识“月下”之前，她从未见过阴豫。

阴豫接受族长之任的大典，她因有任务在身，并未回天一谷，而按天一族的族规，除了在那日的大典之上，以及各重要的节日庆典之上，平日里她们这些女儿几乎是不大可能见到族长的。加上她对族人的厌恶，她对他长的是圆是扁、是人是鬼，根本不关心。

她抬眸对上向昕满是怒气的眸子，为何他会知道她被赶出了天一谷？为何他会和阴豫在一起？为何身为族长的阴豫却要听从他的命令？难道天一族开始为契丹人卖命了？天一族的人与向昕要联手对付宋军？

这个念头，让她不由得浑身一颤，往后缩了缩。

“天一族前任族长阴有为，也就是阴豫的爹曾经为我爹所救，同样，阴有为可以成为天一族的族长，也是因我爹助他一臂之力，我娘就是我爹的战利品。阴有为曾经对天起誓，若是我爹或是他的子孙有难，他阴氏的子女都将竭尽全力报答我爹的恩情，就算是有违人伦天理，逆天而行，也绝不违背誓言。阴氏一族素来守信，阴豫身为阴有为之子，便是替阴有为报恩来了。如今我要他阴豫助我攻下大宋，他就必须守这个承诺。”

原来那些契丹人口中的汉人军师指的就是阴豫，而阴豫会成为契丹人的军师是为了替父亲报恩。

向昕再度拉过美仁，厉声道：“我再给你一次忠告，别再试图逃走，不然你的下场就是这棵树。”说着，他扬起手中的长鞭，转身便将身后的树劈成两半。

美仁扬起脸，对向昕笑了笑，却是残忍地道：“昕大哥，你不觉得这一个多月你很累吗？你恨我，觉得一刀杀了我，便宜了我，我若死了，你这种将快乐建立在我的痛苦之上的乐趣便消失了。你要我活着一天便受尽你的折磨一天，可你开心吗？你并不开心。你有没有想过，你会这样折磨我、困着我是因为什么？阴豫那句话没错，你在乎的方式很特别。你放心好了，我不会再逃了，我很累，日也累，夜也累，心也累，身也累，每时每刻都累。我会好好地留在这里，直到你折磨够了，想一刀杀了我，我便会主动将我的人头双手奉上。我永远都不会忘记，这是我怡符衣欠你的。”

似乎是被说中了心事，向昕恼羞成怒，啪的一声，狠狠地给了她一记耳光，道：“别自作多情，像你这种女人，根本不值得男人真心对你，因为你不配！”

美仁脸色变了变，吐了口中的鲜血，再抬眸，她笑着道：“只要折磨我，能让你开心，就好。”

定州，宋军营。

大半个月过去了，终于有了美仁的下落。

景升捏着手中探子的回报，知道她还活着，激动不已。果真是被契丹人抓去了，还是让大宋最头痛的契丹南院大王耶律元修所带的人马抓走的。耶律元修带领的是先行军队，行踪不定，难以捉摸，伤了大宋不少兵马。

无论怎样，他一定会救出她的。

这时，又一名宋兵进来禀报：“启禀将军，主帅请您去他的帐内，有要事找您。”

景升点了点头，转身对万镖交代了一些事，便去了主帅军帐。

“不知主帅找末将有何要事？”景升见了王超行了军礼。

“先锋，快快请起，小心伤口复发。”王超连忙扶起景升。

“谢主帅，末将的伤已无碍。”景升谢道，“不知主帅召末将前来有何要事？”

王超示意景升坐下，道：“我军之前收到探报，耶律元修一直在为耶律隆绪探路，选择最佳的进攻路线。你可记得之前，耶律隆绪率军南下，我定州军在唐河力挫契丹大军，逼他们退居瀛州，自那一战之后，他们改变了作战方式，耶律元修给他们探路，让我们各路军损失不少，相应地也给他们增了士气。耶律隆绪不日将会率军抵达澶州，与耶律元修会和。澶州那里杨家军已经做好了准备，但据报，此次契丹大军里多了一位宋人军师，此人来历不详，身份不详，只知道姓阴，单名一个豫字，擅长布阵。常听人道，先锋懂得五行八卦奇门遁甲之术，入军之前也结识了不少江湖英雄豪杰，不知可识得此人？”

“元帅过奖了，末将只是略懂皮毛，不曾深究。江湖之中，末将也未曾听过阴豫这个人。”景升蹙眉，摇了摇头，他没有听过阴豫这个名字，且他对五行八卦的了解真的只能算得上是皮毛。

“这样啊……”王超拿起桌上的一封信递给景升，“这是圣上给你的手谕。”

景升接过拆开，看完之后，微微怔愣，抬首问王超：“圣上要调派我去澶州？”

王超道：“嗯，如今那里战事告急，杨家军人虽多，却闯不过一个小小的五行八卦阵，比不上契丹狗贼的先锋军，已有不少将士被困在阵内无法出来，枉死阵内。澶州那边向朝廷求援，保州、莫州等地都派出兵马速去支援。先锋在我定州军内是佼佼者，又懂五行八卦奇门遁甲之术，深得圣上器重，乃我定州军的骄傲，我定州将由先锋带军速去支援。”

“末将明白。”

王超高声道：“定州军先锋将士明景升听令，即刻带军支援我澶州杨家军。”

景升单膝下跪，行军礼，高声应道：“末将领命。”

“快快请起，先锋做好准备，即刻出发，”王超拍了拍景升的肩头，一脸慈爱，“本帅还真舍不得你，你我合力，将契丹军阻于唐河，让那个不可一世的契丹女人萧燕燕受挫，真是大快人心。先锋是个不可多得的将才啊，如今澶州告急，本帅对先锋是不得不放手了。”

“主帅过奖了。”景升浅浅一笑。

澶州，那里离她更近了，他一定会想法子救出她的。望苍天庇佑，她安然无事。

［九］仇人相见

回到契丹军营，掀开帐帘，美仁刚想要换下身上的湿衣，却没想到会在这里见到怡素。

怡素见到她的时候，同样也很吃惊，但见到她身上狼狈的装束之后，便笑了起来："怡符衣，没想到我们这么快又见面了。当年那个趾高气扬的你，如今却是一个身份卑贱的奴隶，看来你的木头昕大哥，对你可真不是一般的'好'啊。"怡素刻意加重了那个"好"字。

"我这样，不是很合你意吗？"美仁回以一个美丽的笑容。

"果然是同人不同命，你看到没有，按理来说，他应该一刀杀了我才对，可他没有，还把我当上宾一样对待，让人伺候着，而对你呢，却是像对奴隶一样，哈哈哈，你知道为何吗？"

美仁出手阻止她下面的话，笑道："哎，慢着，我对你的事并不感兴趣，也不想知道，因为你怡素这一生就没做过什么好事，宁愿做狗不做人，没什么好说的。"

"你——"美仁脸上鄙夷讽刺的神情令怡素恼火，她大声叫道，"难道你就做过好事？你别忘了你做过的坏事可不比我少。"

"是啊，你没见着我受到报应了吗？所以才能让你有机会嘲笑我遭报应了呀。常言道，多行不义必自毙。所以，坏事做多了，必遭报应，不是不报，而是时候未到。我就是你的前车之鉴，你好自为知！"美仁扬着唇角嘲弄，"请让开，我还有活要干，若是你碍着我，让我今日没饭吃，那我一定会在半夜去咬你的肉充饥。"说着，美仁便要出帐，做着每天都做不完的事。

"怡符衣，你给我站住！你居然敢这么对我说话，你可知道，我就快是本族至尊无上的圣女了？"怡素气急败坏地拦在她的面前。

抬眸，美仁只是瞬间愕然，接着便笑了起来，讥道："圣女？就快当圣女了？也就是说还没当上。再说，你当圣女关我屁事？你是天一族族人的圣女，又不是我怡符衣的圣女。笑死人了！"

"怡符衣，这样大逆不道的话，你也说得出口，你别忘了只要你一天身为天一族的女儿，就不可以为所欲为。在天一族内，族长和圣女就是天。你废我武功的事，我不和你计较，但你必须把封魂镜交出来。"

"天？哈哈哈，果真是要当圣女了，这脑子就是跟正常人不一样。你别忘了，我早已经被怡家赶出天一族了，从那日起我便与天一族还有怡家毫无瓜葛。"

"既然没了瓜葛，那就将怡家的东西交出来，把封魂镜交出来！"

"怡家的东西？我只知道那是我娘的遗物。你何以对封魂镜这么执着？莫不是封魂镜中有什么不可告人的秘密？"

怡素的脸色变了变，很快便道："这是我怡家的东西，既然你不是天一族的女儿，就没理由再拥有这样东西。"

"你想要它，那你就去找向昕要。敢吗？"美仁白了她一眼，掀开帐帘，出了营帐。

怡素怔了怔，封魂镜在向昕的手中？

怡素跟着冲出营帐，追问正在劈柴的美仁：“封魂镜真的在他手中？”

美仁抬起头，扬起手中的斧子，笑道：“看见没有，我只是个奴隶，你认为我一个奴隶可以拥有自己的东西吗？”

怡素犹豫，美仁说得没错，向昕在第一眼见到她之时，恨不能一刀劈了她，若不是阴豫拦着他，告诉他，她会是帮助他们契丹一举攻下大宋的得力帮手，他是绝对不会放过她的。现在的他和以前的那个木头完全是两个人，每次看到她，他那双阴毒的双眸，恨不能以眼光将她杀死，如今她不惹他就好了，怎么还可能去找他索要封魂镜？等事成之后，他会不会放过她，还是个未知。没事的，有阴豫在，她一定会没事的。

突然，怡素的右掌往美仁的右臂探去，在扣住她脉门的时候，狠捏了她一下。

这一捏，美仁有些吃痛，痛呼出声，但她同样大吃一惊，明明在桐柏山的时候，她已经废了怡素的武功，为何从怡素的力道来看完全不似一个不会武功之人？

“原来你的武功也被人给废了，我说你怎么可能逃不出这里。我要谢谢你废了我的武功，不然我也不会有机会学到《天一圣经》下卷里的武功。你知道吗？你娘当年偷了圣经之后，却还是在临死之前将下卷交给了我娘，我娘终是舍不得我。你永远都没法和我比。只不过那是个残本，但单凭那个残本，我随时随地都可以取你这条贱命。”

残本？美仁想起明经堂的话，也就是说当年娘将那本书烧了，后来又救了下来，只不过被烧掉的部分没法挽回。事后，她又凭着记忆将那《天一圣经》上记载的武功默写出来，只不过一直暗藏在弯刀里。

“哦，那恭喜你了。”美仁试图甩开怡素的手，可怡素紧抓着她不放。

“我跟你说，封魂镜里有完整的经文。你也可以学的，只要能拿到封魂镜，就可以恢复原来的武功，你不想吗？”

美仁在心中回道：想，而且她已经在练了，不过如今一切以孩子为重。她勾了勾唇，笑道：“你想怎样？”

见美仁有所动容，怡素松开她的手，道：“那木头对你还是有情的，他虽然一直在折磨你，但始终舍不得把你当其他女人一样对待。你看看那些被抓来的女人，不是进了红帐就是死了。而你呢，虽然像个奴隶一样苦一点，但没人敢碰你。阴豫救了你不是吗？但你知道那几个契丹士兵的下场是什么？全部被依军纪处罚，杖毙了。你知道向昕用的是什么理由吗？他说那几个契丹士兵得罪了军师阴豫，于是契丹的将士们如今更恨阴豫了。他和以前可真是不一样了，将所有的矛盾从你身上直接转到了阴豫的身上，一面在保护着你，一面却是给阴豫一个下马威。”

“那又怎样？”

“你说得对，如今他是在利用我，等契丹一举攻下大宋，你以为我还能逃得了吗？”怡素拧紧了眉。

“那你还要助纣为虐，帮那些残暴的契丹人？你忘了自己是宋人了吗？”美仁笑着，目光却冰冷如霜，“你和阴豫这么做，很快报应就会来的，不知你会不会比那些红帐里的女人更壮烈？”

“你不用这样刺激我。为了阴豫，为了圣女那个位子，为了怡家，什么泯灭良知的事我都愿意去做。”怡素捡起一根枝条，咬着牙掰断，看了她一眼，“你为何会北上？还刻意瞒着我的耳目，着时让我费了不少心。是不是为了你那个二哥？哼，早在京城的时候，我就看出你和他的关系不寻常，就连景承都整日担心你会将他的二哥给吃了。怡符衣，你可真是不知羞耻，实在是我怡家的典范，连自己的亲哥哥也敢爱。”

“这是我的事，与你无关。你还是担心你自己比较好。”美仁抬了抬嘴角，云淡风轻地回道。

“不，你错了。你避开我的耳目，一路追着他上京城，却亲眼见到他娶了别人。事后，我知道了这件事，可是大笑了很久呢，我真没想到你怡符衣会这么没骨气，简直是丢尽了我怡家人的脸，竟然会真心实意地追着一个男人。如今，他可是郡马爷，你心痛不？其实我很想问你，你是爱向昕多一点还是爱你二哥多一点？不不不，我不必问了，看来你还是爱你二哥多一点，否则也不会在知道他身中一箭之后，千里迢迢北上来寻他，只是不小心，遇上了你的克星向木头。”

“我的克星不是他，而是你，只要你不烦我，我活得很自在。你若觉得真的很无聊，想让我陪你闲聊，那么，请你先将这些柴给劈了，否则，我今晚没饭吃，真的会去你帐内咬你的肉哦。”说着美仁便继续自己手中的活。

“你——我说了这么多，你怎么可能不明白？难道你真的想在这里过一辈子，当一辈子的奴隶？你只要拿回封魂镜，就可以找回比以前强百倍的武功，这样你就可以摆脱他了。你不是想要见你的二哥吗？不是想知道他的情况吗？难道你都不想吗？还是你又爱上了向昕？”

美仁觉得好笑，拿回封魂镜？是替她怡素拿吧，怡素想要的是里面完整的内功心法，她又不是白痴，怎会为她做嫁衣裳。她是很想拿回封魂镜，但只是因为那是娘的东西。离开这里，她连做梦都在想，上次若不是阴豫坏了她的事，她应该就已经离开这里了。

她鄙夷地看了怡素一眼，淡道：“你说了这么多无非是想得到封魂镜里完整的经文，怕难如你愿了，那里面什么都没有。你这么执着地要它，而我又不是白痴，怎么可能不去查看封魂镜？只可惜那里面什么都没有。被天一族调教出来的女儿，都是自私自利的，若是那里面真的有你说的东西，我怎么可能会放弃？可你也看到了，我依旧还是一个不会武功的废人。”

“不可能！”怡素尖叫出声。

美仁眈了她一眼，继续手中的活。

“一定是你这个死丫头骗我的。”

怡素不相信，拉起美仁死命地摇着她，美仁一脸无所谓的表情，怡素气得将她猛地一推。美仁顿时便跌坐在那堆木头之上，刹那间，腹部一阵绞痛，不一会儿，两腿之间就流出血来。

“你……”怡素怔怔地看着美仁。

“怎么回事？！”原本满脸笑意的阴豫，见到美仁跌坐在木柴之上，急忙上前要扶起她，却被美仁狠狠地挥开手。

“怡素，若是我的孩子没了，我做鬼都不会放过你！”美仁强撑着从那堆木柴上爬起，整个人微微颤颤，腿下一软，在跌倒之前，便被阴豫拦腰抱起。

［十］笼中之鸟

“孩子是谁的？！”向昕盯着榻上面色苍白的美仁怒声吼道。

美仁未应他，目光落在一旁的烛光之上。

“我问你话，你听到没有？孩子是谁的？”向昕猛地攫住她的双肩，似要将她的肩骨捏碎了。

一直守在帐外的阴豫，终于忍不住掀了帐帘进来，看见眼前的情形，他拧紧了眉，快步上前，将向昕一把拉开，道：“耶律兄，息怒。军医说了，这次胎儿虽保住了，但她随时都可能滑胎。”

“保住了？！我即刻就打掉他，一个奴隶居然还妄图在我的军营内生孩子！”因为愤恨，向昕脸部的表情有些扭曲，脸上那道伤疤也变得异常可怕。他犹如一阵狂风，卷出帐外。

阴豫在榻前缓缓坐下，盯着美仁那张苍白的脸，幽幽地说着：“你和我想象中的不一样，难道是我看错了……”

转过头，美仁死死地盯着阴豫，道：“阴豫？天一族的族长阴豫？！你到底在盘算着什么？《天一圣经》，你的圣女已经为你拿到了！我也早已被赶出天一谷，是一个没有武功的废人，如今只是在这里坐吃等死，熬一天是一天。请你和你的女人离我远一点，滚得越远越好！”

阴豫挑了挑眉，又道：“你很爱那个男人？”

“滚！你给我滚出去，我不想看到你和她，你给我滚出去！”美仁抓起身旁的枕头砸向阴豫，冲着他怒吼。

阴豫笑着一把接过那枕头，道：“有了身孕的女人不宜太过激动，而且如今你胎位不稳，更不宜动怒，你若是为了孩子好，就该极力克制自己的情绪。”

“快滚啊——”美仁举起手便向阴豫挥去，却被他轻轻握住。

他嬉笑着道：“俗语说得好，打是亲，骂是爱，不打不亲不自在。好，如你所愿，亲哪里好呢？”

阴豫方想在美仁的额上亲上一记，这时，他听见帐外有脚步声传来，便放开了美仁。

进来的是一个汉人俘虏，端着一碗汤药。

美仁正要甩手给阴豫一耳光，一见着药碗，当下慌了起来，跳下榻，将那碗药挥翻在地，冲着帐帘外大叫：“我不喝！我死都不喝！向昕，你要是敢弄掉我的孩子，我做鬼都不会放过你。向昕！你有种就一刀杀了我！”

“你再不控制自己，不用喝药，你的孩子早晚一样会没的。”阴豫见美仁失了控，不由分说，连忙上前抱起她，将她强按在榻上，“你若不想待在这里，我可以带你离开。”

不知何时，向昕又回到了帐内。

“阴军师，我已经和你说过很多次了，她是我的奴隶，你该去做你应该做的事。可汗和太后就要到了，你应该守在阵地，而不是在这里，缠着我的女奴不放。别忘了你的承诺！”

阴豫直起身子，走进向昕，正色道：“她是我天一族的人，是我天一族怡家的女儿。虽然我代我爹遵守承诺，但身为天一族的族长，我不会放任任何一个人欺辱我的族人，耶律兄也不可以。事成之后，我一定会带她回天一谷。”

向昕捏紧了拳头，青筋暴露，指关节咔嚓作响，道：“那就等事成之后再说，请阴军师即刻做自己该做的事。”

回转身，阴豫冲着美仁邪媚一笑：“美人，好好养身子，稍后再来看你。”

帐内只剩下向昕和美仁两人。

美仁躺在榻上一动不动，双眸紧闭。

向昕立在营帐中央，凝视着她，心中有种说不出的感觉。他告诉自己，这一次再见到她，他没有再爱上这个女人，他没有。当知道她体内怀着另一个男人骨肉的那一刻，他只觉得自己快要疯了，他是嫉妒得发狂，他嫉妒那个男人。这么多天来，一直很乖的她，竟然为了肚子里的孩子，第一次敢和他怒吼。

“大王，药熬好了。”

“端进来。”向昕道。

进来一个契丹士兵，又端着一碗汤药进来。

倏地，美仁睁开双眼，再次激动地大叫：“向昕，我死都不会喝的！”

向昕心中一股无名的怒火涌上，他端起那碗药，走近床榻，怒道：“既然你不肯喝，那就让我喂你喝。”

美仁咬紧牙，别过脸。向昕一把扣住她的下颌，欲将那碗药灌入她的喉中，她拼命地挣扎，硬是将那碗药挥洒出好些。

向昕终于忍不住，怒吼出声：“向美仁，这是安胎药。”

安胎药？

听到这话，美仁停止了挣扎，瞪着一双泪眼，难以置信地凝视着向昕，他真的会好心地喂她喝安胎药？！

“我没有你想的那么恶劣，喝吧！”向昕将那碗药放在美仁的手中，立起身背过她，“是明景升，对不对？”

他是在问她腹中孩子的父亲，她端着那碗药，看着药汤映着自己的倒影，那里是一个窝囊的女人。他说的应该是真的，若是他真的要害死她腹中的胎儿，一定会以另外一种更加残酷的方式，而不是以这种方式。这是安胎药。坚定了心，她将唇凑到碗边，捏着鼻子，将那碗药一口仰尽。

“他是你二哥，你怎么可以做出这种有悖人伦的事来？”向昕的声音都开始发颤。

捏着碗，美仁咬了咬唇，道：“他不是我二哥。”

向昕怔然，沉默了一会儿，道：“告诉我，你有没有忘记过我？”

“没有。纯钧剑，我一直看得比自己的命还重要，否则我也不会被你给抓住。”

“那么死命地护着纯钧剑，是因为你心里有我，还是因为对我心存愧疚？”

“……”

“为何不回答我？！”向昕一脸悲痛，转过身，走近美仁，在她的面前坐了下来，双手抚住她的双肩，“我想听实话，告诉我。”

美仁垂着头，吸了吸鼻子，道：“在你坠崖之后，我没有一日睡得安稳的。正如你说的那样，我后悔了，后悔在太白峰上所做的一切，后悔自己的执着。我因修炼魔功而差点走火入魔，是他费尽心思，千辛万苦地找到我，救了我。与他在一起的每一天，我都很开心，那样幸福快乐的日子，我追寻了很久很久，原来一直都在我身边。他的一点一滴就这样渗进了我的心。昕大哥曾经是第一个真心对我好的男人，而他是第二个，他用他的真心、他的真情、他的生命在爱着我，护着我。你说我是一个没心没肺的女人，他也说过，可是，我这么一个没心没肺的人，终究还是有了心动的感觉……”

向昕收了手，双拳越握越紧，似乎能听到自己心碎的声音，许久，他哑着声音，道：“我输给了天时和地利……”

美仁只是淡淡地轻抬了抬嘴角，苦涩一笑。

向昕低沉着声音，道：“你是为了他才北上的吗？要去定州，西王镇是必经之路。”

“是。”

“不幸的是被我的人给俘虏了。”

“是。”

“那你的武功呢？”

“被废了。”

“是谁？”

“我自己！”

又是一阵沉默，向昕吐了一口气，方道：“这两日安排好，我会送你去上京，你好好地在那里安心养胎。”

美仁倏然僵住，抬眸看着向昕。去上京？那里是契丹人的天下，他究竟要做什么？

“什么意思？”

“再过些日子，我契丹大军定会一举夺下中原天下。那势必是一场硬仗，你的身子不适合再随军出行。”

“我不会去上京，我要去定州，那里才是我要去的地方！”美仁推开向昕，欲要下榻。

“我不准！”向昕拽过美仁，怒吼着，“你听着，只要我活着一天，你哪儿都别想去！这是你欠我的。你后悔，你亏欠我，那就用你的一生来还我！你也别妄想阴豫可以帮你，除非我死，不然你这一辈子都只能待在我的身边！”

“昕大哥，你别忘了天一族养育出的女儿都是自私自利的，我是觉得亏欠你，但是我决不会拿我的一生来偿还。你要是觉得能看得住我，那就试试。”美仁怒应。

"好——"向昕的心房猛地一收缩，浑身又如针刺，他急忙起身，冲出营帐之外。

向昕倚着帐外的木柱，大吐了一口气，平复心情，才稍稍减轻了疼痛。

"报——启禀大王，上京传来消息，可汗与太后即日便会抵达。"一名契丹士兵行了大礼，将一封信函交给向昕，"这是郡主给您的信。"

萧非非的信？

向昕接过信封，抽出信笺展开，待看到上面的内容之后，他脸色大变，低吼了一声："该死的萧非非！"

这封信是可敦萧菩萨哥的堂妹萧非非给他的，信上曰："修，忌动情，金蚕蛊王已复苏。"

当初救他的人正是萧非非，她跟他说，他伤势甚重，为了救他，她只能将她体内养了很久的金蚕蛊王转到他的身上，才救回他一命。

这个萧非非，不爱琴棋，不爱书画，不爱女红，不爱武学，却偏偏喜欢琢磨苗疆的蛊术，为了学习蛊术，她千里迢迢从上京去了苗疆，拜了苗疆蛊母为师学习蛊术，习得真传。

金蚕蛊乃是蛊中之王，炼蛊之人无不向往拥有一只。此物一般人服用可强身健体，若辅以法术，能令垂死之人起死回生。但萧非非炼的这只金蚕蛊并非是寻常的金蚕蛊，她炼的这蛊虫是一对情蛊，乃一公一母、一王一后，公的称为蛊王，母的称为蛊后。所谓情蛊，是苗疆炼蛊的女子，为了将自己喜爱的男人绑在自己身边而刻意修炼的，若是将公的金蚕蛊王种在自己喜欢的男人身上，那么，那个男人除了下蛊的女子之外，便不可以再爱上其他女子，更不可以与别的女子交媾，否则金蚕蛊王的幼卵就会迅速长大，成为一只真正的金蚕蛊王，游走于主人的血液之中。当金蚕蛊王游入主人的心脉，反噬主人，那么要不了多久，主人便会七窍流血而亡，而与其交媾的那名女子也必定会被蛊毒所噬，轻则拖延几个月，重则当场暴毙而亡。

离了蛊后的蛊王，便是一只催情蛊虫，若是蛊王蛊后公母两虫得不到互相的慰藉，那么蛊王的主人必要每月找其余女子将自己的欲望宣泄出去，否则同样会促使蛊王幼卵生长。

当初萧非非为了救他，便将金蚕蛊王种在了他的身上，他的命保住了，却受着蛊毒的牵制。在遇到美仁之后，他可以明显地感受到身体的异样，虫卵开始变化，如今他能感觉到蛊虫在他体内四处游走反噬所带来的钻心疼痛。

这个该死的丫头，他让她想法子把金蚕蛊给取出来，她竟然告诉他，她炼的金蚕蛊无解，指望她死了可以解蛊更是妄想，她若死了，他也得跟着一起死。

他已做好了万全的准备，可汗与太后不日将从瀛州率大军南下，与他们会合，到时一举攻下澶州，攻入京中，统一中原之后，他一定会让萧非非乖乖地把金蚕蛊王取出来。

"大……王……这是您吩咐的衣裳。"一名契丹士兵见向昕满面怒气，低首弯腰，颤着声，将衣服高高举上。

向昕抬首，看了一眼那套衣服，接过，低声道："下去吧，没我的吩咐，不许进帐。"

"遵命。"

他捧着那套契丹王妃才有资格穿的衣裳，掀开帐帘，往床榻之处走去。在榻沿坐下，他伸手便向美仁胸前探去，想要为她换衣服。

美仁一把抓住他的手，急道："你想做什么？"

他反握住美仁的手，细细地看着那曾经纤细柔嫩的十指，如今上面却是布满了大大小小的伤痕，这都是他刻意报复折磨她的结果。握住这双手，送到唇边，轻轻地印上一吻。

这个动作让美仁内心一惊，她下意识地抽回手，别过头。

他以手捏着她的下颌，强迫她看着他的眼睛，道："在上京等我，我南院大王的王妃将会是你，跟着我，你会有享不尽的荣华富贵，你想怎样都可以。"

"昕大哥，你知道我并不是要过荣华富贵的生活，过去了便是过去了，永远都不可能再回到从前，你我之间不只是天时地利的问题。我在你的心中永远都到不了第一位，曾经，你可以为了你名捕的身份，为了蓝家，而舍了我，往后，你依然可以为了契丹，为了你的八部，为了其他人而再次舍了我。"

"不会的！"向昕将美仁抱在怀中，紧紧地拥着她，承诺，"今后无论怎样，我都不会再放开你，错过一次，我不会再错第二次。把孩子生下来，我会当成自己的骨肉看待，忘了他，明家的人只会给你我带来痛苦的回忆。到了上京，我们重新开始。"

"对不起，昕大哥，我不能……"美仁轻道。

向昕的身体一僵，但是他坚持："没关系，我可以等，我会等到你再爱上我的那一天。他可以做到的，我一样可以做到，我只会比他做得更好。总之，无论怎样，我都不会再放开你。"

面对向昕的执着，美仁任由他紧抱着，眼下她再多说什么都毫无意义。

若是在以前，她一定会喜极而泣，盼望着和昕大哥长相厮守，可是杭州的点点滴滴，她没法忘怀。那里，有着她人生中最快乐的日子，那个宠溺她包容她的男人已经融入她的骨血里，他的眉、他的眼、他的呼吸，都深深地烙进了她的心，她无法忘记自己以为要失去他时那种几近发狂的心情。在知道腹中有了他的骨肉后，她是欣喜又忧愁，喜的是他的血脉，忧的是他的离开。

她不是无情的，她把腹中孩子看得比自己的命还要重要，她爱他，爱他们俩的孩子，她一定会是个好妻子、好母亲……

景升，景升，景升……

美仁毫不犹豫地推开向昕，双臂抱膝，将脸埋下，道："昕大哥，我不会去上京。我是大宋的子民，这里是生我养我的地方……"

"大宋的气数已尽！"

"昕大哥，你别忘了你生在大宋，长在大宋，除去你的身世，你能说你是契丹人吗？当年你身为天下第一名捕的热血呢？是你告诉我纯钧剑是正义之剑，你要惩奸除恶，保护好百姓的安危。可如今，你怎么可以反攻这片养育你多年的土地和子民？你能告诉我，当你再次拿起那把纯钧剑的时候，你心里想的是什么吗？难道你要用这把正义之剑血刃你曾经誓死要保护的大宋子民吗？"美仁直视向昕的双眸，在那里她看到了一丝踌躇闪动，"我曾经喜欢的昕大哥，是个为人正直、刚正不阿、是非分明的好人，就像纯钧剑一样，浑身上下都充满了正义感。我喜欢昕大哥那种为了抓凶手而永不放弃的执着信念，而不是如今这般残暴冷血、忘恩负义！"

向昕紧抿双唇，额上渗出点点汗珠，他紧握着双拳，美仁的话让他的心底泛起丝丝苦涩之意。与此同时，金蚕蛊毒又似在反噬他，萧非非没有和他说过金蚕蛊毒会发作得这么快。

美仁察觉到向昕的异样，急忙扶住他在不停颤抖的身体，道："昕大哥，你怎么了？"

"没事，我没事……"向昕摆了摆手。

"昕大哥，你已经不止一次这样了，是不是哪里不舒服？"虽然她和向昕再不能回到从前，但她依然还是很关心他。

"我真的没事。"他的手掌抚上她的脸颊，将她轻轻揽在怀中，"上天留着我的命，还能让我们再相遇，说明我们的缘分未尽……"

美仁咬了咬唇，苦涩不语。

"修，我找了你很久，没想到你在这儿。"帐帘被掀起，一个好听的女声传来。

［十一］契丹王妃

美仁抬眸，便瞧见一个身着苗疆服饰的高挑美人进了帐内。

向昕寒着俊脸，松开美仁，转身对这个不请自来的可恶丫头，以契丹语怒道："萧非非，你好大的胆子，胆敢擅闯军营。谁准你进来的？"

萧非非不怒反笑："是我闯的又怎样？除非他们都不想活了，才敢拦我。"

"出去！"

"修，你可真无情，好歹我千里迢迢赶到这里，就为了看看你好不好，你竟然这样对我。"萧非非瞟了一眼向昕身后的美仁，弯了弯唇，向昕揶揄道，"就是这个大美人？"

向昕毫不顾情面地推开她，道："请你出去。"

"好吧，我在帐外等你。"萧非非往帐帘的方向迈了几步，突然转身，对着榻上的美仁以汉语道，"大美人，看到你这么好地坐在这里，可见这小子为了你，忍了不少……"

"萧非非，你给我滚出去！"向昕一把揪起萧非非的衣襟，直接丢她出帐外。

到了帐外，萧非非收起笑脸，对向昕一本正经地道："当初为了救你，我没办法才将金蚕蛊王种在你身上，你应该知道，除了我之外的女子，你是不可以动情的。这一对蛊虫，心灵互通。我之所以十万火急地赶过来，是不想我费尽千辛万苦救回的人，不久之后又将是一个死人。"

向昕寒着脸，将她拉离营帐，一路拖着她往主帐的方向去。

"我不管你用什么法子，我要你把那只该死的蛊虫给我取出来。"

"不可能！别说我这对稀有的金蚕情蛊，就连普通的金蚕蛊都很难解。"

"你——萧非非，我感谢你救了我一命，可你看看你用的是什么法子？情蛊情蛊，分明就是只催情蛊虫，你要我整日像个禽兽，这样下去一辈子吗？"

"这不挺好的吗？有那么多的女人伺候你，你还不高兴？多少男人求之不得。"

"你——"向昕狠瞪了她一眼，简直是鸡同鸭讲。

萧非非撇了撇嘴角，道："那我有什么办法？当初在山谷里，你奄奄一息，我只能想到这样的方法救你啊。你以为我愿意？你要知道，你体内的这只蛊王和我体内的蛊后是我花了整整八年的时间才炼成的，不但可以强身健体，还能延年益寿，寻常人想求还求不来呢。你最好给我抑制住你的情啊爱的，别坏了我的绝世蛊王。"

"你一定有法子的。"向昕逼近她。

萧非非连连向后退几步，暗念：她当然有法子，可是那个法子很烂，而且是治标不治本，要她和他没事就上床，公母双虫得到慰藉，这样便能控制住他体内的蛊虫生长，她才不干。她对男人不感兴趣，要她陪男人上床，她宁可多陪陪她的那些乖乖蛊虫。

“……真的没法子。”她道。

“那我就去苗疆找你师父。”

“你找她也没用，这对蛊虫是我炼的，只有我有法子。”话一出口，萧非非就想咬掉自己的舌头。

向昕冷冷地威胁道：“可汗与太后很快就到了，我也没空和你闲扯这些，若是我军在攻下大宋之后，你不将这只蛊虫给我取出来，我敢保证你萧非非从今往后别想再炼成一只蛊虫出来。”

“唉，法子是有，但是……但是……”一听向昕这么说，萧非非慌了，这男人如今什么都能做得出。回想当初，她将他从山谷中救起，最初的那段日子，他一直安安静静的，人也很温柔，孰料，回到契丹之后没多久，他整个人就变了，变得粗暴无比。

“但是什么？”

“但是真的行不通……”

“怎么行不通？”

“那法子治标不治本。”

“萧非非，你给我说清楚！”

无奈之下，萧非非才逼不得已凑近向昕身边，贴在他耳旁，将那个“治标不治本”的解蛊法子告诉了向昕。向昕在听完之后，气得一句话也说不出来。

萧非非指着向昕道：“我跟你说，这个法子你根本不用想，就算你想，我也不会同意的。”

向昕举起手就想揍这个可恶的丫头一顿，一想到她是救过自己的恩人便收了手，怒吼道：“你见鬼去吧，我就算被金蚕蛊虫反噬而死，也决不会碰你一根毫毛。你这个鬼丫头，立刻马上给我滚出我的军营，明日太阳升起之前，我不想看到你，给我滚！”

萧非非盯着盛怒中的向昕，觉得非常委屈，她大老远地赶过来找他，不想看着他被蛊虫反噬，提醒他，他居然不领情，还凶她，天都这么黑了，竟然还要赶她走。

透过火光，她又细看了他一眼，突然发觉他脸上的那道伤疤不仅不难看，反而更显得他有男性魅力，难怪他在上京的时候惹得各部那么多女人喜欢。她心中莫名有些不舒服，但转念一想，那些女人喜不喜欢他关她什么事？反正她是不可能喜欢这个坏脾气的耶律家的男人。

她喜欢的男人应该是对女人温温柔柔、呵护备至的，就像中原的一些男人那样，才不是契丹男人这种整天粗暴又喜怒无常的样子。不知道帐中那个大美人是怎样受得了他的。想到那个大美人，她想要试着说服那个大美人，让大美人尽快离开他，这样他体内的蛊虫就不会反噬他，他的命就可以保住，她的蛊王也可以保住。

“报！大王，新阵法的布局已设好，军师大人在帐内等着大王过目。”

向昕点了点头，眈了一眼萧非非，道：“你最好马上给我离开这里，否则等我派人‘送’你走，就有失我大辽可敦的面子了。”说完，向昕跟那名契丹士兵离开了。

萧非非冲着向昕的背影做了个鬼脸，眼珠转了转，决定去找大美人。

向昕带着这个一袭苗疆衣饰、名叫萧非非的高挑美人离开之后，美仁便迅速换了衣服，隐约听到萧非非说什么“费尽千辛万苦救回的人，不久之后又将是一个死人”。

莫不是昕大哥真的有什么事？

换好了衣服，美仁走向帐帘处，想了想又折了回来，不停地在帐内走动。

剪不断理还乱，她不应该再那么关心昕大哥，她只是愧疚，若是她的关心让昕大哥产生更多的误会，只会让她永远都脱不了身。悦姨曾经教过她，做事绝不可以拖泥带水，难以抉择的时候，只可以选择最想要的。她最想要的不是向昕，那么她就不可以选他。

“你就是被修抓回来的那个汉人？听说你有个很有趣的名字，叫向美仁，果真是个美人儿。”

美仁转身，便见萧非非掀开帐帘，立在入口处。对于这个不请自来的女人，她不禁提高了防备之心，浅浅一笑：“是女奴。”

“女奴？呵呵，那你可真是一个很特别的女奴。你可知你身上的这身衣服代表了什么吗？”萧非非眯了眯眼，故作停顿，“契丹人对衣着也是很有讲究的，你穿上这身衣服就是向所有人说明你是我契丹南院大王的王妃。”

美仁蹙紧眉头，低头审视这身比之前华丽很多的契丹服饰：直领窄袖的左衽团衫，外罩一件浅朱色薄衫，领口之处是珍贵的白狐毛，袖口也是同色的白狐毛，下身则是一件绛色长裙，直曳至地，腰间系着红色的玉束带，上面镶了几个又圆又白的玉石，非常漂亮。

“我不知道，我只知道我得穿衣服。”美仁皱起眉头。

萧非非笑道：“你这个女奴说话可真有意思，我喜欢。你知道我是谁吗？”

“不知道，我对这里出现的每个人都不感兴趣。”美仁道。

萧非非微微眯眼，挑了挑眉，走近美仁，道：“你这样和我说话，不怕我杀了你吗？”

“你若存心想要杀我，一进帐就可以动手了，而不是在这里和我废话了这么久。”

美仁引起了萧非非极大的兴趣，她直视美仁微微隆起的小腹，疑道：“修的？”若是修的孩子，她怎么可能还活着？萧非非百思不得其解。

美仁淡淡地笑道：“不是。”

“不是？”萧非非更好奇了。修自到了上京，性格大变，除了把女人当作是泄欲的工具之外，似乎没见着他对什么女人感兴趣，而这个女人肚里怀着别的男人的骨肉，修居然还有意娶她为王妃，真的很让人好奇。

萧非非走近美仁，盯着她姣好的面容，又问：“那你爱修吗？”

萧非非身上的银饰很晃眼，只要她一动，便会有一种悦耳的声音响起。

美仁淡扫了一眼萧非非胸前的银项圈，虽然萧非非一身苗族少女打扮，她不知萧非非的真实身份，但凭萧这个姓，她多半能猜到这个萧非非与契丹萧氏的渊源。

美仁踱回榻旁坐下，静静地看着跳动的烛火。

“难道你不喜欢修？我知道了，你是被修强迫的？你很喜欢你的相公，对不对？”

相公？美仁不禁想到乞巧节上，景升以灯谜戏弄她的事。相公，她喜欢这个称谓。

萧非非双掌一拍，欣喜道：“你不喜欢修，这就好办了。”

美仁嘴角微微抽搐，下意识地后挪了挪，潜意识里，她认为这个萧非非比较危险：“你，想怎样？”

“想和你夫君团圆吗？我可以帮你。”萧非非兴奋地笑了起来。

“你们契丹人残暴冷酷，只会想夺我大宋江山，会这么好心地要帮我？”美仁嘲讽道。

萧非非一点也不生气，眯着眼靠近美仁，道：“啊，话不能这么说，我与他们不同，你看我的服饰就知道了。我只是看不惯男人恃强凌弱，还有，我有一样东西丢在修那里，只有你离开了，我才能想法子找他要回来。”

美仁眉头紧蹙，道：“你喜欢他？”

萧非非连连摆了摆手，道：“没有，没有，绝对没有！我怎么可能喜欢那个蛮不讲理的刀疤男。”

刀疤男？这个萧非非的性子很像个小孩子，可能在不知不觉中喜欢上向昕都不知道，这让美仁想起了曾经的自己，不禁莞尔。

美仁叹了一口气，道："昕大哥已不是当年的那个木头了，如今他贵为你们契丹的南院大王，想从他手中逃掉，谈何容易？你可知我逃过两次都被抓了回来，他警告过我，若再逃第三次，可不会再这样对我。"

"有我在，你放心，我是他的救命恩人，就算是我把他的南院府邸给拆了，他也绝对不敢对我怎样。"萧非非拍着胸口保证。

美仁等的就是这句话，不过她倒是很惊讶，原来救向昕的就是萧非非，那个他们口中的契丹第一美人。她站起身，对萧非非恭敬地行了个礼，道："谢谢你救了他，让我的罪孽减轻了许多。"

"唉，救归救，但同样麻烦也大了，我真不知是救了他，还是害了他。"

听闻这句话，美仁想起之前她听到两人在帐外的对话，还有昕大哥动辄就会浑身冒冷汗、双拳紧握，似在强撑着什么的样子，她便问道："能否告诉我，究竟是怎么一回事？"

若是想尽快劝美仁离开，萧非非觉得应该将事情真相告之，因而她便简单地将为了救向昕而在其身上种金蚕蛊之事说了出来。

美仁整个身体僵在那里，难以相信她所听到的事实，她以为昕大哥被人救了，捡回一条命，她的罪孽就会减轻，孰知，她始终还是害着他。

"怎么会是这样？是我害了他，是我害了他……"美仁禁不住内心痛苦。

"我捡到他的时候，他已经奄奄一息，唯有金蚕蛊才可以让他起死回生，我很心疼我的金蚕蛊。"萧非非叹了一口气，在美仁的身边坐了下来，"这种毒发作起来很快，他被这种毒侵蚀至少有一两个月了，发作之时，必深受万针穿心的痛苦。我能感受到他对你的爱，蛊王在慢慢长大，开始在他的体内四处游走。若是你不离开他，蛊毒会再发作，如果蛊王到了他的心脉，他的心就将被金蚕蛊王啃噬，要不了多久，他便会七窍流血而亡。既然你并不爱他，就该早日离开。"

"好！"美仁深吸了口气，抚去眼角的泪水，"我对不住他，我已害了他一次，不会再害他第二次。请萧姑娘助我。"

"你相信我就好，他们这会儿都去探讨军务了，我这就去准备准备，稍后我们就出发。"

"好。"

萧非非满意地舒了一口气，她要尽快回去准备，尽快送美仁出这军营，便道："你要去哪里？"

"定州，定州军所在的地方。"

"定州军？"萧非非惊讶地张大嘴，似乎有点后悔要这么做，若是让可汗和太后知道，她放了一个很好的定州军人质，那她就惨了，但是若不放了她，她的金蚕蛊王便毁了，到时她自己的命也没了。她想了又想，汉人有句话说得好，叫人不为己，天诛地灭。眼下，她才管不了那么多，她只要保住她的金蚕蛊王和自己的命就好了，管他人不人质呢："我先去准备，你等我。"

［十二］一身傲骨

意外总是会出现，正当萧非非准备带美仁逃跑的时候却碰上了从瀛州一路南下的可汗耶律隆绪和太后萧燕燕。

"丫头，你怎么穿成这样？"贵为皇太后的萧燕燕头戴美玉金冠，身着紫金百凤衫，杏黄长裙，束以白锦带，外罩一件明黄的及地长袍，红凤花靴，气势俨然盖过她身后身为可汗的耶律隆绪，"这个女人是谁？怎么会穿着我契丹王妃的服饰？"

众人的目光全从萧非非的身上转向美仁，耶律隆绪忽然在军营中见到这样一个绝色女子，不禁神采飞扬，心中啧啧称道，后宫佳丽众多，竟无一人能及她。

萧非非皱着眉头，连忙拉着美仁跪下，道："回禀太后，这位是元修哥哥的……"

萧非非的话还没说完，忽然向昕的声音传来："她即将是我耶律元修的王妃。臣参见可汗，参见太后。"

向昕正和阴豫商讨布阵之事，得知可汗与太后到了，立即赶了过来，却不想碰上萧非非这个鬼丫头想要带美仁逃跑。臭丫头，成事不足，败事有余。

向昕身后跟着的众将士跪倒一片，齐声高呼："可汗万岁，太后千岁。"

"胡闹！修儿你身为我大辽的南院大王，统领八部，怎么可以娶一个来历不明的女人为妻？来人，将这个女人，给我推出去斩了。"萧太后厉声喝斥。

"太后若这么做，请将臣也一同推出去斩了。"向昕立即跪下。

"你——"萧太后没料着他会如此顶撞。

这时，耶律隆绪出来打圆场，道："请母后三思，如今大局为重，无须将这种小事挂于心。"

"对对对，其实这位向姑娘不仅仅是元修哥哥选中的王妃，还是熟知五行八卦的高人，这不她拉着我出来夜观星相吗？"萧非非连忙道。

萧非非的话让美仁不禁嘴角抽搐，这个丫头不但衣着古怪、行为古怪，说话更是不着边际，她怎么会笨到同意让萧非非救她离开这里。

一个很不适宜的笑声响起，美仁抬眸，对上一双满是笑意的凤眸，是阴豫。

“这位是？”耶律隆绪眯着眼看了阴豫一眼。

向昕道：“这就是我在信中同可汗和太后提及的军师大人——阴豫。”

阴豫从美仁身上收回目光，双手抱拳，道：“在下阴豫，见过可汗、太后。”

萧太后扫了一眼这个面若桃花的男人，这个汉人军师好生无礼，见了她都不下跪，但他浑身傲气，气度不凡，真是世间不可多得的美男。她含笑轻轻颔首，不追究他的失礼，目光又看向他身后的女子，又是一个汉人女子。

耶律隆绪随着母后的目光望去，又见一名绝色的汉人女子，不禁又是一阵心神荡漾，今夜连见两位不同风情的汉人女子，真是龙心大悦。

向昕向耶律隆绪和萧太后引荐：“这位是怡素姑娘，是军师大人的未婚妻，也是这次助我契丹一举夺下中原的得力帮手。关于详细布阵之事，还请可汗、太后移驾帐中。”

萧太后点了点头，便率先往主帐步去。

向昕回首给了美仁一个警示的眼色，又试图逃跑，待会儿他一定会惩罚她的，转眸他又怒瞪了萧非非一眼，道：“你给我一起过来。”

萧非非苦着脸，不得已跟上。

走在最后的怡素并未跟上，反倒是走近美仁，道：“你的速度还真快，白日里刚动了胎气，这才夜幕降临，就让他收你做王妃了。”

美仁轻抬了抬嘴角，反讥：“这次算你走运，我的孩子保住了。若你再敢来骚扰我，我一定会让你付出代价的。”

“你有‘耶律元修’护着，我不敢把你怎样，但是这次我可是掌握着宋辽的命运，只要得到萧太后的赏识，你一样飞不出我的掌心，封魂镜我势在必得。”

“做你的春秋大梦！”美仁走近怡素，嘲讽她，“未来的天一族圣女，小心替这些契丹狗卖命，把项上人头给卖丢了。”

怡素狠瞪着美仁，咬着牙转身便走，追上向昕一干人等。

美仁方要离开，前面便来了两名契丹士兵，拦住了她的去路，以蹩脚的汉语告诉她“太后有请”。

美仁咬了咬唇，握紧双拳，她真是不该听那个萧非非的，果真是人到病急乱投医。

随那两名契丹士兵到了主帐，她瞧见除了之前见到的，还有几名身形高大健壮的契丹人分坐两旁。

萧太后见了她，蔑视地道了一句：“修儿，看看这就是你挑的汉人女子，不懂规矩的宋蛮子。”

美仁瞟了眼，别过脸，立在帐帘之处，也不进帐。

萧非非急忙道："太后，她真的是精通五行八卦的高人。"

不管怎样，为了她的蛊王，她萧非非一定会保住美仁这个至关重要的女人。萧非非急忙上前拉过美仁，要美仁给萧太后行礼，可美仁僵着身体仍是一动不动。

萧非非急了，再僵下去，她的蛊王就保不住了，她在美仁的手臂上狠掐了一把，以汉语小声道："大女子，能屈能伸，留得青山在，不怕没柴烧。"

向昕起身走过去，大声道："她已经怀了我的骨肉，胎位不稳，不便行礼，还请可汗和太后恕罪。"说着，他便强行拉过美仁坐到自己的身旁。

阴豫挑了挑眉，唇角之处漾起一抹淡笑，自美仁掀开帐帘的那一刻起，他那双狭长的凤眸一直锁在她的身上不曾移开。

耶律隆基的眸中闪过一丝失望的神色。

怡素则是鄙夷地轻抬了抬嘴角。

萧非非瞪大双眸望着向昕，结巴道："那个……那个……"

向昕给了萧非非一个警告的眼色，示意她乖乖闭嘴。萧非非咽了咽口水，垂下头什么都不敢说了。

看到耶律元修这样护着眼前这个狐媚的汉人女子，还顶撞自己，一股怒火直涌上萧太后胸中，但念及他是耶律放的遗孤，又碍于此次攻打大宋还得依仗他，她唯有平静下来，调了调气息，道："修儿，你似乎已忘了军纪。"

原本向昕打算天一亮就送美仁去上京，岂知可汗与太后连夜赶到。

"回禀可汗、太后，臣已经准备好送她去上京，请可汗、太后不必担忧。"

萧太后冷哼一声，心道：到上京？她一定会让这个汉人女子永远地从这世上消失。心中稍稍舒展，她转首对阴豫道："请阴军师开始吧。"

当怡素将一个布阵图贴在早已备好的木架之上时，美仁便看清那阵图，是按五行八卦布置的阵法。怡素指着那阵图一一向众人解释，美仁盯着怡素，这时她才明白，原来之前他们一直说宋军误陷的阵法，是阴豫和怡素所布。

这就难怪了，怡家最擅长的便是布阵，天一谷周围的阵法便是由怡家人所布，以防那些意图进谷骚扰的世人。而娘能轻易将明经堂、叶声泉、鱼海浪救下，正是因为她是怡家的女儿。

眼前这些契丹人一个个连声称好，美仁的眉头越蹙越紧。阴豫和怡素所布的这套阵法只是迷阵，意在让宋军迷失方向，找不到契丹大军所在的位置，消耗宋军兵力，拖延时间，长此以往，宋军军心大乱，必败无疑。但此阵并非最厉害的阵法，若宋军能按五行八卦找到破阵方法，则另当别论。

以阴豫身为族长的实力，不可能只是简简单单地布这么个迷阵而已。

突然，怡素停了下来，向萧太后行了大礼，道："启禀太后，接下来，军师大人要讲的是威力无穷的阵法，但这里，有人不适宜听。"

众人皆疑惑。

阴豫则是一脸不解地望着怡素，挑了挑眉，忽然看向一直眉头深锁的美仁。

美仁疑惑的目光正好对上阴豫探究的眼色，她轻弯了嘴角，看来是重点来了，而这个不适宜听的人自然是她了。

萧太后道："是谁？"

怡素一脸得意的神色，望向美仁，嘲讽道："当然是贵国的'准王妃'了。"

"出去。"萧太后命令。

有病！叫她进来的是她萧燕燕，叫她出去的也是她萧燕燕。这一次，美仁没有像进帐时那样拗着性子，而是缓缓起身，嫣然一笑，冲着耶律隆绪微微欠身，道："可汗万福！宋女向美仁告退！"

说完，她便挺直身体往帐帘方向走去，在经过怡素跟前时，她冷不防地轻嗤一声。就在掀开帐帘之际，她的声音不大不小："万物相生相克，虽火生土，切记火克金。"

只是简简单单的一句，便道出那个阵图上阵法的弱点。萧太后命理属火，而耶律隆绪命理属金，同时暗寓萧太后大权在握，耶律隆绪只是个傀儡，尚不能亲政。

萧太后气得说不出话来，耶律隆绪不怒反笑，望着那抹倩影，双眸之中满是笑意，好一个奇特的女子。

在场的除了萧太后和怡素不高兴之外，最恼羞的莫过于向昕。这个女人居然当着众人的面，向耶律隆绪示媚。

帐内静得仿佛一根针掉在地上都能听到。

蓦地，萧非非起身，道："我也不适宜听，我先出去了。可汗、太后万福。"说完，萧非非行了大礼，便急匆匆退了出去。

"没规矩的丫头，回去再收拾你。"萧太后寒着一张脸，对阴豫道，"阴军师请继续。"

［十三］别后重逢

美仁出了主帐，迎面便是两名契丹士兵，他们跟着她，一路回到她的帐前，待她再回首，四周又多了好几名契丹士兵看守。

萧非非意图带她逃走失败，向昕便加倍看守。

她紧抿着唇，便进了帐内。

不一会儿，便听见帐外萧非非与守卫的契丹士兵争吵起来。看守的契丹士兵拦住了萧非非，说是大王的吩咐，没有大王的命令任何人不得入内。

未久，便听不到声音了，似乎萧非非离开了。

美仁的整颗心犹如跌进了谷底，在送她去上京之前，向昕似乎要将她困在这里。今夜是她最后的机会，天一亮，向昕就要送她去上京，若真是那样，她便再没机会可以回到中原。

她该怎么办？

正当她苦恼之际，帐帘被人掀开，是萧非非。

“我的大美人，快点走，再不走就来不及了。”萧非非一把拉过她。

两人出了帐，美仁见到那几个守帐的契丹士兵倒在地上，神情安然，看上去身体也软软的，不像是被人点了穴，她惊诧地看向萧非非。

萧非非四处张望，心痛地道：“为了救你出去，我可是贡献了不少我的至宝瞌睡蛊让他们睡着了，待会儿离开军营还要用，真是心痛死我了。出去之后，你一定要教我五行八卦奇门遁甲之术，我要拜你为师。唉，不说了，你小心点，跟着我。”

美仁面部微微抽搐，对这个萧非非无语，她自己是炼蛊之人，难道不知道这五行八卦奇门遁甲并非一朝一夕就可以学会的吗？

绕过一个军帐，只是一个眨眼，突然失去了萧非非的踪迹，美仁没由地嘴角抽搐，跟着这个冒冒失失的丫头，她真的开始怀疑天亮之前能不能离开帐营。

这种时候，她不能四下去找寻萧非非，唯有自己想法子离开才好。

军中的地形，她早已熟悉。连绕了几个军帐，避过好些个巡逻的契丹士兵，正当她想要往前走，脚下踩到一截木棍，发出响声，右前方传来一个声音，那人以契丹语道：“什么人？”

回首，美仁便瞧见是两个巡逻的契丹士兵，不能让他们两人发现，若是惊动了向昕，她便再也跑不了了，她拾起脚下的那根木棍，趁其中一人不备，狠狠地打了下去。而另一个契丹士兵在回转头之际，方要开口，便被美仁以手扣住咽喉，很快那名契丹士兵也倒下了。

一股微弱的真气直涌向美仁的四肢百骸。顾不得欣喜，她迅速离开，又绕过几个军帐，正要往围栏的方向跑去，蓦地，她突然被人从身后捂住了嘴，拖到隐蔽之处。不假思索，她便向来人的要穴袭去，却听见身后一个日夜思念的声音响起："是我！"

说不出的惊愕，她急忙收了手，回首，便瞧见景升一袭夜行衣，蒙着脸，立在她的面前。

她颤着唇，小声地问："景哥哥，真的是你吗？"

"嗯！是我。"景升紧紧地抱住她。

万镖看着两人情意绵绵，可这里根本就不是说话的地方，他不得不及时劝阻："恩公，此地不宜久留，速速离去才是。"

景升紧紧地握住美仁的手，道："这边！"

突然间，一个高亢的声音彻空响起："有刺客！"

糟了！被人发现了，定是那个萧非非糊里糊涂闯错了方向。

刹那间，号角吹响，整个军营之内，所有火把全数点起，火光照亮了整个夜空。

他们三人再无处可藏。景升护着美仁，单手以剑抵挡着不断飞来的火箭。越来越多的契丹人，手持着弓弩涌了上来。

万镖惊呼："快走！"

追出帐外的向昕眼见这一幕，捏紧双拳，指节之处咔嚓作响，青筋暴突。这个狠心的女人，如影随形地在他心中纠缠了那么久，即便是他报复她、折磨她，可他终究还是忘不了她，这一个多月来他是在折磨她吗？受着更大折磨的人是他才对。

那以手持剑的高大男子，明景升，他向昕终究还是败给了他。

看着她紧偎在他的身旁，她的脸上虽有着担忧，但更多的是安心、踏实，而面对他的时候，除了惶恐，更甚是勉强，这些都深深刺痛了他的心。

他失去的究竟是什么？败的究竟是什么？

万镖以剑奋力地挡着，对景升道："恩公，你先带向姑娘离开，老七随后。"

景升点了点头，抱起美仁，足下轻点，施展轻功，一跃而上。万镖紧跟着，跃上那木桩。

望着美仁，内心的愤怒与悲伤，让向昕再不能控制，他从身边的将士手中夺过长弓和长箭，持弓搭弦，对准那道修长的身影。张满弓弦，箭矢如流星追月般飞驰出去……

"老七，你一定要撑着，就快到了。"景升抱着万镖连忙奔向帐营。

向昕的那一箭被万镖挡了，整支箭没入万镖的右肩胛处。

到了帐内，景升将万镖放在榻上，急召取箭镞的医官。还好那支箭没有伤及要害，万镖只要休息一段时日便可以康复。

美仁跟在景升身后，一身契丹王妃的装扮，立即招来所有宋兵的怒气，甚至有几名宋兵对着美仁亮出刀枪。

主帅杨延昭一声令下，喝止众兵。

景升由定州调往澶州支援，到了澶州之后，对抗辽军，众人一筹莫展之际，他竟然无视军令，带着自己从定州带来的部下，独自前往契丹军的大本营，只为救回这个身着契丹王妃服饰的汉人女子。这让杨延昭满身怒气。

景升在各路军内的口碑极好，却做出这等有违军纪之事，这让杨延昭很是失望。

杨延昭挥了挥手，遣去所有将士，转身，便见景升单膝跪地，道："请元帅恕末将鲁莽，因为她是末将的——"

"民女是明将军的妹妹，但民女不随父姓，民女姓向，名美仁。"未待景升开口，美仁同时向杨延昭屈膝行了军礼，"回禀元帅，民女因年幼不懂事，与二哥闹别扭，赌气离家出走，不料却被契丹狗贼抓住。二哥为了救民女，才会犯下军令，请元帅网开一面。"

景升一脸惊愕，难以置信地望着一脸正色的美仁。

"妹妹？原来如此……"杨延昭来回走动，倏然转身，对着军帐之外大喝一声，"来人！"

"属下听令。"进来一位宋兵。

"将明将军拖出去，重责二十军棍。"杨延昭一声令下，又进来一名宋兵，与之前的那位共同拖着景升。

景升一声不吭，任由二位将士将他带出帐外。

美仁一听慌了，连忙起身，拦在身前，对着杨延昭道："元帅，在定州，他带军力挫萧燕燕，为了救另一位将军而身受一箭，这一箭几乎要了他的命，距今也不过是短短的一个多月，若是再受这二十军棍，元帅莫不是想要他的命吧？"

"向姑娘，军令如山，如今战事告急，若每个人都像明将军这样拿军纪当儿戏，不顾各将士的死活，这仗还用打吗？直接将江山拱手让给那些契丹狗贼好了。过了今夜，待天明，还请向姑娘回自己该待的地方。"顿了顿，杨延昭板着脸看了景升一眼，对着那两名士兵厉声道，"拖出去，再加十军棍，若还有人敢求情，再加十军棍。哼！"

说罢，杨延昭大踏着步子，正欲离去，便听见身后美仁高声道："我可以帮元帅破阵，只要你原谅他的过错。"

回转身，杨延昭怔了怔，好奇地打量美仁。

景升微微抬眸，同样是一脸愕然，但一想到她是个无所不能的女子，不经意间，嘴角之处漾出一抹钦佩的笑意。

杨延昭挑了挑眉问道："向姑娘当真会破那阵法？"

"千真万确。在我来此之前，耶律隆绪、萧燕燕他们正在研究新的阵法。"美仁昂首挺胸。

"好！"杨延昭回转头，对着那两名士兵又命令，"你们俩还站在这儿做什么？也想挨军棍？"

那两名士兵被弄糊涂了，这究竟是打还是不打？

"维持原判，听不懂吗？"杨延昭一声怒吼。

"遵命。"两名士兵连忙将景升拉出帐外。

美仁欲跟上前，却被杨延昭给拦住了："本帅要向姑娘记着，这里是军营，军令如山，这是行军打仗，不是菜市场讨价还价。至于你身为我大宋子民，眼看大宋山河被契丹狗贼侵略，同胞被掠杀，百姓生命堪忧，你若不愿帮助破阵，本帅也不强人所难，只望你良心过得去。"说完，杨延昭便出了军帐。

美仁气得浑身发抖，怎么也没料到这个看似面善的大叔还是这么做了，他说的那席话，意思明摆着就是，你愿意也好，不愿意也好，都得破阵，真是太卑鄙了。

顾不得多想，她连忙冲出帐外，追着景升跟到行刑的地方。

景升挺直了跪在那里，一棍又一棍落下。

美仁僵立在他面前，景升冲着她浅浅一笑，刹那间，两股热流直涌向她的双眸。

三十军棍终于打完了，美仁连忙上前扶住景升。

景升扯了扯唇角，眼见她的眼睫之上挂着晶莹的泪珠，戏谑道："你今日喝了很多水？"

"是啊，整个人都掉到溪里了。"美仁哭笑不得。

军中不可留女人，但因美仁声称能助宋军破阵，所以她被杨元帅破例恩准留了下来。

景升背部被打得瘀红一片，有的地方甚至破皮流血，美仁的泪水禁不住再一次掉了下来。她小心翼翼地为景升上药，一不小心弄痛了他，他整个背部僵硬起来，紧咬着牙，却一声不哼。

美仁紧张地连连说："对不起，对不起……"

"我没事……"

终于上好了药，景升穿好衣裳，趴在榻上，歪着头，道："为何不肯回杭州？为何执意要去定州？有了身孕还到处乱跑，若是有个三长两短，要我怎么办？还是你打算做契丹王妃了？”语气中虽是在责怪，但更多的是疼惜。

美仁吸了吸鼻子，哽咽着反问：“明大将军，若是我被押着去上京，做了契丹王妃，那都是你明景升造成的。劳烦你告诉我，那晚之后的第二天你为何要跑了？你告诉我啊，有哪个女人能忍受前一夜男人还和自己温存，第二天却跑了？究竟我是豺狼，还是虎豹？”

景升紧抿着唇，笑了笑，道：“我与圣上有约定，待到宋军凯旋，便是我自由之日。”

美仁咬着唇，别过脸，强忍着眼泪不流下来。转过头，她笑得很难看，道：“自由？他可真会算，要是你战死沙场呢？还自由个屁！连王佳如都知道你受了重伤，你却让老七瞒着我，这究竟算什么？我知道我以前很任性，只会骗人，要小聪明。可你呢？有什么话从来都不肯明明白白地和我说出来。为何不肯回杭州？为何执意要去定州？因为我就想看看你这个可恶的男人究竟有没有被那一箭射死！”终于忍不住，多日来的委屈在顷刻间爆发出来，泪水犹如决堤一般狂涌而出，她捂着脸泣不成声。

景升支起身，慌乱地抱住她，轻抚她的背，深深地叹了一口气，道：“在我以为我要死的那一刻，满脑子想的都是你。我在想，若是我死了，你是不是会去挖我的坟、刨我的骨，然后指着我的尸首大骂：‘明景升，你这个浑蛋，明明给了承诺，要一生一世都守在我身边，竟然失言。看看你如今都成什么了？破烂白骨一堆。你死了干净，我要找个有钱人嫁了。’一想到你要嫁给一个有钱人，所以，在那些小鬼要带我走的时候，我不由得打了个冷战，又爬回阳间了。”

美仁脸上挂着泪水，又好气又好笑，张嘴便在他的锁骨之处狠咬了一口。

他笑着，捧起她的脸庞，沿着她的眼睫，一路向下轻吻着，直到贴上那让他思念很久的红唇，双眸之中涌上温热的泪花，他收紧双臂，紧紧地拥着她，狂热地吻着她。

天知道，他有多思念她。

口中那淡淡的咸涩之味，已分不清是他的，还是她的。

许久之后，美仁倚着他，低低浅浅，一声又一声唤着他：“景哥哥……”

景升将美仁抱坐在身上，手轻抚上她微隆的腹部，心中有种说不出的喜悦与激动，他的唇贴着她的发丝，轻道：“你不该来这里的……”

“失去的东西太多，我只知道我不能再失去你，不能……”

两人诉说着分别之后发生的事情，美仁的眼泪就像是天上的雨滴一样，直落不止。

景升轻轻为她拭去眼泪，道：“我听人家说，有了身孕的女人是不能哭的，否则孩子生下来，会像你这样，动不动就会哭。”

美仁吸了吸鼻子，道：“她很乖，也很坚强，无论那时多么难熬，她都挺住了。这么乖，这么听话，一定是个女儿。”

“嗯，她会像你一样漂亮，一样聪明，一样坚强。我要想个好名字。”景升应和着。

“我已经想好了。”美仁接过话。

景升挑了挑眉，道：“这种事不是应该男人来的吗？”

“谁说的？谁说要把名字留给你来起的？你想起名字，可以，王佳如一定乐意，你想取十个八个都好。”

“娶她是权宜之计，她利用圣上对她爹王钦若的恩宠，耍了点手段，让圣上答应赐婚。我拒婚，圣上并未为难，只是暗示我，王钦若在朝中势力非凡，他贵为天子，不可言而无信，他做到了赐婚，而至于这场婚姻是否维持得下去，那就不是他所能管的了。”

美仁心中的气愤稍稍平息，轻嗤：“约定就是你娶了王佳如的第二日便要出征？想不到他看上去面善，其实挺卑鄙的。那你们有没有想过这样做是毁了一个花样年华的女子？”

“有。不过，我是人，不是圣人，是人总会有私心。况且圣上与王钦若是决不会亏待她的。”

美仁歪着头，心念：那倒是，他走了没多久，她爹就开始给她物色新的郡马爷了。

景升轻勾了勾嘴角，道：“告诉我，什么名字？”

“什么名字？”

景升目光落在她的肚子上。

“等你何时被王佳如给休了，我就告诉你。”

景升有些无奈，叹了一口气，道：“好吧，那我只好等下一胎了。”

美仁笑着啐道：“呸！你想得美！”

景升的目光落在她的双手之上，轻柔地执起，望见粗糙不平的掌心，轻叹：“我情愿他让你绣花。”

美仁嘴角微微抽搐，道：“嗯，把他们契丹所有士兵身上的衣服全都给绣了，会比你眼下见到的更‘美’。”

景升眸中虽含着笑意，但心中难过不已，执起她的手放在唇边轻柔地吻着，道：“他还是爱着你的，虽然这样对你，但还是要你当他的王妃。”

美仁赌气似的道：“是啊，你要是不来找我，我就去上京了，当他的王妃，吃好的穿好的，一辈子享不尽的荣华富贵。”

景升的双眸中蕴含着浓浓的爱意，嘴角漾着一抹难以言喻的幸福笑容，这就是他的美人，言不由衷的小妖精。他紧紧地抱住她，将脸埋在她的发间，汲取她身上特有的馨香，道：“不会的，你是我的。”

两人相互依偎着，享受着此刻的幸福宁静。

忽然间，帐外有脚步声传来，美仁赶紧从他的身上跳起来，道：“有人来了，快趴下，我的‘二哥’。”

美仁刻意加重“二哥”两字，景升狠瞪了她一眼。

［十四］天一八阵

进帐的是杨延昭和其子杨文广，景升见着，即刻下床打算行军礼：“末将……”

“好了，好了，明将军有伤在身，无须多礼。”杨延昭连忙阻止景升下床，接着目光便落在美仁的身上，“本帅前来，想必明将军与向姑娘已知来意。”

美仁很不友善地眈了一眼眼前这个有些“卑鄙”的杨大叔，负气地背过身，不看他。

杨延昭轻咳几声，痛心地道：“本帅之所以重责明将军，是因为眼下乃危急时分，无论如何定当以大局为重。如今是怎样一个局面，明将军也很清楚。那个耶律元修骁勇善战，带领先锋骑兵一路南下，为契丹大军铺路。如今他们一举南下攻至我澶州，直逼我京都汴梁，我大宋山河岌岌可危。我杨家军若与他们以实力相拼硬战一场，定不会输于他们，可狡诈的契丹人不知从哪里找来一个妖孽一样的军师，布下那劳什子妖阵，害得我杨家军损兵折将，始终攻不破那妖阵。若再这样下去，我杨家军必败无疑，到时我大宋江山只能拱手让于那些粗暴野蛮的契丹人！”杨延昭说至此，情绪激动不已，声音很大，“最可恨的是，朝廷上下一片恐慌，本帅上书朝廷，力主抵抗，圣上却在王钦若、陈尧叟等一群佞臣的怂恿下，竟然意图要弃京都而迁都昇州。这个消息，让这些身在前线沙场以死相搏的将士兄弟们伤心不已，挫了军心。本帅不甘心！想我杨六郎这一生征战沙场，击退契丹狗贼无数，晚年却要落得个如此骂名，成了我大宋的千古罪人，我不甘心！”

美仁回转身，望着眼前这个一脸哀伤的杨大叔，他虽两鬓斑白，但一身铠甲，仍是威风凛然。

杨延昭，人称杨六郎，智勇善战，号令严明，当年遂城一战，无人不知他杨延昭守卫的遂城乃“铁遂城”，契丹人至今听到“杨六郎”这三个字都心有余悸。

听他说完这番话，美仁不由得钦佩。她望了望景升，景升向她轻点了点头，表示军情确实如此。

杨延昭又走近一步，沉声问美仁：“向姑娘当真能破那妖阵？”

想了想，美仁认真地道：“不是一定能破，万事都没有绝对。元帅所说的那个布阵的妖孽之人乃我娘家阴氏家族的一个……一个品性不良之人。”美仁实在是想不出该用什么词来形容阴豫，可他如今助纣为虐不是品性不良是什么？顿了顿，她接着又说，“而协助他布阵的则是我姨娘的女儿，我的表妹。阴氏家族因为欠耶律元修父亲一个很大的恩情，为报恩，所以这次才会出手相助。”

杨延昭与杨文广对望了一眼，两人一脸惊愕，即刻露出惊喜之色。

美仁怕他们误会她定能破阵，即刻断了这位大叔的念头：“元帅不必惊喜。能不能破阵，我不敢说，阴氏家族这位品性不良之人究竟有多厉害，我尚不知，因为之前我对他并不了解。在我二哥救出我之前，我被拉去观看了他们的布阵图，宋军破不了那阵，是必然。”

景升道：“之前那个阵，让我军损失了不少兵马，将士们一进去便迷失了方向，偶尔有几个能逃出阵的也因虚脱而死。我细看过，那个阵法并不是毫无破绽，但在我找到破解法子之后，那阵便消失了，取而代之的又是另一个阵法，布阵之人是个相当厉害的高手。”

“我怡家阵法若是能那么容易就被人破了，天一谷早就被外人踩平了。”提到怡家布阵手法，这的确是件令人骄傲的事。悦姨教给怡素的，也全数教给了她，在授艺这方面，她深信悦姨从未偏袒过谁，但阴豫那个邪门的家伙，到底有多少根底，她就难以判断了。

“听向姑娘这么一说，不知你是否愿助本帅一臂之力，保我大宋江山？”杨延昭急切地问道。

杨文广道：“若是向姑娘能助我军破阵，将是我杨家的恩人。”

“哎，元帅和杨将军可别这么说，如今国家有难，虽然我是女子，但也不愿见着生养自已的这片土地，沦落在那些粗暴野蛮的契丹人手中！在被抓到契丹军营的这段日子里，我见多了他们虐杀我大宋子民的残暴手法，若大宋真的落入他们的手中，大宋的子民便是活在水深火热之中，希望我能为大宋的百姓略尽绵力。”

“若是能破那妖阵，我杨延昭愿代大宋的子民，代我杨家军的所有将士向向姑娘叩首。”

“杨元帅你这是在折煞小女子。”美仁一看这杨大叔当真要下跪，慌张地连忙托起他，对景升使了个眼色。

二人将这位元帅扶坐下，美仁又道：“其实元帅不必这样，我并不懂领兵打仗，只是对五行八卦奇门遁甲之术略有所知而已，在破阵之上能给元帅一些建议罢了，主要还是靠元帅的杨家军。”

杨延昭面露喜色，不停地说着：“太好了，太好了。”

美仁干涩地笑了几声，只盼着这位“碍眼”的大叔与其子早些离去，她还有好多话想和景升说呢。

杨延昭突然拍了一下手掌，道：“你看本帅糊涂的，明将军伤势严重，向姑娘也劳累了，明将军的伤就有劳向姑娘照顾了。本帅明日一早在主帐恭候向姑娘共商破阵大计。”

美仁一听，即刻精神起来，连连点头，十分恭敬有礼地送走了这位大帅和其子。

景升抱着双臂，挑着眉道：“若不是我知道你真有这能耐，一定会即刻将你丢回杭州。”

“怎么？怕我功高盖过你，抢了你明大将军的威风？”

“是吗？等你先赢了我才作数。”景升不顾身上的伤势，一把拉过她坐在榻上，手抚在她的小腹上，在她耳边轻喃，“美仁，出于私心，没有男人愿让自己深爱的女人冒着生命危险上沙场，但国家有难，匹夫有责。为了大宋江山，为了百姓安定的生活，也为了自己，那个自私的男人，只能暂时放下这份不舍。这里是战场，与江湖中的打打杀杀有所不同，很多时候，一身好武艺到了战场上便是一筹莫展，战场讲究行军布阵，众人齐心。所以，你要答应我，无论怎样，都不要硬撑，做不到的或是无法做的，让我来。”

这动情的一番话，美仁听得心中暖暖的，尤其是那句“深爱的女人”，说什么要先赢了他，这不就是她已经赢了？

“嗯，病者明将军可以歇下了。”美仁扶景升侧躺。

景升突然抱住她，又道：“再见他，你有没有动心？”

“嗯？”美仁愣住，很快反应过来，挑了挑眉道，“当然有，他毕竟是我第一个喜欢上的人，而你，哼，就知道占我便宜，我很小心眼，很会记仇的，在你没被王佳如休了之前，我都会记着。”

虽然他为了自由，娶了王佳如，但她就是小气，因为第一次拜堂成亲，让他穿上大红喜服的，居然是那个没胸没脑的王佳如。一想到这个，她就有气，拍开他的手，凶道：“滚去歇息，闭上你的桃花眼。明日一早，先去看看万镖，然后还要去商谈那个阵图之事。”

为了让美仁能好好地照顾景升这个伤者，帐内另加了一张床榻。美仁在另一张榻上躺下，钻进被里，临睡前看了一眼那个妖孽一样的男人，回瞪了一眼他的勾魂眼，翻了个身，背对着他睡了。

不知过了多久，在她要睡着的时候，突然身后一暖，她便被包进一个温暖健硕的怀抱，一股温热的气息喷在她的耳后，低沉如磁的声音在她的耳边低喃："快要入冬了，畏寒。"

"不知羞。要是被别人看见，明大将军你的一世英名可就毁了。"美仁翻了个身，依偎着他，"小心你背后的伤口。"

"嗯，睡吧，我的美人。"景升在她的额上轻啄一下，抱着她，嘴角噙着笑合上了眼。

两人紧紧地依偎着，相互取暖，美仁听着他平稳有律的心跳声，不一会儿便进入了梦乡。

不知道是什么东西在脸上弄得痒痒的，美仁缓缓睁开眼，便瞧见景升一身戎装，微笑着看着她，他手中正握着她的秀发，在挠她的痒痒。

她弯了弯嘴角，支撑起身，她真是好久没这么安安稳稳地睡上一个好觉了。

梳洗一番，用完早膳，美仁便随着景升去探望万镖。

万镖睡了一夜醒了，照顾他一夜的军医大人向景升说明了情况，经过昨夜，万镖的伤已无大碍，不过需要好好地调养一阵。

看到万镖一脸苍白地躺在床上，美仁心中很是过意不去，道："老七，对不起，是我害你受苦了。"

万镖脸微微一红，动了动嘴唇，可嗓子干涩得说不出话。

美仁会意，急忙倒了水。

万镖的脸又是一红，接过水，一口气全饮干了，然后咧开嘴，冲着美仁呵呵地笑着道："向姑娘不用担心，老七皮糙肉厚，这次只是伤了肩，不碍事的，要不了几日，老七又会像以前一样生龙活虎。这次能顺利救出姑娘，看见姑娘好好的，老七总算是心安了……"

"老七，你别这样，这么久以来，一直都是你在照顾我，我早已把你当亲人来看待，你受了伤，我也不好过。"

老七望着美仁的黑眸中闪着灼灼光彩，整张脸激动得红红黑黑。

之后，美仁同万镖说了这些日子以来在契丹军营里的事，万镖自责不已。

美仁忍不住又劝慰一番，并向景升施以眼色，让他也劝劝万镖。景升挑着眉，不明所以一脸疑惑地看向她，她别扭地冲他翻了翻白眼。

这时，来了名宋兵，请景升和她去主帐商谈破阵之事。两人不敢怠慢，告别了万镖，便匆匆离开。

在景升和杨文广将军的陪同下，美仁去了迷阵之地，观察一番，从外表来看，这只是最简单的迷魂阵法，一旦误入了迷阵，很容易迷失方向。而被困在阵中之人，久而久之便会因失去水和食物，最终虚脱而死。

她打算走进树林，却被景升拦住。她笑着拍了拍手，将手中的铃铛递给他，道："半个时辰之后，若我还没回来，你就死命摇这个铃铛，声音越大越好。"

"不行！昨晚我说过什么，你又忘了？"说什么，景升也不会放她单独进这片树林。

美仁望了望一旁的杨文广，抿紧唇，对杨文广道："那就麻烦杨将军了，若是我与明将军进去，一个时辰之后，还不见我们出来，请杨将军务必使劲摇这个铃铛。"

"本将一定会的，请向姑娘与明将军放心。"杨文广接过铃铛。

美仁与景升互点了点头，转身便往树林深处走去。

一路上，美仁不停地做标记，结合方位，不停地算着，这阵法与她昨日傍晚在契丹军营内所见的阵图完全不一样。

不一会儿，景升拉住美仁，道："等下，我觉得这个阵比我想象中的更奇。"

美仁笑了笑，道："嗯，天一谷怡家最擅长的便是布阵，而阴家的人身为族长一氏，定是技高一筹。我们走了半天，你有没有留意到什么？"

景升蹙了蹙眉，指着远处的山头，道："那个山头不算太高，山势也不算很陡，但是占地很广，山势绵延数里，一直延到我们所在的脚下。"

美仁笑了笑，道："然后呢？"

"再看那座山头，我记得刚进入这片树林的时候，日头是在我们的正前方，我们亦是正面对着那座山头，身影是向后拉。"景升指着地上的人影，抬首对美仁又道，"你看，眼下我们身后的影子与之前的有何区别？我们在这里穿行了许久，但只是这短短的时辰，日位是不会有太大变动的，而我们一直向东走，所以我们的身影应该是指向西面，而绝不可能还是向后拉。再看看你做的标记……"景升解下一旁树上的一个红色丝带，"你选择了不同的色带作为标记，可这个红色的丝带却是你在进阵时第一个绑上的。影子、丝带，这么说只有一个解释，那就是我们走了半天又回到了原位。"

美仁接过他手中的丝带，笑着道："嗯，是吗？可是这周围景致明明和我们来的时候不同呀。"

景升轻笑出声，轻刮了刮她的粉颊，话语一转："累不累？要不要我背你？让我的女皇陛下享受着这一刻的高高在上。"

"明将军，请你正经点，这是在探查地形，不是让你来这里游山玩水、打情骂俏的。"美仁笑着拍开他的手掌。

"我这是在给你放松心情，不希望你往自己身上加过多的负担。"景升道。

美仁叹了一口气，有些无措地道："唉，你说的这些都没错。此阵依山而建，大部分都是天然形成的，只有一小部分经过人为改造，所以这样的阵形也是最难破的。让人走在相同的路线上而又不易察觉，这就是天一谷人的神鬼莫测之能。若是我没猜错，这个阵法应该同天一谷四周的阵法一样，是最强的阵法。但天一谷的阵法是依天一谷的天然地势所设，而这个阵法也是依这里的天然地势所设。这个阵每时每刻都在变化，而且每一刻的破阵之法却又不尽相同，除非找到这个阵最弱的那个时刻。"

景升轻点了点她的鼻头，道："别泄气。万物都是由金、木、水、火、土五行组成，相成、相生、相克；而八卦之说古有太极生两仪，两仪生四象，四象生八卦，阴和阳是相互转化、生生不息的'两仪'，阴阳相互环抱，相互交合。无论什么阵都逃不过这五行八卦之说，既然他们设了这个阵，定有破解之法。这里的地势至刚至阳，也就是说这阵至刚至阳，那么相反最弱的时刻就是月圆之夜，午夜子时月阴极盛之时。嗯，后日便是十五。"

美仁浅浅一笑，道："咦，看不出来明将军很有慧根嘛，那么请明将军带路。"

牵过美仁的手，景升拉着她往正前方步去，不一会儿两人便出了方才那个位置，而进入另一个阵。

美仁紧张地道："小心，这已经不是方才的迷阵了，可以背靠背互为犄角。"

突然眼前一片火光，一个火球向美仁砸来，景升推开美仁，二人避开那个火球，美仁大惊失色，道："疾火阵！"

两人方立好，又有两个巨大的火团扑来，景升抱过美仁，背部却撞上那团火球，他惨呼一声："啊——"

火燎的痛、烫灼的疼，让景升禁不住颤着身体。眼见越来越多的火球飞来，景升忍住痛，推开她，道："快走！"

望着四下乱飞的火球，美仁抬起景升的头，大叫着道："看着我，别看那些火球，别想你身后的伤，看着我，这都是幻象。"

景升的额上泛着细细的汗珠，抬眸看着美仁，盯着她的眼睛看了好久，好一会儿才算平静下来，当他再回顾四周，那些火球全部消失了。

“景哥哥，你还好吧？”美仁捧着他的脸，急忙为他擦去汗珠。

“我没事，不过方才身后真的犹如火灼一般。”景升不得不佩服布阵之人。

“这只是第二阵，若是我没猜错，应该还有六个阵，这就是天一八阵。今日便到此，明日再来。”

她扶着景升，缓缓离开，不一会儿，二人便回到了之前与杨文广分手的地方。

“太好了，你们终于出来了，我方想摇铃。”杨文广一脸紧张，迎上前见到脸色苍白的景升，惊道，“明将军怎么了？”

[illegible]烦你扶着明将军，一切等回去再说。”美仁道。

回到军营，美仁脱了景升的衣服，最里面的中衣已经混着血水黏在了他的背上，军医大人以剪刀剪了他的衣服，再看见他的伤口，惊道：“昨日上了药膏，伤口虽然不会很快结疤，但是怎么会突然变成这样，就像是被火烧过一样。”

一时间，美仁也解释不清楚。

军医大人摇了摇头，很快又重新处理好伤口，方道：“望明将军这两日好好休养，若是伤势复发，伤口溃烂，后果将不堪设想。唉，明明昨日不是这样的，怎么会突然变成这样？”军医大人提着药箱哀声连连地退了出去。

不一会儿，杨延昭与杨嗣等几位大将一同赶到，在见到景升背后触目惊心的火伤之后，一个个惊愕不已。

美仁将两人入阵探查的情况细说了一下，杨延昭与几位将军面露忧色。

美仁安慰各位，景升伤势较重，明日定不能再陪她去闯阵。杨延昭另安排了两位身手敏捷的将士陪美仁去探阵，却被美仁劝阻。虽然她心疼不已，但如今正值紧要关头，整个军中，实在是找不出比景升更适合的人选，她无奈地咬了咬牙，劝杨元帅再多忍耐几日，还是让景升陪她去探。

杨延昭想了想，尊重美仁的意思，但坚持几日之后让两名身手敏捷的将士一同随行，万一出了什么事还有个照应。

收到捷报，契丹那边已经整顿得差不多，大军开始蠢蠢欲动。

这两日，美仁让几位军医大人想法子准备了许多提神醒脑的药材，制成香囊，在三天之内分发给所有将士。

帐内，美仁看着清风，这琴对宋军来说犹如久旱逢甘露。待到破阵之时，她要怎样将这琴声送进那树林迷阵之内？

当下她便气运丹田，却是一阵刺痛传来，接着那股刺痛消失，四肢百骸贯穿一股强劲的内力。这股内力，她在杭州之时按《天一圣经》下卷的心法修炼时出现过，那时总是时有时无。被向昕抓了之后，在契丹军营之内她意外吸了那个契丹狗贼萧正甫的内力，所幸当时有向昕那一重击，否则她不知要如何隐瞒，再加上之后她吸的那些契丹士兵的精气，才造就了如今这股内力。《天一圣经》下卷心法已将他们的内力和精气转化为己用，她唯有再度修炼此心法方能将这股隐藏的内力，正常地挥发出来。

心一横，美仁决定再修炼《天一圣经》的心法。每日她会选择离军营不远的清静的地方，打坐修炼。景升发现之后，劝她不要铤而走险，她道没事，她会万事小心，以腹中的胎儿为重。

七日过后，做了万全准备，景升、美仁和两位将士，四人一路探进了一阵。

有了那日的经验，外加药囊提神，以及美仁之前交代的很多应注意事项，七阵都很顺利，但到了第八阵，遇上了守阵的契丹士兵。两位将士恋战，在击败几名契丹士兵后还要再追着契丹逃兵前行，美仁顾不得面子，怒吼一声："若是两位将士想要送死，那就别拖累我们。"

那两名将士面露愧色，不甘心地随着美仁与景升撤离。

四人全身而退，回到军中，美仁将整个阵法的布阵图依着探查的结果绘出来，展现给杨延昭及几位将军看，将天一八阵每阵的厉害之处一一道明。最终美仁向杨延昭讨要了四百名精兵作为头阵，决定于后日十五月圆之夜子时月阴极盛之时破阵。

她不懂得行军打仗，只能按照破阵之法要求这四百精兵如何去做，而剩下的定当靠他们杨家军。

十五月圆之夜，映着月光，美仁指着那阵图，对众将士朗声道："此阵瞬间变幻莫测、威力无穷，一旦进入便很难出来。所以进阵后一定要按照我说的去做，第一步东方甲已木，乾三坤四；第二步，南方丙丁火，艮二坎八；最后一步，正走五行趋离位，反行九宫出天门。每个阵都要依照这个顺序走，切忌心急而乱了阵脚。一旦破了一个阵的生门，你们要记着，立即破下一个阵的生门，阵内若是遇上契丹士兵，一定要速速返回，切莫恋战，不要破了一个阵就以为可以将整个阵全破。每个人身上都装着这个香囊，因为你们会在阵内看到各种幻象，那幻象会因你们内心深处的恐惧而生，无论看到什么让人恐慌的景象，要记住那全部都是幻象。到了第八个阵，更要切记莫惊慌，切忌顺着那幻象而将自己最薄弱的地方暴露出来。"她转身对杨延昭道，"元帅，请您以军令对众将士再重申一次，若是在此次破阵行动中，有人违抗军命，恋战不归，请元帅按军令处罚。"

杨延昭郑重地点了点头，以军令重申，四百名将士应声震天，随即他又对明景升道：“明将军之前与向姑娘前去探阵，对天一阵的厉害之处熟知，明将军虽有伤在身，但为了大宋江山，还请明将军暂时忍耐住，与杨将军带着这四百精兵共同破阵。”

“属下听令。”景升行以军礼。

景升与杨文广带领四百精兵一同前往那迷阵。

［十五］意外滑胎

美仁带着清风，坐在天一八阵入口处，对众将士道：“有劳各位将士了，若是在阵内，情急之下，请注意听我的琴声，顺着琴声的方向尽快退出此阵。”

景升向美仁颔首。

杨文广再次以军令重申一次。待到子时时分，四百精兵怒哮三声，火光影影，齐齐冲入那树林之中。

美仁安然坐下，面对清风，十指轻拨，音律如流水般直泻而出，直沁入众人心田……

这几日的修行，加上景升为她打通浑身筋脉，让她功力大增，以清风曲调息，她完全可以做到气运丹田，以内力将琴声源源不断逼进树林。

月明星稀，阵阵山风吹来，众将士倍感深夜山中的寒气逼人。

时辰一点一点过去，经过众人的努力，终于攻破了前七阵的生门。但到了第八个阵之后，原本平静的山林突然刮起一阵狂风，宋军众将士连忙以手遮眼，但那罡风越刮越猛，劲风所到之处带起一片雾气，方才还是月明星稀的明朗天空，刹那间阴云密布，黑暗中伸手不见五指。

忽然之间，所有将士好似发了狂一样，惊恐地向四处奔跑，有的抱着头哭声连连，有的拼命尖叫，似乎见到什么恐怖的情景。一下子，四百名精兵乱成一团，有的举剑自刎，甚至还有的举剑向同伙砍去……

景升看着四周，脑子也开始混沌起来，明经堂的身影在他眼前不断地飘动，对着他不停地喊着：“升儿，为父真的好寂寞。轩儿离开我了，承儿不听话，如今我只有你这一个儿子了。升儿，来陪陪我吧，我真的很寂寞……”

景升急道：“爹，你别走那么快，升儿跟不上你了。”

明经堂道：“快跟我来，快跟我来。”

“爹，你等等我。”景升追着明经堂的身影奔去。

突然间，一阵悠扬悦耳的琴声幽幽传来，景升猛然间惊醒，他依然还身在那个树林之中，眼前却是一片沼泽之地。他所站立的位置离沼泽之地只有数步，若不是他听见琴声，及时收住脚步，怕是早已丧生在那沼泽里。

死亡的气息不断向众人逼近，他四下望去，众将士一个个都像他方才那样着了心魔，他拾起数个铃铛，双手抓满，一边舞动，一边大喝："众将士听命，莫要惊慌，眼前的一切都是幻境。注意听琴声，顺着琴声方向撤退。"

他以内力舞动铃声，终于唤醒不少将士，将士们一个个面色惨白，相互扶持着，顺着远远飘来琴声的方向一一撤离。

有些将士受幻境迷惑，相互恶斗致死，有的自刎。景升查看了周围将士的尸体，却始终不见杨文广。四下寻找，也不见杨文广的尸首，景升很紧张，杨将军一定还活着。

"杨将军，你在哪儿？杨将军，请回应我！"景升一边指挥各将士撤退，一边找寻杨将军。

终于，他瞧见了杨将军的身影，但此时杨将军就如同他方才一样，正立在沼泽之地的边缘。

"不要！杨将军！"

但终究还是迟了，杨文广一脚踏进了那片沼泽之中……

阵外，美仁见着将士们一个个狼狈而出，却不见景升，她抓住其中一个将士问道："明将军呢？"

"不知道。"

问了一个又一个，都没人留意景升在哪儿，只知道他在疏散他们出阵之后突然之间消失了。终于有一个人大叫了一声："杨将军也不见了，会不会是他们俩在一起？"

美仁抱着清风便要冲进阵内，却被杨嗣将军拦住。

"向姑娘，你自己说的，只要退出这个迷阵，所有人必须撤回军营，但你自己还往里冲。杨将军与明将军不会有事的，请向姑娘速速与我们离开。"杨嗣道。

"不会有事？那第八阵攻的是人心，你知道吗？我不会跟你走，我不是杨家军，不用守军规。若是他死了，我亦不会破阵。"说完，美仁抱着琴冲进了阵内。

"景哥哥！景哥哥！景哥哥——"美仁穿梭在树林间，满月当空，栖息的鸟儿再次被惊起，扑腾扑腾飞得满天都是。

她抱着清风，不停地找寻着景升的身影，可终是见不到。

所有恐惧全数涌上她的心头，她对着寂静的树林不停地高喊。突然间，她的下腹一阵痉挛，痛得她扶住一棵树，松开紧抱着清风的手，一下子跌坐在地上。

“好痛……”她双手抱着肚子，感觉下身湿漉漉的一片，伸手一摸，借着月光，却见满手的鲜血，“不——不会的，不会的……”

下身血流不止，她感觉到腹中的生命随着时间的流逝在慢慢离开她，一时间，她惊慌失措地大哭起来：“不要啊，不要啊，呜呜呜……景哥哥，景哥哥——”

她不要失去她和景升的孩子……她不要……

不知过了多久，周遭的气息不对，周围地上的枯叶涌动起来，一阵熟悉的脚步声传来，美仁抬起泪眼，眼前正立着一个面戴鬼脸黄金面具之人。

是向昕！

美仁望着他，顷刻间，泪水犹如决堤一般狂涌而出。

她不知是欣慰还是害怕，倚在身后的树上痛哭出声：“昕大哥……”

向昕弯下身，一言不发，将她轻轻抱起，大踏着步子消失在月夜之下。

杨文广陷入沼泽之后，突然惊醒，见着景升立在沼泽边，他大声道：“明将军不要管本将，速速离去。军令如山，本将的双腿已经陷入沼泽里，双脚根本使不上劲，请明将军莫要再费心了。”

“杨将军切莫说丧气之话，我在想法子。”景升说着，找到一块木板，扔向杨文广的胸前，“杨将军，请将身体俯卧在这块木板上，力道小一些。”

可是说着，杨文广已经齐腰没入那泥沼之中，全身都是铠甲，只会加速下陷的速度。

“明将军，你快走吧，本将不想拖累明将军，这最后一个妖阵，还要依赖明将军破阵。快走！”

“不行，杨将军乃众将士的精神支柱，先忍着，即刻就好。”景升找到几条蔓藤迅速接好，在杨文广腰身陷入泥沼之前，他便运功将蔓藤甩向杨文广的腰身，紧紧地缠牢，当下运功，手中施力，眨眼之间便将杨文广拉出沼泽。

杨文广得救，大喘着气，对景升道：“明将军救命之恩，我杨文广没齿难忘，定会铭记于心，他日定当涌泉相报。”

景升只是浅浅一笑，扶起杨文广，一步一蹒跚地往前走去。

当二人沿着原路返回，快要走出这片树林，月光之下，景升突然看到被遗留的清风，心中不由得一阵惊慌，这个傻丫头知道他没出阵，一定是跑进来了。他抱起清风，高声呼喊着：“美仁，美仁，美仁——”

杨文广见着景升异常焦虑，想景升救了他一命，如今向姑娘有了危险，他也不能袖手旁观，跟着高声喊道：“向姑娘，向姑娘——”

二人在附近找了许久，始终不见美仁的身影。

为何只有清风在，人呢？她不会无缘无故丢下清风。

景升抱着清风，仿佛全身力气都被抽走，沮丧地坐在地上。

“会不会是天太黑了，向姑娘看不清，所以丢了这把琴，其实人已经离开了？”杨文广说出心中的猜测。

景升斩钉截铁地道：“不会的。”

看来这阵内还有其他人，而会将她带走，又留下清风的只有一个人。

向昕！耶律元修！

景升手指嵌入琴弦之中，愤恨地起身，对杨文广道：“杨将军，我们该回去了。”

意料之外，向昕抱着美仁并没有回到契丹军营之中，而是到了山头的一个木屋之内。

在那里，美仁见到了萧非非。萧非非见到美仁下身全是血，连声惊呼。

见萧非非跟个傻瓜似的立在那儿，向昕大声喝道：“你不是懂医术吗？快给她看看。”

“我会的不算是医术，我会的是蛊术。”萧非非一本正经地回道。

美仁的眼泪早已流干，哽咽着道：“不用了，孩子已经没了……”

向昕以眼色示意萧非非出去准备热水和止血的药，萧非非心不甘地回瞪他一眼，这三更半夜的被他从军营里拖出来，当时的他一脸怒气，似要将人撕成几半。这会儿倒好，见了心爱的女人，温驯得像只小猫，却把她当成奴隶使唤。算了！为了她的蛊王，她忍了，还有大美人如今有难，谁叫她喜欢大美人呢！师父常说“苗家女儿”有情有义，虽然她非苗家女，但身为蛊母的徒弟，这忙她一定要帮。

向昕缓缓蹲下身，取下面具，抬首望着美仁，她还在不停地抽泣，两个眼睛哭得又红又肿，他问：“你是不是很恨我？恨我是契丹人，恨我折磨你，恨我射了那一箭，恨我逼阴豫布下那个天一阵，恨我害你的孩子没了？”

美仁拼命地摇着头，哭道：“不，我不怪你，我怪我自己，都怪我自己，孩子没了……”

向昕将美仁轻轻揽进怀中，道：“对不起，是我太过强求而伤害了你。我并不想的，我只是控制不住自己，我越是恨你，就越是忘不了你。在见到你之前，我一直想着要带你离开，回大辽，回上京，做我的王妃，我还想过与你在广阔的大辽土地之上策马奔腾，想你为我生好几个孩子，看着他们成长。可见到你倚在那棵树上，哭得像个孩子一样，不停地叫着他的名字，我才明白，我是真的失去你了，失去你了……那个永远会对着我笑、叫我昕大哥的美仁再也回不来了……”

美仁哭得更伤心了，泣不成声。

“他没事的。”

美仁耳垂一凉，似有什么东西穿进她的耳洞之中，抬眸望着向昕，只听他道：“这对珍珠耳环是你的，如今还给你。还有这面铜镜，也是你的东西，好好收着。”

向昕将封魂镜塞进美仁的手中，然后紧紧地抱着她，又道：“在你易容成一个中年妇人的时候，我就看你常常对着这对耳环发呆，是不是他送给你的？”

美仁轻点了点头，又摇了摇头。

向昕浅浅笑出声，却是无限的苦涩，许久，他哑着嗓音，道：“陪我三天吧，我只要你三天。三天之后，我契丹大军将会攻打澶州，那时，你我便是敌人，以后，我们便再也没机会相见，更不会像眼下这样，能够拥抱着你……”向昕的唇亲吻着她的发丝，三日之后，他将要永远地放开她。

美仁僵了僵身体，并未应他，别过头，轻轻地推开他。

他的双臂收紧，幽幽地道：“别推开我，只是三日，三日之后，你我便是路人。你不用担心，我会派人告诉他，你安然无事，我只要你陪我三日，他应该不会这么小气的。”

不知为何，听到向昕这样说，美仁心中有种莫名的酸楚，那个温柔的昕大哥又回来了，可是她和他永远都不可能了，他在和她告别。

好，三日就三日，三日之后此生谁都不会有遗憾。伏在他的胸前，她终于忍不住放声大哭。

从最初有了孩子的那份挣扎，到后来的那份坚强与坚持，就算再艰难，为了孩子，她都咬着牙挺过来了，可如今，那个她誓死保护的小生命，因为她强行修炼武功而失去了，她根本就不配做一个母亲。她真的不是有意的，她真的是很担心景升，她完全不能够想象这世间失去他会是怎样的滋味。

她不该强行修炼《天一圣经》上的心法……

“别哭了，我喜欢看你笑。你是个坚强的女子，这么点小小的挫折，不会击倒你的。你和他都还年轻，孩子，以后还有机会……”说出这句话，向昕只觉得心口之处如万刃插在其间，疼痛不已。他多么想要一个他与她的孩子，可是他永远都不再有这个机会了。

他心中无限酸涩，抱着此生就要失去的最珍贵的东西，那种噬心的滋味却比金蚕蛊毒来得更痛。

孩子没了，撕心裂肺的痛楚让美仁哭到无力，整个人软软地伏在向昕的胸前。

［十六］太阳将逝

三天，说不长也不长，说不短又何其短。

为了支持美仁十分虚弱的身体，向昕将自己大半的内力都输进了美仁的体内。

萧非非成了这三日里他们两人的“奴仆”，向昕要的所有东西，她都想尽了法子去给他弄来。

在山头，当萧非非看着紧紧相偎的两个身影，蓦地，心间有种说不出的刺痛。她抬首看着那个伟岸的背影，这些日子来，她虽报怨他的霸道，但更多的时候，她的目光都在追随着他。

她缓缓抬起右臂，手腕内侧有一处突起，那里有东西在缓缓蠕动。

刹那间，破空而出的日光刺激着她的双目，那样的美景却让她无暇欣赏，因为她知道前方那个男人可怕的决心了。

她萧非非，蛊母最得意的徒弟，费心炼出的绝世金蚕蛊王蛊后，是她这一生的骄傲。可这象征美好一天的开始，象征着蓬勃生机的开始，却在这最终一刻，让她尝到了死亡的气息……

她体内的蛊后也苏醒了，为了蛊王而苏醒。而唤醒蛊后的却是她自己，她说了不为那个男人动心的，可这三日来，她看他为大美人所做的一切，终究还是禁不住为他动心了。

可他却是抱着誓死的决心。原来从蛊王苏醒之后，他就没想过要好好地活下去，为了大美人，他宁可死，也不愿违背他爱大美人的心。

她从不知道她炼的这对金蚕情蛊是这样的有灵性，蛊王蛊后相依相存，若是蛊王死了，那么蛊后也将不复存世。

她感受到他对大美人的爱，感受到他无限的悲伤。造化弄人，为何要在这最后一刻，让她看到自己晚来的爱要死在这样一个美好的日出下？一滴晶莹的泪珠顺着她的粉颊滑下。

就要离开了，这三天是他永生永世都不会忘记的，哪怕是入了黄泉之路。

“若是没有蓝家的事，我也就不会认识你，若是没有蓝家的事，我也就不会失去你。”向昕紧紧地拥着美仁，嘴角噙着一抹难以言喻的悲凉笑意，“所以，此生注定你都不会属于我……”

“在信阳的日子，能结识昕大哥，是我这一生最难忘记的事。”美仁浅浅笑着。

“若是没有蓝家，没有明家，更没有天一族，你会像曾经一样爱我吗？”向昕轻轻抬起她的下颔，直视她清澈的双眸，在心中祈祷，即便是骗他，也请说爱吧，让他无憾地离开吧。

“会，昕大哥是美仁第一个喜欢上的人，‘向美仁’这个名字也是为了昕大哥而取，昕大哥在美仁的心中，永远有个无法取代的位置。”看着向昕，美仁说出自己的真心话。

向昕心满意足地笑了，他捧起她的脸，在她毫无防备之下，吻上了她。他的吻很轻很柔，再没有前段日子里的粗暴，带着诀别的情感，他要将自己的灵魂全部寄在这一吻上。

美仁只是惊愕，而没有排斥，嘴唇微微动了动，似在回应，但她不知这个举动让向昕有多惊喜。

然而很快便尝到了口中咸涩的味道，她倏然睁开双眼，想看清向昕的双眼，可向昕没有给她机会，只是将她紧紧地抱在怀中。

许久，向昕嘶哑的声音在耳边响起：“三天到了，你该回去了。”

“嗯……”

“答应我，永远都别忘了这三日。”他自私地很想说永远都别忘了他。

“嗯……”禁不住，热泪似要涌出眼眶。

“答应我，你要幸福。”

“嗯……”

“对不起，我不能送你了……”

向昕走了，美仁始终都没有看到他的脸，可是口中那咸涩的味道却是真实的。

望着他走向萧非非，两人消失在山间，她心中的一切都抛下了。

这三天来，她虽然思念景升，但昕大哥陪着她，不断地安慰和鼓励她，让失去孩子的痛楚稍稍减轻了。他说得没错，她和景升都还年轻，以后一定会再有孩子的。

她深深地吸了一口气，正打算离去，可周遭异样的气息，让她浑身防备。意外地，她看到了一身白衣的阴豫。

她稍稍放松，愠道：“你在这里做什么？你不是应该在契丹军营里做你的大军师吗？”

阴豫轻勾了勾唇，邪魅一笑，道：“何意百炼钢，化为绕指柔。”

“你到底想说什么？”美仁显得很不耐烦。

“从今日起，我再也不是契丹的军师了，我阴家欠他耶律家的恩情全部都还清了。天一阵也收回了。”

美仁道：“我知道你阴家欠耶律放的恩情，但你不能良知泯灭到让生养自己的这片土地毁于一旦。”

“我天一族本就自成一派，可以说是要风得风，要雨得雨，无须仰仗朝廷。谁得这天下，从天一族存在的那一天开始，都影响不到我天一族的族人。”阴豫向左走了几步，侧对着美仁又道，“你可知，为何你带着明景升和那两个宋军进了最后一个迷阵，能全身而退，而他们进去，却受了幻境的控制？”

美仁不明白，疑惑地望着阴豫。

“因为那个阵是为你设的，只要你在那阵中，他们便不会有事。要破那第八个阵的生门，也只有你可以。嗯，那个阵有个非常好听的名字，叫作月下美人阵。破阵的最佳时机，就是十五那晚子夜时分，月最圆的时候。”阴豫回首，露出一抹笑意，“你想到了吗，月下美人？”

美仁惊愕地望着阴豫，说不出话来。

“我并不想坐族长这个位子，可是谁叫我是这样的优秀呢，阴家的其他男子都比上不我。”阴豫似在玩笑。

美仁抽搐地扯了扯嘴角，真不知羞耻。

阴豫接着道：“接了这个位子之后，我一直抱着玩的心态，就连挑圣女，我都是在玩。各族长老为我挑的那些个‘圣女’，千篇一律，让人乏味。我并不喜欢宁茹，但我为她的死感到惋惜，她是这么多年来第二个为了圣女这个位子而引起族内轩然大波的人，也是第二个为了爱情甘愿付出自己生命的。只可惜，她没你娘幸运，至少你娘还可以生下你。”

美仁听他说着，只觉得自己的呼吸快要停止了。

“宁茹死后，各族的长老又要为我选圣女，我很烦这种像一个傀儡一样任凭他们摆布的感觉，这种感觉让我这样一个优秀、自负又骄傲的人，怎么都不太舒服。自天一族存在以来，选圣女一事，永远都轮不到我们族长说话，我们只有在一旁静静地看着，待到大婚那天，看着圣女在众族人的敬仰之下，投入我们的怀抱，脸上要始终保持那种如获至宝的微笑。”阴豫突然笑靥如花，世间少有男人能像他这样笑得如此好看，“看，就像我现在这个样子，就是始终要保持这种笑容，是不是很好看？”

终于忍不住，美仁喷笑出声。

“这样就对了，我认为这样的笑容真的是世间少有的恶心。我不想这样笑，所以在第二次选圣女的时候，我驳回了所有长老的提议，我对他们说，她们谁能将失去的《天一圣经》送到我的面前，我就选谁，不管是谁家的女儿。圣经一直都是我族的镇族之宝，能将它取回之人，自是万里挑一的最佳人选。意外的是，两个永远没有资格参与圣女之争的怡家女子却突然出现在我的眼前。”

美仁愠道：“是你以圣女之位诱引怡素去明家找圣经下卷的，对不对？”

“美人，别太心急，听我把话说完。”阴豫笑着一把握住美仁指着他的手指。

“你真是我见过的这世间最不要脸的男人。”美仁抽回手怒骂。

“要是不要脸就能得到自己想要的东西，不要脸又何妨？只可惜不要脸不是万能的。”阴豫似笑非笑，“从你杀了连碧容开始，我便开始注意你，可我是个万事追求完美的人，那时候的你身形还是个孩子，所以我的心便偏向了美丽妖娆的素素。”

美仁在心里啐骂一句：真是不要脸外加猥琐无耻。

“可是再见到你，已不是孩童的模样，万花楼里那一战，我的心开始动摇了。可你始终比不上素素心狠，因为你心中的牵绊太多，我看见的更多的是你内心的软弱。这样的你，根本不适合待在天一谷，所以我不能选你，我命他们放你离开。然而在我挑了素素之后，决定彻底地放弃你，可我又忍不住想去看你，看看我心中的那个‘月下美人’。”

美仁愕然，原来是他放她出谷的，那一句月下美人，让她有些窘然。

“是不是很感动？”见到她脸颊微红，他又媚笑起来，走近她，轻撩起她一绺长发，绸缎似的柔腻在指掌流泄，又滑又软，他握住发丝，凑近鼻前……

美仁无情地挥断：“没有感动，只有冲动，一种想要痛揍你一顿的冲动。”

阴豫深叹了一口气，道：“唉，只可惜偏偏不凑巧，本来对你已经死了心，然而却又在契丹军营里碰到你。也就是在那里，我才算是真正地认识到你，一个坚韧不屈、意志坚强的美人，所以……”

“所以你的心又动摇了？你的情还真是不值钱。”美仁狠瞪了他一眼，举步便往前走去。

阴豫跟在她的身后，笑道：“被你猜中了，好没意思。不过，我们阴家的男人此生若是选定了伴侣，就算心中装有另一个女人，也绝对只会对另一半坚贞无移。所以你放心，我不会把你怎么样。”

顿住脚步，美仁回转身嘲讽：“那你来这里做什么？只为了告诉我你曾经为我动过心？你不觉得你很无聊外加很无耻吗？”

“我是来送你回宋营的，这是我答应耶律元修做的最后一件事。”

美仁深蹙起眉头，道：“什么意思？”

“没什么意思。我在刚开始就和你说了，何意百炼钢，化为绕指柔。他为了你，放弃了天一阵，所以应他的要求，天一阵不存在了。而我，送你回宋营之后，就要和素素离开这里，回天一谷做一对人人羡慕的‘神仙美眷’。”

听大哥取消了天一阵，那么他回契丹军营要怎么面对耶律隆绪和萧燕燕那个老妖婆？

带着心中的担忧，她一路往前走，不忘讥讽阴豫：“哼，是貌合神离吧？她要是能爱上你，你就该烧香拜佛了。”

倏地，她的身体腾空。

“阴豫，你这个不要脸的家伙，快放我下来！”美仁怒骂。

“嘘，你的身体还很虚弱，这样走回宋营，我、他，还有军营内的那个男人，都不会乐意见到你劳累的。就当临别之际，送美人一行，也了却我这个心愿吧。”阴豫朗声笑着，抱着她，施展“飞花逐月”，往宋营的方向奔去。

这一刻，美仁终于觉得他的笑容不似那么讨厌了。

［十七］花落花开

美仁失踪的次日，宋军便得到消息，三日之后契丹大军便将一举攻城。

四百名精兵最后回来的只有一百余人，且一个个身负不同的伤势，一想到那最后一个阵，每个人脸上都呈现出不同的惊恐之色。

今日是最后一日了，还找不到美仁。宋军上下，一个个都很泄气，因为那个妖阵，不知该如何攻破。

最担心的人莫过于景升，他已经整整三天三夜没怎么合眼了，那片树林，他已经找过很多次，却始终不见她的身影。

过了今夜，天一亮，契丹人便要攻城了。

“报！向姑娘回来了。”

景升听到这一声通报，整个人浑身都在颤抖，未作多想，他便冲出帐外。黑暗之中，他看到美仁安然无恙地出现在面前，他拼命地睁大双眼，以为自己在做梦。

忍住心中的激动，他走到她的面前，颤着声道：“你回来了，回来就好。”

“是的，我回来了。”美仁坚强地扯了一抹笑意，因为看到他，她便会想到他们的孩子没有了。

帐内，只有景升与美仁两个人。

美仁再也忍不住，泪水夺眶而出，哽咽着道：“对不起，我没能保住我们的孩子，我不该一意孤行，强行修炼《天一圣经》，急于求成……没有见到你出阵，我真的好担心，我害怕极了，我不敢想象失去你以后会是怎样。在杭州，我已经尝过一次，那种身心都饱受煎熬的噬骨滋味，我再也不想尝到。我抱着清风，在阵里不停地呼唤你，可终是听不见你回应，也许是上天对我这一生做错事的惩罚，孩子没了，在我最惶恐、最脆弱、最不堪的时候，没了……对不起，我真的不想的……”

美仁泣不成声。

“嘘，不是你的错，这都不是你的错。”景升以指轻点她的唇，紧紧地将她抱在怀中，哑着嗓音轻道，“这都怪我，都是我的错，若不是我们不小心，就不会在最后一个迷阵内中了招，连累了你。孩子没了没有关系，他就这样走了，只能说是与我们有缘无分。我们来日方长，从今往后，永远都不会再分开。以后，你想要多少孩子都可以。若是女儿，一定会像你一样美丽；若是男儿，一定会像你一样坚强。你是这天下最好的娘亲，不要伤心，不要难过。”

美仁伸出双臂，紧紧地环抱住他，啜泣：“景哥哥，我再也不会离开你了，再也不会了……”

烛光之下，两人相互依偎，不知过了多久，帐帘被人掀开，一声轻咳传来。

美仁抬起肿胀的泪眼，便瞧见那个杨大叔立在入口处，吸了吸鼻子，苍白的脸上露出一抹羞愧之色。

“末将参见元帅！”景升立即调整呼吸，行了军礼。

杨延昭锐利的目光在两人的脸上来回反复探询着什么，半晌，他轻咳了几声，方道：“明将军与向姑娘莫要惊慌。那日，向姑娘违反自己所说的话，冲进迷阵，只为救明将军，杨嗣都与我说了。本帅并非是老糊涂，早在第一次见到向姑娘时，本帅就知道，明将军与向姑娘并非是兄妹这么简单。”

杨延昭的直率，让景升与美仁二人一阵脸红。

“这世间，能像明将军与向姑娘这样重情重义之人，实是不多，老夫甚是钦佩。”杨延昭此次并未自称“本帅”，而是以一位长辈的身份关心二人，“虽然明将军救了小儿一命，乃我杨家的恩人，但老夫仍是要提醒明将军一句，明将军乃圣上亲点的郡马爷。”

景升拧紧眉头，低沉了声音，道：“末将知道。”

“老夫并不是个多嘴之人，更不是那种棒打鸳鸯之人，只是军中人多嘴杂，明将军要顾及自己的身份，向姑娘也要为自己的清誉有所考虑。明日圣上便将抵达澶州，此时此刻，明将军切不可糊涂。明将军要记着，在这军营之中，身为大将军，便不能有失了你在军中的威信，明日便是我军与契丹正面交锋之时——”

美仁深吸了一口气，道：“元帅的顾虑及一番好意，民女在此谢过。请元帅放心，民女不会在此做出出格之事，给元帅及杨家军带来不必要的麻烦。另外，民女在迷阵之中失踪三日，并非一无所获，此次回来，民女有一个好消息要告诉元帅，就是天一阵的最后一阵，已经不攻自破，元帅不必再担心杨家军会受到任何阻碍。”

“此话当真？”

“千真万确。”虽然阴豫总是嬉皮笑脸，但加上昕大哥那三日的举动，她相信阴豫没有骗她，天一阵已经撤了。

景升道：“难怪。这三日我进出那迷阵，确实没再发现任何异样，没有遇到之前的幻象。”

“好好好，太好了！”杨延昭双掌相击，大呼一声，“我大宋江山得以保住，向姑娘功不可没，这真是双喜临门，喜从天降，今夜真是个好兆头。”说着，杨延昭大笑着出了军帐。

景升走上前，抚住美仁的双肩，轻道：“不必担心，待我军打了胜仗，所有事情都会迎刃而解。我和王佳如的事也会做个了结。”

这时，帐外响起了号角之声，这是传令所有将士集合的命令。

景升与美仁互看一眼，双双出了帐营。

“众将士，今夜本帅有两件喜讯要宣布。”杨延昭异常激动，紧握着手中刚收到的朝廷传来的好消息，对着众将士扬了扬手，当下全场安静下来，他举起手中的圣旨，朗声道，“在寇相及几位大臣的极力说服下，圣上终于应允不迁都，并要亲自前往澶州前线督师，以振士气，现已在前来澶州的路上，不日将抵达澶州。”

圣上御驾亲征，这是振奋军心的最好良方，杨家军上下举起手中的刀枪，呼声震天，以示心中的激动之情。

杨延昭又抬起手，示意众将士安静，道：“我们杨家军中，有一位巾帼不让须眉的女子，相信众将皆知，就是向姑娘。向姑娘在迷阵里失踪三日，我军上下，忧心不已。感谢苍天庇佑，向姑娘平安回来，且给我军带来一个好消息，就是天一阵的最后一阵，已不攻自破。”

场下，所有将士呼声更高，再不用惧怕契丹人的妖阵了。

杨延昭接着道：“契丹大军一路南下，直逼我澶渊，去北境千里，早已人马俱乏，人有归心，马有余力，凡有剽掠，皆在马上，其军虽众，败之不难，明日将是我军一举反击契丹大军的时候！”

“喝喝喝——喝喝——”

“众将士听令，列队——”

养精蓄锐已久的杨家军一个个精神抖擞地迅速整队。

美仁瞧见这蔚为壮观的一幕，心中感慨万千，此战，宋军一定要胜，一定会胜。她望见场下领军的景升，他一定会平安归来的。

天渐渐放亮，周围散开的探马终于传来回报：“禀元帅，契丹军队已抵达澶州城北，将要从城北对我澶州展开三面围攻。”

杨延昭一声令下：“一定要将他们拦在城北。出发！”

从那一刻起，澶州城北之外，战鼓轰鸣震天。

杭州，陶然居。

美仁独自一人静静地坐在亭中，品着殷红如血的樱桃茶，她泡的樱桃茶与如妈泡的是两种味道，她更喜欢喝自己泡的樱桃茶，茶中带着她的情。

宋辽开战之际，她听了杨大叔的一席话，为了不让景升分心，便带着还在养伤的万镖回到了京城，在竹芙园静静地等待着消息。

充当先锋的契丹大将萧挞凛在督战时，被杨家军最厉害的床子弩一记射中额角，当晚便死去。契丹人失去主将，士气大挫，军心厌战，稍稍退却。赵恒很快便抵达澶州，宋军士气大增，一举将契丹大军逼退。契丹唯恐宋军趁势追击，向赵恒提出议和。

杨元帅意欲追击，逼契丹永不敢再犯，而赵恒顾及长年征战，两国交兵，大损兵力物力，遂接受了议和，却是大宋每年以大额的岁币向契丹纳贡而告终。

至于谁向谁每年纳贡多少，这些，美仁都不关心。

赵恒领杨家军亲征凯旋，文武百官皆出城迎接。

唯有一个消息可以牵动她的心，那便是定州副都部署身中伏箭，殁。

郡马府当夜便挂起了白帐。

她以为真的失去他了，哭得伤心欲绝，万镖却递给她一份飞鸽传书，上面只有七个字：美人在侧花满堂。

那熟悉的字迹，让美仁即刻止了泪。

他还活着，他回了杭州。

收起那张字条，她低咒了他千遍万遍。

万镖的伤早已无大碍，在美仁的催促下，万镖连夜赶路，二人急忙赶回了杭州。

迈进久别的陶然居，再见到侍书与奉剑，就像是见到家人一样亲切，一阵热情的拥抱之后，她提着裙子，急奔向他的屋子。那里，有个俊雅非凡、风度翩翩的男人正含笑等着她。

“这应该算是王佳如休了我吧。”这是再见到她，他说的第一句话。

她忍不住嗤笑出声，反讥道：“关我什么事？”

“你好狠心。”他上前一把将她抱起，往床榻之处走去，将她轻轻放下，双臂支撑在她的两侧，额头抵着她的额头，唇瓣轻扫她的红唇，哑着嗓子，“如今我身无分文，连个住处都无，唯有指望你这个陶然居的主人收留。”

“那要看你这个奴仆听不听话，会不会伺候我这个主人喽！”

“好，我这就伺候，包君满意。”说着，他伸手便向她的腰间袭去，挠她的痒痒。

美仁尖叫着。两人打打闹闹，渐渐地，四唇相触在一起，多日不见的思念，在这一吻当中，一触即发。

身中伏箭的并非是他，宋军大胜，赵恒也兑现了承诺。

回忆是甜蜜的，轻啜一口樱桃茶，美仁含笑望着静静的池水。

忽地，她听到一阵熟悉的脚步声，她笑抿着唇，又轻啜一口茶。

身体很快便被轻轻抱起，她坐在他的腿上。

“又一个人偷喝樱桃茶。”景升笑道。

“嗯嗯嗯，你这个奴仆越来越放肆了，有些逾矩，今晚罚你睡柴房。”嘴上虽这么说着，可美仁的双臂却是死缠着他。

景升浅浅笑着，挑眉问她：“我有没有教过你，樱桃茶还有一种喝法？”

美仁好奇地抬了抬眉，道：“嗯？有新的喝法，你居然敢收着。”

景升戏谑一笑，端起面前的樱桃茶，道：“这种喝法一定要两人一起喝才行。”说着，他轻啜一口，凑上美仁的唇畔，紧紧地贴了上去。

许久，这口茶总算是喂完了，美仁面色绯红，美目顾盼。

“好不好喝？”景升一脸正色地问她。

又被他占了便宜，美仁咬了咬牙，讥道：“你越来越不要脸了，青天白日的，大庭广众之下，竟然非礼主人。”

“有吗？哪里大庭广众了？”景升一脸无辜地说着。

四下环顾，只见不远处的花枝后两个人头攒动。

美仁噘起了嘴，佯装愠道：“还说没有？都怪你。”

她立起身，对着那两个不停晃动的人头，大声道：“出来吧，躲在那里鬼鬼祟祟的，欣赏够了没有？”

这时，侍书与奉剑才尴尬地满脸赔笑，从花枝后冒了出来。

“小姐，那个……前厅有位萧姑娘求见。”奉剑嬉笑着开口，本来她与侍书前来传讯，结果时机不好，两人在那里石头剪子布，决定谁去打断难分难舍的两位主人，奉剑输了，可两位主人还是没有停止的意思。等了很久，她还是不敢开口，唯有选择乖乖地守在这儿。就算是长针眼，她也认了。

“萧姑娘？”美仁低呼，萧这个姓很特别，她认识的似乎也只有萧非非那个稀里糊涂的小丫头，“快请她进来。”

再次见到萧非非，她与之前在契丹军营中的样子完全不同，让人找不到那种无拘无束、迷迷糊糊的性情，相反沉稳了许多。

美仁为她倒了一杯樱桃茶，笑道：“来，尝一尝我泡的樱桃茶。”

美仁望了景升一眼，只见他轻挑了挑眉，她会泡这樱桃茶可不是他教的，而是她特地跑去永安向如妈学的。

萧非非端起面前的茶盅，茶水殷红如血，她微微惊愕，瞧美仁轻轻颔首，她便轻啜一口，茶甫入口中，一股酸涩之味，让她不禁深皱起了眉头。

“可尝出了什么味道？”美仁笑眯着眼，萧非非眼前这个表情应该和自己当初尝第一口樱桃茶的滋味一样。

萧非非抿了抿嘴，道：“酸，涩，好像又有一点甜。”

美仁浅浅一笑：“甜中带酸，酸中含涩，犹如初尝男女之情，此茶亦称情人茶。若是你喜欢，我可以教你。”

萧非非的脸色一阵苍白，愣了半晌，随后解下了身后的剑裹，打开，将剑递给了美仁。

接过那柄剑，美仁神色一黯，喉间犹若堵了什么东西似的，再也笑不出来。

“这柄剑是元修哥哥让我转交给你的。他说，他没有什么东西可以留给你，唯有这柄剑。”萧非非哽咽着。

抚摸着这把再熟悉不过的纯钧剑，美仁全身紧张了起来，颤着唇，问：“什么意思？”

“他上奏太后提议向宋庭议和，还让阴军师撤了天一阵，这让太后十分恼火，他被太后怒骂一通，罢了南院大王一职，便去了桐柏山……”萧非非说着，便忍不住哭了起来。

“然后呢？”美仁的整颗心都揪了起来，景升轻拍了拍她，扶住她颤抖的身体。

“蛊毒发作，死了……”萧非非泪如雨下。

美仁悲伤的眼泪顿时冲出眼眶，颤着声，道：“你不是说只要他见不到我，不再动情，就不会死吗？”

“我没有想到宋辽开战的前三日，他是抱着必死的心态见你的。你知道吗？那三天里，我体内的蛊后同样也苏醒了，为了蛊王而苏醒，因为蛊后感应到了蛊王将不久于人世。就在那天日出时，我感受到了它的悲号，那一刻，我才知道，原来我炼的金蚕情蛊，根本无解。”萧非非深深地闭上眼，泪水顺着脸颊不断滑落。

在桐柏山那几日，她一直陪着元修哥哥，她甚至想法子用酒灌醉了他，扮成大美人的样子，让他将她当成大美人，以为蛊王蛊后在得到了慰藉之后，他就不会死。可她错了，蛊王已经侵蚀了他的心脉，蛊毒已经深入到他的血液里，他必死无疑。最终得救的，只有她。他留下了最珍贵的纯钧剑给大美人，她以为他什么都没有留给她，就在她绝望地以为自己也将不久于人世时，却意外发现自己有了身孕。他给她留下了一个可以救她一命的孩子，因为这个孩子，体内蛊后的悲伤慢慢平息了。

“他……临终之前，还说过什么？”美仁哽咽着。

原来那三日是昕大哥在和她告别，永远都不会再见，原来就是这个意思，他叫她永远都不要忘了那三日，原来就是这个意思。

“他说，他要葬在桐柏山下，他在那里死过一回，只愿一切都回到那个桐柏山下。”还有就是意识不清的元修哥哥，抱着她叫着大美人的名字，一直在说爱她，可是这句话她说不出口，这对她来说太残忍了。

美仁轻抚了抚手中的纯钧剑，轻轻低喃：“对不起，我不知道你是在和我道别……”

这一夜，美仁抱着纯钧剑哭得很伤心。

景升看在眼里，有着心痛，有着嫉妒，还有着一丝说不清楚的情绪，他知道他只是侥幸地胜了，那个已去的男人将在她心里占据一个永远不可取代的位置。

知道了那三日的事，他该嫉妒的，可是他发现他做不到。

吩咐下人送了热水进来，他以软布轻轻为她擦着满是泪水的脸，做完了一切之后，他将她轻轻抱起放在床榻之上，在她身侧躺下，揽过她，道：“明日，我们去桐柏山。”

美仁惊愕地抬起肿胀的泪眼，看见景升正深蹙着眉头凝视着她，她吸了吸鼻子，道：“对不起，我只是很难过。”

景升笑了笑，道：“我知道，所以才叫你去桐柏山。”

美仁伸出双臂环抱着景升，轻道：“景哥哥……”

“嗯？”

“谢谢你……”

桐柏山下，深谷之内，萧非非领着美仁与景升来到了向昕的墓前。

美仁烧了一幅画，这幅画是她当初用昕大哥送给她的胭脂所作，上面还有一首词，他和她，就像这首词一样。

多情思，无情丝。

点点胭脂，碎梦，情缘叹平生。

花落花开辗落尘，声声化伤心，海棠谢。

了却这桩心愿，话别了萧非非，美仁与景升离开了桐柏山。

坐在马车中，美仁倚在景升的身上，目光涣散地望着车帘。

“景哥哥，你说，我是不是一个只会害人的妖孽？”她幽幽地开了口。

景升抚着她的发丝，柔声安慰道：“别乱说。”

“难道不是吗？他们一个个都是因为我而死。有意的，无意的，都是被我害死的。”

“别想太多了，事情都过去了，把那些不愉快的事通通都忘掉。”

“景哥哥，如今只有你了。我真的好怕这一切都是梦，梦醒了，就什么都没有了。”

景升伸出手指，轻点住她的唇，扶正她的身子，正色道：“符衣，我们成亲吧。”

美仁瞪大双眸，惊愕地看着景升，一句话也说不出来，他会叫她美仁，会叫她丫头，但从不会叫她符衣，这么严肃地叫她的名字，是因为他要娶她。

“你不愿意？”景升急了。

他要娶她，他终于说要娶她了，亏她等了那么久，从京城等到澶州，从澶州等到杭州，从杭州又等到眼下，他才开口，真是太过分了，居然让她等了那么久。

“为何？”美仁嘟着嘴，决心刁难他，才不要一口答应他。

“这哪有为何？难道你要每晚都‘刬袜步香阶，手提金缕鞋’？还是等以后有了身孕，肚子大了，被人说是私生子？”景升故作轻松。

美仁没想到会等到这种答案，气得恨不能咬这个可恶的男人几口肉，她冲着他吼了一声：“明景升，你浑蛋！再也不要看到你！”

说罢，美仁挣脱他的怀抱，立即起身，就要冲向车厢外，大嚷着：“停车！停车！给我停车！”

景升眼明手快，一把将她捞了回来，困在怀中，对着车外吩咐：“不到客栈门口，不许停车。”

美仁挥手在景升身上猛打了一阵，张开嘴就咬他的肩胛。

景升任由她闹着脾气，等她平静了，他才抬起她的下颌，却见她的脸上挂着两串晶莹的泪珠。他叹了口气，捧着她的脸道：“难道你到现在还不明白我的心吗？景璇有一句话没说错，你是一只千年道行的狐狸精。从飞云别苑飞云池那一晚开始就对我下了迷咒，把我迷得找不到任何出路，除了你，我的眼中再容不下别的女子。”

美仁撇了撇嘴，又滑落了两滴泪珠，景升轻柔地替她拭去，又道：“从萧山的那一天开始，我就当你是我明景升的妻子，我说过，我只会为我的内子穿衣。我之所以一直忍到现在才说要娶你，是因为你要我做你一个月的奴仆，在这一个月里要把你当女皇一样好好地伺候。今日刚好一个月期满，并不是因为想讨你开心，是因为我爱你，我是真心想要娶你，早在很久很久之前我就想这么对你说了，可是你那时候对我就像只刺猬一样。”

景升这一番告白，让美仁彻彻底底地傻掉了。

他说他爱她。

“见鬼了，那你方才为何那么说？你真的很讨厌，从一开始就欺负我，现在连要娶人家，都还欺负人。你真的很讨厌，讨厌讨厌讨厌讨厌——”美仁叫着扑到他的身上，搂着他的脖子呜咽着。

“还不是被你给气的，连答应嫁人都要想半天。”

“为何不能想？你说成亲就成亲，你说要嫁就要嫁？”

景升双手扶在她的腰间，稍稍用了力，威胁道：“你到底答不答应？”

“没有三媒六聘，你也好意思开口让人家嫁给你。”美仁早在心中乐开了花，嘴上却不饶过，正所谓输钱输人但不能输势。

“好，回杭州我就去办，到时候你再想赖都不成。”景升愤愤地咬着牙，坚定道。

“陶然居是我的，里面的任何一样东西都不准算在三媒六聘里。”

“好，我会让你满意，到时候我看你再怎么赖！”

“那就等到了杭州，见到你的三媒六聘之后再说。嗯——”

景升以他独有的方式让美仁乖乖地安静下来。

车厢外，坐在车前赶车的车夫听着车厢内一直在争吵的两人突然不说话了，于是高声道：“唉，这世道，还没嫁进门就这么难伺候，这要是嫁进门了还不知道要怎么样刁难呢，年轻人有得受喽。”

听到车夫暗讽，美仁气归气，但不甘示弱地对景升道：“听到没，以后有你好受的。”

“那你是同意嫁了。”

“……”

［十八］金蝉脱壳

“娘，你说我这身嫁衣好不好看？”怡素穿着大红的喜服在怡悦面前轻轻转了一圈，脸上挂着欣喜的笑容。

怡悦冷哼了一声，别过头，连看都不想看她一眼。

怡素微笑着，不以为意，走到怡悦的身前，蹲下笑道："娘，你不开心吗？我完成了你的心愿，我已经是圣女了，再过几日我就要嫁给阴豫了。从今往后，我们怡家在族内，要风得风，要雨得雨，再也不会有人敢欺负我们了。"

怡悦突然笑了起来，道："我怡悦这一生做过两件错事，第一件就是害死了我的亲姐姐怡惜，第二件就是生了你这个孽子。"

刚巧，怡漠之送汤药进来，撞见这一幕。

怡素迅速起身，紧攥着拳头，咬着牙将那碗药猛地打翻，啪的一声，那药碗撞在门框之上，跌落在地，浓稠的药汁流了一地。

"孽子？你何时将我当过是你的女儿，从你怀上我的那一天开始，你就将我当成你的复仇棋子。你是我见过的天下最狠毒的女人，为了向自己的亲姐姐复仇，不惜用自己的女儿做赌注。我永远都不会忘记爹被你杀死的那一幕。你是我的娘亲，我以为跟着你，你就会对我好一点，可你所有的爱，全都给了那个丫头，就因为你觉得欠了她娘？可我才是你的女儿啊！我哪一点比不上她？就算是你害死了她娘又怎样？难道她娘就没有害过你？若不是她娘，你怎么会一夜之间从圣女的位子上摔下来？大爷爷他们怎么会这么多年来在族内都抬不起头？我费尽心机，想要当上圣女，我为了什么？还不是为了整个怡家，为了你！可你呢，不但差点毁了《天一圣经》的下卷，还将上卷给毁了，若不是我，你早就死了！"怡素吼道。

"你给我闭嘴！就算我被依族规处死，那也是我怡悦应得的报应。"。

"好！既然你想寻死，那也怨不得我。看看你现在这副样子，你不是有长春功吗？练了长春功又能怎样，这才是你这个年纪该有的模样，天一圣水的滋味很好受吧？我告诉你，我不会让你这么轻易地死掉，我一定会让那个贱丫头亲眼看着你是怎么被折磨致死的。"怡素恶毒地道。

"滚！你给我滚出去！我怡素这辈子就当没生过你这个孽子，我不想见到你，你马上给我滚！给我滚！咳咳咳——"怡悦激烈地咳了起来，一声接着一声。

怡素咬了咬牙，满脸怒容，拂了衣袖便出了门。

怡漠之不忍心，上前轻抚了抚怡悦的背，安抚道："悦姑姑，你别和素姐姐生气了，身子要紧。"

怡悦越咳越厉害，最后咳了一大口血水出来。

"怡漠之，你给我滚出来。"怡素忽地在门外大叫。

怡漠之撇了撇嘴，只好抱歉地看了一眼虚弱的悦姨，轻道："悦姑姑，我去给你重新熬药。"

出了门，怡素便冲着她吼道："你给我听着，没有我的允许，不许把解药给她喝。"

"素姐姐，悦姑姑她……她毕竟是你的娘亲，你这样做，会不会太狠心绝情了些……"在怡素的狠瞪之下，怡漠之的声音越来越小。

"娘亲？你难道没有听到她方才的话吗？她把我当成她的女儿了吗？若不是我发现得及时，《天一圣经》的下卷就被她给毁了！她不但一直藏着下卷不交出来，还将那个死丫头找到的上卷也给毁了。她违背族规，跑出天一谷，被宁家的人给抓回来，若不是我赶着去杭州救她，她的命早就没了。若不是我费尽心机地当上圣女，她能喝到天一圣水的解药吗？我给过她多少次机会，这么久以来，她除了会骂我还会什么？我会变成今日这样，是谁造成的？还不是她？今天刚做好了嫁衣，知道我有多开心吗？从小到大我从没有这么开心过，我迫不及待地穿上来给她看，就是为了让她也高兴一下，因为我要嫁人了，我就要嫁给族长阴豫了，这是莫大的荣幸。可她呢？还是和以前一样冥顽不灵，只会泼我一身冷水。在她眼中，只有怡符衣那个贱丫头才是百般好，你叫我怎么咽得下这口气？我才是她亲生的啊！难道还比不上别人生的吗？"怡素一声怒吼，便将眼前开得正艳的一株梅树一掌击倒。

怡漠之吓了一跳，颤着声道："素姐姐，你别生气，都是漠之不好。"

"放眼整个怡家就你最没出息，看见一只蚂蚁死了都能哭上半天。烂泥扶不上墙！"

"素姐姐，你救救悦姑姑吧，以你如今的身份求各族的长老，悦姑姑说不定会有救的。"

"我一直在救她，不然你以为她喝的解药是从哪里来的？"

"可是再过几日，悦姑姑就要被处以血刑了，你难道忍心见着她死去吗？"

怡素咬紧牙，随手折了一枝梅花，转过身对怡漠之道："有个人可以救她。"

"是谁？"怡漠之惊问。

"怡符衣。"怡素道。

"啊？符姐姐？可是……符姐姐她被赶出天一谷了啊！"怡漠之咬着唇轻道。

"她不是喜欢那个死丫头吗？把她当作亲生女儿，那就让那个'女儿'来救她好了。"怡素冷笑着。

"符姐姐是被悦姑姑亲自给赶出谷的，我亲眼看着符姐姐一脸伤心欲绝地离开天一谷，她怎么可能还会再回到这里？”

“她会的，她一定会的！”怡素斩钉截铁地道，她望向怡漠之，“不过要你帮忙。”

“要怎么帮？素姐姐，你说。”

“漠之，跟我来。”怡素扬着唇，在心中恶毒地笑着。这一次，她要怡符衣有去无回。

为了让美仁淡忘失去向昕的伤痛，景升陪着她一路游山玩水，并不急于回杭州。

路经昇州，早已听闻十里秦淮，金粉楼台，画舫凌波，桨声灯影，如梦似幻，此等美景如何能错过。

景升被花楼里的姑娘们缠到快要发疯，而美仁却是左拥右抱安然享受着美人们的热情，最终因景升受不了那些姑娘们的放荡不羁而告终，他将一身男装的美仁硬拖出了花楼。

“以后不准你来这种地方。”景升对她下了禁令。

原本满脸嬉笑的美仁脸色倏然一黯，叹了口气，道：“我只是很想她……”

景升知道她想的人是谁，轻揽着她，道：“很晚了，我们回客栈。”

“嗯。”

二人方踏入客栈，掌柜的便急忙迎上前，交出一封信，对美仁道：“这位夫人，今日黄昏，有人特地送来一封信来，指名说是要交给您。”

美仁怔了怔，是什么人会知道她在昇州，住在这里？接过那封信，她抽出信笺展开，待看清了信上的内容之后，脸色大变。

“怎么了？谁给你的信？发生了什么事吗？”景升见她脸色不好，以手探了探她的额头。

回过神，美仁嫣然一笑，道：“哦，没事，是前阵子我看中了一个玉饰，原本那主人想转卖的，现在他又反悔了，所以有些遗憾。”她连忙将那张信笺折好，收进衣袖之内。

景升轻点了点她的鼻头，牵过她的手，拉着她上了二楼的客房。

迈上楼梯，美仁的心便猛烈地跳动着，呼吸急促。她骗了景升，那封信根本就不是关于玉饰的，而是从天一谷传出来的。那是怡漠之给她的信，信中说道，三天之后是阴豫和怡素的大婚之日，同样也是悦姨被依族规处置的行刑之日。怡漠之写这封信给她，是要她即刻赶回去救悦姨。

悦姨利用她得到《天一圣经》，然后又将她这个怡家的眼中钉给赶出了天一谷，按理来说是天一族的功臣才对，为何会被依族规处置？她为何好好地要毁了《天一圣经》？这究竟是真的，还是陷阱？

美仁仔细地想着，那封信是漠漠的笔迹没错，落款是漠漠，而非怡漠之。“漠漠”这个称呼，只是她和漠之单独在一起的时候才会这样叫，而怡家的任何一个人也从未这样叫过漠之。

难道真的是悦姨出了事？

她开始回忆悦姨赶她出谷那日的情形，初见她的时候，悦姨脸上明明是欣喜的神情，而后却忽然变得冷漠起来。她跪着求她的时候，她只是闭着眼，一脸的哀伤，为何她一直闭着眼？是不敢看她吗？她绝情地将她赶出谷，却又忍不住关心她，要她找个男人散了体内的邪功。若是绝情到底，又何须在意她的生死？

这一切一切，眼下想来都十分矛盾，除非，悦姨有隐情，不想牵连她，才会那样。她真是头笨猪，当时是被气昏了脑子，才没有细细思考这件事另有隐情。

坐在床沿，美仁捏紧双拳，指关节之处咔嚓作响都毫无察觉。

景升关好了门，望见美仁紧蹙着眉头，心下疑虑，道：“在想什么这么出神？”

“啊，没什么，我在想明日去哪儿玩。”美仁回过神，给了景升一个甜甜的笑容。

景升挑了挑眉，在她身边坐下，道：“我不喜欢你这种笑容。”

“啊？怎么了？”

景升轻抬起她的下颌，细看那双清澈犹若星光的黑瞳，低低地道了一句：“算了。”

“真的没事啦，我真的是在想明天要去哪儿玩，秦淮河畔，金粉楼台，你又不喜欢。钟阜龙蟠，石头虎踞，要不明日我们去江东？”美仁偏过头望着景升笑道。

美丽如春花初绽的娇颜上，堆满甜美俏皮的灵慧，让人看了再大的气也生不出来。

景升勾了勾唇角，淡淡一笑：“你当你是女诸葛？”

“不敢当。”

“不害臊。”

“这叫什么不害臊？真正不害臊的在这里。”美仁一下子将景升扑倒在床，整个人压了上去。

次日清晨，景升被美仁推出了门，她说她要好好地梳洗打扮一番才好出门。景升无奈地摇了摇头，出了门，在马车旁静静候着，想到昨夜终于说服她今日就回杭州，回到杭州就成亲，他的心情便不由得舒展起来。他已飞鸽传书回陶然居，让他们准备成亲的所有事宜。

他嘴角挂着浅浅笑意，盯着那楼阶，等待着那个美丽的身影出现。

可不知等了有多久，始终不见美仁出客栈，景升刚好瞥见那个掌柜的，想到昨日他交给美仁的一封信，骤然间意识到有什么不对，即刻冲上二楼，客房内并没有美仁的身影。

望着空空的客房，想到她昨夜的热情，景升便一拳打在门上。

该死的，究竟是什么事这么重要？重要到今日就要回杭州了，她要嫁给他了，她居然逃走了？是后悔了吗？不可能。他不相信她会后悔。

景升从未像此时此刻这般挫败过，一怒之下，她将客房内的桌椅全数砸了，惊动了其余客房内的客人。

“看什么看，有什么好看的，都滚回自己的房里！”景升凶神恶煞地对众人怒吼一声，那些人一个个吓得关起自己的房门。

最让景升伤心的是，她走了，将纯钧剑也一并带走了。

究竟发生了什么事？一定与昨晚那封信有关!

他方要冲下楼，便见店小二战战兢兢地立在他的面前，将手中的一封信递给他，颤着声道：“客、客……官，这是、是……尊夫人，留给您的。”

“这封信你为何不早一点拿出来？”景升咆哮道。

“不、不……不关我的事，是尊夫人说，一、一……一定要亲眼见到您把屋子里的东西全给砸了，才能将这封信交给您。”小二颤着声，终于把话说完。

这个女人就是故意的，她是在拖延时间，他倒要看看她究竟有什么重要的事情要抛下他去做。因过于愤怒，他的手有些颤抖，好容易才将那封信给打开来，熟悉的字迹即呈现于前。

景哥哥，对不住。

我暂不能和你回杭州，给我七日时间，我一定会回到杭州，回到陶然居，等着你三媒六聘，做这世间最美最幸福的新娘子。

眼前但得一分松。

符衣留。

七日，莫名其妙地就要失踪七日。他总有一天会被她活活气死。他气得将手中的信笺狠狠捏成一团，顿了顿，又将它展开来抚平。

“眼前但得一分松”。

这个狐狸一样的女人，是故意的。

将这张信笺细细地叠好，塞进怀里，景升便匆匆下了楼。那小二一见着他，立即赔了笑脸，道："这位客官，方才你在结了账之后，又跑到上头砸了我们客房内的东西，这银子一共是——"

"慢着。"景升立即喝断了他，"我之所以会砸烂你们客栈里的东西，是因为你知情不报，害我与内子走失。若是你在收了她的信之后，第一时间告知我，这一切就都不会发生。所以，一个铜子我都不会赔。"

说着，他便出了客栈，轻跃上马车，对车夫道："起程。"

"客官，客官——"那店小二沮丧着脸，狠拍大腿，这屋内被砸坏的东西肯定是要他来赔了，真是没见过这么霸道不讲理的客人，早知道就不帮那个如花似玉的小娘子了，都怪他贪图那位小娘子的美貌，她对他笑着笑着，他就失了魂。这下好了，这真是赔了夫人又折兵。

呜呜呜……这太没天理了……

［十九］杀出重围

事隔近三年，美仁望着眼前这如仙境般的美景，她又回来了，背着纯钧剑，坚定地往谷内走去。

今日，是阴豫与怡素的大婚之日，在天一谷，这样一个盛大的日子，所有的族人都会前去参礼，只会留少数的女儿看守谷口。

"什么人？"被指派看守的两名女子防备地握紧手中的弓箭。

竟然是宁家的女儿。

美仁现了身，那两名宁家的女儿并不认得她，大声喝道："你究竟是何人？胆敢擅闯我天一谷圣地！"

"怡家怡符衣。"美仁冷道。

那两人大吃一惊："原来是怡家被逐出的叛徒。奉圣女之命，格杀勿论。"

说着，两人扬起手中的弓箭，搭箭上弦。只是眨眼的工夫，美仁便已到了二人的眼前，纯钧剑寒光即闪，两人的双手便被剑气所伤。

美仁气运丹田，一把扣住二人的脉门，问道："告诉我，他们将怡家的怡悦关在了哪里？"

"不知道！"两人异口同声。

"再问你们一次，他们将她关在了哪里？"两股真气源源不断地涌进美仁的筋脉。

那两名宁家的女儿身体似被吸住，眼见自己的内力被吸去，万分惊恐，哭着连连道："我们真的不知道，求你放了我们吧。"

"说实话！"

"呜……真的不知道……"两人的声音越渐越弱。

直到将两人的内力全数吸干，美仁终于放开她们，吐纳吸气几次，方收了气。

那三日，在向昕给她输了不少真气之后，她体内的内力又增强了，应该说较她失去武功之前，更为强劲。

今日，这一切都是他们逼她这样做的，她一定要找到悦姨，当年的事，她要一起问个清楚，做个了断。

她咬了咬牙，又向前迈去。

小心翼翼地踏出每一步，渐渐地，听见嘈杂的人声，循着人声，美仁看到族人全聚集在广场之上。

悠扬的笙竹之音、人群内不停的欢呼之声不绝于耳，透过远处隐隐的火光，美仁瞧见了阴豫和怡素。今晚他们两人一身大红的喜服，端正地坐在高台之上，受着众人的礼拜。未久，两人站起身，携手走下高台，站在人群之中，所有族人围成了一个大圆圈，这下美仁看得更清楚了。

六名身披彩衣、披着长发的巫师，每人手中都拿着不同样的金质器具，赤着足跳着祭祀的舞蹈，围着阴豫和怡素一边跳着一边绕着圈，口中不停地喃喃念着祈文。不一会儿，六人齐齐跪下，其中两位巫师，一个高举起一把匕首，一个高举着一个金碗，送至阴豫和怡素的面前。

阴豫接过匕首，在自己的手掌心轻轻划了一道，顿时鲜血流入碗中的清水之中，他将匕首递给了怡素。按照阴豫的做法，怡素同样以刀在自己的掌心划了一道，将自己的血滴入碗中。

两名巫师很快给他们二人上了伤药，另两名巫师将混着他们鲜血的血水分别倒入两个金质的酒盅当中，将两个酒盅高举在他们的面前。

阴豫与怡素接过酒盅，交错手臂，喝下那特别的合卺血酒。

礼成之后，阴豫一把抱起怡素，重新回到高台之上，从此，他们就是最受族人景仰的夫妻了。

所有族人高声欢呼起来，接着，便是二十名男女围着那火光载歌载舞。

天一族特有的婚礼仪式将这个喧闹的夜晚推向了高潮。

怡家的大长老怡不屈从一开始就笑得合不拢嘴。

美仁细看了在场的所有人，怡家的人当中，她没见到悦姨，看来漠漠的信并非是引诱她回来的陷阱。她必须趁着这个机会尽快找到悦姨，她几乎能确定悦姨一定是对她隐瞒了什么。

眼前闪过一个熟悉的人影，是漠漠，她正从人群中走出来。机不可失，待她走近，美仁跳过去一把捂住她的嘴。

怡漠之反手便向她的要害袭来，美仁一把锁住她的手腕，轻声道："漠漠，是我。"

怡漠之立即收了手，惊喜转身，惊声低呼："符姐姐，你真的来了？"

"嗯。"美仁四下环顾，拉着怡漠之到隐蔽之处，急问，"那封信真的是你写的？"

怡漠之点了点头，道："是我写的。"

"我问你，你长年不出谷，何以能找得到我？"怡家剩下的这最后一个没有心眼的丫头，在那些老不死的家伙看来，就是个没出息的废物，只当是白养了她。怕她笨手笨脚的，他们几乎是不准她出谷的，所以这丫头长这么大了有没有出过天一谷，倒是个问题。

"啊，当然不是我找到符姐姐的。我长这么大都还没有出过谷呢，都不知道外面是什么样……"怡漠之垂头丧气，"送信给你的应该是素姐姐派的人。她说只有你可以救悦姑姑，就让我写了那封信。我怕你不会来，特地署名漠漠。"

果然还是和怡素有关，就连怡漠之都可以拿来利用。今晚怕是有陷阱，她得多加小心才行。

"悦姨到底是怎么回事？你慢慢说给我听。"

"大致是这样的，宁茹姐姐被处以血刑之后没多久，各家的长老为族长又挑选了新一任的圣女。可是不知为何，族长突然下了命令，无论是谁家的女儿，只要能将失踪的圣经找回来，便是本族的圣女。原本我们整个怡家的女儿是永远都无法参选圣女的，就因为族长的一句话，给了怡家希望，大爷爷认为这是怡家翻身的好时机，只要怡家先拿到圣经，就算怡家的女儿当不上圣女，也会令族人的看法改观。大爷爷找到了素姐姐，希望素姐姐先找到圣经，大爷爷对素姐姐寄予了厚望。后来，悦姑姑知道这件事之后，却派你去取圣经。之后你又杀了连碧容，惊动了族内所有人，更引起了族长的注意。悦姑姑因为不想素姐姐成为圣女而多加阻挠。这事被大爷爷知道了，命人将悦姑姑从杭州给抓了回来，怕她再从中作梗，便将她关在后山那个木屋之内，还强行喂悦姨喝了天一圣水……"

"你说什么？！那老不死的喂天一圣水给她喝？"美仁低咒了一声。

怡漠之吞了吞口水，望了一眼满脸怒气的符姐姐，话说，符姐姐发起火来，可比素姐姐凶多了。

美仁道："别怕，接着说。"

"接着就是你回来了，我不知道你为何会和悦姑姑大吵一架，可悦姑姑那时已身中剧毒。从悦姑姑被抓回到谷中，一直都是我在照顾着她，后来，她和大爷爷吵得很凶，我无意之中偷听到，才知道原来这期间还有这样的事。大爷爷警告我，不许到别家去乱说，若是我乱说话，就会像罚悦姑姑那样罚我。符姐姐，悦姑姑不是真心要赶你走的，她之所以会那样对你，是因为怕牵连你，怕大爷爷对你下毒手，迫不得已才将你赶出谷的。一旦你不是怡家人，与天一谷永远没了瓜葛，大爷爷就不会再对付你了。”

该死的！当时受了那邪功的控制，她才会看不清事实，才会误会了悦姨的一片苦心。

怡漠之接着道：“你杀了那么多族人，各家的长老扬言一定要抓住你，将你千刀万剐，是族长下命令，让他们必须放你出谷。大家虽有怨言，但是不敢违抗族长的命令，只能作罢，于是所有矛头又全部指向了怡家。大爷爷更气了，就去找悦姑姑算账，孰料悦姑姑正坐在地上痛哭，见到大爷爷之后，她更是冷言讥讽，并指着满屋子的纸屑，告诉他那便是《天一圣经》的上卷，是符姐姐你找到的，但她就是要毁了它。大爷爷一怒之下捆了悦姑姑，并且命人从今以后不许给她天一圣水的解药。后来素姐姐担心悦姑姑，跪着求了大爷爷好久，才拿到解药去看悦姑姑，之后便带着一本被火烧过的残缺不全的《天一圣经》下卷出来了。后来族长当众宣布素姐姐为圣女，但不知怎的，悦姑姑毁了圣经上卷又差点毁了下卷的事，被其他家的长老知道了，这事在族内一下子闹开了，全族的人都站出来说要处死悦姑姑。就在这时，她逃出了天一谷，但最后还是被宁家的人给抓了回来，其他家的人自是不会放过她，要依族规处死她。但因为素姐姐成了族长钦点的圣女，又取回了《天一圣经》下卷，而悦姑姑又是素姐姐的生母，此事便一直拖着。直到族长与素姐姐大婚之前，各家的人再次提出要求，要依族规处死悦姑姑。”

逃了出来，被宁家的人给抓了回去？那么在杭州，她依稀听到的那个相似的声音，千真万确就是悦姨了。若是当时，她能再快一点，或许就能够见到悦姨，悦姨也就不一定会再被抓回来。

蓦地，美仁冷道：“怡素她身为圣女，为何不救悦姨？在杭州，她不救；如今她还是不救，却要煞费苦心地让你写信给我，让我来救悦姨？”

“我也不知为何，悦姑姑为了素姐姐当了圣女一事，和素姐姐闹得很僵，她根本不稀罕素姐姐救她，而且还说没生过素姐姐这个女儿。我想是素姐姐拉不下这个脸吧，况且悦姑姑是一心求死，愿接受处罚——”

“借口！”美仁低咒一声。怡素根本不是救不了悦姨，而是想看着她怡符衣被捉到之后的悲惨下场。

为何悦姨会一心求死？她一直都是一个爱惜生命的女人，教她最多的道理便是好死不如赖活，为何突然要放弃自己珍贵的生命？

“符姐姐，你快去救悦姑姑吧。待到天亮，他们就要处死悦姑姑了。”怡漠之焦急地道。

“漠漠，悦姨她现在在哪儿？”

“我刚刚是偷溜出来的，就是想去看看悦姨，因为方才无意中偷听到连家的人向连家和麻家的大爷爷汇报，说悦姑姑已经被绑到祭祀台去了。”

祭祀台，那里是族内用以祭天的地方，难道他们真的要将悦姨处以血刑？

美仁急道：“走！快带我去。”

怡漠之轻点了点头，带着美仁前往。

一路上，两人都小心翼翼地去往祭祀台的方向，遇到一两个族人，不顾怡漠之的惊愕，美仁便将她们的内力一吸而干。

望见脚下躺着的两个麻家女儿，美仁安抚怡漠之道：“我没有杀她们，她们只是没了内力。为了救悦姨，我只能这么做。漠漠，快走吧。”说着，二人脚下的步伐更快了。

从广场到祭祀台是很长的一段路，一路上，没有火光的照应，漆黑一片，每走一步，美仁的心都跳得很快，不知道再见到悦姨会是怎样的一种情形。

印象中，祭祀台是个四四方方的石台，四周立着四根高大的石柱，每个石柱之上分别刻着青龙、白虎、朱雀、玄武四方之神。石柱之间各设一个登坛口，各有三层，每层是三层阶梯。

终于，她见到了火光，但是脚下的步伐顿时僵住了，没有再向前。她紧握了一下手中的纯钧剑，没有想到会看到这样的一幕，四根铁链紧锁着祭台中央悬吊着的人。不是说绑着的吗？怎么会将人给吊了起来？

远远地，她瞧不清那被吊着的人的脸，唯恐有诈，她得小心谨慎。

四根石柱之下，守着四个家族的女儿，每人手中的兵器都不一样。

美仁与漠之两人躲在一棵树上，她深吸了一口气，如何才能引这四个碍事的家伙走开？她看了眼怡漠之，道：“漠漠，你去看看是不是悦姨，然后再想法子将她们引开。”

“哦。”

“等下，若你确定那被吊着的人是悦姨后，就将这个东西撒在她们的身上。”美仁从怀中摸出一包药粉递给怡漠之，“追魂香外加十香软筋散。不是悦姨就速速回来。漠漠，看你的了，要小心。”

“嗯。”

美仁望着漠之向那四个家族的女儿走去，那四人很快便拦住了漠之，漠之不知说了什么，说了半天，四人似乎动了怒，赶漠之走。

美仁守在树上，心急如焚。

终于漠之动手了，手臂一扬，那四个人捂起嘴，惊呼起来，举起兵器便向漠之挥去。以漠之那三脚猫的功夫根本招架不住，美仁急忙飞身出去。

那四人瞧见美仁凌空出现，便向她袭来，但兵器还没近她的身，她们的身体便开始摇摇欲坠，追魂香外加十香软筋散的药效开始发作了。其中一人在倒下之前，拔出身上的信号弹刚要点燃，美仁的弯刀已出，她的右掌被弯刀齐齐削了去，咚的一声倒地。

怡漠之吓得尖叫起来。

美仁暗念一声“糟糕”，漠之这一声尖叫定会引来族人，她要尽快救下悦姨。收回飞回的弯刀，一个纵跃，她跃上了那个祭祀台。

仰头看着被吊着的悦姨，她的心猛地揪起来，和当年的娘亲一样，悦姨那头乌黑的长发没了，只剩下稀疏的白发，那消瘦的脸庞之上，颧骨高耸，眼眶深陷，唇色泛白，面如死灰。悦姨曾经是那样追求完美的一个女人，如今成了这副模样，心中不知有多么悲哀。

“悦姨……”美仁轻轻唤了一声。

怡悦微微掀开眼帘，努力看清眼前的人之后，一阵愕然，随之露出欣慰之色，张了张干涩的双唇，道：“符儿，真的是你吗？”

“嗯，悦姨，对不起，害你受苦了，符儿来救你了，一切都没事了。”说着，美仁回转头对着一旁吓傻的怡漠之叫道，“漠漠，快上来接住悦姨。”

“哦。”怡漠之抚顺心口，连忙从地上爬起，上了祭台。

美仁细看那几根铁链，举起手中的纯钧剑，道：“悦姨你忍着。漠之，你接好悦姨。”

怡悦拼尽了所有的力气急道：“不要！这里全是机关，你若是砍断了这四根铁链，便会触发机关。”

怡悦无论说得多急，但终是慢了一拍，美仁已凌空飞身，举起纯钧剑向四根铁链砍去，锵锵锵锵四声，那四根铁链应声而断。

刹那间，石头沉闷的摩擦声响起。

“漠漠，快背悦姨走，带她往谷口方向去，再不带她走，就来不及了。”美仁大叫一声。

与此同时，四根石柱之上的青龙、白虎、朱雀、玄武四神兽张开了嘴，嗖地一下，一根根金箭从它们的嘴中射出，美仁挥着纯钧剑，砍断了一根根射向她的箭。

怡漠之背着悦姨顺利地逃下了机关重重的祭祀台。

美仁欲翻身滚下祭祀台，这时，祭祀台的地面上突然冒出一把把尖刀，连翻滚了几圈，祭祀台面上已全是利刃，当她正欲冲向祭祀台上空时，四根石柱之上的石孔之内忽地喷出火来。情急之下，她反身跃下，借纯钧剑之力支撑着石面，运足了内力，挥舞着纯钧剑，一个飞身穿过那如雨丝般密密的金箭，冲向半空，跃出了祭祀台。

几个纵身，她终于跌落在地，翻了几个滚，将身上的火扑灭。

金曜使者的追魂箭阵非比寻常，她的左上臂被一支金箭刺中。她咬着牙，忍着痛，将那支宁家金箭拔出。

“符姐姐，你没事吧？”怡漠之担心道。

“你这个傻丫头，怎么还待在这儿？不是叫你带着悦姨离开吗？”她冲过去，扶住悦姨，“悦姨，符儿带你走，你一定要坚持住。漠漠，快跟上。”

“符儿，不要了，能在死之前再见到你，我也瞑目了……”怡悦重咳了几声，“这机关一触动，他们立刻就会知道，你快走，再不走就来不及了……”

“我背你。”美仁不等她说完，背起她就往天一谷出口的方向狂奔而去。

但三人跑了没多远，远远地，便听见震天的人声。

怡漠之回首，望着一个个火把，大叫起来：“糟了！符姐姐，他们追来了。”

“别怕。”美仁放下悦姨，将她交给怡漠之，大声道，“你背着悦姨先走，我来绊住他们，出了谷口向东走，在天一石那儿等我。”

“符姐姐，我知道另一条出谷的捷径，我们从那条道出谷。”怡漠之每日在谷内闲着无聊，唯有四处闲逛，除了入谷的必经之路，她还发现了另一条出谷的捷径。她一直都在暗中筹备着，打算利用这条小道哪一天偷偷溜出谷去，却没想到，今日这条小道，成了她们的逃命之路。

“来不及了！”美仁望着越来越近的火光，对怡漠之道，“你背着悦姨快走。”

背起悦姑姑，怡漠之苦着脸望了美仁一眼，弱弱地道：“符姐姐，你要小心。”说完，怡漠之背着悦姨一路狂奔。

回转身，金曜、水曜、火曜、土曜四大使者带着众族人已然逼近美仁。

“怡家之女怡符衣，大逆不道，藐视我族圣规，私救叛徒，该当何罪？”金曜使者厉道。

“废话少说，快出招吧。”怡符衣双手紧握纯钧剑。

这一次，她决不会再有任何亲情可言，挡她者，死！

“敬酒不吃吃罚酒。依族规，但凡叛族者，死！”说话的是麻家的火曜使者。

身为水曜使者的怡家之女，按辈分算来是怡符衣的姑姑，只听她恶声恶气地道：“她已不是我怡家之女，无须给她情面。”

“臭丫头，你杀了我家碧容，这笔账今夜定要同你算清了。”连家的大长老怒吼着。

美仁冷嗤一声：“你们还真是啰唆，要决一死战，就尽管放马过来，别在那儿光打雷不下雨，让人笑死了。”

几人气极，相视而望，怒吼几声，扬着手中的兵器，全部向美仁逼来。

一阵阵剑鸣之声不绝于耳，美仁极力奋挡。

只过了几招，美仁站定，望着眼前将她团团围住的族人，还有追着漠之与悦姨而去的一行人，她又紧握住纯钧剑柄。没时间了，她不能恋战，要尽快解决了他们才好。

下定决心，手中的纯钧剑剑尖向下，她当下运功，一股强劲的内力顺着右臂经脉直往剑上涌去，瞬间，整个纯钧剑身聚起一道强大的剑气。

举剑向天，她怒吼一声直向族人挥去，一道道剑气冲天而起，向四面八方迸射而出，周围被剑气带出的沙粒石子伴随着强劲的剑气极速飞出，直向四周的族人射去。只听一声声惨叫，面前那一道道阴冷的身影之上瞬间布满了大大小小的伤口。

金曜、水曜、火曜、土曜四大使者及各家的长老没想到美仁的武功竟然在他们之上，这一招剑气的力量是如此厉害，他们一个个被剑气所伤，尚来不及开口，便倒在地上。

望见他们一个个倒下，美仁收了剑，转身便向漠之所说的捷径狂奔而去。

当连家人的剑快要刺向怡漠之的时候，封魂镜已然飞了出去，划过那连家人的咽喉，弯刀飞回，那人瞪大了眼睛，应声而倒。

怡漠之坐在地上，紧紧地闭着眼，吓得抱住悦姨尖叫着。

美仁手中的纯钧剑，犹如一把噬血的魔剑一般，追着怡漠之和悦姨的族人一个个全部丧生在她的剑下。

“悦姨，漠漠，没事了。”美仁扶起悦姨，将她背起，对坐在地上的漠之道，“漠漠，跟姐姐离开这里，永远地离开这里。”

“嗯。”怡漠之擦干眼角的泪水，从地上爬起，“符姐姐，这边。”漠之带美仁往黑暗之中奔去。

殊不知，这时，火光之下，忽然有一支金色的长箭，对准了她们。

追魂金箭，例无虚发。

［二十］天若有情

身后的声音越来越远，终于她们冲出了谷口。到了谷前天一石旁的湖水边，美仁感到左肩之处隐隐刺痛，背后一片湿漉漉。她停下脚步回首望了悦姨一眼，她的口中正好吐出一口血。

“悦姨！”她将悦姨放下，却看见一支追魂金箭正插在悦姨的左胸之上，那根金箭没得很深，穿透了悦姨的左胸，她之所以会觉得左肩刺痛，是因为箭尖穿了出来。

“悦姑姑！”怡漠之哭着叫了起来。

美仁再也忍不住，眼泪夺眶而出，她不敢乱动，只能以纯钧剑削了剑尾，在悦姨的伤口周围洒上了金疮药，哽咽着道：“悦姨，你坚持住。我们已经出谷了，很快就可离开这里，我会找这世上最好的大夫来医治你。”

“符儿，快走吧，别管我了……”怡悦伸出枯瘦的手，双腕因铁铐的枷箍，已经血肉模糊。

“悦姨，你别说丧气话，一切都会没事的……”美仁哭着挥起纯钧剑，将束缚着悦姨双手双脚的铁铐斩下，她又轻轻握着悦姨的手，“悦姨你不用担心，我们都会没事的，我带你走……”

两行泪水顺着眼角不断地滑落，怡悦努力地张了张嘴，道：“符儿，我对不起你娘，我对不起我的姐姐，是我害死了她……”

“悦姨，你不要说了，那些事都过去了，都过去了……”眼泪越涌越多，美仁心中的伤痛也越来越大。

“不，我一定要说，再不说就没机会了。一切都不是姐姐的错，都是那本圣经。她不幸爱上了你爹，为了他，她竟然傻到真的去偷《天一圣经》，因为时间仓促，她只偷到了下卷，咳咳咳……”怡悦说着便又剧烈地咳了起来。

“悦姨，求求你，不要再说话了，我们走好不好？”

“就在我要成为圣女的前一晚，她去藏书阁偷《天一圣经》，因为贪看圣经上卷的记载而耽误了时辰。后来被人发现，她欲将两本圣经全部偷走的时候，匆忙之间却落下了上卷。她去找我，要我放弃圣女的位子，她说赐给圣女的《天一圣经》是一本邪书，只会害死我，她要我和她一起离开天一谷。我不信，与她发生了争执，于是惊动了族人，但姐姐还是逃了。因为《天一圣经》被怡家的女儿偷了，我便失去了做圣女的资格，我们怡家在族内抬不起头，那一刻我真的好恨姐姐……”怡悦越说越急，不停地大喘着气。

原来娘真的为爹偷了《天一圣经》，美仁的泪水犹如决堤一般狂涌而出，她抱着悦姨，道：“悦姨，你不要再说了，自从娘亲去了之后，我就把你当成娘亲一样。过去的事都不要再提了，没有谁对谁错，一切都从头开始，求你了，跟我走吧，我们走吧……”

怡悦就像听不见美仁的话一样，继续说道：“我利用了素素的爹，甚至利用了尚未出世的素素，终于击垮了姐姐。她离开明家之后，是我将她的行踪告诉了爹。爹抓她回天一谷，逼她交出《天一圣经》，她不肯，爹就逼她喝下了天一圣水，她带着你再一次从天一谷逃走了……我以为……我真的报复了她……我终于可以咽下……这口气……”怡悦说着激动起来，不停地喘着气。

美仁捂着嘴，泣不成声。

“可没多久……在我之后的……新一任圣女……突然暴毙……死了……我犹如梦醒……想起姐姐的话……于是我寻尽……千山万水……只为了找到她……我整整花了……五年的时间……才在萧山之上……找到了她……还有你……”悦姨望了美仁一眼，弯了弯嘴角，笑了起来，接着又是一阵猛咳，不停地吐着血。

怡漠之忍不住含着泪叫了一声：“悦姑姑！”

“我错了……是我害死了……姐姐……是我害死了她……”怡悦哽咽着，伸手摸向美仁的脸，“符儿……你一定要幸福……悦姨对不起你……对不起……”

“悦姨，悦姨，悦姨，求你不要再说了，不要再说了，我只要你活着，过去的事我都不要再知道，我只要你活着。”美仁抱着悦姨痛哭流涕。

“逼不得已……替我杀了素素……”怡悦睁大双眼望着就要泛白的天际，眼角滑下了最后一滴眼泪，双眼缓缓地合上了，胸口之处迅速流失的鲜血，带走了她所剩下无几的生气。

“悦姑姑——”

“悦姨——”

泪水模糊了美仁的视线，她声嘶力竭地疯狂哭喊着。

当东边的晨光破晓时，怡悦的身体在美仁的怀中逐渐冷去，双手早已冰凉一片。

一阵寒风吹来，才将美仁从悲伤中唤醒。

怡漠之已用剑挖了一个浅浅的土坑出来。美仁抚了抚被泪水浸得有些刺痛的脸颊，看着怀中的悦姨，犹如当年亲眼看着娘在她面前死去一样。她将悦姨轻轻放下，缓缓站起身，双腿因许久不动而麻木，差点就要摔倒在地。

怡漠之及时上前扶住她，她摆了摆手，立直了身体，道：“我没事……”

悦姨这一生，最爱漂亮，却怎么也没想到在死的时候会是这样凄惨。

她撕了衣袖，在冰冷的湖水里浸湿。悦姨的面色在冬日的阳光下已泛着青紫色，眼睑紧紧地合着。她深吸了一口气，细心地为悦姨擦着污脏的脸和头发，将那凌乱而稀疏的灰白头发，细细地重新梳好。还有悦姨那一双枯瘦的双手，手腕之上被那铁枷锁造成触目惊心的伤口，美仁见着，死命地咬着唇，强抑着心中的痛，当年第一眼见到悦姨的时候，这双皓腕撩纱的姿态，让她永生难忘。

美仁努力睁着自己干涩胀痛的双眼，怔怔地望着静静躺在地上早已冰冷僵硬的悦姨，悦姨身上的衣裳已被血染透了，如今干了之后硬硬地贴在身体之上。她毫不犹豫地脱下了自己的外衣，给悦姨盖上。

她在悦姨的面前跪下，俯身深深地一拜，重重地磕了三个响头。

双臂伏在地上，她的身体颤动不已，她已经哭不出眼泪来了。缓缓地，她抬起头，立起身子，往怡漠之挖的土坑处走去，和怡漠之一同挖起坑来。

刹那间，一阵冷风吹来，风中带着肃杀之气。

美仁缓缓抬起头，数十步之遥，是怡素身穿着大红喜服站在那里。

一见她，美仁胸中积聚了已久的悲愤全数爆发出来，她拿起纯钧剑，飞跃起身，一招飞龙在天，如直旋而上的飞龙，向着怡素的胸一剑刺去。

锵的一声脆响，银光闪过，一瞬间，怡素的手中已然多了一把剑，一把软剑。怡素以剑相挡，手腕轻抖，只见一道剑虹闪现，半空之中顿时出现几朵剑花。

晨光洒在剑身，纯钧剑更显得光亮夺目。

两人的剑法极快，一阵眼花缭乱，分不清到底哪道剑锋才是真，哪道才是幻。

“怡素，你这个混账东西，你简直连禽兽都不如，你连自己的娘亲都可以下得了手！”美仁的嗓子早已嘶哑，她怒骂着，手中的纯钧剑又急又狠，似要将胸中的悲愤全部宣泄出来，“我要替鱼三叔报仇，我要替我大哥报仇，我要替我爹报仇，我要替昕大哥报仇，我要替悦姨杀了你这个禽兽不如的孽子——”

“怡符衣，你练了圣经下卷里的武功，竟然敢骗我？！”怡素被美仁的剑势逼得连连后退，一边应招，一边怒吼，“你这个蠢女人！害死我娘的人是你。我怎么可能会害死她？我千辛万苦、费尽心机都是要保住她的命，保住我们怡家。而你呢，一出现就要了她的命，真正害死她的人是你！”

比起桐柏山上，美仁的愤怒更甚之，她高声道：“你这个禽兽不如的东西，你看她被折磨成什么样了？身为圣女的你，连自己的娘亲都保不住，你还有什么资格保护整个怡家？在杭州，明明你可以放她一条生路，你为何不拦着宁家的人？这一次，又是宁家的追魂箭，你看到没有，是那支宁家追魂金箭！你竟然眼睁睁地看着宁家的箭射向自己的娘亲？就为了我手中完整的《天一圣经》下卷，就为了引我出现，你不惜以悦姨做诱饵，哄骗漠之，你还是不是人？！今日我一定要杀了你！”

在一旁挖着坑的怡漠之，听到美仁的怒骂，一下子呆住了，立在那儿怔怔地看着二人。素姐姐是以救悦姑姑作饵，来骗符姐姐回来，要置符姐姐于死地，只因为符姐姐手中有完整的《天一圣经》下卷？心中一阵难过，她蹲在土坑旁哭了起来，是她害死了悦姑姑，她害了符姐姐。

美仁与怡素几乎都是硬碰硬的打法，毫无招式技巧可言，两人拼的就是硬功夫，拼的是内力。

只听砰的一声，犹如电光石火碰击，美仁向后大退了数步，右手以剑撑着地，左手捂着胸，方稳住身体。

“噗……”她大吐了一口血水。

“残缺的《天一圣经》又怎么样？你不还是打不过我？你想杀我，哪有那么容易。”怡素收了剑势，走近她，以剑抵住她的下颌，狰狞地笑了起来，随即又变了一张脸，蹲下来凶道，“怡符衣，你知不知道？我真的很讨厌你，恨不得将你大卸八块。我的娘亲你要抢，就连我的男人你也抢，我究竟上辈子和你有什么仇，你要这样对我？”

美仁微微眯起了眼，什么抢她的男人？难不成她说的是阴豫那个风骚不知羞耻的家伙？

“你说的是阴豫？我想你是疯了，你怡素看上的男人，就算是倒贴给我，我都不会要！”

“你闭嘴！你别以为我是傻子，他对你的心思，我比你清楚。那最后一个阵的名字叫作月下美人，那个阵是为你设的，他根本就没有把这个阵作为两国交战来对待，而只是出于想逗你玩玩的心态。他最终会选择我，是因《天一圣经》的下卷是由我交出来的，他遵守他的诺言，除此之外，还因为我的第一个男人是他。他根本就不喜欢我，他喜欢的人是你。在他心中，真正的圣女人选是你不是我！”怡素狠狠地给了美仁一记耳光。

美仁狠瞪着眼，望着这个与她从小一起长大，却是蛇蝎心肠、根本就不能算是人的女子，她甩手也给了她一记耳光，朝她啐了一口带血唾沫，道：“怡素，你会不得好死的，你死后注定会下十八层地狱，永世不得超生！”

“你——”怡素怒红了眼，“怡符衣，既然你什么都要和我抢，那我就先送你下地狱，看看谁先下十八层地狱？我要先杀了你——”说着，她举起手中的软剑就向美仁的胸前刺去。

怡漠之扑了上来，双手一把抓住怡素的剑，哭着道：“素姐姐，你不要一错再错了，悦姑姑已经死了，什么仇什么怨都该放下了。若不是你见死不救，悦姑姑不会死的，悦姑姑只是气你，她内心其实一直都是盼着你穿上大红嫁衣的，你难道没有看到她的眼中除了愤怒之外，还有着一丝惊喜吗？素姐姐，求你放了符姐姐吧！”

怡素怔了怔，未久，她一脚踢开怡漠之，道：“你这个大逆不道的丫头，要不是你带着她逃跑，我何须费这么大的劲？连四大使者和那几个老家伙都挡不住她，你说我还能任她活在这世上吗？在解决她之前，我先杀了你。”

美仁迅速从地上爬起，执起手中的纯钧剑，挡下怡素劈下来的一剑，道：“只要我还有一口气在，是你死还是我死，一切都是未知！”

怡漠之疼得抱着身体蜷缩在一旁。

远处，火光幢幢，嘈杂的人声不断。

怡素大笑着道：“怡符衣，你今日注定要葬身在此，受死吧。”

怡素弃了软剑，气运丹田，凌空拍出一掌，直袭美仁的心口，出手快捷，动作利落，气势逼人。美仁感觉到劲风迫近，毫不犹豫，心头一凛，连忙一闪，疾退三尺。

几招过下，二人不相上下。怡素腾空又是一掌向美仁袭来，美仁反身同样也是一掌，一掌打出，两掌相遇，两道截然不同的真气立显，犹如雷鸣之势。

怡素惨叫一声，连连退居数十步之遥。她难以置信，方才美仁明明还是气若游丝的内力，此时竟然变得如此厉害。

看着那攒动的火光，美仁深深闭了闭眼，在心中默念着：对不住了，悦姨。

再度睁开眼，美仁望着一脸惨白的怡素，道：“《天一圣经》的下卷和上卷不一样，它是门霸道的武学，但伤人要先伤己，你太爱自己，所以才没法伤得了我。我要替悦姨完成她给我的最后一个任务。怡素，接招吧！”

双臂下垂，气运丹田，一股明显强大的气流聚集在美仁的周身，就像是一个无形的巨大旋涡，随着美仁的掌势挥动，这股强劲的内力所带出的掌风直袭怡素的心口。

骤然间，眼前飞出一道白影，美仁打出的这一掌，被这道白影硬生生接下，那人的身子因这股强劲的掌力倒退了数十步，身体微晃了晃，便跌倒在地。

“豫——”怡素扑了过去，紧张地托起阴豫，“你为何要出来？我引开你们，就是想我和她两人解决我们之间的恩怨，你为何要跑出来？”

阴豫大咳了几声，笑容依旧灿烂，对着怡素故作轻松道：“我天一族特有的合卺血酒可不是白喝的，只要喝下那碗酒，我阴家的男人，誓死都要用生命去保护与他同喝下那碗酒的女人。”

“豫，你为何要出现？为何？为何要替我挡下这一掌？呜呜呜……”

“我没说过……不喜欢你，至少你有一点比她好，就是……对我很热情，我不喜欢……女人一直……孤傲又冷淡……”阴豫吐了一大口血水出来，脸上的表情变得扭曲起来，“放她走……”

“豫，你不要说话，你不要说话。来人啊！来人啊！快来人啊——”怡素抱着阴豫，放开了嗓子声嘶力竭地尖叫着。

美仁望着眼前一幕，看到怡素那样伤心欲绝，不停呼喊的模样，她的嘴角不禁扯了扯，原来这丫头也会有爱上人的一日。

她又看向阴豫，阴豫的嘴角不停地渗着血丝，可是依然还是冲着她笑，那笑容似在祝贺她，她终于自由了。

她对阴豫露出一个难以置信的表情，不停地摇着头，一步步向后退去。在她快要支撑不住的时候，怡漠之又一次扶住了她。

美仁轻轻地推开怡漠之，在悦姨的面前跪倒下来，痛哭着：“对不起……”

拾起纯钧剑，美仁拉起悦姨已经僵硬的尸体，费力地背起她，一步步往谷外走去。

怡漠之立在那里一动不动，左右望着，不知道是离开好，还是留下好。

太阳升起来了，美仁抬眸望着这冬日肃杀的景色，眼前的景物越来越迷蒙，衣裳的单薄，让她禁不住打了个寒战，终于脚下一软，她跌了下去。

悦姨的尸体也跟着滑落在泥地里，她爬了几步，想要再站起来，手脚根本就没有多余的力量。

她的嘴角渐渐地渗出丝丝血迹。

伤人必伤己。

方才那一掌，是她拼尽了全身的内力所打出的，她的筋脉，已被自己的内力震断。她亦是个快死之人，可是景哥哥还在杭州等着她呢。该怎么办呢？她连对他说一句她爱他，都没有机会了……

她的手向悦姨的脸缓缓地伸去，就在要触碰到悦姨脸的时候，她的手被人紧紧地握住了，随即整个身体被人抱住。她的嘴角绽开了一丝笑容，是惊喜，是欣慰，是爱，那样熟悉的感觉只有景哥哥能给她。

她轻启口，低低地唤了一声：“景哥哥……”

“为何你一声不响地就这样跑了？为何不告诉我，既然你将自己的终身托付给我，为何还要瞒着我？”男儿有泪不轻弹，景升再也抑制不住，滚烫的泪水滴落在美仁的脸上。

“对不起，天一谷是个吃人的地方，我不知道我是否还有可能走出那里。”她伸出手，摸向眼前这个让她又爱又恨满心牵挂的男人的脸庞，为了赶着来天一谷，素来爱干净的他竟然允许脸上长满青青的胡楂，她笑着，“悦姨，她还是疼爱我的，可是我救不了她……”

“你给我闭嘴，什么都不许再说了，给我把这个吃下去。”景升掏出怀中的瓷瓶，颤着手，倒出里面的天山雪莲丹，喂给美仁。

“景哥哥，你的三媒六聘准备好了吗？”其实吃什么都已经没用了，她的心脉已断，她好想对他说声对不起，她不能做他的新娘子了，她看不到他为她准备的三媒六聘了，可是她好自私，这样的话怎么也说不出口。

她抑制不住，眼泪顺着眼角不断地滑落。

“没有三媒六聘，因为你是个不听话的女人，对付你，只能用绑，直接绑回去。”因为心疼她，景升早已泣不成声，唇贴着她的唇。

没有准备就好，省得准备好了，她也看不到。

“景哥哥，我有没有对你说过我好爱你？”

“没有！我现在以相公的身份命令你，你要一直说你爱我，罚你从这里一直说回杭州，说你爱我！”景升抱起她向前方一直奔去。

“好的，景哥哥，我爱你。带我回去吧，回我们的家。”

“再说。”

“景哥哥，我爱你。到了杭州之后，三媒六聘还是一样都不能少。”原谅她的自私吧，就算是死了，她也不要他忘了她。

“大声地说。”

“真的好爱你……”

“不许睡，继续说。”

“爱你，景哥哥……”美仁掀了掀沉重的眼皮，望着那让她眷恋的面容，她不想让他亲眼看着自己死去，就当她是睡着了好了，她强颜欢笑，缓缓启口，“景哥哥，我好累，我想先睡一觉。你答应我，待我再睁开眼，你就要带我回到陶然居了。呵呵，我先睡了……”

“……”

终

脱去了白衣的他，身着一件大红喜服，望着寒玉床上同样身着大红嫁衣的妻子，缓缓地在床沿坐下。

执起她的纤手，温暖的掌温提醒着他，她还在沉睡着。

将她的手掌贴在唇边，他柔声道："你失言了，你说过等王佳如休了我，你一定会告诉我你给孩子娶了什么名字。你失言了，你说过七日之后，你就会回杭州，你要嫁给我，做我的新娘，可是你却让我整整等了六年。你失言了，你说只要我带着你回杭州，回陶然居，你就会睁开眼。"

"三媒六聘，已经备好了整整六年，只为等你睁开眼来验收，看看是否满意。"

沉默了许久，他别过脸，望着那空无一物的清水池。那里，七朵莲花全部都已摘下，也全部喂给她吃下了，可是这七朵号称能让人起死回生的七色莲，并未能让她睁开眼。

他深深地闭了闭眼，回转头，强扯了一抹笑意，道："我给过你机会了，现在我反悔了，我要收回三媒六聘，没有八抬大轿。你不醒来也没关系，那我就用土匪山寨里最直接的抢亲法子，不管你愿不愿意，你都得嫁给我。"

他端起面前的酒盅，含了一口酒，抱起她，对着她的唇，紧紧地贴了上去，直到将口中的酒喂了下去。他又含了一口，再度贴上她的唇，直到将两个杯盅的酒全部喝完喂完，许久，他才离开她的唇。

“合卺酒喝完了，你永远都是我的人了，无论你是生是死，你都逃不开……”他以指腹轻轻摩挲着她的粉颊，沿着她的眉、她的眼睑、她的鼻骨，再到她的唇，心中涌起一阵悲凉，倏然，他握住她的手，紧紧的，他哑着嗓子责难道，“你难道真的就要这样一直睡下去吗？你甚至还没有给悦姨上过一炷香，她的，还有你娘、你爹、你婆婆，他们墓周围的草，你这个做女儿的、做儿媳妇的不仅香没有上过一炷，连一根杂草都没有锄过。永安，还有人等着你回去敬媳妇茶呢，和我一样，整整等了六年。瞧瞧，等你这杯媳妇茶多不容易，甚至准备好的红包都没处塞……”

“清风最后断了的弦你也不去换，你想留着让谁帮你换？每次都是我将琴弦换好了，再抱着它去找你，一脸哀求似的将清风交给你，求你收下它。”他顿了顿，望着不远处的清风，那根弦，自六年之前断了之后，他就一直没有换，甚至女儿美人练的琴都是他另外给寻的，因为他在期待这个沉睡的女人有朝一日能够苏醒过来，亲自换上。

他收回目光：“好，可以，这次我可以去换，但你要醒过来，亲手接过清风……”

怀中的女人依旧没有睁开眼的意思，他深吸了口气，又道：“不是我嫌弃你笨手笨脚的，可你那对鸳鸯戏水图绣了一半就丢在那里，绣的鸡不像鸡，鸭不像鸭，就连美人都常常拿你的这个绣活笑话你。所以，你要醒过来，好好地练练你的刺绣，别让女儿看扁了。你说你要给我绣件披风的，不过事先声明，那种半鸡半鸭的怪鸟我是不会收的。还有，你的纯钧剑，我天天看着它很碍眼，你再不醒来，我不会帮你再收着，我要卖了它，让你永远都找不到它……”

终于，他说不下去了，将脸埋进她的手掌之中，忍不住哽咽着，绝望的眼泪冲出了眼眶。

心痛得无法呼吸，望着眼前依然沉睡的她，他感到无力，自始至终都是他一个人在诉说。六年了，整整六年了，他都没有放弃过，可当那七朵莲花全部喂给她吃下之后，她依然还是这样睡着，面对他的深情守候，她就是这么狠心地无动于衷。

他一直在期待着奇迹会出现，直到这一刻，他彻底绝望了，胸中的痛楚越来越大，越来越深，他真的不知道自己还能再撑多久。

他是个凡人，不是个圣人。

深深地闭起眼，将眼中的泪光全数压了下去，他睁开眼，深吸了几口气，方平复下来。

“已经立春了，百花争艳，杨柳扶风，你有多久没见到了。走，我们去踏春。”淡淡一笑，却是苦涩无边。

后山的景色更加宜人，但这一次，他没有带着她欣赏这漫山的春景。

他曾说过，美人在侧花满堂，四处皆是春。

可如今事实恰恰相反。

他抱着她，登上了峰顶，微凉的山风抚过，吹起了两人的发丝，鲜红的喜服在阳光的照耀下，显得格外刺目。

“符衣，既然你不肯醒来，那么，我陪你一起睡，这样你就不会觉得孤单了。”他唇角微扬，抱着她一步步向悬崖边缘走去。

一滴晶莹的泪从她的眼角慢慢溢出，顺着眼角滑向鼻翼，渗进了她的唇，那红润的唇瓣微微动了动：“樱桃酒……好涩……”

【全文终】

番外 白首不相离

清澈的山泉水从山上一路流下，在瑶溪村前汇成了一条美丽的河。几个妇人一边闲聊着一边敲打着手中的洗衣棒槌。

张嫂子忽然说："话说，这明大夫和他家小娘子来咱们村里待了快两年了吧。明大夫医术那么高明，怎么没见着他家小娘子的肚皮有动静啊？"

李大婶接话："哎哟，可不是嘛。何止快两年了，没听明大夫说吗，在来咱们村之前，他跟他家小娘子成亲都已经有六年了。"

王大婶惊道："六年？！哎哟喂，这成亲都快八年了呀？那你们说这究竟是明大夫有问题还是他家小娘子……不能生养呀？"

李大婶压低了嗓音，道："明大夫没问题，我家老头子前阵子看病的时候多嘴问过明大夫，明大夫说他们夫妻之前有过一个孩子，后来孩子没了。不过具体是因为什么孩子没保住，明大夫没说。"

"那这八成是明家小娘子没法再生养，这都快八年了。"

"唉，我怎么看都觉得明家小娘子的脑子不像是个正常人。"

"我也觉得。从来就没见着她跟人说过话，要么蹲在村头跟一群猫啊狗的玩，要么上人家田里扮稻草人，有好几次给我吓得哟……这如花似玉的明大夫真是可惜了。”

“别说了，就是小娘子脑子都成这样了啊，你看明大夫整天还把她当个宝一样给宠上天了，每次出门都要亲手给她包得好好的，生怕冻着，一日三餐还专门找人伺候着，衣服也从来没见她洗过，穿的永远都是咱们村里最漂亮的，她那好多衣裳我活了这么大都没见过呢。你们说谁家婆娘不烧饭洗衣做事，还能每天打扮得这么漂亮？这气人不气人？唉，要我说这明大夫是不是也脑子有点那个……”

“别乱说话啊。村里的人都指着明大夫呢。”李大婶十分着急。

张嫂子道：“要不，咱去给说个媒呗，让他纳个二房。明大夫人长得那么俊，玉树临风，又有一手好医术，总不能断了香火啊。再说了，咱们咱村里多少姑娘家惦记着他呢，他那小医馆每天都塞满了人。”

王大婶道：“我看，是你家大妹子惦记着吧？”

张嫂子道：“哟，说得好像你家小姑子不惦记似的。”

几个妇人说着说着全都笑开了，不一会儿一个个端着洗好的衣衫离去。

一个娇俏的身影忽地从树上跳下来，望着她们几个人的背影，怔怔地出了神。

纳个二房？那是什么意思？

“哎哟，我的棒槌丢在河边了。”李大婶走了老远，突然叫了起来，发现洗衣的棒槌忘在河边，连忙又回头。

她刚走到洗衣的地方，忽然瞧见一个身穿水蓝色曳地绣花长裙的美人儿站在面前，她吓了一跳，结巴着叫道：“明……明家小娘子……”糟了！方才她们几个七嘴八舌说她不能生养，还要给她家相公纳二房，怕不是全被听见了吧？

果不其然，只听小娘子一脸茫然地问：“你们要给我家相公纳二房？”

李大婶一脸惊讶，随后便是尴尬：“呃……我可没说这话呀！”原来明家小娘子不是哑巴，她会说话呀。自打他们夫妻俩来他们瑶溪村，整个村上能和明家小娘子说上话的人，大概也就是请去她家帮佣的鲁家婶子了。据鲁家婶子说，她也没和小娘子说过话，所以久而久之，整个村子的人都以为这明家小娘子是个哑巴。

“李大婶，有个问题想请教你，生娃娃很重要吗？”小娘子十分有礼貌，一脸认真地问道。

李大婶蒙了，这明家小娘子莫不是脑子坏了吧？居然能问出生娃娃重不重要这个问题。

“生娃娃当然很重要。谁家要是断了香火会被别人家笑话的，一个女人若是不能生娃娃，那还叫女人吗？会被人家背地里骂是只不会下蛋的母鸡……”李大婶惊觉说错了话，连忙捂住嘴，生怕明家小娘子怪罪她。

小娘子一脸迷茫，突然又问：“那请问怎么样才能生娃娃？”

“哎？”李大婶被这一问惊得下巴差点儿掉下来。这明大夫和她成亲都八年了，她还不知道怎么生娃娃？

“李大婶不知道吗？那我去问问张嫂子吧。”说着，明家小娘子便要去追那一行人。

李大婶望着她瘦弱的身板，心道：这明家小娘子怕不是真的是个傻子吧，所以这些年才没有生养？终于，李大婶确信这明家小娘子的脑袋是真的有问题。虽然她长得比她们全村的女人都好看，就像天上的仙女一样，可是脑袋不好有啥用啊，她不禁开始同情起明大夫。

“哎哎哎，”李大婶连忙拉住她，“小娘子，恕婶子多嘴问一句，你和明大夫……呃……”

小娘子一脸真切地望着李大婶，李大婶豁出去了：“你和明大夫难道不同房吗？”

“同房？同一个厢房吗？”小娘子点了点头。

李大婶方要舒一口气，却听小娘子又道：“不过那已经是一年多前的事了。”

李大婶这一听，眉毛挑得老高。难怪小娘子没有身孕，这夫妻两人都不同房哪能有孩子呀。

“那不行啊，这夫妻要同房才能有孩子啊。这不同房，怎么能有孩子？”

“同房……”小娘子一知半解。

李大婶想了想，明大夫医术高明，谈吐有致，看着就是一个聪明人，不可能对这种事不懂，怕是小娘子傻不拉叽的不开窍，于是便道：“总之，你每天晚上跟明大夫睡一张床，就能生娃娃了。”

小娘子望着李大婶的眼神飘移，似在用力琢磨着李大婶的话。

李大婶看了看她，心想着家里还有不少事要做，教明家小娘子也只能教到这里了，说再多，怕是这傻娘子也不能理解，于是她摇了摇头转身离开。

“明大哥，我从昨日晌午之后就又开始头疼，你快帮我看看，我这是不是又受了风寒？”

一个身形纤瘦的妙龄女子将手腕伸向明景升，声音又柔又酥，听得一旁的病人个个浑身起鸡皮疙瘩。这王家酱油铺的小姑子什么时候起这么矫揉造作了啊？

明景升指腹轻搭在王姑娘的手腕处，不一会儿眉头轻挑，道："没什么大碍，注意保暖吧。"

春寒料峭，气候不稳，天气忽冷忽热，这位王姑娘平日里爱漂亮，还没有入夏就开始穿得极少。前阵子冻病了方好，这又故病重犯。

"明大哥，不用再看看吗？"

"不用。"

"可是我真的觉得很不舒服。"

"若是到了明日还不舒服，再来吧。"明景升用眼神示意，她身后还有好些等着看诊的病人呢。

排队的病人中不知谁终于忍不住叫道："王家妹子，你还是回去多穿点衣服吧，别整天没事找明大夫的麻烦。"

"关你什么事！"这位王姑娘白了一眼，不甘心地起身。

另一位胖姑娘赶紧占着凳子坐下。

明景升看了一眼眼前这位胖墩墩的张家姑娘，笑道："阿香，你昨个儿才来过，就是吃多了，回去少吃一点儿。"

"我……"阿香一句话都没说呢。

"嗯，少吃一点儿，胃就不会撑得慌。来，下一个。"明景升不给阿香开口的机会，目光直接落在她身后的一位大叔身上。

众人立即笑了起来，一个个调侃开来。

"你们这些小丫头片子，整日装病跑咱们明大夫这儿看病，也不嫌害臊。都是司马昭之心，路人皆知。"

几个小丫头一个个冷着眼，气得冷哼一声走了，还有两个单身的寡妇这可就不一样了，一人拎着一壶香油，另一人提着一袋小米过来。

"明大夫，这油下面炒菜都好。"

"明大夫，这小米刚好煲粥喝，养胃，瞧你这忙得都顾不上吃饭，这对胃不好。"

说是来感谢明大夫的，其实也是找个借口过来瞅瞅，心里舒坦。

明景升淡淡地笑着。

隔断后，一个纤细的身影立在那儿看着他。从一睁眼开始，他便一直忙到现在。入春以来，看病的人变多，但大多数都是一些未婚的姑娘家，还有几个寡妇。这些未婚的姑娘家和寡妇们，有事没事，总是会借着各种毛病跑来找他看病，美仁几乎都能背下那些毛病和理由了。

"夫人，饭好了，你要不要先去吃饭啊？"鲁家婶子中气十足的声音惊醒了她。

哦，这么快又到了晚膳的时间。她点了点头，看了一眼正在给病人看病的景升，于是跟着鲁家婶子去吃饭。

明景升分神看向怡符衣，这几日说来也怪，平日里她十分安静，不喜欢人多嘈杂的地方，所以自打前屋改成了一个小小的医馆后，她几乎就不曾踏入。但这两日他似乎总是能在前屋的医馆里看到她的身影。

自从一年多前她醒了之后，这身子骨就一直不大好，总是畏寒。这几日病人较多，他也顾不上她，生怕她吹了风着凉，抽空说上一句让她多穿些衣衫。

有一点挺好的，那就是她的胃口极好，可是不管怎么吃，就是不见她长肉。不管如何，多吃一些是好事。所以，他请了全村手艺最好的鲁家婶子来烧饭菜，她果然很喜欢吃鲁家婶子烧的饭菜。

“这是我家孙儿今儿才从河里摸上来的草鱼，可新鲜了，尝尝。”鲁家婶子将烧好的红烧草鱼端上桌。

怡符衣用筷子夹了一块鱼肉，细细咀嚼，好半天没再动。

鲁家婶子见她没什么食欲，便道：“怎么，这鱼烧得不好？”

怡符衣摇了摇头，放下筷子，道：“我还不怎么饿。”

鲁家婶子一脸惊讶，呀，小娘子会说话了。“这都晌午了，还不觉得饿？”难道小娘子是有喜了？前两日她才听村里几个多嘴的大姑大婶说长道短，让她怼回去了。

怡符衣又摇了摇头。平时，她最爱吃红烧鱼，可是今日不知怎的就偏偏没有胃口，一想到他每天对着那几个姑娘那么温柔地看诊，她心口就怪怪的，很不舒服。哪里不舒服，她又说不上来。难道她也生病了？她下意识地捂住心口。

鲁家婶子以为她心口痛。

她又摇了摇头，道：“你等下叫他来吃吧。我真的不饿。”说完，她便起身离开。

鲁家婶子瞧见，心道：这位小娘子，平日里看着就病恹恹的，这赶上春寒，莫不是生病了吧。

明景升听到鲁家婶子的报告，看完最后一个病人，连忙出门去寻找怡符衣。

“符衣！符衣！”景升叫了许多声，最终在家门口的河堤旁找到了怡符衣。她正抱着村里的一只狸花猫，坐在河埠头的台阶上。

怡符衣听到他的声音，回过头看着他，眼眸干净清澈。

他走过去，蹲下身，轻声问：“怎么了，没有胃口？是不是哪里不舒服？”

她还是那样，只是静静地看着他，什么话也不说。其实，大多数时间她更喜欢独处，就连面对他，也绝对不会超过三句话，便会低着头静静地走开。有时候，她能在村里逗小猫小狗逗上一天，有时候能在田间看着菜花看上一天，有时候，望着山间流下的溪水也能望上一天。只是她同他在一起的时间很少，他总觉得她好像在抵触着什么。

一年多前，就在他以为她再也醒不过来了的时候，他几近绝望地抱着她准备一起跳崖殉情，孰料在喂她喝完樱桃茶后，她竟然真的醒过来了。直到现在，他只要一想起那一天，依旧还能感到心尖上的痛，连着十根手指都跟着一起隐隐作痛。回想过来，他有些后怕，若是当时他再快一步，他和她便再没有今日这般安定的生活了。

他抱着她痛哭，控制不住地亲吻她，然而迎接他的却是她结实的一巴掌。也是这一巴掌让他陷入了另一场绝望之中，她是醒过来了，可就像是变了个人似的。

何以筋脉尽断的她，醒过来之后却忘了他，忘了所有的一切？起初，他试图解释，可是她始终离他远远的。到后来，他再解释，他们是夫妻，他深爱着她，不会伤害她。可是她却不懂什么是夫妻、什么是爱……

他偶然间救了瑶溪村的一位村民，受邀去村上做客，她一下子就喜欢上了这里。他看得出来她喜欢这里的风景，于是留了下来。一年多过去了，虽然她还是那样不怎么与他亲近，但也不再像最初那般排斥他，偶尔会对着他笑，偶尔会将捡到的受伤的小动物带回来给他医治，偶尔高兴了还会摘些山间的野花送给他……

平凡而又宁静的生活，是他们俩一直以来共同追求的。虽然他不知道她何时会想起一切，想起他，但是他相信他等了整整六年，才将她盼醒，这一两年又算得了什么，哪怕再等上六年，哪怕是十六年，只要她平安地在他的身边就好。

“天黑了，回去吧。”他向她伸出手。

她低眉看了一眼他的手，依旧抱着怀中的猫，手捋着猫毛，没有他预期的动作。

他的心房微微刺痛了一下，深叹了口气，有些失落地收回手：“我知道了。”

说完，他转身走上台阶，很快猫儿轻叫一声从他的脚边跑过。他继续往前走，就在要走进院门时，忽地，他的衣袖被拉住了。他回过头，她正拉着他的衣袖。

这是她第一次主动拉住他。正当他心中感慨万千，忽然掌中多了一只冰凉的小手。

院门前灯笼里透出的微弱烛火映照在她的脸上，朦朦胧胧的，她冲着他眨巴着眼睛，依旧什么话也没说。

他内心无比的激动，轻勾了勾唇角，紧握着她的手，同样什么话也没说，牵着她一同进了院门。

两人回到膳厅，他陪着她一起用晚膳，虽然全程她都没有同他说过一句话，可是这一顿却吃了不少。

鲁家婶子也终于松了口气，原来不是鱼烧得不好吃，而是小娘子有心事。不过两夫妻间的事，她也不便多说什么，待二人用完晚膳，她忙完之后，便回了自己家。

鲁家婶子离开之后，景升关了院门，洗漱完毕，回到自己的屋中，方关起房门，忽然听到一阵轻轻的敲门声。

他打开屋门，门外却不见人影。他关上门，很快又响起轻轻的敲门声，再次打开，门外依旧不见人影。他微微挑眉，即便那熟悉的脚步声放得再轻，他也知道来人是谁。

这一次他没有将门锁上，而是轻掩了起来，退后几步，道："门没有锁，你若是想进来，可以直接推门进来。"

话音落毕，隔了许久，门外却始终没有动静。

他抿了抿唇，又是一阵失落，于是转身去铺床。

忽然，只听身后的门被推开，他回转身，只见符衣穿着一身白净的中衣立在门处。

他立即走过去，二话没说就将她拉进屋内，然后转身关上门，念叨："虽已入春，但是夜里还是很凉，你穿得极少，小心……"

他的话还没有说完，转过身，她已不见了人影。再一看，她已哆嗦着爬上了床。他喉咙微动，似乎不敢相信看到的是真的。

接着，又见她冲着他拍了拍被子，示意他上床。

他又是一怔，下意识地向前走了两步，然后很快又顿住脚步，不确定地问："你……今晚要睡在这里？"

她冲着他淡淡一笑，然后点了点头。

他暗抽了一口气，不禁回想起七八年前在陶然居时，她便是这样，每当夜深人静的时候，总是会偷偷地跑来他的房里。难道是她终于记起以前的事了？

他激动地问道："符衣，你是不是想起以前的事了？"

她看着他，一脸不明所以，轻轻地摇了摇头。

惊喜的神色立即从他的脸上退去，取而代之的是说不尽的失落。很快他便恢复常态，浅浅笑道：“你确定今夜要睡在这里吗？”

想起她刚醒过来的时候，是她亲自将他赶下床，并赶出门外的，也是从那时候开始，他尊重她的意思，怕惊扰了她，选择分房，这一分房便是一年多，而今夜她却突然到来，他怕等一下她又后悔。

她没有回答他，就是淡淡地笑了笑，便钻进了被窝躺下。

看着她的举动，他思绪万千，内心涌动，立在床前怔了半晌，终于开始脱下衣衫，掀了被子钻进被窝。

“你放心，只要你不愿意，我就不会碰你，睡吧。”他翻过身背对着她。

不知过了多久，黑暗中突然传来她清清浅浅的声音：“李大婶说只要每天睡在一张床上，就可以生娃娃。”

景升后背倏然一僵，缓缓翻过身，她正侧着身面对他。

“除了李大婶，还有其他人说你什么？”难怪她今日一反常态，原来是听到别人在背后嚼舌根。不过她这样的改变，倒是他很乐意见到的，起码证明一点，不管她是不是忘了以前的一切，至少，她还是会在意他，在意别人这么说他。之前他心头一直压着石头，闷闷的，眼下，他的心情舒畅起来。

她如实相告：“她们说我不能生娃娃，要给你找个二房。什么是二房？有了二房就能生娃娃吗？”如果是这样，那她可以试着去当二房。

景升听了，顿时涌起一股子怒意：“还有呢？除了这个，她们还说了你什么？”

“嗯……她们说我脑子不正常，说你脑子也不正常。”

景升轻笑起来，道：“别听她们乱说，你没有脑子不正常。你只是之前一直在生病，病了很久，忘了很多东西而已。”

符衣没有再说话。

黑暗之中，突然一阵沉默，气氛又回到先前那般尴尬。

许久，他沙哑着嗓音道：“睡吧。”他翻过身背对着她。

“睡醒了，就能生娃娃了吗？”突然她清脆的声音自背后传来。

不得已，他又转了回来，道：“你真的很想知道怎么生娃娃吗？”

她想了想，道：“我想生个娃娃，刘家嫂子的小宝长得很可爱，阿花和大黄生的几只崽子也都很可爱。”

阿花就是她今天抱着的猫，原来是村里别人家的猫，后来她天天投喂，阿花就变成了他们家的猫。大黄是鲁家婶子养的一条狗，经常跟着鲁家婶子一同来他们家。

景升惊讶得半晌说不出话。今晚的她，不只是比之前一个月说的话还多，行为举止也变得不一样。

她忽然往他胸前钻了钻，似乎被窝里最暖和的地方就是他的身体。他的身体就像个暖炉一样舒服，早知道他这么暖和，她就每天跑过来抱着他睡了。冬天特别冷，每天在被窝里放着暖炉，经常会将她的脚烫出水泡。她将脚搁在他的脚背上，那里暖暖的，特别舒服。

景升一直僵着身子不敢动弹，生怕像以前一样稍有动作，便将她吓跑了。可今夜的她与往常不一样，她主动贴着他的身体。

她忽然抬起头，他感受到她清浅的呼吸，忍不住轻唤她一声："符衣……"

原来他一直叫她"美仁"，可是她却说："向美仁？听起来像美人？是谁起的这么傻的名字？"于是从那以后，他不再叫她"美仁"，而是唤她符衣。

"嗯。"她轻嗯。

"你真的想要一个娃娃吗？"

"嗯。"

"不管我做什么，你都不后悔？"

"嗯。"

"好，那咱们生个娃娃。"景升没再犹豫，伸出手将她整个人揽进怀里，日思夜想的吻终于落在她的唇上……

静谧的月光透过半掩的窗棂流泻进屋内，映着满屋的旖旎春光……

近日瑶溪村的人有两个奇怪的发现：一是明大夫家中多了好多老鼠蟑螂。这人坐在板凳上看病看得好好的，不是突然有几只老鼠穿堂而过惊了病人，就是有一堆蟑螂从天而降恶心了所有人；二是这明家小娘子原来一直习惯看山看田看河流，如今却天天抱着他们家的阿花坐在前屋陪着明大夫看诊。

这明大夫家明明有猫啊，可是怎么还会有老鼠呢？

"啊——"

这日，王姑娘摘了一捧鲜花向明大夫家走来，谁知刚进门，迎面飞出几个怪东西落在她的肩头。她仔细看去，发现肩头上竟然蹲着一只又肥又大的老鼠冲着她吱吱叫。

"啊——老鼠——"王姑娘尖叫着，手中刚摘的鲜花飞了，两眼一翻，便瘫倒在门口。

屋子里的病人开始对景升说："明大夫，你不能给你家的猫吃得太好，瞧这老鼠又多又肥，都把王家大妹子吓晕了。"

这时，明家小娘子抱着她家的狸花猫赶来，撸着猫毛，一脸委屈地对着猫儿道："阿花，她把你的午餐吓跑了，你可能要饿肚子了……"

阿花打了个喷嚏，摆着尾巴，从她怀里跳下来，冲着晕了的王姑娘喵喵叫了几声后跳出屋门，优雅地迈着妖娆小步走向河边。

景升坐在桌前正给刘大伯写药方，瞧见这一幕，嘴角不禁轻勾，正要起身走过去。

谁知符衣突然跑到一边，强行从一旁的抠脚大叔脚下夺过一只鞋，放在王姑娘的鼻前。不一会儿，王姑娘醒了，瞧着眼前散发着恶臭的鞋子，顿时一阵作呕，爬起身，便冲出门外吐去了。

符衣连忙追出门外，蹲在王姑娘的身边，以只有两个人方能听见的声音道："下次，可就不是让你闻臭鞋子了，而是把臭鞋子塞你嘴里。"

王姑娘听闻，一脸难以置信地望着明家小娘子，许久终于反应过来，原来这些日子以来，那些老鼠、蟑螂都不是无缘无故出现的。细想起来，倒霉的人不是垂涎明大夫美色的女人，就是那些意图给明大夫说媒的人……

王姑娘惊恐地道："阿香跌进猪圈里，娇兰身上爬蟑螂，蜡梅半夜被鬼吓，还有刚才的老鼠，都是你干的，对不对？"

符衣轻轻笑了起来，那笑容娇美而高深莫测，一副"你猜啊？就算是本大小姐干的，你咬我啊"的表情。

王姑娘啊的一声尖叫起来："你这个坏……""坏女人"三个字没有骂完，符衣伸手一巴掌便将她打得顿时失了声音。王姑娘支吾着，始终说不出一个字。

符衣看了看自己微红的手掌，自信满满地恐吓道："若是换作以前，你恐怕这辈子都开不了口。"这段时间以来，她的脑海里总是时不时浮现出另一个自己的身影，那个她聪明睿智，武功高强，而且行事霸道毒辣，绝不会放过任何一个敌人。所以，她也必须像那个女人一样，坚决打击这些贪图她家相公美色的小姑娘们。能每天睡她家相公的只能是她，能给她家相公生小娃娃的，也只能是她。

王姑娘眨巴着眼，眼泪顿时流了出来，大家都说这个明家小娘子是个傻子，这女人哪里是个傻子，分明就是个头脑清楚到不能再清楚的蛇蝎女人！

景升见符衣蹲在门外半晌不回来，于是道："符衣，你过来，给刘大伯写药方。"

符衣轻应一声，随即又对王姑娘道："还不快滚？！想吃蟑螂炖老鼠肉吗？"

王姑娘立即爬起身，掩着面哭唧唧地跑走了。

符衣一进门，一脚便踩上那捧被丢在地上的野花，刚好踩了个稀巴烂。她冲着景升甜甜地笑着，走到诊桌前，接过毛笔，按他的吩咐开始写药方。

符衣每落笔一次，脑子里便不由得浮现出一些画面：她也是像眼下这般坐在案前，执笔临摹着谁的字。待到整张药方写完，她细看了一眼那药方，上面的字完全不像是两个人写的，就好像是一个人写的一般。

景升将药方递给刘大伯，嘱咐他，药方上有几味药他这儿没有，让他去镇上的药铺里抓，到时候按着药方上的方法，回去煎药和服用即可。

刘大伯接过药方，看了一眼，惊道："明大夫啊，你家娘子写的字怎么和你写的一模一样啊？要不是我亲眼看着你写了一半，她写了一半，还以为全都是你写的呢，你家娘子也是个人才啊。"

景升侧眸看了一眼符衣，她正笑望着他。

他不禁轻笑，当然像了，她当年可是天天照着他的字临摹的，有时候连他都分辨不出真假。曾经他还被她取笑过，若是哪一天她冒充他的笔迹，定能将他整个人都卖了。

他不由得在心中深叹一口气，她潜意识里还知道模仿他的字迹，可是何时才能完全想起那些过往呢？不过，自从与他亲近以来，她就像是变了一个人一样，虽然还是像以前一样沉默居多，可是她知道吃醋了，知道捉弄那些向他示好的女子以及给他说媒的人了，他似乎又见到了以前那个活泼灵动的"美仁"。这一切都是好现象。

是夜。

景升翻看完医书准备上床休息，走到床前见着符衣已然闭着眼睡了，便温柔体贴地替她拉好被子。吹了蜡烛，他便上了床，脑子里还想着怎么让鲁家婶子的小孙儿长高个。谁知这才躺下，身边的小妖精便像条鱼一样游了过来，两只小脚不安分地磨蹭着他的脚。

不一会儿，他便控制不住将她整个人压在身下……

其实，她一点儿都没变，一直都是那个磨人的小妖精，妖冶魅惑的姿态永远都是在这一刻完全为他绽放……

"别再捉弄她们了，她们每天受那么多惊吓，怪可怜的。"这段时日来，那些意图为他说媒的大婶们和对他心生爱慕的姑娘们，都遭了不少罪，他并非是心疼她们，只是不想她冒着生病的危险每天去捉那些污脏的老鼠和蟑螂。

"可是我还没有生娃娃呢，她们都想着当二房给你生娃娃，我不要。"

"她们当不了的。我曾经说过，这世上除了你，我谁也不会娶。"他伸手轻抚在她的肚皮上，"谁说你不能生娃娃呢？已经有了。"

他发现她这个月的葵水一直没有来，方才替她把过脉，他确认她有了，未来他会有好一段时间需要克制欲望。

“真的？”

“真的。等过了第三个月，娃娃在你肚子里生稳了根，我们就离开山里去看看美人了，上次漠之在信里说她近日因为练习琴棋书画哭鼻子，吵着要过来见你。”她醒了之后，他便带着她去杭州陶然居找过漠之和美人，可是杭州的繁华与热闹，让她很不自在。所以，他才会又带着她四处找寻安静的地方，这才来到了瑶溪村，没想到这一住便是一年多。

“啊，美人！我知道，我们的女儿。”她轻笑了起来。

景升轻应一声。其实美人并不是他们的女儿，那是阴豫和怡素的孩子。当年阴豫为了救怡素，中了她拼尽全力打出的一掌，不久便去了。怡素一下子受了刺激，整个人半疯半醒的，直到生完孩子，终于认清自己罪孽深重，追随阴豫而去。美人一生下来便成了一个无父无母的孤儿，怡漠之不想把美人留在天一谷里，再走上怡素的老路，于是将她偷了出来，交给他抚养。他看着那个可爱的小娃娃，想着昏迷中的符衣，于是给她取名“美人”。也正是因为有了美人，他才能撑过人生中那最煎熬的六年。

“还有侍书和奉剑。”符衣突然又道。

她还记得侍书和奉剑？这让景升很欣慰。他将她紧紧地拥在怀里，时隔多年，他们的孩子再次降临，这一次孩子一定会平安出生的。

其实早在景升坐在灯下看书的时候，符衣便缩在被窝里痴痴地望着他的背影，然后脑海里不断地浮现出一个画面，便是她坐在他的怀里，手臂缠绕在他的肩颈，黏着他，舔着嘴唇勾引着他，而他总是禁不住诱惑地吻上她，吻着吻着便会拉着她做现在每天晚上都会做的羞羞的事。

她喜欢与他耳鬓厮磨，肌肤相亲。眼见着他吹了灯走过来，她便假装睡着，直到他上了床，她便毫不犹豫地贴了过去。果不其然，他总是受不了她的诱惑。当然，这点儿小心思，她是不会让他知道的，她喜欢当个被他宠着的小傻子。

瑶溪村的人近日又发现，明大夫对待自己家娘子比以前更加宠溺了。以前少见夫妻二人说话，如今这夫妻二人总是当着众人的面眉目传情。本以为明家小娘子脑子不正常，又不能生养，村里待嫁的姑娘寡妇们都想着有一天能嫁给明大夫做个二房，生个一男半女呢，可如今明大夫逢人便说，他家娘子有了身孕，他要当爹啦，这叫她们的心在一夜之间碎了一地……

后记

我终于在凌晨三点半打下“后记”两个字，这激动得我的小心肝都在颤抖，我终于熬到了这一天啊，多不容易啊！

年前，编辑大大跟我说今年《美人在侧花满堂》要再版的时候，我非常开心，开心到飞起。然而再想到这文写得较早，文笔有很多地方其实非常幼稚，我这心就开始颤抖起来。想着以前《寻爱上弦月》再版的时候，我修订了整整三个月，《美人在侧花满堂》比《寻爱上弦月》要多好几万字，当时便觉得眼下一黑……

好了，现在眼前亮过来！虽然这次没有三个月那么久，但是这次也近两个月，真心是一字一句非常非常认真地修改的，审阅模式下，满篇都是红字，我边修改，边调侃自己，真想把当初的自己打死！

先来说说上一版最大的疑问：美人到底是谁的娃？之前我在景升和怡漠之的对话里很隐晦地提了一句是谁的娃（这里我就不说了），然而所有人都猜是向昕和萧非非的……作为作者的我其实在写的时候，压根就忘了萧非非也怀了一个……我想你们看到这个答案，一定想打死我吧，没有办法啊，有时候真的会有种“这真的是我写过的吗”的错觉……

第二个，很多读者对上一版的结局那叫一个深深怨念，一直让我补写个番外，让美仁和景升一定要有个完美幸福的结局，由于本人一直在偷懒中，所以那个番外一直没有写……这次，编辑大大也让我再写个番外，我答应了，并且写了。但是讲真，我还是觉得不加番外，才是我心目中的《美人在侧花满堂》。你们大概又想要打死我了，可我还是要像倔强青铜那样解释给你们听。

当初写了两版结尾，实体版是女主角美仁醒来了，网络版是我坚持非常阴暗地放了开放性的结局，没有写美仁到底有没有醒来。因为我觉得悲剧让人难受，有遗憾，所以才更能让人记住，印象深刻。其实我的初衷，这文就是个开放性的结局，多写一个番外，就把这种感觉给掐断了。所以结尾有三种结局：一，她没醒来，景升抱着她跳崖了，是可能的；二，她醒来了，景升没有看到，还是抱着她跳崖了，也是可能的；三，她醒来了，景升看到了，没有跳崖，两人幸福地大团圆结局了。至于是哪种结局，就靠大家自己想象了。这种感觉是不是很赞？多棒！

你们看到这个是不是更想打死我了，之前我这样说过，很多读者当面都跟我说过想打死我，其实人家真的只是坚持自己心中想要表达的东西嘛，我也很绝望啊……

这文大概是我写过的所有文当中，唯一一个特别虐的，也是唯一当后妈的一次。经常看我文的读者应该知道，我的风格大多是逗趣抽风类，这种虐心虐肠虐肝又虐肾的风格根本就不像是我（嗯，当时我一定是被下了降头……倔强）。

这次修订的时候，我重读一遍，也是被自己给虐到不行，居然能修改到哭得很伤心。当初写向昕死的时候，我记得我哭得很伤心，最后景升绝望地抱着美仁殉情跳崖，我哭得很伤心，这一次不止这两处，各种心疼景升，各种被虐到不行，所以这文永远是我最最最最……喜欢的，我心目中永远的第一！

好，所有解释完毕，番外也写了，给了大家一个完美的结局，我功德圆满了。期待新版早日与大家见面！

感谢我家编辑暖暖大大，我赶在约定之前交稿啦，完美！

花清晨

二〇一八年三月十八日于宁

MEMORY HOUSE
记忆坊文化

美人在侧花满堂

上

MEIREN ZAICE HUAMANTANG

花清晨 著

江苏凤凰文艺出版社
JIANGSU PHOENIX LITERATURE AND ART PUBLISHING, LTD

图书在版编目（CIP）数据

美人在侧花满堂 ： 全2册 / 花清晨著. -- 南京 ：
江苏凤凰文艺出版社, 2019.1
ISBN 978-7-5594-2173-9

Ⅰ. ①美… Ⅱ. ①花… Ⅲ. ①长篇小说－中国－当代
Ⅳ. ①I247.5

中国版本图书馆CIP数据核字(2018)第107040号

书　　名　美人在侧花满堂
作　　者　花清晨
选题策划　北京记忆坊文化
统　　筹　姚　丽
责任编辑　白　涵　刘洲原
特约策划　暖　暖
特约编辑　诗　杰　绪　花
营销统筹　杨　迎
封面设计　80零·小贾
封面绘图　唐　卡
版式设计　段文婷
出版发行　江苏凤凰文艺出版社
出版社地址　南京市中央路165号，邮编：210009
出版社网址　http://www.jswenyi.com
印　　刷　北京中科印刷有限公司
开　　本　670毫米×970毫米　1/16
字　　数　760千字
印　　张　39.5
版　　次　2019年1月第1版，2019年1月第1次印刷
标准书号　ISBN 978-7-5594-2173-9
定　　价　78.00元（全二册）

影视版权抢订热线　010-57194853
江苏凤凰文艺版图书凡印刷、装订错误可随时向承印厂调换

目录

引子

雪初霁，天地间白茫茫一片。

冬日的阳光映照在雪地上，反射出耀眼夺目的光芒。枯萎的野草、灌木在雪层之下露出黑褐色的枝干，显得格外突兀。

重峦叠嶂，争奇献秀。

远处的冰峰延绵不绝，气势磅礴中又显秀丽玲珑，宛若一条银白色的玉龙腾飞于天。

静谧的洞内，四处皆是倒悬的冰柱，冰清玉洁，犹如圣洁的女子傲然挺立。

“爹，娘要到何时才能醒来？”一位身着雪白狐裘的女娃儿，仰着粉嫩的脸蛋，对坐在寒玉床沿上的白衣男子说道，清亮的黑眸中流露了太多的期盼。

那白衣男子回转头，微笑着道：“美人，瞧见那半池莲花了吗？待到那七色莲绽放之际，便是你娘睡醒之时。”他指着洞内一湾清池，池中漂浮着片片青绿的莲叶，细看之下，其中正有七朵尚未绽放的莲朵。

“可是……爹，娘已经睡了很久了，美人如今也已六岁了，可是娘一直未曾醒过……”女娃儿皱着眉头，说出心中的疑惑。

那白衣男子轻捏了女娃儿的粉脸，浅浅笑道：“后山的梅花开了，美人不是想去赏梅吗？”

女娃儿问：“那……娘可以一起去吗？”

白衣男子望向寒玉床稍稍失了神。寒玉床上躺着一位极美的女子，皮肤白净，滑如凝脂，唇色红润欲滴，只可惜一双美目安详地闭着，让人难以相信她已睡了整整六年。

白衣男子深叹一口气，对着那名女子浅吟：“符衣，你有多久没见过梅花盛开了？今日，那我们便一同去赏梅吧。”

说着，他便俯下身，小心翼翼地将寒玉床上的女子抱起，领着粉琢的女娃儿一起出了山洞，往后山步去。

积雪深深的大地一片苍茫。

白衣男子抱着那名女子，与那女娃儿竟然毫不费力地在雪地里越行越快，雪地上只留下浅浅的足迹。转眼之间，他们便已来到后山的梅树林。仅一山相隔，这里却是早春时节的景致，亦是满山梅花盛开之际，千万株梅花竞相开放，层层叠叠，云蒸霞蔚，红白相间，繁花满山，阵阵幽香随风飘散。

白衣男子抱着沉睡中的女子，进入那如梦似幻的美景之中。倚着一方梅树坐下，他轻拥着她，指腹轻抚着她的脸颊，在她的耳边低声轻喃：“十里梅花香雪海，符衣，看见这漫山的梅花了吗？”

怀中沉睡的女子始终闭着眼，纤长的眼睫毛一动不动，静静地依偎在他的怀中。蓦地，他的大掌轻轻一招，手指间便多了一朵粉梅，他细心地为她别在耳间发际。他的指腹轻柔地摩挲着她的脸颊，似是忆起往事，嘴角不由得微微上扬，情不自禁，在她的唇角烙下轻柔一吻。

女娃儿娇小的身影如一只飞舞的蝴蝶，欢快地穿梭在梅林之间，嬉笑声不绝于耳。忽然瞧见这一幕，她便对着父亲扮羞羞：“爹爹又偷亲娘亲，不害臊！”

面对女儿的揶揄，白衣男子只是不以为意地轻勾唇角，目光又落回爱妻身上。

女娃儿不知疯了多久，终于跑累了，捻着一朵梅花跑回白衣男子的身边，眯了眯眼对他道：“爹爹很久都没给美人讲故事了，爹爹给美人讲个故事吧。”

白衣男子闻言，目光落在那一片傲雪凌霜的梅花上，久久未曾言语。女娃儿静静地看着他，满心欢喜地等待他开口。

白衣男子终于收回视线，笑着对女娃儿道：“美人可知道自己为何叫美人？”

“美人？嗯……”女娃儿噘起小嘴，想了又想，望着手中的粉梅，倏然大声笑道，“因为美人很漂亮！”

白衣男子跟着笑道：“嗯，美人的确很漂亮。”

“爹爹的语气很敷衍，看来不是因为这个。”小女娃儿转了转黑眸，又道，“那是不是因为美人刚出生的时候，爹爹想到那句‘美人在时花满堂’，然后爹爹和娘亲就给美人取了这个名字？”

他双眼出神地望着眼前徐徐落下的梅花瓣，喃喃地念道：“美人在时花满堂……至今三载留余香……岂止三载……”

女娃儿伸着小手不停地摇着他轻唤：“爹爹？”

他轻抬了抬嘴角，缓缓道：“嗯，那就从美人开始吧。”

第一卷

茶庄惊魂

［一］愿者上钩

信阳城内最繁华的市集街道上，永远是熙来攘往的人潮，小商贩们高亢激昂的叫卖声不绝于耳，一幅和谐安定的景象。

倏然，一个布衣小贼手中不知紧攥着何物，满脸慌张，死命往东城门的方向奔去。一路上，但凡摆出的摊子全被他推翻，以此抵挡身后紧追不舍的两名捕快。一时间，整个市集如同炸开了锅一般，鸡飞蛋打，鲜果蔬菜滚了满地，怒骂声四起，行人竞相奔走。

“站住——”两位捕快一面追着一面喊着，脚下的步子却始终比那布衣男子慢了些许。其中一位肚大腰圆，尚未跑几步，便气喘吁吁，三步一停两步一歇，凭此等身材此等体力如何追得上？这让一旁围观的百姓们不由得为自己的性命捏了一把冷汗。指望他们保命，还不如求菩萨显灵，这真是浪费皇粮啊。

“哎哟——”那名小贼一个不留神，被某物给绊了一下，直直地往前栽去，这一跤摔了个狗吃屎，头昏眼花，一时找不着方向，之前手中紧攥的东西跟着抛向了半空，打了个旋，不偏不倚砸在他的头上，然后落在一名衣衫褴褛的小乞丐身边。

众行人定睛一看，那玩意儿竟是一锦丝钱袋，而绊倒小贼的正是小乞丐向外伸出的一条腿。

小贼躺在地上，回首见两名捕快追了上来，一骨碌连忙爬起，欲往旁侧的小巷逃去。这时，只见一道青影从对面阁楼的二层飘然跃下，身形如云，宽袖抚风，襟摆飘逸，眨眼之间便将那小贼擒住。

“差大爷饶命。”布衣小贼即刻跪地求饶。

“总捕……向老大……”

“老大……你总算回来了……”

那两名捕快总算是跟了上来，不停地大喘着气。

向昕深锁剑眉，睇了两人一眼，对着紧随其后赶上来的另两名捕快道：“带回衙门。”

“是。”两名捕快朗声应着。

“唉……”

“真是不容易……”两名龟速的捕快还在喘着气，与另两名身材挺拔的捕快成了鲜明的对比。

“牛勇，马安亮，从明日卯时起，你们两人就从衙门到这东城门跑十个来回。”向昕说完，便俯身从衣衫褴褛的小乞丐身边捡起了锦丝钱袋，将它抛给了身后的两名捕快，示意他们架着小贼，先行回衙门。

“总捕老大，万万使不得。”牛、马二人闻言霎时慌了神，连连惨声叫唤。

向昕白了他们一眼，便举步往衙门的方向走去。

“呜——哇——”忽然，惨烈的哭声自向昕的身后传来，他定了步子，回身一望，是之前那个衣衫褴褛的乞儿。

向昕心念：定是之前抓贼一事吓坏了他。便转身在其身前蹲下，对着那污脏的小脸，柔声道：“小兄弟，何故哭成这副模样？”

“呜呜呜……腿……腿……我的腿断了……呜哇……”那小乞丐扯着嗓门大声号啕起来。

“腿断了？”向昕猛然一惊，那小贼只不过绊了这小乞丐的腿摔了一跤，怎么会绊断了他的腿？听着那撕心裂肺的哭声，他连忙蹲下身哄着道，“莫要哭了，让哥哥看一看。”

向昕轻轻掀起小乞丐破旧不堪的裤管，露出一条污脏的小腿，这让他眉心不由得一蹙。

他抬首看了看小乞丐污脏的小脸，手刚要触碰他的小腿，查看是否真如他所说折了，便听小乞丐又是一阵鬼哭狼嚎：“不要碰我的腿！断了！断了！我以后再也讨不着饭吃了，我就要饿死街头了，呜哇——”

小乞丐的小腿高肿，皮肤已然泛青，却并非折断之象。

听着这哭声，向昕微微锁眉，暗叹一口气，缩回手，道：“小兄弟，你的腿尚好，并非断了，只是肿痛罢了。”

“真的吗？”那小孩的哭声渐消，隐隐抽泣。岂料，未久他又哭了起来。

一旁的牛勇与马安亮听见这绵绵不断的哭声，顿觉心烦。

马安亮粗吼一声：“小孩，你有何委屈，说出来便是，总是这般哭哭啼啼，叫人好生心烦。”

“马安亮！”向昕一声喝止，让两人闷了声，他们将脸别向一边。

小乞丐也终于止了哭声，指着自己的伤腿，委屈道：“你们抓贼，却害我的腿肿成这样，我日后有好一阵子将无法行讨，叫我如何过活？”

“这……”向昕一时语塞，想了想，便从怀中掏出一个钱袋，从中倒出些许碎银，看了一眼，便又将那些碎银放回钱袋中，将整个钱袋放在小乞丐的手中，“这些全给你，当作是给你的补偿。”

“我要这些没用，今日伤了腿，连动都不能动，怕是连寻个睡觉的地方都不能，如何花销这些钱？”那小孩将钱袋一推，又呜呜地哭了起来。

牛勇看不下去，出声急道：“老大，这小家伙分明是故意刁难，有谁见着银子不要的？”

牛勇的话一出，不但没起着威吓的效力，反倒是让小乞丐更起了劲：“各位大叔大婶，你们来评评理呀。这就是官府啊，害人断了腿，还恶人先告状。若不是他们俩捉贼无力，我也不至于伤了腿，乞丐便不是人吗？乞丐就该受人气吗？呜呜呜……”

这一哭一闹，围观的人越来越多，七嘴八舌地议论开了，让三个大男人面若菜色。

出乎意料，向昕一言不发便将小乞丐抱起，朗声道：“各位街坊，今日向某将此乞儿带回，定会照顾至他腿伤痊愈，各位可以安心散去。”

向昕此话一出，果真起效，围观的群众很快便散去。

牛勇和马安亮却是黑煞着脸，对向昕道：“老大，你莫不是真要将这刁钻的小乞丐领回咱信阳县衙吧？”

向昕轻点了一下头，道：“还不都是你们俩惹下的祸事。”说罢，便抱着那轻无几两肉的小乞丐，举步向衙门方向迈去。

自向昕承诺领小乞丐回衙门养伤，那小乞丐就没再哭闹过，倚在向昕的怀中乐呵呵地哼着不知名的小调，还时不时朝牛勇、马安亮吐着舌头做鬼脸。

“小兄弟，怎么称呼？年方几何？祖籍何处？”向昕望着前方的路，声音低沉地问小乞丐。

小乞丐看着向昕坚毅的下颌，道：“差大叔，问我？”

大叔？向昕听了这话哑然，自己不过是少年老成些，今年才二十有四，却被这个十来岁的孩子叫大叔，不由得闷笑出声，胸膛一起一伏：“是啊。”

小乞丐笑眯眯地道：“我姓向，名美仁，今年十三岁，祖籍？我也不太清楚。”

“像美人？十三岁？”

一旁的牛勇和马安亮一听这名字便捧腹大笑起来。

只见牛勇指着向美仁讥笑道：“哈哈，一个十三岁乳臭未干的小子取名叫像美人？你确定你有十三岁吗？怎么看你都最多十岁。瞧瞧你这副模样，哪里像美人？哈哈哈，你爹娘真是好生会起名字。”

向美仁早已预料报出名后定会遭人取笑，不气也不恼，缓缓道来：“非也，非也，向若而叹的向，仁义君子的仁。不是你们想的‘像美人’那三个字。”

“咦？小子，你竟与咱们向总捕同姓？”马安亮道。

“是吗，向大叔？”向美仁问。

“向小兄弟，识字？”向昕问。

向美仁转了转乌黑的瞳仁，扬着污脏的小脸，笑道：“美仁跟着爷爷跑南闯北，是能识得几个字。‘向美仁’便是爷爷起的，向若而叹与仁义君子都是爷爷教的。敢问向大叔全名？”

向昕扬着嘴角，道：“向昕，向若而叹的向；日斤昕，太阳将出的意思。可识得？”

向美仁轻点了点头，向昕淡淡一笑。

回衙门的路上，美仁一张巧嘴很快便逗得三人开怀大笑。

向昕的唇角上扬，一路漾着好看的弧度，今日怕是他这二十四年来，笑得最多的一日。

四人一路上说说笑笑，未久便立于信阳县衙门前。

美仁偏过头，只见两尊六尺石狮分立两旁，两扇铜钉墨漆大门敞着，正上方悬着“信阳府”三个大字的烫金牌匾，庄严肃穆。一面一人多高的红漆皮惊堂鼓端正地立于大门右侧。

进了信阳县衙大门，美仁未能一睹县衙大堂之容，向昕已经抱着她穿过左侧一道门，进入一个天井式四合院落。左右两侧各有廊房，迎面便是二堂，规模仅次于大堂。又曲曲折折穿过几个回廊门径，最后到了个小小的院落。

向昕突然在一间屋子前停了步子，回身便问牛勇："可有空余屋子？"

"暂时没有，我们几个兄弟都是两人挤一间屋子，小马哥他们那屋是三人。老大，你莫不是想将这小家伙塞进咱们屋吧？"牛勇说着，连连摆手，立即拦在向昕的身前。

美仁窝在向昕怀中，嘴角微抽，心念：才不要和这个胖子一个屋，瞧他那体格，夜里的呼噜声铁定能将屋顶掀了。

一旁的马安亮轻咳了几声，小声支吾着道："老大，这话说回来，你那屋好像就你一人睡吧。若是和咱们哥几个睡，万一不小心挤着他那条伤腿，那他岂不是要在咱信阳府上住上好一阵？再说了，这里毕竟是县府衙门，收留一个小屁孩儿总是不大妥当。况且，这小屁孩儿也是老大你执意要带回来的，要我们哥几个……"见着向昕的脸色越来越阴沉，马安亮的声音愈渐愈小，到最后几乎是在蚊子哼。

"小……美……小向……唉……"向昕原本是想唤美仁"小仁"，但觉得听上去像小人，遂改口想唤他美仁，又觉得身为捕快这样叫一个孩子，让人听着他似在唤美人，这脸面挂不住，便急时收了口改唤小向，待说出口后，听上去又成了小象。唉，向美仁，像美人，这三字，怎么念，都十分尴尬。

美仁笑逐颜开，对向昕咧嘴笑道："大叔，你是在叫美仁吗？"

"咳咳咳，向小兄弟，今夜就麻烦你和我挤一张床了，明日我再安排在我屋里多架一张床。"向昕最终选择像之前一样唤美仁一声"向小兄弟"。

眉毛轻挑，狡黠一笑，美仁道："好啊，美仁也想和大叔一张床。"说完，他便冲着那牛勇和马安亮做了个鬼脸。

向昕点了点头，抱着美仁慢步踱进自己的房间，将美仁轻轻地放在凳上，便吩咐牛勇去找大夫，马安亮去准备木桶及热水，再三叮嘱了美仁千万不要乱动，以免伤了腿，随后便离开了。

未久，大夫请来了，仔细检查一番后，道了一句无碍，开几帖外搽的药方，便走了。

不算太大的屋子，最后只剩下美仁一人。

［二］虚情假意

美仁满脸兴奋地迅速脱了衣衫，跳进装满热水的浴桶内，将脸上的污泥和身上的怪味一洗而尽，满足地叹了好几声，终于可以不用再穿又脏又臭的乞丐破衣衫。

浸在水中，美仁抬眸四下张望，打量起这间屋子。这间房不算陈旧，屋内摆设简单，一张榻、一盏灯、一张桌、两张凳，还有一个倚墙而立的黑漆衣橱。房间被打扫得干干净净，墙壁上见不着一丝蛛网积尘，灯台也擦得亮亮的。榻上的棉被虽不是崭新的，却叠得四四方方、整整齐齐，被褥上也见不着凌乱的压皱痕迹。

好一个有条不紊的名捕。

目光最终锁定在西面墙所挂的一柄宝剑之上，美仁瞪大了双瞳，细看之下，那剑柄上的雕饰犹如星宿运行，闪着耀眼的光芒。

美仁歪着头，若有所思。

再度抬眸看向那柄剑，她的唇角微抬，意料之外，那柄剑竟是尊贵无双的“纯钧剑”。据说此剑一出，便见光华绽放，宛如出水的芙蓉雍容而清冽，剑刃就像壁立千丈的断崖耸高而巍峨。没想到这失传已久的千古名剑，竟然在向昕手中。

美仁收回视线，轻勾唇角，很快起身，换上比自己身材大很多的衣衫，不禁哑然失笑。这身干净素朴的青色布衣，是向昕特地找给他的，不过，他的身材还是太过瘦小了。

他细细地整理了下自己，便一瘸一拐地出了房门，已是黄昏。

当美仁换上干净的衣衫出现在众人面前之时，牛勇与马安亮的眼珠子差点蹦了出来。

若这小子是个女娃娃，还真是应了那句出水芙蓉，瞧这小子虽然脸色稍嫌苍白，但唇红齿白，一副般般入画的可人模样。

牛勇轻拍了一下美仁的头：“啊，你这臭小子，没想着洗干净了还真像那么回事。”

另两名捕快笑道：“总算对得起‘像美人’这个响当当的名字。”

“啧啧啧，臭小子，还真看不出，要不然还真以为是个标致的小姑娘。”

马安亮也忍不住接了浑话：“呀，今夜可真是便宜老大了。”

“马安亮，你在胡说什么呢？”方才被大人叫去问话的向昕，此时正立在马安亮的身后，正好听见这句浑话，一张俊脸顿时气得铁青，大声呵斥，“若是你们几个闲着没事做，都给我去洗茅厕。”

老大一发火，顿时让几个人闷了声，一个个垂着头飞快地溜回各自的房内，关上门。

美仁不以为意：“咦？大叔很奇怪。”

向昕望着眼前貌似姑娘家的美仁，神情稍稍柔和了下来，柔声问道：“怎么了？”

“嗯……为何别人都是脸红，而大叔却是耳朵红呢？”美仁歪着头，故作疑惑。

一阵沉默，向昕不仅是耳朵发烫，连两边脸颊也微微发热。美仁一头湿漉漉的长发直直地披在肩上，身穿着他宽大的青衫布衣，虽不合身，却仍掩不了他绝色的容貌，秋水凝眸，绛唇映日，一笑之间，两颊的笑窝更是霞光荡漾。他若是个姑娘家，长大成人之后，必定天香国艳，群芳难逐。

忽然觉察到自己有些失态，他连忙收回视线，轻咳几声掩饰，哑声道："小向，魏大人想见你，请随我去思远堂。"

美仁下意识扬眉，这么快就找上了？他以为魏贞毅至少要等上一段日子才会找上自己，没想到这么快。

他应了声，故意低眉看向自己的腿，嫣然巧笑，待抬眸之际，向昕已明其意，上前轻轻将其打横抱起，往思远堂步去。

思远堂外，向昕抱着美仁朗声对着屋内恭声道："启禀大人，向昕带向美仁求见。"

"进来。"屋内一个低沉的声音响起。

三进思远堂，面阔五间，由两阶踏步登堂入室，高敞轩昂，精秀雅致。

美仁随向昕进入屋内，迎面便是一副垂地对联，字体苍劲有力，上曰：

为政戒贪贪利贪贪名亦贪，勿骛声华忘政事。

养廉唯俭俭己俭俭人非俭，还从宽大保廉隅。

正如对联所述，这书房内的一切摆设从简。

一位身穿石青色蟒袍的中年男子，正侧身翻着书架上的书卷，听见脚步声便回转过头。

美仁看向眼前这个年约四十的瘦削男子，他肤色偏黑，鹰眼般犀利的目光正落在自己的身上仔细打量，想来这位便是信阳县的父母官魏贞毅魏大人了。

魏贞毅放下手中的书卷，回身坐在书案前，轻抬了抬手，示意给美仁看座。

望着眼前这位严肃的魏大人，美仁回以淡淡的童真之笑。

"向美仁？"魏贞毅的声音朗朗有力。

"回大人，小的在。"

美仁立即作势意欲起身行礼，被魏贞毅以声止住："向小兄弟腿脚多有不便，无须多礼，准予坐着回话。"

"谢大人。"

魏贞毅问道："向小兄弟年方几何？"

美仁应道："回大人，过了今年处暑，美仁便满十三岁。"

"嗯，十三岁？十三岁……"魏贞毅轻点了点头，目光落在案上的一份公文之上，沉思片刻，遂抬首又问美仁，“听向小兄弟的口音，似乎非我信阳人氏，不知祖籍何方，家中尚有何人在？”

美仁回道：“回大人，美仁自打有记忆以来，便只有爷爷在身边，至于家人，也便是只有爷爷一人。美仁与爷爷四处流浪，以行乞为生，因此四海皆为家。”

“嗯，是这样……那向小兄弟是何时进入我们信阳城的？”

“回大人，刚巧是昨日。”美仁应道。

“昨日？！”魏贞毅面露喜色，“那向小兄弟在来我们信阳城之前，可曾去过罗山、光山抑或是潢川等地？”

美仁摇了摇头，道：“回大人，美仁是由泌阳经黄岗，方到的信阳城。”

“嗯，好好好，本官再问一句，向小兄弟可当真是十三岁？”望着美仁的身材，魏贞毅再次确认。

“回大人，但凡见过美仁的，多认为美仁只有十岁左右，可美仁确实是有十三岁。美仁长年随着爷爷四处行讨，爷爷尚在的时候，美仁还可以过活，自打爷爷去世之后，美仁便是风餐露宿，时常饥一顿饱一顿，所以看起来身材矮小，如今又伤了腿……”美仁说到最后，已然是低声啜泣。

魏贞毅长叹一声，手指轻敲书案，若有所思。一直静静立于一旁的向昕，自美仁坐下之后，双眸便不曾从他的身上离开，见美仁落泪，右拳不禁紧紧攥起，唇角紧抿。

半晌，魏贞毅终于打破了沉寂，道：“向小兄弟，你这腿伤实因本官属下办事不力。从今日起，你便好生地在我这信阳府住下，直至你腿伤完全康复。时候也不早了，早生歇息去吧。”

美仁再度窝进向昕的怀中，任由他抱着自己往先前的房中步去。一路上，向昕紧抿着薄唇，不发一言，深锁的眉头却泄露了他心中的情绪。

“大叔不开心？”美仁仰起小脸轻问。

“嗯？”向昕怔了怔，继而浅笑，“没什么。”

“既然大叔不想说，美仁便不问。”美仁微眯了眯眼，双手掰弄自己那半干的湿发，神情动作与那顽皮的十岁孩童无异。

望着美仁这般乖巧的模样，向昕的眸色转深，抱着美仁的双手力道也在不知不觉中加重了，脚下的步调也变得沉重起来。

美仁睨了几眼，见向昕一副欲言又止的模样，不禁暗自发笑。

回到屋中，向昕小心翼翼地将美仁放在床上，道：“小向，今夜就委屈你了。我睡这一边，你睡那边。”

“好。”美仁脱了外衣，随即拉着棉被的一端钻进被窝，笑眯眯地睡在床榻的里侧，外边留了很大的空位给向昕。

向昕身形高大，挺拔而健硕，比一般男子要略高一个头，依美仁这十岁年纪的身高，尚不及向昕的胸膛。

美仁对着向昕眨巴着水灵灵的眼睛，柔声道："大叔，今日实在是太累了，美仁先睡下了。"说着便闭上了如扇的睫毛。

向昕细心地帮美仁拉好被子，便坐在床沿盯着他发呆。一想到美仁纯真无邪的笑靥，他的胸口犹如被千斤重石压着一般。对这位相处不过数个时辰的小孩儿，他心中万般愧疚。

未久，美仁均匀平稳的呼吸声传来，向昕偏过头再次睇了他一眼，紧攥的拳头倏然松开，起身，放轻了步子，出了屋门。

向昕前脚刚迈出屋门，假寐的美仁便睁开双眼，一个翻身从床上跃起，跟着之前消失在夜幕下的身影追踪而去。

思远堂内。

"大人，您是真的打算要利用他做诱饵？"向昕脸色正然，未曾觉察自己的口气已然失态。

魏贞毅轻挑剑眉，睨了一眼紧绷着一张脸的向昕，将手中的几张纸往向昕的面前一丢，道："你看看，这个月是第几起了？"

向昕的语气明显急躁不安："大人，向昕明白，这已经是这个月的第六起了，但……"

魏贞毅以手示意，止住向昕的话语，道："从第一起案件到现在，那些孩子的尸首至今尚未找着，而失踪的那些孩童多为信阳城外附近村落人家的孩子。在此之前，罗山、光山抑或是潢川等地也均有十岁孩童失踪，已两个多月了，一共有十三名孩童失踪，如今这事才稍稍有些眉目，你叫本官如何放弃这次难得的机会？这不是桩小事，若再拖下去，本官当真要回乡卖红薯了。"

"大人所说的这些，向昕都明白。可是去蓝府探查此事，属下自会想其他的法子，并非一定得让他去做诱饵。他一个小乞丐，虽无父无母，孤苦伶仃，但也是条人命。若那凶手当真是藏匿于蓝府，这几乎等同于让他去送死。若是让信阳城的百姓得知，我们官府为了查案，找孤苦伶仃的乞儿做诱饵，枉送人命，必将损害我们信阳府的威信，以及大人您的声誉。"向昕所述，字字铿锵有力。

魏贞魏踱向窗前，望着夜幕下的圆月一阵沉默，过了许久缓缓收回视线，慢步踱回书案前，对向昕道："本官明白，但以你的身手，若要保他周全，不是难事。俗语说得好，舍不得孩子套不着狼。今日若不是你将他带回府中，本官也当会另找一名十岁的孩童。箭在弦上，不得不发。十日之后便是蓝德宗五十岁生辰，这是请柬，是他昨日派人送来的。”魏贞毅将一个大红色的请柬递给向昕。

接过请柬，向昕微微变色，却不应声，沉默了半晌，方道：“大人，此事属下想同小向商量……”

未待向昕说完，魏贞毅便出言打断了他：“万万不可，那孩子尚小，又是市井之流，是否能沉得住气且不说，若是让他知晓，万一事到重要关头，慌了神露了破绽，我们便是前功尽弃。向总捕素来不会感情用事，何时变得如此不理智？只因他也姓向？”

魏贞毅目光犀利，神色有些不悦。

只因他也姓向？是吗？

向昕深深叹了口气，魏贞毅轻拍了拍他的肩头，以示信任，道：“蓝德宗生辰那日你便带上他，替本官送一份厚礼过去。他的生命安危，自当靠你了，本官相信，向总捕定不会让本官失望，定能保他周全。本官相信此计一出，捉拿那凶手，指日可待。”

向昕终于回过神来，他捏着手中的请柬，紧抿薄唇，轻点了点头，平复了情绪。

蓦地，他目露寒光，迅速转身对着那窗外，大喝一声：“谁？！”

朝魏贞毅微微颔首，他一个飞身，便冲出了思远堂。

向昕紧追那道黑影，却未料那人轻功了得，几经翻转，便失了踪影，停下脚步，他已然只身立于自己所住的四合院内。

莫非有内奸？

向昕犀利的目光往四下扫去，脚下的步伐稳健。忽地，脚踢到一个软物，他俯身定睛一看，是个人躺在地上，竟是美仁。

“小向？”只见美仁仅着一袭中衣便卧躺在石阶之旁，向昕心房猛地收缩，迅速蹲下身子，轻拍美仁的脸颊，浅唤数声，“小向，你醒醒，快醒醒。”

“小向，醒醒。”他在美仁的脸颊上又轻拍了数掌，仍不见美仁醒来，连忙将他抱起，快步回到屋中。

一进屋子，一种淡淡的若有若无的香气伺机钻入向昕的鼻内，但很快他又觉得什么味道也没有。他轻轻地将美仁放至床上，这才嗅出方才那股淡雅清新的香气正是从美仁的身上散发出来的。

“他是中了迷药还是被人点了穴？”恍然之间，魏贞毅已然来到屋中。

美仁躺在床上，双眸紧闭，面色苍白，一头过肩的黑发凌乱地贴在脸颊边，呼吸不似向昕离开之前那般平稳。

向昕深蹙眉心，冷静地道：“迷药。”他下意识伸出手替美仁理了理贴在脸颊上的碎发。

魏贞毅狠拍桌子一掌，怒道："这个胆大包天的贼人，竟胆敢夜闯我信阳府害人。本官就不信，本官抓不了他。你好生地守着他，早些歇息，十日后，一切依计划行事。"说完便拂袖离去。

夜深人静，徒留向昕瞪着双眼愣愣地望着屋梁，失了神。

满脑子里盘旋的都是近两个多月来十三起十岁左右孩童失踪的案子，正当一筹莫展之际，他追查到了蓝府。只是万没想到，那凶手的消息真是灵通，白天他才带美仁回衙门，这会儿便夜探信阳府。美仁被下了迷药，昏睡不醒，若不是及时发现，或许美仁便成了那第十四个孩子。

如今整个信阳城以及附近的县郊村落，人心惶惶，若想利用百姓的孩子去做诱饵，又有谁家会愿意让自己的小孩枉送性命？偏偏在这种紧要的关头，美仁出现了。他是个孤儿，四处流浪，以行乞为生，无端丢了一条性命，实属常态，又有谁在乎？

一想到这儿，向昕的心猛地收缩，如针刺一般。他不该带他回衙门的，他不该的……

他低头，手指刚要触摸到美仁细嫩的脸庞，又转为替他捋了捋发丝，喃喃轻道："对不起，请你相信我，我决无害你之意。蓝府一行，向大哥定会保你周全，即便是舍了自己的一条命也在所不惜。"

和了衣，守着美仁，向昕在床的外侧躺了下来，辗转反侧，难以安睡。心中一直念着对不住身旁的美仁，却未料不到半盏茶的工夫，他竟沉沉地睡过去。

不知何时，美仁倏然睁开双眼，翻了个身，一双美目好奇地审视着身旁在睡梦中还双眉紧蹙的向昕。这男人天庭饱满，飞扬的剑眉下，目若朗星，挺直的鼻梁更显他的性格刚强不屈。

美仁的纤指轻点了一下那紧抿的薄唇，目光落在他刚毅的下颔之处，没有那让人讨厌的厚重胡楂，整个人看起来，尽现阳刚之美。

美仁用手指轻捏了下他的下巴，巧笑一声："呆子。"

他们族内特有的"追魂香"应会让他一觉睡到天亮。

拉了拉两人身上盖着的薄被，美仁重新躺回床上，满意地笑着睡下了。

［三］假作不知

这一夜，向昕睡得极不安稳。

迷迷糊糊、不知不觉中，向昕听见了爹和娘亲争吵的声音。他猛地从床上爬起，奔出房间，便瞧见娘亲背着包袱正欲离开，爹大骂着叫她走了永远都不要再回来。

他本能地冲上去抱住娘亲的身子，不让她走，这时，他发现自己的个头才及娘的胸口。

向昕看着自己矮小的身材，怔住了。为何自己也成了十岁的孩童?

娘的口中不知在骂着什么，一把推开了自己，头也不回地往屋外走去。

“娘……”他哭喊着追了出去，眼前一片漆黑，什么都望不见。

不，这一定是在做梦，爹早就死了，娘也早已离开他了，为何还会梦见他们……

迷茫之间，有人大唤救命，那声音柔柔软软的，好生熟悉，是美仁的声音。向昕冲出屋子，便瞧见屋顶之上，美仁被一黑衣人挟持，不停地挣扎着大声喊着救命。

足下轻点，向昕提气运功，便跃身上了屋顶，未久便追上了那蒙面的黑衣人，大喝几声，与其交手。但那人刀下无力，且无心恋战，为了脱身却将美仁用力地抛了下去……

一时间，美仁惊恐的面庞与娘的笑靥交织在一起……

不!

向昕大声叫唤着，猛地惊醒，胸口犹如千斤巨石重压，郁闷难当，呼吸困难。窗外，天刚蒙蒙亮，约莫五更天了，而自己正安然地躺在床上。他深吐了一口气，果然是在做梦。

他甩了甩头，睁大双眼，这才发现让自己胸闷难当的竟是一条腿，那条腿正不偏不倚地压在自己的胸膛之上，而那条腿的主人双手正揪着被角，嘴角处尚有些痕迹，嘴巴一张一合地咂个不停，此状应是梦见了什么好吃的东西。

眼前这幅景象真是让向昕哭笑不得。孩子便是孩子，一夜之间，这小家伙竟能从床这头横睡到床正中，若是这张床再大些许，怕是他能转个圈了。

向昕猛吸了一口气，小心翼翼地放下那条腿，坐起身，将睡姿极为不雅的美仁抱回床头。他的脸色已不似昨晚那般苍白，想是那药力早已过了。他深深凝视着美仁的睡容，那双灵动的眼眸此刻紧闭着，纤长轻盈的眼睫如羽毛般舒展着。腮晕潮红，这女儿家才有的琼姿花貌让他不禁想起了他那个美艳不可方物的娘亲。

方才的梦境又是那般真实，娘亲走的那一夜，他今生今世都无法忘记。那年他才十岁，一如梦境一般，他抱住了娘亲的身子，不让娘亲走。

娘亲却用力地将他推开，尖声骂道：“滚开！你这个烦人的东西！和你爹一样，都是个没用的东西，将来铁定也是个窝囊废。”

“你这个贱人！你在胡说什么？他是你儿子，你还是不是人？”爹拖着一条瘸腿向娘亲扑了过去。

娘的动作很快，一个回旋便躲开了爹的大掌。爹向前倾去的身子落了空，不偏不倚地摔倒在门槛上，闷哼了几声。

“爹……”向昕哭叫着去扶爹。

娘倚着门，大笑了好几声，反讥道：“哈，我儿子？若不是为了你手中那本《纯钧剑谱》，我会跟你生下他这个孽种？那场决战，你若是胜了，我兴许还会考虑和你就这么将就地过下去，如今你输了、废了，你拿什么养活我？你还有什么脸留我？你这本《纯钧剑谱》，只不过刚好弥补我陪你虚度的这十年青春而已。”

娘亲媚笑着扬了扬手中的剑谱。

爹难以置信地瞪大了双目，颤着唇道：“那晚是你在酒菜里下的药？”

“没错。因为我知道你和他决斗，必输无疑，看在多年的夫妻情分上，是我恳请他给你留了一条贱命。”娘亲的凤眸轻睨，明媚妖娆。

“为什么？究竟是为了什么？”爹追问。

“没有为什么？这是我的宿命！当初你将我抢回来，就该知道我本就不是那种安于室的女人。我要过的是那种要风得风，要雨得雨，富贵荣华的日子。这十年，你给了我什么？”娘亲美艳的面容变得狰狞扭曲起来，尖细的声音一声高过一声。

“这十年里，难道你不曾感觉到我对你的爱吗？”爹凄凉地道。

“爱？哈哈哈……”娘突然狂笑起来，隔了半晌才停下，蹲下身子，摸着爹瘦削的面庞，柔声道，“向天问，我们族的女人，这一生最不需要的便是爱。”

说完，娘亲便起身用力地一脚踢开爹，猛地拉过他，媚眼如丝，对他笑道：“向昕，你看好了。记住娘的这张脸，记住娘的这种笑容，记住娘浑身上下的这种气息，倘若你今后遇见像娘这样的女人，能避则避，能躲则躲，避不开躲不过就一剑杀了她。你要记住，若是你有一丝心慈手软，死的那个人终将会是你。”

这一次，娘亲再也没有回头，很快，那抹妖娆的身影便消失在暮色下。

“娘，娘……”他哭喊着追出门外，却见眼前漆黑一片，什么也望不见。

爹倚坐在门边，对着他喝道：“不许追！昕儿，过来，扶爹起来。”

他抹了抹泪，扶起爹回到里屋。爹从书架上抽出一本毫不起眼的书卷，递给他，苦笑着道：“昕儿，这本才是她要的真正的剑谱。哈哈哈……我对她从来没有丝毫隐瞒，真正的剑谱都是放在唾手可及之处，可是她的疑心病却是那么重。荣华富贵？我放弃了我的荣华富贵便是为了追求这把纯钧剑和这本《纯钧剑谱》，我若是真的想要过那种日子，有多少女人会自动送上门？呵呵……没想到我的结局竟然会是这样……既然她执意要走，执意要将那本假剑谱送予那人，是生是死，也与我无关。”

“爹……”他哽咽着。

“昕儿，你可要收好这本剑谱，也要记着她临走前的那番话。好了，爹要去休息了，你下去吧。”爹向他挥了挥手，便在床上躺下。

那一刹那，他看到爹眼角滑下一滴眼泪。

未几日，门前的河中漂浮着一具尸体，人人都说，那是一个瘸腿的醉鬼失足落了水。

爹究竟是无意中失足还是自己跳下去的，只有他自己知道……

沉睡中的美仁不知何时醒了，扭着身体伸了几下懒腰，口中不停地嘟囔着：“嗯……”

这几声呓语打断了向昕的沉思，他轻抬嘴角，看着这个小家伙，道：“醒了？”

美仁揉了揉惺忪的睡眼，又打了一个哈欠，喃喃地叫了一声：“大叔，早。”

“昨夜睡得可好？”向昕问道。

美仁挑了挑眉，双手拍着脑袋，苦着脸道：“嗯，不好，头好痛。”

听美仁叫头痛，向昕想起昨夜之事，剑眉深锁，伸手便帮他轻揉了揉太阳穴，轻声问道：“小向，我问你，你可记得昨夜之事，比方说，你是否有出过这屋子？”

“啊！对了，大叔，你昨夜上哪儿去了？美仁一觉睡醒想方便，却见大叔不在屋中，于是自己下了床，可是刚摸着出了屋子，便有个黑影从眼前掠过，之后美仁便什么也不记得了，直到眼下又见着大叔。”美仁一边激动地说着，一边双手比画着昨晚见到的黑影。

思绪在心头百转千回，向昕垂眸苦笑了几声，道：“今日觉得腿怎么样，还疼吗？”

美仁眯着眼，浅浅一笑：“这大夫的药还真管用，不怎么疼了。瞧！这青肿也退了。嗯，我要下床走走。”

说着，他便滑下了床，在向昕的搀扶下，轻轻地挪了一两步，较昨日的情况好了很多。

“好了，今日不用再像个小孩子一样要人抱着走路了。”向昕拍了拍美仁的头，声音放柔，“快去梳洗，待会儿去用早膳。”

美仁点了点头，笑眯眯地打理完一切，便随着向昕一同去膳堂用早膳。

日子匆匆一晃，明日便是蓝府老爷蓝德宗的五十岁生辰，向昕却一直未有动静，这颇让美仁意外。为了不节外生枝，美仁也未曾有下一步举动。不过整天闷在这衙门里无所事事，也让美仁伤透了脑筋，时不时还要应付那些长舌的捕快们。

自与向昕同床共枕之后的翌日，向昕便依自己的诺言找了一张单人床架在了屋内。向昕虽一人居住，但那屋子实在小得可怜，架了一张床之后，人走动的地方明显窄了许多。顾及美仁的伤腿，他憋红着耳朵，又对美仁提议还是睡一张床好了。

一起睡还是分开睡，对美仁来说都一样。美仁满脸兴奋地欣然点头。自昨晚，她用追魂香迷晕了向昕之后，意外发现向昕做噩梦，在梦中不停地叫着“娘亲别走”，忽然觉得近距离观察这男人是件很有趣的事。

而向昕，与美仁朝夕相处一段日子后，渐渐地，心中有一种说不清道不明的情愫在慢慢滋生。

这日，耐不住美仁的哀求，向昕答应带着“伤势差不多痊愈”的他四处晃悠。其实那日的“伤腿”不过是美仁的雕虫小技而已，大夫的药根本就没有用上，早被他偷偷扔了。

午时过后，向昕便带着美仁于城内慈溪衣坊重新置办了一身合身的新衣，个中缘由不用说明，美仁也知道好戏就要开始了。

阳春白日风花香。

据说前任知县大人偏爱樱花，从衙门西行的青石街起，直至浉河两岸都种满了这种美丽清纯的樱花树。时下正是花开时节，绯红粉白的花朵，绚丽又清雅，争芳斗艳。微风阵阵，花瓣随风飘落的样子，洋洋洒洒，状似白雪，幽香四溢，沁人心脾。

嗅着花香，美仁脑子里不停地在转动。那夜夜探思远堂，被向昕发现，情急之下装成被贼人迷晕的样子。向昕心疼地抱着自己回屋，尔后的喃喃自语，宛如对心仪女子的深情誓言，美仁可是一字不漏地听在耳中。

这个一板一眼的男人，有时候看来还是挺有趣的。

美仁忍不住仰头看他，孰料，这位仁兄定住脚步，怔怔地望着前方。

向昕的神情极其不自然，这让美仁很好奇，顺着他的目光看过去，几步开外立着一位身着上好丝罗轻衫的姑娘，她身旁立着一位黄裳小婢。这位姑娘容貌淡雅脱俗，细眉微蹙，明净柔美的面庞上带着丝丝娇羞，火热的目光深深地锁在向昕的身上。

“向大哥。”姑娘红唇轻启，软语轻唤。

“向昕见过蓝小姐。”向昕微微蹙眉，抱手作揖，以礼回道。

哦，原来这位便是那百闻不如一见的蓝府小姐蓝希凌。

美仁噘起了小嘴，双手抱胸，目光定定地在蓝希凌的身上打量几番。单是看相貌气质，这位蓝小姐与向昕倒是挺般配的一对，但若是论上家世背景，向昕似乎略逊，不过向昕年轻有为，潜力无边，日后的事谁能料到。

然而最可惜的便是，落花有意，流水无情。怎么看，这都是蓝家小姐的一厢情愿罢了。谁叫她看上的是块木头呢？

想要混进蓝府，向昕可以做到，但若想在蓝府住上一段时日，怕还是要自己先出手为妙，得下一番功夫了。

美仁微微眯眼，露出一个坏笑，拉扯着向昕的衣摆，道：“大叔，这位姐姐真是好生漂亮，是大叔的朋友吗？”

“呃……”向昕微微一愣，一时之间，竟不知该如何接话。若说是朋友，自己与那蓝小姐算不上深交，不过是曾经救过她一次；若说不是朋友，无非是让面前的蓝小姐难堪。

他轻咳一声，露了一个比哭还要难看的笑容，做起介绍来：“小向，这位便是城西蓝府的千金蓝小姐。蓝小姐，这位是……”

未等向昕介绍自己，美仁已经兀自开口：“漂亮姐姐，我叫向美仁，向若而叹的向，仁义君子的仁，是大叔的侄子。漂亮姐姐若不嫌弃，可唤我一声美仁。”

侄子？美仁这一开口，让向昕怔了怔。他原本开口是想说美仁是他的远房表亲，这会儿美仁自称是他的侄子，辈分真真实实地隔了一层，似乎更为妥当，他欣然点头。

蓝希凌被美仁这左一声“漂亮姐姐”右一声“漂亮姐姐”给弄得霎时间羞红了脸，心念：这个小男孩，不仅人长得俊俏非凡，一张小嘴真是跟抹了蜜似的，竟没料到是向大哥的侄儿，性子较向大哥是南辕北辙，几年后，不知要让多少姑娘家为之痴迷。向美仁，像美人，连名字都是这般的趣味奇特。看向大哥那样专注的神情，他对这位侄儿似乎很是宠溺。

“真是个乖巧的孩子。青红，快，赶紧将刚买的糕点拿出来。”蓝希凌吩咐身后的小丫头。

小丫头应声，连忙从手中的篮子里取出刚买的糕点，递给了美仁。

美仁像个孩子一样，兴奋地接过，打开纸包，便吃了起来。

蓝希凌的目光很快落回向昕的身上，柔声道：“向大哥，明日你会来吗？”

向昕望着蓝希凌，并未开口，脑子里不禁又想起那十三起案子，是否要告知她明日他必定会去，这让他蹙起了眉。

“向大哥……”向昕的目光虽是落在自己的身上，一双瞳仁却是毫无焦距，蓝希凌忍不住唤道，却仍未让他回神。

“咦？蓝姐姐，明日是什么好日子？蓝姐姐约了大叔，是游船，赏花，抑或是品茶？”美仁的声音不大不小，却刚好能让路经的行人听见，他们不断地回头望向这对俊男美女。

面对行人的指指点点，向昕的脸终于挂不住了，出声喝止：“小向！”

美仁嬉笑了两声，不以为然。

向昕道：“向某有公职在身，届时须听魏大人差遣。”

“哦，这样……”蓝希凌一脸失落。

“咦？大叔，明天你究竟要去哪里？”美仁仰头又问。

蓦地，蓝希凌双眸中燃起了希望，对着美仁道：“嗯，明日是家父的寿辰……”

美仁乌黑的双眸显得比蓝小姐更亮，顽皮地眨了眨眼，便直直地盯着蓝家小姐，以眼神示意自己的心思，蓝希凌见他这副好笑的模样便接着道：“明日府上请了京城有名的戏班子，会很热闹，若美仁无事，不如来府上坐坐。”

“好啊好啊，有好吃的吗？”美仁开心地道。

“小向……”

“当然有了。你放心好了，蓝姐姐不会怠慢你的。”蓝希凌微笑道。

“好啊好啊，美仁一定去，蓝姐姐可不能不让进门。”

“小向……”

“嗯，美仁你住在哪里？”蓝希凌问。

“美仁和大叔一起住。”美仁道。

“小向，待会儿要去一趟妙春堂，最后一服药。”向昕最终忍不住一把拉住了美仁，虽然自己极力争取不让他进蓝府未果，但也不希望他自己往火坑里跳。他轻叹一口气，转首对蓝希凌道，“蓝小姐，向某还有事，失陪了。”

“向大哥……”蓝希凌望着向昕的背影怔怔出神。

“蓝姐姐明日见。”美仁忽然回眸，冲着蓝希凌挤了挤眼，给了她些许希望。

［四］虚实一探

信阳从古至今，皆以茶为名。

蓝家从祖辈开始便从事茶业经营，到了蓝德宗这一代，已具相当的规模，蓝家的“凝洓阁”茶庄几乎遍布整个淮南地区，在信阳有一句俗语流传更广：“茶香溢千年，年年在凝洓。”

终于挨到了给蓝德宗贺寿的时辰，却已是未时过后，向昕带着魏大人吩咐的厚礼与美仁一同来到蓝府。

果然是大户人家。

进入蓝府之后，美仁佯装被眼前的景致深深吸引。园内的楼台、厅堂、亭榭、花墙、游廊等错落有致，别具一格。随着脚下步子轻移，眼前的景致忽而异峰突起，耸青叠翠，忽而曲径通幽，林荫掩映，极尽天然之趣，让人赏心悦目。

一路欣赏着，很快便到了蓝府的正厅，厅堂中挤满了来贺寿的人。美仁四下张望，多为商贾之人，也有个别江湖中人。

向昕上前与蓝德宗寒暄了几句，便带着美仁找了个角落安静地坐下来，仔细地观察堂内的各位人物。

美仁轻轻拨弄着茶水，轻啜一口，这毛尖的味道清新淡雅，醇香甘甜。她在心中不住地啧啧称赞，只可惜这品茶的地方实在是太糟了，那一声接一声的“福如东海，寿比南山”虚假至极，不禁让美仁起了一身的鸡皮疙瘩。

美仁端着手中的茶盅，思索着如何找借口溜出去，办自己的正事。忽然，只听堂外家丁高声叫唤起来：“紫玉山庄明庄主、明公子到。”

但听“明”这个姓，便让美仁浑身的神经都紧绷起来。

明家的人？蓝德宗何时与明家的人有了来往？这倒是让美仁出乎意料。

堂内的人顿时全部安静下来，目光一致看向来人。

进来的一行人，为首的中年男子一袭锦袍，面容俊朗，一双慑人的黑眸炯炯有神，不用说，年轻的时候必是一个风流儒雅之人。他身后跟着一个身着素雅锦衣，同样俊美非凡，却是一副病态的年轻男子，这两人正是紫玉山庄的庄主明经堂与其二子明景升。

一想到明经堂这三个字，美仁便暗暗咬起牙，在心中冷嗤。

蓝德宗立即迎上前，满脸堆笑。

两人不知说了什么，美仁也未曾留意，自明经堂进门的那一刻起，她一双含怒的美目就不曾从他的身上移开过。

向昕轻轻扳过美仁的肩部，锁着眉问道：“小向，你是不是哪里不舒服？脸色这么难看？”

“嗯？没有。”美仁立即收回视线，神情恢复。

“是吗？你见过明庄主？”向昕问出心中的疑惑。

“见过，怎么能没见过？”美仁生硬地偏过头，咬了咬唇，紧攥着拳头，扯了抹冷笑，轻嗤道，“大名鼎鼎的紫玉山庄明庄主，谁人不知，谁人不晓？赏一顿狗饭，都要重重地多磕几个响头，磕轻了生怕诚意不够。嗤……”

这几日来，除了纯真无邪的笑靥，向昕从未在美仁脸上见过这种哀伤而愤怒的神情。也许他身为一个乞儿，经常不得不接受嗟来之食吧。人生总有太多的无奈。

瞅见向昕脸上疼惜的神情，美仁不由得轻笑一声，对向昕柔声道：“大叔，美仁觉得胸口郁闷，想出去透透气。”

“好，我随你同去。”

“不用了，大叔。我虽是一个小孩子，但也不至于在这蓝府里弄丢了。”美仁一刻也不愿待在这屋里，说完便转身从偏门溜了出去。

向昕一刻也不敢松懈，趁着众人的视线全集中在明庄主与其子的身上，也抽了身，追了出去。

出了大堂，美仁也顾不得什么方向，便往花草树木最多的地方奔去。园内深处，清新的气息让美仁舒服了些许。

眼前十余株樱花树，树姿洒脱舒展，满树的淡红粉白，全是扑面而来娇嫩的感觉。最美的是花瓣飞舞，幽香飘溢。心情随着花瓣一起飞扬，她暂时忘了那厅堂内还有明家的人存在。

“小向，小向！你去了哪里？”不远处传来向昕焦虑的呼喊声，美仁猛地回神。

经过一个多月的追查，他好不容易才查到本族至宝《天一圣经》的一些线索。在短短的两个多月之内，信阳城及附近村落共有十余名十岁左右的小孩失踪，依此情形，必是有人在修炼《天一圣经》中最歹毒的一部分，而此人就藏身于蓝府之中。

魏贞毅为了抓此凶手早已焦头烂额，美仁扮作小乞丐把握时机混进信阳县衙，正中了魏贞毅下怀。如今他已身在蓝府，一步步都在自己的掌握之中，眼下便是要脱离向昕。虽然向昕也是在找那人，但他毕竟是官，他要的是抓获凶手，而美仁要的是《天一圣经》。若它再落入旁人手中，那真是什么希望都没有了。

道不同，不相为谋。

趁着向昕没赶过来之前，美仁几个纵身，便窜进了蓝府中院。

中院尚分海棠苑、柳丝苑、叠翠苑、雅瑰苑四个院落，蓝家的祖辈眼光独到，每个庭院的景致风格都不一样，几处厅堂与前院的正厅有所区别，这中院的景色以竹景为主，假山为辅。庭院幽静，小径曲折蜿蜒，夕阳映照之下，有种说不出的韵味。再往后去便是蓝家的后院，依眼前的格局看，那院落应是别有洞天。

美仁顿住了脚步，沉思了片刻，四下张望了几眼，见无人便施展了轻功往那后院的方向飞去。

让美仁失望的是，这后院里只有一排看起来很普通的房舍，其中一间应该是主屋，门头上悬挂着一个匾额，上面题着几个大字“明静堂”，但门上贴了封条。还有就是一个荷塘，越过荷塘是一座十余米高的假山，她沿着假山上的小径登上山上的亭台，向四周张望了几眼，山的背后又是一方花园，两侧除了两道长长的回廊，便是满庭的花草树木，并无奇特。

看起来没什么暗藏玄机的，除了那几间贴了封条的房舍。

美仁顺着原路返回，快步走向一间贴了封条的屋子。

“咸平五年正月甲申……”美仁轻声读着封条上的字，看这时间，这封条贴了不过才两个多月。

倏地，美仁瞪大双眸。正月甲申？那不就是第一起案件发生之后的第三日！

踏破铁鞋无觅处，得来全不费工夫。

这屋子果真有古怪。

从一旁的窗棂上望去，手刚好想触碰那层窗纸，便觉周身的气流不对，美仁迅速旋身往斜后方倾去，只听嗖嗖嗖三声，三枚约莫三寸长的银针从自己的眼前擦过，齐刷刷地连根没入窗棂上。

美仁正了正身，黑眸精芒一闪，往左前方一棵十几米高的银杏树望去，一个灰色人影迅速地从树上蹿下，往假山的方向飞去。

美仁追至假山下，刚欲提气飞上山顶，便听见一个突兀的男音从后院的入口处传来。

“是何人在那儿？”

糟了！明明已经很小心，怎么还会被人发现？美仁拧紧眉头，咬了咬唇，不假思索便挺直了身体往后院的入口处走去。

一位身着灰袍的中年男子立于入口，一双鹰眼犀利地望着美仁，厉声道：“你是何人？怎会在这后院？”

“哦，这位叔伯，晚辈迷路了，找不到回正厅的路，能劳烦叔伯领晚辈回正厅吗？”美仁佯装乖巧。

“你是哪家的公子？”那人又问。

“回叔伯，晚辈姓向，是应蓝小姐邀请而来。”美仁有礼地恭敬道。

“小姐……”那人一番沉思，“向少公子请随老夫来，这边请。”

美仁紧跟在那中年男子身后，很快便回到了中院，便见向昕一脸焦虑地立在往柳丝苑的入口处。

蓝希凌与另一名男子也匆匆赶到。

“小向，你方才去哪儿了？”向昕大掌握住美仁的双肩，沙哑着声音急道。方才他只觉得自己的心都快要蹦出来了，明明两人是一前一后，不过是眨眼之间，美仁便不见了踪影。半个时辰还不到，若是美仁真出了什么意外，自己难辞其咎。

不知为何，美仁一见着向昕那种担忧她、紧张她的神情，就十分想笑，这样古板的一个家伙，也就在这个时候最可爱。她忍不住逗了他一句：“瞧大叔的慌张模样，大叔是在担心美仁吗？”

察觉到自己的失态，向昕连忙松了手，道：“不要再乱跑了。”

美仁仰首微笑，这家伙真有意思，每次害羞都是耳朵先红。

“向大哥，你过于多虑了，只要不出我们蓝家，美仁就不会丢的。”蓝希凌轻道。

蓝希凌今日身着一袭淡粉的衣裙，脸上微施薄妆，比平日里看上去更娇艳三分。虽说今日是爹爹的寿辰，但她刻意精心装扮，多半还是因为向大哥也会来。

来到蓝府好些时候才见到蓝希凌，美仁不能忘了称赞主人一番，连忙夸道：“蓝姐姐，今日的你看起来就好似九天玄女下凡尘。”

语毕，便见着蓝希凌的双颊飞上了两朵红云。

向昕紧抿着薄唇，一言不发，在外面他反而不担心，怕就怕在这蓝府里。他本来想狠狠地训斥美仁一番，但见美仁嬉笑的样子之后，满腔的郁愤只化作几声无奈的叹息。

“大叔，没事，不必太担心，美仁方才只是迷了路。不过要多谢这位叔伯。”美仁指着那位送自己回来的中年人道。

“原来是向总捕的家人，老夫已将人安全送到。小姐，向总捕，明公子，老夫尚有别的事要忙，先行告退。”中年人作了揖，便离开了。

“他是谁？”美仁问道。

“他是我们蓝府的总管仲叔。”蓝希凌应道。

“哦……”

一个总管不在厅堂招呼着，何以到那么幽静的后院去？

美仁嬉笑着又道：“给蓝姐姐添麻烦了。”

倏地，她的目光盯在蓝希凌身后之人的身上。

皓衣如雪，发丝张扬如画，肤色却过于白皙，几近于一种病态之美，正是之前在厅堂上见过的明经堂之子，那个病歪歪的家伙。他时不时轻咳数声，似在提醒着旁人："晚生身体抱恙，请多多见谅。"

美仁打量他的同时，他也望了美仁一眼，纯黑的眼眸中暗彩翩然，闪着一丝让人无法捉摸的精光。

蓝希凌见美仁一直盯着明景升看，嫣然一笑，柔声道："向大哥，美仁，这位是紫玉山庄的明家二公子明景升。明大哥，这位便是我们信阳府的总捕向昕及他的侄儿向美仁。"

向昕双手抱拳以礼作揖，道："幸会。"

明景升轻咳了一声，以礼回应："有礼。"

平日里话比较多的美仁在此时却没了声音，向昕轻触了他的肩头一下，美仁才露了一个怪笑，嘴中含糊地咕喃一句："美仁见过明大哥。"

望着眼前这个十岁的小男孩，明景升蹙了蹙眉，貌似从方才第一眼见着他，他便是以一种敌视的眼光在打量自己，连叫一声明大哥似乎都是勉强应付，但他不记得自己何时有得罪过这个粉雕玉琢的小家伙。

美人？呵，很独特的名字。

明景升轻勾了勾唇角，流转的眼波中闪过一丝狡黠的光芒，只听他哂笑道："美人，我以为你会称我一声明叔叔。"

明景升再度开口，与之前如春风拂面般温暖的声音完全不同，低沉而富有磁性，说不出的优雅迷人。

叔叔？

美仁在心中冷笑一声。

这个家伙一开口就占自己的便宜，能叫他一声明大哥已经是给了他天大的面子，还敢出言让自己叫他叔叔，不愧是明经堂的儿子，与他一样恬不知耻。

美仁表面佯装着笑意，实则咬紧了牙，那笑容比哭还要难看，好容易蹦出了几个字："你确定要美仁尊称你一声叔叔吗？"

明景升淡然笑之，道："那倒不必，只要美人你高兴就好。"

美仁在心中轻嗤，鄙夷地瞥了他一眼便转向蓝希凌，往她的身上轻轻倚去，道："姐姐，美仁肚子有点饿了。"

蓝希凌轻点了美仁的鼻尖，便揽过他，道："走，去我苑里先尝些糕点。"

美仁兴奋地点了点头。

就在这时，一名家丁前来传话："小姐，明公子，向总捕，晚宴就要开始了，请小姐与几位公子速去聚雅堂。"

“知道了，下去吧。”蓝希凌打发了家丁，领着一行人往聚雅堂移步。

［五］人生如戏

华灯初上，整个蓝府一片灯火辉煌。

前来贺寿的人均已入座。坐在主桌正中的便是蓝老爷蓝德宗，右侧坐的是明经堂与其子明景升，而左侧则是一名凤眉丹目雍容华贵的妇人，想必那便是那蓝夫人了。

蓝夫人在不经意间正好碰上美仁好奇的视线，她微微一笑，便将目光落回谈笑风生的蓝德宗身上。

美仁继续张望，坐在蓝夫人左侧的是一位年纪在十七八岁的年轻男子，长相与那蓝夫人倒有个五六分像，想必是蓝家公子了，接着便是蓝希凌。

美仁垂下眼帘，锁着眉头，随着向昕在隔壁桌坐下。

这座位安排得真是奇妙，这世上最不想看见的人偏偏就坐在你的眼前。只要一抬眼，美仁便能瞧见坐在主桌的明经堂。

蓝德宗起身举起手中的白玉酒盅，朗声说了一些敬谢之言。至于他说了些什么，美仁并未听清，双眼愣愣地望着眼前的酒盅，目光没有焦距。

不知何时，众人跟着举起手中的白玉酒盅，美仁也跟着举起。蓦地，手中的白玉杯被人夺下，换成了一个茶盅。美仁回过神，一脸诧异地望着身侧的向昕，他一脸关心地看着自己，轻道：“你还小，不适合穿肠物。”

闻言，美仁扬起笑靥，道：“大叔最好了。”说着便举起手中的茶盅与向昕对碰了一下，一口仰尽。

莞尔一笑，向昕浅啜一口杯中酒。

目光总是在不经意间瞥向对面谈笑风生的明经堂，美仁想弄明白一件事，他究竟有何魔力，让那么多女人甘愿为他生为他死？再度端起手中的茶盅，茶水已倒满，原本甘甜清香的上等信阳毛尖何以尝在口中，竟变成了一种苦涩之味？

忽然间，一阵悦耳的丝竹之音惊醒了一直沉浸在遐想世界里的美仁，抬眼便见着几位身着红色舞衣的妙龄舞姬飘然入堂，以舞助兴。那一个个挥舞轻柔的广袖，如弱柳迎风，轻曳罗裙的下摆，似流云缭绕。众人不禁看得痴了，仿佛进入了一个美妙的梦境，梦中那丝竹管弦之音宛如仙乐飘飘一般，不绝于耳，令人沉醉，不愿醒来。

瞅着美仁那迷离的双瞳，向昕挑了挑眉，今夜的美仁与前几日大不相同。向昕为他夹了好些菜，轻道：“之前一直嚷着肚子饿，这会儿倒是抱着茶水猛喝，来，多吃些菜。”

“嗯。”美仁对向昕挤出了一丝笑容，凝视着碗中堆满的美味佳肴，长呼了一口气，最后望了一眼那个明经堂，他一脸兴致盎然地跟着乐曲单手不停地敲打桌面打着拍子。美仁咬了咬红唇，刚欲收回视线，却对上了一旁明景升不解的目光。嗤，自以为是的家伙，白了他一眼，美仁便埋首于眼前的丰富菜肴，不要再看也不要再想任何有关明家的人与事，不能因为那个明家而影响了今日的食欲。

被美仁莫名白了一眼的明景升，望了一眼身旁正在欣赏歌舞的父亲，似乎这个小家伙关注父亲的目光过多了一些，敌意甚浓，看来惹着他的是父亲，而非自己，他微微挑了挑眉，之前百思不得其解，竟在一时间豁然开朗。

酒过三巡，但凡喝了“琼浆玉液”的那些客人醉态尽显，百态横生，嬉笑一片。宴席散了后，众人便随着有点微醉的蓝德宗移步园中观戏，据说今儿蓝府请的是京城最有名的大弦戏班公兴班。

台上细吹细拉细唱，人影浮动，曲调细腻高雅，旋律优美动听。但一心念着《天一圣经》的美仁，可没这等闲情逸致静下心来欣赏，一首《步步娇》全曲只有六句词，那人却是足足唱了有两盏茶的工夫，尤其那一句“七星北斗叩丹宸”中的“叩”字，行腔竟长达四五十拍，这等唱功，真是不得不让人钦佩。

美仁四下张望，一些人听得如痴如醉，而另一些人不是与身边女性家眷眉目调情，便是哈欠连天，看似用不了多久便要与周公会面了。身旁的向昕双目虽是盯着那戏台，但美仁知道他并未在听戏。

正思索着找个借口脱身，美仁正好瞧见蓝希凌莲步轻移，向他们这边走来。她一副愁眉不展的模样，贝齿轻咬着红唇，对着向昕吞吞吐吐地道：“向大哥……我有些事……想单独同你说……”

向昕轻挑了挑眉，抬眸疑惑地望向她，很快便对美仁说：“小向，待在这里别走开，我去去就回。”

美仁在心中暗赞自己的眼光独到，蓝希凌总是会在自己需要的时候适时出现。她咧开嘴，冲着蓝希凌暧昧笑道：“快去吧，可是要与蓝姐姐多聊一会儿。”

“多事。”向昕瞪了美仁一眼，低咒一声，便起身随着蓝希凌离开。

此时不走，更待何时。

身边最大的障碍离开了，美仁便无所顾忌地也离了席。无论如何，一定得弄清楚那个发暗器的灰衣人是不是他们族内的那个叛徒。

庭院里的人相较之前多了很多，几乎每走一处便能见着家丁丫鬟，还有一些客人借着火光三三两两地聚在正中的莲池边上高谈阔论。

美仁深蹙眉头，这下若是贸然再到那后院，怕是不妥。她佯装散步，脚下的步子慢移，那些人的烦躁之声也越来越远，让人有一种说不出的舒服。

“哎哟……”美仁只顾着想事情，竟没看清眼前的路，一头撞在假山石上。她摸着脑袋，瞪着突出的石块，懊恼地踢了石头一脚，还好没将自己的绝色容貌毁了。

她决定还是先回观戏台，或许向昕还有其他的法子，魏贞毅那只老狐狸也不是省油的灯，自己不应该这么心切。正欲转身回去，便听见身后一阵脚步声传来，美仁愕然。一轻一重，分明是一男一女，莫非有人趁今夜来此僻静之处偷偷幽会？

反正在前面看戏也是看戏，在这儿看戏也是看戏。美仁不禁眉尾轻扬，唇角轻勾，迅速钻进假山之后。

“明景升，整个蓝府这么大，你哪儿都不去，偏偏要去我的雅瑰园？”女子的声音听着虽是低沉，却难掩愤怒。

嗯？竟是蓝希凌与明景升。蓝希凌不应该是与向昕在一起吗，怎么这会儿又变成和明景升“幽会”？

出于好奇，美仁忍不住微微探头，想看看这两人到底是要干什么。

“方才我就说过了，我只是随便逛逛，并非存心破坏你与向兄之间的谈话。咳咳咳……”明景升眉心暗锁，有点厌恶这种反复解释一件事的情形，口气有点不悦。

“今晚，我好容易才找到机会与他单独说上几句话，可你……罢罢罢，这事再提也没什么意思。”蓝希凌深吸了几口气，努力地调整了气息，“我只想问你，之前你爹都和我爹说了些什么？”

难怪呢？原来这家伙破坏了人家姑娘好不容易等来的一场幽会，真是怪不得人家姑娘如此恼羞。若不是此刻藏身在假山后偷听，美仁真想笑出声，算了，忍着，且听他们后面还要说些什么。

他强忍着笑意，瞟了几眼明景升，似乎从到了这里，他就不曾正眼瞧过蓝希凌。他手抚着假山石，竟摸出了一块碎石，为防止碎石发出声音，只得紧紧攥在手中。

“你说话呀，你爹究竟和我爹都说了些什么？”蓝希凌满脸愤恨，不顾礼节地拉扯着明景升的衣袖。

明景升蹙紧眉头，抬眸看向眼前这位蓝大小姐，不着痕迹地抚开她拉扯的纤纤玉手。

“你要我说什么？”他以手遮唇，轻咳了数声，不失礼节。

“说什么？！要说什么你岂会不知道？你爹这次来，除了给我爹贺寿之外，还有什么目的你会不知道！”黑夜之中，蓝希凌的声音显得十分尖锐。

明景升的目光不经意地往一旁的假山望去，半晌，温和地道了一句：“这件事，之前我并不知晓，也是在进了你蓝家之后方得知，若说比你早一些，也确实如此。咳咳咳……”

究竟是何事让蓝希凌这么怒不可遏？方才她来找向昕的时候，虽神情有些不自在，但也还是一副娇羞的小女儿姿态。还有向昕人呢？美仁转了转乌黑的眸瞳，扒在假山石上继续偷听下文。

明景升明显心不在焉，让蓝希凌倍感失望，声音已带哭腔：“就算是到了这里，你才得知，那你也可以反对的。你明明知道我早已心有所属，不可能与你成亲，你为何不反驳？为何还要点头应允？”

原来蓝希凌愁眉苦脸的原因，是要与明景升这个家伙成亲。若是与这家伙成亲后，没多久他便一命呜呼，这蓝希凌便等于是守了活寡，莫说她还有个心上人向昕。

明景升垂下眼帘，并未急着回应蓝希凌，沉思了片刻后才缓缓抬眸，沉声道：“你认为我今日反对了，这件事便会作罢？”

“为何不会？虽然你的身子不是很好，但明伯伯不是最疼爱你的吗？你若不愿意，明伯伯是不会为难你的，我爹也不会有任何怨言。”蓝希凌急道。

听完蓝希凌所言，望着她一副我见犹怜的模样，明景升轻扯唇角，冷笑一声：“你真是太天真了。即便不是我，也会是我大哥，或是我三弟。急欲联姻的是你爹，而非是我明家的任何人。咳咳咳……”

当明景升说出那句“急欲联姻的是你爹，而非是我明家的任何人”时，美仁顿觉可笑，这明家的男人一个个自负得要命，明明一副半死不活的样子，竟还能理直气壮地说出这番话，不愧是明经堂的儿子。

“你？你？你竟说我蓝希凌配不上你？明景升你太过分了！”蓝希凌扬起手便往明景升的脸上掴去。

啪的一声，那巴掌声清脆而响亮。这一巴掌不仅让蓝希凌怔住，也让躲在假山后的美仁惊呆了。那个家伙竟然连闪都不闪！

蓝希凌打完这一巴掌便有些后悔，她万万没有料到明景升没有闪躲，而是选择硬生生地挨了这一巴掌。霎时间，说不出的委屈全数涌上心头，两行清泪顺着她的粉颊盈盈落下，她冲着明景升大声吼道：“我不会嫁你的，死都不会。”说完，一只手捂着嘴，另一只手提着裙摆伤心地跑开了。

这场戏唱的到底是哪出对哪出呀？该哭该跑的该是明景升才对啊。

美仁忍不住探出头，瞧见明景升一动不动地独自立在那儿发愣。

明景升只要不走，美仁就得守在那假山后。

美仁倚在那假山后，在心中不停地念叨着：快点走吧，你走了，我才好走呢。恶灵散开，速速离去，恶灵散开，速速离去……

“出来吧，你还要躲到何时？”明景升侧转身，对着一旁的假山朗声道。

不是吧，今儿是第二次被人发现了。这个家伙看上去一点也不像是会武功之人，何以能发现自己就藏身于这假山之后？美仁不解地咬着红唇，难道是今日出门前没有翻看皇历？她决定能装死就装死吧，就当作他在和空气对话，说不准他见无人出去也就离开了。

“怎么，是腿软了还是手麻了？要叔叔我过去抱你吗？”明景升锐利的目光直射假山之后。若是他没猜错，一直藏在假山之后偷听的定是那向总捕的侄子“像美人”。

“免！”实在是躲不过了，美仁只好眉尾轻扬，换了个泰然自若的神情，从那假山之后走了出来。

明景升斜睨了一眼美仁，似笑非笑地轻道：“怎么，今日公兴班的戏幕不合向少公子的雅兴？”

“此言差矣，人生本来就是一场戏，在哪儿看不都一样？”美仁故作讽刺地道。

明景升轻扯了扯唇角，反讥道：“是吗？那叔叔这出戏演得是否令你满意呢？”

这个家伙，且不说他姓明，光是凭这张嘴就很令人生厌，还恬不知耻地自称是叔叔。背着光，美仁瞧不清明景升的表情，她挑高眉，挺直了身体走向他跟前。

向昕的身长在男子当中是很少见的高大，为何这个家伙看上去只比向昕稍矮那么一点点？这对美仁来说，是种悲哀，因为同样要费力地仰望他，可恶！

美仁仰首扬起笑靥，一双晶莹的黑眸对上明景升，朗声道：“要美仁说实话吗？”

明景升不语，凝视着眼前这个除了身材相貌酷似孩子的“像美人”，若有所思。眼下四周漆黑幽静，只有他们两人，他的眼神、他的言行、他的举止，与人前那个佯装乖巧的孩子判若两人。人生本来就是一场戏，这孩子小小年纪就演得如此出色，可真是不简单。

明景升微微扬眉，淡淡地道：“直说无妨。”

“神态过于傲慢，表情过于呆滞，举止过于僵硬，言语过于偏激，整出戏就是最后那一巴掌最……”美仁一边说着，一边绕到他的身侧，说到最后一句顿了顿，狡黠一笑，“最大快人心。”

一双浓密有致的眉微微蹙起，明景升偏过头，黝黑的眸子迸射出如子夜光华的目光，好似要射穿美仁。

半晌，他才轻咳一声，与美仁正视，不慌不慢地开口：“是吗？看来在美人心中，明某着实差劲了些。有些事情不宜明说，但有些事情就一定要说明。方才的那番话，在下只是如实说而已，并未觉得有何不妥。不过如此说来，论演技我确实略逊你一筹。”

美仁的脸上依旧保持着微笑。

微笑，是这么多年来美仁学到的第一课，也是学得日子最久的一课。悦姨说，无论在任何情况下，都要保持微笑，只有笑，才无法让敌人一眼看穿你的想法，探清你的虚实。

最后一句，叫美仁的心猛然一跳，莫非这家伙发觉了什么？他自认为已经做得天衣无缝，他怎么可能还会有所觉察？不可能！或许是一见着他们明家人，他的情绪就有些稍稍失控，言语上并非一个小孩所应有的口气。

思至此，美仁的笑靥倏然转变，眨了眨眼，故作无辜，一切看上去都是那么自然。

“是明哥哥让美仁如实说的，如今说出了口，明哥哥又不高兴，唉，这做人真是难。”

明哥哥？之前是明大哥，这会儿却变成了明哥哥。这小子变得可真快。明景升不由得对他多看了几眼，这个十岁小孩怎么看都不似表面上这么单纯简单。这一声“明哥哥”叫得可真是适时适景适情，让人想追究什么追探什么都有失风度。

明景升轻笑一声，温谦地道：“美人说得并未有错，错的确实是我。”

“明哥哥过谦了。”不知为何面对这人，美仁笑得都很艰难。

明景升轻咳数声，淡淡地道：“出来透透气的时间有些过久，该回去了，想必你叔叔又似之前一样在四处寻你。走吧！”

其实一开始，美仁只想敷衍他而已，孰料一想到他是明家人便有些失控，话中带刺本想叫他难堪，却不想差点露了马脚。眼下听他主动提出说要走，美仁不由得松了一口气。

“是哦，的确出来很久了。”

说着，两人便一前一后，一高一矮，往戏台的方向步去。

［六］意外落水

两个人不说话，就这么默默地一前一后走着，气氛有种说不出来的怪。

终于又见着那个莲花池，之前立在池边三三两两的客人都不在了，应是回了戏台的座位。远远地，便能听见戏台上的戏换成了《海里花》。

经过莲池前，美仁忽然顿住脚步并未前行。他想等明景升先回去后，自己再回去。和他走在一起，他浑身就像被刺扎似的，难受无比。

因为娘亲，整个明家在美仁的心中永远都是难以抹去的痛。若不是曾经对天起誓不可以对明家怎样，他一定会杀了明经堂，以慰娘亲的在天之灵。

“该死的明家人！”美仁一声低咒，竟发现之前死攥在手心的石子还在。他愤恨地将石子扔进池中，只听扑通一声，灯火映照下，水面漾起阵阵涟漪。

忽然间，他的肩被人紧紧抓住。他猛然回首，身后竟是一名披头散发、面色苍白，但看上去依然很美的女人，而她那一双枯瘦的手正紧紧地攫住自己的双肩。

倏地，那女人用力地扳过美仁的身子，将美仁紧紧地抱在怀里，激动地喊道：“硕儿，硕儿，真的是你吗？娘亲找你找得好辛苦。”

一直沉浸于自己世界里的美仁，全然没有料着会出现这样的情形，一时间也忘了要挣脱这个美妇。

这个女人究竟是谁？从哪里冒出来的？

美仁只觉得她的手劲好大，他被勒得快要喘不过气来。

美仁实在是承受不住她的手劲，好容易才将头从她丰满的胸前抬起来，刚吸了几口新鲜空气，又被她用力地按进怀里，只听她高声叫道：“硕儿，太好了！娘亲终于找到你了。他们都在骗我，这次无论如何娘亲都不会让你离开。呜呜呜……硕儿……”说着，这位美妇人竟然抱着美仁失声地痛哭起来，并且哭得很伤心，口中不停在喃咕着什么。

她是个疯子！

美仁理清思绪之后，便得出一个结论：这个女人是个疯子。

这一次，美仁没有再退让，稍稍使了力便从这美妇怀中挣脱，向后连连退了数步。他抚顺被美妇抱乱的发丝，伸手阻止道：“这位夫人，您一定是认错人了。”

“硕儿，你怎么连娘都不认识了？硕儿，我是娘亲啊，你的亲娘啊。”那美妇人难以置信地望着美仁，手捂着心口，神情悲痛，脚步缓缓向美仁移来。

这疯妇人口中的硕儿究竟是谁？若是与他一般年纪的男孩子，可他今日并未在这园中瞧见，若是过了弱冠年纪，也未曾听说有位叫硕儿的。

美仁连连往后退了几步，紧张地道："等等，夫人，怕是您真的认错人了，我真的不是你口中的什么硕儿。"

话说回来，这天下有两种人最麻烦，也是最惹不得的，一是酒鬼，二便是那疯子。遇上一个疯子，实属意料之外。当初打探之前，她怎的就没探得这蓝府还有这么一个疯妇？依眼下的情形，她断是不可能轻易出手自救，万一被人瞧见，识破她懂功夫，那便是前功尽弃。可是，这个疯妇一直对她紧追不舍，该如何是好？

"硕儿，真的是娘亲啊。都怪娘亲没用，都怪娘亲软弱，才让那个恶毒的女人有机可乘。硕儿……"美丽的疯妇人伸着一双枯瘦的手，往美仁的身上探去。

美仁被逼得只得往后退去。这个疯妇要是再逼过来，他非掉进池里不可。他可以上天，可以遁地，但唯独就是不会凫水，对他来说，这世上没有比水更可怕的了。一看见水，他便会想起小时候被悦姨扔进湖里练凫水的恐惧，反复折腾了几次，非但这凫水没学会，反而差点送了命，之后悦姨才没再逼他学凫水。一想到这个就头疼，他心中念着，口中不自觉地紧张叫道："你、你、你别过来……"

"硕儿，别怕，娘亲再也不会让他们将你带走。硕儿，过来，我们走，和娘亲回房，让娘亲好好看看你。硕儿，娘亲有好久没有见到你，你这段日子瘦了好多。"那疯妇人终于又再次抓住美仁，将他一把揽进怀中。

"你这个疯子！我叫你别过来的。"美仁大叫一声，为挣脱那个女人的怀抱，他使劲猛地一推，岂料在推开那女人的同时也将自己逼得往后方栽去。挣扎了半天就是不想落水，却还是落了，这大概就叫作命中注定。

只见他直直往那池水中坠去，临跌入池水之前，他发出惊恐的尖叫声："救命啊！"

"硕儿！"那美妇人也跟着尖叫出声，惶恐地看着眼前发生的一幕，手足无措，"硕儿！硕儿！"

没听到美仁跟过来的脚步声，明景升下意识地蹙起眉心，停下脚步转身望向身后，未见那小子。他回头走了几步，便瞧见美仁立在池边与一名披头散发的白衣妇人似在纠缠。美仁用力推开那白衣妇人，身体摇摇晃晃，眼看就要落入那池中。

说时迟那时快，接着便是扑通一声，美仁坠入池水中，娇小的身子在池水里顿时溅起一大团水花。随后，美仁挣扎的呼救声和那女人尖锐的哭喊声交织成一片。

该死的，这小子怎么这么多事？一个晚上就闹了三场事，还一场比一场恶劣。

明景升低咒了一声，加快了步伐。

美仁连灌了几口池水，呛得无法再开口呼救。

眼见呼救的声音越渐越小，明景升连忙飞身冲过去。

“硕儿，娘不是故意的……”美妇人跪在池边，对着水面哭喊，突然惊觉到什么，惊慌失措地道，“硕儿，你等着，娘亲这就来救你。”说着便站起身，欲往池中跳去。

明景升眼明手快，及时拦住了她，呵斥：“让开，我来！”他一把推开那妇人，纵身跳入池中。

所幸，那池水也就一人多深，但对一个孩子来说，这算是深水了，足以将美仁溺死。

明景升迅速往浮动的衣角处划去。

身子一浸入池水中，美仁便感到几股压力从四面八方将自己团团围住，整个身体找不到重心，而且也听不到外界的任何声音，心底一阵恐慌升起，手脚都不知该如何操动。他紧闭着双眼不敢睁开，闭着气，但杂乱无律的挥动，让他又连呛了几口水。池水涌入鼻腔的刹那间，那种说不出的刺痛让他几乎崩溃了。

难道他就要这么死了吗？谁来救他？以往悦姨将他丢入河里，若是见他浮不上来，还是会出手救他的。可是眼下呢，岸上除了那个疯女人，就只有那个疯女人。

最可笑的是，这个池水并不深，若是就这样淹死在这里，他怎么对得起娘亲和悦姨？悦姨若是知道他是被水淹死的，会笑死他的，也一定会将他的尸体从地底挖出来再扔进水里的。不！他不能死，他还没有找回《天一圣经》，悦姨还在等着他，他不能死的……

绝望时，不知是何人托住了他的身体。出于本能，他犹如抓住了救命稻草一般，双臂紧紧缠上那人。

忽然被美仁这么紧紧抱着，明景升顿觉无奈，腾出一只手用力推开他的脸，紧捏着他的鼻子，迫使他松开缠上的双臂。不过很快，明景升便松了手，快速游至美仁的后方，伸出左手从美仁的左肋下穿过，托起他的身体，跃出水面，向池岸划去。

这时，蓝德宗、明经堂、向昕及一群宾客，全部匆匆赶了过来。

明景升费力地将美仁丢上池岸。

一脸焦虑的向昕急忙接过浑身湿漉漉的美仁。

"谢谢。"向昕感激地望向还浮在池水中的明景升。

明景升很快便爬上了池岸。

"硕儿，硕儿，娘不是有意要推你下水的，硕儿……"那美妇人还守在那池边，颤着身哭喊着爬向美仁。

蓝德宗一见那美妇人，顿时气得脸色铁青，不顾身边有这么多客宾在场，一把揪起那美妇人，对着一行下人厉声斥道："混账！今日是哪几个伺候着的？叫你们好好地守着三夫人，你们都是死人吗？"

几名下人中，有两名小丫头战战兢兢地跪了下来，猛地自抽起耳光，惊恐地哭道："奴婢该死！请老爷恕罪！奴婢该死！请老爷恕罪！"

"还跪在那里做什么？还不快将三夫人扶回房去？！"蓝德宗犀利的眸光闪过，阴冷阵阵。

"是……"小丫头们颤着声连忙爬起，架起那美妇人便要离开。

"放开我！放开我！我要我的硕儿！你们还我的硕儿来！"那美妇人激烈地挣扎着，猛地将两名小丫头推倒在地，再度往美仁的方向冲来。

蓝德宗板着一张老脸，硬生生将她箍在怀里。

立在一旁一直冷眼相看的明经堂，若有所思地看向面前不停咳嗽的明景升。

对上父亲意味不明的目光，明景升咳得更加厉害了，整个身体都颤了起来。明家的人训练有素，明经堂身后的随从未待主子发话，便自行脱下外衣替明景升披上。

周围的宾客们都在窃窃私语，一会儿望望落水的美仁，一会儿望望明家二公子，还有几个人对着蓝德宗与那疯妇人指指点点。

眼前的这番闹剧若再不制止，今后连带整个紫玉山庄都会跟着名誉受损，明经堂走向蓝德宗，伸手便在三夫人的颈后一击，随即三夫人的身体就软软地瘫在了蓝德宗的怀里。

"多谢明兄出手相助。唉……"蓝德宗轻叹一口气，转脸对那两名小丫鬟怒道，"还不将三夫人扶回去！"

两个小丫头连忙从地上爬起，战战兢兢，绝不敢有丝毫耽搁，从蓝德宗的手中接过三夫人，诚惶诚恐地扶着回房。

自接过美仁，向昕整个心都悬在了他的身上。他脸色煞白，原本的樱唇已然有些青紫，呼吸浅表，整个人已经陷入浑噩之中。

"小向！"见着美仁这般虚弱的模样，向昕只觉得心猛地揪了起来，一股酸酸的感觉不断地涌上心头，他果然还是出事了。

当机立断，松解了他的衣带，敞开他的衣衫后，向昕便单腿跪地，另一腿屈膝，将他反转过来轻放至自己的膝上，让他脸部垂下，用恰到好处的力道按压着他的背部，意欲将他胃内的积水倒出来。

“哇……”很快，美仁吐了几口水出来。

向昕接连几下用力，直至美仁将胃内的积水全数吐出。

“痛……不要……按了……”美仁发出痛苦的声音。

向昕将美仁的身体轻轻翻过来，低唤：“小向，你醒了？可觉得舒服些？”

颤着如扇的睫毛，美仁缓缓睁开眼，便瞧见向昕抱着自己。本以为自己快要死了，原来是他救了自己，一时间所有的委屈全数涌了上来，他抱住了向昕，虚弱地动了动唇，哽咽着道：“昕大哥……”

这一声“昕大哥”轻若游丝，除了向昕之外，没有人听见美仁在说什么。

昕大哥？向昕骤然浑身一震。这十日以来，对于美仁扬着笑靥叫自己一声大叔已然习惯。是他听错了吗？美仁唤的是“昕大哥”而非“大叔”，方才这一声“昕大哥”是在叫他吗？

他凝视着美仁精致的小脸，竟发现满是泪痕。

一滴，两滴……温热而晶莹的泪珠不断地涌落出来，顺着那粉颊盈盈滑落……

娘说过，怡家的女儿，只许笑不许哭；悦姨说过，怡家的女儿，即便是哭，流出来的眼泪也要成为世上最强的武器……

但此刻流下的眼泪，究竟是那种因濒临死亡而流下的恐惧的眼泪，还是那种因想要达到目的而流下的虚伪的眼泪，她竟然也分不清了……

她将脸埋在向昕的胸前无声地哽咽着，惹得向昕又是一阵心悸。

“都杵在这儿做什么？还不快送明公子与向少公子去客房换下湿衣。”蓝德宗对着下人们又是一阵咆哮。

下人们连忙退下收拾去。

向昕抱着美仁的双手不知不觉中加重了力道。他抱着她起身，双眸对上正立在跟前一脸复杂神情的蓝希凌，他的表情没有丝毫波动，冷淡地问道：“客房在哪儿？”

“向大哥，请随我来。”蓝希凌轻咬了咬唇，为向昕引路。

跟随蓝希凌，向昕抱着美仁步入一间素雅的客房，轻轻地将她放在床榻之上。

在他接过蓝府丫鬟送来的干净衣衫之后，蓝希凌咬着唇，领着丫头们离开客房，带上了门。

向昕将衣衫放在床边，瞧着双目紧闭的美仁，犹豫了片刻，便开始动手去解开她身上湿了的中衣。

倏地，一只冰冷的纤手覆在了他的大掌之上。

美仁扯了一抹淡笑，哑着嗓子道："昕大哥，我自己来吧。"

这一次，向昕确认他没有听错，美仁确实是叫他"昕大哥"。他抽回手，皱着眉头，疑惑地轻声问道："小向，你今日很奇怪，怎么突然改口叫我大哥？"

美仁还是很虚弱，费力地笑了笑，轻道："昕大哥，美仁要换衣衫了，不然湿衣一直穿在身上会受寒的。"

向昕又是一脸愕然，愣愣地望着他，咀嚼着这句话。半晌，他才恍然大悟，美仁虽是个男孩子，但是在同为男子的他面前赤身裸体，也是极为不妥的一件事。

不知不觉中，向昕又红了耳朵，口吃着道："那……那我……先出去了，换好你叫我。"由于过度紧张，向昕出门的时候一不小心撞在了门上，尴尬地摸了摸鼻子，才带上门出了屋。

望着他的呆样，美仁笑着坐起身，迅速用干布擦净身子，换上干净的衣衫。正欲打坐调息，目光却落在刚换好的上好面料的衣衫上。

何以蓝家会有这么华贵的小孩衣衫，而且与她的身形大小刚刚合适？初到信阳县衙时，向昕找来的衣衫也未曾有这么合身。

想起之前那个美丽的疯妇，听口气，她应当是蓝德宗的妻妾。那她口中所唤的硕儿应是她与蓝德宗的儿子，但她说被"他们"给带走了……何以蓝德宗对自己的儿子被人带走了却不闻不问？那疯妇人口中的"他们"又是谁？一连串的问题，在美仁的脑海里翻转。

很快，她略显苍白的面容之上又露出了一抹舒心笑意。她正犯愁要如何找借口留在蓝家呢，呵！这一落水，刚巧有借口了。

真是天赐良机啊！

山穷水尽终有路，这是"贵人"相助啊。

［七］美艳疯妇

不知不觉又过了半个时辰，美仁正在吐气纳息，忽然听到有人轻敲门扉，她自然收势，问道："哪位？"

"小向，是我，衣服换好了吗？"是向昕。

听门外的步调声不止向昕一人，美仁又道："哦，是大叔啊，早就换好了，只是觉得有点累，竟然睡着了。”

立在屋外的向昕听到美仁又改口唤他大叔，微微怔然，未作多想，便推开屋门进了屋。

美仁已经裹着被子端坐在床沿，面色虽是苍白，但精神较之前好了许多。向昕看在眼中，稍稍宽了心。

向昕的身后还跟着蓝德宗、蓝希凌及两名丫鬟。丫鬟的手中端着祛寒药。

美仁见向昕满腹心事，便默不作声。

向昕道：“好些了吗？”

“嗯，好多了。”美仁应道。

“先把药喝了吧。”向昕接过丫鬟递来的汤药，舀了一勺放在唇边轻轻吹了吹，然后喂给美仁。

美仁乖巧地喝下。

“很晚了，等下喝完药我们就回……”

向昕的话未说完，便被蓝希凌抢了去：“向大哥，天色已经很晚了，美仁方才落了水，又受到不少惊吓，何必这么急着回衙门呢？就在府上住一宿吧，明日再走也不迟。”来之前向昕便已向她表明，要连夜带美仁回衙门。她自然明白，向大哥是在怪她，怪她在不适当的时候去找他。对于美仁落水，她也感到十分内疚，但是，若他就这么走了，之前她未曾说出口的话，以后便再也没有机会说了。

向昕皱了皱眉，望着眼前一脸期盼的蓝希凌，不由得想到之前她以要事相谈为由，拉着他去了雅瑰园，话没说几句便死抱着他哭诉的尴尬情形。或许是他做错了什么让她有所误解，所幸明公子及时出现，否则还不知如何脱身，而美仁偏偏又在这个时候出了事。总而言之，若不是自己的疏忽，美仁也不会落水。

思及此，向昕淡淡地道：“不必了，我与……”

这时蓝德宗拍了拍向昕的肩头，抱歉地道：“向总捕，今夜贱内误伤了令贤侄，实属意外，蓝某在此深表歉意。凌儿说得没错，天色已晚，令贤侄已受了惊吓，若是再受风寒，令贤侄必当受苦。再则这若传出去，便是我蓝府待客不周。今夜就委屈向总捕与令贤侄留宿我蓝府一晚，明晨蓝某派人送二位回去也不迟。”

蓝德宗的一席话让向昕顿时清醒过来，方才确实是自己过于冲动了。原以为是凶手终于找到时机下手，却没料到是蓝德宗那精神有些失常的三夫人失手将美仁推下水。这凶手莫不是早已洞悉今晚衙门会在蓝府周围设下埋伏，所以迟迟不动手？只要那凶手一日未入法网，美仁终将是个诱饵，而能留宿在蓝府是大好时机，再好不过了。他将美仁带进蓝府贺寿等的不就是这样的机会吗？

向昕双手抱拳，以礼作揖，朗声道："多谢蓝老爷，向某恭敬不如从命。"

"好，客房也已备好了，你与令贤侄也早些歇息吧。"蓝德宗又拍了拍向昕的肩头，便退了出去。

两个丫鬟收拾后也跟着退了出去。

屋内只剩下美仁、向昕与蓝希凌三人，一时间静得好似一根针掉在地上也能清晰入耳。

向昕一双幽眸定在某处，沉默不语。

蓝希凌几欲开口，但见向昕那副冷淡的模样，话到嘴边又硬生生地咽了回去。

气氛有些怪异，若是不打破这僵局，怕是三人要在这屋内大眼瞪小眼至明晨了。

美仁清了清嗓子，仰起笑靥对蓝希凌道："姐姐，你可有一位叫硕儿的亲人？"

"呃……"恍惚之间，蓝希凌听到美仁的声音顿觉欣慰，但闻美仁提及硕儿，她便垂下眼帘，深叹了一口气，"硕儿……他是我二弟……"

"姐姐的二弟？"美仁下意识地挑眉。

蓝希凌微微拧眉，道："是的，硕儿是我同父异母的弟弟，名唤蓝希硕，他的娘亲也就是……方才推你入水的三姨娘……"

这时，向昕忽然打断两人的对话："小向，你方才不是觉得很累吗？"

"大叔，不必担心，美仁现下觉得好多了。"向昕的关心让美仁倍感温馨，对他咧了咧嘴，然后转向蓝希凌继续说道，"姐姐，坐嘛，站着不累吗？大叔也坐嘛。"

面部表情稍稍缓和了些，向昕在床边的方凳上坐了下来。

一直觉得如履薄冰的蓝希凌，见向昕神情缓和，不禁暗暗舒了一口气，轻应一声，在床沿坐下。

美仁接着又问："姐姐，恕美仁冒昧，那为何今日这样一个重要的日子却没见着他呢？"

"唉……"蓝希凌长叹了一口气，苦笑一声，方道，"美仁有所不知，硕儿与你一般年岁，却早在半年前便已经病逝了……"

原来是死了……难怪没有见着这位蓝少公子。半年前他就病逝了，与那些小孩失踪的时间并不相符啊。美仁摸了摸鼻子，陷入沉思。

“向某在信阳县衙当差多年，却未曾听过蓝家有位少公子。”显然蓝希凌的话也引起了向昕的好奇。

向昕突然接话，给了蓝希凌莫大的勇气，她接着道：“这话说来可就长了。我是家中的长女，我娘亲是爹的正室，可惜娘亲在生下我之后，身体日渐虚弱，没几日便去了。当时我还在襁褓之中，爹很快便续了弦，就是今日在宴上所见的二娘。二娘进门时就已经怀有身孕，之后没多久，只比我小几个月的大弟蓝希群便出世了。三娘是在十多年前进门的，我依然记得那一日园内的樱花树就像今日这般绚烂夺目，三娘很美很温柔，也最得爹的宠爱。希硕是冬月里出生的，自打娘胎出来，身子骨就比较单薄。不过呢，他很可爱，爱笑，最爱说笑话，常常逗得全家人乐呵呵，家中没有谁是不喜欢他的。所以第一次见着美仁时，我就有种亲切感，就像见着二弟一样。你虽与他一般年纪，但长得并非相像，而是你脸上的那种笑容，和二弟一样，让人打心里就感到舒服。”蓝希凌优雅的声音清润悦耳，清丽的面容上挂着一抹淡淡的笑容，溢满了对亲人的思念。

闻言，美仁的嘴角微微上翘，与目光正锁在她身上的向昕对望了一眼之后，又道：“姐姐，然后呢？”

“二弟自幼身子骨很弱，常年靠吃药调理身子，极少出门。若是出门散个心什么的，回来之后便要在床上躺好久。约莫也是去年这个时候，二弟又病倒了，自那以后他就再也没有下过床，更谈不上出那间屋子。三娘也跟着日渐憔悴，爹除了忙生意上的事，还要跟着担心二弟和三娘的身体，白了好些头发，府内的事务全都落到了二娘的头上，而我一个女孩子家什么忙也帮不上，每日里只有陪着三娘，一起哄着二弟吃药、休息，适时安抚他的情绪。向大哥，可记得去年中秋前两日，在灵山寺是你救了我？”

蓝希凌深情地凝视着眼前俊朗的向昕，那一日，她永远都忘不了，若不是他，想必她早已遭到贼人的毒手。

“嗯。”向昕轻点了下头。那伙贼人专干掳人勒索的坏事，他去年追查了几个月，终于在中秋节前两日，追查到他们的行踪。这伙狡诈的贼人竟扮成香客伺机脱逃，也正是那时碰上前去上香的蓝希凌，贼人挟持她做了人质。他最终将那伙贼人一网打尽，救了蓝希凌。

“向大哥的救命之恩，希凌永远铭记于心。”蓝希凌软语柔声道。

“向某只是职责所在。”向昕面无表情地应道。

蓝希凌的脸色在烛光的映照下，有些微微泛白，垂下眼帘，贝齿轻咬着红唇。

美仁见了，对着向昕连翻了几个白眼，这位老兄可真不是一般的木讷，人家一个女孩子家能在这种日子里，抛下身份约他私下会面，言谈举止之中满满都是对他的爱慕之情，可他却充耳不闻。若说那明景升态度傲慢无礼、说话不中听也就罢了，可偏偏向昕是这么不懂风情，哪怕轻嗯一声不接话也好啊。一个晚上，被爱慕的与不爱慕的两个男人连着打击，怕是这蓝小姐今夜要彻夜无眠了。

美仁朗声道："大叔，别打岔，姐姐还没说完呢。姐姐，然后呢？"

蓝希凌神色总算恢复正常，接着又道："其实，那次去灵山寺上香，就是为二弟去祈福的。无论找遍多少名医，用过多少名贵的药材，他的病始终不见好转，反倒是一日不如一日，整个人瘦得只剩下皮包骨头。最终，他还是没能撑下去，甚至未曾挨过他的十岁生辰，人便去了……

"三娘一时间受不住打击，昏厥过去，待再度醒来之后，整个人就变得神志不清，痴痴呆呆，躺在床上不吃不喝，除了口中不停地叫着硕儿，什么都不知道，什么人也认不清。那几日，爹心力交瘁，一夜之间也老了许多。二弟去的那几日，刚好是蓝家祭奉茶神的日子。对祖祖辈辈都从事茶商经营的蓝家来说，茶神是神圣不可冒犯的，而在这样的日子，二弟恰巧病逝却是犯了蓝家大忌。祖上的遗训不可破，因而二弟的殓丧一切从简。整个信阳城内，知道蓝家有这么个体弱多病的少公子的根本没几人，就连死了，也不能风光下葬，外人不知道也是常情……

"二弟下葬的那一天，三娘突然清醒了。她冲出柳丝苑，拼了命似的护着棺木不让出殡，口中嚷着硕儿没有死只是睡着了，说爹、二娘、希群，还有我，全家上上下下都想要害死二弟，要将他带离她的身边。失去理智的她发了狂，不但将爹和希群的脸都抓伤了，还将二娘推倒在地，死命地殴打二娘，还把二娘的头给撞破了，几名小丫鬟也受了伤，那日唯一没有受伤的人便是我了。为了避免三娘再度伤人，爹便命人将她锁在房内。从那一刻起，蓝府上下只道三夫人杨青青疯了，因为痛失爱子，疯了……"

疯了……但有时候疯子的言行也未必完全就是疯言疯语。

美仁在脑子里一直思索着那疯妇的话，总觉得话中有话。

"一死一疯，这并不是什么光彩的事，又有谁愿意自家家丑外扬？"蓝希凌的声音听着平静，却在不经意间透露许多无奈，她对美仁抱歉地说道，"美仁，请你莫要怪三娘，她是个可怜人，她只是把你当成二弟了。她可以对这蓝府院内的所有人发狂，但是她绝不会伤害你。"

美仁沉声道："姐姐多虑了，美仁眼下好好的。听了姐姐的一番话，说来，这三夫人确实是位可怜人，这世上再没什么比失去至亲的人更为悲恸的了。"这话虽是说三夫人，却是埋藏在她心灵深处的真实感受，失去娘亲的那一日，她何尝不是要疯了，若不是悦姨，她会不会有今日都很难说。

一阵沉默之后，美仁突然想到什么，转了转乌黑的眸瞳，宛若一名十岁孩童一般，好奇地眨着眼睛，又问道："姐姐，什么是茶神？茶神是神仙吗？有神仙住在蓝府吗？"

蓝希凌不禁莞尔，孩子便是孩子，一转眼，什么疼痛恐惧全数抛诸脑后，浅浅笑道："嗯，这话要怎么说呢？历来蓝家供奉茶神，实为供奉茶神的神位而已，而供奉茶神神位的地方，便是在后院祠堂。"

后院的祠堂？蓝希凌话一出口，便让沉默了很久的向昕不觉地动了动喉咙，他想要开口追问些什么，不知为何却又生生忍住，暗自攥紧拳头。

美仁微微眯眸，双眸变得更为黝黑。

此时，两人的心中同时确定，那祠堂有古怪。

"就是晚宴之前，美仁在后院迷路的那个'明静堂'吗？那一排房子看起来黑黑的，好吓人，若不是蓝总管及时赶到，美仁可能要吓得尿裤子了。"美仁道。

"啊？！晚宴之前你就是在那儿迷的路啊？那里不仅是我蓝家的圣地，也是禁地。除了每季第一个月的茶祭之日，爹进去祭拜茶神，蓝府上下任何人都不得入内。平日里，也只有一名下人去后院打扫。我也是在小的时候，偷偷进去过一次，被爹发现后，把我关在宗氏祠堂内反省了几天呢。"蓝希凌道。

当当当……一阵敲门声响起，打断了蓝希凌的话语。蓝希凌起身去开门，是一名小丫头。

小丫头端着一盆热水，对蓝希凌行了礼，道："夫人命我送洗漱的热水过来。"

"哦，放着吧。"

小丫头将热水端进屋内，很快便退了出去。

"时候不早了，美仁还是早些休息吧。"蓝希凌意识到自己待的时间过久，"向大哥，你的房间就在隔壁。希凌先回房了，明日再来看你们。"

"嗯。"向昕淡淡地应了声，没有理会，只是坐在凳上一言不发。

蓝希凌见状，咬着樱唇，一脸难过地出了屋子，并将屋门带上。

［八］谎言亦真

屋内，只剩下美仁与向昕，两人互望一眼，都未开口。

蓦地，向昕起身，将热水端过来，拧了拧盆中的热巾，帮美仁擦起脸。

如此举动，让美仁惊愕不已，怔怔地望着他出了神。直到向昕帮她擦净脸与手，才注意到她的神情有些不太自然，便轻笑：“怎么了？”

“昕大哥……”美仁清了清嗓子，只叫了声便顿住了，一脸迷茫之色。

昕大哥？

向昕凝视着她，不由得挑眉。他终于发现，自美仁落水被救上来后，有旁人在的时候，她会唤他“大叔”，但从来不带姓氏，若是只有他们两个人，她便会唤他“昕大哥”。

“怎么了？”向昕俯下身，与美仁对视。

望着双眸幽深的向昕，美仁动了动喉咙，轻声问道：“昕大哥，有喜欢的人吗？”

渐渐地，向昕的幽眸好似一潭深不见底的泉池，手在不知不觉中微微抬起，刚想触碰美仁的面庞便又垂下了。他暗吸一口气，道：“何以会问这个？”

“只是随便问问而已。昕大哥，有，还是没有？”美仁追问。

背过身，向昕将手中的湿布丢回盆中，双手扶在铜制的面盆上，一阵沉默，未久，便道：“有，亦可说没有。”

“这是个顶顶聪明的回答。”美仁不由得轻笑。

唇畔带着淡淡苦笑，向昕转过身，睇美仁一眼，那双宛若星辰般的清眸正注视着自己，他只觉这双眼睛蕴满辉采，明澈得好似能映出人心，以至于他的整颗心莫名地跳动。

“小向，你想说什么？”

笑意微敛，美仁垂下眼帘，低声道：“昕大哥，其实方才并非是三夫人推美仁落水，而是美仁自己不慎落水的。”

向昕微怔，盯着美仁的目光也变了样。

似乎这句话，当着蓝希凌的面说更为妥当，但美仁并没有这么做。为何？说她是孩子，今夜她的言行举止都已经超出了同龄孩童所应有的程度。说她是乞丐，今日她全然一副翩翩儒雅贵公子的模样。对于她想知道的事情，她总是能在无形之中诱导蓝希凌，帮自己获得答案。她真的只是一个孩子吗？她真的是个无依无靠的小乞丐吗？

很快，向昕的神色恢复自然，柔声道：“是你自己不慎落水，还是她推你下水，其实并不重要，重要的是你没事就好。”

或许是落水时的恐慌，让她泄露了太多的情绪，方才向昕看她的神情已不是之前那般模样，他应是起了疑心吧。

美仁清了清嗓子，道：“方才美仁并未如实相告给蓝姐姐，是因为美仁有私心。”

“嗯？”向昕怔然，不禁挑眉，等待美仁解释。

美仁撩开身上的被子，起身下床，脚下步子轻移。她抬首望着屋顶，然后目光又缓缓地扫过房中的每一样摆设，口中喃喃地念道：“嗯，美仁活了十三年，从未有像今日一般，能住上这样一间典雅舒适的房间，也从未有像今日这般，尝过这么多山珍海味。在此之前，在县衙里与昕大哥同住的屋子，已是美仁住过的最好的屋子了。自到了这里，美仁开始变得贪心起来。于是，美仁便在想，若是能一直在这里住下去该多好，穿着锦衣华服，吃着美味佳肴，并且能像那些公子哥们一样上学堂，将来考取功名，该有多好。可惜美仁命中注定是一个乞丐，这奢华的宴会一结束，便要变回原来的样子。美仁常常感慨自己的命运，为何从一生下来便注定要做一个乞丐？”

他竟然是这么想的？向昕忍不住蹙起眉心，轻道：“小向……”

美仁及时打断他：“嘘，昕大哥，你先听美仁说完。有些事情或许是冥冥之中早已注定，众人都误会了，以为是那三夫人发了疯失手将美仁推下水，其实不然，三夫人只是把我当成她的儿子蓝希硕。是因为美仁害怕，挣扎躲避中不慎落了水。她抱着美仁的时候，美仁在害怕，落水的时候，美仁更加害怕。当你救了我，美仁睁开眼之后，从众人对那三夫人厌恶责难的眼光中，美仁突然明白一件事，那便是所有人都误会了三夫人，而蓝府的人也会因美仁的落水而深深自责，于是，美仁便自私地不说出事实，只为了想在这蓝府里多待一晚……”

向昕忍不住叹了口气：“小向……”

“昕大哥，美仁还未说完。当蓝姐姐提议留宿，而昕大哥却直接拒绝时，你知道吗，美仁一直在心中祈求，不要走。就只住一晚，只要能在这样的屋子住上一晚，就足矣。”说着，她的声音开始哽咽，“美仁终于得偿所愿了，可是，方才见着昕大哥对蓝姐姐态度冷漠，美仁又觉得十分内疚。蓝姐姐是个好人，美仁也知道，蓝姐姐喜欢昕大哥……”

美仁眨了眨微润的眼眸，望着向昕。

向昕瞬时窘着一张脸，急忙出声打断了他：“小孩子家别乱说。”

“美仁说的是事实，美仁虽然自私地不敢在蓝姐姐面前说出真相，但也不想昕大哥错怪了蓝姐姐，对蓝姐姐冷言相对。”美仁略带哭腔。

不知道方才这么一说，向昕还会不会再起疑？只要过了他这一关，后面一切都好办。蓝家谁生谁死、谁疯谁清醒、谁失意谁得意都与她无关，蓝希凌对向昕有意、向昕对蓝希凌无情，这些也都不关她的事，她只要找到那个叛徒，拿到《天一圣经》便可以了。

人生不过一场戏，只要穿上戏袍，不管什么角都要扮到最好。这是美仁学到的第二课。

而今日她却屡犯大戒。

她站在向昕的面前，哽咽道："昕大哥是除了爷爷之外，对美仁最好的人。美仁知道，此话一出，昕大哥一定会瞧不起美仁，可是……"

向昕的眉头蹙得更紧了。

倏地，她扑进向昕的怀里，号啕大哭："昕大哥……不要凶蓝姐姐……更不要看不起美仁……"

一瞬间，一种淡淡的幽香伺机窜入了向昕的鼻间。他的手难以抑制地在不知不觉中轻轻抬起，抚上美仁微湿的秀发，柔声道："不会的……"

过了许久，美仁止住哭声，向昕轻轻将她拉开，为她拭去泪水，道："时候不早了，今夜你也累了，早些歇息吧。好好休息一晚，明日我们就回去。"

向昕突如其来的温柔举动，让美仁心潮起伏不定，一个恍然，方回过神。明日就要离开？没关系，他要离开，她亦能想到法子留下。

美仁哽咽几声，再度抬首，笑靥绽开："嗯，昕大哥，记着，以后美仁在私下里都会叫你昕大哥，而在人前美仁才会叫你大叔。"

美仁脸上的神情亦喜亦嗔，一张红唇微启，蓝小姐说得没错，她的笑容会让人舒心，更会让人动心。

幽眸中带着一抹浓得化不开的奇特眷恋，向昕收回了视线，道："嗯。我就在隔壁房，有事你叫我，我先出去了。"

"嗯。"美仁应声。

向昕出了屋门，轻轻地将门带上，并未走开，双眼直盯着门上的两个铜色门扣。他已记不清有多久没有去想以前的事了，自从遇见美仁之后，娘的身影便时常在梦中出现，或许是娘的事让他改变了太多太多。

"昕大哥，有喜欢的人吗？"

"有，亦可说没有。"

童年受了伤的痛楚是永远无法抹灭的。喜欢的人？无论家世甚好，抑或是相貌绝美的女子，他都无兴趣。如今，却是对一个只有十三岁的孩子动了心，最奇妙的是，那孩子数年之后将会成为一个与他一般的男子，也许是同那三夫人一般，他也疯了，成了一个爱男人不爱女人的疯子。

带着苦涩的自嘲，向昕转身往隔壁房间走去。

直到听见向昕离开的脚步声响起，美仁方松了口气。

她捏紧了拳头慢慢回到床上，只觉得自己的心都快要蹦出来了。为何他的眼神不再是那种看一个孩子的眼神，而是一种……很特别的情愫……难道他发现她是女人了吗？不可能的，眼前的她还只是个孩子……

现下美仁只觉得一团乱，从未像现在这么慌乱。今夜已经闹得鸡飞狗跳了，向昕又起了疑，眼下又住在隔壁，稍有动静，便是前功尽弃。明天就要离开了，今夜该怎么办是好？还有之前的那个人还会再出现吗？

躺在床上，美仁辗转反侧，难以入睡。

很奇特，这一夜蓝府似乎异常安静。

［九］嗜心花毒

翌日清晨，向昕早早起了床，便来到隔壁美仁的屋子。

“小向，起床了吗？”向昕轻敲了几下门。

门内却毫无动静，向昕不禁皱起眉头，又连敲了三下，朗声道：“小向，起了吗？”

门内依然没有动静。向昕预感不妙，方想用力撞开门，那门便开了。

“昕大哥……”美仁微抬双眸，脸色泛着异样的红，虚弱地叫了声便倒在他的怀中。

“小向，你怎么这么烫？昨夜不还好好的吗？”美仁浑身发烫，让向昕大吃一惊，他一把抱起美仁往床的方向走去，将他轻轻放下，盖上被子。他轻触了一下她的额头，又探了探她的脉息，极其紊乱，便道：“你先去躺着，我去叫大夫。”

美仁蹙着双眉，表情痛苦地轻应一声。

未久，大夫请来了。蓝老爷、蓝夫人、蓝希凌及几位家仆也急急跟进了屋。一时间，偌大个屋子挤满了人。

向昕见大夫不停地捋着胡须，时不时再挑眉，便急道：“大夫，小侄所患何病？”

“向总捕不必担忧，令贤侄烧热不退，只是受了风寒而已，不碍事。老夫待会儿开上几服药，静养几日，保准他很快就和以前一样生龙活虎。”大夫笑眯眯地安抚向昕。

蓝德宗立即安排下人随大夫去抓药，然后对向昕道：“向总捕，蓝某对令贤侄的事深表歉意。今日再多说什么也无意义，若向总捕不嫌弃，不如将令贤侄留在我府上多住些日子，直至身体痊愈，如何？”

这一次向昕未曾犹豫，便一口答应：“那就多谢蓝老爷了。”

昨夜，向昕与几个兄弟守了多时，那凶手一直不现身，眼下这样一个机会定不能再错过。经过一夜考虑，只有暂时对不住美仁，待此事一过，他便将美仁留在身边，照顾她到成人。

他望一眼床上的小人儿，满面红潮，痛苦地揪着眉，便对蓝德宗又道："向某还有要职在身，要先回衙门一趟，美仁的事就有劳蓝老爷了。"

蓝德宗道："应该的，不必客气。"

"告辞。"向昕作了揖，便转身离开，经过蓝希凌身旁，柔声道了一句，"美仁有劳了。"

"嗯，请向大哥放心。"向昕的态度突然转变，不再似昨夜那般冷漠，令蓝希凌受宠若惊。她激动地连连点头，直到他的身影消失在花隙间，才依依不舍地收回视线。

药很快煎好了，照顾美仁的任务很自然地就落在蓝希凌的身上。

"美仁，乖，起来喝药了。"蓝希凌轻唤着一直躺在床上的美仁。

美仁皱着眉，道："不要喝，苦。"

蓝希凌以手轻触美仁的额头，还有些微热，便哄着："乖，只有把药喝了，美仁才能快快好起来，这样你叔叔就不会担忧了。你也不想你叔叔为了你的病情伤神吧？"

"嗯……"嘴中含糊地咕哝着，美仁苦笑着支起身，望着眼前这碗热气腾腾的药，她不知是该哭还是笑。

为了能留在蓝府，她昨夜想尽一切法子，最终想出一个烂招。在武学修为上，通常初学者在专心打坐修行时，要让气走任督二脉，当感觉到丹田有气感时，就要将此气引到督脉，经会阴穴、尾闾穴至命门穴，这便是在化导真气从任、督两脉来疏散开；若是以错误的方式修行，呼吸不调，气便不会马上走到头部，反而会造成头部积气而导致头晕，体温急速升高，症状如同受寒发热，严重者会造成昏厥。

算准了向昕起床的时辰，她便像初学武功那会儿，以错误的打坐呼吸方式促使体温急速升高，让自己看上去像是病倒了。可是她却忘了一点，装病可以，但装病的后果是要吃药的，本身就已经头晕目眩，若是再喝下这碗不对症的药……真是要命……

以后，她坚绝不会再使这种烂招。她捏着鼻子，将那碗苦不堪言的药一口仰尽。

"嗯，这样才乖。"蓝希凌笑着接过空碗，放在一旁的桌上。

这时，青红捧着一个小小的十分精致的木盒子进来，递给蓝希凌。

蓝希凌将那个盒子藏在怀里，神神秘秘地道："美仁可喜欢吃蜜饯？"

美仁盯着她怀里的木漆盒子，霎时恍然大悟，原来那盒子里装的是蜜饯啊。刚喝完药嘴里满是苦味，当然是迫不及待地要找些甜头，于是她连忙点头："喜欢，非常喜欢。姐姐有蜜饯吗？"

“瞧你那馋猫的样子。看你那么勇敢地喝了药，这盒蜜饯就奖赏给你，吃了就不会觉得苦了。”蓝希凌将那个精致的木漆点心盒打开递给美仁。

美仁顿时闻见一股熟悉的香气，但见盒中红色的艳丽的花形蜜饯，脸色唰一下变得苍白起来。

这种香气是他们天一族独有的嗜心花才有的香气，此花花朵红艳，散发异香，却是不折不扣的毒花。中毒者心口上定会出现一朵红色的花形印记，此毒易让人上瘾，上瘾之后，若一日不服用，便心口处奇痒难当。中毒者短期内不会毒发身亡，其毒性发作极缓，短则三五年，长则十年，当花形印记的颜色由浅红变为深红，便会毒发攻心，状似心劳而死，故名嗜心花。若想杀人于无形之中，这嗜心花毒再好不过。

美仁定了定神，抬眸看向蓝希凌，想从她的神情中看出点端倪，然而除了对弟弟的关爱之外，便什么都没有。

“唉，可惜我从小就不爱吃蜜饯这种东西，总觉得它太甜太腻了。”她面带笑意，一个劲地说着，直到发现美仁抱着盒子愣愣地一动不动，才惊讶地道，“美仁，你怎么了？怎么不吃？你不喜欢吃蜜饯吗？小孩子不都喜欢吃这种东西吗？以前二弟每次喝完药都吵着要吃一口这种蜜饯。”

什么？！蓝希硕喜欢吃这种东西？还经常吃？

乍听到这个消息，美仁惊愕地瞪大双眼。那蓝希硕身体原本就弱柳迎风，若再食用这种含有嗜心花毒的蜜饯，无疑是雪上加霜，不用多久就会魂归西天。之前的猜想与现下的情形不谋而合，蓝希硕果真是被人害死的。是那个叛徒吗？他害蓝希硕做什么？他应该拿他来练功才对，何以会以这种方式害死他？

方才喝了那苦不堪言的药，难道眼下还要她再吃了这毒药不成？早知是这毒蜜饯，她死活都不会急吼吼地说喜欢吃，难不成自己再抽自己的耳光说不喜欢吃？今日真是捉鸡不成倒蚀一把米，搬起石头砸自己的脚。

无论蓝希凌是知此嗜心花有毒也好，还是不知这花有毒也罢，为了不让她起疑心，美仁决定豁出去了。她拿起一朵，轻咬了一小口。

所幸是本族的东西，就算是中了此毒亦有法子解，不过就是麻烦一些。

“咦？看你的表情，是不是这蜜饯不好吃？我尝尝。”蓝希凌伸手便要捏取一片。

“不是，不是……”美仁咽下那一小口后，又不得不将整朵花吞下，扯了一抹难看的笑容，“好吃，真的是太好吃了，谢谢姐姐。”看蓝希凌方才的举动，应是不知这蜜饯里含有嗜心花毒。

“瞧你开心的样子，果然和二弟一样。”蓝希凌掩嘴轻笑。

开心？！她哪里开心了？分明是心在淌血，好吗？

“姐姐能不能将这盒蜜饯留下，美仁等想吃的时候便可以吃到，可以吗？”美仁强颜欢笑。

“傻瓜，姐姐带来便是给你吃的。”蓝希凌宠爱地揉了揉美仁的黑发。

美仁干笑几声，开始套话：“姐姐，这种蜜饯的味道好特别，闻起来有一种特别的香气，姐姐是从哪儿买来的？这么好吃的东西，姐姐怎么不尝尝呢？”

“嗯，的确很香。不过不是我买的，其实我也不知道这蜜饯是从哪儿买的，都是二娘送的。听说是她的贴身嬷嬷从老家带来的，好像做起来比较麻烦，所以每次也只有那么一小盒，都是带给硕弟的。一来我本身就不爱吃这些甜食，二来我怎么会和病中的硕弟抢呢？”蓝希凌道。

二夫人？贴身嬷嬷？女人？可那叛徒明明是个男人呀，怎么会是个女人？

“二夫人的……嬷嬷？”美仁疑道。

“嗯，一个又聋又哑的老嬷嬷。”蓝希凌道。

是女人，而且还是一个又聋又哑的老嬷嬷？

美仁刚想开口再问，这时进来一位小丫头对蓝希凌欠了欠身，谦恭地道：“小姐，夫人请您过去一趟。”

“好。青红，你留下来伺候着。”蓝希凌对那名小丫头吩咐完，又帮美仁掖了掖被角，才离开屋子。

美仁记得这个小丫头，第一次在街上碰到蓝希凌，跟在蓝希凌身后的黄裳小婢就是她，她应该是蓝希凌的贴身侍婢。

这会儿，美仁的身体已不再似之前那般滚烫，所有不适通通散去。她倚在床边，仔细打量着这位婢女，蓦地，她对婢女浅浅一笑，道：“青红姐姐吗？”

面对眼前俊俏的少公子，青红竟羞赧地垂下面庞，欠了欠身子，软声细语：“回向少公子，奴婢青红，向少公子直呼青红的名字便可，加上一声姐姐，会折煞青红的。”

呵，这一声“青红姐姐”其实折煞的是美仁自已，要知道这小丫头应称她一声姐姐才对，可谁叫她为了找回《天一圣经》扮作孩童这么拼？

美仁又道：“青红姐姐，你是信阳本地人吗？”

“回向少公子，青红是信阳人，祖辈也都是信阳人。”青红回道。

“那你可知这附近哪儿有温泉？”虽到信阳有一段日子了，但眼下，她没有多余的时间和精力再去查探信阳哪儿有温泉。

嗜心花毒无解药，要想解这嗜心花毒，三日之内，需用热水散出的热气熏蒸身体数个时辰，直至将体内的嗜心花毒蒸出体外。然而，再热的水久了都会凉，不停地往浴桶里注入热水，得找个人在一旁伺候着。目前的情况对她来说，不现实。因此，不需要人伺候的法子，只有找一池温泉。

青红摇了摇头，道："青红不曾听说信阳城附近有温泉。"

美仁顿时觉得自己的心在淌血。

完了！三日一过，那毒便深种，之后若再想解此毒，就不只是连续三日每日熏蒸数个时辰这么简单了，而是需每日熏蒸，蒸上个七七四十九天方可将毒散尽，否则就等着毒发身亡吧。想想要在热水里泡上个七七四十九天，至少得脱一层皮。罢了！罢了！只当自己犯小人。还有那盒原本打算丢掉的毒蜜饯，这下倒好，在找到温泉之前，倒成了她的救命良药，否则心痒难耐，不等解毒，她就会将自己挠死。

青红见美仁的脸色不大好，连忙问道："怎么了？向少公子，是不是您又哪儿不舒服了？奴婢这就去唤大夫。"

"哦，没事，没事。我只是突然觉得有些累，想休息了。"美仁缓缓滑进被子里，无奈地闭上眼，再度懊恼自己怎么用装病这种烂招。

拿到《天一圣经》后，第一件事便是去泡温泉。

青红帮美仁盖好被子便静静离开。

［十］知恩图报

青红走后，美仁未料到自己很快便睡过去，猛然惊醒之后，一身冷汗。

这嗜心花毒果真厉害。

这个时候，若是那灰衣人想要出手对付她，便是易如反掌。不行！她得要加快行动，不能再这样耗下去，再这样耗下去，早晚会搭上自己的一条命。

她掀开被子，正欲下床，便听见屋外传来一阵细碎的脚步声，接着便听见啪的一声，似是瓷器摔碎的声音，然后两位姑娘低低的声音响起，其间还夹杂着啜泣声。

长期习武，即便再低的声音，美仁也能听得清晰。一时好奇，她竖起了耳朵。

丫鬟甲厉声道："你真是笨手笨脚的！走个路，也能将手中的这碗药摔碎了？你眼睛是长头顶上了吗？走路不看路的吗？"

丫鬟乙的声音极为慌乱："小翠姐，小梅不是故意的……"

小翠气急："你不是故意的？我当然知道你不是故意的，可是你说给我听有何用？这可是明二公子的药。你说你不慎打碎了，要老爷、夫人、小姐，还有明二公子信了才成！”

小梅哭道：“小翠姐，那要如何是好？”

小翠尖声道：“我怎么知道？这次真是被你给害死了。真是霉运来了，躲都躲不过。”

小梅哽咽着：“对不起，小翠姐……”

小翠不耐烦地道：“哎呀，算了，算了。要怪就怪那个向少公子落水落得不是时候，偏让那个明二公子给碰上。为了救他，连累明二公子受了风寒，旧病复发。真是有意思！一病病两个，真是忙坏了我们这些做下人的。”

美仁听到两个小丫头的对话十分震惊。真正救她的人怎么是明家那个家伙？他为了救自己而受了风寒，弄得旧病复发？救她的不是昕大哥吗？美仁深深蹙眉，回想昨夜之事，这才想起昨夜向昕的衣服始终是干的。该死！为何救她的不是昕大哥，偏偏是明家那个家伙？

小梅带着哭腔：“可是药没了，该怎么办？”

小翠啐道：“怎么办？能怎么办？真是笨死了你！赶紧把这儿先收拾干净，再去膳房看看那些药渣倒了没？没倒的话加点热水重新炖一碗出来。”

小梅愕然：“啊？加水再炖，那药不就不管用了吗？那样的话，会不会吃死人？”

小翠恐吓道：“管用？这时候你还管药有没有用？先想想你会受到什么样的惩罚吧。应该不会吃死这么严重。这事若是被老爷、夫人知道了，什么后果你自己想吧，真是被你给害死了！”

小梅惊慌道：“不要……我……我这就去……”

屋内，美仁再也听不下去。虽说自己不屑那家伙救了自己，但也不能任由这个叫什么小翠的丫头欺上瞒下地胡来，于是起身打开屋门。

两名小丫头正在收拾碎渣，突然见到美仁出现在跟前，吓得魂都飞了，心想：这回是真的死定了，说什么不好，偏偏给当事的主儿听着见了。

美仁冷着一张俏脸，犀利的目光从两人身上扫过，其中一名小丫头的眼睛红红的，不用说，便是那个打翻药的丫头小梅。而另一名小丫头从美仁走出房门的那一刻起，只看了她一眼，便心虚地一直低着头。美仁一眼就看出这个眼角向上微吊的丫头，就是方才那个使坏主意的小翠。

美仁冷着脸，一字一句地厉道：“以后说话注意些，先看清楚了周围会不会有人再说。”

两个小丫头听闻，吓得连忙丢下手中的瓷碗碎片，立即跪下，哀求道：“求公子饶命！小的知道错了！”说着，两个人开始自扇耳光。

“行了！”美仁瞪着小梅对着她高声道，“你，不想死的话，就赶紧去重新熬药。记住！是重新熬，不是拿药渣兑水熬。”

“是……向少公子，小的这就去。”小梅连忙起身，战战兢兢地往膳房奔去。

剩下跪在那儿一直不敢抬头的丫头小翠，不停地颤着身子。小翠恨不得再狠扇自己几个耳光子，在哪儿不好说这话，偏偏在这向少公子的房门口说这种话，又偏偏被他听见！他可是蓝府的贵客，若这事让主子们知道了，怕是免不了一顿打骂，甚至还会被撵出蓝府，更甚之他们会报官，说是自己意图谋害那明二公子。

一想到这儿，小翠便惊恐地连向美仁磕头，哭着道：“小翠知错了！小翠再也不敢了！请向少公子开恩，千万不要将此事告知老爷、夫人。请向少公子开恩！请向少公子开恩！”

这个小翠之前说话一副盛气凌人一肚子坏水的模样，这会儿倒是一副贪生怕死的卑贱嘴脸。

美仁轻勾唇角，嗤道：“错？你何错之有？”

“小的……”小翠咬了咬唇不知如何接话是好，“只要公子放小翠一马，小翠愿为公子做牛做马。”

“你这话是什么意思？我可没有威逼利诱你做什么。”美仁扬起漂亮的薄唇，眸中满是笑意。可不是她喜欢抓人把柄，但是若有人主动送上门，她也从不轻易放过。

小翠诚惶诚恐地道：“不是的，小的不是这个意思，小的……”

美仁本来想好好教训教训这个刁钻的丫头，转念一想，或许事后还有用得着她的地方。何况她也不是蓝府的人，这管教下人的事，还是让蓝府去操心吧，她只要吓唬吓唬这个小丫头达到目的便行。

美仁正了正色，道：“以后说话做事都小心谨慎些，起来说话吧。”

“谢谢向少公子！谢谢向少公子！”小翠战战兢兢地起身，见美仁不是个多嘴之人，一颗悬着的心总算是放下了。

“我问你，方才你们俩说昨晚救我的是那明家二公子，到底是怎么回事？”

小翠立即回道：“回向少公子，昨晚明二公子从莲花池中将您救上来之后，到了夜里便旧病复发，府里连夜给请了大夫。”

“说说昨晚详细的情况。”美仁挑眉。

于是，小翠便将美仁落水之后的事详详细细说了一遍。

听完之后，美仁一下子陷入沉思，她只依稀记得当时身体在水中浮浮沉沉，忽然遇到一样“东西”，她便死命地抱着那样“东西”，结果那“东西”死命地捏着她的鼻子……不用说，那“东西”肯定是个人。居然是明景升！就他那病歪歪的身子骨，竟然能下水将她救了？直觉却告诉她，救她的人明明是个身姿矫健的男人。这一点真是让人有点匪夷所思，说给鬼听，鬼也不会信吧。

去会会他好了。

美仁嘴角露出一抹捉摸不定的笑容：“那明二公子住在哪间房？领我过去，我可要好好‘拜谢’他。”

“是。”

美仁跟着小翠在院内转了个弯，便到了明景升住的厢房。两间厢房离得很近，真的很近。

美仁瞅着眼前两扇紧闭的精雕檀香木门，顿了顿，转首对身后的小翠努了努嘴，示意她敲门。

小翠不敢多问，轻叩了几下门扉，低唤：“明公子，向少公子求见。”

明景升刚打坐调息完，正欲尝一口不久之前送来的上等毛尖，听闻这一声通报，十分意外。他挑了挑眉，好看的唇线微扬，起身开了门。

小翠向明景升行过大礼，便自觉地退居一旁。

美仁朗声嘱咐她：“过会儿药好了，把药端来。记着！这次要小心了。”

“是。”小翠欠了欠身，连忙退了下去。

不明所以的明景升就这么立在门前，不请美仁进屋，也未给她让出一条路，脸上始终弯着一抹似笑非笑的弧度。

美仁抬眸看向他，除了面色稍许苍白一些，其余地方她还真看不出来他哪里不适，跟昨晚遇见他时毫无区别，目光同样犀利，神情同样无礼，姿态同样傲慢，这样也能叫旧疾复发？

她忍不住轻嗤一声：“听说明哥哥因为救美仁，旧疾复发？”

明景升望一眼美仁，这小家伙瞧他的犀利眼神可不是他这个年纪的人该有的。听蓝府的下人们说，小家伙因昨夜落水受了风寒，今晨烧热不退。这会儿看来，小家伙两颊红扑扑的，倒是挺有精神的，一双美目从见着他开始，便不停地来回审视他，明明眸光含笑，却是充满了鄙夷之色。在他看来，这小家伙似乎不是来谢恩的，倒像是来找碴儿的。

他轻笑一声，道：“倘若你是来谢恩的，那就进屋说话吧。”

言下之意，若不是来谢恩的，那就请回吧。

是她见的男人太少了，还是这男人太自以为是？对着他的背影，美仁狠瞪了一眼，然后昂首迈进屋子。

明景升在桌前优雅地坐下，修长好看、骨节分明的双手随即持起桌上的茶壶，倒了一杯茶。

美仁本以为他会以茶待客，却不想下一刻那茶盅已然贴上他的唇边，只听细细一声轻咂："浉河中心水，车云顶山茶。"

瞅着他闭着双眼一副自我陶醉的模样，美仁不由得在心中轻嗤，难怪蓝希凌声称死都不愿嫁给他，因为与体贴入微的向昕比起来，他真的是差得太远了。

明景升忽然睁开双眸，对美仁浅浅笑道："喝茶？方才蓝府才派人送来的上等毛尖。"

美仁冷嗤道："谢了。美仁自幼家境贫寒，喝惯了白水，消受不起这上好的茶。"

明景升不以为意地浅浅一笑，执起茶壶往另一个茶盅里斟满茶水后，推向美仁，道："坐。没喝过才更该尝尝，这茶色绿、香郁、味醇、形美，乃茶中极品，不尝，可惜了。"

美仁嘴角微微抽搐，有些弄不懂眼前这个面色苍白的男人，之前傲慢无礼，这会儿又彬彬有礼，这是同一个人吗？

她不再客气，端起面前的茶浅浅轻尝，不由得眉心微拧。果真如他所说，此茶乃茶中极品，她忍不住又多尝了几口。

"怎么样？"明景升问道。

美仁抬眸，便对上他那双清澈明净的幽眸，轻哼一声："都说了我喝惯了白水，这玩意儿在我喝来都一个味。"说完，她便一口仰尽，将空杯掷在明景升面前。

"好茶需要细品，既然你对茶不感兴趣，那明某也不作勉强。"盖上茶盖，明景升不再为美仁继续斟茶，犀利的目光直射向她。

随即屋中一片沉静，两人互相探究的目光在半空中僵持了好一会儿。最终，明景升率先开口："你找我究竟何事？"

美仁轻扯唇角，道："看明哥哥的样子一点也不像旧疾复发。"

明景升扬眉，微眯了眯眼，方道："你想说什么，但说无妨。"

"美仁有些好奇，一个自幼恶疾缠身的人何以会凫水凫得那么好？或是说明哥哥就是比别人厉害，身弱志坚！可否教教美仁？下次再出意外，美仁也不会连累他人。"笑意在美仁的唇边漾开，她倒是想看看明景升如何回答。

明景升一阵沉默，盯着美仁看了许久，忽地发出一阵好听而低沉的笑声，黑眸变得更加清亮，只见他薄唇轻启："好，那我就勉为其难收你为徒，一切皆按拜师的礼节来。待你叩了三个响头，行了拜师大礼后，我便教你何以我体弱多病却依然能学会凫水的奥妙所在。当然，这拜师学艺的银两也是不能省的，我们明家讲的便是在商言商。一次，十两纹银。”

自始自终，明景升的脸上都挂着一抹淡淡的笑容，让人看不透他究竟是怎样一个人。

教一次十两？那还不如抢来得更快！想来之前她是看走眼了，这家伙扮戏子似乎比她扮得更高明，心思缜密，有条不紊，不由得让她暗暗钦佩。原本以为他只是个病歪歪的家伙，却没想到棋逢对手，有意思。

“唉，看来美仁只能放弃拜师了。因为明哥哥你的要价太高，高过那杭州城倚笑楼里的姑娘。美仁可付不起这么高的价。”她含笑起身，倚着桌边俯视着这个自傲的家伙。

美仁将他比喻成倚笑楼的姑娘，这是明景升未曾料到的事，嘴角之处渲染开的笑意在瞬间僵住，原本略显苍白的面色因微愠而泛红。他深锁浓眉，一双幽深的黑眸尽带鄙夷之色，直直地望进美仁含笑的清眸……

许久，他一口喝尽面前早已凉透的茶，语气冷淡地道：“我替你叔叔向总捕感到羞耻。”

听到他提及向昕，美仁微微变色。其实她是准备来道谢的，但只要一想到他是明经堂的儿子，再加上他这副傲慢无礼的态度，她便忍不住想要怼他。眼下，他并无蓝府下人所说的半死不活，她也没必要感到内疚。

她轻轻一笑，看似谦和地道：“谢谢明哥哥的上好毛尖，既然明哥哥身体无碍，美仁也便放心了，不再叨扰，就此别过。”

作了揖，她转身离开。这时，门外进来一行人，让她惊愕不已。

为首的正是明经堂，乍见美仁，他面露惊色。

“爹。”明景升起身叫道。

明经堂轻点了点头，有些意外，在景升的房内遇见昨夜将整个蓝府闹得鸡犬不宁的那个小孩。他微微眯起眼，细细打量这个小家伙，这出尘绝色的容貌似曾相识。

美仁怎么也没有料到，竟然还能碰到这个她应该称之为“爹”的男人。抑下心中那团怒火，她捏紧拳头，俯首作揖，恭敬地道了一声：“晚辈向美仁见过明庄主。晚辈身有不适，先行告辞。”

微抬的步子尚未迈开，明经堂已然立于她的身前，接着便是清朗有力的声音响起：“小兄弟，请留步。”

她已经答应悦姨不会对明家怎样，但这个男人偏要主动送上门，那便怨不得她了。她在心中冷笑一声，扬起笑靥，看似天真：“明庄主有何吩咐？”

明经堂被这一笑，弄得忽然恍了神，曾几何时，也有那么一个女人会露出这样的笑容。她的嘴角时常挂着那种淡淡的、似是看破世俗、迷人而倦慵的笑意……

收回思绪，明经堂在桌前坐下，再度审视眼前这个小子。

明景升退居父亲身后而立，其余三名随从未得主人吩咐，不得擅自入内，安分地守在门外。

手指不断地轻敲桌面，过了好一会儿，明经堂才开口道："小兄弟如何称呼？"

美仁在心中冷嗤，表面恭敬地应道："回庄主，晚辈姓向，取名美仁，向若而叹的向，美人如玉的美，仁义君子的仁。"

明景升不由得微微挑眉，他一直以为这小子叫"向美人"，却没想到是仁义君子的仁。

"向美仁？像美人。哈哈哈，是个有意思的名字。"明经堂不由得开怀大笑。

虽过了不惑之年，但明经堂的面容依旧丰神俊朗，可是看在美仁的眼里是何其虚伪丑陋："明庄主过奖了。"

"听闻向小兄弟是向总捕的远房侄亲？"明经堂又问。

"是。"

"向小兄弟年方几何？"

"十三。"

"十三？"明经堂不禁疑惑，微微顿了顿，"我听向总捕说，向小兄弟父母双亡，所以前来投奔向总捕，不知向小兄弟的……"

明经堂的话尚未说完，便被美仁打断："没错！如今晚辈也只有向大叔一个亲人。请恕晚辈无礼，有关晚辈的身世，请明庄主莫要再提及，因为晚辈不想再回忆这些伤心往事。"她的声音陡然变得高昂尖锐。

明经堂虽有些难堪，但只是瞬间，便恢复了常色："好，算是明某唐突了。明某只是觉得向小兄弟的模样长得很像明某认识的一位故人。"

故人？真的只是故人吗？美仁紧抿薄唇，在心中冷道，怕是那"故人"的容貌你早已记不清了吧。

明经堂又道："请向小兄弟莫要见怪，明某只想再问一事，你可认识一位叫作怡惜的女子？"

本想立即离开的美仁，忽然之间听到娘亲的名字，不由得僵住了，紧抿的红唇微微颤动。

"她是我娘。"

屋内的空气陡然在瞬间凝结了。

明经堂眉心深锁，不敢置信地道：“她是你娘？”

“是的，她是我娘，但是她早在我八岁不到那年就已经死了。”美仁极力克制自己的情绪。

一阵沉默，明经堂一脸茫然地喃喃念道：“死了？”

“对，死了。爹的死给娘打击很大，因为爱爹，所以她选择追随爹而去。所以死了，都死了。”美仁双眸死死地盯着明经堂。

忽然，明经堂起身，立在美仁的身前，道：“想不想成为我紫玉山庄的人？”

明经堂这一句突如其来的邀约，让美仁惊愕不已。成为紫玉山庄的人？成为紫玉山庄的人很了不起吗？她在心中冷嗤。

她不接话，明经堂却当他是个孩子，不太明白成为紫玉山庄的人究竟所谓何意。

“我与你娘乃是故友，照顾故友之子，也是我这个做长辈的理应做的事。向总捕身为衙门总捕，时常公务缠身，自是不便留你一个孩子待在衙门里。若是向贤侄不嫌弃，不如投我紫玉山庄门下，我必将竭尽全力，将你培养成为一个文武双全的好男儿。”

文武双全？美仁在心中冷嗤，她本来就是文武双全。从娘离开人世的那一日起，该学的、不该学的，她全都学了。

从爹与这小子的对话里，明景升一下子便悟出些什么。这小子绝非表面上看来那么简单，而这小子之所以会对爹和自己有种莫名的敌意，多半是爹与他娘亲之间的一些艳事。不过，令明景升惊讶的是，他没料到爹会因为余情未了，而让这小子入紫玉山庄。

明景升看出美仁的抗拒，于是道：“爹，这事或许还要同他的叔叔向总捕再商议，毕竟向总捕是他唯一的亲人。”

美仁有些讶异地看向明景升，他那一双似笑非笑的幽眸也正看着她，似乎帮她找了个很不错的借口。

明经堂轻点了点头，道：“嗯，是我草率了。”其实他只是来知会一声景升，他要先行回紫玉山庄处理一些事，待景升的病好转之后，便自行回去。不想遇见美仁，这小子不禁让他想起曾经宠爱过的女人怡惜。两人何其相似，他找那个女人许久未曾找着，没想到她竟然已经死了，心中不由得涌起一份淡淡的惋惜，这份不舍与怜惜莫名地转到美仁的身上。

临行之前，明经堂轻拍了美仁的肩头，道：“希望升儿回到紫玉山庄的时候，我也能再见着你。”

美仁表面露着微笑，心中却道：不可能！

目送明经堂离开，美仁许久才回过神，却发现自己竟然还留在这屋里。抬眸之际，便对上明景升深邃的幽眸，她冷笑一声，转身离开。

这时，小梅和小翠端着重新熬好的药进门。两个小丫头战战兢兢地向美仁行了礼。

那一瞬间，除了浓重的药香之外，美仁还闻到了另一种香气，不由得脸色一变。

嗜心花香！那碗药里竟然有嗜心花毒！

嗜心花，是他们天一族特有的毒花，需要特殊的照料才能存活。她走南闯北，也未曾在外界见过此花。除非是他们族人将嗜心花毒提炼了做成成药，否则外人想得到嗜心花毒根本就是不可能的。若说是那凶手下的毒，应该在她的药里下毒才对，然而那人却未在她的药中下毒，而只是让蓝希凌给她带来了毒蜜饯。可为何他们给明景升的药中会掺了这种毒？难道待在这蓝府里的叛徒与明家有过结？还是与明家有过结的其他族人也藏身于这蓝府之中？蓝希凌口中那个又聋又哑的老嬷嬷究竟是谁？她决定去查一查。

“明公子，您的药。”

明景升锁着眉头轻应了一声。

小梅将那碗药从托盘内小心翼翼地端起，正欲放在桌上，只听啪的一声，那药碗莫名地应声而碎。滚烫的汤药溅在小梅的手上，只听她惨叫一声，眼睁睁地看着手中重新熬好的药，就这么莫名其妙地溅了个满地全是。

惨叫声中，似乎夹杂着什么东西滚落的声音。

明景升微微蹙眉，目光扫过眼前两个满脸惊恐的小丫头，最后定在门外的美仁身上。他轻勾了勾唇，嘴角浮现出一抹耐人寻味的笑意。

扑通一声，小梅跪在了明景升的面前，猛地磕起头来，哭道：“明公子，奴婢不是故意的！奴婢今日绝不是有心连着两次打翻您的药，请明公子开恩！请明公子开恩！”

“请明公子开恩！小梅绝非故意的！”小翠也吓得跪下求情。今日不知是犯小人还是怎么了，本以为能逃过一劫，没想到小梅这死丫头竟当着客主的面又将药打翻了，早知道这碗药自己来端就好了。

连着两次打翻？明景升挑了挑眉，看了那两个小丫头一眼，不责怪，也不叫她们起身，缓缓坐下，饶有趣味地盯着满地的碎瓷。

美仁见状，便走回来道：“都起来吧，不过一碗药而已，打翻了再重新去熬就是了。”

明景升却道：“我那碗药可不是普通的伤寒药，千金难求。”

白痴！毒药还当个宝！什么千金难求，要不是她打碎了药碗，怕是他到时连怎么死的都不知道。

顿时，两个小丫头吓得哭起来。

美仁看着跪在地上的两个丫头，道："就算千金难求，那也有个价，你们俩先起来再说吧。"

"呜呜呜……这药是明公子自己带来的，一共只有三服，昨夜明公子服了一服，今日一下子被奴婢打了两服……奴婢以为这药只是普通的伤寒药，还想着待会儿去药铺重新抓药，谁知……"小梅哽咽着说不下去了。

明景升不急不慢地道："想短期内在信阳城配出这药是不可能的，若是我这两天出了什么事，她们担当不起。"

美仁嘴角微微抽搐，将之前的想法全部推翻。那药竟然是他自己带来的，根本就没有人要害他。看来他是真的有病，而且还病得不轻。

"哈哈哈，我当是什么东西，这就是你的千金难求？"美仁大笑几声，弯下身从打翻的碎瓷中拾起一粒约莫指甲大小、滚圆的白色珍珠，举在明景升的眼前晃了又晃，"明哥哥的病果然与众不同。珍珠，有治热病惊痫、烦热不眠、口疮溃疡不收口、目赤翳障之功效，最重要的是能润泽肌肤……"

美仁故意顿了顿，一双美目在明景升白皙的面庞上来回扫视。

明景升挑眉，与其对视，似在听下文。

很快，她勾了勾唇，戏谑道："可明哥哥的样子一点也不像是热病惊痫、烦热不眠、口疮溃疡不收口、目赤翳障。说到这润泽肌肤，一般女人用珍珠来保养肌肤，那也是将珍珠磨成粉，明哥哥却是要生吞了珍珠。哈哈哈，美仁今日算是开眼界了。"

"南海珍珠，价值不菲，谢谢。"明景升从容地浅浅一笑，似若无意地在美仁手上轻轻一拍。

美仁感到虎口一麻，那粒珍珠不偏不倚刚好落入他的手中。

只听他对小丫头道："起来吧，药的事我自会想法子。收拾了下去吧。"

"多谢明公子开恩！多谢明公子开恩！"小翠和小梅顿时松了口气，连忙将地上的碎瓷拾掇干净，退了出去。

明景升看了看美仁，扬眉道："怎么，你不是有急事要走的吗？"

美仁看着他手中的南海珍珠，暗暗咬牙，愤愤地道："是的。既然没什么事，那美仁也不多打扰了，明哥哥可要好生休息了。"

作了揖，这一次美仁是真的离开了。

明景升捏着手中的南海珍珠，光晕浑然，算是珠中极品，价值不菲。他蹙了蹙眉，抬眸看向门外消失的身影，陷入沉思。

［十一］倚笑浮生

是谁说做人要懂得知恩图报的？可他们天一族的女人从来知恩不报。

今日有病的一定是她，而不是明景升，否则她怎会用那么珍贵的南海珍珠去击碎一碗毒药？明景升绝非表面上看上去那么简单，他只是轻拍她的手，瞬间她便感到虎口震麻，这家伙难道会武功？

美仁越想越觉得愤愤不平，当真是脑子热糊涂了，才会想要去谢他。算了！那颗南海珍珠就当是谢他救命之恩的酬金好了。至于他是明知药有毒，还是被人下毒陷害，那都不关她的事。不管是明家还是蓝家，谁生谁死都与她无关，她的目的是拿回《天一圣经》。她必须要再去“明静堂”那个禁地探一探。眼下，她还是回去先假扮好诱饵一职吧，或许有什么意外的收获。

转过弯，便是自己所住的厢房。美仁忽然瞧见蓝家二夫人立在她的房门外，其后还跟着一名素衣妇人，手中端着一盅看似药膳补食之类的东西。

美仁立即迎上前，有礼地恭道：“美仁见过夫人。”

蓝夫人温柔一笑，道：“刚得空闲，所以过来瞧瞧你，没想到你不在屋内，这正准备走呢。”

美仁推开屋门，做了一个请的手势：“夫人请进屋说话。”

蓝夫人与那素衣妇人一同进了屋，美仁方道：“很抱歉，美仁方才得知昨日是明公子挺身相救，却害得明公子旧疾复发，于是去他屋子探望。美仁惭愧。”

蓝夫人道：“说来还是我们府上的疏忽，这盅是我刚命下人炖好的冰糖燕窝粥，向少公子尝尝。”蓝夫人说着，便回头以手势和口形的方式吩咐身后的素衣妇人。只见那仆人一身素净的布衣，神态慈祥和蔼，恭敬利落地按吩咐做事。

“夫人不必如此客气。”美仁眈了一眼她，不敢太过于仔细地打量她，她应该就是蓝希凌口中那位又聋又哑的嬷嬷。

“这位是秀姑，我的贴身婢女，自我未出阁至嫁进蓝府一直跟随我，一晃也二十多年了。一次意外，她染了风寒，也是高热不退，烧得整个人神志不清，所幸捡回一条命，但从此不能说话。可惜了，至今未找个好人家。”蓝夫人看着秀姑惋惜地叹道。

秀姑盛好燕窝粥端到美仁的面前，对她轻点了一下头，示意她趁热吃了。

在对上秀姑的双眸之时，美仁猛然心惊，那双眼根本就不是一个普通妇人应有的眼睛。蓝夫人风姿不减，全当保养得好，岁数也定不会超过四十，而秀姑的年纪从外表看上去，至少比蓝夫人要长上十余岁，但她的双眼却清亮犀利。在这样的年纪还能拥有这么一双眼睛，只有一个可能，她是一个深藏不露的高手。

美仁垂下眼帘，接过秀姑手中的燕窝粥，余光瞥见她的双手，更加确定。但凡习武之人，舞刀弄剑，武艺精熟，定会在手上留下痕迹。若虎口处有厚茧，那便是握刀或剑的结果。这秀姑手形偏大，除了虎口处有厚茧之外，手指内第二关节也覆有厚茧。而身为一个下人若因杂事做得多，成茧的地方绝非这两处。

美仁下意识地看了看自己白皙娇嫩的双手，修炼长春功虽然要付出非人一般的代价，甚至需要忍受长达十年之久仍是孩童身型的岁月，但眼下看来，至少她不会因体型特征而露底。

她要找的叛徒是族内赫赫有名的木曜使者都桓，虽不曾见过他，但她知道木曜使者是个男人，而让她不解的是，眼前的秀姑是个女人。

美仁端着手中的燕窝，故意身子轻轻一晃，冷不防往蓝夫人的身上倒去，手一软，将那碗燕窝粥啪的一声摔在地上。

蓝夫人急忙扶住美仁。

美仁故作难受地道："夫人，对不住，美仁不是故意的。方才只觉得头晕乏力，所以……"这秀姑来意不善，双眸中暗藏杀机，她不得不防。

"不碍事的。你身体尚未痊愈就跑出去，快躺下，先好好休息。我吩咐下去，重新给你熬一盅，等你醒了之后再喝。"蓝夫人扶着美仁往床边迈去。

秀姑连忙上前帮忙，一只手看似无意却直接要搭上美仁的手腕。她的手只触到衣袖，便被美仁巧妙地躲开了。美仁知道她想探自己的底。虽然事先她以特殊的手法将自己的内力封印，就算有人刻意查探，依旧会探不到，但她不想让这个尚不明身份又很危险的秀姑对她进行查探。

秀姑将地上收拾干净。蓝夫人不作叨扰，便带着秀姑离开。

倚着床柱，美仁开始思考。

蓝府上上下下但凡她见过的面孔，究竟哪一个才是他们天一族的木曜使者?

若不是突然之间成了叛徒，木曜使者算得上是个有情有义的好男人，然而错就错在他偏偏与圣女有私情，被发现后，竟偷了本族至宝《天一圣经》逃出天一谷。

天一族的圣女……

一时间，美仁的思绪飘得很远很远，飘回十年前娘亲离开的那个春天……

记忆中的萧山上，小屋破败不堪的木门总是被风吹得不停晃动，嘎吱作响。屋内陈设简陋，她和娘亲的生活十分艰苦清贫。不过每逢春天，伴着清风，淡淡的花草清香就会充满整间小屋。

当时的她只是一个七八岁的女娃儿。

那日刚熬好了娘亲的药，门又被风吹得合上，她只得放下手中刚熬好的汤药，转身将屋门打开，用砖块重新抵上。屋外的景色让她不由得注目，自屋外的小径一直通往远处山坡上，星星点点的红色小花缀满了山径两旁，煞是迷人。

美丽的萧山，雨时可以看见雾色缭绕的苍茫群山，晴时可以看见碧绿苍翠的清幽山谷，到了下雪，便成一片白茫茫纯洁的冰晶世界。

为何娘的病还不快好起来？不然，便可以带着她在这山林间欢快地穿梭嬉戏。

“咳咳……”原本躺在木床上的娘亲忽然支起病体，轻咳几声，对她唤道，“符儿……过来……”

她回转身，凝望一眼床上的娘亲，短短两年的时间，娘亲原本一头乌黑秀丽的长发，如今已寥寥无几，仅剩下几缕白发稀稀松松地垂散在胸前，瘦削的脸庞颧骨高耸，眼眶深陷，唇色泛白，面如死灰。她不明白，她的娘亲曾经拥有绝色的容颜，为何会莫名地变成如今这副模样?

对着娘亲嫣然巧笑，她端着药碗上前，柔声道：“娘，先喝药。”

忽然只听啪的一声，娘亲使尽力气，一掌将那碗药打翻在地，牵动嘴唇，颤着声道：“你……给娘……跪下……”

“娘，是不是符儿做错了什么，惹娘亲生气了？”她不明白为何娘亲会突然如此生气，竟然挥手打翻那碗能够延续生命的药，两行温热的清泪顺着粉颊盈盈落下。

“不许哭，把眼泪擦干净……咳咳……”娘亲吃力地抬起手，指着她虚弱地道，“娘要你发誓，以你的生命起誓，你绝不做天一族的圣女……咳咳咳……若你违背誓言，必将孤老终身，不得好死，永世不得超生……咳咳咳……”

天一族？那是什么族？娘和自己与他们又有什么关系？为何要发这么恶毒的誓言?

她抬着一双泪眼，怔怔地望着病入膏肓的娘亲，不明白她究竟在说些什么。

“娘……”她委屈地叫唤。

“跟你说过多少次，不许哭，快点起誓……咳咳咳……”娘的口气倏然变得焦急起来。

她只得哽咽道：“皇天在上，后土在下，我……”

誓言只刚起了个头，便听见一阵妩媚的笑声由远及近传来，忽然间一阵暗香袭来，只见一名身着轻薄纱衣的美艳女子立在门处。她杏面桃腮，唇红齿白，一头乌黑的青丝在右耳后侧轻绾了个髻，髻上插着一朵红色的妖媚的牡丹花，松散的碎发垂于胸前更显媚态，雪白的颈项、粉嫩的藕臂都暴露在白纱之外。

折纤腰以微步，呈皓腕于轻纱。

只见那妖媚的女人抬手轻抚几缕碎发，诱人的红唇轻启，媚笑道："姐姐真是让妹妹好生难找。哟，没想到我这外甥女都这般大了，长得可真是水灵可人。"说着一双玉手便向她的面颊伸来。

"娘……"她连忙错开身，退到娘的床前。

娘亲连咳数声，露出凄惨的笑容，道："你们来得可真快……咳咳咳……"

"姐姐哟，妹妹的速度算是慢的了，好不容易才从一群男人里脱身，不然，姐姐也不用受这般委屈，"那美艳的女人媚笑几声，"其实还是怪妹妹学艺不精，不然也不会费了这么多年的工夫才找着你们娘俩，让你们娘俩受苦了。"

娘没听那女人说话，厉声道："符儿……起誓……"

"哟，姐姐，你这就不对了。"娇媚的声音刚落，倏地，那美艳的女人一把擒住她的胳膊，笑意收敛，对她的娘亲冷道，"背叛天一族的人没一个有好下场的。那毒让你拖了这么多年，也算你命大。若想符儿好好活下去，你何苦让她发这么毒的誓言。当年你发了毒誓，又怎样？还不是成了这副鬼样？符儿是你的女儿，难道你也想让她步上你的后尘？"

一口黑血忽然从娘亲的口中喷出，溅得周身全是。

"娘！"她尖声叫着，挣脱了那个美艳女人的手掌，扑向床边，刚好接住娘亲歪倒下的身子，大声哭道，"娘，你不要死！你这个坏女人！你出去！出去！娘……"

美艳的女人瞧见这副情形，也不气恼，继续道："怡惜，你我都知道，想要成为天一族的圣女，并非那么简单的事，能不能当上，那也要看她的造化。今日是我先赶过来，若是换了族里其他人先到，便是由不得你了。"

"怡悦，你说得没错，我怡惜能苟延残喘活至今日，无非是爹想要我的符儿，尚留了我一条命在世。如今我已油尽灯枯，还能护着符儿多久……"娘亲强忍着病痛，一字一句慢慢说着，"怡悦，我将符儿交予你，念在多年的姐妹情分上，还有你欠我的，就当我跟你讨回，无论将来如何，你发誓，一定会保她周全。咳咳咳……切莫让她像你我一样……你答应我……"

怡悦忽地收起笑脸，正色道："我怡悦对天起誓，定将毕生所学全数传于符儿，定不让她在这世间受一点儿委屈，若有违誓言，定遭……"

"好，还有这个……给你。咳咳咳……等出了这屋，你再看……"不知为何娘亲没待那女人发完毒誓，便出言打断。娘亲从枕中掏出一个四四方方的油布包裹，递至那女人的手中，然后又对她招了招手，"符儿，你要记着，你是我怜惜的女儿，你只会比我更坚强，身为天一族的女人虽是命，但娘相信符儿一定不会成为天一族的傀儡。记着，你自己的命只能由你自己掌控，咳咳咳……"娘亲咳得更厉害，又吐了一口黑血。

"娘……"

"怡悦……谢谢你……"娘亲望着她，伸手触摸着她的粉颊，倾尽最后的美丽，绽放一抹微笑，用尽最后一丝气力，呢喃着，"符儿……不要怨娘……我的符儿……"

骨瘦如柴的手臂忽然之间垂下，娘亲带着人间最慈爱的微笑，缓缓地倒回了床上……

"娘，我不要！我不要你死！娘……"

清晨过后的太阳，如火似的燃烧起来，烧红了山腰上的那间木屋，烧红了那屋中的人。

美仁苦涩地笑了笑，娘已经去了十年，那日的情形却依然清晰如昨。当时她不明白，何谓天一族，何谓圣女，更不明白娘为何要将她托付于那样一个女人，一个从外表看上去就不似正经人家的女人。而那个女人便是悦姨。

从被悦姨带走的那一日开始，她的命运就发生了天翻地覆的转变。

回忆当初，美仁忍不住想笑，悦姨承诺娘亲会将她的毕生所学全授于她，殊不知她的传授方法是多么地惊世骇俗。

离开萧山没几日，到了杭州城，悦姨竟将她丢进杭州城内最大的一家花楼倚笑楼内。雕花的大门，朱红的梁柱，墨绿的飞檐，光亮的扶拦，都是倚笑楼特有的招牌。

她很惶恐，难以置信，娘临终托付的可信之人竟将她带进了火坑。

惊恐之间，她却发现一切与她的想象截然相反。

悦姨很随意地将她丢给倚笑楼里几位最红的姑娘学习琴棋书画。她不明白，学习琴棋书画何以要在花楼里学？她忍不住想问悦姨，却总是见到她一脸媚态地与男人打情骂俏，而后再搔首弄姿地告诉她，让她记住这倚笑楼里的每一位姑娘在接客时，对着各种各样男人时的音容笑貌，以及举手投足之间的风情万种，注意她们所说每一句话时的神态举止，每一步摇曳风姿的体态，甚至毫不避讳地让她了解男人与女人除了打情骂俏之外，究竟还可以做什么……

她一直不明白悦姨在倚笑楼究竟是做什么的。若说她是倚笑楼的姑娘，她却从不挂牌接客，但进出她屋子的男人绝不比花魁少；若说她是倚笑楼的妈妈，可倚笑楼里已经有了一位涂脂抹粉、俗到不能再俗的老鸨子。

直到渐渐跟上悦姨的步调，她才知道这倚笑楼是悦姨开的，经营的目的？悦姨说，她喜欢男人。

到及笄那年，她害羞地拿着牡丹刺绣肚兜儿，称赞绣工是如何精致的时候，悦姨一边对着铜镜描眉，一边告诉她说："女红这种东西学来无用。"因而除了女红之外，那倚笑楼内该学的不该学的，她都要学。

每当多学会一门技艺之时，她便会担心某一日，她是否也会像其他姑娘一样去接客。

然而，她又猜错了。

日子一天天过，她的担心完全是多虑了，她的身体从十岁之后就不再有变化，因为在学习棋琴书画与卖笑的同时，悦姨还会逼她修炼内功心法，甚至找一些江湖人士教她各门各派的绝学，甚至一些旁门左道的奇技，其中一种便是天下女人都梦寐以求的美丽绝学——长春功。

悦姨说，只有冲破命运苛刻的设定，艰难地走出恒久的死寂，经过反复的细致琢磨，才可以拥有破茧成蝶之后的辉煌，这样的女人，才是最美的女人。因而，她在漫长的岁月中，一直期待着破茧成蝶蜕变的那一天。

自始至终，她都不明白悦姨这么做究竟是为了什么，究竟想要她成为一个什么样的人。然而，悦姨只给了她两个字，那便是活着。

十三岁那年，她第一次动手杀了一位试图强暴她的客人，她终于明白了悦姨为何那样说。事后，悦姨仍是那副慵懒的模样，告诉她，从今日起她可以滚出倚笑楼了，爱上哪儿上哪儿，若是以后再想回倚笑楼待着，要么就做倚笑楼的姑娘，要么就跟那些嫖客一样，付银子。总之，再像这五年里在这儿白吃白喝白住，是绝对不可能的事。

为了防止她在外饿死，悦姨总会时不时交给她一些任务，比如今日她的某个恩客想要什么奇珍异宝，会让她去弄；明日她的另一个恩客家中丢了一只狗，会让她去找；后日她的又一位恩客怀疑自己的妻子不守妇道，会让她去捉奸……除了这些之外，悦姨还会让她选择杀人或越货，所以她不是个好人。

不知道为何，无论漂得再远，在自己最累的时候，她总是会带着足够的银两，回到倚笑楼，守在一旁默默地看着悦姨与不同男人打情骂俏。

悦姨与娘不同，关于天一族的一切，只要她问，悦姨都会毫无保留地告诉她，而不像娘，所有关于天一族的事她只会埋藏在心里，宁可默默地守着它到死。

悦姨总会鄙夷地说，天一族的人骨子里天生就是邪恶的——心是邪恶的，武功是邪恶的，人更邪恶。

不知为何，天一族新生的男婴总是比女婴少。以至于后来，在天一族人的眼里，男人是神赐给他们的，是尊贵的，而女人就是一种多余的动物，仅仅是延续下一代的工具。但血脉的相延，仅靠男人是不可能的，女人便成了延续下一代的圣品，而圣女便是献给族长孕育下一任族长的圣品中的圣品。

每一个宗族培育自家的女儿都有一套作风与方式，为了将自家的女儿培育成天一族的新一任圣女，各大宗族可以说是费尽了心思。女儿被挑中选为圣女是该宗族最大的荣耀，亦是全天一族的骄傲，所以圣女的族人会受到全族人的尊敬。

要成为天一族的圣女不仅要邪恶，还要自私、残忍，只有将参与争夺圣女之位的所有对手全部击败，最终赢得胜利的那个人才有资格成为圣女。而往往，圣女是那群姑娘中唯一活着的那个人。在天一族人的眼里，只有最强的女人才能孕育出最强的继承人，领导天一族变得更为强大。

听完这些，她觉得天一族就是一个疯子聚集地，一方面鄙夷着女人，一方面还要费尽心思地培育女人。

悦姨很赞同她的话，天一族的人都是疯子，包括悦姨她自己。

她会问悦姨，悦姨是否是以培育圣女的方式在培育她，悦姨总是媚眼如丝，笑而不答。

记忆中的悦姨总是笑眼盈盈，但某一日，悦姨一脸沉重地让她去追查一本武功秘籍的下落，而那本秘笈便是族中至宝《天一圣经》。按悦姨的说法，那是本邪恶的武功秘笈，里面记载着天一族最邪恶的武功。

偷走《天一圣经》的便是那木曜使者。

当圣女不再冰清玉洁，这便是对全族莫大的污辱。族人们都十分暴怒，一致要求依族规处死二人，然而木曜使者却偷了《天一圣经》逃走了，只留下了那位圣女。依族规，那位圣女被挑断了全身的筋脉，受了血刑，直至全身的血流干流尽，才能洗清一身的罪孽。

听到这样的结局，她不禁唏嘘，认为那个圣女是个傻子。为了一段所谓的爱情，最终搭上了自己的性命，可她深爱的男人却弃她不顾，自己逃了。

然而悦姨却告诉她，那位圣女直到死，都不后悔爱上木曜使者。这让她不禁对这个木曜使者十分好奇。

她又问悦姨，为何让她去找回《天一圣经》？天一族厉害的人大把大把的。悦姨却说等她拿到《天一圣经》回来，自有答案。

于是她来了，追到了信阳，追到了蓝府。可笑的是，她在这里，竟遇上了十八年未曾见过的那个该叫一声“父亲”的男人。

她不禁自嘲。

［十二］木曜使者

“在笑什么？笑得这样伤感？”向昕敲了半天门，没见美仁回应，便轻推了一下门，门未锁。他一进屋内，便见美仁半躺在床上，两眼愣愣地盯着房梁，脸上满是自嘲的哀伤神情。

美仁回过神，瞧见向昕便笑道：“昕大哥，忙完了？”

“嗯，方才听蓝夫人说你差点晕倒了，眼下觉得舒服些了吗？”向昕很自然地坐在床沿，以手探了探她的额头，不似清晨那会儿的高热，便放心了些。

向昕温柔的举动，令美仁的心狂烈跳动着，一紧一缩，不由得痴了。

向昕见美仁一言不发，便又开始紧张起来，轻轻叫唤：“美仁，你怎么了？”

美仁？他这是第一次这样叫她，其实她很想同他说她不叫向美仁。

她们天一族人，是男儿都随父姓，而女儿多随母姓。娘亲是怡家的女儿，名唤怡惜，所以她自然也是怡家的女儿，本名怡符衣，这才是她的真名。“向美仁”这个名字，不过是她第一次见到向昕，觉得他有意思，随意起的。其实她已经告诉他，她是个女人。她的本意就是想让他知道她是个美人，无奈向昕偏偏姓向，所以这名字听起来便是像美人。

向美仁，像美人，她越来越觉得这名字好傻。扑哧一声，她竟忍不住笑出声。

向昕不明所以地看着她：“笑什么？我脸上有东西？”向昕下意识地摸了摸自己的脸。

如扇的睫毛轻眨，美仁咧开嘴大笑，过了好一会儿才停下，方道：“昕大哥，没什么。只是第一次听见你叫我美仁，觉得好玩罢了。”

“好玩？”向昕不由得脸红。“美人”这样亲昵的称呼，出自他的口，是挺害臊的。

美仁连忙安抚他道：“其实也没有什么，只是突然觉得‘向美仁’这个名字好傻。昕大哥，你觉得呢？”

“怎么这么说呢。挺好的，很适合你。”向昕松了口气，轻轻一笑。

向昕俊朗的面庞近在咫尺，美仁只觉得从未有过的紧张。真的很奇怪，难道今日真的是热昏了头？被他瞧的，她有些不知所措，慌张地岔开话题：“昕大哥，今夜你还会留宿蓝府吗？”

向昕轻皱了皱眉，回想起昨夜夜探明静堂一事。明静堂与寻常人家祭祀的祠堂一般，并无异样，就在他打算离开的时候，意想不到的是，那凶手竟然出现了。

此人的功夫极为怪异，与他过了几招，右肩被他的纯钧剑刺伤，于是便仓惶逃走。依他的经验判断，此人是个武功修为极高的高手，之前应是受了很重的内伤，否则不会这么轻易被他伤到。最奇怪的是，他追踪凶手到海棠苑，凶手竟然凭空消失了。海棠苑是蓝夫人的居处，他有再大的疑惑，当时也不便深探。不过，以他多年查案的敏锐嗅觉，自明静堂交手开始，他便留意到空气中时有时无地散着一种淡淡的幽香，那是种女人才会用的脂粉香味，而若他没记错，蓝夫人身上便有这种脂粉香……

今日佯装离开蓝府，他便与几位兄弟在附近守候。美仁教训两个心术不正的小丫头，之后去了明公子的屋子，再回到房中都在他掌握之中。但见蓝夫人与贴身嬷嬷端了一盅燕窝出现在美仁的面前，他整颗心便悬了起来。

所幸，美仁因身体不适失手打翻了那盅燕窝。虽然不能确定那盅燕窝是否有问题，但一切还是小心为妙。

“昕大哥？”美仁见他失神，便伸手在他眼前招了招。

向昕神情恢复自然，笑道：“当然不会。”

不会？美仁以为他为了查案会找借口留下：“也对，昕大哥毕竟有公务在身。”

向昕道：“嗯，我最近有件事要忙，你先在蓝府安心养病。等过个几天，你的病差不多痊愈了，我手中的事也解决得差不多了。到时候，我会单独帮你找个住处，这样你以后都不用再流浪街头。”

“嗯？”美仁疑惑地望着他，帮她找个住处，他想做什么？

向昕深吸了口气，一脸认真地道：“你一直居无定所，与其四处流浪，不如留在信阳，让我这个做大哥的照顾你，将来你想要考功名，大哥可以帮你。”

美仁愕然。她是为了找回《天一圣经》，才会假装成一个身世可怜、不得不靠四处行乞为生的小乞丐，等拿回《天一圣经》，她肯定会恢复女儿身，离开这里。她真的没有料到，向昕会说出这样的话。

悦姨说，天下男儿皆薄幸。男人的话，不可信。

美仁下意识地收紧拳头，违心地应道：“一切都听大哥的。嗯……”蓦地，胸口莫名一阵痛，她下意识地以手轻揉胸口，然而越触越痛。不是说嗜心花毒开始发作只会瘙痒而已吗，为何她现在觉得心口好痛?

“你怎么了？”发觉美仁的异样，向昕急道。

“没事，只是觉得心口有些闷得慌。”美仁一边揉着胸口一边回应。

“过来，我帮你揉揉。”向昕轻轻扳过她的身子。

“不用！”美仁本能地拒绝，并用力挥开他的双手，以手护着胸前的衣襟。

被这一声怔住，向昕尴尬地看向美仁，她脸色大变，神情慌张，一张小脸涨得通红。

粉腮红润，皓齿星眸，只有女儿家才会在娇羞时有以贝齿轻咬红唇的小动作，他何以会认为这是一张男孩子的脸？

“你……是女儿身？”喉咙微动，半晌他才鼓起勇气挤出一句话。

“我不是！”美仁想都没想便回道，视线却不敢看他，星眸低垂，贝齿轻咬红唇。

“不是就看着我。”向昕的声音陡然提高了。

豁出去了！

美仁猛地扬起脸，瞪着一双星眸，直直望进向昕的眼里。他的双眸格外晶亮，流转的眼波中闪过一丝惊喜之色，很快，他的嘴角处浮现一抹淡淡的笑容，那笑容竟出奇地温柔。

向昕神色恢复正常，柔声道：“等过两日，你身体好些了，我便会来接你。你好好休息。”说完，他便起身离开，脚下的步调明显轻快了些许。

他知道了！他知道了！他知道她是女儿身了。

美仁懊恼地将整张脸埋进被子里。

最近她是怎么了？只要一见着向昕，她便不再像以前的恰符衣，就像变了一个人似的。

她缓缓解开胸前的衣襟，胸口上赫然现出一朵淡淡的红色花状印记……

暮色降临，华灯初上。

自向昕走后，美仁一直尚未有所动作，倚在床沿，脑子里乱糟糟的一片，直到蓝希凌领着青红端着晚膳进来，她整个人才从那种说不清道不明的烦乱情绪中出来。

“美仁，吃点东西吧，我都听二娘说了。”蓝希凌命青红将晚膳端至床前。

“劳烦姐姐了。不用端过来，美仁起来用膳就好。”望着眼前丰富的菜肴，美仁立即跳下床。这会儿她真的很饿，好像除了清晨吃了些清粥，之后就没有再进食。

很快，她狼吞虎咽地将面前的食物一扫而光。

考虑到今夜要行动，用完晚膳她便以身体不适先睡下为由，迅速打发了蓝希凌和她的婢女青红。

夜深人静，一切准备妥当，美仁正打算离开去探一探那明静堂，忽然就在这时，有人轻敲了几下屋门。

“谁？”

这么晚了，会是谁？

然而屋外无人应答，只听那叩门声继续响着。

美仁十分警觉，心中戒备提高，迅速闪到门侧的盆栽旁，捻起花盆中的一粒碎石击开门梢，紧接着便听砰的一声响，屋门被来人大力地推开。

那人直直地迈进屋内，屋外的月光直射在那人的身上，美仁看清来人的衣衫之后，心中猛地一惊，竟是蓝夫人。她正疑惑着，蓝夫人倏然转身，哐的一声将门合上，阴冷的目光直射向美仁，一步步向她逼来。

捉了那么多小孩，用来修炼邪功的人竟是蓝夫人，怎么可能？她怎么可能是天一族的叛徒？

蓝夫人一掌向她劈来，幸好她眼明手快，躲过那一掌，但她身旁的盆栽未能幸免，轰的一声，应声而碎。

美仁正了正身，沉声道：“你究竟是何人？《天一圣经》在哪儿？”

蓝夫人并未应她的话，右手五指微弯，直向美仁的肩头抓来，嘴角露出一丝狞笑。这丝狞笑在月光的映照下，显得十分恐怖阴森。

美仁忽然注意到蓝夫人神情异样，目光空洞而森冷，与之前根本是判若两人，眼前的她仿佛就是一个没有灵魂的人。

没有灵魂？！

骤然间，“驱魂术”三个字惊现于美仁的脑海中。

悦姨说过，那木曜使者都桓擅长驱魂术，而施展这种邪术最重要的是被施者心中要有极强的怨恨，这样施术者才有机可乘，施以驱魂术，操控被施者去做任何他想做的事。

想知道这蓝夫人是否真的中了驱魂术，美仁的身体向一旁侧弯，避开蓝夫人的那一爪，迅速闪至她的身后，以指在她颈后的风池穴轻触，食指指腹触到一个凸起的金属硬物，让她深蹙起眉头，那是用来封穴的银针针尾。

果真是驱魂术！不必再探蓝夫人的百会穴与风门穴了。

蓝夫人徒然回转身，美仁始料未及，右肋之上被她拍上一掌。她闷哼一声，连连向后退了数步，揉了揉微疼的胸口，轻啐一口。

该死的！若不是怕驱魂术伤了这个女人，她铁定一掌拍晕了她。一定要想法子，引出那个施术者。

蓦地，门外一阵急促的脚步声，美仁听得出来其中一个人是向昕，果然他一直守在这里。或许这个蓝夫人留给向昕对付，她才有机会去引那个施术者。

只是片刻犹豫，蓝夫人的手指忽然袭向她的咽喉，下一刻，她感觉呼吸一窒，一动不能动，被迫抵在桌上，蓝夫人的五指已然掐住了她的喉咙。

这个女人，怨念极深，怨毒的目光直逼视她。

蓝夫人五指的力道逐渐收紧，目光森冷。

美仁开始焦急，嘴巴微张，勉强动了动却只能发出嗬嗬的声音，根本无法开口说话。该死的！向昕怎么还不进屋？若他再不进来，她当真就要被这个女人给掐死了。

要命！这次玩得太过了，要是把小命给玩丢了，那真是糗大了，悦姨一定会笑死她的。

死木头，笨木头，还不快进来？！

正咒着，屋门被人猛地给踹开。

“美仁！”向昕一见着美仁被蓝夫人死死地掐住脖子按在桌上，怒不可遏，大喝一声，出掌便向蓝夫人袭去。

蓝夫人立即松开手，阴着脸，反手便向向昕攻去，每一招都阴狠毒辣。

“咳咳咳……”终于可以呼吸到丰裕而新鲜的空气，美仁摸了摸被掐得生疼的脖子，大口大口地吸着气。

向昕一掌正中蓝夫人胸口，只见蓝夫人连连退了数步，砰的一声撞在雕花木门上，嘴角已然溢出一丝鲜血，目光呆滞地倚在门上一动不动。

从蓝夫人的招式来看，笨拙不堪，一看便是没有什么功夫底子，完全是被人操控，以发挥体内提升的硬气极至相拼而已，根本经不起久战，若向昕以为她是凶手便糟了。

忽然，隔空传来一声异样的声音，似笛音非笛音。蓦地，那蓝夫人又动了，转身逃出屋子。

向昕心系美仁，但又不想放走那凶手。

美仁见着，便道：“昕大哥，我没事，你只管去追她，但莫要伤了她。”

向昕轻点下头，便冲出屋子，很快消失在月色之中。

美仁冲出屋外，听不到异响，便直奔明静堂。

整个蓝府，静得出奇。

今夜蓝府能有这么安静，一个巡逻的下人也见不着，想来那木曜使者下了好大一番功夫。越过柳丝苑的时候，守着蓝家三夫人的两个小丫头竟斜躺在门前的台阶上。

美仁走近三夫人的屋门，侧耳倾听，三夫人均匀的呼吸声传来。看来木曜使者为了防止三夫人在今夜坏事，连三夫人一起弄晕了。

美仁顾不了别人的生死，此时此刻，她只关心她要如何拿到《天一圣经》。几个纵跃，她已然立于明静堂前。

今夜向昕出手，这蓝家定会鸡飞狗跳，这上了封条完好无损的檀香木门再完好地待下去，便是对不住她十七八年来的所学了。下一刻，只见她右手翻转，一掌便将那精致的檀木雕花门震开。

刚迈进门，只听哧的一声，左前方一道亮光闪过，正前方一对烛台亮起，接着又是砰的一声，美仁身后的门合上了。

透过火光，美仁瞧见那对烛台所摆放的位子，是一个祭祀桌台，上面供了好些个牌位，是蓝家列主列宗的牌位。最引人注目的便是众牌位之前的一个木架上，摆放着一柄翠绿通透的玉器，外型宛如一片茶树叶，想来这应该就是蓝家所谓的“茶神”了。

案旁立着一个人，背对着美仁。

美仁一见那人的着装，便轻笑开来：“你终于舍得现身了。”

那人缓缓转过身，露出一张饱经风霜的老脸，却是秀姑。

“秀姑，这么晚了，你不在屋子里伺候着你家夫人，却到这蓝府禁地明静堂里，是什么意思？”美仁笑看着秀姑。

哧的一声，案上燃着的红烛一下子熄灭了。窗外，皓月当空，清澈微凉的月光透过窗棂泻在地面上，让明静堂看起来有些诡异。

蓦地，秀姑冷冷地开口：“小子，你很多事。既然你嫌活得不耐烦，我便送你去见阎王。”说着，秀姑双手齐推，掌法奇特，一股排山倒海的气流直袭美仁的面门。

美仁身姿敏捷，连避数掌，嘴角噙着笑，道：“秀姑你又聋又哑，这会儿不仅能开口说话，连身手都这么了得，是吃了什么灵丹妙药吗，可否教教美仁？”

“小小年纪便有这般胆色。你到底是谁？”“秀姑”收了掌势，再开口，便是一个奇怪的男音，让美仁有种说不上来的感觉。

“我是谁不重要，重要的是木曜使者能忍别人所不能忍。之前我一直都在想，木曜使者究竟藏在哪儿？却万万没想到木曜使者您竟然会扮成一个女人，一个又聋又哑的年迈妇人。怎么，不敢以真面目示人？”美仁白皙的脸上挂着甜美的笑容。

嘶啦一声，只见“秀姑”一把将脸上的人皮面具撕开，露出一张狰狞而恐怖的脸，让美仁猛地一惊。不！那根本不能称之为一张脸，只能说是半张，因为右半边脸被伤得无一块完整的肌肤。

这伤势，明显是烧伤。通常只有犯了重罪的人才会被施以火刑，不是说当时他抛弃圣女逃了吗？

被烧伤的半张脸皮肤已落了焦痂，依稀能看见新长出的淡粉色肉皮，映衬着另半张俊美的脸，在这样的月夜下看来甚是恐怖。

美仁轻皱眉头，不由得倒抽了一口气。

都桓生硬地道："怎么，觉得很丑很恐怖？这就是天一族那群疯子给我留下的烙印。"

美仁正了正神色，道："还好，比你这还丑还恐怖的脸我都见过。"

都桓微愠，道："废话少说！究竟是谁派你来的？是阴豫？还是宁家的人？"

"都不是。"美仁扬了扬眉，"你不用管是谁派我来的，只要把《天一圣经》交出来就行了。"

"哈哈哈，没想到天一族竟然派一个小孩来向我讨回《天一圣经》？"都桓发出恐怖的笑声。

"非也，非也。小孩难道就不是人了吗？往往让人掉以轻心的便是那毫不起眼的弱者。"美仁不以为然地笑道。

倏地，都桓厉道："小子，你究竟是哪家的？"

美仁道："说出来也没什么不可以。我姓怡。"

"怡家？笑话！不可能！他们派你来等于是让你来送死。若是怡家，那几个老鬼会舍得让你出谷？怕是怡家的女儿吧？"都桓双眸迸射犀利的精光。

"木曜使者不愧是木曜使者，眼睛都比别人毒三分。不过话说回来，身为天一族人，都知道'男儿命贵女儿命贱'这个道理。他们何时疼惜过女儿的命了？而男丁本来就单薄的怡家，这种事自然是让女儿出马。"美仁的语气中尽是嘲讽，"怡家女儿，怡符衣。"

都桓阴鸷的目光在美仁的面容上来回审视，似要射穿她，蓦地，他神色一变，道："怡惜是你什么人？"

美仁微微蹙眉："她是我娘。"

沉默半晌，都桓冷冷地道："看在你娘的面子上，今日我不杀你，回去给阴豫和宁家的人带个口信，想要拿回《天一圣经》，叫他们别痴心妄想了，这笔账我一定会回去找他们算的。"

美仁惊讶："你还要回去报仇？都桓大哥，请许我叫你一声都大哥。你何以为了一个女人弄成如今这副模样？人不像人，鬼不像鬼，甚至靠假扮一个又聋又哑的老妇人过活？何以？”

“小鬼，你懂什么？我与茹儿的情意岂是你一个小鬼能懂的？等我修炼成了天一神功，我一定会回去将茹儿救出，一血前耻。”

美仁难以置信地讽道：“天一神功？不知都桓大哥在修炼武功时是否遇着什么阻碍？否则何以会说出这样的痴话？你偷走的那本《天一圣经》在族内安然待了那么多年，也没见着哪一任族长、圣女或是族人修炼成什么天一神功，那根本就是一本邪书！”

“你给我闭嘴！信不信我马上就像吸干那些小孩的血一样也吸干你的血？”都桓厉声呵斥，整张面孔变得更加狰狞可怕。

“信。就算你杀了我又能怎样？我能找到这里，他们一样能很快找到你。到时，你认为你还有安宁的日子可以过吗？”美仁轻皱了皱眉头，一脸惋惜地道，“你可知道？就算你回去了，你的茹儿也不是你的茹儿了。”

“你什么意思？”

“身为天一族人都知道，《天一圣经》历来只传给现任族长，然后再由族长交由圣女保管。都桓大哥，若我没猜错，这本《天一圣经》应是圣女宁茹给你的吧？”

都桓冷哼一声，并未答话。

“都桓大哥不说话，那便是被我说中了。可是，你可知道吗？在你逃出天一谷之后，你的情人是怎么对族长与宁家长老说的？”

都桓仍未应话，一双眼睛死死地盯着美仁。

“她说……”见都桓神情急切，美仁故意顿了顿，“她说她不是自愿的，是被逼的。她说你拿她和他们宁家人的命威胁她就犯。”

“你胡说！茹儿绝不会这么说的。”

美仁笑道：“我胡说？还是都桓大哥太过于天真了？天一族的女子是如何被培养长大的，难道还需要我帮你回忆吗？”

天一族的女子从记事始便被教导：为达目的，不择手段。所以，天一族的女子最擅长的便是欺骗，而眼下她也是在撒谎。事实上，圣女宁茹为了坚守她与都桓的爱情，宁可选择血刑，面对死亡，也不愿承认罪过。

不过，对美仁来说，圣女宁茹究竟是背叛爱情还是坚守爱情，都是毫无意义的。对她来说，无论以什么方法，只要拿到《天一圣经》就行。或许她是卑鄙了点，但根据以往的经验，她明白一个道理，那便是不卑鄙便成不了大事，因而卑鄙有理。

果然，都桓慌了神：“你胡说！不可能的！不可能的！她说过她会等我回去的……”

“是吗？怎么我知道的与都桓大哥认为的恰恰相反？至今我还记忆犹新，族长与圣女可是两情相悦地举行了大婚，那场面可真是令人瞩目……”

美仁的话尚未说完，都桓的一只手便捂住自己的胸口，哇地吐了一口鲜血出来。他颤着另一只手指着美仁道：“你……你胡说……”

这时，远远地传来一阵杂乱的脚步声。

美仁的耳朵微动，微微蹙眉，心念：向昕来得可真不是时候。

忽然，都桓向她袭来，她来不及闪避便被扣住咽喉，整个人被拖至神案前。

她并不慌张，依旧嬉皮笑脸地道：“都桓哥哥，下手轻点儿，小女子还在发育当中。”

都桓白了她一眼之后，一手扣着她的咽喉，一手拿起案上的玉叶递给她，对她凶道：“拿着，走！”

美仁被都桓押着转到案台背后，竟是一块大石碑。

借着月光，美仁瞧见那石碑上是一排怪异的齿口。

“左边数，第四个，插进去。”都恒命令道。

美仁挑了挑眉，便将那片玉叶插进齿口，只见面前的两块石板缓缓移动，露出一个石阶通向地下，深不见底。

“把这个再放回去。”

美仁按照都桓的指示将那片玉叶放回木架之上，然后又被他押到石阶入口处。

这时，蓝德宗的声音在明静堂外响起。

“下去！”都桓扣着她的咽喉，对她低声呵斥，押着她下了石阶。

［十三］明静堂内

冲出美仁所住的厢房，向昕一直追着蓝夫人到了中院的莲花池，那蓝夫人便直直地一头栽进莲花池中，哗的一声溅起老高一阵水花。

这时，守卫多时的马安亮和几个兄弟从前院纷纷而至。

“老大，要不要我们下去捞她上来？”马安亮问道。

“不用，去请蓝老爷。”向昕深锁着眉头，对正要去请蓝老爷的马安亮又道，“等下，我让你们带来的绳子呢？给我。”

“这儿。”

“快去请蓝老爷。”向昕吩咐着，接过那十余米的粗麻绳用力挥甩几下，只见那麻绳强而有韧劲，直击水面，穿过水层，眨眼之间，蓝夫人便被甩上了池岸。

看得几位捕快心中暗暗直叫“好身手”。

蓝夫人被捞上岸却一动不动，经向昕小心翼翼地探其鼻息之后，确认她只是昏迷。

未久，蓝德宗领着一群人出现。

蓝德宗见二夫人谢小环一身湿衣且被麻绳捆着，躺在地上一动不动，顿时恼羞成怒，道：“向总捕！你这究竟是什么意思？你带人夜闯我蓝府，还如此对待我夫人，简直是欺人太甚！来人！还不快去给夫人松绑。”

“慢着！蓝老爷，令夫人涉嫌与本县这两个多月十几起孩童失踪的案件有关，我们必须要带她回衙门审讯。”向昕以剑拦住了两名下人，“至于整个蓝府，我们也要好好地搜一搜。对不住了，蓝老爷。兄弟们，给我去搜！”

“是。”数名捕快蠢蠢欲动，在老大的一声令下，便一个个散开办事。

“都给我站住！向昕，你不要太过分！枉老夫把你奉为上宾，你竟然抓凶手抓到老夫家人的头上。这里是蓝府，老夫要去衙门告你三更半夜私闯民宅。”蓝德宗火冒三丈，一旁新纳的小妾不停地劝着，抚着其胸口。

向昕从怀中掏出一张纸，在蓝德宗的眼前抖开，道：“蓝老爷，虽然今夜月色不错，可您也得看清楚了，这张是我们信阳府的搜查令。”

蓝德宗连看了几眼那盖着红色官印的搜查令，眼中满是难以置信，咬牙切齿地道：“好！好！很好！老夫就看看，向总捕能搜出个什么来，若是什么都搜不出来，别怪老夫不客气！”

一心记挂着美仁，向昕交代了所有事之后，便往美仁的住处飞去。

未料，人不在。该死的！怎么可能？就这么一会儿的工夫人就不见了，美仁不可能随意向外乱跑的。

然而他命人四处搜查，就连谢小环的屋子也反复仔细搜查了好几遍，结果仍是一无所获，急得他懊恼地狠捶桌子。

原本已经睡下的蓝希凌，在听到青红的禀报之后，便匆匆穿了衣裳赶来。

明景升也穿戴整齐，不急不徐地出现在众人集聚的地方，冷静地看着眼前发生的一切。

蓝希凌满是不信，于是对向昕提出疑问：“向大哥，二娘怎么可能是害那些小孩失踪的凶手？你是不是弄错了……”

“是我亲眼见她双手掐着美仁的脖子，差一点杀了美仁。我一路追着她到了这里的莲花池，我的几个手下也都清楚地瞧见了。”向昕板着一张脸，虽然语气冰冷，但他终究觉得还有什么地方不对。

“我娘不可能是凶手！”蓝希群大声地冲着向昕吼道。

向昕以唇反讥："不是凶手？不是凶手，她三更半夜的不睡觉跑到美仁房里做什么？若是谈心，需要用双手掐住她的脖子，将她死命地按在桌子上？若我晚到一步，美仁便会一命归天。"

蓝德宗沉声道："群儿，去守着你娘，别让那些不长眼的东西伤着你娘。还有你，一个女儿家知羞不知羞，穿成什么样？给我回房去。"蓝德宗瞪着蓝希凌数落。

蓝希群心不甘情不愿地离开，但蓝希凌坚持守在一旁，咬着樱唇立在那儿一动不动。

一直冷眼旁观的明景升，此时也不禁皱起眉头，那小孩究竟是什么身份，何以自他来到蓝家之后，莫名搅出这么多事来？

一个多时辰之后，蓝府上下全都搜过了，所有人也都问过话了，但美仁依然不见踪影，向昕越发焦虑。

她究竟上哪儿去了？蓝夫人一直是他跟着的，想要杀她的人，如今已经捉到，为何她还会在短短的时间内失踪？除非……除非那蓝夫人只是一个障眼法，真正的凶手另有其人？难怪他总觉得哪里不对，他怎么给忘了，与他交手的是一位高手，但绝非是像蓝夫人那样拙劣的身手，只顾着逃跑。虽然有着同样的香气，但也可能是凶手用以迷惑他的。对了，他还差点儿忘了那怪异的笛声。

他突然大声地对马安亮问道："还有什么地方没搜到的？"

马安亮回道："后院的明静堂。"

明静堂，又是明静堂。今日若不将真正的凶手绳之以法，他向昕便对天起誓永不当捕快。

"为何不搜？"向昕怒问。

"蓝老爷不允，那是蓝家祭祀茶神的圣地。"

"不允？不允也得搜！走！"

向昕领着众捕快快步走向后院的明静堂，蓝德宗正与两个捕头激烈地争吵着，口口声声说是他们揭了门上的封条，破坏了他们蓝家的祖训，扬言要整死他们，而两个捕头却声称门上的封条不是他们揭的，双方争吵的声音响彻整个蓝府后院。

蓝德宗一见向昕带着人过来，便指着向昕的鼻子怒道："向昕，事情别做得太过火了，即便是魏大人亲自出面，也须让老夫几分薄面。"

"蓝老爷，这两个多月来，信阳县附近失踪的孩子还少吗？蓝夫人已经让向某当场捉住，但美仁仍是不见踪影，这事又如何说？"

"饭可以多吃，话可不能乱讲。贱内当下还在昏迷当中，事情的来龙去脉老夫尚不清楚，不可能只凭你一面之词便认定贱内是凶手。你那侄儿说不定是胆小怕了，许是躲在何处等着你去找他也有可能。”蓝德宗强忍着怒气。

“既然蓝老爷认定令夫人是无辜的，那向某便更要搜一搜这里。”向昕坚持。

“向昕，我警告你，你别敬酒不吃吃罚酒！我堂堂蓝家是有头有脸的，受历代皇帝委以重任，你们别欺人太甚了。”蓝德宗怒道。

“爹……”蓝希凌十分尴尬，不知如何是好。

“你给我滚开！你的账我还没和你算。”蓝德宗一把推开这个不争气的女儿。

顿时，蓝希凌的眼眸里噙满了泪水，只能委屈地背过身去抹着泪。

“您为何一直刻意拦着我们不让搜？莫非这里面真有什么见不得人的东西？还是那十几条人命全数葬送在这祠堂内？”向昕反讥。

蓝德宗气得浑身发抖，冷冷地道：“好！向昕，今日老夫就让你搜，但你可听清楚了，你今日弄得我蓝府颜面无存，若是待会儿进了这祠堂，搜不到你要的人或是什么证据，休怪老夫对你不客气！”

“谦让。”向昕下令，“进去搜！”

偌大个祠堂，一下子涌进这么多人，变得拥挤不堪。烛台被重新点亮，整个祠堂顿时变得明亮起来。一眼张望过去，除了供奉着蓝家列主列宗的牌位和象征着茶神神位的翡翠玉叶之外，什么都没有。

“向总捕，你可看清了。我能理解你们近日来为了那十几宗孩童失踪的案子费了不少神，但也不能冤枉我蓝府，冤枉老夫的妻室。”蓝德宗的声音一阶比一阶高。

向昕睇了蓝德宗一眼，并未答话，转首对马安亮几人吩咐：“敲敲有没有什么暗格或机关，给我查仔细了。”

“哼，老夫既然允许你们进来，那就搜吧。”蓝德宗甩了甩衣袖退居一旁。

一行人趴在墙上、地上仔细查探，将每一块墙砖、地砖都仔细地敲了又敲。又是半个时辰过去，搜寻了一圈，甚至连蓝府列祖列宗的牌位，在蓝德宗阴黑的脸庞下，都仔细地盘查过了，仍然一无所获。

向昕眉头深蹙，胸口宛如被巨石压住一般，若是凶手如他所猜测的一般并非蓝夫人而是另有其人，该如何是好？美仁究竟上哪儿去了？她绝不可能是因为害怕而躲起来了，绝不可能。她到底在哪儿？！

“向昕向总捕，若是再搜不到，就请给老夫滚出去！滚出这里，你污辱我蓝府这笔账，老夫会慢慢和你算。”蓝德宗厉声道。

"慢着。"向昕不死心。

经过两个多月的追查，他不可能就这么轻易放弃。昨夜与那人在这里交手，绝非是他在做梦，今夜美仁从出意外到眼下失踪也绝非偶然。他对美仁的承诺，即便她是睡着的未曾听见，那也绝非只是说说而已。

对着满脸黑气的蓝德宗，他坚持道："失礼了。"

顾不得蓝德宗的怒吼，向昕已然立于神案前，一掌下去，将神案上的牌位全数拍起，眨眼之间，数个牌位又安安稳稳地落回了原位，纹丝不动的只有那片翡翠玉叶。

向昕的手刚欲触碰那片翡翠玉叶，蓝德宗便叫了开来："你给我住手！"

没理会蓝德宗，向昕拿起那片翡翠玉叶，却什么事情也没发生，让他失望了。神案的背后只有一块残破的石碑，上面布满了凌乱的齿口，并无异样。他询问蓝德宗，得到的答复是这块碑乃他们祖辈用来晒茶的残石，他摸索了半天，还是一无所获。

明景升一直双手抱胸，默默立在门口之处静观事情进展，见着向昕毫无收获，与蓝德宗两人面对面僵持着，不禁挑眉，垂下眼帘。

倏地，在明亮的月光照耀之下，一道异样的光芒刺入他的眼眸之中，定睛一看，却见着门缝中嵌着一个白色发光的东西。他弯下身，捡起了那个东西，竟是一颗珍珠。

这不是一颗寻常的珍珠，这是一颗在不久之前他刚见过的珍珠，一颗极为珍贵的南海珍珠。

捏着这颗珍珠，他抬眸望了望这间屋子，不禁深皱眉头。

不论是被人绑来，还是自己走来，那个让人头痛又麻烦的小子一定来过这里，否则这颗珍珠不会这么平白落在这里。向昕为何执意说这里有问题？还有那小子能以一粒珍珠击碎他的药碗，武功定当不弱，而能让那小子丢了这南海珍珠的人，武功只会在那小子之上。

他望了望蓝德宗，虽是满脸怒气，但比起之前听说向昕要搜祠堂时的神情要理直气壮很多。他沉思片刻，再看向蓝德宗，心中判定蓝德宗一定撒了谎。这间屋子一定有暗阁或是密室，而那个地方却是蓝德宗不愿示人的秘密地方，或许也是他要找的东西所藏之处。

虽说他不会喝下那碗毒药，但那小子以珍珠击碎那碗药，定是知晓那药中有毒，算是想要救他一命，即便是嘴巴上得理不饶人。那小子看起来那么心疼这南海珍珠，而今这颗珍珠却随意遗落在这里，想来如向昕所说，他是出了意外。

捏着手中的珍珠，明景升暗自有了决定。

自美仁失踪的那一刻起，向昕已经失去平时的冷静。他不会放弃，这里查不到，还有那蓝夫人呢，他一定会问出个所以然来。

向昕再度扫视四周，最终攥紧拳头，不甘心地咬着牙沉声道：“走。”

从明景升身边擦过的那一刹，一个细微的声音传进向昕的耳中：“这间屋子尚有问题。”

这声音小到也只有向昕一人能听见而已。

向昕顿住脚步，转身疑惑地看了一眼身后的明景升，而他则是微笑地看着他，不似开口说过话。

向昕暗吸一口气，再度转首扫视四周，开口对那几名捕快道：“最后一次，给我搜仔细了！”

［十四］《天一圣经》

下了石阶，不知都恒按动了什么机关，两块砖头又自动合上。原以为这里会是一片黑暗，孰料，甬道的两壁之上点着以动物油脂所制的长明灯。

“走。”都桓仍旧以手锁住美仁的咽喉。

“大哥，都说了要手下留情的嘛。”美仁依然嬉皮笑脸。

甬道不是很长，尽头是一间密室。意料之外，美仁未曾想到这明静堂下面竟然暗藏了这么一个宽敞的密室。

这间密室，说大不算大，说小也不算小，四周整齐地堆放着十几口木质的大箱子。美仁想努力多张望几眼，无奈脖子被都桓死死卡住。

蓦地，昏暗的灯光下，一道刺目的光芒吸引了美仁的视线，在密室最右侧的角落里，摆放着两三口敞开的箱子，里面堆满了金银珠宝。

哇！这蓝德宗还真是有钱。她知道卖茶叶很赚钱，但没想到原来卖茶叶可以这么赚钱。出去之后，她可以告诉悦姨以后不用开妓院，也不用杀人越货那么辛苦了，有法子一样可以赚大钱。

最意想不到的是，那几口箱子上方的墙壁上竟还挂着一幅画。眈了一眼，美仁忍不住发笑，因喉咙被都桓卡着，只能发出嗬嗬的声音，因为那幅画的内容非常香艳刺激。这东西，当初她可是在倚笑楼里天天欣赏、天天观摩呢，孰料在这种情形下，竟还能见着这久违的春宫图，真是倍感“亲切”。

美仁忍着难受，笑道：“意外！真是意外！没想到都大哥有此特别嗜好，早知小妹在来此之前一定多备几份‘厚礼’，这样交易起来也方便些。”

“这不是我弄来的。”都桓高声反驳。

美仁不禁坏坏地笑了笑，不是他，那就是蓝德宗咯。她在脑中快速搜寻，想起生辰宴上，两名年轻貌美的女子对蓝德宗“贴身伺候”，就差没一人坐一条腿。真是没想到，蓝德宗竟然有这种特殊癖好，连密室里都要挂上春宫图。

都桓忽然松手，迅速点了她的穴道。

顿时，美仁像一摊烂泥一样，软软地跌落在地，所幸身后还能倚着一口木箱，否则便只能没形象地躺在地上了。

忽然，她瞪大双眼，惊恐地瞪着都桓身后。他身后箱子的隔档里，竟倚着一具尸骸。依那具尸骸的体型来看，是个与美仁身型差不多大小的孩童。干瘪枯萎的面容以及空挂在尸身上的衣服，告诉美仁，那是一具被吸干了精血的干尸，她的身侧还躺着一个不知是死是活的小孩，面容十分憔悴消瘦，仿佛得了什么重病。

都桓蹙着眉心抚着胸口，见着美仁看到夹缝里的干尸，嘴角便浮现出一抹可怕的冷笑，猛地转身，他单手运功将她身旁的小孩抓在手中，咧着嘴狂肆地笑着，那半张被火烧过的狰狞面孔变得更加扭曲阴森。

那小孩不知在何时突然醒来，惊恐地望着都桓，拼命地挣扎，却只能微弱地发出嘶哑的声音。

“哈哈哈……”都桓黝黑的双眸在一瞬间变得猩红，整个人抑制不住地兴奋。

美仁料想不到都桓接下来会做什么，但整颗心都跟着悬了起来，喉咙里仿佛堵了一块铅似的。

倏地，只见都桓双掌扣住那孩子，在美仁的对面坐下，转眼间，便再也听不见那孩子的声音，因为他也已成为一具干尸……

美仁嚅动嘴唇，难以置信地闭上眼，用力地咬着嘴唇。虽然早在此前，她就知道都桓修炼的是一门极其残忍的邪功，会拿孩子来练功，但再怎样，也远远没有亲眼所见来得更为震惊和恶心。

事情还没有结束。

都桓露出疯狂而狰狞的笑容，从怀中掏出一个瓷瓶，打开倒出粉末撒在那两具干尸上。

那是化尸粉，从十余种毒虫毒花中提取毒液炼制而成。很快化尸粉浸入尸体，不停地发出令人毛骨悚然的响声。慢慢地，尸骨上升起一阵淡淡的烟雾，衣衫很快消失得无影无踪。未久，那两具干尸便化成一团黄水，散发出又酸又焦的腥臭气。

美仁知道自己虽不是什么好人，但眼睁睁地看着无辜的孩子就这么不明不白地死了，最后连尸首都被化了，心中生起一种说不出的难过和恶心。

她喉咙微微动了动，颤着声道：“都大哥，把《天一圣经》交给我吧，别再练这么邪恶残忍的武功了，找个地方隐居，好好过下半辈子吧。”

倏地，都桓瞪着猩红的双眸，阴冷地道：“哼！把《天一圣经》交给你？哈哈哈……交给你？连你都能找到我，何况是他们？”

美仁难以忍受地低吼一声：“你已经杀了那么多的孩子，究竟要杀多少个孩子才能练成这种残忍的邪功？就算他们不找你，官府也会追查通缉你。向昕已经查到了蓝府，要不了多久，一定会查到秀姑的头上。你看看你这副模样，再练下去，你一定会走火入魔的。为了一个女人，值得吗？何况还是一个不属于你的女人。”

“你闭嘴！值不值得用不着你来告诉我。如今我什么都没有了，若是再练不成这绝世武功，怎么去将我的茹儿夺回来，怎么一雪前耻？茹儿，我的茹儿……”都桓忽然吐了一口鲜血。他捂着胸口，以手轻拭嘴角的血迹。他不明白为何按着《天一圣经》上的内容修炼，吸的小孩精血越多，他便伤得越重。起初刚开始修炼的时候，功力明显大增，但这几日何以不但没有效果，反而……再这样下去，他怕是要撑不下去。昨日与那个该死的捕快交手受了伤，今日伤得更重了，为何会这样？

美仁看着都桓，不禁有些担忧，之前担心他会练功练到走火入魔，依眼前看来，情况不太乐观。

都桓强撑着虚弱的身子，跌坐在美仁的身旁，从怀中掏出一本经书递到她的面前，一页一页地翻给她看，嘴中喃喃地念道：“你看看，这书中记载的有什么是我没练到的地方？有什么地方是我练得不对的？”

美仁万没想到都桓这样轻易就将《天一圣经》拿了出来，不禁有些激动。

他是疯了吗？他怎么练的，哪里练了，哪里没练，有没有练错，她怎么会知道？美仁脑中闪过一个念头，就是这家伙已经练得走火入魔，疯了。

面对主动送上门的《天一圣经》，她的双眸中露出狡黠的光芒。她可不是什么救世主、大慈大悲的观世音菩萨。自她被点穴的那一刻起，就已经在暗自运功，穿经过穴，周天行走，之前她封印了内力，所以可闭穴，移穴换位，很快便可以冲开穴道。

眼下，她唯一要做的就是安抚住神志不清的都桓：“你等一下。我来帮你看看，你一页一页地翻，嗯，就这样。”

她从未想过要看这本邪恶的武功秘笈，但是越往下看去，她的心便越寒。身体终于能动了，她一把夺过那本《天一圣经》仔细地翻看，却发现手中这本《天一圣经》只是上卷。难道还有下卷？可悦姨从未和她说过《天一圣经》是分上下两卷的啊。

快速翻到最终一页，但见上面的记载，美仁的心猛然往下一沉，她终于明白为何这本《天一圣经》只传给本族的圣女了。

《天一圣经》，传女不传男，女子在修炼时一定要保持完璧之身，修炼当中会有所阻隔，但因每个人的体质不同而变化，代价便是全身流血汗，痛苦难忍，若是强行修炼会适得其反，走火入魔，暴毙而亡。

全身流血汗，这究竟是种什么样的可怕武功?

因此，少有女子能支撑下去，若是想减轻身上的痛苦，唯一的法子便是与男子交欢，将一身功力散去，而与之交欢的男人将会功力大增。之后此女子与常人无异，但永不能再修行任何武功，若要强行扭转，便会不得善终……

原来，他们天一族选拔圣女不是为了能生下优秀的族长继承人，而是为了让历任族长能获取绝世武功，替他们挑选最佳的修炼工具……

难怪娘临终前让她对天起誓，不得成为天一族圣女……虽然那个誓言她并有完成。

最让她惊愕的倒不是这个，而是这种邪功根本就不是让男子修炼的，若是有男子想要强行修炼此邪功，唯一的法子便是自宫，然而自宫并不一定会有所成，修炼不好同样会适得其反……

必先自宫……那……那么……木曜使者都桓若想修炼此门武功，也必须先走这一步？难怪她之前觉得他的声音有些不对。

美仁喉咙里咕哝着，艰难地抬眸望着神情专注的都桓，心中犹如打翻了五味瓶，什么滋味都有，却分不清什么味是什么味。

她哑着嗓子，对都桓道：“宁茹将这本《天一圣经》交给你的时候，有没有对你说过什么？”

“什么意思？”都桓愕然望着美仁，那双眼眸不知在何时已变回黑色。

“你……”你是否已经自宫，美仁始终问不出口，遂改口，“这本只是《天一圣经》的上卷，下卷在哪儿?

忽然，都桓大喝一声：“我怎么会给你看这本《天一圣经》的？你何时能动的？你们恰家的女儿果然狡诈，把它还我！”

“都桓大哥，这种邪恶又残忍的武功，你不要再练了，再练下去，结局只有死路一条。”

“若不是看在你娘的面子上，我不会对你一忍再忍。别逼我，信不信我即刻就将你吸干？”

“都桓大哥，我此番前来的目的便是要拿回这本《天一圣经》。既然《天一圣经》在手，我是断然不会再让你拿去。若不是为了完成任务，我一定会毁了它。”美仁将它塞进怀中。

都桓的眼睛又变了，变得比之前更为猩红，似要喷出火来，右手挟着一股劲风，直袭美仁左肩的缺盆穴，这一招正是他的绝学“龙水凝天十三式”的拿云式。

美仁见招，身姿灵敏地连连向后退去，无奈很快便抵住身后那几口木箱，心想：他已经走火入魔，若是与他硬拼，最多不会超过五招必败，那样自己便是死路一条。

她掏出怀中的那本《天一圣经》，用力地向身侧左方的一口木箱上抛去，迅速拔下头上的发簪一掷，将那本《天一圣经》稳稳地钉在那口木箱之上。

都桓见着，便及时收了手，转身去取。

这时，美仁大声地说道：“当年的木曜使者，可是一位顶天立地的汉子，若是你最深爱的女人宁茹在泉下有知，知道你为了她成为一个不男不女的怪物，她长埋九泉之下的灵魂是永远得不到安息的。”

都桓的手刚触及那支簪子便顿住了，身子猛地一僵，许久才僵硬地缓缓转过身，难以置信地问：“你方才……说什么？”

“我说什么？我说她死了！”美仁高声道。

那身影犹如疾风一样，骤然间，已然立于她的跟前。他的眸色又恢复了正常，抬手便用力掐住美仁的脖子，颤着声问道：“你……之前不是说她与阴豫成婚了吗？为何……为何这会儿又说她……她死了？”

“之前……都是骗你的……”美仁只感觉他的力道越来越大，生怕他一时激动真的将自己掐死。

“你的话究竟哪一句是真的，哪一句是假的？”都桓怒吼一声，手上的力道加重。

“先放……手……我……才能……说……”美仁又在赌，赌他不会掐死自己。

都桓盯着她的双眸，终于，松了手。

美仁猛咳数声，深吸了几口气，道：“你逃走的当晚，她便被抓了起来，因为一直不肯供出你的下落，三日之后便被处以血刑，祭祀台上到处都是她的血……”其实，有关宁茹被处以血刑的场面，她并未亲眼见到，都是后来听悦姨说的。不过想象一下一个活生生的人被挑断筋脉，直至血流尽为止，想必那个祭祀台上也不会干净到哪儿去。

“你明明知道这是一本邪书，根本不适合男子修炼，却还执意要这么做。我想她在九泉之下要是知道你这样糟蹋自己，一定死不瞑目。都桓大哥，就让我把这本《天一圣经》带走吧，你找个隐蔽的地方隐居吧，就当我们从未见过，回去之后我自有办法交代……”美仁自顾自不停地说，一直未见都桓开口，这时，她忽然发觉都桓异样。

“噗……”他喷了一大口鲜血，身子便软软地倒向美仁。

该死的!

美仁懊恼自己的身形太过矮小，费力地撑住都桓，扶他倚着木箱坐下，然后轻拍了拍他的面颊：“都桓大哥，都桓大哥，你还好吧？”

都桓面色煞白，显得极为虚弱，神情痛苦，仍不忘追问：“宁茹……她真的不在人世了？你说的……都是真的？你没有骗我？”

美仁有些难过，吐了一口气答道：“嗯，这次我没有骗你，我方才说的全是真话。”她不知是不是自己有些过于冷血，本来不打算告诉他宁茹已死这件事，但为了自保，不想做一个枉死的冤魂，她还是说了。或许她是有些卑鄙，但是她始终认为卑鄙得有理。

倏地，都桓的嘴角绽放出一抹苦笑，怪异地笑了起来。

“是诅咒吗？为何老天要让我们相爱？为何又要选她作为圣女？这是诅咒吗？是诅咒吗？难道身为天一族的女人，就不可以有爱？若是动了真情，必是以生命作为代价，这是什么荒谬的事情？哈哈哈……”都桓口中嘟哝着，笑意极为苦涩。

美仁也很想知道为什么。悦姨说过，她能教的全都教了她，唯一一样没有教她，那便是如何爱一个人。悦姨说，她不会亦无法教她，身为天一族的女人便不能有爱，否则必以生命作为代价，不得好死。她娘，便是一个很好的例子。

“我真是个傻子……她把我救出天一谷，她怎么可能还活得下去？阴家的，还有宁家那些吃人不吐骨头的老匹夫，他们都不是人，都是吃人的恶鬼，怎么可能还会让她再活下去……哈哈哈……”都桓一直不停地大笑着，不知不觉中他的眼角溢出了泪水。

渐渐地，笑声止住，他闭上双眼伤心地痛哭起来。

第一次见一个大男人痛哭泪流，美仁霎时手足无措：“都桓大哥……”

为了救自己心爱的人，却把自己弄得人不像人，鬼不像鬼。如今得知心爱的人早已不在人世，他的双眸里满是绝望。他不仅残了，就连还能活多久都是未知，族人还在四处追杀他……美仁不由得对他心生怜悯。她是不太懂怎么安慰一个人，或许让他好好地痛哭一场，他就会好过一些。

她站起身走向那口木箱，拔下那支发簪，取下经书，塞进怀中，将之前散乱的头发顺了顺，重新绾了个髻竖于头顶。

不知何时，都桓止了哭声，两眼直愣愣地望着前方。

美仁走过去，轻声道：“都桓大哥，我还是那句话，《天一圣经》我带走了，就当你我从来未曾见过，你要好好地活着。”说完，她深吸一口气，往甬道迈去。

刚迈出一步，身后一股劲风跟过来，美仁下意识地想躲开，但速度不够快，还是被都桓扣住了肩头。

她在心中惨道：难道这个男人当真是练功练得走火入魔，宁茹的死还没能让他清醒？难道她赌错了？

穴道再次被点，让她惊愕的是，忽然一股源源不断的内力注进了她的丹田，她整个身体都热了起来。

都桓这是想要把全身的功力都传给她？！他怎么会好端端地将全部的功力全数传给她？

她无法开口，也无法动弹，只能被迫接受这股强劲的内力在全身筋络四处游走。

未久，都桓便将他全身的功力全数传给了她。

“噗……”都桓又吐了一口鲜血，跌坐在一旁，虚弱地对美仁道，“丫头，今日算你命大，虽然你能说会道，鬼点子也比较多，但你要好自为之。他们让你出来寻《天一圣经》，便不是什么好差事。茹儿同我说过，《天一圣经》确实是分上下两卷，你拿的便是上卷，而下卷早在十八年前就失踪了……”

原来真是这样。原以为拿到这本就可以回倚笑楼交差，看来她还要再到处漂一段日子。难怪悦姨说给她两年的时间，原来她早就知道，不愧是只又奸又诈又美艳的母狐狸。

《天一圣经》是悦姨叫她来找的，至于族内的长老们是怎么同悦姨说的，与她无关，至少悦姨不会害她。

“十八年前就失踪了？那你可知下卷在何处？”

“不知道……”都桓长长地舒了一口气，“茹儿之后，新任圣女是哪家的女儿？”

“新任圣女？”美仁摇了摇头，“未曾听说。”

基本上，她不怎么涉足族内的事，亦很少回去，谁当族长、谁当圣女，那些人爱怎么折腾都不关她的事，只要她活得自在又舒适就好。不过，自从接了悦姨的这桩活之后，她整个日子就过得不太舒服。

蓦地，都桓轻笑了起来：“各家的人都抢着把自家最优秀的女儿送去做圣女，殊不知这背后是多么肮脏的一件事。”

是啊，都桓说得没错，只有被选为圣女之后，才有资格看到这本族内至宝。

美仁皱着眉，望着面前一脸平静的都桓，总觉得有什么事要发生。

“丫头，我时辰不多了。自从修炼了这门武功，身体一日不如一日，精神也一日比一日差。一到夜晚，便会变得神志不清，不敢出这密室，生怕自己见人便杀。想来，离开天一谷，这世上唯一对我算好的人也就是那谢小环，若不是她救了我，就算我活着离开天一谷，也没命再活下去，只是可惜了她……”都桓的眼中呈现出一丝丝愧疚之意，“咳咳咳……我自知命不久矣，原本还抱着一丝希望，能在有生之日可以再见茹儿，岂知……她已不在人世，我一人拖着这副不男不女的残败之身，独活在这世上又有何意义？丫头，若是你能寻着那下卷《天一圣经》，记得去天一石念给我听……”

天一石是天一谷中唯一一个美丽的传说，传说有情人在天一石下互诉衷情，便能长相厮守，然而那块巨石对天一族的人来说只是一块废石，相传会去那里许愿的情人几乎没有。

幽幽地说完，都桓便从怀中掏出了化尸粉。

美仁瞠大了双目，难以置信地急道：“都桓大哥，你、你冷静些，俗话说得好，好死不如赖活着，蝼蚁尚且偷生……”

为何事情会演变到这一步？他莫不是想要自尽？

都桓轻摇了摇头，打断了美仁的话：“丫头，虽做不成你的师父，但我这一身好容易得来的内力却不能白白浪费了，所以我将我一身的功力悉数传给你，也算了了我的一桩心愿。记住！阴豫与宁家绝不是什么好东西，也绝不会轻易相信任何人。即便是你将《天一圣经》带回去交给他们，他们也不会放过你。以后，你可就真的看造化了，别污了你娘的名号。来时的通道已经不能再出去了，那只是入口，开启出口的机关，在那幅春宫图的后面。”

“都桓大哥……”

顿了顿，都桓又道：“找着了下卷，记着一定要去天一石，无法烧给我看，就念给我听。丫头，你多保重。好了，时候差不多了，我要去找茹儿了……”说着，他便将那化尸体粉撒在自己的周身，然后举起自己的右手，用尽全身余力，一掌击向自己的天灵盖……

［十五］报复背后

向昕再次踏入明静堂，并未即刻搜查，而是双手抱胸，一言不发，盯着蓝德宗的脸仔细审视。

蓝德宗瞟了一眼神案上的翡翠玉叶，便转眸冲着向昕怒道：“三更半夜的，你查了又查，却查不出个所以然来，就算你手中有官府的搜捕令，我依然可以告你扰民。”

向昕狠瞪了蓝德宗一眼，便向那神案走去，执起那个翡翠玉叶仔细琢磨。

蓝德宗冲过来对着他大叫起来：“这是我蓝家祭祀茶神的神器，你给我放下。你给我放下！听见了没有？”

向昕抬手挡住蓝德宗伸过来的手，以眼神示意马安亮。

很快，蓝德宗便被他们几个架住。

“爹、向大哥……”蓝希凌焦急得不知如何是好。

蓝德宗怒吼道：“向昕，你不要欺人太甚，好歹我蓝家在信阳……”

不理会蓝德宗的大嚷大叫，向昕继续查看手中的翡翠玉叶。突然，他脑中闪过什么，连忙奔向神案之后，凝视着残旧石碑上的齿口，然后将手中的翡翠玉叶竖侧过来，果然，正如他所想。

但石碑上杂乱地排列着几个齿口，看似并非那么简单。向昕暗念：看这布局，恐怕有机关，一个个试下去很有可能会触动机关。

他抬眸看了看屋子里的人，所有人都期盼地望着他，而唯独蓝德宗，神色不似之前的气愤，而是略显慌张。

向昕看了他一眼，便举起那块翡翠玉叶插向第一个齿口。

忽然，蓝德宗脸色煞白地大叫一声：“住手！”

向昕本就没有把那片翡翠玉叶插入第一个齿口的打算，他只是想逼蓝德宗说实话而已。他收回手，缓缓走向蓝德宗，冷嗤道：“蓝老爷何以这么紧张？这究竟是什么东西？”

他将那块翡翠玉叶递到蓝德宗的眼道：“蓝老爷不是说这间祠堂没有暗阁或密室吗？那这是什么？真的是你们蓝家祭祀的神器，还是开启暗阁或者密室的钥匙呢？”

蓝德宗始终不开口，额上已经微微渗汗。

“爹，这究竟是怎么一回事？”蓝希凌不明所以地叫道。

“好，既然蓝老爷不愿说，那么让我来！马安亮，将所有人都请出去。”向昕镇定地道。

众人很快出了明静堂，唯有蓝德宗还立在那儿一动不动。

明景升皱着眉头，看来真相就要水落石出了。

“慢着！”正当向昕再次站在石碑之前，蓝德宗大喝一声，“让他们都给我滚出去，滚出我蓝府。”

向昕微微眯了眯眼，明白蓝德宗这是决定要打开那间密室。他挥了挥手，示意手下全部退出蓝府。

一行人领命离开，于大门之外守着。

蓝德宗也将蓝希凌及管家打发出去："都出去，把门带好。"

就在明景升也要退出去之时，蓝德宗忽然开口叫住了他："景升，你留下。"

一时间，偌大的祠堂只剩下了向昕、明景升、蓝德宗三人。

"说吧，蓝老爷，有何难言之隐？"向昕道。

"的确，这下面是有密室，老夫之所以不愿示人，确实是有难以启齿的原因。事到如今，为了证明我蓝家的清白，老夫也不必再遮着藏着了。下去可以，但你要答应老夫一件事。"

"什么事？"

"我要你对天起誓，若下去之后，没有你要找的人或证据，你向昕便从此不得留在信阳城内，此生也不得再为捕快，还要从信阳城门一步一叩一直跪拜到我蓝府大门后，方准离开，如何？"蓝德宗道。

向昕冷眼望着咄咄逼人的蓝德宗，微抬了抬眉，道："君子一言，驷马难追。"

"好。"蓝德宗满脸煞气地从向昕手中夺回那片翡翠玉叶，"我一直极力隐瞒，是因为我蓝家所有贵重之物全在下面，没有人会愿意将自家的财物公之于世，那样做无疑是将自己的人头挂在外面。哼！"

他走向石碑，将那片玉叶之匙缓缓插入左上方第四个齿口。

一切都仿佛是那么地自然，从未见过一个人在自杀之前也会这般从容。

虽然解了自身的穴道，美仁却僵直着身子立在原地一动不动，瞪着一双眼望着地上的一团化骨水，仿佛受到了什么刺激。

都桓死前脸上一直带着微笑，但头顶处不停地往外冒着鲜血，流过那被烧伤的半边脸，显得无比地恐怖诡异。他的尸身很快倒在那些化尸粉末之中，顿时变得血肉模糊起来，血水与那化骨粉相容后嗤嗤作响，尸体上不停冒起焦黄的烟雾。最先消失的是都桓的头，然后脖子的伤口里不住地往外流出黄水，伤口越烂越大，烟雾越冒越浓，黄水也越流越多，发出又酸又焦让人眩晕的腥臭。

实在是看不下去了，身体虽然能动，却不想动，美仁只是选择闭起双眸，紧紧地攥着拳头，静静地等待着都桓的尸体化成一摊黄水。

不知过了多久，忽然听到头顶上方传来一阵沉闷的青石板砖移动的声音，紧跟着是一阵杂乱的脚步声。

美仁倏地睁开双眼，心中一阵惶恐，来者何人？听脚步声应是三人，这里除了蓝德宗应该不会有人知道。当下，她想往身后的木箱缩去，但是仍不及来人快。她瞪向甬道口，在见着来人的一刹那间，激动得嘴唇直嚅动。

是向昕。

一进入密室，向昕第一眼便瞧见美仁站在台阶下，苦苦找寻了数个时辰终于找到了她。他激动地快步上前，唤道：“美仁！”

美仁连忙大叫一声：“小心！地上有化尸粉！”

这一声叫唤，让走下台阶的三个人脸色大变，这才瞧见地上的一摊黄水中还剩下血肉模糊的一条腿和一只手，那条腿和那只手仍在慢慢地一点一点消失，空气中弥漫着令人作呕的味道。

望着眼前这幅骇人的景象，蓝德宗突然一阵反胃，便趴在墙边干呕。

“这究竟是怎么回事？”向昕留意脚下，迅速奔到美仁的面前。

美仁猛地扑进向昕的怀里，倚在他的怀中，放声大哭起来：“呜呜呜，大叔，我好怕，你要是再不来，美仁只有死在这里了……呜呜呜……”

一直很冷静的明景升缓缓走过来，目光扫过四周，却对那几排箱子异常好奇，忍不住揭开其中一口箱子，密密麻麻地排满了瓷瓶。他拿起其中一瓶，眈了一眼，应该就是那种东西。

“没事的，没事的。”向昕将美仁紧紧地揽在怀里。终于让他找到她了，自打在厢房里见不到她人之后，他整颗心一直悬在喉咙处，甚至就在方才，在进这间密室之前，他还在害怕，害怕进来之后在这里看到的是她的尸体。所幸，她没事，终是让他找到了她。她没事就好，他轻轻地抚摸着她的后背，安抚她，哄着她。

美仁倚在向昕胸前并非是真哭，只不过是不想让向昕发觉什么异样罢了。她以衣袖拭了拭眼角挤出的泪水。

明景升蹙起眉头，看向倚在墙边还在干呕的蓝德宗，当作什么也没有发现，放下手中的瓷瓶，然后又看向相互依偎的叔侄二人，道：“向兄，先离开这里吧，有什么话出去再说。”

“嗯。”向昕应声，低首对美仁轻语几句，让她站着别动，他先搜查一下这密室还有什么其他线索。揭开其中一口箱子，他看着满排的瓷瓶，疑惑地拿起打开，从中倒出一些深褐色的药粉，放在鼻下闻了闻，却是无味，便问扶在墙边干呕的蓝德宗：“蓝老爷，这是什么东西？”

蓝德宗不敢深呼吸，总算稍稍恢复，强忍着口中的酸味，一见着向昕拿着那药瓶，脸色大变，急道：“快！快放下！这是我蓝家家传烘焙茶叶的秘方。”

听了蓝德宗的解释，明景升眉心微蹙，神情耐人寻味。

向昕道：“既然是烘焙茶叶的秘方，可否让向某带一瓶回衙门做备案？”

“笑话，我蓝家的祖传秘方怎么可能让你给带出去？”蓝德宗从向昕的手中一把夺过那个瓷瓶，小心翼翼地放回原处，板着脸放下狠话，“今日，令贤侄在我府上出事，我蓝德宗自认理亏。之前老夫一直有所隐瞒，便是为了藏在这里的珠宝和我蓝家祖传的秘方。秘方一事，没得商量，若向总捕坚持要带走，可以，那便是从老夫的尸体上踏过去。”

这时，立在一旁的明景升轻咳了几声，道：“向兄，这些烘焙茶叶的秘方，我曾听家父提过。令贤侄他受惊不小，眼下最重要的事是先离开这里再说，这里的气味……不太适宜久留。”

蓝德宗捂着鼻口，语气一转，急道：“对对对！赶紧出去，再不出去老夫的命便要去了一半。”

“嗯。”向昕轻应一声，便将美仁抱起，往来时的甬道走去。

美仁意欲提醒向昕走错了，可话到嘴边还是咽了回去，蓝德宗能带向昕进来，自然也能带他们出去。她倒要看看，蓝德宗怎样去揭那春宫图。

蓝德宗抽了口气，道：“这边出不去，那边……画后面……”

三人齐刷刷的目光，顺着蓝德宗所指的画的方向望过去，除了美仁，另外两位正值血气方刚的年纪，先是一阵错愣，然后迅速错开脸。

什么叫画？明明就是一幅春宫图嘛。

向昕侧过身，挡住美仁好奇的小脑袋，红着脸道：“那……不是什么好东西，闭上眼睛，乖。”

美仁微抬星眸，望着一脸尴尬的向昕，心念：这个男人真的好纯真。想笑又不敢笑，唯有强忍着笑意，她将脸埋进向昕的怀里，余光刚好瞥见明景升，他神态寻常，似乎见怪不怪。她不由得在心中冷嗤一声。

一时间，蓝德宗也颇为尴尬，一步一挪地走向那幅春宫图，轻轻一拉，那画卷便缩了上去，露出一个方形的凹槽，里面有一个八边形的符石。蓝德宗轻轻转动那个符石，只见另一侧的石墙缓缓移动，发出沉重的声音。石门之外，又露出一条长而黝黑的甬道。

四人一前一后，出了那间满室异味的密室。沿着长长的甬道，很快便见着点点亮光，不一会儿便出来了。

此时，已经是鸡鸣时分。

“爹，你们怎么会从这里出来？还有，美仁怎么会藏在这个洞里？”

听见蓝希凌清脆的声音，美仁探出头，发现这密室的出口，竟是上次她跃上假山那里一个仅能容一人进出的洞口，而蓝希凌与仲叔两人正满脸焦虑地守在洞外。

当美仁见到仲叔时，才想起何以上次在山后碰见他。原来他早知这里有机关，当时应是防着她才对。

谁都没有接话，一行人直往美仁之前住的厢房走去。

美仁躺在床上，裹着被子，佯装害怕得发抖。她对坐在床沿的向昕不停地念道：“秀姑是个吃人狂魔，秀姑是个吃人狂魔，秀姑是个吃人狂魔……”

一屋子人神色惊诧。

“来人，去请秀姑。”蓝德宗阴沉着脸对下人高声道。

向昕心疼地看着美仁，轻拍了拍她的手背，安抚她道：“美仁，现在没事了，不要怕，慢慢说。”

“你追着二夫人出屋之后，没多久秀姑就来了。她是二夫人的贴身婢女，因之前的事我心有余悸，便害怕得想要逃走。岂料，她一掌便将我打晕了。然后我就什么都不知道了，等我再次醒来的时候，就在那个装着好多箱子的石室里。她是个吃人狂魔，是个疯子，我亲眼看见她正在吸一个小孩的血，她还吃那个小孩的肉，她还说要扒了我的皮，吸干我的血，吃了我……呜呜呜……大叔，美仁真的好害怕，呜呜呜……”说着，美仁便泪流满面，扑向向昕惊恐地哭起来。

“不可能！秀姑又聋又哑，怎么可能会说话？而且还会说出那种话？她平日里待人亲和。绝对不可能！”第一个出声反驳的便是蓝希凌。

美仁从向昕怀里抬起头，抖了抖睫毛上的清泪，吸了吸鼻子，道：“姐姐，美仁没有撒谎，秀姑她既不聋也不哑，她是个疯子、恶鬼！她说她一看见我这么大的孩子就会全身都兴奋，说可以看到我们浑身的血在流动，那种童贞的血香在诱引着她……”

美仁的声音越来越大，屋子里所有人的脸色全都变了。

倏地，美仁一把抓住向昕的衣袖，颤着声问道：“大叔，这附近是不是有十三个小孩失踪了？是不是？”

望着美仁梨花带泪的模样，向昕伸手替她拭去脸上的眼泪，想为她拭去满心的恐惧，然而手在触及她的脸庞时，心没由地一阵慌乱。她说得没错，当初他之所以领她进蓝府，目的便是引出凶手。

他深吸了一口气，道：“是的，你怎么会知道的？”

“呜呜呜……是秀姑说的，她说我很快就是那第十四个。她将吃剩下的小孩尸体先用化尸粉处理了，然后打算要吃我，幸好我极力反抗，她自己误撞，跌在未化完的小孩尸体上，我的命才保住……呜呜呜……我真的好害怕……”

“对不起，以后都不会再发生这种事了。”向昕轻搂着她，不停地安抚她。他不在乎旁人异样的眼光——看着他这个做叔叔的是不是表现得过于心疼侄儿了，“我马上就带你走，回去好好休息，待到升堂之时，魏大人一定会还你一个公道。”

“嗯。”美仁轻应。

这时，一名下人来报，说找遍了全府，也不见秀姑的踪影。

向昕抱起美仁，对蓝德宗严肃地道：“这两个多月来，十三起孩童失踪的案子，到如今已水落石出。眼下府上找不着秀姑的踪影，与美仁方才所说的她已死相吻合。秀姑身为令夫人的贴身婢女，向某又亲眼看到令夫人意图掐死美仁，令夫人身为秀姑的主人，即便不是幕后主使，也是帮凶。换句话说，蓝老爷你也脱不了干系。令夫人我们一定要带走，若您有何不满，待天亮之后，请于公堂之上向全信阳城的百姓说明。告辞！”

“慢着！”事实摆在眼前，让蓝德宗憋了一肚子的怨气，始终想不明白是怎么一回事。他拦住向昕，看向美仁道，“向小兄弟，老夫一直不明白，你一直都在说抓你的人是秀姑，要吃你的人是秀姑，也是她将你打晕的，若她当真死了，也就是死无对证。那她有没有跟你说，究竟是为何贱内意图要掐死你？还请向小兄弟道明，以还贱内一个清白。”

姜还是老的辣。

那蓝夫人中了都桓的“驱魂术”，加上之前被向昕所伤，这会儿就算醒来，多半也与那三夫人一样，是一个痴痴呆呆的疯子。如今都桓已死，唯一能救她让她变回清醒的就只有美仁。就整件事来说，蓝夫人不过是一颗被人操控的棋子罢了。如今蓝家被搅得一团乱，蓝夫人这件事上得找个圆满的解释才行，那她究竟是救还是不救？

在心中略作思量，美仁方道：“秀姑她……”

话刚开了头，便被冲进来的一名丫鬟打断。

“回禀老爷……大事不好了……”

“有话快说！”蓝德宗怒吼一声。

“夫人她……她也疯了。”

“什么？！什么叫她也疯了？”

“夫人她一醒来就不停地乱笑，一直拉扯着群少爷说……”

“说什么？有话就说快点。”

小丫头战战兢兢，见蓝德宗追问，便一副豁出去的神情，道：“夫人一醒来，口中便不停地嚷着要找秀姑。她一见着坐在床边守着她的群少爷，神志就开始不太对劲，眼神恶狠狠的，然后死命地拉扯着群少爷，打他，口中不停骂着少爷，说他这个风流鬼，娶了一个又一个，骂少爷到底要娶多少个才甘心。还说什么，当年人约樱花树下的话都是骗人的，还说……是她杀了那个小孽种。她不停地在说，是她杀了他，她就是想要看着少爷和谁谁心痛的样子……”

蓝德宗听不下去了，握紧拳头，怒叱一声：“住口！住口！给我滚下去！”

蓝希凌瞪着一双黑眸，难以置信地想都没想便冲出了屋子，提着裙摆往海棠苑奔去。

向昕抱着美仁，冷哼一声，讽道：“看来蓝夫人牵涉的命案不止一条啊。”

一个晚上，蓝府一死一疯。

一个夫人是疯子也就够了，居然还弄出了两个夫人是疯子，蓝德宗只觉得自己都快要疯了，什么也顾不上便快步往海棠苑走去。

“大叔，你放我下来，我能走的。”

在美仁的要求下，向昕放下她，改牵着她的手，一同去了海棠苑。

不管那蓝夫人是真疯还是假疯，都是一定要押回大牢的，以待受审。

明景升对美仁的话始终是半信半疑，虽然在那密室里第一眼见到这小子时，他盯着那化尸水的惊恐神情不似装出来的，但以他的身手，不可能这么轻易就被那个秀姑抓住，除非秀姑也是懂武之人。若秀姑也是习武之人，这两人之间又有什么牵扯？这个诡计多端的小子真的是向昕的侄子？

明景升盯着美仁看了又看，带着满腹疑惑跟随着众人一起走向海棠苑。

蓝家的二夫人确实是疯了，不但把自己最疼爱的儿子蓝希群给抓伤了，还跑到柳丝苑去找那个早已疯了的三夫人杨青青。她站在院子里一边大笑一边骂着，说杨青青是狐狸精，抢了她的男人，所以是要遭报应的，不是不报，是时候未到，很快就报在她杨青青的儿子身上，是她谢小环送给蓝希硕吃了那些蜜饯，那些蜜饯都是下了毒的，她就是要杨青青亲眼看着她的孽种是怎么死的，她谢小环不仅要她杨青青的孽种死，还要她杨青青死。

美仁望着面前极度疯狂的谢小环，虽然她神志不清，但美仁知道她说的话全是真的。中了驱魂术的人若不及时解术，除了神志不清之外，还会将自己心底埋藏已久的怨气全部爆发出来。

一个男人若是变了心，无论怎么样都难以挽回，而谢小环却选择了最极端的方法。女人的嫉妒，果然是最可怕的。

众人望着谢小环这模样，那么她想杀美仁的动机自然可以解释得很清楚。不难理解，因为嫉妒，她将美仁误作是蓝希硕，所以才会三更半夜冲进美仁的房里，要将美仁掐死。

然而，事实的真相只有美仁知道，不过她是不会说的，也不打算给那谢小环解驱魂术，或许她是有些卑鄙，但卑鄙得有理。对谢小环来说，作为一个疯子，无疑比做一个神志清醒的人要来得幸福一些。

［十六］聚散依依

蓝家二夫人的贴身婢女秀姑是吃人狂魔一案，经升堂一审之后，弄得满城风雨，街头巷尾，家家户户，无人不知，无人不晓。而蓝家二夫人且不论她是否伤害到美仁，单凭她自招毒害蓝家三少爷一案，便足以定她的罪，故也依法被关进信阳府的大牢，报朝廷，待最终定案。

一夜之间，整个蓝家风云色变。

在百姓的眼里，一切祸源是蓝家，所以将全部矛头指向蓝家。蓝府大门因此紧闭了好些天，蓝府的人更是小心翼翼，足不出户。最严重的是，蓝家经营的“凝洌阁”茶庄遭到百姓冲砸，被迫停了业，损失惨重。这是自蓝家祖辈经营茶业近百年来，绝无仅有的事，而这事闹到最后，信阳府不得不出面，下了不少功夫才调停。

蓝德宗也因此气得一病不起，每日重复说，蓝家的百年基业全毁在了他的手里。

美仁随向昕回到信阳县衙内，待了又十余日。自从破了这宗案子，魏贞毅心头的大石总算是落下，对美仁客气万分。

《天一圣经》一拿到手，美仁便打算离开信阳县城，去寻找下卷的踪迹。她飞鸽传书通知悦姨上卷已到手，希望她能提供一些下卷的线索。可是这一个月来，向昕对她无微不至的照顾让她有些困惑，在等悦姨回复的同时，便不由得在信阳多待了些日子。

每日，向昕与衙内的捕快都很忙，美仁无聊之时，便会跃上衙门内最高的一棵大树上，躺在树杈上，一边晒着透过树叶星星点点洒下来的阳光，一边满足地眯着眼，耐心等待着信鸽。

扑扑扑……

美仁眯着眼倚在树杈上，在听到这熟悉的声音后，不由得嘴角轻勾，倏然睁开双眼，伸手捉过落在一旁的信鸽，取下字条。打开不过二寸长的字条，在看清字条上的内容之后，美仁原本红润的脸色唰一下变得煞白。

字条上只有四个字——紫玉山庄。

以往悦姨吩咐她去完成一件任务，都会写上人名与地点，而这次给她的只有“紫玉山庄”这四个字，这究竟是告诉她《天一圣经》的下卷在紫玉山庄，还是指派她去杀紫玉山庄的人？

她咬着唇，用力地握起拳头，将那张字条紧紧地攥在手心。

第一次，她不想接任务。

她不想去。

向昕一进院子，便瞧见美仁晃着两条腿躺在树上，仰首轻唤："美仁。"

这些日子，他一直忙于公事，无暇照顾她，而她最喜欢做的事便是待在这棵树上。自知晓她是女儿身之后，他便不再与她同床，而是选择与牛勇他们挤一间屋，将自己的屋子让出来，目前也只有他一人知晓她是女儿身。虽说她以前一直像个男孩子一样生活，但作为一个女孩子家，看她总是这么爬上爬下的，又是这么高的一棵树，他总是怕她会出什么意外，因此每天在她耳朵边唠叨，然而她总当他的话是耳旁风。

听见向昕的叫唤，美仁一惊，连忙将手中字条随手一扔，应道："昕大哥，你忙完了？"

面对向昕，美仁不敢轻易施展轻功直接跳下树，而是选择反过身趴在树上，打算慢慢滑下去。

见美仁笨拙的模样，向昕无奈地直摇了摇头，飞身向上，一把抱住她，稳稳地着地。

"谢谢。"美仁轻应。

察觉到美仁有些心不在焉，向昕关心地问道："怎么了？是不是哪里不舒服？"昨日抱她下树的时候，也没见着她这般不开心，今日一直眉心锁着，脸色还有些微微泛白。

"哦，没什么。"美仁立即扬起俏脸，"昕大哥，今日这么早回来，找美仁有事？"

向昕浅浅笑道："没什么特别的事，只有近日来有些忙，都顾不上和你说几句话。要不要去市集转转？"

"好。"

两人漫无目的地在大街上走着，美仁心里存着事，始终无法开心起来。那张写有"紫玉山庄"四个字的字条，无疑就是在为难她。

她不想去，不想接下这个任务，否则将每天面对那个始乱终弃的伪君子，如果可以，她真的不愿选择这样的男人做爹。

若她直接拒绝悦姨，悦姨一定不会生气，反而会笑得花枝乱颤，会笑她无能，笑她并不是真的恨明经堂，因为恨得越深，在乎也就越深。不是这样的，她根本就不在乎。

"这位小兄弟，是要买胭脂水粉送人吗？"一个突兀的男声响起。

"啊？！"

美仁一直沉浸在自己的世界里，当被这一声唤回神，才发现自己正立于一个卖杂货的小贩跟前，手中正捏着一盒姑娘家用的胭脂。眼下她的装扮与这盒胭脂着实不配，于是放下，连连摆手，笑道："就是好奇，呵呵。"抬眸之际，正好撞上向昕一脸若有意味的探究神色。

向昕轻笑出声："喜欢就买好了。"

"买回去你搽？"美仁歪了歪脑袋戏谑道。她在他面前死不肯承认自己是女儿身，自那次之后他提都没提过，也不捅破。

"啊？"向昕一下子耳朵红了，"我怎么好搽？"

见向昕害羞的模样，美仁不禁轻笑出声，他耳朵红起来的时候特别好玩。她看了他一眼，便径直往前方走去。一直没有听到他跟过来的声音，她顿觉奇怪，转身却见他刚从那卖胭脂水粉的小贩那儿离开，一路小跑过来。

美仁道："昕大哥，我饿了，请我去福忆祥吃一顿好吃的吧。"

向昕想都没想便应声："好。"

福忆祥是信阳县最大最好的一家酒楼。

进了福忆祥，美仁与向昕选择在二楼拐角处临窗的位置坐下。未久，店小二便上了几道招牌菜。

向昕一直为美仁夹菜，话不多。

美仁存着心事，也只是默默地吃着菜，没有说话。

吃到一半，她忽然放下手中的筷子，对向昕道："昕大哥，明日我便打算离开信阳城。"

正欲夹菜的手停在半空中，向昕惊愕地抬眸看向一脸平静的美仁。缓缓地，他放下手中的筷子，半晌才哑着嗓音道："要去哪里？"

"紫玉山庄。"美仁平静的语气让人听不出任何情绪起伏。

向昕微怔，未待他开口，美仁接着又道："其实明经堂……他是我爹，我是他的……私生女。我之所以会来到信阳，是因为知道他会来贺寿。我是特地来找他的，我是来寻亲的。之前我说的话都是骗你的，因为我在来信阳的路上用光了盘缠，不得不一路行乞过来。骗你，目的就是想有个住的地方。没想到真进了蓝府，然后找着机会相认了。他让我回紫玉山庄认祖归宗，所以……"

见向昕的脸色有些不对，美仁便停住没再往下说。

向昕紧抿着唇，一直不语，隔了许久，方道："所以，你打算明日动身去紫玉山庄找你爹？"

"嗯。"美仁轻应。

"好，明日一早，我会安排马车送你上京城。"向昕的声音忽然变得很大。

美仁听闻连连摆手，急道："不用了，昕大哥。真的不用了，我会随……会随……会随我二哥一同上京。"她咬着嘴唇，憋了好久，才将"二哥"两个字说出口，那"二哥"自然就是与她八字不合的明景升。她早就打听好了，这些天蓝家的事终于平息下去，有了个了结，明景升也准备于明天动身回京。

"你二哥？"向昕惊诧地道。

"嗯，就是明景升。"美仁干笑几声应道。

"好。路上有人照顾，我也就放心了。"向昕的声音听起来极为失落。

"昕大哥，你别难过，我知道你舍不得我走，其实我也很舍不得你。等我到了京城，一定会跟你报平安的。还有，你若是想我的话，方便的话，也可以上京城去看我啊，汴京离信阳也不是很远。"美仁对一脸落寞的向昕道。

向昕脸色微窘，耳朵又憋红了，结巴着道："我……我……哪有像你说的那样……"

"那好吧，那是我想你，好不好？"美仁甜甜笑道。

这一下，向昕整张俊脸全变红了。

美仁捂着嘴笑个不停。其实她也弄不明白，为何要告诉向昕自己的行踪，若是按着以往，她会在拿到《天一圣经》后，想办法直接走人，可这一次却是破天荒了，不但说的话是真假参半，就连她的行踪也告诉了他。

翌日，应美仁的要求，向昕答应她，不去送她出城，却在临行前，交给了她一个布袋，嘱咐她只许出了城才可以看。

一离开衙门，美仁便打开了那个布袋，掏出里面的东西，她不禁微微一愣，竟是她昨日错拿在手中的那盒胭脂……

起

天空又飘起了片片雪花，不一会儿便是漫天飞舞，空气里透着说不出地清新舒爽。

粉琢的女娃儿一点儿也不畏寒，立在洞外，以一双粉白的小手接着片片雪瓣，盯着它们在掌中慢慢化成一滴滴水珠，开心地甩掉水珠，再重新去接，傻笑的声音穿透了整个山洞。

洞内，白衣男子端着一碗刚熬好的药，走到床沿，将药放下，动作轻柔地扶起沉睡中的妻子，揽在怀中，然后再一手端起药碗，一手执着小勺，舀了一勺汤药放在唇边轻轻地吹动，慢慢一点一点喂给她。

沉睡中的她根本不会张口，当小勺拿出来时，那棕褐色的药汁都尽数顺着她的嘴角不停地往外流。白衣男子早已做好了准备，迅速地以软布轻拭着她嘴角处流出的药汁。

反反复复，他始终耐心地喂妻子喝着药，但那药能够喂进她口中的却连一小勺都不到，若是药再这么浪费下去，等了这么多年才好容易等到开花的七色雪莲，便是白费了。

他放下药碗，抱着她，细细地看着她的睡容，那精致无瑕的面容，曾经是多么爱笑。

他浅浅一笑："符衣，这是第二朵莲花了。来吧，把它喝下去。"

又一小勺汤药被喂进她的口中，然而汤药依旧顺着她的嘴角不停地往外流。他被迫再次放下药碗，为她细细拭净药汁。深叹了一口气，他轻勾唇角，口气却变得更为轻松，戏谑道："好吧，我知道你在等什么，那就还像上一次喂你喝第一朵莲花时那样好了。"

说完，他便喝了一口汤药，低下头，覆上她的樱唇，慢慢地将含在口中的药汁一点一点地送进她的嘴里，同时，双掌抚向她的背后，将内力源源不断地输入她的体内。就这样一口一口，直至整碗药都喂进了她的腹中，他的唇方依依不舍地离开。

"嘻嘻嘻。"女娃儿立在洞口羞笑着父亲。

白衣男子轻轻地将妻子放下，让她平躺好，回首望着洞口嬉戏的女儿，轻挑了挑眉，道："美人，你不冷吗？"

女娃儿拍了拍手上的水滴，一蹦一跳地跑至父亲跟前，撒着娇道："爹，你每天不是逼着美人习字，就是让美人去外面捉鸟，可是这雪山上根本就看不见几只鸟嘛，要捉活的话，就要到山那边去。这几天下了大雪，美人不想出去捉鸟，也不想习字……"

白衣男子眉头舒展，不以为然地应道："那你还有琴、棋、画可以练啊。"

"不要。"女娃儿噘着嘴回道。

"那还有晚膳你可以做。"白衣男子又道。

"你说这天下间怎么会有你这样狠心的爹？若是娘亲醒着，一定不会允许你这样劳役我。"女娃儿嗲声嗲气地叫着抗议。

"若是你娘亲醒着，估计除了我们一家大小的膳食将会全由你做之外，还包括我们的衣衫你全都得洗了。"白衣男子俊朗的面容上满是笑意，以手轻刮了下女儿的俏鼻。

"爹——"女娃儿很快贴过身倚在他的身上撒娇，"上次在梅树林，那个故事你还没说完，那个和美人名字很像的姐姐后来怎么样了？她真的会去京城那个什么紫玉山庄吗？"

"姐姐？！乱叫！"白衣男子轻捏了下女儿的粉颊，佯装怒道，"以她如今的年纪可是能当你的娘。"

"好嘛，好嘛，爹你快接着说啦。"

白衣男子无奈地摇了摇头，抱起女儿坐在床边，望着沉睡中深爱的妻子，执起她白皙的纤手，握在掌中，方缓缓开口。

第二卷 京城风云

［一］劫中无间

“嘶——”一阵啼叫，声音划破长空，马车被迫停下了。

一直坐在马车中闭目养神的明景升听着这一声马声嘶叫，眉心微微蹙起。随着马车的晃动，他的身体也微微向前倾了倾，对着驾车的明飞沉声道：“明飞，你驾车的技术越来越弱了。”

“少主，马儿刚才受了惊吓，这就走。”明飞回头对着帘子回道。

明飞执着马鞭，刚要挥下去，便被眼前凭空冒出来的人惊住了。

“小哥，下手可不能太重了，否则马儿可又要受惊了。”美仁立在马旁，摸着马鬃末梢巧笑着。

她想了很久终于想通，决定去紫玉山庄，但要怎么进入紫玉山庄却是个难题。转念，她便想到明经堂临走之前对她所说的话，因而，不得不猛追这个家伙。孰料这家伙跑得还真快，出了信阳城，便没了踪影。她只得使出轻功“飞花逐月”一路猛追，总算在城外的七里坡追上了他。既然追上了，当然是要想法子让那跑得飞快的马车停下，于是，她便以一粒石子，用不大不小的力道击中马腹，让马惊而不狂。

听见这熟悉的声音，一直闭着眼的明景升缓缓睁开双眸，若有所思地盯着眼前的车帘。

“少主，是向总捕的侄子。”明飞回头禀告。

“让他上车。”明景升低声道。

不一会儿，车帘便被掀开，一张嬉皮笑脸出现在明景升的眼前。

美仁一双灵动的黑眸扫视了一下车厢内，车尾正中靠内侧钉着一个小方桌，明景升右手撑着额头，支在那小方桌上，漆黑的幽眸正瞅着她。

这辆马车还算宽敞，望了望他右手的空位，那是这车内仅余的空位。

美仁轻笑：“能坐吗？”

明景升坐正身体，眼睛缓缓地轻眨了一下，示意她坐下。

猫着腰，美仁便钻入车厢内。

明飞见她上了车，便挥动马鞭。

美仁刚走到明景升的面前，正欲在方桌旁坐下，孰料这时马车起步，脚下一个不稳，她顿时失了重心，便往明景升的身上撞去，整张脸不偏不倚正好撞在了明景升的胸膛上，撞得她痛得整张脸都揪了起来。她轻哼一声，便急急地想离开。岂知，猛地起身，头顶刚好又撞在了明景升的下颔上，身体还是卡在他胸前。

明景升吃痛，闷哼了一声，便将那小子从胸前迅速拉离。

双眸相触，两人愕然。

美仁摸了摸被撞疼的鼻梁，毫不吝啬地对着明景升绽放了一抹甜美的笑容，哂道：“明哥哥的胸膛可比那信阳县衙的大门要硬得多。”

“谬赞！你的铁头功也不弱。”凝视着眼前这个难缠的小鬼，明景升冷嗤一声，对着帘外的明飞高声道，“明飞，回京城的路还远着，小心驾车。”

美仁转身便背着他翻了个白眼，拍了拍膝上的灰尘，在一旁坐了下来，阴阳怪气地道：“明哥哥似乎言而无信。”

明景升紧抿着唇，盯着这个美仁看了半晌，方道：“有话直说。”

“明庄主临行前的吩咐，明哥哥都忘在脑后了吗？”美仁道。

“蓝府一事之后，你便同你叔叔一起回了县衙，我以为你不会想要去紫玉山庄。”明景升应道。

美仁摆了摆手，回道：“那日的情形不用我多说你也知道，我一直惊魂未定，之后，蓝府的事闹得满城风雨，而我又是那唯一的证人，我不可能留在蓝府，自然要随我叔叔一同回县衙。”

明景升沉默半晌，再开口便是一句惊人之语：“他真的是你叔叔？”

“有异议？”美仁抬了抬眉，反问。

近距离凝视眼前这个小子，明景升从她弯弯的月眉开始细看，一双如秋水般的翦瞳，到挺直的俏鼻，再到那一张红唇，整个就是一张让人很困惑的面容。许久，他才又道：“没。去京城的路还远着，你好好保存精力吧。”说完他便回转过头，继续他的闭目养神。

以这辆马车的速度，到京城差不多要一天一夜的路程。

美仁两眼望着窗外，沿途欣赏青山绿水，不知不觉中，竟莫名地也犯起了困，头倚向车窗，眯起了眼。

不知过了多久，马车又是咯噔一下，一个大颠，将在车内沉睡的两人猛地颠醒，美仁的头从右边一下子便撞到左边的明景升。

“明飞，是不是要换你坐在车内，我去驾车？”明景升沉着声对着帘外的明飞低吼。

明飞尚未开口，便听见一个奇怪的声音跳了出来：“此……此此路……是……是是我开，此……此此树是我……我我栽，要要……要从此路……路路过，留留留下……买买路财。”

坐在马车里，原本一脸惊愕的美仁，听见这一句打劫口号，没由地喷笑出声，偏过头对着一脸阴郁的明景升，连连哂笑：“哈哈哈，有人打劫，有人打劫，哈哈哈！”

明景升嘴角微微抽搐，弄不懂遇上劫匪她怎么会这么兴奋。

“正好无聊着呢。”美仁说着便起身，揭开车帘，望了一眼坐在车前的明飞，冲着他一笑，便跳下了车。

美仁望着挡在车前的三个粗布衣衫农夫扮相的劫匪，他们手中各握着一把摇摇晃晃破破烂烂的大刀，其中一个还拿着把菜刀。她回头瞥了一眼左边的车轮，正陷在了一个不算太深的坑里，想来是这三个劫匪的杰作。

“小小……小子，打打……打劫。”立在最右边偏胖的一个劫匪甲挥着菜刀，口吃着高声叫道。

“劫财还是劫色？”美仁一副嬉皮笑脸。

美仁此话一出口，在场的所有人全部惊住了。

坐在车前的明飞皱着眉头直盯着这位向少公子，心中疑惑，他怎么会有此等闲情，竟然问那三个弱不禁风的农夫劫财还是劫色？

车内，明景升一直坐着不动，听见美仁这一声“劫财还是劫色”，嘴角处缓缓绽开一抹浅浅的笑意。

口吃的劫匪甲颤抖着手中的菜刀，他身旁的两位劫匪咿咿呀呀地不知对他说了什么，他口吃着高喊道：“臭臭……臭小子，毛毛……毛病，劫劫……劫财劫什什……什么色？”

原来劫匪乙与劫匪丙都是哑子，难怪要由这结巴的劫匪甲传话。

“哦哟，原来是劫财不劫色，那么这边请。”美仁笑着，便做了个请上马车的姿势。

这下，不仅是三个劫匪一脸震惊地僵立在原地一动不动，就连车上的明飞也一脸呆滞，随后反应过来，便跳下车，脸色很不好地将美仁一把推开，立在马车前，一脸严肃地道：“我劝你们最好速速离开，免得伤了。”

三名劫匪面面相觑。忽然，三人同时点了一下头，声嘶力竭地大叫着举起刀往明飞身上砍来。

明飞见着，直摇着头，三两下就将这三个劫匪解决了。

美仁其实想看看这三个家伙冲进马车内，怎么逼明景升出手。谁知，这三个家伙全是纸老虎，明飞毫不费吹灰之力便解决了他们。看来是她对这三人的期望太高了，失策，失策。

三人一齐跪在明飞脚前，不停地磕头求饶。只听那口吃劫匪甲说道：“大大……大侠，饶饶……饶命，小的们，上上……上有八八……八十老母，下下……下有……”

“等等……等一下，哈哈哈……”美仁学着了那人的口气，只说了一句，便忍不住大笑，“你是不是想说，你上有八十老母，下有黄口小儿，还有一个如花似玉、美丽绝伦尚未出阁的妹子？”

“你你……你怎么知道？”劫匪甲傻气地接口。

眼前这个“劫匪甲”傻里傻气地反问，一张淳朴善良的面孔，让美仁倏然收了笑意。

幽蓟之地，理应收取，何因？燕地不收，河北不固；河北不固，河南可危，山河险关陷于敌国。契丹人屡屡南下侵犯，咸平四年，西北战场局势恶化，宋辽长城口之战，宋军虽大败辽军，但常年征战，百姓无法过上安定的日子，铤而走险也数正常。身强力壮者皆被征去拼杀战场，而病老体弱者也只有到了不得已的地步，才会做出此等事情。

这五年来，遇到的诸如此类的事情太多了，自己也同样干过这些勾当，但比起他们的手段要高明得多，可是她，却不是为了糊口讨生活……

突然想到这些，一时兴起的玩笑之意全无，美仁勉强扯了扯嘴角，便甩甩手，跳回车上。刚钻进车内，便捕捉到明景升脸上那一丝浅浅的笑容。

很快，明景升便恢复了常色，道：“明飞，赏他们些银两，启程。”

明飞领命，从怀中掏出一个钱袋，里面有不少碎银，直接抛给了那劫匪甲，道：“看你们也不像是专做打家劫舍勾当之人，这里有些碎银，还有一些干粮，拿回去好好过日子，别再出来干这些事了。”

“谢谢……谢恩人，谢谢……谢恩人。”

三个“劫匪”连磕了几个响头，连忙起身，绕至车身后，合力将车子推出他们之前挖的坑里。

车子又重新上路。

自方才三个“劫匪”一事，美仁回到车上便一直沉默着，脑中一直盘旋着一个问题。曾经她也杀人越货，也看着别人杀人越货，也看到过像今日这三人一样的可怜人被逼上绝路，可她却从未出手相助过，就像方才一样，宁可选择无情地离开，但是明景升施恩的举动让她心生羞耻。她想了很久，她想，若是昕大哥，他也一定会这么做吧。

“若刚才那个人是要劫色，你打算怎么做？”沉默了很久之后，明景升望着窗外，突然开口。

“嗯？”美仁一直沉思，被这么一问问怔住了。

她抬眸怔怔地望向明景升，发现这家伙明明是在和她说话，脸却朝向窗外。

无礼的家伙！

明景升回过头，一脸正经地又问了她一次：“那个人，若是要劫色，你会怎么做？”

渐渐地，一抹诡笑爬上了美仁的嘴角。

“还是那句话。”

“哪句？”

“就是那句。”

这时，坐在车前的明飞却突然很奇怪地插了一句嘴：“‘劫财不劫色，那么这边请。’是这句吗？”

车内，笑意在美仁的脸上渲染开来，想来这明飞一直竖着耳朵在偷听他们说些什么。明飞说得没错，就是这句，不过换成劫色就是“劫色不劫财”，当然，要劫的色还是车中的明景升。

这小子的一张嘴真是能掰。

明景升凝视着不停大笑的美仁，心中想着：等这小子到了紫玉山庄，和那三弟景承若是碰到一起，有的让人头疼。他轻扯了扯嘴角，对着车外的明飞厉道：“看着路，小心驾车，天黑之前找不到客栈唯你是问。”

“驾——”明飞听少主这么一说，丝毫不敢松懈，挥动着长鞭，马车飞快奔走。

［二］杀人如麻

山路崎岖，中间只停留歇息了一次，可无论怎么赶，天黑之前果真没有找着客栈，甚至连一个小村庄都没有见着，唯一落脚的地方，只有一片茂密的树林，与之前被打劫的地方差不多。真让明景升那个乌鸦嘴给说中了。

夜黑风高，露宿这荒郊野岭，有些瘆人。

早已饥肠辘辘的美仁，满眼期待地望着正在啃着馒头喝着水的明景升，以为他会怜香惜玉，不对，以为他会照顾弱小，分她一点食物，然而是她想太多了。那明家主仆二人只顾自己吃喝，根本就懒得看她一眼。

美仁有些悔恨自己急着追人，却忘了储备干粮。

忍了很久，只听啪的一声，美仁用力折断手中捏着很久想要用来抽打明景升的树枝条，迅速站起身，愤然离开正在大吃大喝的主仆二人。

吃完最后一口馒头，明景升抬眸望着美仁消失在树林之中的背影，对明飞道："跟着他。"

"少主，自己多加小心。"明飞起身拍了拍身上的尘土，很快追着美仁的身影而去。

未久，明景升忽然瞧见美仁拎了什么东西回来，待走近了方看清原来她手里拎着的是只山鸡。他不禁在心中暗赞，这小子果真不简单，生存能力很强。

美仁之前看着明景升施舍穷苦之人，相较于自己的冷漠，心中有些愧疚，可是方才他又吝于分食物给自己，美仁狠瞪了他一眼，哼！不分食物给她有什么了不起，她才不稀罕。她一言不发地从靴子里掏出一把精致的匕首，不一会儿，便在地上挖了个深洞，把那只刚猎回来的山鸡埋进洞中，从旁边的火堆里挑了些火种，加了些干树枝在上面架起了一个火堆。

过了许久，周遭飘起一股浓郁的鸡肉之香。

自始至终，明景升都是保持着一脸淡然，默默地看着她做着这一切。一双巧手熟练操动着，有条不紊，这再一次让人迷惑，一个十余岁的孩子，究竟有着怎样的经历？

明飞找了一大圈，始终未见着美仁的人影，只好匆忙回来报告主人，谁知老远地便闻着一股浓郁的香气，从他们休息的地方传来。待走近一看，却见美仁安然坐在火堆之旁啃着刚烤熟的山鸡，明飞眼中满是难以置信。

明飞指着美仁疑惑地问明景升道："他他……他……少主，你猎的？"

美仁抬起眼眸，给了明飞一个鄙夷的眼神，继续啃鸡腿。

明景升微微摇头，目光在美仁的身上瞟过。

“那……那……是他？”明飞结巴，他无法相信那只山鸡是眼前这个小孩自己猎的。

明景升轻点了点头，证实他的猜测是对的。

“天哪。”明飞怪叫一声，难以置信地抓了抓头，在火堆前坐了下来。闻着眼前奇香的山鸡味，明飞觉得自己又饿了，之前主子将那些干粮给了三个“劫匪”，留下的只有七个馒头而已，一人两个，真的是一点儿也吃不饱。他忍不住嘴馋，偷偷瞥了美仁口中的鸡腿好几眼。

面对明飞这种极度“猥琐”的视线，美仁嗤笑几声，用树枝叉起另半只鸡，递至他的面前，鄙夷道：“喏，你们不仁，但我不会不义。给你！”

面对突然伸过来的半只鸡，明飞尴尬地看着美仁，又看了看一旁沉默不语的少主，不敢接过那半只鸡。

“呵——”美仁轻嗤一声，讥讽道，“怎么，不好意思接？那好吧，以货易货。”

“啥？”明飞愣愣地回道。

“半只鸡，南海珍珠一颗。”美仁忽然开价，目光却是落在明景升不停拨着火的手上，就是那只贼手，害她丢了一颗南海珍珠。

那些南海珍珠，可是她辛辛苦苦从一个又肥又老又色的猥琐男人手里好不容易捞回来的。那种一等一的珍珠不多，一共就只有八颗，原本想给悦姨做一条珍珠手链，如今平白丢了两颗，一颗在与都桓纠缠的那晚不小心失落，连落在哪儿都不知道，另一颗就是被眼前这只贼手给打掉的。

“南……南海珍珠一颗？我哪里有那么珍贵的东西。”明飞难以理解地嘀咕。

“你没有，不代表你家少主没有。”

“啊？”

“既然你想吃鸡，就跟他讨好了。”美仁坏心眼地将那半只鸡在明飞的面前绕上一大圈，让他看得到吃不到。

蓦地，沉默了半晌的明景升淡然一笑：“南海珍珠……既然已经送了人，就没有理由再要回去。”

某人终于开口，然而一开口却是如此理直气壮。美仁隐忍着怒气，狠狠地瞪了他一眼，然后举起手中的鸡腿，狠咬了几口咽下，平心静气后，才对他嗤道：“明哥哥，我说的可是以货易货。”

“只要有一方不是出于自身意愿，便不存在以货易货。”明景升淡淡地回应。

美仁扯了一抹冷笑，讥讽道：“假仁假义，道貌岸然，虚伪至极。”

“错！”明景升骤然打断。

“错？难道不是吗？两个大男人欺负一个舞勺之年的孩子，也好意思？”

“眼下你吃得不是挺好的吗，哪里像是被人欺负了？”明景升一脸不以为然，左手不停地拨着火。

美仁气愤地站起身，举起手中提着已久的半只鸡，指着明景升道：“是吗？堂堂两个七尺男儿，当着一个饥肠辘辘的小孩的面，在这里又吃又喝，对孩子不闻不问，此举当为天下人所不齿。”

终于，丢下手中烧焦的树枝，明景升眉心深锁，抬首望着美仁，淡淡地回道：“我只记得，那个饥肠辘辘的小孩与两个同伴同坐一辆车，当遇上强盗时，他却指引强盗对自己的同伴劫财又劫色。”说完，明景升便站起身，头也不回地向马车走去。

明飞守在一旁看着主子与这小子一来一回不知在吵些什么，似乎是鸡，又似乎非鸡，他只觉得怪自己多事，从方才少主起身的地方拿起一个油纸包，递给面前这个气呼呼的小子，道：“你误会少主了，喏，这是给你留的。一共只剩下七个馒头，我和少主一人两个，给你留了三个。拿着。”

美仁惊愕地看着硬塞过来的一个油纸包，下意识地咬住嘴唇。

“哎哟，你那是什么表情？谁让你叫那三个人打劫少主的？”明飞用手扒了扒头，厚着脸皮拿过美仁手中的半只鸡，“以货易货，这半只鸡是我的了。”说着便抱着那半只鸡坐在火堆旁，喜滋滋地啃了起来。

这一夜，明景升与明飞都是在车上睡的，而美仁独自守在火堆旁，望着向昕送她的一盒胭脂发呆。迷迷茫茫中，忽然听见远处传来一阵低沉而奇异的笛声，这让美仁浑身猛地一震，防御之心陡然提高。

这笛音是他们族内特有的，是用来互传讯息的暗号。天一族的人这么快就查到她的头上了？

她望了一眼倚在车门边的明飞，他看似还在沉睡之中，她弄熄面前的火堆，迅速起身，施展轻功往笛音的方向飞去。

其实明飞和车中的明景升都听到了那阵奇怪的笛音。在见着美仁灭了火匆匆离去之后，明飞异常惊诧，很快恢复神色，问车内的明景升：“少主，要我跟去吗？”

车内，明景升依旧紧闭着双眼，淡淡地道：“不必，睡你的觉。”

离那笛声越来越近，美仁倏然停下站住，双耳微动，看来来了不止一两个人啊。她勾了勾唇角，双手抱胸面朝南方站立，等待她们主动现身。霎时间，笛声停止，四道白色身影飘然跃于眼前。

“怡符衣，既然东西到手了，怎么还不送回去？”为首的美人儿隔着面纱便对美仁喝道。

天一族无丑女，就算丑的，到了窑子里也绝对是上等货色。

美仁扯了扯嘴角，戏谑道："这位妹妹，好大的火气！这女人呀，气多了可不太好，伤了身子，人也就不美了。"

美人儿听闻一愣，随即冷道："妹妹？你这臭丫头乱叫什么？看在怡家的面子上，快把东西交出来，我便不与你为难。"

"丫头？呵呵，小妹妹说话好呛啊。我差点都给忘了，论辈分你得叫我一声姑姑还是姑奶奶的。"美仁嬉笑着。如果她没弄错，这位应该是麻家的女儿，名唤麻香凝，依美仁看来，她叫麻花或是麻绳更为贴切，因为她的头发总是喜欢编成一股一股的。

"嗤，牙尖嘴利，就凭你也配？你也不拿镜子照照自己。"一旁另一个美人儿插口叫道。

这位是连家的，名唤连碧容，平日里行事作风比美仁还要嚣张几分，动不动便是恶言相向。

"是吗？"美仁一脸惊讶地在身上摸索了好一会儿，从腰间拔出一枚小巧精致、只有巴掌大的雕花铜面镜，拈起兰花纤指，拨了拨额前的碎发，对着镜子左顾右盼地照了好几下，才接着又道，"今晚的月光虽然暗了些，但我怎么看镜中之人都是个美人啊，比起某些不要脸、没脸见人的、不得不用面纱遮羞的，要好了千百倍都不止啊。"

在场除了美仁之外的女子，都戴着面纱，她这话一出口，无疑是将四个人都给骂了。

"你！"最右边一直未曾开口的美人气得身子直发抖，对着她怒道，"怡符衣，知道你能言善辩，我们不想与你多费唇舌，快把《天一圣经》交出来。"

美仁若是没记错，这位与木曜使者都是都家的，名唤都若莹。都家的人没因都桓一事而受到牵连，着实令人意外。

美仁收起铜镜，嘲弄道："这话说来真是奇怪，你们都家的人拿走了东西，族长与各族长老们不找你们都家要，反倒找上我这个不涉事的怡家弃女，真是让人匪夷所思啊。怎么，你们都家打算将功赎罪？不过，怕是要失算了。"

"你……"都若莹气得说不出话来。

"咦，都说了女人生气容易老得快，还气？"美仁讪道。

"怡家的死丫头，果真个个牙尖嘴利。若莹姐姐不必气恼，让我先教训这个贱丫头再说。"连碧容正欲拔剑。

“别冲动。”一直未曾开口的宁念竹做了手势，示意她别那么冲动。

虽然美仁对怡家没什么感情，但听见别人叫自己怡家的死丫头，便是将娘和悦姨全都骂上了，那她可就没什么好脾气了，顿时冷下脸：“你算老几？！宁家的都不说话，你连家的叫唤什么？本姑娘今夜心情不好，趁我还不想大开杀戒，识相的就给我快点滚！”

“就凭你？怡符衣，看我连碧容不撕了你这一张烂嘴。”说着，连碧容寒气森森的长剑便斩向美仁的左肩，剑尖方触及美仁的衣裳，只见那剑尖莫名地一滑，偏向一旁，整个剑刃竟无法受力，宛若刺上了什么又韧又滑之物。

连碧容惊愕，美仁的动作迅如电闪，从腰间拔出之前那枚铜镜，劈向那剑刃，猛地将连碧容手中的剑震弹开来。

连碧容整个右臂被震得抬不起来，恍惚之间，只觉眼前寒光一闪，那面铜镜诡异地成了一柄锋利短小的弯刀，刀尖直指自己的眉心。连碧容瞪大了双眼，难以置信，美仁是在何时出手？她颤着声道：“幻镜……”

美仁的手微微一偏，连碧容脸上的面纱便在那柄弯刀之下，化成两瓣，露出一张精致美丽的粉脸，很快，那刀尖又滑向连碧容的脸颊之上。

这正是所谓一寸短，一寸险。

连碧容大惊，一双美目当中充满了恐惧的神情。她知道，美仁只要稍稍用力，她最为珍惜的粉脸便将毁为一旦。她瞪大了双目，颤着声道：“你要是敢毁了我的脸，我们整个连家都不会放过你的。”

话音刚落，她便觉得脸上冰凉一片，以为自己的脸被划了一刀，连碧容吓得高声尖叫，顿时珠泪盈眶。

美仁只不过将弯刀贴在她脸上而已，有必要这么声嘶力竭吗？

看着连碧容失态，美仁满意地露出一个舒心又妖冶的笑容，嗤道：“这才是真正的下手。”说完，手中那柄弯刀以迅雷不及掩耳之势，划开了连碧容胸前的衣襟，连碧容雪白的胸脯便全然暴露在空气之中。

罗衫轻解粉香酥，
香浮欲软初寒露。
似蕊花边谁消受，
两点风姿最迷人。

美仁顺手以刀刃顺着连碧容酥软的胸前，一路轻轻滑下，连声高笑着作了一首淫靡的华辞艳句：“哈哈哈……”

宁、麻、都三人一直静静地看着两人从舌战到交手，美仁的身手让她们三人暗惊，未曾料到，她的武功竟然在短短数年之内变得如此高深莫测，就算是她们四人联手，也未必有胜算，而方才吟诗一幕更是让人面红耳赤。虽说本族女子多为豪放之人，但似她这般肆无忌惮地对另一个女子动手又动口，相信在族内绝找不出第二人。

“啊——”连碧容无法忍受美仁出言调戏她，甚至以刀滑过她的胸部。身为天一族的女儿，虽然会遭族人鄙夷，但若是被同为女人的怡家女儿触碰了自己的胸部，还作了一首淫靡的诗，这是十分耻辱的一件事。

连碧容羞愤到了极点，弃了剑，双手抓着被美仁划破的衣襟，尖叫着跳回同伴之间，对着美仁破口大骂：“你这个疯子！你这个贱人！只有怡家才能生养出你这样的贱种，一辈子都只配待在妓院里的贱种。侏儒！贱人！贱人！你娘是，你姨娘是，你也是，你……”

连碧容尚未说出“你妹妹也是”，便被封了喉。

连碧容在临死之前，瞪大了双目，满是惊恐和难以置信的表情，瞪着一双殷红的眼眸。她竟连自己是怎么死的都不知道，嘴唇微微掀了掀，身体便应声而倒。

其余三个姐妹无一人伸手扶住她，她们不会扶她，亦不想扶她。她仅余的意念，全部给了宁念竹，可是宁念竹连看都不曾看她一眼，她身体微颤了几下，便永远不再动了。

自都桓将全数的内力传给美仁之后，美仁依法驱入奇经八脉内以供己用。她知道，她的武功修为如今上了不止一层，整个族内，能抓住她并打败她的，怕是除了族长和几大家族的那些个老匹夫之外，很难再有人了。不知为何，自受了都桓一身内力之后，她整个人有时会变得莫名地狂暴。

任凭别人怎么辱骂她，她都可以不动声色，她都可以笑逐颜开，但那个人却绝不可以侮辱她的娘亲还有悦姨。当连碧容一连串极其侮辱的字眼一出口，美仁突然变得狂戾起来，熊熊怒火瞬间爆发，唯一支配她的意念只有一个——杀！

她从来就不是一个好人，把她当好人看，那真是太天真了。

而眼前的人更不是好人，更不配她把她们当好人看。

收起回到手中的弯刀，上面未曾沾有一滴不干净的血迹，美仁轻抚了抚这件既惹眼却又同样是件兵器的铜镜，缓缓地收起弯刀，它又成了一面精致的美人镜。她冷着一张脸，扯了扯嘴角，抬眸望了一眼立在眼前的三人。无须再多费什么唇舌，她的一举一动都在提醒着眼前这三人不要试图去惹怒她。

此时此刻，她的心情比之前要平静许多，甚至还有些舒坦。当下，平时那种甜美的笑容又回到了她的脸上，仿佛之前什么都不曾发生过。

眼睁睁地看着连碧容死在自己的脚下，一直沉默了很久的宁念竹始终很平静，抑或是面纱的相隔，使人看不出她是何情绪。她望着嘴角噙着笑的美仁，又看了一眼睁大着双眼倒在泥土之上的连碧容的尸体，一双美目还来不及合上，却已经断了气。连碧容临死前的目光始终盯在她的身上，是在责怪她吗？

收回落在连碧容尸体上的视线，宁念竹终于开了口，语气却听不出任何情绪："怡符衣，你不曾参与圣女之争，却杀了连家的女儿，连家不会放过你的。"

"那又怎样？要怪就怪她学艺不精，说出去只会给她连家的人蒙羞。"对着铜镜，借着朦胧不清的月光，美仁又照了几下，顺了顺自己贴在脸颊上因动武而有些凌乱的发丝，然后瞟了一眼沉着冷静的宁念竹。

宁家不愧是宁家，培育出来的女儿都很优秀，不过和她怡符衣比起来，要逊色很多。宁念竹是宁茹的妹妹，姐姐死了，按理来说，宁家的那些老匹夫，无论怎么样，都会把这位优秀的女儿给捧上圣女的位置的。

想至此，美仁收起铜镜，嫣然一笑，戏谑道："宁家妹妹，其实我杀了连家的女儿，对你来说也算是件好事。"

宁念竹、麻香凝、都若莹三人听闻，一阵惊愕，她们都明白美仁的话中之意。宁茹死了，族内定当会挑选新一任的圣女，而争夺圣女一位，最终只有一个胜者，失败者即便不死，也将会活得很痛苦。

"宁家妹妹，要不要我帮你杀了她们两个？你一人回去，相信他们也不会责怪于你，说不定还会奉你为新一任的圣女。否则的话，以后你们还是会免不了一战，届时谁生谁死，都很难说。怎么样？我平时接一票，可是黄金百两，这么说来，是你赚了。怎么样？"美仁双手抱胸，微笑着看着眼前的三个美人，在猜哪个人的面纱会浮动得最厉害？

又一次让她猜对了。

在见了美仁不动声色地杀了连碧容之后，都若莹明显胆怯了很多，言辞也不再像之前一样过于放肆，但听美仁诱引宁念竹而说的那些话，她心中也没由地一阵恐慌，便忍不住拉扯着宁念竹的衣袖，急道："念竹姐姐，别听她胡说，我从未想过当什么圣女。她……她……她……一定是想让我们自乱阵脚，自相残杀……"

麻香凝浑身也跟着颤抖起来。

"呵呵呵……"美仁不禁笑了开来，曾听悦姨说那些圣女候选人如何如何了得，原来就是这样的一群窝囊废。

蓦地，远处有轻微的脚步声传来，美仁止了笑声，挑了挑眉，噘起了小嘴。讨厌！不该出现的时候偏偏出现，看来又没得玩了。

同样，宁念竹也听见了，抬眸看见不远处的身影之后，她便沉着地对美仁开口："今夜作罢，但《天一圣经》依旧会和你讨，怡家的，先行了。"说罢，对麻香凝使了个眼色，两人托起连碧容的尸体很快便消失在夜色之中。

都若莹对美仁狠瞪了一眼之后，也跟着迅速离开。

［三］分赃不均

自打美仁离开之后，明景升一直双眸紧闭，倚着车厢安然地睡着。反倒是坐在车外的明飞不停地东张西望，留意着那小子，可过了许久，一直未见那小子的身影，他便忍不住对车内的少主道："少主，那小子离开那么久，到现在都没有回来，会不会出了什么意外？"

虽紧闭着眼眸，但明景升并无睡意，实则在等着那小子回来。早在那诡异的笛声响起之时，他便起了疑惑。缓缓睁开如星光的眼眸，他起身，揭开车帘，跃下马车，淡淡地道："你留在这儿守着，我去去就回。"

"少主，还是让明飞去吧。"明飞道。

明景升抬手示意，止住明飞，举步往那笛声的方向走去。

走了没多远，远远地，他便瞧见美仁与三名拿着剑蒙着面纱的女子在交谈着什么，地上还躺着一个，不禁心下疑惑。但见那小子没什么事，他之前为他担忧的一颗心也总算落下了。

隐隐约约地，忽然一名女子的尖叫声让明景升不禁深蹙起双眉，止住步子，犹豫着是否要过去。似乎那三名女子也看见了他，接着，三人便匆忙离去。

林间，朦胧的月光映照下，只剩下明景升和美仁两人的身影。

美仁缓缓转过身，泰然自若地看着立在身后数十步之遥的明景升，之前杀人一事仿佛就像这空中的月亮一样，从新月到满月，再从满月到新月，一切都是那么自然。

慢慢地走近他，她嬉笑着道："怎么，明哥哥怕美仁被人劫了？"

"你与人结怨？"明景升问。

"非也！为何明哥哥不认为是美仁在幽会情人？"似乎什么正常的事情一经美仁的口，总会变得十分轻佻。

"你若认为幽会情人比去紫玉山庄重要，那你可以留下继续。"明景升面无表情地说完，便转身往来时的路走去。

美仁耸了耸肩，迈着轻快的步伐，跟在他的身后。

"你小子跑哪儿去了？半夜忽然不见人影，害我们担心死了。"明飞一见着美仁便嚷开了。

美仁挑了挑眉，看了明景升一眼，不由得轻嗤，这家伙会担心她？除非是中邪了。她对着明飞咧嘴一笑，道：“会情人呗。”

“会情人？你这个小屁孩……”

“哎……”看见明景升上了马车，美仁冲着明飞做了个鬼脸，便也跟着钻进车内，留下满脸惊诧的明飞一人在车下。

一路上，美仁见着明景升最多的姿势，便是双眸紧闭一言不发地养精神。见怪不怪，她重新坐下之后，也觉得自己有些疲惫，以手用力地搓了几下脸颊之后，遂倚着车窗合上了眼，连自己在何时变换了姿势，趴在那茶几之上，一双手死命地拽着明景升的衣袖睡着了都不知道。直至醒来之时，已是午时，而他们已经到了京城南四十里外的朱仙驿附近。

以往，美仁即便是睡着了，警觉性依然很高，而自中了嗜心花毒后，每当睡着便会睡得很沉，除非有什么大事，否则她很难醒过来。那两晚为了追查都桓的藏身之处，她甚至不敢熟睡，而在事情办妥之后，也只有在向昕的陪同之下，她才会睡得那么没有防备。

这一次，居然在明景升的面前却没有一点防备，这种情形不禁让美仁感到莫名不安。到了京城的紫玉山庄之后，她一定得先去找一处温泉，把身上的嗜心花毒解了再说。

走在朱仙驿富有特色的市集街头，美仁尽显小孩的顽皮本性，每经过一个店铺，都要进去转悠一圈方肯罢休。并非自己身上没有银两，只是觉得好玩，所以美仁使诈诱引明飞掏铜钱帮她买了此处最有名的木版年画。

盯着手中线条粗犷、粗细相间的木版画，她想起小时候，娘亲最喜欢买这种木版年画贴在屋门之上，再次瞧见，便更加爱不释手。

约莫午时三刻，明飞找了一家名为“仙人庄”的酒楼落了脚。三人上了二楼，找了个靠窗的桌子坐了下来，美仁叫了一桌的好菜。

吃着当地最有名的菜肴，指着窗外贾鲁河上来回穿梭的船只，明飞便开始唾沫星子乱溅，滔滔不绝地说起当地的趣闻。什么“纵横三里许，周长十里余；自淮而南，邦国之所仰，百姓之所需，金谷财帛，岁时常调，舳舻相衔，千里不绝；白日舟楫如林穿，夜幕火光似银舞”，指的便是那贾鲁河水穿此朱仙驿而过的繁荣景象。

美仁一边听着，一边品尝着当地最有名的豆腐干，咬在口中，多汁而味甘醇，忍不住在心中暗赞，打算再压榨明飞，多买些豆腐干带回紫玉山庄。

临窗眺望远处一叶叶轻舟，明景升只觉得离家更近一些，心中有种说不出地舒服。虽嫌明飞有些聒噪，他却始终淡淡的，让人看不出任何情绪，偶尔偏头望一眼身旁嬉笑的两人，轻嗤一声。无意之间，他瞥见雅阁内走出一名锦衣男子，其身后紧跟着两名携刀的随从，还有一名走路扭扭捏捏的布衣男子在前面领着路，一行人看似着急赶路。

明景升微抬了抬眉，以他所见，这人周身所散发的贵族之气与这种市井之地显然格格不入。

虽与明飞嬉笑着，但美仁也注意到了那个气宇轩昂的锦衣男子，约莫三十岁出头，怎么看都是招女人喜爱的、那种有身份有地位的官宦子弟。夹了一口菜，她轻睨了一眼正啜着茶的明景升，顺着他的目光看过去，隔了不远的一桌，正坐着一名穿着粗布灰衣的男子，他似乎对自己盘中的菜并不感兴趣，反倒是对那名已经下了楼的锦衣男子的兴致更浓一些，看来此人醉翁之意不在酒。

果然，那人在那锦衣男子的身影消失在楼梯间之后，便提起随身携带的佩剑，丢下一锭银子，也跟着匆忙下了楼。

出手可真是大方，连找银子的间隙都等不了，这得多有钱？要知道浪费钱财是多么可耻的一件事，悦姨可是告诉过她，这天下间最好的最妙的最有用的便是银子，男人也没它靠得住。

看来又有好戏看了。

她嘴角噙着笑，收回目光，却刚好对上明景升一双漆黑如星光的眸子。

“吃好了？”明景升微微启唇。

“嗯？”美仁不明所以。

明飞立即接话道：“我们家少主的意思是，吃好了就可以上路了。”

“行啊，那就先送你上路好了。”美仁奸笑着硬塞了一个馒头进明飞的嘴里。这家伙真是狗嘴里吐不出象牙，什么叫“吃好了就可以上路了”？他们可是去京城，又不是去阴曹地府。

看到明飞被美仁折腾的窘样，明景升也忍不住低声浅笑：“那就走吧。”说着便起身离开桌子。

美仁与明飞两人一路斗着嘴也跟着离开。

离开仙人庄酒楼，未行多远，三人便听见前方不远处传来打斗声。

明飞停下车，转首对车内的明景升道：“少主，前方是回京城的必经之路，但是似乎有些麻烦，若是要绕行的话，怕是到了戌时也未必能回到府上，要绕行吗？”

揭开车帘，美仁好奇地张望着，难得碰上有人打斗滋事，她思虑着要不要从中捞一把，于是抢在明景升没开口之前便道：“为何要绕行？人家打人家的架，我们走我们的路，有何相干？凭什么我们要为他们打架的绕道，难不成我们还要露宿郊外，委屈自己赶夜路？继续前行。”

明飞只觉得嘴角微微抽搐，翻了翻白眼，无奈地看向少主，等待少主的指示。

“看什么看？你家少主的想法会和我一致的，你不驾车，那我来好了。一个大男人做事婆婆妈妈的。”美仁一把夺过明飞手中的鞭子，不理会明飞的震惊，挥起手中的马鞭，“马儿，我们走！驾！”

马儿长嘶一声，猛地往前迈蹄奔跑。待马车驶近，美仁方看清打斗滋事之人，正是在酒楼内所遇到的，那名身着锦衣的官家子弟和那个阔气的粗布灰衣男子。

粗布灰衣男子似要置那锦衣男子于死地，看现场恶斗的痕迹，粗布灰衣男子应是与那锦衣男子身边的两名手下恶战了很久。

粗布灰衣男子的剑法更为精湛，锦衣男子的两名手下终不敌他，相继倒在了粗布灰衣男子的剑下。

锦衣男子根本就是一名手无缚鸡之力的人，他身边还剩下的那个扭扭捏捏的男人更加软弱无能，但还算是名忠心耿耿始终护主的仆人，口中不停地嚷着：“公子，快跑。”声音又尖又细。

要不要救？看锦衣男子的模样非富则贵，若是救了他，说不定能捞到不少好处，将来在京城开个倚笑楼的分店也是大有可能。

“驾！前面的大神快快让道，撞伤了概不付药钱。”美仁用力地挥下手中的长鞭，驾着马车，在粗布灰衣男子一剑方要刺向那锦衣男子之时冲了过去，迫使那粗布灰衣男子收回手中的剑向后滑出数步。

那名锦衣男子与其随从吓得跌坐在一旁，美仁笑着勒住缰绳，马车倏然停止。

一直坐在车内沉默不语的明景升，被猛然停止的马车震得很不舒服，有些恼地揭开车帘，冲着美仁与明飞道：“你们两个又在做什么？！”

“都是你。”明飞狠瞪了美仁一眼。

那粗布灰衣男子一见是美仁坏了事，愤怒地横出一剑，向美仁猛地刺来。

美仁甜甜地笑着，并不闪躲。

明景升眼明手快，迅速将美仁护在身后，夺过马鞭，甩向那人，长鞭不偏不倚紧紧缠上急速刺过来的剑。那人只觉自己的手臂一阵微麻，握住剑的手不知不觉间松了，剑被明景升挥舞的长鞭一缠一收，随着力道一颤一掷，直直甩向一旁的一棵树上，稳稳地插在树干之上。

说来也怪，那粗布灰衣男子在看清了眼前挥鞭之人是明景升之后，并未恋战，眼神复杂地望了他几眼，便匆忙离去。

“你是嫌活得太腻了吗？”明景升终于控制不住地对美仁怒吼一声，扔下手中的长鞭，跳下马车。

美仁对明景升的愤怒不以为意，捡起马鞭，勾了勾唇角。

意外！真是意外！明景升这个病歪歪的家伙竟然会在这种情形下出手，果然他也是装的。

美仁好奇的目光在明景升的身上未多逗留，便看向那名粗布灰衣男子，直至他的身影消失。那人好像认识明景升。

锦衣公子在扭扭捏捏的仆人的搀扶之下起了身，微红着脸，目光却是望着前方，口中喃喃地念着：“为何他还是不愿见我？那人是他派来的吗？我不信。”

扭捏的仆人面色煞白，小心翼翼地为主人扑了扑身上的尘土，道：“主人，您有没有伤着？”

“并无大碍。”锦衣公子回过神，满脸的失望。

“主人，大公子他……请恕小的失言，主人，咱们还是别追了，回京吧。”扭捏的仆人尖细着嗓音，在得了主人的首肯之后，便转首向明景升作揖，“多谢公子出手相救。”

明景升对眼前这位锦衣公子的身份约莫有了几分明了，既然对方不愿示明身份，自己也便当作不知，于是十分有礼地回道：“客气。”

这时，一名高壮的汉子驾着一辆马车驶近，然后迅速跳下马车，单膝着地，对着那锦衣男子愧道：“主人，请恕属下来迟。”

锦衣男子挥了挥衣袖，示意壮汉起身，有些乏力地向马车走去。

话说美仁辛苦地忙活了一场，而这只“肥羊”不但不留点好处，甚至连一声道谢的言语都不曾有，这样亏的买卖，她可是从来没有做过。眼看着“肥羊”就要走了，她猛地蹿到“肥羊”面前，伸手拦下那只“肥羊”，朗声一笑：“这位大哥哥，请留步。”

“大胆！”那白面扭捏男与那壮汉同时拦在锦衣男子身前，挡住美仁，一人尖叫，一人粗吼。

美仁微微眯了眯眼，看来这只“肥羊”可不是一般的肥，怕是这天下间最肥的那一只吧。

明景升大惊，快步上前，拉住美仁，却被美仁不着痕迹地甩开。

美仁望着眼前这个丰神俊秀、浑身散发着“贵气”的锦衣男子，弯了弯好看的眼眉，笑道：“这位大哥哥，我与我家哥哥救了大哥哥一命，大哥哥怎么可以就这么走了？何况方才，我还差点被那人给伤着。”

“你这无礼的小子——”白面扭捏男与壮汉刚出口呵斥，便被那锦衣男子拦住，双双退向他的身后。

“小兄弟，失礼了，多谢之前舍命相救。不知小兄弟有何愿望？”锦衣男子低沉一笑，说不出的儒雅风流。

“主人……”

这还差不多。

美仁摆了摆手，笑道：“这位大哥哥说笑了，其实美仁没别的意思，只不过是想回到京城之后，邀大哥哥品茶而已。”

“美人？品茶？”锦衣男子微眯了眯眼，诧异地看向一脸愠色的明景升。

美仁转了转清澈的明眸，嫣然巧笑，解释道：“大哥哥对美仁的名字有所误解，美仁的全名是向美仁，向若而叹的向，仁义君子的仁，那美自然是美妙的美，连起来便是向美仁。”

“哈哈哈，向美仁，像美人，十分美妙有趣的名字。”锦衣男子的笑声清润悦耳。他身后的白面扭捏男与壮汉在听闻美仁的名字之后，也跟着一阵低笑。锦衣男子抬眸看向明景升，问道，“这位兄台不知如何称呼？”

所谓不知者无罪，明景升仅以平常礼数回应：“在下姓明名景升。”

锦衣男子面露惊颜：“兄台姓明？可是位于东京城西名满天下的明家？”

“承蒙夸奖，正是明家。”明景升道。

“明经堂是你何人？”

“正是家父。”

“果然虎父无犬子。”锦衣男子朗笑，不住地轻点了点头，又望向美仁，“那你们……”

“明哥哥是美仁的二表哥。”美仁甜甜一笑。

表哥？这小子整天满口胡言，何时他又成了他的表哥？一想到在蓝府，与之称兄道弟的向昕是他叔叔，明景升顿时满脸阴云。

“原来如此。”

“不知大哥哥如何称呼？”美仁笑问。

“大……”那白面扭捏男又要尖叫一声“大胆”，被主人及时制止。

“韩襄，襄阳的襄。”锦衣男子吐了简单的两个字。

韩襄？韩王？襄王？果真是人上之人。

韩襄解下腰间一块通透碧绿的玉佩递给美仁，道：“向小兄弟，这块玉佩送予你，若是日后有什么难处，这块玉佩定能有所帮助。明兄，韩某还有要事在身，先行一步，后会有期。”说完，韩襄在那白面扭捏男的搀扶之下，风姿绰约地登上了马车。

未久，马车轮轴与道路地面摩擦的声音响起，车子在扬起的灰尘中渐渐消失。

美仁望着手中那块极品雕龙玉佩，足足愣了好久。

什么叫“这块玉佩定能有所帮助”？怕是这玉佩一出，她打劫开封府尹，开封府尹也会笑着对她说打劫得好，打劫得妙，打劫得呱呱叫。

美仁笑眯眯地刚想将那块玉佩收好，孰料被人抢了去，而那人正是她看见就讨厌的明景升。

“明景升，你什么意思？！”美仁直呼其名，手中的马鞭指着他的鼻子喝道。

明景升轻轻拨开眼前的马鞭，道：“你就这样直呼舍身救你的表哥？”

“什么表哥？你乱讲什么？笑话？我要你救？我何时要你救了？玉佩还我！”美仁怒道。

明景升挑了挑眉，将那块玉佩收好，道：“是吗？方才不知是谁信誓旦旦地喊我表哥。”

美仁一时哑口，想了想，又道：“那又怎样？东西是他送我的，又不是送你的，你抢什么抢？”

“人是我救的。”明景升言简意赅。

“笑死人了！早知有好处，你之前坐在车内干什么的？若不是我驾着马车冲过去，能轮到着你出手？现在看见人家送我这么贵重的东西，你就眼红了，你这算什么男子汉大丈夫？东西还我。”

“我是不是男子汉大丈夫与此事无关，总而言之，这玉佩不适合你。”

“你怎么就知道不适合我？之前抢我的南海珍珠还没还我，现在又抢我的玉佩，你们明家的男人果然没一个好东西！”

明景升一听这话，眉心紧蹙。

“你终于肯承认那颗珍珠是你的了？首先那南海珍珠不是我抢的，而是某人送的，而那个人还口口声声说珍珠是我的药方。东西既然送了人，就没有道理再要回去。你打碎我汤药一事，我也便不多计较，但那颗南海珍珠用来支付药钱勉强差不多，若是日后你表哥我的身体还有何不适，药费依旧会向表弟你讨。”明景升扬了扬眉，径直登上马车，临入车厢之前，不忘回首又道，“关于明家男人是不是好东西，在此，表哥我多谢表弟你的谬赞了。”

该死的！说着说着，又被这个家伙给套了。不知为何，悦姨曾经教诲她的良好修养，在遇着明家的人之后，通通抛向了九霄云外。这种哑巴亏，她不会就这么算了。

“明景升，你这个小人，等到了紫玉山庄，咱们走着瞧。”对着车帘，美仁怒吼。

“拭目以待。”车内声音朗晰。

明景升倚在桌旁，手指轻敲着桌面，心道：这小子什么事都知道，不但知道他的药中有毒，还能进入蓝府的密室，蓝家被他搅得一团乱，行事比狐狸还要狡猾，爹又那么看中他，他倒要看看，他混进明家究竟是所谓何事。

这算是什么？分赃不均？

明飞望着争执的一大一小，惊讶于一向沉默寡言算是好脾气的少主竟然会为了一块玉佩，与这小子争成这样。他摇了摇头，跳上马车，对美仁努了努嘴，揶揄道：“表少爷，您不是急着回京城吗？还是您想自个儿走回去？”

自从遇见明家的人，美仁从未有过如此失态，原本恼羞的她在听见明飞的讥笑之后，更加恼怒，居然连他们明家的仆人都如此欺人。她扬起手中的马鞭欲挥向那匹马，但思及拿一畜生出气有违人道，皓腕微转，便重重地笞在明飞身旁约莫一寸之处的木板之上，落下警告性的一条深深鞭痕。

明飞在见着那道鞭痕后，不由得一惊，无论这小子是故意的还是无心的，若是那一鞭落在他的身上，怕是他要在床上躺上大半个月。难怪少主提醒他处处要提防着这小子，他算是看走眼了，能半夜三更去抓山鸡的小子，岂是一个寻常人家的小孩那么简单。这小子的武功怕是不在他之下。

看到明飞满脸防备，美仁才咬着牙一声不吭地飞身跃上马车，坐在车前，驾起了车。

美仁将所有的愤怒全数化在这驾车之上，以至于这车在回明府的路上，始终都是跑得东倒西歪，哪里有坑往哪里走，哪里有水往哪里踏，哪里路不平偏往哪里赶。

车内的明景升并无异样，反倒是让坐在车前的明飞在停了车之后，倚在明府的院墙上干呕了好久。

从此，明飞在心中暗自发誓，以后无事绝不能去招惹这个小魔头。

［四］紫玉山庄

夕阳西下之时，他们终于抵达了紫玉山庄，车停在门前两棵大榆树下。

紫玉山庄位于东京城城西，而天下闻名的紫玉山庄并非如世人所传那样，门前的匾额挂的并非是“紫玉山庄”四个大字，相反，那烫金的匾额之上只是题着“明府”二字。

轻跳下车，美仁抬首望着眼前悬着的烫金匾额之上题着的“明府”二字，以及门两边新贴的一副红底金字的门对，两行字英秀瘦削，利落倾斜。美仁的喉咙不禁微微牵动，忽然只觉胸口处宛如压了一块千斤巨石一般。

十八年来的第一次，她终于站在了这个在脑中幻想了十八年、琢磨了十八年、矛盾了十八年的地方。

娘，符儿要进去吗？符儿该进去吗？

悦姨，你为何一定要符儿来到此地？

迈进朱漆的大门，明景升缓缓转身，看向自从下了马车之后就一直望着那个匾额发呆的美仁，眉心微蹙，嘴唇微启：“发什么呆？打算在这里站一夜？”

美仁咬了咬唇，松开紧攥的拳头，深吸一口气，挺直身子，迈进了大门。她走近明景升的身侧，一脸骄傲地道：“事先跟你说明，既然你自认是我表哥，可别想我这个娇贵的表弟住下人房，我可是要住上等的厢房。”

“是否还要找两个丫头日夜伺候你？”明景升反唇相讥。

“求之不得。”美仁轻嗤一声，伸手轻推了下挡着路的他，大步迈入园中。

守门的小厮目瞪口呆地望着那个俊俏的小哥，对少主如此无礼，少主非但不气，反而气定神闲，嘴角还勾着一抹笑意，这真是让人匪夷所思。

明飞将手中的马鞭扔给守门的小厮，示意他有活可以做了。

明府之所以会成为名震江湖的“紫玉山庄”，是因为明经堂年轻时有一个优雅的称号名唤“紫玉公子”，相貌、才识、武功在江湖上都是一等一，无论是名门闺秀、小家碧玉，还是那江湖侠女、青楼艺妓，但凡与之见过一面的女子都会被这位文武双全、相貌出尘的紫玉公子深深吸引，愿以身相许，追随其身后一生一世。故而世人都喜欢以“紫玉山庄”来称呼明府，以显示对这位风流倜傥的紫玉公子的景仰与爱慕。

自二十年前，明经堂突然退隐江湖金盆洗手之后，便改行从商，出乎天下人的意料，短短的几年内，他就凭其惊人的实力成为京城首富，其产业涉及各行各业，遍及大江南北，成就了另一段神话。这样一来，紫玉山庄的美名更是四海远播。

可想而知，明府的奢华更甚于信阳的蓝府。

进门数十步之遥，便是一座风格独特的屏障式假山，绕假山东行，山后是一个四四方方的广庭，庭中立着几棵合抱粗的奇松怪柏，苍翠挺拔，直耸云霄。夕阳西下，余晖透过枝叶漏下的霞光，将整个庭院的上方染成了金绿色。

一时间，美仁的心中有种说不出的滋味，足下的步子微微顿了顿，抬首盯着头顶上方的天空发呆。

“哥。”蓦地，一道清脆的女声自前方传来。

美仁定睛一看，正前方飘来一抹粉色倩影，直扑进明景升的怀中，只见她从明景升的怀中抬起娇颜，清喉娇啭："哥，你终于回来了。以为你午时便会到，等了好久。我让膳房给你熬了银耳莲子羹，正好趁热吃。"

美仁挑了挑眉，审视着这个唤明景升为哥的女子——一头乌黑柔滑的青丝，一张明艳动人的面庞，一袭华贵的粉色罗衫，好一个绝色佳人。这小丫头是明景升的妹子？依眼前的情形看来，真是好一个"兄妹情深"啊。

明景升将妹妹明景璇从身前迅速拉离，柔声道："璇儿，咳咳咳，二哥还有事要先去见爹，待会儿空闲下来，二哥再去找你。咳咳咳……"

眼见明景升又开始咳嗽装病，美仁翻了翻白眼，心中暗嗤，这家伙有必要装病咳成这样吗？在她面前，和她说话时，那可是言辞激昂，中气十足，看不出身体哪里有半分不舒服。

"看你又咳了，刚回来又要去见爹，你就不能歇一会儿吗？"明景璇嘟着小嘴娇嗔。

"乖，听话，先回房去。"明景升道。

"哥……"明景璇绞着手中的帕子不大乐意，余光终于瞥见了美仁，疑惑地问道，"哥，这个小孩是谁？"

"爹的故友之子，咳咳咳……"明景升应道。

"真的吗？"明景璇一脸鄙夷，低声啐了一句，"小家伙一点礼貌都不懂。"

说实在的，之前听这兄妹两人叙旧，美仁觉得很无聊很无趣，基本上属于忽略不计的情况，但听见有人说她坏话，那可就不一样了。她的耳朵可比那猫耳朵还要灵敏。她微蹙了蹙眉，斜睥睨了明景璇一眼，居然敢说她没礼貌？笑话！难不成见着谁她都要喊姐姐？她之所以能跟着明景升一同回来，是为了能顺利进入明府，但不代表她需要像对蓝希凌那样对待明家的其他人。

来日方长，今日是进府的第一日，暂且先放过这丫头吧，不多计较，日后若是这丫头敢再出言不逊，就休怪她了，她可不是什么好人。

明景升道："璇儿，你这说的是什么傻话？快先回房去吧。"

明景璇轻点了点头，领着自己的丫鬟终于离开了。

明景升对着明飞交代了几句，两人分别往两个方向走开，将美仁一人晾在一旁。对突如其来的情形，美仁突然觉得有些好笑。

他这个主人竟然将她这个客人就这么丢在这里不管了，之前还口口声声说是她表哥。表哥？这真是个笑话。

站在这园中，美仁双手抱胸，竟赌气似的一动不动。

这时，来了两名长相秀美的丫鬟，对着美仁欠了欠身，说是请她回厢房的。

明家的待客之道，真是让人大开眼界。

美仁一声不吭地随着两个小丫头离开。

两个小丫头领着她穿过方庭，沿着右侧的回廊一直向前，尽头是一个宝瓶式的洞门。穿过那道洞门，一个四四方方的小院落尽现眼底，相较之前的前庭规模稍小。庭前一架紫藤，满架的紫藤花，与周围绿叶森森，相间映衬。满院种的全是垂丝海棠，红艳娇酣，正是花开时节，让人忍不住驻足流连。

朝北的方向是三间厢房，沿着回廊步入厢房内。如美仁所愿，明景升给她准备的是上好的厢房，还有两位长相秀美的丫头伺候着，一个名唤侍书，一个名唤奉剑。

用完晚膳，美仁望着眼前不停忙碌的两个娇滴滴的美人儿，心念：这明家挑下人的眼光倒是不错。她脑子里盘旋着如何逗逗两个小美人，刚想启口，这时门外突然又来了一个美人前来传话："向公子，老爷书房有请。"

原本以为今晚不用见明经堂，不想这么晚了，他竟然还是来找她了。

她冲着那丫头甜甜一笑，道："劳烦姐姐前面带路。"

"向公子说笑了，迎春不敢当。"小丫头爽朗笑应，毫不见蓝府丫头的羞赧之色。

随着迎春绕过几转回廊，穿过一个大大的月洞门，进入了另一个方庭，院中独立一个通火辉煌的屋子，静谧的月色之中有种说不出的典雅。

书房外立着两名青衫仆人，一见着美仁，便轻敲门扉请示，随后为美仁开了屋门。

迈入书房，美仁不意外，这间书房比她之前见过的屋子要考究许多。进了里间，便见着一袭华衣的明经堂端坐在书案之前。靠窗朝南的一张长桌之上，点着一对斤重的大红烛，火光照得满室通明，将明经堂的脸庞线条分明地映在眼前。

"能再次见着向贤侄，老夫深感欣慰。向贤侄，快请坐。"明经堂十分热情，示意美仁坐在左侧一对红木太师椅上。

美仁怔了怔，方瞧见那一对红木太师椅上，其一已坐了一人，正是她的冤家。

冤家？呸！美仁在心中暗啐。

明景升抬眸轻瞄了她一眼之后，便低首继续看着手中的账册。

美仁在明景升身旁的太师椅上坐下，道："不知前辈深夜召见美仁有何急事？"

明经堂微微抬眉，道："嗯，若向贤侄不见外，老夫就唤你一声美仁，而你也不必如此多礼，唤老夫一声叔叔更为亲切一些。"

美仁面部的表情稍稍一僵，但很快恢复正常，应道："前辈您太客气了。"

明经堂笑道："美仁似乎还是有些见外。"

美仁咬了咬唇，再次抬眸，换了张笑脸，道："明叔叔多虑了。"

"哈哈哈，好，好，老夫多虑了。今夜召你前来，只是想闲聊几句罢了，并没有什么要紧的事。想问问你对住处是否满意，有何不适？"

"美仁还要多谢明叔叔盛情款待，多有叨扰，还请见谅。"

"哪里的话，哪里的话。"明经堂满意地看着眼前乖巧的美仁，突然又问了一句，"美仁可是家中独子？"

"呃……"美仁一时之间愣住了，不明白明经堂何以会问起这个。

一直埋首于账册之间的明景升，惊诧地望了父亲一眼，然后看向美仁。

美仁嘴角微微牵扯，搁在腿上的双手微微收紧，道："明叔叔何以会关心这个？"

无论是娘还是悦姨，都没有告诉过她，她出生时的情形。曾经，她一度迫切地想知道她的身世如何，但只要一想到娘曾经要她发过的毒誓，她便放弃了。即便是在行走江湖时，听到明家的一些传闻，她也总是刻意地去忽略，不去听，不去想，可无论怎样，她还是知道在她之前，明经堂已有了三个儿子。今日所见的那个明景璇，应是比她还要小些年岁。一想到在娘之后，他和别的女人又生了女儿，美仁心中便不舒服，甚至有些反感。

明经堂略有些失望，原本以为美仁来到明府，或多或少都会放下心中的不快，却没想到，这孩子还是不大愿意提及，于是又道："嗯，没什么。其实，只是想了解一些有关你娘与你爹的事罢了，毕竟是多年不见的故友，若是你不想说便算了。"

"没有。美仁是独子。"美仁很快说道。

这下，换明经堂沉默了。

半晌，明经堂才开口同她有的没的说了些关于明家的事。明经堂有三子一女，长子明景轩是当朝参知政事王钦若的门生，很得王钦若的信任，年纪轻轻，便已是军器监丞，不知是否该用"天妒英才"来形容这位"长兄"，他于三年前的夏末便病逝了，所以无缘一见。

次子明景升，便不用多说，她也不想多了解，巴不得能不用见就不用见。

相反，她对那位三子明景承很感兴趣，之前听侍书和奉剑两个小丫头偷偷说这位很"异才"的三子。据说，这位三公子也是个风流成性的性子，整日流连于青楼里与姑娘们厮混，一个月里有大半个月都是在那里度过的。所以说，想会会这个男人，倒成了美仁进这紫玉山庄后第一件感兴趣的事，了解纨绔子弟的需求，或许对将来帮助悦姨在京城开倚笑楼分店有很大的帮助。

约莫半个时辰下来，明经堂都是在以旁敲侧击的方式询问美仁她娘怡惜身前的一些琐事，这让美仁很反感。就算不用顾忌自己的儿子，好歹也考虑一下她的感受，不必这么急切地询问旧情人的事吧。

正当找不着理由脱身之时，屋外传来一阵喧闹之声。

美仁清楚地听见屋外一个男人高声地叫唤着："还我的奉剑，还我的奉剑，谁让你们把我的奉剑给支走的？"隐隐约约，还听见几个下人拉劝的声音。

一直和颜悦色的明经堂在听见这个叫声之后，脸色顿时阴云密布，太阳穴处的青筋甚至微微跳突。他怒拍了一掌桌案，愤然起身走向屋外，口中不停地怒斥："这个逆子！这个混账东西！"

这个逆子？老大明景轩不可能出现在明府，而老二就在她身边，那么能让明经堂火冒三丈的那个"逆子"也就只剩下那个未曾谋面的三子明景承了。

美仁挑眉，身侧的明景升骤然合起账册，剑眉深锁，嘴角微动，起身快步出了屋。

看来又有一场好戏要上演了。

美仁从椅中跳起，快步跟出屋子，便听见明经堂对着一人大声怒吼："你这个混账东西！还跑回来做什么？丢人现眼的。"

借着火光，美仁看清了那人，虽然他整个身子都挂在身旁下人的身上，但依旧可见挺拔的身形。年轻的俊颜之上布满了红潮，一双狭长勾人的黑眸中充满了挑衅之味，凌乱的发丝随意地披落在肩上，这种闲适自在，别有一番风流脱俗的不羁气息。

想来这位就是她期待一见的老三明景承了。

随着夜风阵阵吹来，美仁挑眉轻嗅几下，在空气中闻到了丝丝酒气。

明景承以手风骚地捋了捋额前的落发，踉跄着步子，挨近明经堂，一只手勾上明经堂的肩头，对着他嬉皮笑脸地道："明庄主，听方才您话的意思，是要我天天待在万花楼里，不用回来了？呀！您早说啊！怎么今日晨时还有人一早守在万花楼外，打扰本公子的清梦？"

明经堂恼怒地挥开明景承的手臂，大喝："你……你这个混账东西！拿开你的脏手。"

明景承收回被拍得有些微痛的手臂，不以为意，朗笑："哈哈哈！生气了？好好好，和您说正经的。听说明庄主把我最心爱的奉剑送去伺候一个毛都未长齐的小子，可有此事？我只不过才几宿没回这里，明庄主就这么不待见，急着把我的奉剑送人？那以后谁来伺候我？”

明经堂咆哮：“我真是想不明白，我明经堂怎么会生出你这种逆子，还不快给我滚回屋里待着去，尽在这里丢人现眼的。”

明景承竖起食指在明经堂眼前轻轻摇晃，勾了勾唇，戏谑道：“明庄主，瞧您这话说的，您这不是自己骂自己吗？俗话说得好，上梁不正下梁歪。我只不过才学到您明庄主一点儿皮毛而已，和您明庄主比起来，我还差太远了。二哥，你说，我说得对不对？”

明经堂正要发作，这时，很不适宜的一声嗤笑响起，众人都将目光落在身体微颤的美仁身上。

明经堂的脸色本就阴沉，此时变得黑煞起来，他双拳紧握，幽静的气氛下可以清晰地听见咔嚓作响的指关节响声。

明景升皱着眉头，暗叹一声，生怕父亲一怒之下对三弟动武，于是上前扶住有些醉意的三弟，低声道：“三弟，你喝多了，先回房去休息。”

明景承伸手改搭在二哥的肩上，笑道：“二哥，我就知道你会这样说。你明知道我千杯不醉。”

余光瞥见一个身影，明景承微转头，嘴角轻抬，一双勾魂醉眼微眯，凝视眼前方才嗤笑出声之人。好一个粉雕玉琢面带微笑的少年，面不粉而白，唇不点而朱，媚眼横波，一袭月牙色绣花锦衫，映着月光淡影，让人突觉眼前一片惊艳。

明景承不知不觉中松了手，在那般般入画的少年面前站定，戏道：“就是你这小子抢了我的奉剑？你小子该不会也是那老鬼在外面风流快活散下的种？嗯，这眉目长得和那老鬼有八九分像。”

眼前这个明家三公子一出现就让美仁欣赏，尤其是那句上梁不正下梁歪，最合她的心意。这明家也算有和她同一阵线的，说话直接明了，对她的脾性。突闻他说她长得像明经堂，她一点儿也不慌张，抬眸含笑以对，笑而不答。

“你这个混账东西！”愤怒至极的明经堂怒斥一声，出手便去扣明景承的左肩。

明景承狡猾地一缩，避让开来，转身反将美仁搂在怀中。

朦胧月色与屋子里透出的烛光交相闪动着，两张互视的面孔，灼灼燃着漆黑星眸。

景承轻轻摇晃着头，啧啧低喃：“啧啧，是个男孩，可惜了。”

景升及时拉住气急败坏的明经堂。

隔着景升，明经堂怒气不但没消，反而渐涨："你给我放开他！你这混账东西！"

"三弟，别再玩了，早些回房歇息吧。明德、明心，快扶三公子回房去。"景升沉声示意两名下人去扶景承。

放开美仁，景承一掌挥开明德、明心伸过来的手，改搭上景升的左肩，不正经地道："二哥，你可要小心了，你在明家的地位岌岌可危了。"

"嗯，要我扶你回房？"景升顾左右而言他。

"好！"景承大声应和，转首却对立在一旁的美仁戏道，"小子，今夜暂且休战，改日我再好好调教调教你。奉剑我一定会要回来的。"说罢，大笑着与景升相携而去，隐隐约约，却能听见什么龙阳之好、断袖之癖之类的污言秽语。

明经堂早已气得不轻，对美仁说了几句早些回房休息之类的话，一脸愠色地踱回书房。

美仁笑了笑，一身轻松地回到厢房，却见一直守在屋外的奉剑满面绯红。

消息传得还真快。

美仁轻睨了几眼，嬉笑一声："去三公子屋里伺候着吧。"

小丫头红着一张俏脸，行了礼，道了谢，退下了。

进入明家的第一夜，啼笑皆非而过。

[五] 肌肤之亲

那一晚景承大闹过之后，美仁便没再见着他，连讨厌的景升也很少见，偶尔会碰上那个互看不顺眼的明景璇。

她曾从各处打探了不少消息，得知长子明景轩与次子明景升皆由明经堂的正室所出。这位正室夫人曾是明经堂的师妹，在生下明景升后，身体一直亏虚，拖到明景升九岁不到，去了。三子明景承的娘亲，是明经堂的二房夫人，是明经堂年轻时所结识的一位红颜知己，后来因为救明经堂中剑身亡，这也是明经堂一直对明景承的荒唐行为容忍的原因。三房四房皆无所出。四女明景璇是五房所生，也是明家唯一的女儿，所以深得明经堂的宠爱。

因为种种原因，似乎跟在明经堂身后的女人都没什么好下场，不是死了，就是病着，如今五房夫人中只有一房三夫人还留在他的身边，但听说身体不是很好，大多时间都在诵佛念经。出奇的是，明经堂一直没再纳第六房小妾。

美仁自嘲，那她算什么，算明家的老几？她娘又算什么？

自那夜之后，明经堂便将她丢给一位身材魁梧的中年大叔，名唤鱼海浪，说是让她跟着鱼海浪好好学武。她本想找个借口推辞了，但一想到这样就可以避免天天见着明经堂，便点头答应。

不过半个时辰，美仁就探得这个严厉的师父鱼海浪，在明府是个能说上话的角儿，与明经堂是师兄弟，深得明经堂的信任，他性格爽朗，不拘小节，有时甚至会与她称兄道弟。若不是她的身子骨比较硬朗强壮，她还真怕她的肩头会在鱼海浪“热情友好”的海浪式习惯性招呼下，一巴掌给拍散了。

不过，自打她随鱼海浪习武之后，每日都要想尽法子应对他，以防他觉察出自己会武功，封印内力是她每日必修的课程。当初为应付昕大哥只是一时之计，而今长期与鱼海浪交手，若想让这位顶尖的高手都毫无察觉，她不仅需要多下一番苦功，偶尔还要学会耍赖皮。

除了习武之外，明经堂还将她送进了京城最大最有名的三学书院。一时之间，让美仁很不能适应。她不明白明经堂究竟想要做什么，甚至担心他是不是已经知道她的身世，而明府的人也都当她是少公子。纠结了一阵子，她忽然想通了，少公子这个身份方便行事。

三学书院的老师木先生，才高八斗，声望极高，然而人如其名，比昕大哥还要木，除了死教书，还是死教书，很难相信木先生年轻时曾任翰林侍书，如今他年事已高，担任三学书院的先生。美仁总是忍不住想捉弄他。

一日，书院外，一个农夫背了一口袋不明之物来到书院，说是有人送给木先生的大礼。次日，便传木先生因受惊过度抱恙家中，之后整个学院休学几日。

明经堂常常忙到很晚才回府中，但都会听管家汇报府中情况，某日终究没忍住问美仁为何闲晃数日不去学堂，答曰：学院内菜花蛇成灾。

木先生的身体刚恢复元气未久，一日又发生意外。据说，木先生的书卷里突然爬出一条五毒之虫，木先生再次因惊吓过度而抱恙，整个学院再度休学数日……

难得有闲人。

自进了明府，美仁每日都要应付不同类型事件的发生，这让她很头痛，而唯一能缓解她这种间歇性头痛的，只有那盒胭脂。她总会在独处时，盯着那盒胭脂发呆……这是为何?

每当她想深究这个问题，就会发现这个问题比应付那些烦人的事情更让人头痛。

时间说快也很快，就这样一个多月匆匆而过。经过这一个多月的探查，美仁始终毫无头绪，不明白悦姨让她进紫玉山庄究竟为何？她飞鸽传书问过几次，但每次得到的回复只有两个字：时机。

时机，时机……时机指的是什么？

虽然悦姨所说的时机未到，但她意外地在明府发现一个好地方。正所谓踏破铁鞋无觅处，得来全不费工夫，明府的奢华不用说，但在府内建有一处温泉池，在她意料之外。

嗜心花毒可以解了，她不用分出精力再去京城周边寻找温泉水。但她无意中得知，明景升因自幼体弱多病，每逢初五、十五、二十五的戌时，都会去飞云别苑的温泉池泡上半个时辰。为保险起见，这一个多月在这几个特殊的日子里，美仁都会等到亥时三刻过后约莫近子时才会摸进飞云别苑的温泉池内。

见鬼！那家伙分明就是装病，这明府的人都是眼瞎吗？他哪里像看上去那么病歪歪的样子？

他究竟是知道自己的药中有毒，还是不知道自己的药中有毒？若是不知道为何要去泡温泉？

见鬼！为何今晚来泡温泉，会莫名想到那个扫兴的家伙？

望着眼前白茫茫雾气缭绕的飞云池，美仁很享受地深吸一口气，开始褪下衣衫。解开最里层的衣衫，她看了一眼胸口上的花形印记，颜色已变得很淡，她的心情舒畅无比，这一个多月的温泉没白泡，且皮肤也越泡越白皙滑嫩。

随着目光再往下移去，她猛地将衣襟合上。

话说，这一个多月来，她的身形长得奇快，单从身材来看，几乎已经达到正常姑娘家及笄时的模样，之前的衣服全都被她撑破了。侍书与奉剑捧着那几套惨不忍睹的衣裳，怀疑她是不是对这些新做的衣服有所不满，所以故意将衣服全扯坏了。

不过对她来说，最直观的变化便是胸前那两个馒头，不，错了，比起倚笑楼大部分姑娘胸前那两个又白又嫩的大馒头，眼前她的只能算是两个正在发酵中的小面团……

她一直在期待长春功修炼完毕之后，自己会成什么样，却没想到这段时间她的身体变化奇大，可以说是一天一变。

她平胸平了近十八年，突然胸前生出两团肉，叫她一时间不能适应。看来她得找个好日子，去买几件她想了很久的绣花肚兜，而且肚兜的式样、花色、绣工一定要赛过倚笑楼内所有的姑娘，嗯，包括悦姨。

她迅速褪了衣衫，不过留着一条亵裤，防止有人突然闯进，她跑起来也快一些。打开随身携带的银针包，她抽出银针，分别扎在膻中、内关、三阴交、巨阙、心平等几处穴位，连吸了几口气后，便缓缓滑入泉池。

将整个身体都没在温热的泉水之中，她闭上双眼开始运功驱毒，不一会儿整个飞云池里便飘满了一股淡淡的诱人的嗜心花香。再坚持个几日，她的嗜心花毒就可以全解了。

随着体内的毒不断被逼出，泡温泉所需的时间也越来越短。运功结束收了势，她长吐一口气，随手捏了几片漂浮在水面上的鲜花瓣搓洗起身子。

倏然，她双眸紧盯着手中的花瓣，怔住了。

怎么会有花瓣？！

抬起惊愕的黑眸，她望向池面，悠悠漂浮于水面的花瓣，片片艳红，竟漂得满池面都是……

怎么会有花瓣？！

明景升泡温泉从不用花瓣。美仁的目光又落在池边左侧摆放的一个茶壶和两个茶盅之上，今夜，有两个人曾在这里品茶、泡温泉……

刹那间反应过来，她刚准备起身离开，恰在此时，飞云别苑外传来一男一女调笑的声音。这样的语调、这样的说话方式，她在倚笑楼里天天耳濡目染。

该死的明景升！原以为他还算是个正人君子，却没料到和明经堂一样，也是一个风流鬼，竟然带着女人上这飞云池，真是上梁不正下梁歪。

可恶!

纤掌一收，用力紧握，她将手中的花瓣紧紧握在手中，手掌再张开时，那把花瓣便再无之前鲜艳欲滴的色泽。她甩手将那把残花弃之，猛地从池中站起身，跃上池岸，迅速拔掉身上的银针。这时，屋外的声音越来越近，没时间穿衣服了，于是她随手拾起地上的衣衫将其中一件往身上一裹，四下张望，除了右侧有一面绿玉屏风之外，这飞云池内就再也找不着任何可以藏身之处了。

美仁足下轻点，踏着水面飞身躲至那屏风之后。

门被推开，一男一女的笑声更加清晰。

“三公子，你可真坏！这么晚还将云婵带到这里，只为这事，云婵不应。”那女人的声音娇而柔媚，一听便知是花楼里的姑娘。

三公子？老三明景承！不是明景升？原来是他三更半夜带着女人到这里寻欢作乐，难怪了……

明景承不知对那云婵说了些什么，听得云婵媚笑连连，清喉娇啭：“三公子，这可是你说的，不许抵赖哦。”说完便又是一声媚笑。

美仁裹着衣衫，屏息听着动静。

景承和云婵应是下了温泉水。忽地，水声溅响，云婵微微喘息轻轻娇吟的声音传来，且一声高过一声，那哗哗的水声也一浪高过一浪，断断续续间还有一些什么……总之，就是那种在倚笑楼里，每到夜晚她听到最多的声音，有时候会让她热血沸腾……

明景承优雅地坐在池边，勾人的双眸看着云婵独自一人在池中奋力地表演，手中玩转着茶盅，思绪飘远。明明方才人还在的，怎么去万花楼叫个姑娘那人就离开了？

目光不经意间落在绿玉屏风上，瞥见一角突然多出来的衣衫，明景承勾了勾唇，对着池中正在娇吟的云婵邪佞地笑道：“嗯嗯，我的好婵儿，我就喜欢你风情万种的模样，腰累不累？不累我们再换个姿势？”

“讨厌……”云婵抛了个媚眼给他，娇嗔一声，池中的声音与动作陡然更欢了。

眼前这道屏风将温泉池遮得严严实实，美仁不敢轻易探出头去看，也不敢轻易乱动，生怕惊扰“性”致正浓的明景承，节外生枝。

但是，不知怎的，她莫名感觉自己的血液在澎湃……不行！她要定。

孔子云：“非礼勿视，非礼勿听。”

她深吸一口气，怨念的目光不经意间瞥见自己的衣角正落在屏风之外，便一点一点小心翼翼地将衣服拉回，身体下意识地往后挪了挪，打算将散乱的衣服解下重新穿好。

孰料，身体猛地一僵，她被抱进一个滚烫的怀抱之中。之前裹在身上的衣衫不知何时全数跑至身前，整个后背都是裸露着的，身后之人同样赤裸着胸膛，那滚烫的肌肤正紧贴着她。那人的手臂从她的腰后穿过，勒住她的腰身，手劲越缠越紧，灼热潮湿的呼气直吹在她的耳际，麻麻的、痒痒的……

霎时之间，美仁的大脑一片空白，澎湃的血液顿时全数涌上脑袋，整张脸犹如火烧一般。

一只手正缓缓沿着她的腰际向上探去，美仁猛地回过神，抓住那只贼手，死命地按住。该死的！是哪个不要脸的家伙竟然守在这屏风之后？来不及回转头看清，那人发烫的面颊已然贴了上来，他的长发将美仁的整张脸都盖住了，他的脸不停地磨蹭着她的颈窝，紧接着他的唇竟然放肆地顺着她的耳后、她的颈窝、她的肩头一一轻吮，而她的身体竟然忍不住跟着阵阵轻颤……

面颊上羞愤的红潮还未褪去，这一连串的细碎之吻又让美仁的一张俏脸红透了。在倚笑楼里虽然见识多了，可那又怎样？那毕竟都不是她亲身感受，而眼下，最可恨的是，她竟然被他抱坐在他身上……

啊——

美仁在心中无声地拼命尖叫。

该死的！这个杀千刀的家伙竟然敢这样轻薄她，不想活命了？

美仁以手肘狠命地击向那人的腰际，那人闷哼一声，死缠着的手臂不但没有松开，反而越缠越紧，细碎的轻吻没了，她的右肩遭到恶狠狠的一咬，痛得美仁龇牙咧嘴，却又不能叫出声。

屏风之后，偌大的空间，刚好只够两个人藏身，害得她无法有大动作，该死的！只能再给他重重一击。

若不是不想节外生枝，她现在一定会跳起来宰了他。混账东西！等那两人缠绵完，她非杀了他不可。好！要缠就缠，美仁死扣住他的手腕，让他不能乱动。但他粗喘的气息越来越重，额上渗出的汗水顺着美仁光滑的肌肤一滴一滴缓缓滑落。

啊——

可恶！这个该死的男人究竟是谁？脉象这么紊乱，显然是服了催情药，真是龌龊至极！

倏地，他又狠狠地咬向美仁右肩，这一次的力量也更加重了，痛得美仁恨不得撞翻面前的屏风。

这个混账东西，似乎是跟她没完没了了。

美仁紧咬着唇，额上也开始渗出密密细汗，若是再撑下去，她相信自己肩上的肉一定会被身后那个该死的男人给咬下来，她已经感觉到她的肩头在流血。

王八蛋！竟然敢咬到她流血，待会儿她非将他千刀万剐生吞活剥不可。她会让他知道什么是求生不能求死不得。

又坚持了一会儿，终于听到那个云婵再度开口："冤家！这么无情。办完事了就要赶奴家走，不行，你得送我回去。不，我要去你房里。"

"好，都依你，你说怎么就怎么。"明景承拉起浑身湿漉漉的云婵，一把搂过她的纤腰，狂肆地笑着将她带出这里。

在温泉池中折腾了半天的两人终于离开了。

美仁反手扣住身后男人的手臂，以一招云拿式将他摔出数步之遥。拾起地上的衣衫重新披上系好，细看了一眼右肩，上面两排深深的牙印，渗出不少血迹，她气极，猛地一掌击倒眼前看着让人愤恨又碍事的屏风。

那人躺在地上轻咳几声，长发散乱地盖满了他的脸，依旧看不清模样。他费力地刚想支撑起身子，就被冲过来的美仁直接扔进了温泉池中。

"王八蛋！你竟然敢咬我，还咬到流血，看我不宰了你，该死的混账东西！"美仁跳进池水，拉起水中之人便是一巴掌狠狠地挥了上去。

啪的一声，清脆而响亮。

正当她想再挥第二巴掌时，不知是因为动作太大，拉扯到肩部疼痛的伤口，还是因为看清了眼前这张脸而顿住。

“是你……”

眼前这张俊美非凡的脸宛如被雕琢过一般，布满着异样的潮红，湿湿的黑发凌乱地紧贴着脸颊，一双幽似深潭般的黑眸此时却蒙上了一层雾。俊秀的眉骨、挺拔的鼻梁、完美的薄唇……这是一张足以让任何女人失去呼吸的超凡绝尘的俊美容颜。那楚楚可怜异常虚弱的表情，刹那间，让美仁只觉得心口一阵猛烈收缩，不禁再次紧紧地拉好自己胸前的衣襟，掩饰着狂跳不休的心……

滴答——滴答——

四下静得只能听到水滴敲打水面的声音。

水滴正从他散乱的发丝轻轻滑向发梢。

他倚着池边，费力地支撑着身子，看着盛怒中同样一头如墨长发凌乱而肆意地紧贴在脸上的美仁。他望进她燃着熊熊火焰的怒目中，隐忍了很久的他忽地轻轻勾唇一笑。

明明是苦涩的笑容，在美仁看来却带着几分邪媚。

正是这一笑，让失神已久的美仁终于回过神，她以手紧扣他的下颌，怒吼：“明景升，竟然是你这个龌龊的浑蛋！你洗完了不回房里，还待在这里做什么？笑什么笑？信不信我杀了你？！该死的！竟然敢咬我？叫你咬，看我不杀了你！你这个服媚药的下流家伙、下作人渣！”

含怒的双眸渐红，美仁抬起手，又狠狠地给了明景升一记耳光。这一巴掌打得又重又狠，他白皙的脸颊上顿时泛起鲜红的五指印。慢慢地，他的嘴角开始渗出血丝。

微动了动喉咙，景升依然不语，侧着脸，依然还是挂着之前那抹苦涩的笑容。

该死的！他还在笑。

左手猛地扣住他的咽喉，美仁攥紧右拳，正想一拳再挥下去，却在见着那一丝触目的血迹后，僵在半空中一动不动。

不知为什么，如今只要她一发怒，情绪就很难控制，就像上次一样，动怒之后，她便毫不犹豫地杀了连碧容。眼前这个该死的男人虽然应该被千刀万剐，但她不能杀他，一旦杀了他，她便前功尽弃，这几个月来的一切努力都将化为泡影，她便会让悦姨很失望。

为什么？为什么？为什么偏偏要碰到这个该死的男人？

偏偏他姓明，偏偏他又救过她。

咬着嘴唇，她用力狠掐了他的脖子一下，很快便松了手。她站直身体，愤恨地盯着在不停喘息的他，紧握着双拳，指甲都快要嵌进手掌心之中。

努力平息后，美仁怒红的双眸慢慢恢复正常，只听她冷冷地道："很好，你算准了我不敢杀你。行，那我便让你尝尝什么叫作以牙还牙。"说完，她便扑上去，张口就向他的左肩狠咬下去。

他咬到她出血，她也一定要咬到他出血才会罢休。可恶的家伙！

那种内心狂躁不安的感觉愈来愈烈，在这温泉池内，温热的泉水加速了他的体温升高，灼痛的欲望烧痛了他全身的每一根神经，他已经强忍着撑了很久，真的很痛苦，眼前早已是白茫茫一片。之前在屏风之后，他情不自禁地抱住美仁亲吻，正是因他身上一阵阵传入鼻翼的柔媚幽香让他无法自控。他都不知道自己在干什么，直至意识到他还是个孩子，还是一个与他同性的孩子，他才强忍住，以咬他来缓解自己体内难抑的欲望之痛。

他知道景承他们一离开，他一定会动怒，原以为他会将自己暴打一顿，却没想到他竟然又扑了过来。他身上散发的柔媚幽香再次侵袭着他的神经，紧密相贴的身躯令他再一次承受不住，灼热的肌肤烫得仿佛快要燃烧起来。虽然美仁死咬着他左肩的那种疼痛能让他的意识保持一丝清醒，但那根本比不上更难煎熬的下体痛楚。

"你……"他想告诉美仁，离他远一点，怎奈犹想发声，但喉咙嘶哑得挤不出声音。

极力地克制着，景升缓缓抬起双臂，试图将死咬着他肩部的美仁拉离开，然而手掌在触碰到美仁身子的那一霎，忽然变成反手将美仁揽进自己的怀里。那股淡淡的幽香，让景升变得更加躁动不安，他的手劲越来越大，将美仁紧紧地箍在怀中，恨不能将他揉进自己的体内。他将脸埋在美仁的发间，不停地磨蹭着。

被这一抱，美仁倏地松口，大吼一声："明景升！你这个浑蛋！你、你、你……"

这个男人这样抱着她，算起来还是她同父异母的二哥，一想到这儿便让美仁觉得……

她挣扎着，可他的力气突然变得很大，紧锁着她不放，她怎的也挣脱不开他的怀抱。他的手顺着她的后背忽然向下扣住她的臀部，紧紧地贴向他的身体。她挣扎着大叫："你给我放手！浑蛋！浑蛋！"

景升终于拼尽最后一丝理智，将美仁用力推开。

美仁气得说不出话，只得甩手又给了他一记耳光，在他结实的胸膛之上猛踹了一脚，跃上池岸，怒声警告："明景升，你最好时刻小心你这条狗命。"说完，便重新理好衣衫，气愤地走向门处。

"等一下……帮我……"景升费力地挤出几个字。不行了！他再也撑不住了，眼下能够救他的只有这小子了。

刚欲拉开门，美仁听见这虚弱的一声召唤，更怒不可遏，回身狂吼："你这个浑蛋，竟还有脸开口叫我帮你，我今夜没杀你，你就应该求神拜佛了。你这条狗命，死一百次都难消我心头之恨。"

"看在之前，我曾救过你的分儿上，就当帮我……帮我运功驱除这药力……"景升用尽自己全身的力气，眉头越蹙越紧。

"救我？谁稀罕你救我？！谁要你救？！多事！我们两不相欠，那日你救我一命，在蓝府我就已经还你了。"懒得理这个浑蛋，美仁的手再次伸向门扣。

"珍珠……"

珍珠？

摸着门的手停住，美仁骤然转过身，愠道："你不提我倒忘了，我为了救你，用那么珍贵的南海珍珠击碎你的碗，而你，居然不要脸地侵占他人财物。那颗珍珠呢？还我！"

"帮我，就还你……"景升抬起迷离的双眸盯着眼前越看越觉得奇怪的美仁，哪里奇怪他一时间说不出来，嘴角轻扯了一抹笑，是一抹十足野性却又迷人到骨子里去的笑。

该死的！他又笑。她就是莫名讨厌他的笑。

来到这里近两个月，什么线索都没有，每天还要面对最憎恨的人，还有那个烦人无比的鱼海浪，唯一能够享受的就是夜晚这么一会儿泡温泉的时间，可是今夜，明明来得已经很晚了，还是惹上这么一通麻烦。这个色胚子的臭男人，她真想一刀宰了他，竟然还敢拿她的珍珠做交易。

帮还是不帮？救还是不救？他明明知道那药里有毒，其实根本不用她多事的，他也活了这么多年没有死掉，这样算来他救她一命的恩情更大，但是之前这个该死的男人……他不仅是她同父异母的二哥，还有轻薄同性小孩的龌龊行径，更何况那个"小孩"还是她，她就忍不住想……

美仁想了又想，以手按住不停跳动的太阳穴，这些日子让她头痛的事情真是数不胜数。

算了，这次算她倒霉，做一次好人，反正还能拿回那颗珍珠。

她咬了咬牙，于是大声叫道："除了我的珍珠之外，外加黄金百两。"

"好……"景升笑着轻应。

“那还不快滚上来，难不成还要我下去扶你？！”叉着腰，美仁又吼了一声。

该死的，为何他的笑容越看越讨厌？

“我真的没有多余的力气，否则，我自己可以将这药力逼出体外，而不用麻烦你……”景升苦笑了几声，“这药有些古怪……”

美仁看他满面红潮、全身酥软地倚在池边，不似在撒谎，否则以他的身手，即便是中了催情药，也不至于被她打得不还手，看来他中了一种极为厉害的媚药。是什么人会对他下这种药？难道是明景承？可是明景承方才还在这里寻欢作乐，怎么看都不太像。不对，她管这么多干吗？什么人想要害他关她什么事？

她狠瞪了他几眼，踱至池边，把手伸向他，道：“喏，我警告你，别要花样，小心我阉了你。”

将他拉上岸之后，美仁正打算就地帮他运功驱除药力。

他却摇了摇头，虚弱地道：“去我房里……”

“去你房里？干吗要去你房里？你想干什么？在这里不是一样？”美仁立刻大声反对。

景升干涩的喉头逸出似有若无的轻吟，痛楚难忍，他费力地挤出两个字：“有人……”

美仁顿时恍然大悟，那下药之人还在这附近守着，若是在这里为他驱除药力，对她来说便是一大冒险。她咬着牙，讽刺他：“你是好事做得太多了，才会鬼上身。”

她刚想伸手扶起他，指尖尚未触及，一想到之前他灼热的肌肤烫得她很不舒服，脸便微微一红。她轻咬了咬唇，走到之前被她一掌击倒的屏风之处，捡起他散落的衣服，将他赤裸的上身包住，遮住了他灼热的肌肤，方扶着他出了飞云别苑。

正如景升所料，守在苑外之人立在暗处，难以置信地看着他们二人一路相携摇摇晃晃地离开。

就在快要到景升所住的水竹苑时，美仁忽然狠瞪了一眼倚在她身上的景升，吼道：“别按着我的伤口！还有，别靠得这么紧！”

那只贼手死命抓着她肩上的伤口，痛死了，这笔账之后她一定会跟他算的。即便是这样想，她仍恶毒地不放过他，以指甲狠掐了一下他左肩的伤口。

肩上的疼痛只让景升微微蹙了蹙眉，未曾开口，只盼着快点回到房中，尽快驱除体内的催情药。

［六］断袖之祸

两个人终于艰难地迈进屋子。

将浑身虚软的景升丢在床上，美仁揉了揉疼痛的伤口，愠道："你苑里的丫头小厮呢？真不知你这明家二少爷是怎么当的。"

有些事，景升不想多说，他泡温泉的日子里不习惯有人伺候着。没有理会美仁的冷嘲热讽，他颤着声低语："谢谢你，左边第一个抽屉里有金创药，你先上药……"

"得了吧，瞧你那副半死不活的模样，我一时间还死不了，你要是想等下去，等着暴血而亡，我没意见，但别浪费我的时间，滚到床正中坐好。"美仁没好气地骂道。

美仁跳上床，将他扶正，解了湿漉漉的外衣，开始为他施针。

瞪着眼前赤裸裸的胸膛，美仁的嘴角微微抽搐。之前在飞云池，因为过于愤怒并未留意，没想到这个整天装病的家伙竟然有这么一副好身材，尤其是几块腹肌硬朗、坚实又漂亮。这会儿以手扒在他的身上慢慢施针，虽然感觉他的肌肤灼烫得吓人，但手摸在上面，那种手感真的很不错。

两侧脸颊没由地开始发热，甚至耳根都变得滚烫，她在胡思乱想什么？男人的身体她又不是没见过，倚笑楼里高的矮的胖的瘦的，还有春宫图上，多了去。她狠咬了一下樱唇，暗念心定。

咦？他心房之上竟然没有花印。她不相信地用力擦了擦，按了按，真的没有。怎么可能？他竟然没有中嗜心花毒？

又一次这么亲密相触，闻到鼻下那阵阵幽香，景升只觉得自己快要疯了。这个小子到底知不知道自己在做什么？是在挑战他的极限吗？

突然，她的纤手被景升的大掌紧紧包住。这家伙说自己浑身无力，根本就是浑话，之前抱她那么用力，眼下握住她的手劲还这么大，让她费了好大的力才抽出。

"你干什么？你抓我手做什么？"美仁抬眸怒斥，竟撞进一潭深幽的黑眸里。

景升的面孔离美仁只有寸许，蕴满辉采的双眸正射出对猎物十足的侵略意味。他哑着嗓子低吟："我本身没有龙阳之好，若你再这样摸下去，我也不介意为你破例一次……"

他的声音低柔轻浅，邪佞的警告似在耳旁轻喃，让美仁的心猛地怦然一跳，脸颊一红，随即吼道："你有病！离我远一点，再靠这么近，小心我一针扎死你。"

她连忙正身，继续施针。

景升无奈地苦笑，望着她专心致志的侧颜，目光变得迷离起来。

施完针，美仁便开始为他运功驱除药性，双掌带气而出，输入景升的体内。不知过了多久，美仁早已大汗淋漓，总算是帮景升将体内的催情药全部驱除到体外，她深深吐纳几次，气沉丹田，方收了功。

霎时，景升的身体软软地向她的身上倒来，她下意识地将他托住，他真的好沉。她正要发火，却见他剑眉紧蹙，面色惨白，紧闭着双眸，不似之前艳红的嘴唇微启，一声轻语："谢谢……"

她挑了挑眉，轻咬了一下樱唇，便将极度虚弱的他缓缓放至床上躺好。

"我的珍珠呢？"

过了许久都没有等到景升的回复，美仁将他苍白微肿带着五根指印的脸庞拨了过来，他已经昏睡过去。

美仁在他赤裸的胸膛之上戳了数下，咬牙切齿地道："今晚暂且饶过你，等明晨醒来你要是敢给我赖账，我一定生吞活剥了你。"

手指无意间碰到他的左胸，美仁再次确认，他的胸前真的没有中嗜心花毒之后才会出现的那种花印。奇怪了！按他所说，倘若他一直在服用含有嗜心花毒的药，然后再反复泡温泉，这样非但不能解嗜心花毒，反而会加快毒性的发作，很快便会一命呜呼。但为何他心口没有花印？

算了，算了，她管那么多闲事做什么？像他这种坏家伙根本就不值得她为他担忧，若不是为了那颗珍珠和黄金百两，她恨不能一刀宰了他。

美仁拉过一旁的被子盖在他身上，因为他那副不错的身材看得她觉得扎眼。

她也有些乏了，因为帮他驱除催情药的药力，耗了她不少真气，她必须即刻进行打坐调息。

清晨，阳光透过窗棂映照在屋内。

这时，屋门被人轻轻推开。

"哥，你真懒，都日上三竿了，竟然还不起床。"景璇端着刚从丫鬟知秋手中抢过的面盆，兴高采烈地进了里屋，在看清床上沉睡的二人之后，顿时放声尖叫起来，"啊——"

紧接着，哐啷一声，连盆带水打翻在地，声音震耳欲聋。

美仁从沉睡中惊醒，猛地睁开眼，支起身体愣愣地望着立在床前的景璇。这女人怎么跑她房里来了？

景璇满脸的难以置信，更多的是一种莫名的惊恐。她身后追着一起进来的知秋，原本一脸慌张，在看到眼前的一幕后，一下子怔住了。

“你们……你们怎么会睡在一起？”景璇颤抖着声音，指着衣衫不整、共宿一床的美仁和景升两人，再次尖叫。

美仁顿时背部僵直，目瞪口呆地望着睡在外侧半支起身体的明景升。景升的语气很不好：“景璇，你很不懂礼数，门都不知道敲一下，就这么闯进来。”

“哥……你和他……”

“出去！”

“哥……”

“叫你出去，听见没有？！”景升怒道。

景璇愤恨地跺着脚，掩面哭着跑出了屋子。知秋连忙跟着一同退了出去，将门带上。

这时，美仁才算彻底反应过来，昨夜她在明景升的房里，在他的床上睡了一夜……

天哪，明明是打坐调息，她什么时候睡着了？还有，她明明是坐在外侧，怎么就跑到床里侧了？

她看向明景升，他也正面无表情地盯着她看，忽地目光往下移去。顺着他的视线向下，她看到自己的衣襟松开，露出光滑圆润的肩头。

“看什么看？还不都一样是平的。”她猛推了他一下，迅速拉拢衣襟，飞快地跳下床。

“既然都一样平，你认为我在看什么？”景升幽幽地回道。

美仁捏了捏拳头，指关节咯咯作响：“懒得跟你废话。我的珍珠呢？”

“你回房都不知道要锁门闩吗？”景升答非所问。

“废话！光是扶你就够折腾的，哪来第三只手？废话少说！我的珍珠呢？还有黄金百两。”美仁扬眉。

“等我穿完衣服再说。”景升慢慢地从床上起身，走向红木衣橱，见美仁还立在房内，盯着他赤裸的上身看，挑眉讥道，“怎么，还不出去？难不成你当真有龙阳之好，喜欢看男人赤身更衣？”

“你有病！”美仁啐骂一声，整了整衣衫，便冲出屋子。

浑蛋！一有力气就原形毕露，此仇不报，非……

她从此便不姓怡！

“向美仁，你昨夜和我哥究竟做了些什么？”

美仁一出屋门，迎头便遇上他那个妹妹明景璇。面对指责，美仁白了她一眼，反讥："我觉得你很有问题，身为明家的大小姐，一个大家闺秀，不敲门就私闯男人的屋子，很不合礼数。"

"你……"

美仁挥开挡在眼前的手指，飞快地断了明景璇的话："更可笑的是，抢着做下人所应做的事，端水进去伺候自己的哥哥，还反问我和你哥昨夜究竟做了什么？真是笑话！人累了不都是要睡觉？你不睡觉是神仙？"

"你……"明景璇气得说不出话来。

"你哥残了吗？需要你这么伺候？"这一句，美仁故意说得很大声，就是为了让屋子里的明景升能够听见。

"你……"美仁的伶牙俐齿，让明景璇一句反击的话也说不出来。

昨夜和明景升纠缠了一夜，累到倒在他床上睡着都不知道，美仁觉得自己身上脏死了，要尽快先回去沐浴泡个澡，换身干净的衣服，等一切稳当了，再来收账。这一次要不回珍珠、收不到黄金，她便一把火烧了他的水竹苑。

她看了一眼立在明景璇身后满脸惊恐的丫头知秋，便大力地推开了景璇："让开，好狗不挡路！"

"你……"

"你个头啊！"美仁懒得再多看她一眼，大摇大摆地离开了。

景璇受了气，没地方撒气，便回首冲着知秋怒骂："你这个做下人的，是怎么伺候主子的？"

一直走很远都能听到明景璇的责骂之声，之后又隐约听到明景升的声音，美仁只觉得心头烦躁不安，抬头望了望灰暗的天空，忽然脸上有些湿润，她伸手摸了摸，脸颊上莫名有一滴水。原来是雨滴，好端端地竟下起来雨来。唉，真是什么事都烦人，连老天也烦人。

快步回到屋中，美仁唤了侍书打水给她沐浴净身，却换来侍书好奇的目光。

美仁被她看得不自在，便问："怎么了？"

侍书想了想，还是问出口："少公子，昨夜……您没有回房？"

"嗯？"美仁点了点头，"嗯，是的。帮我去打水吧，我要沐浴。"

"是。"侍书没有多问便去打水伺候美仁沐浴。

沐浴完之后，美仁换了身干净的衣服，浑身轻松。她披散着一头秀发，坐在窗前，摸出昕大哥送的胭脂盒，盯着发起呆。为何她总是忍不住想他呢？那个动不动耳朵就会红的木头。从开始跟踪他，到与他相处，不过才短短两个多月的时间，为何她总是会忍不住想他呢？是因为这盒胭脂吗？为何他要送她胭脂，让她无端多了这么多困扰？

快两个月没有见到他了，临走时的欢声笑语，她依然记忆犹新，他却一直没有来看她，也不曾寄过一封书信……

望着雨幕下垂败的海棠花，她幽幽地叹了口气，轻吟：

海棠花谢春寂长，
思切情殇寄何方？
待到雨晴花半坼，
簌簌西风未觉凉。

她又望了望手中的胭脂，长叹一口气，日子过得可真快。

这时，奉剑进了屋，行礼道："少公子……"

美仁纤掌一握，将手中的胭脂收进怀中，道："什么事？"

奉剑的脸色一黯，跟在后面的侍书领着前来传话的迎春也一同进了屋，两人在背后推了推僵立的奉剑，示意她开口回话。奉剑咬着红唇，望向美仁的目光复杂又怪异，忸怩了半天，也不见开口。

见此情形，美仁不禁挑眉，问迎春："迎春，你说吧，究竟什么事？"

"回少公子，老爷祠堂有请……"一向不拘小节的迎春的声音也越说越小。

"怎么了？怎么会突然让我去祠堂？"祠堂？那应该是他明家祭祖和放牌位的地方吧，没事召她去祠堂做什么？

"因为……因为……"迎春支支吾吾。

"侍书，你说。"美仁点名。

"少公子，您去了就知道了，我们这些做下人的，不便多嚼舌根……"侍书道。

美仁起身，不再多问，便大步出了屋子。

屋外的雨，越下越大，天空更加灰暗阴沉。穿过白花花的雨幕，侍书、奉剑与迎春三人打着伞追着美仁一路小跑。

待到了后院祠堂，未踏入门内，美仁便听见明经堂暴怒的声音传来："你这个混账东西！我没想到连你也做出这种丢人的事来。"

明景璇急道："爹，这事还没有弄清楚，你不要责罚二哥，错就错在那向美仁身上。"

明经堂说："你不用护着他，事事替他说好话。"

哎哟，原来是为了今天早上的事情。明府的耳目可真是多，这么快就传到了明经堂的耳朵里。

美仁微抚了抚衣摆，神态自若，微笑着迈进祠堂。身后两名仆人连忙将祠堂的门带上。她正奇怪，视线一下子落在正前方。

明景升背对着她，跪在明家列祖列宗的牌位之前。明经堂气得不轻，正要好好教训他。明景璇同样跪着，死命抱着明经堂的双腿，哀求着父亲。明景升的身后还跪着他的贴身丫头知秋，她满脸惊恐，不敢抬头。两旁的太师椅上，分别坐着紧闭着双眼不停诵经的三夫人杜冰飞和一脸狂躁的鱼海浪。

鱼海浪的身侧则是一个她不曾见过的中年男子，坐在木质的轮椅上，满面胡楂，头发乱糟糟的，目光痴呆地望着某处傻笑，口中还流着口水。他的身后立着一位年纪不算轻的妇人。美仁记得这位妇人，大家都管她叫如妈。管家明叔站在一侧目不斜视。

一干人等见着一头湿发的美仁出现，全数住了嘴，整个祠堂顿时变得安静下来。

“爹，他来了，他可以还二哥的清白。”景璇一见着美仁，便急忙站起身，奔向她，将她拉至景升的面前，急道，“昨夜你只是睡在二哥的房里，什么事都没做，对不对？”

这个丫头怎么这么蠢？连问个话都不会问，到底是想帮明景升，还是想害他呀？

美仁抬起晶亮的眸子，冲着景璇弯唇一笑，却笑而不答，绕过她，走向怒不可遏的明经堂，作揖：“明叔叔，不知您召美仁前来所谓何事？”

面对美仁的笑靥，明经堂一下子失了神，直觉自己是眼花，面前的少年披散着湿发微笑的模样真是像极了怡惜，真的是太像了……

“明叔叔？”美仁再次叫道。

回过神，明经堂轻咳一声，怒目瞪视着一直跪在跟前的明景升，道：“这个逆子昨夜……唉，真是家门不幸，老夫都羞于启齿。”

坐在一旁的鱼海浪沉不住气，倏然站起身，大着嗓门道：“大哥，瞧你文绉绉的，光发火有个屁用。二小子不肯说，既然美仁来了，不如我来问吧，老子就不信问不出个所以然来。知秋丫头，我先问你，你今晨在二公子房里都看到了些什么？要实话实说，若有半句虚言，你以后就不用再待在明家了，老子非将你卖进万花楼不可。”

美仁惊诧地看了一眼鱼海浪，知道他脾气不好，但也不至于对知秋说出这番狠话。她同情地看向知秋，知秋那小身子板顿时发颤，吓得哭出了声。

鱼海浪又是一声狮吼：“哭什么哭？又不是死人，快点说！”

知秋抹了抹泪，诚惶诚恐地答道：“今晨，四小姐……四小姐她……”知秋惊恐地抬眸望了一眼四小姐，支支吾吾地又不敢开口。

鱼海浪粗言吼着：“有话就给老子快点说，你个娘们儿说话真是急死老子。”

知秋再不敢遮掩，连忙道：“今儿一早，四小姐从奴婢手中抢过给二公子梳洗用的面盆，要自己端进去叫二公子起床梳洗，奴婢不敢劳累四小姐，便紧跟着四小姐身后劝阻，谁知进了屋之后……之后……”

“之后什么？快说！”

“之后便看见二公子裸着身子，与向少公子衣衫不整地共睡在一张床之上。当时两人还未睡醒，四小姐尖叫着打翻了面盆，这才惊醒了二公子与向少公子。二公子醒了之后很不高兴，说小姐没礼数，没敲门就进了屋子，然后将小姐赶出了屋子……”知秋说完后头垂得更低，不敢看跪在前面的二公子，只觉得自己对不住他，小声地啜泣起来，心中祈祷他没事。

美仁不停地以手按着太阳穴，听完之后不禁一声嗤笑，这个丫头说的确是事实，可就是听起来很怪。

明经堂怒吼一声：“畜生！”

鱼海浪及时拦住他，转问美仁：“美仁，师父问你，昨夜，二小子他有没有欺负你？”鱼海浪的问话让在场的所有人全都屏住了气。

美仁瞪着双眼愣了愣，未急着回答，只是向跪在眼前的景升望去，他微肿的右颊之上还很明显地印着五根指印，昨天那巴掌打得她的手也很痛。

“看什么看？你快回答啊，快还我哥清白！”景璇挡在景升的身前，挡去美仁的视线。

美仁抬眸望着这个比她高出大半个头的娇小姐，嘴角微动，蔑视一笑，便转首对鱼海浪道：“是。”

这一声“是”让在场的所有人哗然，明经堂颤抖着身子，对着管家明叔道：“去！给我拿家法来。”

“爹，他胡说！二哥才不会做出这样的事。”景璇第一个叫了起来，拉着美仁尖声道，“你今晨出他房门的时候，不是这么和我说的，你说只是累了睡觉。”

美仁用力拂开景璇死拉着她衣袖的手，轻掸了掸衣服，道：“是吗？哦，记不清了，我只记得昨晚他死命抱着我，咬得我的肩很痛，很痛很痛很痛……”

美仁连说了很多声“很痛”，在别人的耳中听来十分暧昧。

她说的可全部都是事实，他昨夜本来就欺负她了嘛，可不只是咬得她很痛很痛，方才沐浴时她仔细看过伤口，那两排牙印可真深，说不定日后都难去掉。不过她这么说，别人会怎么想，那便与她无关了，反正她只是说出事实而已，虽然这个事实很容易让人歪曲事实的真相。

景璇大叫：“你胡说！”

“怎么，还要我脱衣服给你看不成？”美仁轻嗤一声，不以为意。

“二小子，美仁说的是不是真的？”鱼海浪气急败坏地跳到景升的面前，“你再什么都不说，三叔我可就什么都帮不了你了。”

景璇扑在景升的面前，急着哭道：“哥，你说话啊。他说的都不是真的。”

景升轻轻扬起嘴角，那小子的回答果然与他猜测的一样。目光微抬，余光瞥了一眼轮椅上的人，那人除了痴呆的表情以外，让人看不出其他情绪，他苦涩一笑，仍是双唇紧闭。

“好，不说话便是认了。”明经堂接过约莫一寸粗细的家法，便狠狠地打在景升的背上。

那一棍下去，景升的身子骤然往下倾，嘴角溢出一丝血迹。他以手撑着地，准备接受下一棍。

“爹——”景璇哭着拦住。

一时间，祠堂之内什么样的声音都有。三夫人念经的声音陡然变高且频繁；鱼海浪气得坐在太师椅上不停地叹气；知秋的哭声隐了，身子下意识地往后缩了缩；坐在轮椅上的痴呆中年男子，依旧傻笑着，口中竟然不停地念叨着“打打打”；明叔与如妈很识趣地别过脸。

美仁怔然，当看到一直沉默不语的景升忍痛承受重重落下的一棍时，原先噙在嘴角的一丝笑意，倏然僵住。心中的怨气出了，为何没有大仇得报的那份愉悦?

“你给我让开！做出这种丧尽天良的事，我非打死这个畜生不可！”明经堂用力地将景璇挥开，景璇不慎，跌坐在一旁。

接着又是两棍打在景升的背上，他仍旧不吭声，即使嘴角的血越溢越多。景璇见状尖叫起来，不顾一切地从地上爬起护在景升的身上。

明经堂在见到她扑过来的那一刹那，强收回力道，但那一棍仍打在了她的背上。一个娇弱的女孩子如何受得了这一棍，闷哼一声便昏了过去。

“璇儿！”景升终于有了反应，将景璇抱在怀里。

下意识里，美仁便脱口而出：“明叔叔既然在处理家事，恕美仁无礼，先行离开为好。”说完，她便行了礼，不顾众人惊愕的目光，转身离开。

手在触及门扣的那一刹，她听见明经堂扔了棍子，大喝一声：“你这个逆子，给我滚出去跪着，就算是雨停了，你也得给我跪着。明华，给我传话下去，谁要敢去护着他，就立刻收拾包袱给我滚出明家。来人，把小姐扶回房里，好好给我看着，不许她出来。”

美仁没有犹豫，面无表情地出了祠堂。瞧见祠堂外围着好些下人，她扯了扯嘴角，殊不知脸上的表情有多么难看、多么勉强。

［七］是非对错

出了祠堂，美仁冒着雨，漫无目的地在整个明府瞎走。侍书与奉剑撑着伞想要跟随其后，她却接过伞屏退二人。

心中的怨气出了，可是她一点也不开心，完全没有报复之后那种兴奋愉悦的快感，甚至有种强烈的罪恶感。

是的，她就是有心要害他，让别人都误解，那又怎样？她本来就不是什么好人，本来就很卑鄙。既然明经堂给她一个既可以打击报复又可以出怨气的机会，她怎么可能会让这个机会轻易溜走？她不杀他，还救了他，但不代表她可以将昨晚他轻薄她咬她的事当作不存在。

但是，在看到他被打的那一瞬间，她竟然一点儿都不开心，甚至还有些难过。是因为看不下去，才选择离开的吗？是吗？这样的她，根本就不是她。她变了，变得心慈手软了，曾经的她可以杀人不眨眼，再卑鄙的手段她都使得出……

呵呵，她也知道什么是知恩图报了吗？知道什么是怜悯了吗？知道什么是内疚了吗？这是多么可笑的一件事。怎么可能？天一族的人从来都是冷血、无情、自私的。只不过是换种方式让他得到教训而已，她有什么好内疚好难过的？不过是一报还一报罢了。

转了一大圈，伞不知丢在了何处，她顶着一头湿发、一身湿衣，终于回到房内。

侍书与奉剑见着，连忙上前用干布将她的一头湿发擦干，要帮她换身干净的衣服时，被她拦住了。她将两人打发出去，默默换下衣服，像是失了魂似的。

这时，屋外一阵喧闹，门砰的一声，被人一脚踹开。

美仁转过身看向来人，是明景承，这倒是出乎她的意料。侍书与奉剑为难地跟在后面，美仁对她们挥了挥手，示意她们把门带上，在外守着即可。

美仁扬起笑脸对着景承道："三公子似乎也很不懂礼数，连门都不知道敲，未经屋主的同意，自己就闯进来。"

明景承一张英俊的脸上满是怒气，浑身湿透了，发梢还在不停地滴着雨水。

原本他在万花楼里睡得好好的，就听老鸨子前来敲门，说是明飞十万火急地来找他，说他二哥出了事。在赶回来的路上，听明飞说了个大概，他便知道一切皆因他昨夜戏弄而起。因鱼三叔守在祠堂院外，即便他有再大的本事，也见不到二哥的面，所以他便想到了向美仁这个罪魁祸首。

“没闲工夫和你闲扯。我问你，昨夜躲在屏风后的，除了二哥之外，你是不是也躲在那儿？你早就躲在那儿了，是不是？”

听闻，美仁先是一愣，然后一张笑脸便拉了下来，若不是昨夜他与那云婵荒唐至极，她何须忍受那份屈辱，于是怒道：“是又怎么样？”

“那二哥服了催情药的事，你也知道了，是不是？”

“那药是你下的？！”美仁顿时气不打一处来。这老三可真是够荒唐，自己风流不说，还给自己的二哥下媚药，然后连累了她。

“你别管药是谁下的。既然你知道他中了催情药，还心甘情愿地扶他回房，守着他，和他共度一宿，为何还忍心眼睁睁地看着他被老头子打成那样，罚跪在雨里那么久？”景承的怒吼声似要将美仁的耳膜震破。

“谁说我心甘情愿的？！”美仁大吼。

“不是心甘情愿的，那你和他待了一夜，还赤身裸体地共睡一床？！”景承吼了回去。

“我……”为何事情传到他耳里就变了样？美仁一时语塞，突然觉得与他无法沟通，也懒得争辩，于是做了一个请的姿势，下了逐客令，“算了，算了，我不想跟你争吵，我很累，我要休息，若是三公子没有别的事，便请回吧。”

“少跟我装蒜，你跟我过来！”景承才不吃她那一套，猛地拽过她的胳膊，拉扯着她就往屋外走。

“喂！你干什么？给我放手！”美仁挣扎了半天，才挣开景承的魔爪，跳离他，隔了一张圆桌。

“既然有胆子喜欢我二哥，怎么没胆子承认自己有龙阳之好，还好意思把一切罪过全推到我二哥头上，你真是太阴险了。”

“喂！你乱说什么啊？谁喜欢你二哥？谁有龙阳之好？你简直莫名其妙！”居然说她喜欢明景升，还有龙阳之好？他是从哪儿看出来她喜欢明景升了？更何况那人还是他同父异母的二哥。简直荒谬至极！

“那晚，我就觉得你很有问题，二哥还死命地护着你，却没料着你是个没心没肺的白眼狼。你给我过来！既然敢做，就要承认，一定是你勾引我二哥的。你给我过来！”景承不依不饶，绕过桌子又上前拉扯美仁。

“你……你瞎说什么？！什么我勾引他？要不是你给他下药，他会变成那种样子？最重要的是，还连累我被他咬伤，这口怨气我找谁去出？找你？你天天躲在万花楼里。活该他倒霉！”美仁真是要被气死了，为何明家的人都这么难缠又不讲理？她坐在桌旁，气得倒水的手都在抖。

“臭小子你终于承认了？终于承认你是有心害我二哥的？”隔着桌子，明景承指着美仁的鼻子斥责。

“什么我有心害他？说起来，有心害他的罪魁祸首，是你明景承。他跪在祠堂里什么都不肯说，是为了谁？你自已心知肚明，还有脸跑来找我出气，简直有病！”一想到这个，她就有气，原以为她终于报复明景升了，可笑的是她反成了他隐瞒事实真相的障眼法。

“我会给他下药，还不都是因为你？”

“笑话，怎么又关我的事？是你自己龌龊，还赖在别人头上。”

“你这个臭小子，你给我过来，跟我去老头子那里解释清楚，去给我二哥道歉。”

“不去！我为什么要去解释？有什么好解释的，更不可能去道歉。”

“臭小子！你信不信我扒了你的皮？”景承掀了桌子，出手极快，再度擒着美仁，在美仁惊慌的一刹那，他便以指扣住她的脉门，让她动弹不得。

美仁大惊，这个整天混在万花楼里的纨绔子弟，可绝非像表面上看起来这么简单。他与明景升不同，脾气比明景升要火爆得多，动不动就拆桌子拆板凳，整个明家甚至明经堂他都不放在眼里，若是把他惹毛了，她在这明家就别想安生地待下去。

所谓人在屋檐下，不得不低头。

想至此，她立即换了一张楚楚可怜的嘴脸，委屈地道：“承哥哥，你的手劲很大，捏得我的手很痛。你松手好了，我知道错了，我随你去就是了。”

望着眼前楚楚可怜的一张俏脸，还有那温言软语，景承莫名地心软了，改轻握住她的手腕，将她带出屋子。

景承握着美仁的手腕，轻轻摩挲了几下。这小子腕白肌红，细圆无节，比起万花楼的姑娘，有过之而无不及，还有那张明艳动人的小脸，怎么看都比女人还女人，难怪他那个禁欲派的二哥会着了这小子的道。

侍书和奉剑守在屋外，看见两位难伺候的主子终于出来，一脸震惊。二公子的事还没了结，这三公子又牵住了少公子的手……二人不敢多想，识相地垂着头。

从奉剑手中接过递上来的伞，景承拽着美仁，撑着伞，便往祠堂大步迈去。

在未到达祠堂之前，景承对二哥如何解掉身上的媚药很是困惑。二哥所中的媚药，是他从万花楼里得到的，名叫“合欢散”，除了催情之外，还会让人四肢发软，任由人摆布，江湖上有些下三烂会用它对付懂武功的人，而他因为一个玩笑，也做了回下三烂。

要想解掉这种媚药，除了男女交合或者服用解药之外，便是以内力驱除。他看了看身旁这个身无几两肉的小子，怎么看也不像是能以内力为二哥驱除媚药之人。据下人汇报，二哥除了受罚之外，没什么异常，想来那药是解了，该不会这小子真的和二哥……

终于，他忍不住问了美仁：“小子，昨夜，你真的与我二哥上了床？”

美仁骤然愣住，翻了翻白眼，鄙夷道：“你怎么跟他们一样？真是龌龊。”

景承也没再拐弯抹角，直接问道：“你们俩真没做过那种事？那他体内的催情药怎么可能解？”

这一问让美仁哑口无言，她会武功的事除了明景升之外，她可不想再有人知道，想了半天反讥一句：“关你什么事？你有病才给他下药。”

“还不都因为你？”

“怎么又扯到我头上？”

景承碎碎地说起他为何会给景升下媚药。

原来，那晚景承就怀疑美仁是明经堂的私生子，觉得美仁的存在会对景升不利，在景升的劝抚之下回了房之后，两人聊了许久。景升叫他没事不要去招惹美仁，并劝他以后不要再流连于青楼，那便是对他最大的帮助。不知怎的，景承就开起了玩笑，嘲笑景升清心寡欲，不近女色，然后就打起了赌，若是他能让女人上了景升的床，他便从此不再踏入青楼半步，也不去招惹美仁，若是景升输了，以后都不要再提让他老老实实地听从明经堂教诲一事。至于他想怎么对付美仁，景升也不得插手。景升当时只当他是酒喝多了胡言乱语，也就随口应了他。

那日正逢二十五，景承带着一壶刚泡好的上等毛尖，去飞云别苑找景升，他知道景升喜欢喝茶。其实这一切都是景承事先安排好的陷阱，他早在茶水之中下了无色无味的合欢散，而景升只当他来泡温泉畅聊，未曾多心，便饮了茶。

直到那药力发作，景升四肢无力地倚在温泉池边，景承笑着说他输定了，他这才反应过来，那晚景承并非是酒后乱言。景承将景升一人留在温泉池内，便去接云婵。然而当景承带着云婵回到飞云别苑之后，景升人却不见了。景承注意到屏风之后的衣角，以为躲在后面的人是景升，于是便和云婵卖力地演了那么一出戏，为的就是戏弄他那闷骚的二哥景升。等玩够了，景承打发了云婵，带着解药回头，想让景升服下，孰料却看到美仁扶着二哥景升从飞云别苑离开。

想起之前种种，景升一直护着美仁，景承就怀疑二哥与这小子的关系。景承不敢贸然前往，因为这可能涉及二哥的名誉。他满脑子乱乱的，最终不得不又折回万花楼，继续他的花天酒地。

谁知，只不过一夜之间，只不过是一个玩笑而已，竟然给二哥带来这么大一桩灾祸，这让他怎能安心？

美仁一边听着，一边嘴角不停地抽搐，心中将景承唾弃再唾弃。

“说吧，这关系到我二哥的名誉，我要弄清楚你们到底有没有……”

“没有！”美仁及时截断他的话，“要想知道怎么解的，去问你二哥就知道了。还有，你的魔爪能否放开了？”

脚下的步子微顿，景承举起牵着美仁手腕的右手，凝视着她，阴冷的目光似要射穿她。以二哥那种身子骨，受了爹的几棍，又在雨中跪了那么久，加上他的性子，若是爹不开口让他起来，他是绝不会起身的，再这么跪下去，命就要去了，能让爹松口的就只有眼前这个浑小子了。

景承邪佞地冷笑一声：“你学我二哥那套，很像！但是你，我不得不防。走快点吧，我二哥若是有个三长两短，你小子这辈子都别想活着离开我明家。”

美仁嘴角微微扯动，不情愿地被他拉着跑。

算了，反正现在她心里也没那么多怨气了，就当勉为其难跑一趟算了，她也不是真的想要他死。

到了思怀阁之后，见了明经堂，美仁就是不开口。

景承狠瞪了她几眼，她才心不甘情不愿地道：“明叔叔，其实我与景升哥哥之间什么事都没有发生。昨夜我恰巧也去飞云别苑泡温泉，没想到景升哥哥也在，只是他泡的时间太久，有些不舒服，所以我就扶他回房，然后一路太累，就在他房里歇下了。至于说景升哥哥咬我，那都是我在撒谎，因为在回京的路上，我与景升哥哥发生了一些不快，就想借此机会小小惩罚他一下，谁知道……之前我是害怕了，所以就跑了。现在我觉得对不起景升哥哥，前来向明叔叔认错。”

明经堂始终面无波澜，听完之后没责怪美仁，反倒是斥责起景承：“是你逼他这么说的？”

景承刚欲反驳，便被美仁拦下，美仁不想这事再这么闹下去，再度恳求明经堂：“之前确实是美仁的错，请明叔叔饶恕景升哥哥吧。若是明叔叔还不愿相信美仁的话，美仁愿陪景升哥哥一同跪在雨中受罚。”

美仁虽然口中这么说，但她绝不会这么做，她赌的是明经堂那颗心。自来了这里之后，从日常的点点滴滴，她能够看出明经堂对她是不一样的，那种对她事事都宠溺的感觉，让她有时也会茫然，他好像真的将她当作是他的儿子了……

最终，明经堂的神情有所松动，应了她，让明叔随同传话。得到应允，景承便拉着她，飞快地往祠堂走去。

到了祠堂，月洞门前守着的两名家丁立即拦住他们，说是老爷吩咐过，没有他的允许，任何人都不得入内。依景承的火爆脾气，便要往里冲，被美仁拦住。待明叔赶上之后，两人方得入内。

"等一下，我有两句话要与景升哥哥说，你先别过来。"美仁夺过景承手中的伞，率先进了月洞门。

透过雨幕，她见到景升孤独的身影，他依照明经堂的训斥，一直跪在那里一动不动。景承说得没错，以她近两个月的观察，以明经堂的狠心，他是说得出做得到的，即便是雨停了，只要他不开口，景升依旧是不会起身的。

不知是否感应到来人灼热的视线，景升抬起眼眸，凝视着雨幕下撑着伞的美仁。景升愕然，没想到他会来。

她举着伞，一步一步缓缓走近他，立在他的跟前，将伞往他的身上遮去。虽是小小的一柄伞，却也能为他暂时遮住雨。她居高临下地看着他，声音冷淡地道："祠堂内，你为何不辩解？"

"你和知秋说的都是事实。"景升抬首轻应。

美仁逼问："撒谎！你是为了包庇下药之人，是不是？！"

景升不语。

"为了隐瞒你被人下药的真相，你利用了我，是不是？"

景升没有应声。

"就算不明不白，就算蒙上断袖之耻，你依然还是要护着那个下药之人，是不是？"

景升还是沉默。

"你早就预料到结果，明知我是什么样的人，仍以皮肉之苦逼着我帮你，逼着我隐瞒，逼着我内疚，逼着我痛悔！明景升，你赢了。珍珠与黄金，我依旧会和你讨。但关于命，从今往后我们两不相欠。"将伞扔在景升的面前，美仁愤然转身。

雨水肆意地击打着景升英俊的脸庞，击打着他的身体，他抬眸望着美仁的背影，苦涩一笑。若如他所说，仅仅只是为了替景承隐瞒，那么这二十多年来，他也不必活得这么辛苦了。

［八］魔由心生

在雨中跪了几个时辰的景升，被下人架回水竹苑，当晚便高热不退，连着两日昏迷不醒。整个明府的下人都忙坏了，大夫的药方换过几次，却仍不见他醒来。

第三日，明经堂接了封信后，声称生意上有要事需尽快处理，命鱼海浪随自己一同出远门。临行前，他将府中所有事交给景承打理。

景承因接手了原本应是景升负责的事，由明叔、明飞领着整日奔波，而无暇待在府中留心景升的病情，照顾景升的事便落在三夫人与景璇的身上。景璇自替景升挡了一棍之后，身体一直都很虚弱，但是仍坚持衣不解带地照顾着景升。有几次晚归，景承实在是看不下去，强行将她拉回房里去休息，换自己照顾。

而这几日，一直不屑去学院的美仁，“很乖巧”地日日去学院听课，不到华灯初上是不会回到明府的，即便是回到府上，她也是选择闭门独处。

侍书与奉剑也平白受了许多委屈，其他苑子里的妈妈、丫头见了二人都会在背后窃窃私语，有时还会假以脸色。两个小丫头回到屋里，面对着整日不说话的美仁，心中难免有些埋怨这位冷血无情的少公子，但作为下人，她们也不便多嘴，只能默默承受着。

这日黄昏，美仁提早回到明府。或许是前两日一回到府中便待在房里，郁结了很久的心闷得更慌了，她终于没再待在屋子里，而是选择在自己住的苑内漫步。园内的每一朵红花、每一丛绿叶，原本是那样生机勃勃，眼下在她看来，全然毫无生气。目光一一扫过，最终定在雅致的秋千上，她轻抚着，缓缓坐了下来。

她荡着秋千，思绪逐渐轻扬……

何以她现在习惯将自己困在这苑内？何以她没有心思去寻找《天一圣经》的下卷？何以这次的事令她无法像以往一般心情舒畅？何以无缘由地感到低落愁郁？这一次，不过是与以往一样，不过是一个小小的报复而已，难道她真的错了吗……

渐渐地，秋千停止摆荡。

她掏出怀中的胭脂盒，苦涩一笑，轻喃：“若是你在身边，或许就没这么多事了。或许，我可以装作小孩天真无邪，做好孩子的本分，直到任务完成，我就可以离开了，永永远远，不用再和明家有任何瓜葛，可是……”

忽然，啪的一声，手中的胭脂盒被人一掌挥下，撞在一旁的青石之上，碎了。盒中艳红的胭脂粉跌落出来，落在青石旁，碎了一地。

“向美仁，你这个忘恩负义的东西！竟然还有闲情在这里欣赏女儿家送的胭脂水粉，你可知我哥就要被你害死了？”景璇沙哑的声音虽听上去无力，但她激动的情绪足以证实她是多么愤怒。

美仁望着跌碎的胭脂粉，它刚才还被握在自己的手中，艳红欲滴，眼下却被毁了。抬起愤怒的双眸，她瞪向眼前一脸苍白的景璇，倏然起身，右手猛地扣住她的咽喉，用力地捏下去。

这一个多月，她对他们明家的人已经一让再让，一忍再忍，若不是为了完成对悦姨的承诺，她早就毁了整个紫玉山庄。

那是昕大哥送给她的胭脂，是他送给她的唯一的礼物，也是这么多年来她得到的最珍贵的东西，而这个丫头竟然毁了它。她竟然敢毁了它！谁毁了它，她就要毁了那个人！

“你……你……”景璇瞪大了双目，难以置信地望着美仁，双手用力地想掰开美仁的手，可是原本身体就很虚弱的她力量哪里及得上美仁，全身的血液全数涌向脑袋，胀得她开始发慌，只能以指甲不停地去挖美仁的手，希望她能痛得松开。

手背及手腕上的疼痛如何及得上瞬间的愤怒，愤怒让她的手劲越来越大。渐渐地，她的双目变得殷红起来，艳红似血。

景璇挣扎着，惊恐地看着美仁满脸杀气，狂戾而暴怒，除了那种想要置她于死地的杀气就再也看不到其他了。美仁变得好可怕，就像邪魔一样，浑身上下都散着魔气，让她越见心越寒。她无法呼吸了，她就要死在美仁的手中了，可是二哥……两行清泪不知不觉地顺着她的粉颊盈盈滑落。她不甘心啊，究竟是为了什么这小子要杀她？她不过是打碎了那盒胭脂而已……她没力气了，两只手渐渐停止抠挖的动作。

侍书与奉剑正端着晚膳过来，见着眼前骇人的一幕，吓得将手中的盘子直扔出去，连忙飞奔过去，极度慌张地拉住疯狂的少公子。

“少公子，究竟发生了什么事？少公子，您松手啊！”

“少公子，您松手啊！您这样会掐死四小姐的。”

奉剑看着美仁似乎已经失去了理智，她咬了咬牙，抬起右手，啪的一声，狠狠打在美仁的右颊之上。

这一巴掌也将狂戾愤怒中的美仁打醒，死掐着景璇脖子的右手顿时松开了。她怔怔地望着眼前狠扇她一记耳光的奉剑，殷红的眸子渐渐褪了色。如今的她特别易怒，只要一生气，她就想杀人，她这是怎么了？

奉剑红唇微启，惊愕地看着美仁双眸中的奇异变化，只觉浑身一凉，怯懦地退后。奉剑不敢再看向美仁，与侍书扶着景璇坐在秋千上，伸手探了探景璇的鼻息，还有气在，只是昏了过去。

美仁立在一旁，一动不动地望着眼前三人，若不是奉剑狠狠地打了她一记耳光，或许景璇就已经死在她的手中了。她深深闭了闭眼，吐了一口气，平复情绪，当望见地上碎了的胭脂时，她心中万分难过。她撕了袖摆，弯下身，小心翼翼地将那碎了的胭脂捡起，把摔裂的胭脂木盒包进了布内，收在怀中。

面对侍书与奉剑，她突然觉得难以启齿："那个……"当然她们都不知道是什么原因，估计已经当她很嗜血。

奉剑望着美仁，心中依旧胆怯，小心翼翼地回道："奴婢们这就送四小姐回房。请少公子放心，奴婢们绝对不会多嘴。少公子的晚膳奴婢会重新准备一份，奴婢告退。"

"嗯。"美仁轻应。

侍书与奉剑欠了欠身，扶起景璇迅速离开。

美仁望着空荡荡的秋千不停地在眼前摆荡，痴愣了许久，直到天完全黑了，侍书她们重新端着晚膳过来，她才拖着沉重的步子回到屋中，有一口没一口地扒着饭。

侍书与奉剑明显与她生疏了许多，再无平日里的说说笑笑，只是说了一句"四小姐已经睡下了"，便匆忙地带上门离开。

她是鬼吗？让人见了吓得就想逃。

坐在桌前，美仁有种寝食难安的烦躁感，自己在做什么想什么，已经完全弄不明白了。

这时，门砰的一声被人大力推开。

初夏的季节还不见闷热，伴着夜风，倒是一阵凉爽。美仁抬起头望向空空无人的门扉之处，眉头微蹙，于是便轻唤了一声："侍书？奉剑？"

久久未见应声，美仁当下起疑，起身小心地步出屋外。门廊前吊着两盏灯，昏暗的灯火映照下，苑内仍是空无一人。

顿时，美仁全身都处于戒备状态，四下张望。

"侍书！"

忽然，美仁惊见侍书倒在门左侧的墙边，看样子是被人给点了睡穴，正想为她解开穴道，霎时间，她全身的神经都紧绷了起来。这周遭的气息不对，有人，还是一个武功在她之上的人。这气息，她好像从未在明家感受过。

收回手，美仁迅速站起身，四下张望，对着夜空大喝一声："是谁？"

倏地，只见一个身影从眼前飞过，美仁来不及看清，那身影便失了踪影。美仁追了几步，突然身侧飞来一件暗器，那暗器来得迅猛，直向她的面庞逼来，她无法避开，本能地以手遮住脸面。只听咝的一声，那暗器划开她的袖口，划破了她的左手腕。顿时，她的左手腕上带出一道长长的口子，隐隐开始渗血。

美仁吃痛，伤她的竟是一片树叶。这人已然手下留情，否则她的左手便废了。暗啐一声，她撕下破了的袖口，迅速包住伤口。

看来这人是冲着她来的。前两日好不容易解了嗜心花毒，今日却遭人暗算。

对着夜空，她轻笑出声，镇定地道："阁下可以现身了，究竟所谓何事，还请赐教。"

周遭的气流又开始变化，美仁追寻着那气息，方想转身，却迟了一步，穴道被那人以一粒石子封住。

"阁下就这么见不得人吗？"美仁冷笑一声。

蓦地，一个苍老的声音从她的后方响起，她的耳朵微动，那人应是在屋顶之上。背对着屋子，她就无法看清是何许人，这也正是那人的目的。

"从今夜起，伺候景升的事全由你来做，不论是他的药还是他的食膳，你都要一一亲自试尝。"

"慢！我为何要听你的？为何要去伺候他？你究竟是何人？我……"美仁的话未说完，便被那人断去。

"三日之后，他若再醒不过来，你就等着一起陪葬。去吧！给我好生地伺候他。"

"不可能！"美仁啐了一口，当下便运功移穴换位。

"小子，给我记住，好生地给我伺候他。"那人沙哑着声音说完，便以石击解了美仁的穴道，"哦，对了，那片树叶是在噬骨水里浸泡过的。小子，但愿三日之后见到的不是你的尸体。"

美仁刚能够动弹便猛地转身，然而屋顶之上空无一人。拆开渗血的衣布，左手腕被那片树叶所伤之处，火辣辣地灼痛，细看之下还有些红肿。

那叶子上有噬骨水……

美仁连忙奔进屋里，找出自己随身所带的解毒药粉，刚欲撒上，药瓶便被击碎，继而屋外又传来那人的声音："不想你的左手就这么废了，就别乱敷药，想拿到解药，你最好期待他能醒来，否则你就等着一起陪葬吧。"

这个莫名其妙的人究竟是谁？除了他的声音之外，连他是高的矮的胖的瘦的都不知道，甚至连他的影子都捕追不到。他究竟是何人？为何这样护着明景升，还要她去伺候他？

"我跟你有仇吗？是他叫你来的吗？既然他能叫你来，还装死做什么？他根本就是在装死！”美仁怒吼。

卑鄙！太卑鄙了。要是不想三日之后毒发化成一副白骨，她就要去求上天保佑他早日醒来。该怎么办？难道真要去伺候他？

屋外再无动静，美仁气得浑身发抖，发疯地将整个桌子推翻，桌上的茶壶茶盅碎了满地。

她走到门外，看了倒在墙边的侍书一眼，攥紧拳头，便匆匆奔往水竹苑。

［九］噬骨疑心

立在景升的卧房之外，美仁咬了咬牙，深吸几口气，方抬起右手轻叩门扉。

“是你？”开门的是明飞，似乎对美仁的到来有些意外，口气冷冷地道，“你来做什么？！”

美仁支吾了半天，艰难地道：“我……我是来看看……来看看他怎么样了……”

“猫哭耗子假慈悲。小人！你这个小人，走走走！我家少主不需要你的虚情假意。”明飞冷嗤，砰的一声将门关上。

望着眼前紧闭的雕花木门，美仁真恨不能一脚踹飞了它。忍！她能忍，抬手再度敲门。门又开了，这次不是明飞。望着开门的景承，她竟然一时愣住不知要怎么开口。

景承寒着一张俊脸，冷冷地道：“你来做什么？”

又是这一句。

“承哥哥，我知道错了……你让我进去看看景升哥哥吧。”美仁咬牙切齿，低声哀求。

景承不答话，面无表情地看着她。

“承哥哥……”美仁佯装一脸委屈，眨巴着眼，看着景承。

半晌，景承面部表情有所松动，道：“算了，进来吧。”

“谢谢承哥哥。”美仁长舒了一口气，捏着的拳头总算松开。

明飞一见着她就赌气地别过脸。守在床侧的还有一名小丫头，是景璇的贴身婢女怀冬。自那件事后，因侍主不当，知秋便被罚去杂役房做最粗重的活，景璇则将自己的贴身婢女怀冬留下来，只留司棋在身边侍候着。

立在床前，美仁望着床上一脸苍白的景升，心中犹如打翻了五味瓶。眼下，看他的样子，一点儿也不像是能叫人逼她的模样。难道又是她多想了？她咬了咬唇，低声问道：“承哥哥，景升哥哥他……当真到现在都没有醒过来吗？”

“你还好意思问出口？”明飞一听就火大，恨不得冲上去将美仁狠揍一顿。

那就是真的不曾醒过，不是他指使的，那么那个人究竟是什么来头？

美仁忽然道：“承哥哥，我想留下来照顾景升哥哥。”

景承冷冷地扫了她一眼，道：“你还嫌你不够添乱吗？早知今日，又何必当初？”

是的，那日她的确欠考虑了些，以为景升深得明经堂的宠爱，最多骂他两句打他两下而已，谁能知道事情会闹成这样。

这时，丫鬟典琴端着刚熬好的药进来，美仁扫了一眼，未待景承做出反应，便连忙抢着上前，端起那碗药，道：“我来吧，你们都忙了一天，都挺累的。”说着背过身子，挡住那三人的视线，迅速以手中早已备好的银针试药。药中没毒，她才放心地坐在床沿，示意一脸惊愕的怀冬过来扶起景升。

明飞出言反对，美仁便道：“要说我的不是，先等景升哥哥喝完药再说。”说罢，执起汤勺，递至唇边轻吹几下，喂向景升的口中。这碗药几乎是用灌的，景升还在昏迷当中，勉强能咽下这些药。喂他喝完药之后，美仁又细心地为他擦净嘴角溢出的药汁，轻轻将他的身体放平。

景承惊诧地看着她，不仅动作娴熟，还体贴入微，便稍稍放了心。眼下，爹与鱼三叔在外，明家在京城的生意全要他一人担着，虽有明叔与明飞在，但每天仍是弄得他迷迷糊糊。一想到那些密密麻麻的账册，他的太阳穴就开始抽痛。他真是太怀念万花楼里那些个温柔体贴的姑娘了。如今，这小子能放下身段照顾二哥，他也省心了。算了，男的就男的吧，只要二哥喜欢就好，说不定这小子一来，二哥真能奇迹般醒过来呢。于是，他冲着明飞挥了挥手，示意他可以去休息了，留美仁在这儿就行。

明飞万般不情愿，却拗不过景承，念念叨叨地出了屋。

待景承离开之后，美仁便花言巧语地打发了怀冬与典琴，毕竟景璇那儿也需要人照顾。

当屋子里只剩下她与景升，她第一件事便是将门闩扣好，这是景升教她的。

“从认识你以来，我几乎都被你踩在头上，就连昏迷不醒，都有人为你打抱不平，你可真是厉害。”美仁狠瞪了一眼昏迷之中的景升，便在屋子里四处翻找噬骨水的解药。

找了约莫半个时辰，美仁不得不放弃。别说噬骨水，就连她的南海珍珠和那块玉佩，甚至金银珠宝一样都未曾发现，最多摸着几两碎银。她低咒一声，看向床上的景升，思量着要不要搜他的身。想想还是算了，在他身上搜到噬骨水的解药，似乎不太可能。

坐在床边，美仁凝视着面色苍白仍在昏迷之中的景升，十分气恼，怒道："解药到底在哪儿？你到底藏在什么地方了？那人究竟是你什么人？为何偏偏选中我？就因为我害你受罚吗？那你有没有想过你自己也有不对的地方，我本来就是个小气的人，事事都喜欢斤斤计较，你为何总要与我过不去？你不招惹我不就行了吗？你不招惹我不就不会躺在这里像个死人一样吗？明景升，我告诉你，你死我都不会死的，我就不信我找不到解药！"

说着她便在他的身上摸索了个遍，包括整张床，她也仔细翻过，依然什么都没找到，气得她一拳捶在景升的枕边，无奈他还是紧闭着双眼。

愤愤不平地下了床，美仁往外屋走去，打算一走了之，可一想着伤口和那人的话，她只得忍着折回头。折腾了半天，她沮丧地坐回床沿，指着他的鼻子怨道："一个大男人，只不过被打了几棍，淋了一点雨，就跟个病西施一样，半死不活的。真不知道你是中了邪还是鬼上身！"

一副弱不禁风的样子，换作是她受了那几棍，也不至于像他病成这样。总觉得哪里不对劲，她蹙起眉头，下意识地执起他的手，探了探他的脉象。

半晌，她终于颤着松开手，难以置信地望着景升。

为何会这样？为何他全身的脉象都乱作一团？好端端的他怎么会受了这么重的内伤？难怪一直昏迷不醒。以他的武功，不可能有人轻易地将他伤得这么重，那晚他除了中催情药，并没有身受重伤。那晚之后，唯一伤他的人也就是明经堂，难道是被明经堂那几棍打的？怎么可能？若真的是这样，那岂不是说明经堂想要置他于死地？不可能的！不可能的！所谓虎毒不食子，何况如今他是明经堂最器重的儿子，绝不可能的。

美仁只觉得脑子里一团乱，在屋子里来回乱走。若是再这么耗下去，他真的是必死无疑。他若死了，她岂不是要成一堆白骨，真的要陪葬了？还有那些庸医，究竟是怎么看病的？他受了这么重的内伤，都查不出个所以然来。

她从怀中掏出一个精致的瓷瓶，倒出一粒雪莲丹，塞进他的口中。这颗雪莲丹，千金难求，暂时可以护住他的心脉。

将他扶起，她喃喃低语："就算你真的成鬼了，我也会下地府找你追回这颗雪莲丹的钱。"双掌抚上他的后背，两股真气缓缓带出，注入他的体内。

许久之后，她才收功，再探他的脉象，较之前平稳，她便也放心许多。

也不知怎的，她对着景升一个人自言自语："唉，不知道是不是我上辈子欠你的，你只不过救了我一次命，我却要还你这么多。当年，我伺候我娘的时候，也就是每天帮着熬药，你可真是比我娘还要金贵。你究竟是得罪了何人？怎么会伤得这么重？你可不要告诉我你是被你爹给打的，若真是这样，你妹妹应该死在你前头。”

“你真是个小人！珍珠、玉佩都藏得滴水不漏。那个莫名其妙逼我来照顾你的人，究竟是你什么人？为何会这么在乎你的生死？他很卑鄙，比我还要卑鄙，不过最卑鄙的人就是你，半死不活的还能指使人。算了！看在你是病人的份儿上，我就不多计较，等你身子好了之后，我再慢慢和你算账。我在你身上可是下了血本了，今晚你好好地睡一觉，明日天一亮，你就乖乖地给我睁开眼醒来，听到没有？”美仁趁机揪了一下景升的耳朵，也就这种时候她才能欺负他了，只要他一醒来，那张毒嘴，就又会说些令人生厌的话。

这一夜，美仁没再莫名地倒在他身旁睡下，而是选择趴在床沿，守着他，迷迷糊糊地睡着了。

天蒙蒙亮，门外急促的脚步声惊醒了美仁，随后就是一阵激烈的敲门声，她看了床上的景升一眼，失望地咬起嘴唇，他还是没有醒来。

理了理衣衫，她起身打开屋门，便见景承拉着脸色惨白的景璇立在门外，景璇口中喃喃地不知道在说些什么，一见着美仁，便惊恐地躲在景承身后。

三夫人紧皱着眉头盯着美仁，奉剑始终垂着头立在不起眼的地方，还有几名下人静静地跟随其后。

“景璇，你冷静一些。”景承轻拍了拍景璇不停颤抖的手。

“三哥，就是他，昨天就是他要掐死我。他要杀了我！他要杀了我！他根本就不是人，他是魔。你竟然还让他照顾二哥？你是想让二哥真的死在他手上吗？”景璇不敢看美仁，唯有躲在景承的身后，恐慌地拉着他的衣袖不停地说着。蓦地，她又拉着三夫人的胳膊，颤着声道，“三娘，把他赶出去，好不好？景璇真的好害怕。不！我要进去看看二哥，二哥不会有事的，不会有事的。”

美仁惊愕地看着眼前惊吓过度的景璇，昨日她莫名发狂，竟让景璇如此惧怕她。她下意识地给景璇让了一条道，景璇闭着眼不敢看她，急忙奔进屋内。

三夫人叹了口气，什么也没说，跟着进了屋。

景承若有所思地看了美仁一眼，只道了一句“过会儿再说”也跟着进了屋。

大夫请来之后，给众人带来一个好消息，说是再服几服药，不出三日，景升一定能醒过来。

不出三日，说的真是个屁话。美仁要的是两日之内他必须得醒来。不过，她悬着的一颗心总算是放下了，还好，昨夜她总算没白费力气。

倚在门上，她看了一眼缠着纱布的左手。昨夜她看过伤口，什么药都不能上，只能以清水清洗，周边的肉红肿异常，为了他忙前忙后的，动不动就会扯裂伤口，渗血不止。

还有两天，他要是再醒不过来，她的左手便会废了，接着便是全身溃烂，再接下去就是一具白骨。

美仁自嘲一笑，抬眸之际，正好撞见景承饶有趣味地看着她。她立刻换了一副姿态，佯装很乖地垂下头。

景承道："景璇的事，奉剑和我说了。"

美仁眉尾轻挑。

景承又道："景璇这几日身子不是很好，精神也有些恍惚，加上二哥的事，对你芥蒂很深，你也不要往心里去。"

这时，奉剑刚好从景承的身后走出来，美仁讶异地看向她，然而奉剑却在碰到她眼神的那一刹，急忙瞥向别处。

美仁苦笑一声，道："在景升哥哥没有醒来之前，我想，还是由我来照顾他吧。"

景承点点头，对美仁也算放心。这小子只照顾了一晚，二哥的病便有了起色，看来二哥对这小子就是不一样。还有事需要处理，他临行前对美仁道："若是景璇不愿休息，吵着闹着非要守在二哥身边，你就直接将她打昏，让下人送回房就行了。有什么事，我替你担待。嗯……总之，只要二哥能醒过来就好。"

说完，他眼神怪异地扫视美仁一番，然后连拍了她肩头几下，笑了笑离开屋子。他也不知自己到底在怪笑什么。

眼下，只剩下美仁与奉剑。奉剑匆忙看了她一眼，低垂着头道："少公子，奴婢先去忙了。"说完便欠了欠身，急匆匆夺门而出。

卡在喉间想说的那一句"谢谢"却始终说不出口，美仁从未对人真心诚意道过歉或是道声谢，或许这就是她的本质吧。

接下来的情形，也正如景承所料，景璇就跟母鸡护小鸡一样，死活不让美仁接近景升。这样也好，省得她总是守在床边，对着半死不活的景升。不过，景升的药和膳食，她还是会亲自查看的，既然那人说了，她便不得不防。

到了上灯时分，美仁便由不得景璇，依照景承的吩咐，直接点了景璇的睡穴，安排人送她回房。

平安度过两天两夜，连着三个夜晚，美仁为景升耗了不少真气，也奉献了三颗珍贵的雪莲丹。依那大夫的“金言”，景升很快就要醒了，但是这已经第三个晚上了，他的双眸仍是合得死紧。

今夜是那个人所定的最后期限。虽然景升的面色已逐渐变得红润起来，不似前几日那样惨白，明家的人都很欣慰，但美仁无法开心起来。若是今晚他再醒不过来，过了今夜，明日她就要眼睁睁地看着自己从左手开始溃烂，到全身的肉一块块慢慢烂掉，直至最终变成一具白骨。

她不想这样，她还不想死，她不想像娘那样，风华正茂之际，却要落得那种悲惨下场。

她异常焦虑，忍不住抓住景升的双肩死命摇晃起来，大声吼着：“明景升，你给我醒过来！你给我醒过来！你知不知道，为了你，我耗了多少真气、多少精力，还有三颗千金难求的雪莲丹！我不管明日还是后日你能不能醒，我只要你今夜即刻就给我醒过来，你给我醒过来！醒过来呀！”

没用的，无论她怎么摇晃他，他的睫毛都不曾动一下，她沮丧地松开手，第一次感到无奈与绝望。

她颤着声道：“今夜就是最后的期限，你是想看着我变成白骨吗？你是在报复我，是吗？对，我承认，是我存心报复你，因为我要一雪那日的耻辱，我不能拿你怎么样，也不敢拿你怎么样，所以明经堂给了我这个报复的机会，我不能错过。

“你知不知道？我是个女儿家，一个十八岁的女儿家，不是什么十三四岁的少年。即便是我从小在声色浮华的勾栏院里长大，并非就可以接受……可以接受你那样的轻薄。你那样抱着我，算什么？！当时我怎么知道你是自己服药还是被人下药？你是我的二哥。我应该叫你一声二哥，试问一个妹妹被自己的亲哥哥那样抱着，还有那些举动，谁能够接受？这是乱伦！我还是个黄花大闺女，就算以后不嫁人，也不可以任凭你摸来摸去……”

美仁说到最后，不只是声音在颤抖，就连全身都在发抖。

许久，她才觉察到手背已被自己慌乱的泪水打湿。她竟然就这么毫无预示地落了泪。她迅速以手拭干眼泪，再度看向景升，咬着牙，恶狠狠地道：“好！你不醒，可以。既然横竖都是一死，我也不必再妄想了，但我告诉你，不是你拉我陪葬，而是我拉你陪葬。”

她从怀中掏出一个胭脂盒。在景璇打碎昕大哥送她的那个胭脂盒后，她跑遍整个京城都找不到一模一样的胭脂，无奈之下，只好买了一个最相似的替代品。

她打开胭脂盒，用手指蘸了一些胭脂膏，便在景升的脸颊上开始涂抹起来，一边抹着一边哽咽着骂道："明景升，我要你下辈子当女人，要你夜夜睡青楼，要你在我开的倚笑楼里做姑娘，夜夜接客，夜夜受尽折磨。我心狠吗？这都是被你逼的。呜呜呜……你这个浑蛋，枉我费了那么多神，你居然还敢这样对我。我要你下辈子、下下辈子都做女人，呜呜呜……做女人……"

手指用力地在他的唇上抹着胭脂膏，她望着他艳红欲滴的红唇，怪笑起来。渐渐地，她分不清自己究竟是在笑还是在哭，滚热的泪水一滴一滴坠落在景升艳红的唇上，渗进他的口中。

眼前的人始终一动不动，她彻底绝望了，索性趴在他身上痛哭起来。

尝着口中咸中带涩的泪水，景升微微蹙了蹙眉。不过想睡个安稳觉都这么不得安宁，他张开嘴，用力咬住那根在他唇上已经折腾了很久的纤指。

"嗯……"美仁一下子止住哭声，抬起头，惊诧地望着自己正被人咬住的手指，一时间忘了痛。

倏地，她突然反应过来，狠捏住他的下颌，强行掰开他的嘴，抽出自己被咬得很痛的手指。又见几个牙印，她大声叫道："醒了还装死。你属狗的吗？动不动就咬人！"

浓密的睫毛微微颤动，景升缓缓睁开眼，便瞧见美仁双目含泪，气势汹汹地瞪着他。

他喉咙微动，声音有些嘶哑："你……哭了？"

"看什么看？是人都会哭，哭有什么好奇怪的？"美仁别过脸，用手胡乱在脸上抹了抹。该醒的时候不醒，不该醒的时候偏偏醒来，偏偏在她哭得最伤心的时候醒来，存心同她过不去。

"你在我唇上抹了什么东西？"他费力地抬起手，轻抹了一下唇，指腹鲜红，然后又在脸上抹了几下，手背上艳红一片，抬眸看向美仁，皱着眉道，"胭脂？你居然在我脸上抹这些东西。"

"抹了又怎样？哼！很配你。"美仁一掌挥开他伸在眼前的手，"我问你，噬骨水的解药在哪儿？"

"噬骨水的解药？什么噬骨水的解药？"景升一脸不解地望着她。

"你还装？！他给了我三天期限，今晚就是最后限期，你要是再醒不过来，我就会变成一具白骨，为你陪葬。他说解药在你这儿，解药呢？"

"他？解药？"景升的双眸一下子变得迷离起来，他不能确定美仁所说的那个"他"是不是他心中所想。

美仁将左手上的绷带解开，将受伤的左手腕伸到他的眼前，道："喏，这是被他伤的。他用来伤我的树叶是在噬骨水里泡过的，他威胁我来伺候你，说解药在你这儿，还说若今夜你还不醒，明日我就得眼睁睁地看着自己慢慢变成一具白骨。不然你以为我发神经，每晚三更半夜地守在你床边伺候你。”

景升费力地支起身，握住美仁的手腕，仔细查看伤口，加上美仁的述说，他证实了自己的想法，“他”终于肯出现了。

未作多想，他将美仁的伤口放在鼻下轻闻。美仁见了猛地抽回手，不巧又弄开了伤口，痛得她龇牙咧嘴：“你又想干什么？快点把解药交出来，不然我杀了你。”

景升勾了勾唇，哑着嗓音笑道：“我若真死了，你就算哭死了也没有用。”

美仁咬着牙，恨不能掐死这个又在乱笑的男人。

又在笑，最讨厌他的笑。

“不许笑！难看死了！笑得就跟鬼一样。快给我解药！”

“可以，先帮我把脸擦干净。”

“……”

“那好吧，那就等明日清晨，他们进屋再帮我擦，我没意见。”

“……”

虽然百般不情愿，美仁还是乖乖地弄了盆热水，蘸湿了布，低头为他擦脸。

景升近距离地看着她，她气得鼓着腮帮，那双灵动狡黠的黑眸此时看起来宛若夜空中闪烁的星辰。

美仁用力地擦着他的脸，擦到他的红唇时，几乎是在蹂躏。景升不以为意，也不觉得痛，脸上挂着宠溺般的淡淡浅笑。

美仁抬眸，方巧撞进他幽深的黑眸里，如一面潭水深不见底，清晰地倒映出她的身影。她不由得脸一热，瞪起双眸，凶道：“擦完了，解药呢？”

“左边第一个抽屉里。”

“左边第一个抽屉里？你耍我，那里除了金创药，什么都没有。”

他的屋子，她已经反复搜过多次，基本上能摸到的地方全摸了一遍，甚至包括他的身上。

“你找过了？那就去拿来。”景升浅浅笑道。

美仁僵坐在床沿一动不动，景升忍不住轻扯嘴角，笑道：“你很聪明，那片树叶究竟有没有浸过噬骨水，你怎会觉察不到？若我没猜错，那片叶子浸的不是噬骨水，而是辣椒水。你的伤口会变成这样，是因为你受伤之后没有及时处理才造成的，而非噬骨水的作用。”

“他”最喜辣，曾经也用辣椒水这么吓过他。

辣椒水？难怪她觉得那晚的味道那么怪！原来是辣椒的味道……

以她的聪明伶俐，竟然被人耍了，还傻傻地伺候了眼前这人三天三夜，最丢脸的是她居然以为自己就快要死了，哭得伤心欲绝。这种有失常理的失误判断，若是让悦姨知道，她还有脸吗……

美仁顿觉浑身的血液直冲头顶，整个人窘在那儿半天不说话，半晌，才涨红着一张俏脸，起身去抽屉里找出金创药，仔细清理伤口、上药……

景升不由得轻笑，他挪动还很虚弱的身体倚在床边，冲着她的背影问道：“我想知道，他除了让你照顾我之外，还有没有说什么其他的话……”

“没有。你当我和他没事叙旧吗？他差点要了我的命。”美仁背对着他，没好气地说着，忽然想到什么，她倏然转过身，“有的。他要我小心你的药与膳食，这三天的药和膳食我都一一用银针试过，没有毒。他究竟是你什么人？怎么知道有人要下毒害你？他这么帮你，是你师父？”

话说回来，上次在蓝家她发现他的药里有嗜心花毒，他似乎并不怎么在乎，而且胸前也没有花形印记，这一点让她有点困惑。本想直接挑明了问他，想想还是放弃了，毕竟知道这种毒的人并不多，了解的人更不多，若是意外让人知道她的来历，会惹下麻烦的。

景升不答，目光落在跳动的烛火之上，喃喃地念道：“师父？是，亦不是。”

他说的，美仁有些听不明白，是就是，不是便不是，哪有什么是亦不是？她骤然想起他是何时醒的，一醒来就咬她的手指，那么之前她说的话，他究竟听去多少？

她立即挡在他的面前，遮住烛光，道：“明景升，你究竟是何时醒来的？”

景升回过神，声音略带沙哑地道：“叫景哥哥。”

“景哥哥？你们明家三个我都可以叫景哥哥呢。”美仁白了他一眼，轻嗤一声。

“我不管你怎么叫景承。”景升轻咳了几声，“不知道什么时候醒的，当时只有璇儿在，她倚在床边睡着了。我也只看了一眼，然后就继续睡了。”景升是刻意不想惊醒景璇，他宁可选择在夜深人静时睁开眼，这样就不会有太多的人让他觉得困扰，意外的是，夜里守在他床边的竟是美仁。

“什么？申时过后你就已经醒了？醒了之后你还又睡？你不知道明府上下有多少人为你担心吗？你怎么能睡得着？”一想到他早就醒了，美仁气不打一处来，若是他早点知会一声，她何须要像方才那样丢人，哭得死去活来。

“我知道，最担心的人就是你。”

“呸！”美仁啐道，若不是误以为中了噬骨水，鬼才担心他。还有，她要知道此前她对着他说的那些话，他究竟偷听进去多少，“那你睡着之后，又是何时醒来的？”

景升嘴角轻抬，眉尾轻扬，浅浅一笑：“你的声音真的很吵，让人想好好地睡一觉都难。你那样大力地摇我，就算是死人，也能被你给摇活过来。”

“什么？”美仁当下感觉自己的太阳穴在拼命抽动，他居然那么早就醒了，醒了还竟然一直闭着眼装睡？她之前所说的话他是全听见了，也就是说他知道她是女儿身了，还有，也知道她是明经堂女儿了……

“你……你都知道了？”美仁低声轻问。

借着烛光，景升微微蹙眉，从头到脚仔细审视美仁一番，目光最终定在她平坦的胸前，微微眯了眯眼。

她即刻双手抱胸，愠道：“喂，你往哪里看？”明知道是妹妹，目光还这么放肆。

景升的视线又移回她的脸上，正色道：“嗯，个头是较前阵子高了些许，还像个样子。明日吩咐膳房给你多加一些菜，多炖些药膳，你要好好地补一补。”

美仁惊愕，似乎不敢相信自己所听到的话。隔了半晌，她才咬着嘴唇，嗤之以鼻：“无事献殷勤，非奸即盗。”

景升轻笑一声，请求：“我想喝水。”

美仁白了他一眼，可还是即刻给他倒了一杯茶水。

“这么久了，你为何一直不曾开口？如此辛苦追到蓝家，一路追着我跟到这里，不就是为了认祖归宗吗，何以迟迟不开口？”景升想不通。

其实在蓝家，他就已经开始怀疑，之后她追着他要随他回京城，她对爹的态度，还有对他对景璇的态度，让他确定她与明家渊源匪浅。不过最让他意外的是，她竟然是女儿身，难怪那夜抱着她，他总觉得有种怪异的感觉说不上来，原来是这样。

美仁挑了挑眉，一脸傲然，道：“认祖归宗？嗤！为何要认祖归宗？我觉得这样待在明家，挺好的，吃穿不愁，还有下人伺候着，比你妹妹哪点差了？不见得做了明家的女儿，就意味着事事顺心。若是哪天，我想离开了，可以随心所欲，不必背着明家人这块烙印，想去哪里就去哪里。你爹管得着我吗？”

“若是这样，你就不该来。”景升蹙眉。

“你不会明白的。”美仁撇了撇嘴。

她一直坚持自己是为了《天一圣经》而来，才不屑做明家的女儿，殊不知她有多么嫉妒景璇，每次只要一看到明经堂对景璇宠爱至极，她便恨得牙痒痒。说实话，当她看到景璇为景升挨了那一棍时，她一点儿也不觉得惭愧，反而觉得很舒心。她就是个卑鄙小心眼的人，那又怎样?

反正他已经醒了，她也没必要再自责了，该是去找寻《天一圣经》了，只要找到，该走的时候她便会离开，离开了便会毫不念情，明家对她来说根本就毫无意义。

蓦地，景升吐了两个字："真名?"

"什么?"美仁皱起眉头。

"你的真名。既然你亲口承认你是明家人，向昕又岂会是你叔叔?向美仁，我知道你像美人。"景升嘴角微抬，凝视着她，似在取笑。

"就算向昕不是我叔叔，难道我就不可以叫向美仁了吗?你的废话真多，受这么重的内伤，还管我叫什么名字?"美仁白了他一眼，想想自己为何要在这里和他废话这么久，"你已经没事了，今夜我也不用留在这里了。我去叫人进来。"

"不用了。今夜就这样吧。"

美仁疑惑地看了他几眼，含糊一声："是你说的，那我就先回房了。你要是再有事可别赖在我头上。"

景升倚在床头，望着美仁瘦弱的倩影离开，连他自己都不曾察觉，嘴角处一抹浅笑在不知不觉中渐渐漾开。

［十］灭门之误

回到房中，美仁毫无睡意，坐在桌前想着这几日来发生的事，懊恼无比，真是太丢人了。她竟然慌张到连噬骨水与辣椒水都没分清，还放任自己的伤口恶化，还好是三天，那人只说了三天，若是日子再久一些，只怕她的左手真的要废了。

唉，这真是吃了好大一个哑巴亏，叫人郁闷。

她瞥了眼包扎好的左手，指腹上还残留点点胭脂，是之前硬抹在景升脸上时留下的。她从怀中掏出那盒胭脂打开，之前因她情绪激动，胭脂已消耗了大半，忽地她又从枕下摸出一个绣包，那里装的才是昕大哥送她的胭脂，只可惜已经碎了。

望着碎掉的胭脂，她苦涩一笑，深深叹息。忽然想到什么，她小心翼翼地捧着两盒胭脂，跑到书案前，铺起画纸，将两盒胭脂代作水粉，以指代笔，轻轻在纸上淡淡匀开，再以笔墨勾勒。

许久，胭脂用尽，美仁勾勒完最后一笔，小心翼翼地将画着垂丝海棠的云母熟宣纸轻拈起，对着烛火细细看了又看。

她不仅将海棠花在雨中洗涤之后半坼半闭的娇美神韵描绘出，连画工也精细得无可挑剔。

只可惜海棠花谢了，胭脂也碎了，人又在何方？如今她唯一能够留下的也只有这幅画了。

一阵夜风从半敞的窗户中透过，吹动着她手中的画纸，烛火跟随着轻轻摇曳。

美仁放下画，又提笔在画上写下：

多情思，无情丝。

点点胭脂，碎梦，情缘叹平生。

花落花开辗落尘，声声化伤心，海棠谢。

直到点完最后一笔，她又一声叹息，用镇纸镇住画纸，方依依不舍地回到床上躺下。她将胭脂盒紧紧攥在手中，闭上双眼，脑海中浮现的全是昕大哥那极易耳朵红的俊容。

许久，才沉静睡去。

次日一早，美仁便醒了，想先去看看景升的身体是否较昨夜更好一些，而后准备将那幅画送去小甜水巷的点墨轩裱上。

这时，侍书与和奉剑将一顿奇特的早膳端至她的面前。她不禁疑惑，之前的早膳都比较丰盛，而今日却只有一样。

尚未询问，奉剑率先开口道：“今晨二公子醒了。少公子可知道，二公子醒来的第一件事便是吩咐膳房给少公子准备早膳，还嘱咐奴婢一定要看着少公子全部喝完。”

“嗯？”昨夜，她只当他随口说说，没料到，他今晨一醒，还真吩咐下去了。

她怔怔回过神，点了点头，在桌前坐下。她倒要看看他让膳房都做了些什么。

侍书小心翼翼地揭开盅盖，盛了一碗粥。

美仁看见那些又黄又绿的果肉，觉得很奇怪，便问道：“这是什么东西？南瓜粥？”

侍书轻摇了摇头，道：“回少公子，不是，听师傅说是青木瓜粥。”

“青木瓜粥？青木瓜粥？”美仁难以置信地连问了两遍。

这青木瓜粥很补吗？所谓补品就是这个？还当他真那么好心，会给她炖些什么燕窝鲍鱼翅呢，结果是什么青木瓜粥。

美仁撇了撇嘴，郁闷地一勺一勺吃起来，不承想味道还不错，一口气连着吃了两碗，直到实在是吃不下，方罢休。

自她细心照顾景升以来，侍书与奉剑对她的态度虽不似从前，但也不似前几日那般冷漠了。

奉剑见她吃完，连忙递上一块湿巾。

美仁抹净了嘴，很满足地问道："二公子身子还好吗？今晨有没有什么不适？"

若是没什么不适，她就不去了，省得碰见那个让她心烦的景璇，看见她叽叽喳喳心疼景升的模样便受不了，一天的心情都会很糟。

奉剑回道："回少公子，今晨大夫已经来过了，说二公子的身子已无大碍，再休息个几日，便又可以像以前一样生龙活虎。"

"生龙活虎？"美仁在心中暗嗤，从她见到他的第一面起，除了欺负她，就没见过他有生龙活虎的时候。她讪笑几声，道，"他既然好了，我今日就不去他那儿了，免得四小姐瞧见我不开心。替我往他房里回个话，谢谢他的青木瓜粥。我先去书院了。"

"是。"

美仁回转身，小心翼翼地卷起昨夜挑灯所作的画，扬着笑脸，称赞侍书与奉剑两人今日很漂亮，便心情舒畅地离开了明府。

美仁并没有去书院，而是直接将那幅画送到小甜水巷的点墨轩。

离开点墨轩之后，她便思忖着要去哪里为好，因为《天一圣经》下卷的下落一直未明，前两天又为景升病倒所累。之前给悦姨又飞鸽传书一次，这次得到的字条却是"万花楼"三个字。

她真是越来越糊涂了，那万花楼是京城最有名的青楼，悦姨却要她去万花楼？莫不是悦姨想将京城的万花楼给吞了，所以让她先来摸底？

所以今日得以抽身，自然是要先上这万花楼走一趟，但青楼大白天是不迎客的，姑娘们多在歇息，这会儿跑过去也查不出个所以然来，不过倒是可以去万花楼附近转转，或许会有些收获。

点墨轩离万花楼很近，从南大门街穿过录事巷拐个弯就到了。南大门街是汴京最繁华的一条道。一路上，美仁走走看看，心情十分舒畅。

路经一家绣纺，美仁突然想起说要买肚兜却一直没空，今日正好，然而当她打算进入店铺时，余光正好捕捉到身后有人跟踪。

当下她便改变去路，往得胜桥的方向走去，一路走走停停，四处张望，似在闲逛。待下了桥，她脚下的步伐越行越快，穿过杨楼街，迅速闪进一条隐蔽的巷内。

就在那人跟着拐入巷口之时，她抡起从地上捡的木棍便向那人的要害刺去，内力连生变化，招式阴狠毒辣。

正所谓来者不善，就不要怪她太卑鄙。

那人身手相当敏捷，以剑鞘迅速挡住刺过来的木棍，惊呼一声："美仁，是我！"

听到这熟悉的声音，美仁紧握着木棍的双手倏然顿住，僵在半空中。她难以置信地望着眼前人，慌忙收回手，惊喜地叫道："昕大哥，怎么会是你？"

向昕轻笑，柔声道："是我，跟我来，这里说话不太方便。走！"

虽有些疑惑，但美仁轻点了点头，便随着他离开。

昨夜还想着他，却没料着今日就能见着他，走在他的身旁，美仁发觉自己竟有些莫名的紧张。

穿过几条街，是往东水门的方向而去，那一片荒弃的屋舍比较多。

蓦地，向昕顿住步子，望美仁一眼，皱着眉道："看来你在明家学了不少东西，但方才那一招有些过于毒辣了，谁教你的？"

"啊？"美仁一直沉静在自己的思绪里，突然听到向昕这句问话不由得一怔，很快回过神急忙连连摆手，"没有。没有。昕大哥你误会了。虽然明庄主替美仁请了师父，但美仁也只是依葫芦画瓢而已，都不知道自己乱使的是什么，更谈不上什么招式。"

她怎么也没有料着那跟踪的人会是昕大哥，她这样说也不知能否让他信她。正如昕大哥所说，这一招阴狠毒辣，一出手便是要置对方于死地，非死即伤。幸好那一招没伤着他，否则她便要悔死了。

向昕有些不解，疑惑地问道："明庄主？你不是说他是你爹吗？"

"啊！那个……那个……"美仁有些懊悔，一不小心说漏了嘴，连忙改口，"啊，都怪承哥哥啦。"

"承哥哥？"向昕更加疑惑。

美仁撇了撇嘴，答道："唉，都怪他。他是美仁的三哥，名唤明景承。整天没个正经儿，大多时候都是在万花楼里和姑娘们待着，偶尔回府上一趟，总是与爹闹得不愉快。他从来都不叫爹，心情好的时候叫爹'明庄主'，心情不好的时候叫爹'老头子'。起先，我以为他是明家的客人，后来才知道他竟是明家的三公子，也就是美仁的三哥。他说'明庄主'这个称呼叫起来比爹顺口，还让美仁也跟着这么叫。美仁也知道这样不合规矩，不懂礼数，但是私下里还是要巴结哥哥他们。”

向昕听闻她还要巴结自家的哥哥，心下便觉得不舒服，剑眉深蹙，疼惜道：“巴结？你在明家过得不好吗？他们欺负你？”

“没有，没有，昕大哥怎么会这么想？你误会了，我的意思是说这种方式是在增进我们兄妹之间的感情嘛。如今能够待在明家，美仁真的很开心，爹和哥哥们对我都很好，尤其是二哥，还有三哥。哎呀，总之他们对我都很好啦。”美仁在心中暗暗紧张，虽然她说谎的功力已经登峰造极，可是面对昕大哥，她还是会紧张。

“嗯，你开心就好。”向昕浅浅一笑，望着美仁长高的个头，十分高兴，两个月没见，小丫头竟长得这么快，唯一没变的还是那副甜甜的笑容。没由地，他的耳根微微一热，憋了半天，道：“看来你在明家过得真的很好，个头长高了不少，像个大姑娘的样子了。”

大姑娘的样子？

美仁低头看了看自己身上的衣衫，明明是男儿的衣衫，怎么就看出来姑娘的样子了？

她抬眸，看着向昕幽深如潭的双眸，还有那对因害羞而习惯性泛红的耳朵，轻笑一声道：“哪有，昕大哥取笑了。”说完却忍不住扑哧笑出声，向昕的耳朵更红了。

为了不让他再窘下去，美仁岔开话题，问道：“对了，昕大哥，你怎么会突然来京城？而且还偷偷跟在我身后。要找我，为何不直接上明府？”

向昕直视美仁的面庞，眉心微锁，内心十分困扰。

美仁追问：“昕大哥，是不是出了什么事？为何你突然来到京城？我走了之后，究竟发生了什么事？”

“嗯，一边走一边和你说。”向昕回过神，声音听似平静，心底却是波涛汹涌，“蓝家……惨遭灭门。”

美仁的身体倏然僵住，难以置信地望着向昕。

“惨遭灭门？怎么会这样？多久的事了？”

“就在你走后不久，一个多月之前。你还记得你被秀姑抓去的那间密室吗？一夜之间，那间祠堂被烧成一片废墟，密室也不复存在。那夜，我与两个弟兄巡城，正巧碰上凌儿被人追杀，我将她救下，可是却让凶手逃走了。她全身是血，满脸恐惧，口中含混不清，只知道重复地说着一句话，就是‘不要杀我’。”

说到这儿，向昕顿了顿，神情困惑地望着美仁，想要在她的脸上看出些什么。

凌儿？

这一声亲昵的称呼，让美仁的心猛地一下子收紧，像是被什么东西狠狠刺了一下，宛若失去了什么一般。

只不过短短的两个月，昕大哥却已经称蓝希凌为凌儿，那种在乎与紧张的神情，是只有在那密室里才有过的啊，但那时的人是她啊。

恢复神色，向昕接着又道："安抚了她，然后点了她的睡穴之后，我便与几个兄弟即刻去了蓝家，希望还有活口。但是，我们见到的却是蓝希群和蓝德宗几位夫人的尸首，他们全是被人用乱刀砍死的。"

美仁静静地听着，昕大哥所说的好像存在好些漏洞，其他人是被乱刀砍死的，那么蓝德宗呢？他的尸首呢？她不敢问，亦不会问，只是静静地等着向昕接着说。

"自秀姑一案之后，蓝家是败了，所幸大部分下人都被遣散了。蓝家的人加上留下来的下人一共是一十三口。我在蓝家找到十二具尸首，凌儿是唯一的活口，其中十具尸首我仔细查过，都是死于乱刀之下，有的还被砍得面目全非。"

"十具？你方才不是说十二具尸首吗？"

"你是不是奇怪另两具尸首？"向昕忽然冷哼两声，脸上的表情变得十分可怕，声音也变得冷漠起来，"我有近十多年没见过这种武功了，裂石碎心拳，只有蓝德宗与蓝仲两人是死于这种拳法之下。"

裂石碎心拳？

正所谓裂石碎心，这种拳法其实是天一族最普通的拳掌，修习到高深的境界，亦能成为厉害的武功。按向昕这么一说，那杀蓝家的人就只有天一族的人了。天一族的人为何要灭了蓝家？难道是因为她带走了《天一圣经》的上卷，蓝家才会惨遭灭门？

向昕见美仁脸色异样，紧张道："你怎么了？美仁，是不是又哪里不舒服？"

"啊？昕大哥，我身体没事。只是听到你说这些，心中有些难过罢了。"

"我不该和你说这些的。"向昕自责。

"没事。说起来，蓝姐姐对我真的很好，听到蓝府出事，一时间我有些无法接受。"

"嗯，我知道。"

"那如今你可有什么头绪？那晚你和凶手交过手，可曾看清他的相貌？"

"只打了个照面，是个女人。"

"女人？"难道真的是族人下的手……

“蓝德宗与蓝仲死后，尸体胸前现出的拳印大小也能证明她是个女人。但杀蓝家另十口的凶手我可以确定，绝非这个女人，而是另有其人。”

“另有其人？不是一个凶手所为？何以见得？”

“那十具尸首身上除了很多大小不一的刀伤之外，我并没有见着其他原因致死的痕迹，换句话说，那十具尸体身上的刀伤，并非是一个会武功之人所造成的。”说到这儿，向昕的声音有些消沉。

“不是那个女人，还会有谁？”美仁疑惑。

既然是族人出手，就没有理由只杀蓝德宗与蓝仲两人，于理不合。难道是蓝希凌？驱魂术？如今唯一能够解释得通的理由就只有蓝希凌中了驱魂术。

“我不知道凌儿是怎么逃出来的，以那女人的身手，想要置凌儿于死地简直是易如反掌，但依那夜的情形，她却一直当凌儿是玩物，就好比猫抓耗子。”向昕顿了顿，望向美仁的神情有些复杂，未久才又道，“凌儿醒来之后，对那人要杀她之前的事一概记不清，只记得蓝德宗在得知祠堂被烧的一刹那，也并不急着救火，而是让她和希群带几位夫人先行逃命。”

“也就是说蓝德宗知道有人要对蓝家不利，他知道凶手是谁？”

“美仁很聪明。我问了凌儿，她说蓝家从商，最讲究和气生财，从未听蓝德宗说过与什么人结怨。最妙的是，你可知信阳县衙的大牢内也发生了件怪事？”向昕嘲道。

美仁即刻接道：“谢小环？”

“美仁真的很聪明。案发第二日，谢小环便死于县衙大牢内。”

“怎么死的？”

“一头撞死在墙上，头盖骨全碎。”

“自杀？还是他杀？难道是同一凶手所为？”

向昕回以一抹无奈的笑容，道：“不知道。但我知道谢小环绝非自杀身亡，而是他杀，她的死也一定与蓝府的十二条人命有关。祠堂内的那场大火也绝非单纯的失火，而是有人想毁灭证据。”

“证据？什么证据？那密室里不是只有一些蓝德宗珍藏的珠宝和他们蓝家烘焙茶叶的秘方吗？”

越说美仁越觉得事情不似那么简单，若是族人所为，那祠堂内根本就没有他们所要的什么证据。据她所知，除了都桓藏身在蓝府之外，本来天一族人与蓝家是毫无瓜葛的，而都桓的尸体早就化为一摊脓水，《天一圣经》的上卷则在她的手中，宁、麻、都、连四家女儿查到了上卷在她的手中，并找上她，所以她们没理由再去灭了蓝家，否则就是多此一举，为自己惹祸上身。天一族的人怎么会与蓝家结怨？这一切都说不通……

究竟谁是凶手？

“那昕大哥查到什么了吗？”其实她最关心的是，为何他与蓝希凌的关系会突然变得那么亲密。

“你可知魏大人被罢了官？”

“为何？”在美仁看来，那魏贞毅虽不是什么好人，但也确实为信阳百姓做了不少事。

“管辖之地出了这么多事，他的乌纱何以能保？信阳城的老百姓并不知事情的真相，官府对外宣称是蓝家三夫人疯病发作，放火烧了蓝家，蓝家一十三口全葬身于火海。新官上任之后，阻止我们再继续追查下去，就以此结案，上报了朝廷……而我辞去了总捕一职。”向昕的脸上满是无奈，想要破蓝府灭门一案，如今官府是靠不住了，唯有靠他自己。

好些话哽在喉间，美仁不知该说些什么，只是又问了一次：“那昕大哥何以会来到京城？”

向昕直视着美仁，道：“越是接近事实的真相，我的心就越寒。是我害了蓝家，从凌儿满身是血地遇见我，我便不能置之不理。”

美仁道：“你的意思是说凶手在京城？”

向昕的脸色没由地一黯，轻点了点头。

蓦地，他从身上掏出三枚银针，递至美仁面前，道：“你可知这是什么？”

美仁定睛一看，便知那是用来封住人的风池、百会、风门三个穴道，以施驱魂术所用的三根银针。

她摇了摇头，道：“不知道。”

“这是我在谢小环的尸体上发现的，依据当日的情形，谢小环应是被人以巫术操纵，而我所说的那个不会武功的凶手，极有可能是凌儿，或许凌儿也中了那种巫术。”

美仁望了向昕一眼，他想的与她不谋而合，她双眉轻皱，道：“昕大哥，你说的都是真的吗？那么，蓝姐姐她知道吗？”

向昕摇了摇头，望着眼前一排废弃的简陋房舍，沉声道：“先进屋再说吧。”

突觉向昕的异样，美仁心中更为困惑。究竟是怎么了？昕大哥的言语之中总是有些隐瞒，难道有什么不愿对她说明吗？

迈入其中一间，向昕直往里屋去，似在找寻什么人，直到整个屋子都找遍了，也不见那人的影子。他僵立在那儿，脸色煞白如纸。

美仁见状，不禁疑惑地问道：“昕大哥，怎么了？你在找何人呢？”

“走。”向昕不由分说拉起美仁便往屋外步去，一边走着一边急道，“凌儿不见了，一定要在他们找到她之前，我们先找到她。”

又是凌儿？原来与他一同来到京城的还有蓝希凌。

她挣脱向昕的手，顿住脚步，喉间微动，半晌才找回自己的声音，道：“昕大哥，不用太担心，蓝姐姐吉人自有天相，一定会没事的。”

“我知道，但一定要找到她，若是她再出什么意外，或许这一生我都将会在自责中度过，无法原谅自己。走！”

“嗯……”

东水门附近几乎被他们找遍了，但向昕始终相信蓝希凌没有走远。

那一声声急切的呼唤，每听到一声“凌儿”，美仁都觉得自己的心被利刃用力地深刺，好痛……

终于，在附近的一堆乱草堆里，他们看到了蓝希凌的身影，她蜷缩在草堆里不停地颤着身子。

向昕轻唤一声：“凌儿！”

蓝希凌听见向昕的声音，猛地抬起头，激动地叫道：“向大哥，你终于回来了。”

面对蓝希凌突然扑过来的身体，向昕的身体一时间僵住了，尴尬得动都不敢动。很快，他将她稍稍拉离，然后望了美仁一眼，黑眸之中透着一种说不清的情绪。

找到蓝希凌，美仁见她安然无事，脸上现出一丝庆幸的笑容。然而，见着两人亲密的模样，那笑容很快僵在了嘴角处，她用力地咬着嘴唇，错开视线，目光落在一旁的乱草堆上。

蓝希凌在见着美仁的那一刹那，双眸里满是惊恐，抱着头尖叫起来：“不要杀我！不要杀我！不要杀我！”

突如其来的情形让美仁骤然怔住了。

蓝希凌怎么会这般模样？这无疑是在向别人宣告，凶手是她向美仁。但看蓝希凌的表情，却一点儿也不像是装的。这天下竟然还有和她长得一模一样的人？不是她杀的人，却故意栽赃到她的头上？易容术？

倏地，她凝视向昕，愠道：“你怀疑我？你竟然怀疑我？”

难怪她觉得这一次见着他，他的言辞闪烁不定，原来他是在怀疑她是杀人凶手。所以，之前他与她说了那么多的案情，只是想套她的话吗？蓝希凌说她是凶手，难道她就是了吗？

“我没有。”向昕即刻回道。

“没有？可你的眼神告诉我你就是这么想的。你暗示我凶手在京城，而你到了京城，可你并没有上明家找我，反而是偷偷地跟踪我。若你不是在怀疑我，为何要跟踪我？若不是被我发现，你还要一直跟踪下去，是吗？”第一次，美仁没有装，而是完完全全地在向昕面前展露了自己愤怒的情绪。

蓝希凌突然又高声尖叫，一直不停地念着：“不要杀我！不要杀我！不要杀我！”

迫于无奈，向昕只得出手点了蓝希凌的睡穴，托住她下滑的身体，对着盛怒中的美仁急道：“你真的误会了，绝非你想象的那样。”

“那是怎样？你带着她上京城，不就是为了确认我是不是凶手吗？还有，你跟踪我一事又做何解释？”望着窝在他怀里的蓝希凌，她就气不打一处来。

“走，我们回去再说。”他伸手牵住美仁的手腕。

“不要碰我！”美仁愤怒地甩开手。

“美仁，你冷静些，听我把话说完。”

“我不要听！”之前，为何对她那么好？为何送她胭脂？现在……

为何胭脂偏偏在这种时候碎了，它不会无缘无故碎的……

她一直以为他与倚笑楼内的那些男人不同，他对她的好是发自真心的，孰知在他扰乱了她的一切之后，却让她发现原来他也会骗她……

在她的眼里，她可以对别人撒谎，她可以利用别人，她可以对不起别人，但绝不允许别人骗她、利用她、背叛她。她可以负人十分，但绝不允许别人负她一分，绝不允许！

美仁只觉得自己的心像是被人狠狠地剜了一刀。她紧握着双拳，手背上的青筋暴突。

只不过是一盒胭脂而已，她竟然寄托了太多的东西。

悦姨说得没错，男人永远是不可靠的。

强抑着胸中那股熊熊怒火，她生怕自己失控，做出什么不理智的事情来。她失望地冷冷说道：“原来我在你的眼中就是这么的不堪。向昕，算我错看了你。”说完转身便走。

这时，沉寂了许久的向昕，终于将心中的话憋了出来，对着她的背影激动地大声解释道：“若是未与那凶手交过手，仅凭凌儿的话还有反应，我会误认为你就是凶手。但我与她交过手，她虽与你长得一模一样，但从她的眼神我便可以认出，拥有那种阴毒眼神的人绝不是你。还有你的身形、你的气息，与她的决然不同。”

脚下的步子微顿，美仁怒嗤一声，没有回头，快步跑开。

“美仁……”

因托着蓝希凌的身体，向昕无法追过去，只能眼睁睁地看着她的身影越跑越远。

［十一］魔血初渗

美仁没有去万花楼，也没有回明府，而是去了明家的教武场。

从午时过后，直到黄昏，她就这么坐在石阶上，两眼直直地望着鱼海浪的那些徒弟们，一个个一招一式，很认真地与另一位师父学武。

她的容貌遗传自娘，而娘只有她一个女儿。为了她，娘吃尽了苦头。究竟是哪个卑鄙小人竟敢易容成她的模样，杀了人还栽赃在她的头上？指甲猛地掐入掌心。

天一谷，她会回去的。她非得将那个女人揪出来，毁了她的脸不可。

望着那些在不停练剑的她名义上的“师兄弟”们，她倏然起身，挑了一把长剑便冲到他们中间，冲着他们便使出一招鱼海浪的绝学飞龙在天十式中的龙水纷飞。

衣袂飘扬，她的剑招凌厉至极，白芒忽闪，剑锋所到之处，便可听见那清脆的铿锵之声不绝于耳。她手中的剑宛若磁石一般，不过数招，“师兄弟”们手中的长剑，便一一被她缴了去。

哐啷一声，十余把剑被她狠狠地甩在地上，那些个“师兄弟”们一个个抚着痛麻的右臂，躺在地上鬼哭狼嚎。教他们的那个师父僵立在武场中央，一动不动，目瞪口呆地望着她，惊诧得说不出话来。

美仁手持长剑，立在武场正中央，神情迷茫，似在看他们，又非在看他们。

刚迈进门的景承便瞧见这一幕，望着神色异常的美仁，他微微惊诧。

之前他去城中几家铺子核账，无意之中在巷口看见美仁与一名身形高大的男子在一起，两人有说有笑，而美仁脸上尽显女儿家的娇羞，脸上所浮现的笑容也是他从未曾见过的，说来她连对二哥也不曾有过这样的笑容。

这小子竟然脚踏两只船？！

原先，他就不信二哥会对这小子动情，以为二哥只是为了袒护他才会胡乱承认，但今晨一起床便听奉剑说，二哥一醒来就吩咐膳房给这小子另外准备了膳食，生怕委屈了这小子，这让他不愿相信都不行。

其实，他一直想着只要二哥喜欢就好，他不会管那些什么流言蜚语，但让他碰上这小子又和别的男人勾搭在一起，那就不行！

他胸中的无名之火熊熊燃起，这小子究竟把二哥放在何处？

眼看着他们两人急匆匆往东水门的方向走去，他正打算追过去，却突然被明叔拉住，要往下一家铺子去，无奈之下，只得作罢。眼下，他只不过是不情愿地顺道来武场，替鱼三叔看看这些新招的弟子们的情况，意料之外，竟会在这里碰到这小子。

这小子撒气似的使出飞龙在天十式剑法，那一招龙水纷飞，与鱼三叔所使的有些不同，少了一分霸气，却多了一分阴狠。愕然之余，只见她的剑再次举起，这一次却是直接向离她最近的一名弟子脸上刺去。

这一招不是鱼三叔的剑招，却是阴毒无比。这小子是想毁了人家的脸!

景承见情况不妙，足下轻点，迅速飞身而至，足尖以刚好的力道踢向她手腕的穴道之处。

美仁吃痛，只听哐啷一声，手中的剑应声而落。

她抬头瞧见景承，满眼惊慌，心也跟着慌张起来，方才她好像又失去了理智。

这是第二次，她又为昕大哥失去理智，差一点儿又要伤了人。不要，不要，她不要这样……

她惊慌地一把推开景承，奔出武场，弄得景承莫名其妙，跟着追了出去。

美仁一路狂奔回到明府，第一件事便是上水竹苑找景升。

“明景升。”刚进入屋内，美仁便高声叫道。

坐在桌前的景升，望着她忽然神色慌张地出现，不禁愕然，原本灵动的面容之上毫无生气。

他放下手中的汤药，对怀冬挥了挥手，示意她出去将门带上。

“明景升……”美仁又唤了一声。

“叫景哥哥。”景升看得出来她今日有些异常。

美仁往前迈了一步，离景升更近了，颤声问道：“你打算何时迎娶蓝家小姐？”

景升怔然，轻咳一声，垂下眼帘，端起药碗，一口仰尽。未久，他放下空碗，反问：“何以突然问起这事？”

“告诉我，你会不会娶她？何时娶她？”

景升微微蹙眉，不明白她怎么会突然关心起他的婚事：“婚姻大事，乃父母之命媒妁之言，不是我们做儿女的说了算。所以，我不知道。”

一个多月前，他便知蓝家遭人灭门，也心知这场婚事会就此作罢，姑且不论如今蓝希凌下落不明，生死未卜，就算是找到了她，他相信爹也不会再提起这桩婚事。

他的存在，只是为了给明家带来更多的利益罢了。如今，蓝家对他们明家来说，已经没了可利用之处。

“不知道？你怎么会不知道？难道那晚你们两人在那假山之前说的话都是假的吗？”美仁追问。

她不相信，以他的行事作风，精明如狐，怎会不知道蓝家遭人灭门？他这么顾左右而言他，一定是知情。她一定要查出究竟是谁故意栽赃她的。

“我真的不知道。”

“怎么可能？那晚之后，我也明明听到你爹与蓝德宗商量你们俩的婚事。不是说好了，一回到明府你就会迎娶她为妻吗？不是让你娶她的吗？”

景升挑了挑眉，道：“孔子有云，非礼勿听。”

美仁愠道：“都叫你娶她了，你为何不去？”早点娶了她，不就没事了？

面对美仁这种极力让他娶蓝家小姐的蛮横态度，景升眉心深锁，心中郁结。他喉咙微动，沉声道：“你……很想我娶她？”

美仁怔了怔，自问：是啊，她为何那么想让他娶蓝希凌？难道是希望他娶了蓝希凌之后，蓝希凌就不会缠着昕大哥了吗？是这样吗？不，才不是这样……她用力地咬了咬唇，道：“才没有！”

面对美仁言不由衷的反应，景升困惑，正色道：“那你究竟是想让我娶她，还是不想让我娶她？”

美仁撇了撇嘴，语塞：“我……”

景色轻笑：“说要娶的也是你，说没有的也是你，我真的被你弄糊涂了。”

倏地，美仁猛捶了桌子一拳。总之，一想到昕大哥对蓝希凌那么在意，她便气不打一处来，枉费她天天惦记着他。什么有情思、无情丝……都是浮云。

“你究竟是怎么了？为何对这事这么上心？你这样的言辞，很容易让人误会。”景升凝视着她一张苦脸，浅浅笑道。

蓦地，那笑容僵在他的脸上，他紧张地起身，一把将美仁拉进怀中。

“明景升，你在做什么？”美仁回过神，恼羞地想要推开他，孰知双手被他紧紧抓住，反扣在身后。

这家伙明明还病着，力气却这么大，真是多亏了她那三颗雪莲丹。

她怒瞪着双目，挣扎着吼道：“明景升，你这个浑蛋！放开我！”

景升怒瞪了她一眼，厉声警告她：“别动！让我看看！”

“看什么？”好像她的脸上有什么东西？美仁怔然，于是停止挣扎，跟着好奇起来。

景升以手轻抚开她额前的碎发，指尖轻拭她额上的一点血迹，血迹之下并无伤口。他凝神望着她额上微微渗出的点点血迹，估摸着一切可能发生的情况。

两人近身不过寸许，男子的阳刚气息混着淡淡的药香，肆意地侵入美仁的鼻翼。她微微抬眸，景升俊朗的面容在眼前放大，他温热的气息喷在她的脸上，莫名地，她的脸颊开始发烫。

讨厌！为何她这个同父异母的二哥总是与她过不去？她的额上究竟有什么东西？

“二哥，你看好了吗？这下可以放开我了吗？你这样似乎很不合礼数。”美仁讥笑道。

“叫景哥哥。”这次景升的语气少了一分戏谑，却多了一分焦虑。他缓缓松开手，将沾有血迹的手指伸到她的眼前，沉声问道，“你今日伤人了？”

“什么？没有。”美仁望着他指腹上的血迹，怔然，“这是谁的血？我的？”

“难道是我的血？”景升反讥，“似乎不是你的血，你额上并没有伤口。你今日忙什么去了？连自己是否伤了人都不记得了？”

“你凭什么认定就是我伤了人，而不是人伤我？”美仁轻嗤。

她不由得想起方才在教武场，她因气恼昕大哥，无缘无故地将那些弟子全部挫败，即便是后来景承及时拦住她，她也可以确信自己绝对没有伤人，脸上更不会有血迹。

以前接任务，杀了人，她也不喜欢自己的身上沾着别人的血迹，除非是很小的时候，悦姨叫她去杀鸡，弄得满头满脸的鸡血与鸡毛，所以她最讨厌杀鸡了。

那……这血是从哪里来的？

景升轻弹了一下美仁的额头，轻笑：“就目前为止，除了‘他’以树叶伤过你之外，我看谁也伤不了你。”

美仁捂着额头，怨道：“你怎么就这么不知怜香惜玉？我真的没有伤人。”

“说吧，你今日究竟是怎么了？”景升问道。

一提到这个，美仁的脸色便是一黯，难道她要将蓝家的事与他说开吗？可他是那种什么事就算烂在肚里也不会明说的人，他对她都不说实话，她干吗要对他吐真言？

来的时候，她只觉得气得浑身的血液都在沸腾，与他拌了几句嘴之后，心情便舒畅了许多，不似之前那般难受，看来有个哥哥也不是件很糟糕的事。

她挑了挑眉，扬起笑脸，道：“哪有什么事？只不过是关心你的终身大事罢了，你都安排下人给我熬粥了，我又岂能不有所表示？”

“嗯，那粥好吃吗？”景升嘴角轻抬，忍着笑意。

“蛮好吃的。膳房师傅的手艺真的很不错。”

“嗯，你喜欢就好！我会吩咐让师傅给你多做些。”景升的眉梢、眼角、嘴角，处处含着笑意。

怎么突然就对她这么好起来？

美仁见着那笑容，便觉得浑身不自在，一脸防备之色。

这时，门外忽然响起敲门之声。接着，便听见景璇的声音传来：“哥，是我，可以进来吗？”

“喏，你那又亲又乖又光明正大的妹妹来了，我这个又邪又恶又见不得光的妹妹可以退场了。”美仁哂道，说着便往门外步去。

景升嘴角微微抽搐，朗声对门外道：“璇儿，进来吧。”

门开的一刹那，美仁与景璇相视。景璇仿佛是见着鬼一般，尖声叫道：“你为何又在我哥的房里？”

“你能来，为何我就不能来？嗤！”美仁白了她一眼，鄙夷地轻嗤一声，抬头挺胸，大步迈出屋子。

望着美仁这种幼稚的行为，就像是小孩子在争抢着一块糖吃，景升不禁轻笑。

离开景升的屋子，一路上美仁都在想蓝家遭人灭门的事。

要想查出究竟是谁易容成她的模样，似乎她得去信阳蓝家一趟，虽然那些什么所谓的证据都被毁了，但她相信一定还留有什么蛛丝马迹。可眼下却不适宜去，最重要的是，她得先去一趟万花楼。

话说回来，当时蓝家那间密室里，除了金银珠宝之外，就是那些装着蓝家烘焙茶叶秘方的箱子，还有一幅春宫图，其余就再也没什么特别的了。

证据？秘密？究竟是什么？

密室里，能让蓝德宗闻之色变的也就是箱子里装的秘方，都是烘焙茶用的，似乎也没什么特别的，而且当时景升也说了，他见过这东西。

那还会有什么呢？

看过凶案现场以及了解凶手情形的，也只有向昕，可悲的是他却当她是凶手，虽然他嘴上不承认。最后他对她说的那些话，她该相信吗？

说了不想他的，她怎么又忍不住去想？

蓦地，一只手搭在她的肩上，下意识地，她便反手扣住那人的脉门，想将那人摔出去，却被那人轻松化开，整个肩都被那人揽住。

“小子，你今日心情很不好？是有人得罪你了？”

美仁抬眸，却见那只贼手的主人是景承。虽然方才他那一脚踢得她很痛，不过看在他阻止她失控的份儿上，原谅他一次好了。

她看了一眼搁在她肩上的贼手，仰起笑脸，道：“之前是有些不开心，不过发泄过后，眼下倒是很舒坦。承哥哥，你找我有事？”

景承邪佞地勾了勾唇，道：“没什么重要的事，只是想问问，有没有兴趣陪哥哥我一起去喝两杯花酒？”

“花酒？”美仁挑了挑眉。

“怎么？没去过？也难怪。”景承鄙夷地看了她一眼，不由分说，强行揽着她边走边道，“走！今日跟哥哥我去万花楼里见见世面，环肥燕瘦，随便你挑，让那些姑娘好好伺候你，哥哥我做东。”

“等一下，承哥哥，你不怕明叔叔回来后知道，也会家法伺候你？”

“怕？这有什么好怕的，我会的这些都是和他学来的。怎么，你在担心我？是真的担心我，还是怕了？我看是你怕了吧，怕被那里的姑娘给吃了吧。”景承嘲弄。

嗤！她在倚笑楼里混的时候，他还不知道在哪儿呢，她会怕花楼里的姑娘？笑话！她可以怕猫怕狗，就是不怕花楼里的姑娘。

“呵呵，怎么会呢？不过话说回来，那些花楼里的姑娘美吗？若是还没有奉剑和侍书俊俏的话，那我还不如留在府里守着她们呢。”美仁哂笑着，双眸瞅着远处款款走来的侍书与奉剑。

“那你小子算是有福了。前阵子万花楼里来了位苏素姑娘，绝色姿容，气质非凡，文采出众，内外兼修。她的出现，让京城所有花楼里的什么牡丹胭脂、四大美人皆失色。今日是初五，也是她广邀天下才子比试的日子，若是赢了她，即可与她共度春宵。能否细赏这位花魁，就得看你的本事了。如何？”

嗤！花魁？她要是换了女装，站在倚笑楼里招招手，赛过花魁。等等！万花楼？她正好要去万花楼走一趟，这倒是个绝妙的机会。

美仁刚欲开口，侍书与奉剑已至跟前。

“三公子，少公子。”两位可人儿齐齐欠身。

美仁趁机拍掉景承的贼手，改揽住两位可人儿，笑道：“什么事，我的两位可人儿？”顿时，侍书与奉剑羞红了脸。

奉剑道：“回少公子，奉剑与侍书没等着少公子回府用午膳，心中甚为担忧。”

侍书道：“二公子让膳房特别准备的膳食也早已凉了，奴婢们自责有负于二公子的嘱咐，正要去寻少公子呢。少公子，这是打算晚膳也不在府里用吗？”

美仁惊愕，景升又为她准备了午膳？为何突然对她这么好……

景承怪笑一声，一把拽过美仁，对侍书笑道：“给二公子回话，就说这小子从今日起由我照看，让他好好休养身体，别太劳神了。”

说着，不待美仁反应，他便强揽着她离开，留下侍书与奉剑二人傻傻地立在原处，瞪大双眸目送两位公子潇洒的身影离去。

［十二］万花一笑

出了明府大门，景承便松开揽着美仁的手，顿住脚步，从上到下仔仔细细地打量着她，嘴角微扯，鄙夷地轻哼一声，拽着她的手腕便往西行。

美仁总觉得这个景承有点阴晴不定，整天满脑子不知道在想些什么，凶起来凶得要死，好起来又好得要死。

单从表面看上去，他是个只知道纵情犬马声色的纨绔子弟，与他接触过几次之后，美仁便觉得他不似表面上看起来那么简单。

看上去，他似乎很恨明经堂，从不叫爹，习惯性地称呼明经堂为明庄主，经常出言不逊，对明家的事也漠不关心。可是，明经堂与鱼海浪离开京城，景升病倒，对明家大大小小的事从不过问的他，却在第一时间挺身而出。

看似粗枝大叶的他，其实是个很细心的人，无论是对待景升、景璇，抑或是奉剑，还是其他下人。唯独就是那骄傲别扭的脾气，有时候让人难以招架，总之是个很难琢磨的人。

今晚又不知为何硬要拉着她上万花楼。总之，事情并不简单！

忽然，她想到明家与蓝家结亲家一事，或许可以从他的口中得知一些什么蛛丝马迹，于是便道：“承哥哥，你可知景升哥哥何时迎娶蓝家小姐？”

闻言，景承顿住脚步，讥道：“怎么，开始知道担心了？”

“担心？这有什么好担心的，我只不过是好奇罢了，问问而已。”美仁道。

景承的大掌用力紧握了一下美仁的手腕，阴沉着一张脸道：“不论你与我二哥曾经怎样，我二哥终究是要娶亲的，我劝你还是趁早断了那些念头，别再存什么非分之想。你想另找什么人欢好，我也不会多加阻拦，但是你给我记住，若是你胆敢伤害我二哥一分半毫，我定饶不得你。”

说穿了，他拉着这小子上万花楼，就是想断绝这小子对二哥的非分之想。原先他是不想插手二哥的私事，但自白日里让他撞见这小子与那名男子在一起之后，他便不能任由这小子伤害二哥。这小子有龙阳之好，他就找花楼里经验丰富的姑娘治治这小子的“怪癖”，让万花楼里的姑娘好好“调教调教”这小子，或许二哥便能解脱了。

当然，他脑子里盘算的这些事，美仁自是不知。

美仁一时愣住了，方才还琢磨着他阴晴不定，眼下他便发作了。她清了清嗓音，道：“承哥哥，你是不是想太多了？当初在蓝府，美仁只不过是听明叔叔提及明蓝两家结亲之事，如今事隔了这么久，突然想起这事，只是好奇罢了。我能有什么非分之想？”

景承望着美仁，看样子不似在撒谎，于是皱了皱眉，道：“这门亲事已经作罢。”

景升死守着不肯说的事，对府上事情漠不关心的景承竟然知道？！

“作罢？为何？”美仁佯装不解。

景承怔了怔，反问：“为何？难道明庄主与二哥没同你说，一个多月之前，蓝家出了事？”

好个明景升，嘴巴可真是紧啊，明明早就知道蓝家遭人灭了门，还对她装死。

“蓝家出了事？出了何事？”美仁追问。

景承侧过身子，瞅着眼前个头离他下颌只有寸许的小子，蓦地，一把将她揽在胸前，两人的面庞只离寸许，这情形说有多暧昧就有多暧昧，更何况在别人看来还是两名男子。

所幸这是夜晚，且临近烟花之地，来往最多的也是些浪荡之人，见怪不怪。

不明所以的美仁有些惊疑。这家伙一惊一乍的，都不知道想要做些什么，不过他能当街做出这种不适宜的举动，一定有目的。

她方想开口，却被景承点住了唇，只见他邪佞地一笑，轻道：“你竟然不知？既然不知，就无须知晓。”

这样的神情与动作过于暧昧，与平常的他很不相符。

美仁略皱了皱眉，白了他一眼，方想推开他，余光却瞥见右侧数十步之遥的一个酒肆旁，立着一个青衫人影。

是昕大哥！他又在跟踪她？

难怪景承会有这种怪异的举动，想必是早就发现了昕大哥在跟踪他们，但就算发现有人跟踪，也没必要做这么亲密的举动吧……

美仁对着景承妩媚一笑，清喉娇啭：“承哥哥，你真小气。待会儿进了万花楼，承哥哥可别舍不得银子。”

这一笑，美仁可是下了九成的功力，明眸善睐，夺人心魂，含娇细语，吐气如兰，周身都散发着慵懒妩媚的气息。

凝视着美仁微微上卷的睫毛，她星眸微嗔，嘴角噙笑，两颊的笑窝在眼前霞光荡漾，景承竟一时间失了神。

“承哥哥？”美仁轻笑，以指轻点了点他的胸。

垂眼正好瞥见纤纤手指搁在自己的胸前乱戳，景承回过神，猛地将她从身上推开，理了理有些乱的衣衫，轻吐一口气，鄙夷她一眼，道：“向美仁，收起你那种笑容，待会儿你还是好好想想怎么应付万花楼里的姑娘吧。”

万花楼已然在眼前，景承愤愤然丢下美仁，径自向前走去。

美仁收起虚伪的笑容，望着景承前行的身影，立在原地一动不动。方才她那一笑，显然是将景承给迷惑住了，但她的目的不是要迷惑景承，而是做戏给身后那人瞧。

虽然她不知道身后那人的心痛不痛，她只知道自己的心从再次遇到他的那一刻起，直至眼下，都一直在痛。

她抿了抿唇，挺直身体，冲着景承的背影露出一个灿烂的笑容，飞快地奔向他，一边跑着一边高声叫道：“承哥哥，慢点走啊，等等我。”

抬眸望着那娇小的身影迈进万花楼，向昕苦涩一笑，左手紧捏的拳头，隐约可听见指关节的响动声。

面对他，虽然她每次都在笑，但他不能确定，那笑容里究竟包含了多少情愫是他期望的。方才见着她脸上露出的笑容，他只觉得，这样的她，好熟悉，又好陌生。

她应该是瞧见他了吧，在内心深处，他希望她是瞧见他了，才会露出那样的笑容。

太多想说的话，他都无法说出口，因为他不想伤害她……

最终，等到真相大白的那一日，明家与他，她究竟会选择谁，他不敢去想……

为何她偏偏是明家的人呢……

蓦地，小贩不友善的声音打断了他的思绪：“这位客官，您究竟是买还是不买？若是不买的话，劳烦您别挡着我做生意。”

“对不起。”向昕丢下手中已经抓了很久的酒坛，失魂落魄地回应。

往前迈了几步，他又折回头，掏出钱袋，丢下几枚铜板，买了之前在手上抓了很久的一坛酒，大步往万花楼的方向迈去。

在美仁眼里，全天下的青楼都是一个样，而有着“京城第一青楼”之称的万花楼，不愧是全京城第一青楼，高大的群楼式建筑用的都是上等的楠木，华丽的装饰比起富贵人家毫不逊色。

她以为她会见着几位打扮得花枝招展的鸨姐儿，浑身散着浓香的脂粉味，兰花指巧捏着红绢子，招揽着更多的浪荡子。

然而，非也。

匾额之下，只有两名龟奴。

方入万花楼的主楼内，迎面是一架花开富贵的四扇绢绣屏风。正是这一架屏风，将整个万花楼门内门外隔了开来，引人更多的遐想。

屏风之后，便是万花楼的正堂。

透过屏风，人影攒动，人声鼎沸。

越过屏风，眼前豁然开朗，万花楼果然不是浪得虚名，无论是外观还是内饰，比起倚笑楼都要更为精致华丽。

顶高数丈，白纱飞舞，香气宜人，数十盏宫灯的映照之下，霞光满堂，正所谓销金更销魂。

左右两座雕栏朱漆的楼梯上铺着大红色毛毯，一直通向大堂正中央一个三阶高台。高台之上，四名罗衫美人正在献艺，乃万花楼“四绝美人”，琴如流水，筝如幽泉，歌声甜美，舞姿曼妙。

四人之后，却是一张长案，长案之上空空如也，显得突兀，与整个大堂的风格迥异。

美仁不禁好奇，这个长案究竟是作何用。

高台下，数十张圆桌上坐满了前来寻欢的客人，黑压压的一片，座无虚席。那些个满脸急色的男人们与身边衣着暴露的姑娘们调着情，两眼除了时不时瞟向台上的“四绝美人”，还不忘留意左右两座楼梯的入口处，期待着花魁苏素姑娘的出现。

美仁发自内心地笑，双眸早已眯成两弯月牙。

倚笑楼要想成为江南第一楼，看来悦姨得下血本了。

本来她只打算借机来万花楼里探探，以最快的速度给悦姨一个交代，然后她便动身去信阳，不过在见着这个排场之后，不禁对这位花魁苏素姑娘，起了兴致。

方才进来之前，她也见识到了，那些客人除了每人付银子之外，还必须凭一块木牌才可以进入这里。那些个木牌之上皆涂了颜色，每块颜色各异。

而未持木牌者，有银子也不得入内。

当然也有个异类，那就是景承，他带她进入万花楼却是不曾持有任何色牌，两人便大摇大摆地走了进来。

乍见这种木牌，让美仁不由得惊愕，这种花样对她来说，太熟悉不过了。

曾经在倚笑楼里，根据不同身份的客人，悦姨就是凭这种色牌将倚笑楼里的姑娘做了不同层次的划分。色牌之上涂有七种颜色：赤橙黄绿靛蓝紫。每种颜色，代表一种价格，客人买到了什么样的颜色，就代表他选择了什么样的姑娘。价格最高的便是红色木牌，相应的姑娘也是等级最高的。若手中没有红色木牌，就算有再多的银子，仍是见不到这位姑娘。红色木牌只有一块，想得到这块木牌，除了银子之外，就得凭真本事。

她记得她所修行的长春功及一些旁门左道的技艺，都是那些客人用来向悦姨换红色木牌的。

不知道在这万花楼里，这种木牌是不是也像倚笑楼里那么用？

美仁对这位苏素姑娘的好奇心越来越重，难道她来自倚笑楼？这就是悦姨让她来的目的？

景承轻拉一下立在门口发愣的美仁，讥笑："怎么，不会是见着这种情形害怕了吧？"

回过神，美仁扬起笑脸，不以为意地笑道："很新鲜，很吸引人。"

"更吸引人的还在后头。走！"

"咦？承哥哥为何不用凭那木牌便可进入这万花楼？"

景承邪气地勾唇一笑，道："木牌？呵呵，那些个破牌子只不过是用来招揽生意的一种手段，就凭我'明景承'这三个字，对于整个京城的青楼来说，已经不需要再用这种东西来招揽了。走吧，小子！"

不愧是兄弟，这说话的口气真是与明景升像极了。

嗤！美仁白了他一眼，跟在他的身后。

这时，一名浓妆艳抹的老鸨即刻迎了上来，扯着一张血盆大口，激动地叫着："号钟、绕梁、绿绮、焦尾，三公子来了，快给三公子领路，去二楼的上厢。"

听闻这声叫唤，美仁便忍不住轻笑出声。好个绝妙的花名，四大名琴！

老鸨在见着美仁之后，惊讶地直盯着这位俊美非凡的少公子瞧，眉开眼笑地对景承笑道："三公子，这位是……"

景承扫了美仁一眼，对着前来的两名姑娘吩咐道："绕梁、绿绮，你们两个好好地给我伺候这位向少公子，伺候好了，我重重有赏。"

"是，三公子。"难得在这烟花之地遇上美仁这等俊雅的公子哥，两名衣着暴露的姑娘如追花扑蝶一般，直接扑向了美仁。

自迈入万花楼里，景承就仿佛变了个人似的，正如美仁在倚笑楼里常常见到的那些个急色鬼一样，左右拥抱，搂着另外两把"名琴"，从另一座楼梯往二楼迈去。

“向公子，是吗？”

“奴家绕梁。”

“奴家绿绮”。

“向公子第一次来这种地方吗？”

“向公子年方几何？”

“……”

很久没有感受到花楼里的这种“热情”了，美仁勾了勾唇，一手一个，揽着两把“名琴”美人，大声笑开，跟着景承的步调，迈上了二楼的楼梯。

［十三］苏素姑娘

景承告诉她今晚是最后一决，由于慕名而来的客人实在是太多，所以万花楼不得不想出采用色牌这种绝招。除了红色之外，持有其他色牌的客人都是前两轮败在苏素姑娘手下的。第二轮胜出者共有三名，所持色牌的颜色便是红色，而他便是其一，若是今晚最终的胜出者是他，那么他便可以与那花魁共度春宵。

其实说白了，就是换个花样为姑娘开苞罢了。

不过，能引出这样的场面，还是得要花魁才貌双全才行。

自进入二楼的雅室，美仁便开始佯装一名风流倜傥的浪荡子，不停地占着两把“名琴”的便宜，引得两把“名琴”轮流尖叫着跳到景承的怀里，对着景承娇嗔：“三公子坏死了，带来的向公子更坏。”

美仁望着绕梁、绿绮两把“名琴”，目光在两人胸前被她弄开的衣襟之处来回逗留，一边坏坏地笑着，一边轻啜着口中的好茶。

收回目光，透过雅室的窗栏，她又瞟了一眼对面楼梯的出口处，那位苏素姑娘应该会从那里出来吧。

这回，换了号钟与焦尾坐在她的左右侧，她在两把“名琴”的盛情邀请下又开始玩起行酒令。几番下来，却一直是两把“名琴”在罚酒，两位美人儿的脸颊微微泛着红，煞是好看。

算了，两位美人陪玩了半天，也挺辛苦的，当是给她们面子，她输一次好了。她微笑着端起面前的酒盅轻啜一小口，然后分别在两个美人的脸颊之上轻啄一口，引得两位美人娇嗔不已。

从一进这雅室开始，景承便一直盯着美仁与四位姑娘寻欢作乐。眼前的情形让他困惑，这小子一点儿都不像是第一次上花楼，反倒像是一个常常流连于这种场所的浪荡子。他微微眯了眯眼，一边啜着茶，一边若有所思地审视着她。

美仁在对上他探究的目光之后，回以一个无比灿烂的笑容。

这时，楼下嘈杂的淫靡调笑声戛然而止，突然人群中爆出一个激动的声音："快看！苏素姑娘出来了！苏素姑娘终于出来了！"

紧接着，人群之中传来了异样的惊呼声。

抬眸，美仁望向对面楼梯上缓缓走下来的女子。在看清她的容貌之后，骤然间，美仁握着酒盅的手微微一颤，笑容僵在了脸上，面色暗了下来。

怎么会是她?!

回身举步，恰似柳摇花笑润初妍。

似乎再也找不到比这更好的说法来形容眼下的她了。

一张妩媚精致的脸庞艳若桃李，发髻高耸，露出雪白细嫩的脖子，嫩滑的肌肤白里透红。一袭月牙白的衣装，将曼妙的身姿展露无遗，胸前如兀峰耸立，细腰盈盈，不堪一握。

一阵轻盈悦耳的铃铛声随着她的轻盈莲步，悠悠荡荡，听起来，有种说不出的美妙和魅惑。皓腕轻摇着绸扇，带出阵阵袭人的馨香，让人迷醉。淡觑众人一眼，那嘴角噙着似有若无的风情一笑，要将在场所有男人的魂魄都给摄了去。

只见她缓缓欠身，向众客作了揖，红唇轻启，含娇细语："苏素让各位久等了。"

众客犹如失去心智一般，脸上满是倾慕之色，争先恐后地嚷着："无碍，无碍。"

"苏素愿为各位轻弹一曲以表歉意。"说罢，她便坐于之前四绝美人所奏的琴前，皓腕微动，手指轻抚，琴声缓缓流动。初始如溪水潺潺，琴音高处如幽泉出山，低回又如水波静止。

聆听着悦耳怡人的曲子，美仁起身走向面对大堂的窗栏前，看向楼下。大堂中央，那位人称绝色的花魁"苏素"姑娘正边抚琴边冲着众人不停地微笑。

美仁抿了抿唇，一口仰尽杯中酒，垂手之际，恨不能将手中的杯盏捏碎。再见到她，美仁仿佛又见着十年前她初见的悦姨，那个妖艳绝伦的悦姨。

"三公子，你看向少公子，苏素姑娘一出现，他便忘了我们姐妹几个的存在，真是叫人好生心寒哪。"绿绮的声音柔媚酥骨。

美仁闻言回转身，走至绿绮的身旁，轻捏着她的下颔，笑道："这么快就吃醋了？花魁可不会这般吃醋。乖！我的美人，来喝一口酒，解解气。"

美仁顺手倒了一杯酒，揽过绿绮，便要喂她。绿绮不依，推开美仁的手，娇嗔："哼，向少公子最坏了，又欺负人家。"

美仁没由地打了个寒战，只觉浑身的鸡皮疙瘩全都起来了，曾经在倚笑楼里待了那么多年，她也从未这样汗毛竖立。

"那，绿绮姐姐想怎么样？莫非是想我下去赢了那个花魁，替你出一口气？"美仁诱引地问绿绮。

在见到"苏素"姑娘的那一刹，美仁便明白悦姨何以给了她"万花楼"三个字。要想弄清楚这究竟是怎么一回事，看来她今晚必须得使出浑身解数，会一会这个花魁，若是让其他男人胜出，无疑是扇了她一记耳光，她更是有负于悦姨的重托。

怡素，悦姨唯一的女儿。

要说她怡符衣是怡家的一个异类，那么怡素便是怡家的另一个异类。

"向公子这么说，还不是垂涎苏素姑娘的美貌。"绿绮不依。

美仁调笑着回应："哪有？"

这一句"哪有"，却引来其他三把"名琴"同时责怪的娇嗔。

忽然，许久未曾开口说话的景承从怀中掏出一面红色木牌放在桌上，对着美仁邪佞地一笑，道："你喜欢她？好，我成全你。不过能不能与她共度春宵，就得看你的本事了。也让我开开眼界，你小子究竟有何本事。"

他也开始对这小子好奇起来。

论武功，这小子的武功，不弱；论调戏女人的本领，这小子的手段很高明。

号钟与焦尾在行酒令上很少输给客人，今晚她二人竟连着输给这小子，竟然被灌到有些醉意。这一连串的举动，让景承越来越注目，这小子不似那种第一次进入青楼的客人，反倒像是久经烟花之地的浪荡子。

那位苏素姑娘的确是人间不可多得的绝色，之前他不费吹灰之力就胜了前两轮，得以进入这最终一决，无疑也是想征服这位高傲的花魁。

不过，眼下他对这小子的兴趣却更甚于对那苏素姑娘。既然这小子对她有兴趣，他可以割爱，能带这小子来这里，就是为了让他将视线从二哥的身上转移，割爱一次又何妨？

从桌上拿起那块木牌，美仁仔细看了看，红色印记之下刻着一个"素"字，和倚笑楼的色牌一样，不过倚笑楼的色牌之上会刻一个"笑"字。

这时，刚巧苏素姑娘一曲奏罢，楼下众人的掌声、赞叹之声响彻整个大堂。

苏素姑娘向众人缓缓欠身，便退至长案之旁。接着老鸨金妈妈双掌相击，高声宣布，今夜最终一决开始，台下的客人眼巴巴地看着两名持有红色木牌的男子快步登上高台。

景承瞟了楼下一眼，目光便落回看似犹豫的美仁身上，道：“怎么，不敢？下面的人可都在等着呢，你若不去，这机会可就浪费了。”

美仁握紧手中的木牌，笑道：“承哥哥可真是大方。若我真的赢了，你可不要后悔哦。”

“一言既出，驷马难追。”景承轻松笑应。

“好。谁后悔谁是小狗。”说罢，美仁倏然转身，快步走向窗栏，翻身越过窗栏，施展一招“飞花逐月”，双足轻点，便从二楼雅室飞身飘然跃向那高台正中，身子平平飞渡，宛如蜻蜓点水一般。在要接近高台之际，轻踏一位客人肩头，顺手从其身旁花娘的手中夺走一枝牡丹含在口中，衣袂飘扬，无声无息，人已然站在苏素姑娘的身前。

一直守着门的龟奴正欲关起大门，面对最后进来的一位客人哑然，这人竟是让京城各商家闻之色变的明家二公子。

景升立在屏风之侧，进来之时正好瞧见美仁身如行云，从二楼飞身跃下的一幕。

龟奴不敢多耽搁，见着明家二公子眉头轻皱，连忙恭敬地道了一声：“二公子，这边请。”说完领着他由楼梯上了二楼的雅室。

美仁飞下去之后，景承便等着看热闹，忽然见到景升出现在雅室里，不由得惊诧：“二哥？你怎么来了？”

景升沉着脸坐下。

与此同时，万花楼最不起眼的角落里，向昕的手中正捏着一块蓝色木牌，痴痴地望着高台之上的美仁。

为了她，为了进入这声色之地，他击晕了前来此地的一位嫖客，夺了人家的木牌，才混进这里。自见到她之后，他的一切都乱了，当初忍着不与她联络，是因为人命关天，他不能感情用事，乱了自己的判断。

然而这一见，他还是乱了。

众人的目光全数落在高台之上。另一侧圆桌前，同样坐着两位来历不寻常的客人，其中一位嘴角噙着丝丝笑意，品着杯中茗茶，注视着高台之上的美仁与苏素。

两位别样的怡家姑娘，对决于这万花楼的高台之上，谁输谁赢，他们翘首以待。

美仁过于招摇的举动，引起大堂之上众人哗然。

那位被踏之人方欲发作，待看清美仁的容貌之后，一时之间所有怒言全含在嘴边，目瞪口呆，如众宾客一般，只道这位俊美的少年公子从何而来。

苏素望着美仁，一身锦衣男装，不由得嘴角微微上扬，媚眼如丝，方才她还在想那位出色的明家三公子何以迟迟不出现，却没料着她期待了已久的人竟然突然出现在了大堂之上。

手指轻捻，美仁取下口中所含的牡丹，递到苏素的面前，优雅地笑道："苏素姑娘果然国色天香，名不虚传，久闻不如一见。正所谓鲜花赠美人，还请苏素姑娘笑纳。"

娇颜上浮着一丝淡淡的笑意，苏素接过那枝牡丹，颔首应道："谢谢，公子谬赞了。"

忽然，安静的大厅之内不知是谁高叫一声："他是谁？！这个毛头小子是谁？怎么可以不按规矩，擅自登台？"

这一声怒吼之下，众宾客顿时清醒过来，声声抗议，不依不饶："他是谁？下去！"

老鸨金妈妈眼见场下众客愤然而起，心中惨道：哎哟，我的亲爹哟，这三公子带来的俊美少年，怎就这么不守规矩呢？这位是爷，场下个个也都是爷，个个她都得罪不起，这叫她如何是好？

金妈妈面带忧色，莲步轻移，走至美仁跟前，在美仁耳边轻道："向少公子，您就别为难老奴我了，若您喜欢苏素，改明儿你再来我这万花楼，我让苏素单独伺候您，今儿您就别凑这热闹了。"

美仁轻睨了老鸨子金妈妈一眼，冷哼一声："谁说我凑热闹了？我是来比这最后一局的。"

说罢，她便扬起手中的红色木牌，用力地掷在长案上。

老鸨子金妈妈一见着那木牌，口顿舌结："天哪，你、你怎么会有这木牌？这块木牌不应是在三公子手中吗？"

场下的众客们顿时嚷开了。一个个叫嚣着万花楼作假，有人冒名顶替。

若不是龟奴们维持场面，怕是个别存心闹事的客人已经冲上了台。

金妈妈不得已，扬起手中的绸帕，扯着嗓子高声道："请各位爷静一静！静一静！今晚就当卖我金万花一个面子，关于这块木牌何以会在这位公子手中，不妨听他说一说。我金万花向神明起誓，我万花楼绝不会作假，也绝不会包庇任何人。"

说到这儿，金万花顿了顿，望美仁一眼，又往楼上的雅室望一眼，咬了咬牙，高声又道："若是有人存心捣乱，让我万花楼难看，我万花楼也绝不是好惹的，今夜所有损失不但要他赔偿，我金万花还会送他去见官。"

“好！”众人见金万花拍着胸脯信誓旦旦地保证后，终于安静下来。

场下的客人们总算摆平了，金万花以绸帕轻抚了抚额上微微渗出的汗，转过身对美仁小心翼翼地道：“向少公子，你可得给我一个合理的解释啊。”

不然她这条老命可就够折腾了。

［十四］一较高下

一直与苏素相视而笑的美仁，抬眸望了眼二楼，心中暗道：那景承可不是个省油的灯，早已料着会出现这样的局面，明摆着就是让她难堪的。不过，她早就想好了拆招，否则也不会贸然接了那块木牌。

美仁拿起那块红色木牌，对着金万花道：“金妈妈，当初设下高台时，万花楼可曾对外宣称持有这红色木牌之人，便是可参与这最终对决之人？”

“正是。”金妈妈应道。

“那你们万花楼又可曾对外宣称，这木牌不得转赠他人，必须由赢得前两场的人来争夺这最后一战？”美仁又问。

金万花怔住了：“那倒不曾。”

美仁将手中的木牌递至金万花的眼前，笑道：“金妈妈，您可看清楚了，这木牌可是出自你们万花楼，而绝非我作假。”

金成花接过木牌，仔细辨认，方道：“这木牌确实是出自我万花楼。”

“那就好。”美仁收回那块木牌，高高举起，对着场下众客高声道，“当初比试的规则当中，既然没说这木牌不能转赠他人，也没说不能由他人来争夺这最后一战，只是说持有这块红色印记木牌的人方可进入决战。金妈妈也说了，我手中的这块木牌乃出自他们万花楼，而非作假，那么我又为何不可以站在这里？”美仁笑道。

“这……”金妈妈语塞。

场下的众客愤愤不已，认为美仁偷了明家三公子的牌子，钻了争夺花魁的空子。讲起来他们是为台上那两名嫖客打抱不平，说白了，都是不甘心，自己输了，无缘与花魁共度春宵，却见不得别人占了好处去，对于美仁这种半路突然杀出来的对手自是心有不甘。

美仁却不以为意，反倒是镇定地看着苏素：“苏素姑娘以为呢？”

苏素始终摇着绸扇，笑望着美仁。蓦地，她倏然转身，皓腕轻动，纤手一扬，场下即刻静了下来，只听她朗声道：“苏素在此多谢各位恩公垂怜。我们万花楼不知这位少公子是如何得到木牌的，但依万花楼之前所定的比试规矩，确实没错，这位公子有权与苏素对决，苏素也应接受这一战。但为平息各位心中的不平，给各位一个满意的答复，在此苏素对这位少公子提出一个条件，若是他赢了，该我苏素做的一样都不会少；若是他输了，今夜在场各位的所有花销全由他支付，若是银子付不出，那便要他脱光了衣服，站在这高台之上，向各位磕头谢罪，各位觉得这样如何？”

好一个歹毒的条件！

场下的宾客们顿时兴奋起来，一个个高声叫好。

二楼雅室，立在窗栏前的景升在听到这样的条件后，双眉深蹙，对身后的景承沉声道：“你不该如此戏弄她。”

自景升来了之后，景承便屏退了“四琴”，面对二哥这声责难，他心下有些懊悔。他在心中低咒，不但惊扰了身有不适的二哥，自己还不能香玉在怀，如今还要为这场闹事失大把银子。最要命的是，若是让老头子知道臭小子被人扒光衣服晒在万花楼里，恐怕轮着他的，可就不只是罚跪在雨中了，说不准，老头子能扒了他一层皮。

向昕在听到苏素这一要求之后，咔嚓一声，一直捏在手中的木牌当下变成两半，正欲起身，想冲上去带美仁离开，却听见美仁胸有成竹地高声回道：“好，既然苏素姑娘都开金口了，我向某又岂能做一只缩头乌龟，请苏素姑娘出题。”

向某？

苏素在心中冷笑一声，竟然连姓都变了。

她转过身，对众人高声又道：“相信在座的各位，都知道茶一可解毒，二可健体，三可养生，四能清心，五能修性。那么，今晚这最后一题便是‘茗战’。”

说罢，她双掌轻击，四名红衫小丫头分别端着摆放着二十杯茶盅的茶盘上来了。

苏素指着那八十杯茶，再度开口：“四种十服是最常斗的，而今晚苏素要换种斗法，这里共有八十杯刚以优质山泉水所泡好的茶。这八十杯茶，杯杯不同，杯底分别写有茶名与出处，每人二十杯，谁说出的茶名与出处最多，谁便是今晚的胜者。为了防止有人说我万花楼作弊，那么，就请三位公子在这八十杯茶当中先各自挑选二十杯，剩下的二十杯便是我苏素的。”

苏素姑娘的话音方落，场下就响起一片惊叹声。

除了美仁依旧保持一脸笑意，另两位竞争者一位姓庄，一位姓吴，二人皆是一脸菜色。正如苏素所说，以往斗茗，要么是品茶的本非，要么是品茶的水品，要么是看汤色或汤花，而这连喝二十杯茶，不仅要说出茶名还要说出茶的出处，这就太难了。

“请。”美仁有礼地做了一个请的姿势，请那二位先挑。

庄吴二人盯着密密麻麻的八十杯茶，当下心一横，各自挑了二十杯。

美仁不挑也不拣，以手划了一下，道：“就要这一半。”

“好，那么由我苏素先来，请。”苏素作了揖，随手捏起一个茶盅，优雅地轻啜一口，轻咂，便高声道，“西湖宝云茶。”说完，便一口仰尽杯中茶，将杯底现于众人眼前，杯底赫然写着“西湖宝云茶”几个字。

接下来便是那庄姓公子，只见他轻啜一口，皱了皱眉，便道：“抚州修水双井茶。”说罢，也将杯底展现于众，确实是抚州修水双井茶。

再接着便是吴公子，只见他同样是轻咂一口，方道：“绍兴会稽山日铸雪芽。”

轮到美仁，她嘴角轻抬，挑了一杯离得最近的茶盅，眈了一眼那汤色，将茶盅放在鼻下轻闻，茶香宜人，并未啜尝，便开口道：“洞庭山水月茶。”

场下众客又是一片嘘唏不已，都鄙夷这小子连尝都不曾尝，凭什么判定茶名。

扬了扬眉，美仁一口饮尽水月茶，将杯底展现于众，当真是那洞庭山水月茶。

场下的众客又是一片惊呼。

向昕坐立不安，整颗心都跟着悬了起来，当杯底答案揭晓后证实了美仁所说无误，他才惊觉自己竟然根本不了解她。谜一样的她，这一面却是他从未见过的。

淡淡的眉毛，弯弯的宛如远山黛青浮光掠影，晶莹的眸子流转出聪颖的淘气，饱满而自信的双唇，未点颜色，却红艳欲滴，天然偶成。

二楼一直立于扶栏前的景升，嘴角微扯，轻喃一声：“只喝白水？原来是个茶中高手。”

苏素姑娘再次举起一杯，道：“庐山云雾茶。”

庄公子道：“北苑龙茶。”

吴公子道：“西湖香林茶。”

这一次，美仁举起一杯，轻尝，朗声道：“南郑汉水银梭。”

又轮着苏素姑娘：“抚州兴国岩銙。”

……

几轮下来，到了第八杯，庄公子首先败下阵来。到了第九杯，吴公子的味蕾也已辨别不出口中的茶味，手微颤，支吾了半天方道：“巴……巴……巴岳玉露。”却迟迟未将杯底现于人前。

这时，便听美仁朗声笑道：“吴公子，客气了，我这杯才是恭州铜梁巴岳山的巴岳玉露。”说着，便将自己手中的杯底展现给他看，且眼明手快，将他手中的杯盅夺了过来，反过来一看，大声道了茶名：“原来是盘毫。”

当下吴公子的脸色青一阵紫一阵。

庄、吴两人在京城也算是一等一的斗茗高手，这厢被美仁一阵奚落，虽心有不甘，但仍不得不愤恨地甩了甩衣袖，下了高台。

“看不出来这位向公子，年纪轻轻却有这等魄力，是位品茶高手。苏素佩服。”苏素一声媚笑。

美仁轻睨了她一眼，淡淡回应：“过谦了。苏素姑娘也不赖。请，茶凉了便不好喝了。”

嘴角的笑容微敛，苏素眸中精芒闪过，端起临近的一杯，一口仰尽，道：“南山应瑞。”

美仁看都不看她一眼，挑了一杯，悠然开口：“大理苍山雪绿。”杯底一现，苍山雪绿几个字赫然于上。

……

一番恶战之后，双方都是最后一杯，谁胜谁负就看这最后一杯了。

在场所有客人的情绪全都被调动起来，之前每次轮着美仁，众人的目光都由幸灾乐祸慢慢转为失望，而这一次希望再度燃起，一个个瞪大了双目，目不转睛地盯着那高台之上，时不时还发出阵阵呼声。

“快点喝吧。”

“赶紧喝呀。”

从刚开始的担忧，到眼下的放心，向昕悬着的一颗心总算是放下了，眸中神情更多了几分惊艳与赞许，聪颖如她，他不应该怀疑她的能力。

一直坐着的景承终于也忍不住起身，缓缓走向窗栏，憋了许久，方喃喃地开口：“二哥，若是换你与他对决，你能胜他吗？”

景升凝视着自信满满的美仁，轻吐了一口气，道：“不一定。”

不一定？对茶很有研究的二哥竟然说不一定？

景承摸着下颔，开始思索：这小子究竟是什么来头？是他小瞧了他。

一直待在暗处的两位男子幽幽地品着茶，只听其中一人问道：“煞，你觉得她们两人谁会胜出？”

另一人漠不关心，但仍是回应：“主人希望谁胜出？”

那人轻笑，一语双关：“嗯，我在等。”

苏素端着最后一杯茶，扬起一抹阴邪的笑容，高声道：“西湖白云茶。”

最后一杯，若美仁回答不出那是什么茶，便要脱衣服了。

对视苏素，美仁回以淡淡一笑，举起手中这最后一杯茶，正欲递至嘴边，只听啪的一声，杯盅应声而碎，杯中的茶水溅得她胸前及手上全是，在众人看来，显得极其狼狈。

这时，刚沉寂下来等待结果的场下顿时又沸腾起来，很快便听见有人高声叫道："他输了！"

"臭小子，快点脱衣服，给你大爷我磕头。"

"脱衣服！磕头！"

"……"

顷刻之间，场下的呼声一声高过一声。

向昕手中断成两片的木牌顿时化成碎末，他当下起身，脚步还未离开座位，忽然望见二楼雅室前立着两人。他顿时收住步子，强抑下心中的一团火，狠捏了掌中的木屑，又缓缓坐了回去。他终究还是忍住了。

景承懊恼地吐了一口气，道："该死的！改日我要这些龟孙子们，把银子全给我吐出来。"

景升双手撑着栏杆，望着一身狼狈的美仁，沉默不语，然而握着抚栏的手指却暗暗收紧。

那两名来历不寻常的客人又是一问一答。

"煞，你赌大的输，还是赌小的输？"

"当然是大的，茶都没了，她拿什么赌？主人以为呢？"

"杯虽破，茶已洒，却未必会输。"

老鸨金万花在心中惊呼：哎哟！我的亲爹哟！这怎么得了？三公子这位大神，她可是得罪不起。这位向少公子不仅是随他而来，还能拿到原本属于他的木牌，再笨的人也知道他们关系匪浅。这会儿，这位向公子当众遭人暗算，她万花楼怎么也脱不了干系，这不明摆着是要她金万花的老命吗？

金万花连忙扭着碎步上前，扬起手中的绢帕，欲替这位不好惹也不能惹的向少公子擦净手上的茶水。

倏地，美仁抬起左手拦住金万花，一双如墨的眸子透着冰冷的寒意，直射向一直在妖冶笑着的苏素。

刹那间，整个万花楼里的空气都变得肃杀起来。

苏素优雅一笑，道："怎么，向少公子不肯服输吗？你这最后一杯茶可是没得喝了。"

死丫头！竟然摆她一道。以为她怡符衣在倚笑楼里白混了十年吗？

忽然，她看到苏素身后立起又缓缓坐下的青衫之影。只是短暂的惊诧之后，她便收回目光，嘴角轻扯了一抹冷笑，冷冷地对苏素道："事情不到最后，妄下定论，有些过早。"

说罢，她抬起右手，轻舔了舔手背上遗留的些许茶渍，接着便不卑不亢，大声说道：“岩岩有茶，非岩不茶。崇安武夷大红袍。”

这一声，将在场所有人都震住了。

这时，金万花咽了咽口水，望着眼前的这位少年，又小心翼翼地瞟了一眼楼上的二位，缓缓蹲下身，将碎成几片的茶盅瓷片一一捡起，拼凑起来。当杯底的几个字现于眼前时，她张大了嘴，难以置信地望向美仁，一时间惊愕得说不出话来。

场下所有人一个个嚷着要金万花说出答案。

憋了许久，金万花才将杯底转向众人，道：“大红袍……”

不可能！

苏素在心中大叫着不可能，大步冲至金万花的跟前，夺过那个破碎的茶盅，忽地手指微颤，之前一直胜利在望的笑容顿时冷了下来。

那破碎的茶盅之底正写着“武夷大红袍”几个字。

无疑，美仁技高一筹，赢了这场对决。

苏素愤恨地瞪着美仁，咬紧牙根，为何她又输给了她？她不甘心！为何从小到大她都会输给她？她不甘心！

望着苏素怨毒的眼神，美仁知道她在想什么，在心中回道：为何你会输？因为一直以来，你都太急于求成。

美仁冷眼看了一眼僵立在那儿的苏素，对金万花道：“金妈妈，苏素姑娘的厢房在何处，有劳您带路了。”

说罢，轻蔑一笑，衣袂飘然，挺直着身子随着一名红衫小丫头迈下战台。

恰素永远都是悦姨心中的痛，因为这个女儿，坚强的悦姨居然也会暗自伤心，暗自流泪。因为恰素从来不懂悦姨的一片苦心，从来不明白悦姨有多爱她，或许只有等到失去的那一天，她才会明白。

愚昧、无知、不听话的丫头！

从再见到恰素的这一刻开始，美仁就知道，逍遥的日子再一次离她远去。

［十五］何惧追杀

厢房内，一旁的熏炉内燃着上好的檀香木，缕缕香烟袅袅升起，满屋的香气徐徐散着。

美仁静坐在桌前，等待着恰素进屋。

这段时间以来，发生的事太多，除了方才的茗战，她觉得自己整个人都是乱七八糟的。最让她感到心烦的是，她万万没想到那根万年朽木也会进这万花楼。

是为了跟踪她而来还是跑来斗花魁？跟进来做什么？

死木头！烂木头！臭木头！气死她了。

正咒着向昕，这时门外传来一阵脚步声，接着便听见金万花那让人鸡皮疙瘩掉一地的声音响起："乖女儿啊，今夜你可要好好伺候这位向公子，知道吗？乖，进去吧。"

门开了，金万花第一个冲进来，一脸谄媚地道："向少公子，苏素就交给您了，今夜便是您的人了，您可要好好待我们家苏素啊，姑娘家第一次……"

不想耳朵受折磨，美仁迅速截了金万花的话，冷淡地道："金妈妈，没你的事了，你和这些个丫头们都可以出去了。给我把门带好了，要是有人来闹事，我唯你是问。出去吧！"

"是是是。"金万花赔笑几声，点头哈腰逃似的出了厢房。

偌大的屋子，只剩下美仁与苏素二人。

眼前的苏素只着一袭轻薄的红纱，一头乌黑亮丽的长发随意地绾在左耳后方，上面别着一朵牡丹花，正是美仁送她的那朵。透过那层薄纱现出曼妙胴体，不难想象，那如杨柳枝条一样的柔软胳膊、修长匀称的玉腿，会是多么迷人。

然而这一切对美仁来说，都毫无意义，只不过是一场做戏给别人看的笑话罢了。

苏素微笑着缓缓走向美仁的身后，蓦地，一双玉手搭在她的肩上，自身后缠上她，并且放肆地意图摸向她"平坦"的胸部。

在苏素没有得逞之前，美仁已经及时扣住她的手腕，讥讽道："在我面前，至于要穿成这样吗？"

"怎么，你是嫉妒了吗？"苏素也不恼，任由美仁紧扣住她手腕处的命门，硬是挤坐在美仁的腿上。

嫉妒？呸！她嫉妒个屁！不就是胸比她大一点吗？有什么可神气的，她又不是不会长。这几日，若不是已经开始用布缠绕胸前，想必她是女儿身的事早就露了马脚。

"你知不知道你很重？至少比十年前重了很多。"美仁讥道。

脸色微微变了变，苏素起身，反唇相讥："是吗？那也总比一个甘愿做十年二十年，甚至一辈子都长不大的小孩强上百倍。"

美仁白了她一眼，没接话，起身一把拽过她，扯开她身上的薄纱，直到看到她雪白的右臂上的守宫砂还完好无损，才松了一口气，蹙了蹙眉，道："你何时来京城的？你可知悦姨很担心你，自那日你离开倚笑楼之后……"

“今晚我很开心，不想提一些不开心的事。”一提到悦姨，苏素便翻了脸。

美仁咬了咬唇，沉声道：“那好吧，那你想聊些什么开心的事？比如说你很想我在那些男人面前脱光了衣服？”

苏素虚伪地笑道：“怎么，生气了？我记得以前你就算有再多委屈再生气，也不会和我计较，是不是，姐姐？”

姐姐？嗤！这一声姐姐叫得多么言不由衷。

美仁默默凝视着怡素，她知道，怡素比连碧容更加可恶，她可以眼眨都不眨一下一刀杀了连碧容，但是她不能把苏素怎么样，因为她是悦姨的女儿，是悦姨唯一的女儿，而苏素就是算准了这点，才敢各种刁难她。

“我想我们之间就别这么多‘客套话’了。我问你，你为何来到京城，还偏偏选择待在这万花楼里？别告诉我，你这么做，只是想让全京城的男人为你疯狂而已，这可不是什么好借口。”

“当然是为了寻你而来，若不设下这场比试，你怎么会出现？不过，你出现得可真是慢，我一度以为你不会来了。”苏素笑着。

为了寻她而来？反过来，悦姨却又要她来找怡素？这究竟是怎么回事？

美仁疑惑，双眉深蹙，道：“说吧，找我何事？”

“也没什么特别的，不过是有点想你罢了。”

又跟她装。

美仁冷笑一声：“是吗？你还真是有闲情逸致，不知是谁在一年多前当着倚笑楼所有人的面，说再也不想见着我，这会儿倒成了因为想我所以来寻我了？”

“既然你不信就算了，不管以前怎样，咱们终究是姐妹，我还是要告诉你两件事……”苏素故意顿了顿，将脸凑近到美仁的面前，吐气如兰。

美仁毫不留情地一把推开她凑过来的脸，淡淡地道：“一个是好事，一个是坏事，不知我想先听哪个，是吧？那就先说坏的吧。”

“哼！你还是像以前一样令人生厌。”苏素鄙夷地轻哼。

“你不也一样？”美仁反讥。

红唇轻启，苏素对着她一脸嘲弄：“坏的就是连家已经对你下了追杀令，但凡连家的人日后只要见到你，杀！”

杀？难道蓝家被人灭门就是来提醒她的吗？这倒是很符合族人一贯卑鄙的手段。来就来吧，反正兵来将挡，水来土掩。大不了回头再去“求”怡家那些老东西，几家争了这么多年，怡家总是被他们其他几大家族打压，不管怎么说，她也算是给那几个老东西挣了脸面。

美仁手指轻敲桌面，云淡风轻地道：“嗯，那好的那一个呢？”

“你很厉害，一出手就让阴豫开金口了，他说了，若是你在没有被连家的人杀死之前，便将《天一圣经》的上下两卷都弄到手，他便娶你做他的族长夫人。”

乍听之下，美仁深蹙起眉头，轻敲桌面的手指也跟着僵住了。

呵！果然是“好”事。

圣女之争的人选，一直以来都要经过各大家族长老的精心挑选，她算什么？不过是怡家的弃女罢了，眼下竟然得到族长大人青睐，让他亲自开金口。

一直以来，她根本就不羡慕那圣女之位，如今得知《天一圣经》的秘密，知道圣女不过是族长修炼成绝世神功的工具，若她还觉得成为圣女是件天大的好事，那她便是个疯子。若相信阴豫当真会娶她，放过她这个看过《天一圣经》的人，那她便是个是痴儿。

不过，阴豫这金口一开，比那连家的追杀令可要厉害得多了。看来，她的日子要很难熬了。

她越来越不懂，不懂悦姨为何让她插手这件事。或许这样的结果，悦姨早已料到，即便是娘亲曾经让她对天起誓，可是悦姨还是选择让她去做。她真的越来越不懂悦姨了，若说悦姨要将她推入万劫不复的境地，她绝对不信。

蓦地，她笑了开来，笑得很大声，弄得苏素很是莫名其妙。

她双手抱胸，定定地看着苏素，勾唇一笑，言语中满是嘲弄：“原来我已经沦落到过街老鼠人人喊打的地步了。不过，没关系，就算是全族的人都出动了，说是要杀了我，我也不会放弃《天一圣经》的。”

望着美仁，苏素的嘴角微微抽搐。她难以相信有人在知道自己被人追杀后还会笑得这么开心。

“对了，你这么费力气地来寻我，不会就是为了告诉我这两件事吧？显然很无聊。”

“当然不是。”

“那是为了《天一圣经》而来？”美仁顿时隐了笑容，声音陡然提高许多，逼近苏素，大声说道，“怡素，我劝你最好打消这个念头，我族圣女并非是族人想象中的那么简单，不要让自己陷入万劫不复的境地。”

“哈哈哈——”一阵狂笑之后，苏素缓缓走向床沿，轻抚那垂下的幔帐，对着美仁轻嘲，“狂妄自大的丫头，你以为你是谁？你还是先担心自己吧，今后不但要应付连家的人，还要花心思去解开你那个总捕情哥哥的心结。啧啧啧，没想到不过一年多不见，你不但身形终于变成了人样，也学会勾引男人了。不但将那总捕迷得神魂颠倒，就连自己的二哥三哥也为之动容，她可真是把你调教得很好啊。”

她在说什么？

美仁凝视着眼前那张张狂的脸，僵住身体，整个人仿佛掉进一团黑色的旋涡之中，一时间难以拔出来，直到心中浮起那抹青色的身影和那声声解释，她才突觉惊醒，一股愤怒之火当下自胸中熊熊燃起，只见她皓腕倏翻，直袭苏素的肩胛穴。

“你？”苏素大惊，斜身相避。

忽见美仁招数一变，手中不知何时多了一柄弯刀，寒光忽闪，直削苏素的面门。

避过这一刀，苏素看清那柄弯刀之后，当下尖叫出声：“这柄弯刀竟然在你手中？”她心中气愤不已，皓腕双挥，薄纱轻卷，桌上的茶壶、茶盅及那装满水果的果碟一一袭向美仁，却无一击中，撞在墙壁之上，跌落至地，片片粉碎。

愤怒中的美仁不理会她，手中的弯刀犹如狂风骤雨，将苏素逼得连连后退。

空手难挡，苏素只能侧身相避，闪避不及，一缕青丝应刀而断，别于耳际的牡丹花在那柄弯刀所带出的劲风之下，已然落下。

寒光一闪，美仁便将她压在床上，以弯刀抵着她的脖子，只需稍稍用力，她那细嫩的脖子便会断在弯刀之下。

“蓝家是你灭的门？”美仁怒道。

“无凭无据，你凭什么断定是我做的？”在那柄弯刀的威胁之下，苏素不敢有所动作，说话的声音明显底气不足。

美仁强忍着心中的愤怒，厉声斥责：“你少跟我装蒜，若不是你做的，我与向昕的事，你怎会知道？你留蓝希凌一条活命，不是你不想杀她，而是要她引向昕见着那凶手的相貌，是不是？你与我从小一起长大，共计八年时间，朝夕相处，易容成我的模样易如反掌，去灭了那蓝家还有谁比你更适合？世人都知道那时的向美仁不过是一个小孩罢了，而那凶手却以一个成人身形的向美仁出现，若不是你早知我的体格有变，还会有谁？反正蓝家的人都死了，你的目的不过是要向昕在见了我之后，认定我便是那凶手，是不是？”言辞激动之下，美仁手中的弯刀忍不住向下施了一分力道，顿时，苏素细白的肌肤之上现出一条血痕。

苏素咬紧了牙，忍着痛，愤恨地瞪着美仁，死不开口。

“说！是谁派你去做的，还是只是因为你恨我？”

“哈哈哈，恨你？怡符衣，你也太看得起你自己了。如今你被连家的人追杀，还得了族长的‘金言’，要杀你的人多了去，何须我动手？天一族人的秉性你比谁都清楚，就算你杀了我，我也是什么都不会说的。我劝你别在我身上浪费时间，你若再不离开，你那位总捕情哥哥的命可就不保了，到时别怪我没提醒你。”

美仁皓腕倏转，手中的弯刀离开苏素的脖子，改指向她的眉心，厉声道：“你说什么？”

“真正灭蓝家之人同样不会放过你那个总捕情哥哥，方才在那高台之上，你不也看到他了吗？他已经追到京城。你有闲情逸致在这儿与我纠缠，倒不如去替他收尸。”

离开床沿，美仁连忙收起弯刀，快步走向门处，忽地又折回来，对着正在整理发丝的苏素道：“蓝家的事我不会轻易作罢，最好不是你做的，若是让我查出是你做的，我决计不会饶过你，到时，我也不会因为你是悦姨的女儿而再对你手下留情。”

苏素懊恼地以手抹了抹颈间的血丝，回瞪美仁，恨不得将她生吞活剥。

那柄怡家弯刀——“封魂镜”，她想了很久的怡家弯刀，竟然在这个死丫头的手中。为何什么好处都让这个死丫头给占了去？

美仁大步迈向临街的窗户，用力推开，一阵夜风伺机钻入。

跃上窗台，她回过头又是一声警告：“你最好马上给我离开京城，只要你一日待在这万花楼里，我便一日来翻你的牌子。你好自为之！”

说罢，她便飘然跃入黑暗之中。

望着美仁离去的身影，苏素抓起一旁的圆凳狠狠砸向窗户，怒道：“死丫头！这一次，不是你死就是我亡。”

［十六］一吻定情

夜幕之下，美仁心急如焚，快步行走于房舍的砖瓦之上，时不时四下张望，耳听八方。可这花巷附近，除了那些酒醉淫靡之音外，她根本感受不到任何杀戮的气息。

昕大哥既然跟来了，就不会那么快离开这里。

在明家的两个月里，不知不觉中，她竟然慢慢习惯了那种安逸无忧的生活。她承认，她疏忽了好些事情。

究竟蓝家与昕大哥惹上什么仇家了？何以天一族的人会插手这事？

这万花楼的附近，她几乎已经探遍了，还是找不到昕大哥的身影，她心急如焚。

再不行，她就要上东水门外的民舍去寻他了。这么想着，她一个跃身，立于地面，往东水门的方向快步奔去。

“美仁。”

身后忽然响起熟悉的声音，美仁顿住脚步，骤然转身，向昕高大的身影就立在身后。

因内心的担忧与紧张，美仁的面色有些苍白，在见着向昕那一刹那，她的心情因激动而起伏不已。她往前迈了一小步，却又顿住。

怡素那个死丫头，竟然敢骗她。

向昕慢慢走近，道：“那个……你与那位苏素姑娘的茗战，我有看。”

美仁气道：“你跟着我做什么？官与贼，道不同，不相为谋。”

“我已不是捕快，你也不是那贼人。我承认，在看清凶手相貌的一刹那，我怀疑过是你，否则，凭她的身手，绝不会那么轻易地从我眼皮底下逃走。”向昕的表情很是无奈。

“既然知道我不是凶手，你没事跟着我做什么？不回去守着你的凌儿，跟着我做什么？”一想到白日里的事，美仁就心有怨气，心口不一，声音越来越大。

向昕愣愣地看着美仁半晌，渐渐地，嘴角上扬，往前又迈了一步，激动地道：“你……你吃醋了？”

“见鬼了你，我怎么可能为你吃醋？”美仁尖叫着，狠踢了向昕一脚，转身就跑。

那一脚踢得不痛不痒，向昕笑着追上前，拦住她，柔声解释道：“凌儿与我只是结拜兄妹，并非你想象的那样。如今害得她家破人亡，我难辞其咎。与她结拜为异姓兄妹，除了照顾她之外，也是想尽力找出灭蓝门的凶手。”

原来是结拜兄妹，这倒是她未曾想到的。不过以白日那副姿态，任凭谁看了都会误会。

美仁撇了撇嘴，仍是赌气地回道：“就算是结拜兄妹，那也没必要叫得那么亲热。”

“亲热？”向昕疑惑，“那该叫她叫什么？况且她开口让我这么叫，我只是觉得做大哥的这么叫妹妹也没什么不妥，所以……”

他还真是个万年朽木，人家叫他怎么做，他就怎么做，真是气死她了。

她冲着他吼道：“她若是叫你去娶她，你难道也去娶？”

这一声质问，顿时让两人陷入沉默之中。

未久，便听见向昕一阵低沉的笑声传来，美仁咬了咬唇，有些懊恼。

这时，压抑了很久的向昕，忍不住将她轻轻揽在怀中，柔声道："美仁，你说的我都明白，但我与她之间真的什么都没有。她对我的心思我也了解，若是我有可能喜欢上她，早在认识你之前，就已经喜欢上她了。可是，我没有。曾经我当她是妹妹，如今还是一样。你生气，我很高兴，因为你会为了我而吃醋、生气。"

伏在向昕胸前，听着他这样说，美仁心中有种说不出的甜，嘴角忍不住上扬，可是女儿家心理作祟，她猛地推开他，嘴巴依旧不饶人："那我问你，若是我与她同时有了性命之忧，你会先救谁？"

向昕有些讶然。

"这种事情你还要想的吗？"

"不是。"向昕双眉微蹙，一本正经地道，"若是蓝家没有遭人灭门之前，我会毫不犹豫地回答你，我一定会先救你，但是经过那件事之后，我难辞其咎，蓝家那么多条人命都是我向昕欠下的，所以我要先救她。"。

向昕的语气里满是无奈，面对这样的答复，美仁难以置信，手指戳着他的胸，想骂却又骂不出："你……呆子！"

倏地，美仁的纤指被向昕紧紧握住，只听他幽幽地吐了一口气，坚定地又道："若注定要踏上奈何桥，黄泉路我绝不会让你一人孤单地走完。"

他这是在表白自己的心吗？

一时间失了神，美仁双颊不由得微微发热，喉咙微动，她轻咬着唇，别扭道："我是九命猫妖，才没那么容易死呢。"

向昕轻笑，深情地凝视美仁，同样问了一句："假若有一天，我与你爹或者明家的任何一个人，注定要死一个，你会选择救谁？"

美仁立即回道："当然是救明家，难不成救你？你又不是我的谁。"其实她就是死鸭子嘴硬，心里想的与嘴上说的，总是相违。

得到答案，向昕并不知道美仁心中所想，脸色有些难看，勉强挤了个笑容，声音略带沙哑，道："好，应该的。他毕竟是你爹，做个孝顺的女儿是应该的。"

美仁察觉到他的异样，心中莫名地隐隐作痛，不禁懊悔，为何嘴那么快。想着如何打破这僵局，想到他不是应在那万花楼里吗，怎么又会追着她？于是便道："对了，你不是应该待在万花楼里吗，怎么会知道我离开了呢？"

向昕道："本来我是想守着你的，无意中听见一个小丫头同那老鸨说，苏素姑娘一个人在房里不知为了何事，大发着脾气，我便知道你离开了，因此我也离开了万花楼。我不能确定你去了哪儿，只能在附近试着找寻你的身影……”

“噢……”

“美仁……”

“嗯？”

“你还在生我的气吗？”

美仁垂着头，不停地乱踩着脚下的一粒石子，就是别扭着不应向昕。

倏地，身体忽然一暖，她被包进一个结实而温暖的怀抱，只听向昕言语之中带着好些无奈：“我娘在我很小的时候，就抛弃了我和我爹，她走之后，爹便自尽了。我一人在这世上，孤独地活了十多年，性格或许有些淡漠，有些不近人情，因此才会造成蓝家一十二口遭人杀害。我也知道，我天生口舌愚笨，不太会哄姑娘家开心，但我是真心喜欢你……”

埋首在向昕胸前的美仁，只觉脸颊微微发烫，所幸是在夜晚，他也不会看到她脸红的窘态。她缓缓抬起晶亮的眸子，傻傻地望着向昕。

向昕俯下头，情不自禁在她的额上浅浅一吻，哑着声音，道：“我会等到你长大的那一天，也希望你能给我等待的时间。”

这温柔的浅浅一吻，让美仁惊讶不已，朵朵红晕再度在她的双颊上绽放。

向昕紧紧地拥着她，只想这一刻停住，永远这么下去。

美仁闭着双眼，依偎在他胸前，嘴角挂着甜蜜的微笑。

蓦地，她抬起头疑惑地看向向昕，问道：“咦？昕大哥，为何我没有听到你的心跳声？”

向昕好笑地回道：“傻瓜，哪有人心不跳动的？”

她想再仔细听一听，却被他拉开，只见他正色道：“美仁，我可能将有很长一段时日不能再见你，你要多多保重。”

双眉微蹙，美仁总觉得他话中有话，于是问道：“昕大哥是不是已经查出凶手是谁了？”

“还没有。”向昕应道。

“好，我也正想揪出这个凶手，我不能就这么平白地让人栽赃，背上这么个杀人的罪名。”这一句是实话，若是不找出那个凶手，将她千刀万剐，真的很难消她心头之恨。

“不，这事你别插手，交由我去解决。”向昕急忙断了她的念头。虽然事情很多地方未曾明朗，但他不能冒险，否则将万劫不复。他再度抚住美仁的双肩，深吐一口气，很认真地道，“我只要你记着，无论今后发生什么事，我都不愿你受到伤害。”

“昕大哥，你是不是有什么事瞒着我？”

向昕爱怜地顺了顺她有些微乱的发丝，道：“没事。很晚了，你早些回去吧，以后深夜一个姑娘家别乱跑出来，即便是怄气也不可再去那种地方。好了，我要走了，出来的时间太久，凌儿一个人不安全。我不能多作逗留，恕我无法送你回去，保重。”

他又要回去陪蓝希凌了……

美仁咬着唇，依依不舍的目光追着向昕的身影很远，直至那抹身影逐渐消失在黑暗中。

为何昕大哥不让她插手这件事？

表面上看来，这次蓝家遭人灭门，似乎是族人为了她手中的《天一圣经》，但今日两次见着昕大哥，一提到这事，他总是一副欲言又止的模样。究竟是什么原因，让他不愿对她说出实情呢？

美仁的脑中始终盘旋着这个问题，想要找到这件事的突破口，看来她要再一次跟踪昕大哥了。

蓦地，她整个人变得别扭起来。

正所谓人有三急：洞房、生子与如厕。

之前茶水喝多了，若不是昕大哥断了她的思绪，怕是早就要寻茅房了。怡素那个死丫头，没事搞什么茗战，这三更半夜的，上哪儿去找茅房……再憋下去怕是要憋出人命。

她四下张望，附近倒是有几间民舍。

索性豁出去了。

咬了咬牙，美仁纵身一跃，便翻进其中一间人家的院墙内，很快找到了茅房。

岂料，她方想冲进去，里面刚巧走出来一个男人，见着她，一阵惊吓，便颤着声：“你……你……打劫啊……”

劫你个头！要劫也是劫你家茅厕！

美仁白了他一眼，迅速一掌便劈晕了他。

不知是不是方才这家主人的叫声惊动了他家养的狗，美仁身后突然冲过来一条影子，她微微斜身，便见那狗冲着自己狂吠不止。

情急之下，她迅速以脚踢起一粒石子，击向那条狗，点中穴道，便见那条狗呜咽一声倒下。

话说，她这点穴手法还是第一次用在畜生身上，没想到居然也这么管用。

解决了那“一急”，美仁眈了一眼地上的一人一狗，不敢多作逗留，便急急跃上墙头，拔腿就跑。

活了这么大，她还没做过这么丢人的事。

然而未跑几步，美仁浑身警觉，身后有人跟踪，于是顿下步子迅速转身，对着空空的夜巷大喝一声："是谁？出来！"

黑暗之中走出来一个人。

在看清那人之后，美仁惊诧不已，怎么会是他？

定了定神，她以手扒了扒发丝，道："堂堂明家二公子何时喜欢三更半夜跟踪人？"

"那也没规定我不可以。"景升的语气十分冷淡。

之前怡素说他也跟去了万花楼，眼下却出现在这里，绝非巧合。那方才她与昕大哥的情意绵绵岂不是全被他偷看去了？还有她急着找寻茅房，以及上茅房的窘样难不成也全被他看了去……

顿时，美仁便觉得气血上涌，羞愤难当，愠道："你……你……你不在家好好地待着养病，跟踪我做什么？！"

景升一言不发，寒着一张俊脸，大步走近她，一把拉住她的手腕拽过便往前走。

"喂喂喂，你到底想做什么？要带我去哪里？"美仁想挣开景升的手掌，无奈他的手劲很大，越是挣扎他握得越紧，挣了几下没挣开，反倒是将自己的手腕弄得很疼，她恼怒地叫道，"明景升，你三更半夜的发什么神经？你知不知道你的手劲很大，拽得我很痛？"

蓦地，景升顿住脚步，美仁没留意，便一头撞在他的身上，撞得鼻子生疼。

这家伙究竟在发什么神经呢？

摸着被撞得很疼的鼻子，她抬起头刚欲发怒，不料却对上一双深沉含怒的眼眸，仿佛燃起两簇火光，隐隐闪动。

刹那间，美仁觉得这样的景升竟有些陌生，叫人害怕，话到嘴边，硬生生咽回了肚里，错开目光。

收回视线，景升用力地握住她的手腕，牵着她继续往前走。

[十七] 情惑之怒

一路上，美仁几乎是被景升或拖或拽地拉着走。

望着右前侧那个修长的身影，美仁只觉得他今夜有些怪怪的，换句话来说，简直就是莫名其妙。难不成他今晚忘记吃药了，还是药吃多了？

“你究竟要拉我上哪儿去？”美仁忍不住开口。

景升仍是默默地牵着她，一言不发。

等不到回应，美仁大步上前与他并行，嬉笑着道：“景哥哥，其实你也知道，美仁已经不是什么小孩子了，你还怕我丢了不成？这样牵着人家，怪不好意思的。”

景升仍是一言不发。

美仁翻了个白眼，看来撒娇这招也不管用了。这家伙到底在生什么闷气？

眼珠转了又转，她佯装很无奈地叹了口气，哀声道：“景哥哥，所谓人有三急，洞房、生子与如厕，你就当行行好，让我先解决了那第三急，好不好？”

终于，他的脚步顿住了，偏过头，冷冷地应道：“你不是已经方便过了吗？还点了人家一人一狗。”

啊！这人果真龌龊至极，连她如厕也要偷窥。

美仁顿时火冒三丈：“你……你……你真是下流！竟然偷窥一个姑娘家如厕，真是不知羞耻。”

“我才没那种闲情逸致欣赏你如厕，伤了人都不自知。”景升狠瞪了美仁一眼，冷冷地高声训斥，“羞耻？你还知道羞耻二字？！你还知道你是个姑娘家？一个姑娘家会三更半夜地跑去花街柳巷那种地方，学一群男人为了争一个女人像一个丑角一样遭人耻笑？你看你现在是什么样子，哪里还能找出一个姑娘家应有的模样？！”

景升咄咄逼人的语调，让美仁的心宛如被刀猛扎了几下，很不舒服。这个家伙竟然敢一副义正词严的模样教训起她？

抑制不住心头的怒火，美仁扬起脸，愠道：“花街柳巷怎么了？我从小就是在窑子里长大的，我就是老鸨子带大的。怎样，我就是喜欢逛窑子，不服气吗？我就是喜欢与那些男人争一个女人。我就是看不惯你们这些臭男人，以为有几个臭钱就很了不起，明明有了老婆还喜欢在外面拈花惹草。既然你这样鄙夷那种地方，你还跑去做什么？一副病歪歪的样子不在家里养伤，跑去万花楼，难道你不是和那些龌龊的男人一样？你以为你是谁啊？一副地藏菩萨的神圣模样。”

景升顿住脚步，回首凝视着她，眉头越蹙越紧，抓着她的手也越来越紧，那力道仿佛要将她的手腕捏断。

“你……”因为手腕处的疼痛，美仁的一张俏脸都憋红了。

这个家伙扣着她的脉门，害她不能随意动弹，想想她的三颗雪莲丹真是喂狗吃了。

见她不适，景升微微松了松手，却依然不搭理她，一个劲地拉着她回去。

“你究竟想怎样？”

“跟我回家。”

“你简直是莫名其妙，不可理喻！你凭什么管着我？凭什么？！”

沉默了半晌，景升的喉咙艰难地动了动，淡淡地道：“凭你是明家人……”

“明家人？笑话，只要我一日不承认，我就不是。你放手！”

“不管你认不认，既然待在明家就要守明家的规矩。”

“我呸！拉我去万花楼的是你弟弟，还跟我说什么明家规矩。快点放手，再不放手，别怪我不客气了。”

景升依然没有搭理她。

倏地，她抬起自己的手腕，对着景升死命抓着她的手背狠狠地咬了下去。

仿佛感受不到疼痛一般，景升任由她死命地咬着，拖拽着她的力道仍是不减一分。

未久，美仁觉得自己咬得嘴都酸了，于是便松了口，狠瞪着身旁这个男人，渐渐地，她心中的怒火越烧越旺，双眸在一瞬间变得殷红如血，左手即出，一柄弯刀直向景升的面门划去。

景升的手似乎比她更快，一掌直接击晕了她，随即她的身体便软软地倒在他的怀中，手中即将滑落的弯刀也被稳稳接住。眈了一眼手中这柄奇特的弯刀，他的嘴角微微牵动，原来是一面铜镜，铜镜上的图腾倒是有些特别。

收好弯刀，他俯首望向怀中美仁安稳的睡颜，之前含怒的双眸此刻紧闭，也只有这一刻的她，才会收起锋利的猫爪，显得越发甜美安然。

他苦涩一笑，便将她打横抱起，快步往明府的方向走去。

回到府中，他没有惊动任何下人，一路抱着美仁，回到她的屋中，将她轻轻放在床上，执起她被他捏红的手腕，从怀中摸出药膏，仔细地为她上着药。一切安顿好之后，为她盖上了薄被，他并未立即离开，而是在床侧坐了下来，静静地凝视着她的睡颜。

腮晕潮红，肌若凝脂，气若幽兰，此刻的她犹若一朵睡莲。

以手轻轻拨开她紧贴在脸颊上的丝发，看着看着，景升情不自禁地抚上那盈盈粉颊，透过指尖传来热度，他好像着了魔一般。指尖顺着她的眉毛、她的眼帘、她的鼻尖，再到她那更甚桃花之色的红唇之上，来回轻轻地摩挲。

渐渐地，他迷惑了。今夜万花楼高台上的那个她，让他迷惑了……

他缓缓俯下身，唇正欲贴近那张睡颜，这时，昏睡中的美仁嘤咛一声，正是这一声将他的神志拉回，他方惊觉自己在做什么。他连忙坐直身子，收回目光，尴尬地深吐了一口气，所幸她并未醒来。

许久，只听他幽幽地叹了一句："你与他……并不合适……"

次日日上三竿，美仁缓缓睁开眼，只觉头很痛，尤其是颈后，真的很痛。她苦皱着眉头，轻捶两下，待发现自己躺在床上，顿时，整个人一下子清醒过来。

她什么时候回到房内的？还躺在床上？昨夜明明……

对了，她想起来了，昨夜那家伙不知发什么神经，死拖着要她回来，然后两人争吵不休，逼得她亮出弯刀，然后……她就什么都不记得了……

啊！那个要死的家伙，竟敢一掌打晕了她，还有她的弯刀！她的弯刀呢？她在身上摸了一气，没有，可恶！难道也被他抢走了？

想着，美仁便迅速跳下床，急忙冲向外屋。

这时，奉剑与侍书一人端着梳洗的面盆，一人端着膳食进了屋，阻止她出门。

"少公子，您醒了。"侍书说着便伺候美仁梳洗。

"侍书，现在是什么时辰？"美仁急急地问道。

"午时三刻刚过。"侍书道。

她竟糊里糊涂睡了这么久？他下手可真够重的。

梳洗完毕之后，美仁便道："嗯，我还有事，先出去了。"

步子尚未迈开，便听奉剑急道："少公子，您先别急着出去，都已经是日中了，先用午膳吧。这是二公子吩咐膳房为您准备的，您还是先趁热吃了吧。"

这个家伙还好意思假惺惺地为她准备吃的，她正准备去找他夺回她的弯刀呢。

眈了一眼那些装着美味佳肴的盘碟，她轻哼一声："不用了，全都给我扔了。"

奉剑与侍书怔然。

"那个……"奉剑将菜肴一一摆放好，上前拉过美仁，柔声道，"少公子，您就吃点吧，千万别辜负了二公子的一片好意。"

好意？这家伙会有什么好意？

美仁拒绝："我不想吃，要么全都给我倒了，要么就拿去喂狗。"

谁知，侍书忽然轻笑出声，道："二公子当真是料事如神，就知道少公子您会这么说。他对奴婢说，若是您不肯乖乖吃饭，您就不用去求他送您那把弯刀了。少公子很想得到那把弯刀是吧？那就要乖乖地吃饭。”

“你说什么？！”

求他送她那把弯刀？那明明是她的东西啊。这个可恶的家伙！恶霸！土匪！之前强占她的南海珍珠，如今又夺了她的弯刀，真是欺人太甚。

美仁咬着牙，心有不甘。忍！为了弯刀，她就再忍一次。

侍书扶她坐下，为她盛好饭菜，道：“二公子还说了，让您吃完了就去水竹苑找他，他在水竹苑等着您。少公子，快点吃吧，都饿了好久了。”

“唉……”真是气死她了，那家伙还是闭着眼的好。

美仁愤恨地在桌前坐了下来，从昨夜到现在，她除了喝了二十杯茶水，还未曾进食，一闻着菜的香气，这肚子就不争气地咕咕直叫。算了，何苦跟自己的肚子过不去呢，她要化悲愤为食量，吃饱了再去找他算账。

可正当她要夹菜时，整个人愣住了，竟然有四个汤和一个菜。她就知道那家伙没安什么好心。她皱了皱眉，问侍书：“这都是些什么菜？膳房师傅的厨艺真是越来越精湛了。”

“回少公子，奴婢也不清楚，都是二公子吩咐的，说是少公子最爱吃的。这道是花生卤猪蹄，这道是青木瓜炖鱼，这道是青木瓜炖排骨，这道是归耆鸡汤，这道是青木瓜猪脚汤。”

又是青木瓜？还猪脚猪蹄、归耆鸡汤？加上上次早膳用的青木瓜粥……这几样菜似乎都有一个功效。

丰胸健乳！

轰地，美仁顿觉全身的血液直冲向头顶，一张俏脸涨得通红。

这家伙……那晚他盯着她的胸看，昨日提及青木瓜粥时，他似笑非笑的神情，还说她喜欢便好，原来他满脑子都是邪念。

太丢人了！她又不是没胸，不过是为了方便行事用布缠上了而已。

啊！美仁内心十分抓狂，她怎么会摊上这么一个邪魔一样的哥哥？

“少公子，您怎么了？呀！少公子，您的脸这么红，是不是哪里不舒服？”奉剑紧张道。

美仁尴尬地回过神，轻咳几声，以作掩饰，道：“没事的，只是有些高兴罢了，能吃到自己最喜欢的菜肴。”

侍书与奉剑瞧着美仁那副痴痴呆呆的模样，想笑又不敢笑，只能掩着嘴角，身体稍稍起伏。

美仁闷着头尝了几口之后，发现这些食物真的很可口，一想到昨晚恰素那种风情的装扮，她将曼妙的身段展露无遗，美仁真的很羡慕，死丫头真是会卖弄。还有她的目光扫过她胸前时那种鄙夷的眼神，想起便让人有些懊恼，死丫头有什么可傲气的。

没想到知她者，莫若那家伙也。

嗯，她要多吃一些，不然太对不起自己了。

平胸了近十年，让她几度要崩溃，若不是她的意志力够坚强，怎么能忍受得下来。当年怡素就是受不了那花花世俗的引诱，才放弃修炼长春功的，而她不一样，她的目光才没那么短浅，人生数十年又怎样，她就是要她一生一世都是个美人，就算是到老到死，也要是个美人。

所以她无论如何都不能让那死丫头给瞧扁了，如今她已经苦尽甘来了。

对，就是这样的。

她一边愤愤地咬着嘴中的猪蹄，一边在心中咒着景升，这家伙也就干对了这么一件事，虽然目的是邪恶的。

用完午膳，美仁慢悠悠地晃到水竹苑。她要沉住气，不能每次都对着那家伙又吵又闹，总是适得其反，结果不但得不到半点好处，还很伤神。是的，很伤神，最近她头疼的次数越来越多。

水竹苑因满园种的全是竹子而得名。要想步入园中的主屋，必经两旁的茂竹夹道。一路走来，竹叶交错轻拂，万般温柔，尽显宁静与幽雅，让人犹如置身于万顷碧波的竹海。

水竹苑主屋已然立于眼前，远远地，便瞧见景升身着一袭月牙白的长衫，立于一株苍翠挺拔的老竹前，对着那片竹林，不知发什么呆。

这一次，美仁打算心平气和地与他解决弯刀之事。

还未走近，便听他对着那片竹林道："你可知为何我不种其他花草树木，偏偏选择了竹子？"

他是在跟她说话吗？

美仁皱着眉头，缓缓走近，又听他道："四季常青，轻盈细巧，虽有百般柔情，却从不哗众取宠，更不盛气凌人，虚心劲节，朴实而无华。原本应心无杂念，甘于孤寂，不求闻达于莽林，不慕热闹于山岭，只可惜如今一切都变了……"

他究竟在说什么？这一片竹林不是依然苍翠挺拔吗？哪里变了？

她朗声高唤："景哥哥！"

景升缓缓转过身，轻应："嗯，你来了……"

他这一转身，刹那间，让美仁有种说不出的感觉。

从第一次见到他，若非因他是明家人，她有所偏见，倒觉得他是个很奇特的男子，眉宇之间的英挺傲气及举止之间的优雅大气，都给人留下极为深刻的印象。俊美非凡的五官却刻画出那种温文儒雅的气质，用病弱之气形容他更为贴切，熟悉之后，却发现那样的外表不过是一种假象。他有着冷静沉着的头脑，一双精明而深沉的眼眸，还有一副壮硕结实的好身材。好一个力与柔兼具的矛盾体，让人捉摸不透。

方才他眉宇之间透出的丝丝忧伤，是她曾未见的，之前即将脱口而出的尖锐词语哽在喉咙里，变成轻轻的一声低语：“景哥哥，弯刀可以还给我了吗？”

景升走近美仁，抬手捏起沾在她发间的一片竹叶，勾了勾唇，道：“午膳可吃好了？”

这一声问候，让美仁的脸颊顿时微微泛热。

忍！她忍！为了弯刀，她无论如何都会忍！

她点了点头，咧开嘴，笑道：“嗯，多谢景哥哥的美意。”

景升淡淡地笑道：“你知不知道，此刻你脸上的笑容很虚假、很做作？”

很虚假、很做作？对，为了弯刀，她就是这么的虚假做作。

一瞬间，讨好献媚的笑容差点就僵在脸上，她低眉整理情绪，故作不明所以地道：“景哥哥，我不明白你在说什么，我只不过……”

她的话尚未说完，景升已靠近她身前，单手扣住她的下颌。

那目光就像忽然见着一个完美的玉器之上出现了瑕疵与裂痕，满是失望。他的手指顺着她的眉骨，滑向她的耳际，仿佛在摩挲什么东西。

景升的举动，让美仁完全怔住了，甚至忘了斥责他这样的举动有失礼数，接下来想说的话全数堵在喉咙里。她愣愣地看着他，他脸上的表情十分复杂，她读不懂。

景升忽然嘲弄地笑了起来，幽幽开口道：“很精致很完美的一张面容，让人很难相信这么美的面容之上竟是戴了一张面具，这张面具已经与肌肤完美地贴合在一起，千变万化，以假乱真，似乎再也无法分离了。只可惜，是这双眼眸出卖了这张面具，它们看人的目光过于老沉、世故、镇定、圆滑……真的让人忍不住想撕开这张面具，看看那面具之后的真面目究竟是怎样……”

美仁整个人一颤，双手紧紧交握在一起，身子不禁向后微晃了晃，被景升及时拉住。

景升的话完全击中她的内心深处。

为何？她一直以为自己隐藏得很好，为何他这么容易一眼就看穿了她？她怎么可能让悦姨多年来的心血全付诸流水……

景升松开手，道：“你是来讨回弯刀的，是吧？”

回过神，美仁收回之前失态的神情，站直身体，轻点了点头，声音带着前所未有的楚楚可怜："嗯，昨夜的事过去了，我也不想再提，珍珠我可以不讨了，但请景哥哥将弯刀还给我，那柄弯刀是我娘的遗物，是她留给我的唯一的东西……"

景升薄唇微抿，蹙着眉，凝视着她许久。说了半天，她那张面具终究还是不愿摘下。他心中无奈地苦笑，又道："陪我去一个地方，去了定当双手奉还，走。"不由分说，他拉着美仁的手腕就往外走去。

明景升可以说是美仁命里的克星。她在心中念着，她迟早要被她这个哥哥给逼死。

对人软硬兼施，却是软硬都不吃。

好吧，忍，她再忍。

就如他所说，她贴了一张完美的面具，那么完美的面具永远是坚不可摧的。

［十八］情人茶毒

景升拉着美仁去的地方是明家在京城的别苑竹芙园，其实两处相隔并不是很远，美仁倒是第一次来到这里。不过听下人提及，景升会经常到这别苑来。之前与他水火不容，为了避免碰面，这别苑她倒是未曾探过。不过眼下，她与他表面上看来风平浪静，其实她认为还是水火不容。

虽叫竹芙园，但并没见着像水竹苑内成片的茂密竹林。

进入园内，眼前一片豁然开朗，一池碧水跃入眼帘，朵朵清莲浮于水面，翠绿的垂柳静静地伫立池畔，凉风拂过，千丝万缕的枝条拂过水面轻轻荡漾开来。

远远地，便望见曲迴的长廊连着弯弯曲曲的竹桥，一直通向湖中心一座竹建亭台，这园内最具特色的便是建在这一池碧水之上的竹建亭台。

曲廊的另一头连着的是一座竹屋，是这园子的主屋。

这别苑幽静宜人，倒是很适合修身养性，不知他带她来这里有何目的？

这时，一名妇人从主屋中走出来，见着他二人，连忙迎上前恭敬地道："二公子，您来了。"

这妇人，前几日美仁在祠堂见过，当时景升受罚，祠堂内的几位明家人当中便有她，叫如妈。

景升问道："嗯，如妈，二叔今日可好？"

"还是与以前一样，老样子。"如妈恭敬地回道。

二叔？

奇了！来了明家这么久，美仁却从未听明家的下人提起过这位“二叔”。难道是那位坐在轮椅之上、满面胡楂、头发乱糟糟、目光痴呆、乱流口水的中年男子？

“好，我自己进去看看。”说着，景升便往主屋走去。

美仁很好奇，景升带她来这里，莫不是就要见这位二叔？她跟着他往通向主屋的竹阶迈去，忽然在竹门外闻到清新淡雅的竹香中混杂着一股浓重的药味，于是止步。

那药味……让她很不舒服。

见美仁立在竹门外一动不动，如妈对她道：“少公子不随二公子一起进屋吗？”

“呃，不了，我还是在外面等景哥哥好了，我想他与明二叔应该有些话要单独说说吧。”听景升叫那痴痴的中年男子一声“二叔”，她叫一声明二叔也不失礼。

如妈微微怔然，很快又道：“好的，那少公子请便，老奴还有好些杂事，先退下了。”

美仁轻点了点头，迈下竹阶，踏上竹桥，听着竹桥发出咯吱咯吱的响声，一步一步慢慢走向湖中心的亭台。

竹的屋子，竹的曲廊，竹的弯桥，竹的亭台，竹的圆桌，竹的圆凳……满眼都是竹。

红的莲，白的莲，粉的莲；一朵莲，两朵莲，三朵莲……满眼都是莲。

竹香混着莲香。

竹芙园，有竹有芙，果真名副其实。

眺望池畔，眼前的美景却让美仁不禁皱起眉头，虽然这里的景色素淡雅致，但一想到那位痴痴的“二叔”、冷淡的如妈，还有景升的神态……她便觉得哪里不对。这里的气息，那混着浓重药味的气息……她不是很喜欢，完全失了先前那种怡然之感。最怪异的是，她总觉得这里并非如表面上看来这么平静，给人一种莫名的压抑，就像是自己的一举一动都被人监视着一样。

被人监视？她猛然回过身，身后除了美景，依旧是美景，并无人影。

正想着，景升优雅轻柔的说笑声从不远处传来。

他推着一个竹制的轮椅出了主屋，往竹桥这边来。轮椅之上，正坐着那位痴痴的二叔。景升抱起二叔上了竹桥向竹亭走来。如妈搬了一把靠椅放在美仁的对面。景升将二叔轻轻放在竹椅上坐好。

这一次，这位二叔再无上次的邋遢之相，他换了一身清爽干净的灰色布衣，头发齐齐地梳在脑后，束在头顶，原先那满脸胡楂也被刮得干干净净，不再流口水，若不是眼神依旧如上次见到一般痴痴呆呆，倒不失为一个俊朗的中年大叔。

景升在美仁对面的竹凳之上坐了下来，缓缓开口，道："他是我叶二叔，名唤声泉。那日在祠堂之内你也见过，与我爹、鱼三叔同为师兄弟。十多年前，二叔从马背上摔下来，跌成了这副模样。"

原来不姓明，而姓叶。

美仁望了叶声泉一眼："原来是叶二叔。"

"陪我下一盘棋吧。"景升说罢，便让如妈端来了棋盘。

美仁怔怔地望着眼前的黑白子，眈了景升一眼，挑了挑眉，道："你怎么就知道我一定会下棋？"

"只有琴棋书画，样样精通，才能对得起你这'像美人'三个字。请！"景升淡淡地笑着，将白子递向美仁。

美仁翻了翻白眼，嘴中嘟囔着，虽有不甘，但为了弯刀，她忍了，于是随手执起一子，摆入棋盘之上。

美仁执白，景升执黑，所谓棋逢对手，两人渐入佳境，激战正酣，这时，如妈端了一壶茶及三个茶盅过来，打断了二人的兴致。

"二公子，您要的樱桃茶。"如妈将茶壶与茶盅放在一旁，便退至叶声泉的身旁守着。

"樱桃茶？"美仁不禁好奇地望着那壶茶，她品过许多茶，这樱桃茶倒是第一次听闻。

景升浅浅笑着，斟了一杯樱桃茶递给如妈。如妈接过茶盅，慢慢喂给叶声泉。满满的一杯茶，叶声泉喝得一滴不剩。

这使美仁不禁好奇，这茶当真如此好喝？

景升又斟了一杯，递至美仁的面前。

美仁见那血红的茶水，不禁愕然，不解地深皱眉头，未曾饮下。

景升为如妈斟了一杯后，最后为自己斟上一杯，轻啜一口，朗朗有声："如今正是樱桃上市时节，樱桃可入酒，可做茶，无论是酒或茶，都掺杂了樱桃之味。"他忽地顿了顿，望一眼还在发愣的美仁，眸中神情复杂，"甜中带酸，酸中含涩，犹如男女之情，故此茶亦称情人茶。"

景升的话在美仁心底激起了涟漪，让她不禁想到她与昕大哥之间那种微妙的情缘，终于忍不住端起眼前血红的樱桃茶，缓缓倾入口中。

茶刚入口，她不禁微微蹙起眉头，好酸好涩。

景升握着手中还余下的半盏茶，问道："可品出了甜？"

美仁咂了咂嘴，嫣然一笑。

的确正如他所说，此茶初入口中，仅有酸涩之味，待入腹中，正当弃啜，又有一种甘甜之味，甜中带酸，酸中含涩，正好比她刚刚尝到的男女之情的滋味。

好一个情人茶。

好一个绝妙的茶名。

“没想到这樱桃泡的茶竟有如此绝妙的滋味，这种喝法，是你想出来的？”这一次，未待景升为她斟茶，美仁便主动提起茶壶，为自己又添上一杯。

唇畔略带苦涩，景升一口倾尽杯中茶，方道：“不是，这是我娘最擅长泡的樱桃茶。”

这是第一次听到景升提起他娘。

他的娘亲，乃明家曾经的当家主母，如今她这个别的女人所生的私生女却与她的儿子喝着她留下来的樱桃茶。

品着口中的樱桃茶，美仁却觉得更加酸涩。

景升执起手中的黑子，继续之前的残局。

一时之间，两人都沉默下来，只有手中的棋还在落着。

不知不觉，已是夕阳西下。

自喝了那杯茶之后，美仁竟连输了景升三局。这一局，激起她争强好胜之心，定不可以再输。

一阵清风拂过，池水中倒映的夕阳之光随波荡漾，正好刺入她的眼眸，抬首方惊觉她在这竹芙园里已耗了半天，然而自己的弯刀始终未见踪影，况且今夜她还打算去东水门跟踪昕大哥，看看究竟有何隐情。

于是，她便放下手中的白子，对景升道：“景哥哥，今日天色已晚，我有些乏了，想早些回去歇息。”

景升专注于棋盘，连头都未曾抬，沉声道：“下完这盘。”

二话不说，美仁又落了一子。

未久，景升忽然将手中的黑子随手丢入棋盒内，一脸失望地凝视着美仁，淡淡地道：“下棋原是养性之趣，贵在玩中取趣。若失了兴趣，这盘棋不下也罢。”

说罢起身，他抱起早已倒在竹椅上睡着了的叶声泉，踏着竹桥，缓缓走回主屋。

从一个人的棋路便可以看出下棋之人的心态。之前她急于求胜，专以制人棋路为招，招招必是置之死地而后生的杀招，尽显张扬乖戾之气，若是达到攻城略地的目的，必要浪费精力，而在意识到天色已晚及自己前来的目的后，便急于落败，早早结束这棋局。

美仁看着他的背影，一脸莫名。想想从昨日起，他便有些莫名其妙，今日逼她在这里陪着他这么久，她不过是想早些回去，他却又莫名生气。到底闹哪样？她也很忙的好吗？

她将手中的棋子丢进棋盒，起身，大步追至主屋。刚欲迈进屋内，便与景升撞了个满怀。

景升错过身，未看她，便往园外迈去。

美仁追了过去，好言道："景哥哥，我的弯刀……可以还我了吗？"

顿住脚步，景升薄唇紧抿，淡淡地道："从今日起，你不用再去三学院了，以你的学识，那里的先生没什么可教你的。教武场那儿也不用去，日后习武，便在这竹芙园内即可。再过些日子，爹与鱼三叔便要回来了，他们自会教你更多的东西。"

"什么意思？"美仁不明所以。

景升继续说道："根据明家家规第七条戒训，凡明家子孙，如流连青楼者，当禁足一个月。重则逐出家门。由于你昨夜犯了家规，理当受罚，从今日起一个月内，不得迈出这竹芙园半步。"

美仁不敢相信自己所听到的，突然意识到眼前这个家伙，根本就不适宜什么先礼后兵，应该直接兵临城下才对。是的，对他这种人，完全就是要以恶制恶、以暴制暴。

她叫道："什么狗屁明家家规？我又不姓明！"

景升浅浅一笑，讽道："猫爪终究还是忍不住露出来了，原本还想看看你究竟要忍到何时？"

"莫名其妙！你整天拿明家家规来压我，家规家规，怎么就不规那整夜住在万花楼里、你们明家的三公子明景承？最可笑的是，我并未承认是你们明家人，你们倒是整天往自己的脸上贴金。"

"景承是万花楼的老板，他住在万花楼里并没什么不对。根据明家家规，爹已经将他逐出家门。至于你是不是明家人，等爹回来了，自会有定夺，也算给你和你娘一个交代。"

难怪金万花那个老鸨对她客客气气，甚至还有些畏惧，原来景承是万花楼的老板，果真验证了她之前猜测他与万花楼关系非同一般的想法。否则，单凭银子怎能在怡素广邀比试的情形下，独上二楼雅室？

"交代？交代什么？我娘都死了十年了，我难道就稀罕明家女儿这么个称呼？"

"我说过不论你是什么理由，既然待在明家，就要遵从明家的规矩。若是不情愿，那么就请离开明家，今后是生是死，也与明家无关。"

“你……”美仁紧咬着牙，攥起拳头，恨不能狠狠地揍景升一顿。

“屋子已为你准备好，若是累了，就去休息吧。”说完，景升头也不回，离开了竹芙园。

美仁正要追出门，这时，忽然闪出两名高壮的青衣男子，目不斜视，对着美仁恭敬地道：“少公子，请回。”

美仁惊愕不已，从迈入这竹芙园开始，除了叶声泉与如妈之外，她就不曾见过第三人，原来之前她的警觉没错。

呵呵，原来是早有预谋，什么让她陪他来这里坐坐，原来是要将她困在这里。

她忍了那么久，眼下已忍无可忍，无须再忍。

她冷笑着道：“看这情形是要将我软禁起来了？那么就先试试你们有没有这个本事吧？”说罢，她以脚勾起地上的断竹，直指二人。

没了弯刀，这根断竹依然可以杀人。

“少公子误会了，属下不敢，少公子请回。”两名青衣守卫依旧是恭恭敬敬地道。

“既然挡着我的去路，就废话少说。看招！”美仁扬手便挥出那截断竹，倏地，胸口一阵闷痛，四肢无力，不由得手一软，反手以那截断竹支撑着发软的身体，另一只手捂着胸口，“怎么……会这样……”

为何她使不出力？她竟然虚脱得无法运功，只要她一动用真气，奇经八脉就好像堵住了一般，疼痛难当，为何会这样？

“少公子，还是请回吧。”只听那两人又道。

他竟然敢在茶里下药？！美仁咬牙切齿，知道困不住她，他竟然在茶里给她下药。

那两名青衣守卫，始终面无表情地回应：“少公子请回。”

美仁咬着牙，强忍着想要站起身，这时，身后有两名丫头及时扶住她。她挥手推开，愤恨地扔了手中的断竹，捂着胸口，挪着沉重的步子，往主屋走去。

如妈恭敬地迎上前，领着她走向准备好的客房。

月华初上，朦胧如雾，氤氲着整个竹芙园。

竹芙园的客房里，大到竹制桌椅，小到花瓶、茶壶、茶盅，但凡能砸的几乎全被美仁砸光了。两名小丫头刚送了晚膳进来，便被她轰了出去。她抓起竹桌上盛满美食的碟子，一碟一碟，直扔向屋外。

忽地，脑中一阵轰鸣，胸口郁闷难当。

她强忍着痛，冲至门口将竹门猛地合上，她的虚弱绝不可以在外人面前表露出来。顺着竹门，她缓缓滑落在地，倚着竹门大喘着气，豆大的汗珠滑下她莹白的面颊。

她试图平静下来，减少自身的痛苦，倚坐在门边一动不动。

该死的明景升，不知道在樱桃茶里下了什么可以封住她内力的药。她不能动用内力，只要一动用内力，便会感觉两股暖流从头脑之内迅速奔涌而出，顷刻间，便灌遍全身。若是那气流能走遍全身，她也无须这么痛苦，正是那两股气流无法贯通全身奇经八脉，犹如受到什么阻塞一般，使得全身经脉不住地一张一缩，似千万把小刀在搅割一般，疼痛难忍。

终于，那阵疼痛过去了，美仁缓缓起身，挪向一旁的竹椅，坐了下来。

她攥紧拳头，咬牙切齿地在心中骂道：明景升，你这个浑蛋！卑鄙小人！此仇不报，我怡符衣便从此跟你姓。

竹门被人敲响。

美仁愤恨地望了一眼竹门，吼道："叫你们滚开，再来烦我，我就杀了你们！"

"少公子，是我。"门外的人柔声应道。原来是如妈。

美仁未吭气。

得不到回应，如妈便径自推开竹门进来。如妈的身后跟着先前被赶出去的两名小丫头，端着重新准备好的晚膳进屋。

"拿走！我不吃！"美仁站起来，抓住食盒便要将食篮扔出去，但这一次被如妈拦下。美仁心惊，虽然失了内力，但她仍能感受到透过食盒传来的强劲的内力，原来这如妈也是个练家子。

如妈轻轻将食盒拿下，扶美仁重新坐好，示意两位小丫头将砸乱的屋子收拾好。她将饭菜从食盒取出，一一摆放好，笑着道："少公子何苦与自己的身子过不去呢？越是不吃，就越没力气。莫不是一个月后，少公子打算让人抬着离开这竹芙园，还是打算在这竹芙园里耗上一辈子？若是打算在这竹芙园里待一辈子，那我如妈绝无半句怨言。"

真的咽不下这口气，但如妈说得句句在理，若她一直发脾气不吃饭，任凭身体是铁打的也绝对撑不过十日，莫说一个月了。与其一开始就浪费精力，倒不如好好吃饭，养精蓄锐，她就不信想不出离开这里的法子。

"我不喜欢别人看着我吃饭。"

"行，你慢慢吃，等下我再叫她们进来收拾。"如妈笑了笑，带着两名小丫头退了出去。

这一次，她小心谨慎，从怀中掏出随身携带的银针，待将所有饭菜一一验过，确认无毒，方坐下端起饭碗拿起筷子，如饿虎扑食一般，对桌上的美食逐一扫荡。除了午膳她吃过的归耆鸡汤，还有几道味道很不错的小菜。之前所有怒气，顿时被这些可口美味的饭菜打消殆尽。

吃干抹净，美仁没再说一句话，直接往那竹床上一躺。

许久，两名小丫头才敢再次进屋，收拾完桌子，便逃似的退了出去。

眼下她只能等。她在等机会。

过了片刻，她跳下床，打开屋门。

这时，天上的薄雾渐渐淡了。在朦胧的月光映照下，四周显得更加静谧。

她毫不犹豫地出门，快步穿过竹廊。蓦地，只见两道人影不合时宜地挡在她的面前，冷冰冰地道："少公子，这么晚了，您要去哪儿？"

"吃饱了，喝足了，就不允我出来散散步吗？"

"原来少公子是想散步，属下认为，竹心亭的月夜之景会令少公子满意。竹心亭就在您的身后，天黑路不平，少公子，可要走好了，小心脚下的露水。若没其他事，属下告退。"

面对如此"贴心"的看守，美仁冷笑几声，捏着拳头，倏然转身，往竹心亭的方向步去。

身后两名守卫自动退居暗处。

亭中，竹桌之上摆着的棋盘，正是黄昏时分她与景升尚未下完的那盘棋局。这会儿再细看这盘棋，其实她早就输了，只顾穷打猛攻，却不知敌人早已步步为营，兵临城下，无路可退。他没有急于胜出，而是像猫捉到耗子一样，不停地逗弄。

执起棋盒中的一枚棋子在手中把玩，美仁开始思忖，或许从一开始她对景升就用错了招。

悦姨常常说，行事，眼要毒，心毒才眼毒，出手才更毒。此毒并非指心术不正，而是要看准对方的弱点。对敌，要打倒还嫌慢，打死还嫌不毒不疾才可。

她，眼不毒，心不毒，所以出手更不毒。

从一开始，她的弱点便暴露在对方的面前。

先是珍珠，再到弯刀。

落下手中的白子，她缓缓走向亭栏，倚栏而坐，两眼愣愣地望着池中随波荡漾的月影。

眼下，只有等，等机会再来。

忽然间，她觉得周身的气息不对。

有人。

嗖的一声，一片柳叶从对面飞来，她斜身避过，那片柳叶直削过亭柱飞入水中。亭柱上留下明显的一道痕迹，就像是被刀用力刻下。若不是她闪得快，怕是要成了这叶下亡魂。

一看到柳叶，她便想起上次遭那个高手以辣椒水暗算的事。

依柳叶飞来的方向，是长廊尽头的主屋所在。她随即起身迈出竹心亭，果真主屋屋顶之上盘坐着一个黑衣人影，那人穿着夜行衣，蒙着面，看不清模样。

果然是那人。

她讪笑一声，讽道："阁下不会永远都见不得人吧？"

"丫头，全身内力都让人给封住了，还这么牙尖嘴利。"依旧还是那苍老的声音，依旧还是那种不讨喜的口吻。

这人既然也知道她是女儿身，她便不必再装，毫不示弱，反唇相讥："哼，阁下也不见得就很光明磊落，不但不敢以真面目示人，还喜好暗算人威逼人，跟你徒弟还真是物以类聚啊。"

"徒弟？呵呵，承让承让。不过，这次我来的目的，与上次不同。丫头，你是不是很想出去？"那黑衣人朗笑几声，一语正中美仁的心思。

蛇鼠一窝！

"哼！"美仁轻哼一声，不作应答。

"看在你这丫头那么细心地照顾他的份儿上，我就帮你一次。接着，这是那西域玄冰的解药。"黑衣人说着便抛出一个药瓶，力道恰到好处，刚好扔在池水正中间的一朵莲花之上。

原来是西域玄冰，难怪她没法使用内力。

这黑衣人喜怒无常，之前威逼她去伺候明景升，这会儿又黄鼠狼给鸡拜年，假惺惺地送解药，该不会是玩什么花招吧？

美仁眈了解药一眼，冷笑着道："黄鼠狼给鸡拜年。怎么，这次不帮你徒弟了，反倒帮起我来，不会是别有用心吧？"

那黑衣人坐在屋顶上，望着她爽朗地笑道："信不信由你。若是你选择在这竹芙园里，与那又痴又残的老头子做伴一个月，我想有人会非常乐意。去吧！丫头，你是个聪明人。"

美仁咬紧牙根，捏紧拳头，转身便扶上那竹栏。她眼巴巴地看着那朵莲花上的药瓶，她是只旱鸭子，这解药如何拿？

她恼羞地回转身，那人却已不在。她气得怒骂一声："见鬼了你！我不会凫水，怎么拿？"

"原来是只旱鸭子！啧啧啧，记住了，服了解药，可别乱伤人出气，这可就不好了。”空中又传来黑衣人苍老的笑声。

他的话音落毕，突见池中水跳了几下，那朵莲花浮动起来，莲花与茎似乎被什么东西齐萼切断。

美仁大喜，急忙找了一根竹竿，费了好大力气才将那朵莲花拨过来，拿到解药。

无法施展武功的她，就是一个废物。她紧握那瓶解药，急忙闪回自己的屋子。

之前两个拦着她的青衣守卫被人点了穴，立在门外一动不动。美仁从两人的身边走过，想了想又折回头，抬起手往两人的脑门上各拍了一巴掌，这才解了心头之气。

回到屋中，美仁打开那瓶解药，一股冰寒的淡香袭来。虽然她没有见过西域玄冰，但早闻其名，回头想想，那黑衣人应该不会骗她，害死了她对他也没什么好处，姑且试一试。

于是，她倒出几粒，刚想服用，这时屋外又有声音传来："解药服一粒就好，小心服多了会暴血而亡，到时候就是大罗神仙也救不了你，剩下的就当送给你做礼物。丫头，可要记住了，这竹芙园的小人很多，下次要注意提防，乱吃东西，有时候也会死人的。"

这黑衣人真是讨厌，每次说话总是说一半。说到提防小人，最大的小人，就是他与他的徒弟。

服了解药，美仁开始运功打坐。

一个时辰之后，她便又生龙活虎了，那黑衣人当真没有骗她，这剩下的解药她可要收好了，以防明景升再给她下药。

这时，已过了戌时，不能再待下去了，她还要去东水门外，还要再看下怡素，不能让她在京城出什么乱子。

出了屋子，那两名青衣守卫不知在何时已经能动了，即刻又拦住美仁的去路。美仁无心恋战，只匆匆过了几招，趁二人不备，迅速点了他们的穴道离开。

一直目送美仁身影离开的如妈，立在竹心池许久不曾离去。

樱桃茶中的西域玄冰，依旧是挡不住他，忍了这么多年，原本以为他的心早已死了，却突然会为了这个丫头而出手相救。

［十九］黄金面具

回到明府，美仁未惊动任何一个明家下人，回到房中，迅速换了一身夜行衣，直奔东水门。到了东水门外的民舍，美仁找到向昕临时居住的那间破屋子，然而并没有见着他的人影，徒留蓝希凌一个人蜷缩在最不起眼的角落里熟睡着。

蓝希凌的身上盖满了稻草，不留意，还真看不出来。

美仁眈了一眼，发现向昕很细心，为了防止蓝希凌出什么意外，他还在周围撒了一些防止毒虫猛兽的药粉。

看来今夜她来晚了，昕大哥已经出去了，果真有事瞒着她。

离开这里，她实在想不出他还能上哪儿。万花楼？对！还有万花楼。昨夜怡素话中有话，她一定知道。今夜就算和她耗上，她也要想法子从那丫头嘴里撬出点消息来。

她飞身跃上屋顶，便往万花楼的方向赶去，然而就在快要到万花楼时，忽然附近一条巷内传来异响。她停下脚步，立在屋顶之上，借着月光远远瞧见一名布衣男子，由于急着赶路，与人相撞，将那人撞倒在地，只低首道了一声“对不起”，便欲匆匆离去。

“哎哟！痛死了！”被他撞倒的人爬起来，便冲上前抓住他，大叫着，“你走路不长眼睛啊？说一声对不起就想走？”

看那布衣男子的身形倒是有点像昕大哥，她正想上前一探，孰料那人回过头的一刹那，寒光一闪，手中的剑便出了鞘。

“杀……”那被撞之人，只说了一个“杀”字便被封喉，直直地倒在地上。

那布衣男子迅速收起剑，快步离开。

虽是惊鸿一瞥，但美仁依然一眼就认出了他，是那日在树林里行刺韩襄之人。原以为是昕大哥，却没料着是这个人。这么晚了，这人忽然出现在万花楼附近，行事这么匆忙，莫非他又接了什么任务？她依稀记得，这人好像是在看清景升之后，莫名匆匆离去。

当下，她便做了决定，跟踪他。

过了马行街，意料之外，这人还有一个同伴。他与同伴接应之后，两人便往封丘门的方向走去，看来是要出城。

美仁记得，出了封丘门便是夷山，去那儿的人多为览胜。那里因夷山夕照、开宝晨钟两大美景，平日里引得游人甚多。但夷山之北，乃荒山一片，多年无人耕种。若说他们半夜去那儿赏美景，说给鬼听，鬼也不信。

这时，让美仁意外的是，在那两人之后，她又见到一个人，而这人正是向昕。这是她万万没想到的，或许冥冥之中早有安排，这一步她走对了。

追着昕大哥与那两人的身影到了封丘门，远远地，她便见那布衣男子向守卫出示一块令牌，很快便出了城门。

这人莫非是官府的人，而非一般的刺客？

当下，美仁在心中暗叫一声：糟了！他们顺利出城，这可就难追了，若是跟丢了，今夜又白费力气。正思忖着向昕会怎么做，却见他从暗处走到城墙下隐蔽之处，眨眼之间，便见他已经施展轻功跃上城墙。

好轻功！

她也不敢有所松懈，依着向昕的方向，施展轻功，也跃上城墙，城墙上已有两名官兵被击晕。她站在城墙上，远远便望见两匹马疾驰往北，而向昕却不见了踪影。

她暗咒一声，昕大哥跟丢了没关系，反正她与他目标一致，只要能追上那两人即可。于是，她提气，施展“飞花逐月”向二人的方向追去。

如她所料，那两人去的正是夷山之北。

朦胧的月光透过稀疏的几棵树木，映照在这半山之间，四周一切幽静无声，异常诡异，隐约能听见草丛里断断续续传来虫鸣声。

山道不平，越往上，山道越窄。

一进入这山道，她便觉得气氛有些不对劲。这里的树木少之又少，能够遮蔽挡身的地方屈指可数，为防他们发现，她离得有段一距离。岂料转眼之间，两人便失了踪影，她立在岔道上，这才意识到她跟丢了人。

与此同时，向昕已进入夷山之北的禁地，正是他追查了数月的重要秘密所在之地。一路上守卫甚多，他快速地解决了这些人之后，却不小心被那两人发现，于是免不了一场恶战。

那两人的武功不弱，但招数有破绽，很快便败在他的纯钧剑下。他以剑指着布衣男子的眉心，道：“把令牌交出来。”

那人闷不吭声，将头扭向一边。

手中的剑正欲刺下去，骤然间，向昕听见一阵急促稳健的脚步声传来，乍听之下，至少有数十人。果然，顷刻之间，他便被二十多名戴着白色面具的弓弩手团团包围住，另有二十多名同样戴着白色面具的同伴，一手执着火把，一手持着剑，整齐有序地分列成两排。

火光映照，那一个个惨白的面具在夜色下显得万分诡异，阴气森森。

向昕在心中冷哼一声，终于将他们给逼出来了。

立在当中，他冷眼看着眼前的一切，不慌不忙，气定神闲，早料着会有今日，既然连命都豁出去了，又何惧这些。

忽然间一道金光闪过，一名面戴黄金面具的男子，手持一根金色权杖出现在那两列火把之后，大步朝向昕走来。

摇曳的火光映照在金色面具上一闪一闪的，显得格外刺目，严丝合缝的面具将那人背后的表情遮住，透过面具上的两个小洞只能看到一双犀利的黑眸，映照着火光，森冷如冰。

先前的两人挣扎着从地上爬起，跌跌撞撞地奔向那个戴着黄金面具之人，扑通一跪，颤抖着说道："请……请大人恕罪。"

一时间，所有人似乎都在等待什么。

"两个酒囊饭袋，竟让人给找上家门。"黄金面具下的声音深沉而犀利，只见金色权杖一挥，声音再度响起，便是一声令下，"杀！"

向昕大愕，手中的钝钧剑已然做好防备，那二十余名弓弩手手中的箭却齐齐指向地上跪着的那两人。

"大人——"

"大人——"

伴随着两人凄惨的哀号，嗖的一声，二十几支箭深深没入两人体内。转眼间，两人犹如两只刺猬，难以置信地瞪大着眼望着那面黄金面具，缓缓倒在地上。

那个面戴黄金面具的男子手中的权杖再次轻挥，所有人退后三步。

黄金面具之下，冰冷的声音再度响起："擅闯夷山之北禁地者，死！"说罢，那根金色权杖猛地向向昕挥去。

向昕眸中精芒闪过，手中紧握的纯钧剑也狠削了出去。

向昕与那人功力相当，内劲相当，两人近身相斗，招数丝毫不让。

向昕的纯钧剑法犹如白虹贯日，云断秦岭；那人的杖法宛如呵壁问天，气盖河山。数招过后，眼见向昕的剑招已然占了上风，倏地，忽见对方招数一变，手握杖尾，整个权杖狠狠地向向昕的肩头砸去。向昕以剑抵住那权杖，左手倏翻，正欲运劲夺过，孰知，手掌心猛地一震，双臂被震得麻痛不已，不得已松了手，而这时那权杖再次猛地袭向向昕的胸口。

向昕闷哼一声，连连退后数步，以手捂着胸口，哇地吐了一口鲜血，他抬眸厌恶地看了黄金面具一眼，啐了一口口中的瘀血，冷叱一声："卑鄙！"若不是他们服了那种药，他一定不会输的。

黄金面具下响起一阵沉闷的冷笑声，只见那人退后数步，权杖再度指向向昕，大声命令："杀！"

一声令下，所有弓弩便齐齐指向向昕。

正好赶来的美仁，见着一路上倒下不少守卫，知道就快接近目的地了。她双耳微动，左侧的山道上有打斗的声音传来，隐约见着火光，她便提气施展轻功前往。

忽地眼前一亮，一团团火光下，向昕惨白的脸被映得一清二楚。

眼见那二十余名弓弩手举箭齐齐地对着向昕，美仁的一颗心好似要蹦出胸膛。

不！他绝不可以有事！

她从怀中迅速摸出短笛，放至唇中，只听一阵刺耳的长啸之声，响彻整个夜空。

山林间，夜栖的鸟儿全被惊醒，扑腾着翅膀四处乱飞，哀声鸣叫挣扎着，不一会儿，全部坠落在地，抽搐几下便不再动了。

那些个弓弩手在听到这一阵连绵刺耳的长啸声后，一个个顿住了，开始张口结舌，面部神色错愕，渐渐转为神情扭曲，一个个就像疯了似的，松了手中的弓箭与火把，疯狂地惨叫着，双手捂着耳朵，一一倒地，就像全身正在遭受酷刑一般，不停痛苦地扭曲着。

一时间，火把灭了，周围一片黑暗，那些人哀号阵阵，在这夜色下如鬼哭狼嚎一般，回荡在整个山林之间，让人寒战不已。

向昕受了重伤，面对这及时救他一命的刺耳欲狂的笛声，也不得不强运内功，与之相抗。

“驱魂术？！”黄金面具始终稳稳地站立在那儿，倏地，只见他单手吸起地上的一柄弓箭，对着右侧的阴暗之处射去，那正是美仁的藏身之处。

面对这疾驰而来的一箭，美仁迅速侧身相避。

转瞬间，笛声倏停。

那一箭射在她身后一棵约有半人宽的树干上，只听哧啦一声巨响，那棵树瞬间裂成两半，应声而倒。

躲在隐蔽之处的美仁，望着不远处那个面戴黄金面具之人，还有倒在地上、被乱箭射死的两具尸体，满心的疑惑已经无从隐藏。昕大哥就是有些死心眼，就算是赔上自己的性命，也要找出凶手。而依目前的情况看来，这些人不仅与蓝家遭人灭门一事有关，而且可能涉及朝廷，背后一定隐藏着什么不可告人的惊天秘密，否则，作为同伙，那名刺杀韩襄的杀手，不会被乱箭无情射死。

收起短笛，美仁慢慢走出黑暗之处。由于蒙着脸，向昕并未认出她，怔怔地望了她几眼，感激之情全数化在眸中。

黄金面具在冷冷的月光之下，虽然变得黯淡无光，但依然恐怖阴森。只听一声冷叱从那面具之后响起：“原来还有同伙，竟然还会使驱魂术，只可惜这驱魂术中最强的杀招倒留了半分气力，是怕你的同伴丧生？”

美仁一身戒备地望着他，并未应话，又看了一眼身旁的向昕，若不是今夜她及时赶到，他便要命葬于此。

只见黄金面具上微弱的光芒又闪了闪，他手中的权杖再次扬起。

向昕大叫一声："小心！"那一杖带着疾风横扫过来，他眼明手快，将美仁拉离，同时手中的纯钧剑震开了那权杖。

以脚勾起地上的乱箭，美仁只能双手执着箭应对，对着向昕道："此地不宜久留。"

听着这熟悉的声音，向昕惊愕。

美仁牵起他的手，道了一声："走！"

"当我夷山之北的禁地是什么地方，想来就来，想走就走？！"

金色的权杖挥下，美仁与向昕及时避开。

那人厉声道："擅闯禁地者，死！"

话音落毕，兵器相戈，三人的手脚身法丝毫不顿，愈斗愈勇。那权杖快如暴风骤雨，如同一张密网一般，连连向美仁与向昕袭来。美仁的轻功甚是了得，纵跃横闪，宛若游龙般一一避开，手中的双箭丝毫未见迟滞。

向昕手中的纯钧剑力道刚劲，每一招都直刺那人手腕处的神门穴，他一旦中剑，手掌便再也使不出半点力道。

向昕趁势一剑挥出，那人又再跃起，看准那人上升之势已尽，将坠未坠之时，向昕手腕翻转，疾趋疾退，剑尖上幻出点点寒星，反削他的左腿。孰知，这一招那人仅使了七八分的力，那权杖震向纯钧剑，向昕便连退数步，手臂酸麻，虎口剧痛，若不是他尚能撑住，这剑早已脱手被震飞出去。

那人身形如鬼魅，忽地，又落在美仁的身后，冷笑一声，手中的权杖举起，招式变换，狠准威猛，直向美仁的头上飞来。美仁大惊，连连退后，眼看着避不开就要伤着自己，这时，横空闪出一剑，只听锵的一声，将那柄权杖硬生生给挡了回去。

美仁抬眸望向这凭空闪出的又一名戴着黄金面具之人，惊愕不已。

先前那位在见着这人之后同样震惊，厉道："你……好大的胆子！"

若先前的黄金面具被称为甲，那么这位便可称为乙，既然他们是同伙，何以这乙要帮她和昕大哥？

正当美仁发怔之际，便听他怒吼一声："还不快走？"

今夜夜探夷山已然失败，此地不宜久留，向昕与美仁对视一眼，不得不施展轻功，迅速离开。

同样是黄金面具，但区别在于后到之人身份象征有所不同。

"你好大的胆子！上次在朱仙驿，你已经私自放了他。今夜，你竟然又为敌人挡了我这一记权杖？你竟然将敌人放走了？你可知道，放走他们，会惹下什么样的祸端？你将楚王尊贵的地位置于何地？你将夷山之北那些兄弟们的生命置于何地？”他手持着黄金权杖，一声声怒斥，那面黄金面具在月夜下显得更加狰狞可怕。

啪的一声，他狠狠地给了那跪在地上同样戴着黄金面具之人一记耳光，这一巴掌将黄金面具挥落在地。

他厉声斥责：“我知道你恨，我知道你怨，你恪守多年，也从来不屑戴这黄金面具，为何今日又要戴上它？！是为了和我们作对？还是为了羞辱我们？！你根本就不配戴这个黄金面具！”

“你不能杀她！”

“不能？擅闯夷山之北禁地者，杀无赦。她与那捕头都是我们的敌人。如今他们已经找上这夷山之北，还有一个月，只要一个月，这天下便太平了，这一切也就结束了，而你今夜竟然放走了他们，你想看着我们多年的心血毁于一旦吗？”

“她不是！她从来就不是敌人，你知道她是谁，她是明家人，你不能杀她。”他跪在地上，声调铿锵有力。

手中的黄金权杖微微晃动，那无情的声音再度响起：“明家人？”

“是的，她是明家人。”

“明家人？明家人又怎样？为了成就楚王的大业，我过了多少年人不像人、鬼不像鬼的日子。好，今夜这事，我暂且不追究。但那个叫向昕的捕头，我一定要他人头落地。要怪就怪他太爱管闲事了。还有，你最好给我看好那个小子，要是他再惹出什么事端，我便唯你是问。就算是血亲，我也一样不会手下留情。”倏然转身，他手中的黄金权杖指着躺在地上的数十名不断哀号的士兵，又道，“看看他干的好事，驱魂术！他们已经废了，速速将他们处理掉。哼！”

说罢，这人迈着坚定的步子，黄金权杖与黄金面具很快消失在月夜之中。

在那绛袍之影离开之后，一直跪着的身影方缓缓站起身，对着地上躺着的数十名惨叫的士兵，低沉地道了一句：“对不起。”

长发掩饰下的双眸中，尽现痛惜之意，声音虽清醇柔和，但他手中的剑透出的寒意让人不寒而栗。

猝然数道寒光闪过，宛如破空而出的夜间闪电，充斥着让人心神俱裂的杀意，顷刻间，这山间又恢复了之前的平静。

美仁与向昕离开禁地的势力范围之后，在一处较为隐蔽的地方停了下来。

向昕踉跄一步，扶住一棵树，因吃了那人一杖，他受了很重的内伤，之后又耗了很多内力方能离开这夷山，顿时，他觉喉间一阵腥热，一口鲜血喷了出来。

美仁见着，惊慌地上前扶住他，而那一声“昕大哥”却是硬生生卡在喉间，始终不曾叫出。她急忙从怀中摸出装有雪莲丹的药瓶，从中倒出一颗，喂他吃下。

向昕凝视着她，她一身夜行衣，蒙着面，身形纤弱，那清澈的双眸中满是忧虑之色。这世间，能拥有这一双眼眸的除了她，便不会再有第二人。今夜若不是她，或许他早已丧命于那夷山之北，或许他也会成了那药的试品，成为那些士兵们其中之一。

他调了调气息，低声道：“美仁，是你，对不对？”

戴着面罩，美仁只觉呼吸一窒，嘴角微微牵动，咬了咬唇，没有应他。

“你是不是全都知道了？所以你赶着来救我一命？谢谢你。”向昕苦涩地笑了几声，握着手中的纯钧剑，沉声又道，“若是你想劝我收手，那么，就什么都别说了。蓝家在整个淮河以南，人力、财力、物力都是屈指可数，却在一夜之间这么轻易地让人灭了门，却无人敢插手过问此事，这件事就这么不了了之。我向昕算什么，不过是一介草民，凭什么和他们斗？”

向昕走近美仁，将手中的纯钧剑横举在她的面前。

美仁抬起双眸，惊愕地望着一脸哀伤的向昕，喉中犹如堵了一块铅。

昕大哥口中的“他们”究竟指的是谁？为何听他的语气，她似乎应该知道是谁，应该知道事情的真相，可她却什么都不知道……

这一刻，她才发现，自己有多卑鄙。对整件事的来龙去脉，她是多么迫切地想知道，但面对喜欢的人，她竟然都不愿意问出口，因为她怕他知道她什么都不知道后，对她有所隐瞒。

难道真如景升说的那样，时间久了，那面具已经与皮肤黏合了？

她屏住呼吸，一动不动，等待向昕继续往下说。

“爹当初将这把纯钧剑交予我的时候，便是希望我能人如此剑。纯钧是尊贵无双之剑，尊贵无双的寓意是一个人做人做事应有的原则，是凛然正气，是正邪不两立，是邪不能胜正！尊贵无双的正义之剑，呵呵呵……”向昕说着说着，忽然立在那儿苦涩地笑着，笑声越来越大，笑到最后显得刺耳与悲愤。

事情的真相呼之欲出，为何她却觉得她离昕大哥的距离越来越远？为何此时此刻，她只能感受到他的哀伤、他的悲痛、他的愤慨？

那笑声渐止，倏然，向昕又吐了一口鲜血，身体软软下滑。

美仁及时扶他坐下，点了他几处穴道，急道："你不要再说了，让我先为你运功疗伤。"

向昕紧紧抓住美仁的手，轻轻拉下她的面罩，凝视着她那张让他悸动的容颜，忍不住将她拉进怀里，抱住她的双臂，力道越来越大，恨不能将她揉进自己的体内，他将头埋在她的颈间，又是一阵低声苦笑。

美仁觉得快要窒息了，轻轻唤了一声："昕大哥……先运功疗伤吧……"

向昕将美仁拉离，沉声道："不用，我自己来。就快要鸡鸣了，你还是先回去吧。谢谢你，你帮得已经很多了，我不想让你因为我而受到伤害。东水门外，那里，以后你也不要再去了。今夜就当什么事都没有发生过，天明之后，你依然还是明家的小姐。你走吧。"

说罢，向昕反转过身，闭起双眼，开始运功疗伤。

"昕大哥……"

依然还是明家的小姐？为何昕大哥会这样说？

美仁的手握住向昕的手臂，嘴唇微颤。难道昕大哥所指的"他们"是指的明家吗？怎么可能是明家？为何明家要灭了蓝家，不是要联姻的吗？

向昕闭着双眸，轻应："你走吧。"

骤然间，她想到了为何昕大哥早已来到京城却迟迟不去找她，为何蓝家惨遭灭门，蓝希凌来到京城却不来投奔她的未婚夫家，为何景升、景承他们早已知晓蓝家出了事，为何整个明家对于蓝家人的生死那样漠然，为何昨夜景升找到她的时候整个人变得莫名其妙，为何昨日他无端要将她困在水芙苑……原来这一切都不是巧合。

夷山之北的禁地，那个救了她一命的黄金面具，是因为她是明家人吗，所以要留下她的命？

为什么？为什么明家要这么做？而且还要让凶手易容成她的模样……

原本她还抱着一丝希望，如今这最后的一丝希望也在瞬间熄灭了。她本就不想进紫玉山庄，本就不想认什么爹、哥哥和妹妹。如果可以，她恨不能自己就是那凶手，不是去灭了蓝家，而是灭了紫玉山庄。可悦姨为何一定偏偏要她来，却又除了那本《天一圣经》，什么都不让她做，她不明白，她真的不明白……

一时间，向昕、悦姨、怡素、明经堂、明景升、明景承、明景璇、鱼海浪……他们的身影在眼前交织成一片。美仁只觉得一阵眩晕，头仿佛要爆裂开来，浑身犹如针扎一般，每一寸肌肤都在灼痛，这是从来没有过的。

不，昕大哥在运功疗伤，她不能让他知道自己的异样，她要离开，她要先离开再说。

她喉咙微动，想同昕大哥告别，竟然连说话的力气都没有。

踉跄着步子，她抚着头跑开了。

［二十］禁忌之吻

因浑身如针扎般的疼痛，美仁额上不停有汗珠滑落。为何身体会突然变成这样？前些日子，她只是有些头疼得厉害。渐渐地，头疼的频率越来越高，她知道自己不能轻易动怒，否则一定会失了常性，几度失手差点杀了人，所以她极力地克制着自己的情绪，这样头疼会减轻一些。虽然这样，时不时还是会如针扎一下，头痛得要裂开来，而现在，这种痛已经蔓延到四肢百骸。

她以蹒跚的步伐踩着一地的落叶，视线开始模糊，涣散的眼瞳根本定不住焦距，一只手按着不停跳动的太阳穴，另一只手必须扶着一棵又一棵的树身，才能继续向前迈步。

"啊——"脑袋又是一阵刺痛，她双手抱住头，身子逐渐不支，重重地摔倒在地上。

这时天已蒙蒙亮，她的双手支撑着想要爬起来，却看见手背上几道触目惊心的血迹。

她何时受的伤，她怎么不知道？

爬坐起，她惊恐地对着自己的双掌看了又看，拨去满手的污泥，根本就没有什么伤口。没有伤口，那这血是从哪里来的？

一滴艳红的血滴在她的掌心，当她想以手抚摸脸上是否有伤口，右手微抬，手腕处细细密密冒出的血珠赫然映入眼帘。她难以置信地将衣袖捋起，再看向自己的左臂，那点点血珠正在往外溢，她惊恐地拉下衣袖，以袖抚上自己的脸庞，轻拭了几次，再见到的却是沾着血迹的衣袖。

这是血汗……

她竟然流血汗了！

为什么？忽然之间，她的脑子里竟充斥着心法口诀，这心法并不是她日常修炼的武功，是什么？是《天一圣经》。是都桓！木曜使者都桓，他临死前将一身功力全传给了她。她翻看过那本《天一圣经》，她可以过目不忘，原来在潜移默化里，她一直在修炼的都是这门邪功。

"不！我不要！我不要！我不要——"她尖叫出声，将脸庞深深地埋在两膝之间，恐惧地啜泣起来，"呜呜呜……"

浑身的刺痛让她承受不住，她抱着身子倒在地上痛苦地挣扎扭动着。

就在这时，景升匆忙赶到，看到眼前这一幕，大步上前将美仁扶起揽入怀中：“美仁！你怎么了？你……”

然而在瞧见她满脸触目惊心的血迹后，他惊愕不已，急道：“告诉我这是怎么回事？是谁伤了你？是他吗？”

美仁睁开血红的双眸，一看见是让她咬牙切齿的景升，双手便抵着他的胸膛想要将他推开，无奈浑身无力，只能软软地倒在他的怀中。

她强忍着痛，颤着声道：“明景升，你……给我滚开……”

“别动，让我看看你哪里受伤了！”景升颤着手拨开紧贴在她额前的头发，轻轻拭去她脸上的血泪，和上次一样，没有伤痕。他再拉过她的手，揭起她的衣袖，依然没有伤痕，然而却看到密密点点的血珠慢慢渗出来……

他难以置信，声音跟着开始发颤：“你在流血汗？！”

“你给我滚开！拿开你的脏手，不要碰我！”美仁几乎用尽了全身的力气冲着他大吼。

景升心中忧虑万分，抱着她，她却在怀中一刻不得安分，终于，他也忍不住地吼道：“你给我安分点！你究竟吃过什么东西？是不是中了什么毒？为何会流血汗？！”

“哈哈哈……中了什么毒？你还好意思问我？殷红如血的樱桃情人茶，不是你下的西域玄冰，我会变成这样？”美仁眸中含着泪，大声地嘲弄。

“你就不能收起你浑身的刺吗？每一次都像一只长满了刺的刺猬。”扶着美仁的双手不知不觉中加重了力道，景升处于几近愤怒的边缘。

脑袋与身体上不断传来的那种如针刺的疼痛，让她再度承受不住地呻吟起来，两只手在他的肩头发泄似的不停挥打，却绵而无力。她将脸埋在景升的胸前，不停地来回磨蹭，口齿不清地低吟着“很痛”。

“你先忍着，让我看看。”他深叹了口气，将她身体抱好，捉过她的右腕，两指探了上去，仔细地给她把起脉。

渐渐地，他的双眉越蹙越紧。

美仁的脉象忽强忽弱，忽沉忽浮，十分紊乱，体内两股极强的真气，一股平和稳重，一股尖锐阴邪，那阴邪之气每每要破空而出，却又被另一股强压制住。

喉咙微动，景升凝视着怀中这只“刺猬”，此种情形，分明是因修炼什么邪魔武功差点走火入魔而致。她到底在练什么邪功？

忽然，她张嘴一口咬住他的左肩，似乎只有这样，才能缓解她的疼痛。

景升无奈地叹了口气，任由她咬着，仿佛感受不到疼痛一般。他的脸贴着她的发丝，低喃：“中了西域玄冰，只是不能动用真气罢了，不会流血汗，更不会像你这样乱咬人。告诉我，你是不是在修炼什么歪门邪道的武功？”

顿时，美仁松了口，口中含混地道：“没有……我没有……好痛……浑身都在痛……”

她还在撒谎，似乎撒谎就是她的本性。

景升扣住她的下颌，强迫她与他相视，愠道：“你体内有两股真气，一正一邪，你若不是修炼了什么邪门歪道的功夫，怎会这样？你是不是到死都不愿说实话？”

此起彼落的呼吸声纠缠在一起，听不清分不明。疼痛稍稍减轻了一些，美仁也清醒了一些，抬眸猛然发现景升俊美的脸庞正与她面对，浓密有致的双眉微微蹙着，如星辰闪耀的眸光似要射穿她，灼热的气息拂上她的脸颊。

“说吧，究竟是怎么回事？你若不想到最后走火入魔暴血而亡的话，就说出来。”景升抱着她，手掌紧紧包住她的手指，生怕她忍不住伤了自己。

“还记得蓝家吗？那个‘秀姑’并不是秀姑，我娘曾救过他，教过他武功，算来，他也算是我师哥。只可惜他后来练了一门邪魔武功，走火入魔，我去蓝家找他，只是想让他收手别再害人，谁知他知道自己来日不多，却不忍这一身功力就这么废了，强行传给了我……我也不想这样的……”美仁将脸埋在他的胸膛上，开始痛哭起来。

见她哭得伤心，景升哄着：“乖，不要哭了。”

他深吸一口气，唯有将自己的真气输入她体内，试试能否压制住那股邪气。然而他这样做了后，却听到美仁更为凄惨的尖叫声，哀求着他不要再为她运功，这样会让她更痛。

他紧紧抱住她，见着她这副模样，心疼不已，但自己又不能替她承受。

他沉默地凝视着她，手越握越紧，抵着她的发际，急道：“那他临死之前，有没有告诉你，他修炼的是什么武功？有何化解之法？”

一想到《天一圣经》上记载的化解之法，美仁便惊慌地垂下眼帘，眼泪止不住地往外流。她不要失去武功，那样的她和一个废人没有什么区别，昨夜中了西域玄冰之后，她已经尝到了那种生不如死的恐惧。

可是一想到这种邪功练到最后，不是功成便是暴血而亡，她的心就更加慌乱。

因为她更不想死。

“不知道……不知道……我不知道……我什么都不知道……”她不停地摇头，又是一阵疼痛席卷而来，难以忍耐，她惨叫出声，“啊——痛——”

她的手挣脱开景升的大掌，按住自己的头，指甲狠狠掐入自己的颈间。景升见状，及时抓住她的手，她颈间白皙的肌肤上留下几个深深的指甲印。

景升狠瞪她一眼，这种情形真是叫他又心疼又气愤，倏然，他以单手扣住她的下颔，绷着脸，大声威胁道："既然什么都不知道，就给我忍着！若是你忍不住，就说一声，我会像前夜一样，给你个痛快，一掌打昏你。"

"明景升！你这个浑蛋！应该换你受尽这种折磨。"

"是！我是浑蛋！那又怎样？你看看你，满脸的血和泪，哪里像个美人？是要和一个浑蛋哭诉你的血泪史吗？哭吧，哭吧，把你的血和泪全都哭出来。我倒要听听你究竟有多少委屈！珍珠？弯刀？"

噙着泪光，美仁羞愤地瞪着他，神情里是满满的不敢置信，这种时候，她都成这样了，他竟然还这样对她？还提及那件让她倍感羞耻的事？

"明景升，你……你……你简直不是人！"她气得浑身发抖，抽出手便要给他一记耳光，但景升的手比她更快。

"怎么？平时牙尖嘴利，这时候就只会说一句不是人？"景升不依不饶，不断在刺激她。

只要能激起她的斗志，她就不会去想着痛与不痛。

只可惜这一次他算错了，她没与他争辩，而是选择默默流泪，无声哽咽。

这无声的哭泣，反倒是让他心更慌、更乱了。

"别哭了。乖！就当我什么都没说过。"

美仁不理他，仍是埋头拼命地哭着、发泄着。

"唉……"景升深叹一口气，无奈之余，强行抬起她的下颔，逼她看向自己，却见她紧闭双眸，仍在不停地哽咽。

纤长的睫毛上，缀着点点泪珠，两行清泪顺着粉颊缓缓滑落，在白净的肌肤上印出两条淡淡的血痕。

"别哭了。我方才那样说，只是想转移你的痛觉罢了。"他的声音低低的、浅浅的，似耳旁轻喃，温柔地哄着她。

美仁仍是不应，泪却流得更凶了。

他以手为她轻轻拭去混着血的泪水，可是越来越多的泪珠滑落。血与泪模糊一片，此刻的她，正如他所说，一点美人的样子都没有。

他不禁莞尔，凝视着眼前这个倔强的丫头，不知不觉，双眸逐渐迷离起来，呼吸急促难平，心猛烈地跳动着，一放一缩。

情难自控，他将唇贴上她的眼帘，轻轻地吻去她的泪珠。

美仁只顾着抽泣，并未察觉。

他每落下的一吻犹若蜻蜓点水，唯恐惊动了怀中的佳人。

渐渐地，他觉得自己越来越贪心，情不自禁，顺着她小巧的鼻尖，一路吻下。

双唇触碰的瞬间，所传递出的是那种柔软而温暖的触感，给人以安定、镇静的抚慰，这种温柔而诱惑的气息让美仁一时间忘了痛。

是什么东西在嘴上温温的软软的？吃的？

她微动了动唇，忍不住轻咬了一口，便听见一声闷哼。刹那间，她瞪大双目，映入眼帘的便是景升那张放大到已经看不清的面庞。眼前如璀璨星空般迷人的双眸像是在给她催眠一样，渐渐地，她眼前变得迷茫一片，所有的景象愈渐模糊，身体好似慢慢飘起来一般，而她，喜欢这种让整个灵魂都跟着悸动的感觉，身体好像也不怎么痛了……

忽然惊觉是他温柔的唇与她的紧密触碰，她难以置信地惊呼："你——"

话语尚未吐出，粉唇在开启的瞬间再次被攫住，被迫接受他霸道的气息。

"嗯嗯嗯……"

柔软而湿润的吻不断延长，未曾间断，缠缠绵绵，煞是醉人。

唇舌纠缠的感觉过于强烈，强烈到令美仁开始茫然，她忍不住启口回应这热烈的亲吻。景升似是受到了鼓舞，呼吸急促起来，加深了这个吻。

忽然之间，她猛然惊醒，瞪大双目，难以相信眼前发生的一切。

天哪！她在做什么？！她竟然当是吃的东西，还傻傻地去轻咬他的嘴唇，让他误以为那是对他这种无耻行为的回应……

她挥动着双手正欲反抗，却被景升牢牢抓住并反扣在身后，使不得半点力。

"嗯……"

景升强硬地探入交缠使得她被吻得几乎失去神志，她憋红了俏脸，就快要透不过气来。

他似乎还不愿放开她。没想到，他这个家伙恶劣到如此地步，竟然连自己的妹妹都不放过。一想到她被自己同父异母的哥哥给强吻了，她几欲昏厥。更可恶的是，这种缠缠绵绵的滋味可以避开那让人疯狂的疼痛，她体内的血液在瞬间犹如沸腾一般。

当下，她便觉得气急攻心，虚弱的身体再也支撑不住，两眼一黑，便失去了知觉。

察觉到怀中佳人的异样，景升被迫离开那张艳红而诱人的薄唇。他苦涩一笑，她将他的自信心打击得一点都不剩。

她就像是一把诱人的妖火，耀眼而夺目，从一开始就夺去了他全部的注目。

“这样也好，睡着了，就不会痛了……”他浅浅一笑，声调柔浅如风，低沉如磁，唇贴在她的发际，落下轻柔的一吻。

几声清脆鸟鸣，唤回了他的神志。他抬眸望向四周，这时，天色早已大亮。

林间清新的空气，交织着树木野草的芳香，释放的正是盛夏的气息。

他长长地舒了口气，望着怀中满脸血污的佳人，脱下自己的外衫，轻轻罩在她的身上，包住她一身夜行衣。他抱起她，迈着沉稳的步调离开。

［二十一］月影风清

虽是六月的天气，但美仁因身体疼痛难挡，流过血汗之后，感到阵阵发寒。她紧闭着双眸，拼命地紧贴景升身后，缩在他温暖的怀抱里，正是那温暖的怀抱驱走了她全身的寒冷。

忽然热源没了，美仁只觉一身寒凉，先是什么温热的东西在她的身上轻轻擦拭，紧接着，冷是她唯一的感觉。

不，别走开。

挥动的双臂想抓什么，却什么也抓不到，她努力地睁着双眼，想抓住那温暖的来源，可眼前却什么都没有，雾蒙蒙的一片。

渐渐地，雾散了。

她看清了一张脸，是明景升，他正一手握着她的珍珠，一手握着她的弯刀，大步向她走来。

“我的珍珠！我的弯刀！”美仁的眼中似乎只看到这两样东西，不顾一切地扑了上去，被景升抱了个满怀。

抬眸之际，她的目光正好撞进景升那一双如子夜般深邃的眸子里，她不由得一阵惊慌，目光急忙错开落向别处，余光却仍是瞥见他正漾着浅笑的优美薄唇。

刹那间，她忆起正是这张令人讨厌的薄唇夺走她的初吻，还强迫着她吻了很久。

他还在那儿笑。

不许笑。

美仁一把拉过他，将他按倒在床上，以手死命地按着那唇，气急败坏地大嚷着：“不许笑！不许笑！再笑，我灭了你！”

“救……命……”

“死家伙！你这个登徒子！臭采花贼！叫你再笑，再轻薄我，去死！

去死！”

“你在做什么？！”一声大喝，猛地将美仁从梦中惊醒。

她瞪大双眸，回首望着身后正立在门外的一脸凶神恶煞的景升，愕然，再回首望着被她按在床上的人，只是一名小小的婢女，手里正抓着一块湿布，而她的手正按在那小丫头的口鼻之处。

那小丫头因承受不住美仁的力道，早已昏厥过去。

啊——

她何时又回到这个竹芙园的？这小丫头怎么会在她床上？她方才按住的人明明是明景升，怎么会变成这个小丫头？

她慌乱地收回手，跳下床，双手无措，结巴道：“我、我、我在做梦……”

“做梦？”景升微微蹙眉，步上前，以手在那小丫头的鼻下探了探，还好只是昏了过去。他转过身，反问，“做什么梦用得着杀人？”

“还不都是因为你——”美仁气急，一时脱口而出，意识到说了什么，连忙收口，懊恼地以贝齿轻咬着下唇，整张脸红得就像是熟透了的蜜桃。

景升望着她那副欲言又止的娇羞模样，不禁莞尔。

见着他又笑，美仁狠瞪他一眼，道：“我梦游，不行吗？”

刚才想要捂死他的梦境是那么真实，那么之前和他亲吻的事也一定是假的。是假的！她怎么可能会和这家伙亲吻？那一定是在梦游，一定是她头疼得厉害，在胡乱做梦罢了。

当景升的目光落在她半敞的衣襟之处，他一双炽热的瞳眸瞬间变成两池深潭，那里正露着大片雪白诱人的肌肤，胸前并不似他曾经以为的那样平坦，而是……

“咳……”轻咳几声，景升别过脸才道，“把衣服穿好，到竹心亭，我在那儿等你。”说罢，他便转身快步离开屋子。

“嗯？”美仁一脸莫名。

低头瞧见自己半敞的中衣，那里面一片空荡，春光乍泄，她顿时羞得咬住下唇，连忙拉紧身上刚换下的干净衣服，整张脸在瞬间涨红了。

可恶！又被他看光了。

是谁给她换的衣服？她原来裹胸的那块布呢？

她双手紧紧地抱在胸前，目光落在一旁的木盆上，里面的水还冒着热气，旁边的竹凳上还有一盆水，里面的水已被染得血红。想来方才那湿热的感觉就是这小丫头在帮她擦洗身子，难怪她觉得忽凉忽热。

她回首望了一眼昏迷的小丫头，瞥见一块刺目的白布长条，正是她的裹胸布，被那小丫头压在身下。她轻轻拨开小丫头的身子，抽出那段白布条，迅速缠上身，束好中衣，又成了原先平胸的那个她，这下才长长地舒了口气。

脑海中不禁又浮现出景升的脸，尤其是那个薄唇，一直都是似笑非笑的，想着她就郁结，手在不知不觉中抚上自己的嘴唇，有些微痛。

那个吻好像不是梦境……但好像真的能抵制住那种疼痛……

她的身体猛地一僵，强装镇定，便开始到处找寻外衣。

一直收藏于身的那套银针和钱袋，与一套叠得整整齐齐的新衣放在一起。她收起银针与钱袋，当抖开那套新衣正想穿上身时，她倏然怔住了。

这是一件做工极为精致的女子裙衫，颜色十分好看，是她最喜欢的那种素雅的水蓝色。上好的面料，一流的绣工，衣襟、袖口、腰带以及裙摆之处，都绣着幽雅的兰花，衣表闪着银色的光芒，时隐时现，那是银线所绣的暗纹。

除了这些，这件衣服最奇特之处，便是若有若无地散发着一股淡淡的兰花香气。

这种衣服她在倚笑楼里见过，悦姨有一件，是一个客人送的。那位客人说这样珍贵的衣裳，只有杭州的无双绣坊才能制出，一年最多也只能出几件而已。

因为这些衣服上所用的绣线与普通的绣线不同。

花正在怒放，花香最浓的时候，将新鲜的花朵采摘下，提取花液精华，将绣线浸入香气浓郁的花液之中，待绣线完全染上花香之后，才用以绣在衣裳之上，这样绣出的衣裳会留有花的香气，久久不散。

这样的衣裳自然也是千金难求。

望着这件素雅端庄的衣裳，美仁抚了抚微微抽痛的太阳穴。

是，她是很想穿回女装。

从她离开萧山之后，她已经强烈地期盼了有整整十年了。但是她已经穿了十多年的男装，一时间让她换回女装，她有些难以适应，再则，日后办起事来会很麻烦。

她深叹一口气，望着自己一身素色中衣，若是这样走出去，虽有些难堪，但总比穿了女装后，脱不下来好，所以，她决定豁出去了。

放下那件衣裳，她瞥见床上的被面，是那种深蓝色的棉布，灵光一动，一把撕开，整了一下，披在身上，腰间再以布带一束，上身遮住，下身也刚好及膝。

虽是丑了点，起码还算像个样子。

亭中，景升在等她，这让她又有些犹豫。

一想到昕大哥那句“天明之后，你依然还是明家的小姐”，她的心便会隐隐作痛。对他来说，一面是要杀他的凶手，一面是凶手之女，这就是他所谓的难言之隐。原来不愿她受到伤害，是这样的，因为他知道她将会两难。

两难？

把她扯进一场灭门之案甚至牵扯到朝廷之事的幕后主使，是她一直不愿承认的亲生父亲与哥哥们。

何惧两难？

在明白这一切的时候，她愤怒，她悲哀，她无奈。所谓新仇加旧恨，再奢华再安逸再宠溺的日子，都无法抚平她心中的愤怒。

整件事也绝非想象中那么简单，最终还牵扯着一个人——“韩襄”。

悦姨到底是让她来杀人还是来救人的？

她不明白悦姨让她来明家的目的，不为报执，甚至对《天一圣经》的事也绝口不提，那究竟是让她来做什么？

经过昨夜夷山之北那一战，她的面具在明家应该是完全被撕开了，处境也变得很微妙，不承认是“家人”，那么便是敌人。这些事她真的不想去烦，更不想去插手，她只想顺顺利利地拿到那本《天一圣经》的下卷，回到杭州，回到倚笑楼。

无缘无故受了都桓一身内力，她只要情绪稍有波动，整个人便会难以控制。

如今，她什么都不可以往下深思。

她的头又开始有些隐隐作痛，她轻拍了拍太阳穴。

所有事情弄得一团糟，最麻烦的是，还有一个是她的血亲——怡素，在不停地扯着她的后腿。

就如昕大哥所说，天一亮，她依旧还是“明家的女儿”。

路永远走不完，也永远得走下去。

深吸了一口气，她挺起胸膛，迈出屋门。

出了门，这才惊觉已是黄昏，她竟然睡了一天。

沿着竹廊，忽然间，传来一阵悦耳的琴声，琴韵悠扬，铮铮琮琮，清澈宛转。

这时，男子低沉而富有磁性的嗓音伴着那曲调浅唱而起：“有一美人兮，见之不忘。一日不见兮，思之如狂。凤飞遨翔兮，四海求凰。无奈佳人兮，不在东墙。将琴代语兮，聊写衷肠。何时见许兮，慰我彷徨。愿言配德兮，携手相将……”

难抑好奇之心，她循着歌声的方向走去，恰巧是竹心亭。

当看清亭内抚琴浅唱之人正是景升时，她不由得顿住脚步，僵立在竹桥入口处，望着他。

“……不得于飞兮，使我沦亡，使我沦亡……”

随着“使我沦亡”这最后一句词消失在景升的唇畔，最后的一个琴音也随着他的手指停止而渐轻渐无，尽显矛盾苍凉的味道。

听到脚步声，他嘴角轻扬，缓缓抬起头，在见到美仁披散着头发，身着一身不伦不类的破布后，他双眉紧蹙，笑容渐敛，嘴唇抿成了一条直线，淡淡地道：“我倒是不知你何时加入了丐帮。”

美仁轻睨一眼，踏着沉稳的步调迈上了竹桥。

立在亭中，望着他坐在琴前俊秀的侧影，她皱了皱眉，应道：“呵，丐帮？或许是我命大福大吧，否则就真的沦落街头，加入丐帮也未尝不可。所以穷人穷命，那么奢华的衣裳穿在我的身上也是浪费。”

景升嘴角微动，收回视线，对着竹桥的方向，连击掌三下。

这时，回廊另一侧出现两名小丫头，端着早已备好的晚膳，莲步轻盈，踏上竹桥，缓缓步来。

一桌丰盛的佳肴出现在美仁的眼前，她的表情微僵。似乎和他在一起，不是吃，便是喝。昨日那壶让她像废人一般的血红樱桃茶，她可是记忆犹新。

她在竹凳上坐下，面对景升，冷笑出声：“景哥哥，谢谢你昨日的樱桃茶，尤其是那西域玄冰的滋味，可真是让人回味无穷。”

景升低垂着头，修长的手指轻轻拨动着琴弦，不急不慢，缓缓开口：“如妈自幼生长在西域，二十多年前，是我二叔从西域将她带回中原的。”

淡淡的言语之中，已经道明，那西域玄冰并非他所下。

闻言，美仁抿紧嘴唇，思及那个黑衣人及时出现并给了她解药，倒有可能是他让那黑衣人这么做的，但不论怎样，他意图胁迫她留在这园内是不争的事实。

她咬着嘴唇，忽然想开了，道：“蛇鼠一窝，是谁下的都不重要。不过你师父倒是有一句教诲得很对，就是这竹芙园里小人甚多，这里的食物随时都可能吃死人。找我什么事？不会就是想让我听你弹小曲吧？”

“嗯？师父？”景升疑惑地皱起眉头，“嗯，一边吃一边听。”

美仁斜睨了他一眼，从怀中掏出银针，将所有菜一一验过，夹了好些菜先递给他，道：“你先吃。”

景升勾了勾唇角，并未接过碗筷，倒是从怀中摸出一柄带有体温的弯刀之镜，递给美仁。

美仁一见，即刻接了过来，打开仔细检查一番，对着那铜镜照了照，果然，她这副模样真的很像丐帮弟子。

“那颗珍珠……就当是送我了吧。”

美仁方想回绝，景升抢着又道：“先用膳吧。一边吃，我一边教你一首曲子，你记得每日都要弹一遍这首曲子，或许对你的身体有所帮助。”说罢，他的手再度抚上琴弦。

这一次，琴音与之前他轻弹浅唱的有所区别，那音色宛如花间鸟鸣，清脆婉转，又如高山流水，清晰悦耳。

琴声抑而又扬，扬而又抑，或低吟，或温柔。

这是一种洁净的琴声，能够穿透人心灵的最深处。

犹若冰寒的水域之间，一朵婀娜柔美的出水芙蓉在一片清冷之下，流露出来的一丝暖意，让人的整个灵魂变得干净而纯粹。

美仁渐渐被吸引，早已忘了一切，直至琴音休止，她仍旧深深陷入其中，不能自拔。

“可学得会？”景升这声问话，终于将她拉回了神。

美仁道：“我听我姨娘说过，江湖上曾有一位奇女子，有一把奇特的琴，她可以用琴声杀人，亦可以用琴声救人。你弹的这首曲子，是否就是那名女子用以救人的清心咒？”

“你所说的奇女子应该就是我娘。这把琴名唤清风，是她生前所有。方才我所奏的正是我娘教我的《月影风清曲》，可宁神静心。”轻轻拨动琴弦，景升又道，“我用这清风换你的珍珠，可好？”

“嗯？”美仁怔愕，望着他手中那把精致的琴，好像有点心动了。

人沉浸在这首《月影风清曲》里，心宛若受过洗涤一般，若是每日弹奏这首曲子能够驱除心魔，不用再受那血汗之痛，对她来说是再好不过。不管怎么说，总比《天一圣经》上记载的那个烂法子要好。

“你不舒服？脸怎么红红的？”景升疑惑。

“没……没什么。我跟你换，你再弹一次。”

不过多时，美仁便学会了这首《月影风清曲》。她闭着双眸，指下轻动，一遍又一遍地弹着这首曲子。

一丝血迹正沿着景升的嘴角缓缓溢出，他摸出一方帕子，轻轻拭去，在这净透人心的琴声之下，悄然离开。

美仁整个人完全沉浸在这首曲子里，就连景升何时走了也浑然未觉，直到有些累了，方停止。

在见着自己滴落汗滴的瞬间，她发现它如同以往一样的透明，她连声喜道："这曲子果然妙极，不是血汗了！不是血汗了！"

抬眸意识到亭中只有她一人，她四处张望，依旧不见那个身影，心中竟有一种说不出的失落感。

她抱着清风回到屋中，床上的小丫头已经离开了，那桶热水与那盆血水也都没了，一切又回到原样。

这时，两名小丫头一人端着备好的晚膳，一人捧着一件新衣进了屋，其中一人便是之前被美仁误伤的小丫头。

"小姐，请用晚膳。"

小姐？

美仁回转身，微微讶异。

那个小丫头似乎看出美仁的疑惑，恭敬地道："二公子吩咐，说小姐若是收了琴，就即刻伺候小姐用膳。"

而那个被她误伤的小丫头将一套月牙白长衫呈至她的面前，低垂头，颤着声道："启禀小姐，这是二公子命奴婢重新给小姐准备的一套男装，小姐是要先用膳，还是要先更衣？"

小丫头这么一说，美仁当下便觉得心慌意乱。

为何他什么都替她想得好好的？

今日，他出奇地怪，说话也不似以前一样话中带刺，不仅送她千金难求的衣裳，还教她弹奏能够抑制心魔的《月影风清曲》，甚至连他娘生前最爱的清风，他都拿来换她的珍珠。比起他娘的清风琴，那珍珠倒显得不足为奇。

他究竟想怎样？

"衣服与饭菜都放下，你们下去吧。"美仁道。

"是。"两人应声。

"等一下，你可是叫春香？"美仁叫住那名被她误伤的小丫头。

"回小姐话，奴婢春香。"

"那你可是叫秋香？"美仁又问另一名丫头。

"回小姐话，奴婢秋香。"

"春香，我问你，二公子是何时离开的？走之前还说了什么？他有没有说去哪里？"美仁又问。

因之前差点被美仁给捂死，春香是怕了这位小姐，一想到二公子离开竹芙园时那副惨白的模样，便支吾着道："二公子他……他……"秋香在一旁死命地掐着春香，示意她不要乱说话，若是惹了二公子不高兴，她们两人可是吃不了兜着走。

美仁察觉，挑了挑眉，问道："是不是出了什么事？说吧，我又不会吃了你们。"

"回禀小姐，二公子重伤未愈，又病发了，约莫是酉时三刻过后戌时不到的样子，庄飞、庄杰兄弟二人护送二公子回了府。临走之前，二公子只吩咐奴婢们要好好伺候小姐休息，其他的……就没有了……"

抚摸着清风的手指一下子嵌进了两根琴弦之间，除了铮铮的琴音，似乎还能听见指甲断裂的声音。

美仁摆了摆手，淡淡地道："以前怎么称呼，今后就还怎么称呼吧。好了，你们都下去吧。"

"是。"春香与秋香齐齐应声，恭敬地退了出去。

整个屋子一片寂静，静得连心跳声都可以数得一清二楚。

美仁平静的脸上没有流露出任何情绪，她动作麻利地换下那身看似丐帮弟子的被面，套上新衣，拿出银针，将桌上的菜又逐一验了验，才放心地拿起筷子。

自凌晨一别，她始终放心不下昕大哥。片刻休息之后，她又匆匆离开屋子。

庄飞、庄杰两兄弟又挡在了门外，她想问二人景升眼下如何，可话到嘴边却改口道："何须再做这些无谓的事？明知拦不住的。"

"我们做属下的理当按主人的吩咐做事，今夜若小姐还要出去，请让属下们随行。"庄飞道。

"随行？怎么，你们家主人也知道看人了，改口了？"美仁嘲弄。

庄飞与庄杰两人的面色异常难看，唯有低垂着头立在门前一动不动。

"若是不放心，或是不好跟你们主人交代，那就跟着我吧。"

兄弟二人对看一眼，便紧跟在美仁身后，但怎么也没料着，美仁带着他们上了万花楼。

金妈妈再度见着美仁，二话没说，立刻安排人领着他们上了二楼雅室。庄飞兄弟二人则是恭恭敬敬地守在雅室门外，面对来往衣着暴露的姑娘们的挑逗，两人憋足了劲一一挡开。

"我要见苏素姑娘。"美仁把玩着手中的茶盅。

"向少公子，怕是您一个月内都见不到苏素姑娘了。"

"为什么？"

"下月十五是参知政事王大人的四十岁寿辰，点名要苏素姑娘前去以歌舞助兴，因此，这一个月内，苏素姑娘要多加练习，不方便接客，还请向少公子见谅。”

参知政事王钦若的四十岁寿辰？又是一个月？

美仁手指轻敲着桌面，很快，她扬了扬眉，又问：“那三公子呢？他人在哪儿？”

“三公子昨夜与几位姑娘一直闹到今晨才睡下，眼下正在后院歇着呢。向公子要找他吗？”金万花应道。

“不用了。你，过来。”美仁示意金万花将耳朵附过来，叽叽咕咕说了几句，金万花领会，便笑着挥着手绢一扭一扭地出去了。

未久，美仁独自一人离开万花楼。

立在巷尾，她远远望着万花楼前的两排大红灯笼，得意地扬着唇。她又可以安静一夜了，怎么着最快也要到明日晌午过后才能再见着庄家兄弟二人。四大名琴不但人长得美，劝酒陪酒的功夫也是一流，或许对这兄弟二人来说，也是飞来的艳福。

虽然昕大哥叫她不要再去东水门外找他，可是她怎么都放心不下。

再度进入那间破屋，不但没见着昕大哥，就连蓝希凌也不见了。这一片废弃的破屋，她找了又找，每一个角落都不曾放过，可是仍旧不见他们的踪影。

美仁的心陡然一凉。他走了，是故意躲着她，还是这藏身之处被他们发现了？

今夜前来，她是打算找他问清楚一切的。

谁对谁错，有什么话她都想说出来，不想再憋在心里了。

站在那一片废弃的破屋之外，美仁觉得自己的心空空一片。

［二十二］争执再起

美仁像一个游魂一样，最后沮丧地坐在破屋的门槛之上，目光呆滞地望着门前的一堆乱稻草。她抱着双膝，将脸埋在两膝之间，无望地等待着。

如今剩下可以做的也只有无望地等待。

许久，当一阵细微的脚步声传来，她猛地抬起头，朦胧月光映照之下，她看见向昕正立在眼前。

她激动地站起身，走近他的跟前，颤着唇，不敢相信她竟然真的在这里等到了他。

“昕大哥……我……”美仁轻唤一声，情绪有些激动，一时间所有话语全数哽在喉间，无法吐出。

向昕抬起手，轻抚了抚她面颊上凌乱的发丝，叹了一口气，柔声道：“不是叫你不要再来这里吗？”

美仁抓住他的手，关心道：“你的伤还好吗？”

“我很好，没事的。”向昕反握住她的手，浅浅一笑。

向昕虽然对着她一直在笑，但美仁看在眼里，心中有着一种莫名的痛。夷山之北一战之后，她与他之间的距离似乎越来越远。她咬了咬唇，问道：“怎么没见着蓝姐姐？”

倏地，向昕松开握住她的手，下意识地掩饰住眸中迅速闪过的一丝痛意，步进屋子。

昕大哥这样冷漠的态度，让她意识到有事发生，她忍不住追问：“蓝姐姐是不是出事了？”

向昕缓缓转过身凝视着她，眼中满是疑惑，双手忍不住抚上她的双肩，沉声道：“告诉我，他们将希凌抓到哪里去了？

美仁怔然。

“什么？”理了理思绪，她紧抓住向昕的衣袖道，“昕大哥，你先告诉我，你查到的灭了蓝家的幕后主使是不是明家？是不是明经堂派人做的？是不是？你告诉我！”

向昕盯着美仁姣好的面容，仔细地看着她脸上的每一丝表情，过了许久，他面部表情松动，释然，大声道：“是，是你爹派人做的，要了蓝家一十二条人命的幕后主使就是他！”

她扯了一抹苦笑，追问：“为什么？”

“你当真什么都不知道？”向昕再度疑惑。

“对，在昨夜之前，我确实什么都不知道。我每日待在明家，不是吃就是喝，安逸奢华倍受宠溺的日子，甚至让我忘了我究竟想要做什么。前两日从你口中得知蓝家出事，我无缘无故被嫁祸，这才发觉事有蹊跷，这件事我不得不查。所以，昨夜我就来到这里，当时你并不在，而蓝姐姐就躺在那里的乱稻草之上，睡得很安详。”美仁说到这里，深吸一口气，抬眸望向向昕，“你真的很细心……”

向昕拧紧双眉，道：“你是说你昨夜来过这里？”

美仁突然好想将自己心中憋了好久的话全说给他听。

“是啊，我来过，可是你不在，后来我就走了，去了万花楼。万花楼的苏素姑娘，上次比试与我斗茗的那位，你也见过的，她是我的表妹，是我姨娘的女儿。一年多之前，她与我姨娘大吵了一架之后，便离开了家。自她离去之后，姨娘就没有开心过。这次来到京城，我也没料着会在万花楼里见着她。那晚的茗战，是为了她，我才决定去比试的，因为我不能眼睁睁地见着她任男人糟蹋。”

向昕抿着双唇，静静地听着。

“说来真是上天助我。在去万花楼的路上，我遇见了一个杀手，就是昨夜被射死的其中之一。那人我见过，在来京城的路上我和他交过手。当时我二哥也在，那人见到他之后便匆匆离开了。那时我并没有想到事情会是这样，后来我觉得好奇，没去万花楼，而是去跟踪他了。”

“然后你就见到了我，发现我也在跟踪他们，再后来，你就跟到了夷山之北？”

“对，就是这样。”

望进美仁如潭水般清澈的双眸里，向昕欣慰地笑了笑：“好。”

可是转瞬之间，他便转过身背对着她，语调一变，冷冷地道：“你可以走了。从今往后，都不要再来找我。你走吧，我还是那句话，天一亮，你依然还是明家的小姐。”

望着他的背影，美仁难以置信地道：“昕大哥，你知道你在说什么吗？”

“我知道！从今往后，我都不想再见到你。我叫你走，你听不懂吗？”

“昕大哥……”美仁只觉得胸口之处一阵热流涌过，说不出的闷结，她强作镇定，只轻唤了他一声便被无情地打断了。

“向美仁，不要叫我昕大哥，我向昕承受不起。不对，我应该叫你一声明家小姐，多谢明家小姐昨夜挺身而出，救了我向昕一条贱命。你是高高在上的明家小姐，我不过是一介莽夫，高攀不起。与一个男人相处几个晚上，明家小姐不怕损了清誉，落人口舌？若明家小姐不想自取其辱，就请回吧。”只见向昕回转身，面部表情变得前所未有的狰狞，嘴角含着冷笑，一副逐人出屋的无情姿态。

昕大哥怎么会变成这样？之前他那一笑，还有他的举动，她明明能够感觉到他的情，但那一声声“明家小姐”却令她几近抓狂。

她忍不住尖叫出声：“明家小姐？明家小姐会被自家人陷害成那杀人凶手？”

向昕冷着脸，回道：“这种事你不要问我，你应该回去好好问问你的父亲。你若不想彼此之间弄得难堪，那么就告诉我希凌被关在哪里。”

“你的意思是我害了她，是我叫明家的人捉走了她？我怎么知道她去了哪里？”美仁大声吼道。

“既然不知道，你就给我滚！从今往后，我都不想再见到你，滚！你给我滚！”他忽然高举起手中的纯钧剑，对着她一声怒吼。

美仁只觉得自己的心在滴血，她低垂着头，极力地克制着快要崩溃的意志，立在那儿一动不动。

凝视着美仁这副憋屈的模样，向昕心中有说不出的难过，他强忍着想要上前安慰她的念头，逼着自己狠下心，声音越发冰冷，他再度吼道："我叫你滚，你听见没有？要是你再不走，那别怪我手中的纯钧剑无情。"

这一次，美仁没有再犹豫，猛地撞开他的身体，冲出了屋子。

她耳边一直回荡着向昕的声声怒斥，心中涌起阵阵悲凉。

要知道她是费了多大的力气，才将自己的心魔克制住，心中第一想到的便是他的安危。原本想将一切全都告诉他，不再有任何隐瞒，可是到头来，换来的还是一场不信任。

这难道就是她的命吗？身为天一族女人的命吗？

立在汴河堤岸，凝望着月光下的水面，那河水声声击打岸堤，就像是无情的铁锤在猛敲着她的心一样。还有那伴着夜风轻拂的柳枝，这么美好的一切在她看来，却是那样令人生厌。

"啊——"她狂啸一声，双眸倏然变得殷红如血，拔出身上的弯刀，像是发了狂似的向身旁那棵垂柳砍去。

映着白色月光的刀光闪过，翠绿的柳叶随着强劲的气力漫天飞舞。

许久之后，一切都静了，只有满地残枝败叶随风飘落在汴河之上，随着水波来回荡漾。

坐在岸边，美仁呆呆地望着手背上沾的血迹，还有那满地被她砍断的柳枝柳叶，再抬眸望着那棵光秃秃的柳树，抑制不住地痴笑起来。当眼泪就快要夺眶而出时，她迅速闭起眼，抹干眼角沾着的仅有的一滴泪水，站起身，身影很快消失在黑暗之中。

一直守在暗处的向昕缓缓走出来，对着黑暗中消失的身影轻声叹息："对不起……"

若是不逼走她，他真的不知道该怎么办。面对她，他不能像一个卑鄙小人一样，为了找出罪证而再次利用她，曾经做过一次，但这次他再也不想。她是明家人，他不想她为难，更不想她日后痛苦。若是他还有命活下去，若是还能再见着她，他一定不会再放开她的。

她从来没有尝试过抓着个酒坛喝酒会是怎样的感觉。

第一次，第一次她抓着个酒坛走在大街上，嘴角始终噙着一抹似有似无的冷笑。

她无法饮下坛中酒，悦姨从第一天开始教她喝酒的时候便说过，男人喝酒，讲究豪情，而女人喝酒，就得讲究优雅。即便她女扮男装多年，依旧忘不了悦姨教她喝酒时所说的话，所以她没法牛饮，没法抱着酒坛，用酒将自己灌醉。

她多么失败，如今连个可以一起喝酒的人她都找不到。

“既然来了，为何不进去？”

美仁抬起眼眸，看清眼前立着的人竟是景承，余光瞥见那两排高高挂着的大红灯笼，不由得扯了一抹淡笑。

她竟在不知不觉中又走回了万花楼。

明家，奢华舒适，可那从来就不是她的家；竹芙园，清静幽雅，却时刻提醒着她，那是个牢笼。只有万花楼，才会让她想起杭州的倚笑楼，那个让她寄托很多思念的地方。

缓缓地，她扬起笑脸，回道：“我早就来过了，只可惜承哥哥还在睡着，所以闲着出去买了坛酒，等承哥哥醒来陪我一起喝。承哥哥，赏这个脸吗？”

景承看着她一副落寞的样子，心中有种莫名的怨气。方才他又收到消息，二哥旧伤未愈又添新伤。

再看看这小子，三更半夜抓着个酒坛，却突然来他万花楼买醉。他皱着眉鄙夷道：“万花楼是一个让人既能忘愁忘忧又可以洒脱放松的地方，而你，今夜明显有心事，金妈妈自然不介意多收一个来销金的，不过你可备足了银两？我打开门是做生意的，请了你一次，可不会再请第二次。”

“若是能见着苏素姑娘，就凭我身上的银票足够包下整个万花楼三天三夜。”美仁从怀中掏出一张银票，塞进景承的衣襟处，抓着酒坛径直往万花楼里迈去。

再度见着庄飞、庄杰，是两人烂醉如泥地瘫在人家姑娘的床上。

去了另一间厢房，美仁与景承两个人面对面坐了下来。

美仁为景承斟了一杯酒，然后也为自己倒了一杯，一口倾尽杯中酒，方启口：“承哥哥，为何会离开明家开了这万花楼？是真的喜欢这种纵情声色的日子吗？”

“我二哥告诉你的？”景承不悦地深蹙起眉头。

“是的，是景哥哥告诉我的。”美仁把玩着手中的酒盅，又为自己倒了一杯，微笑着端起酒盅敬了景承一杯，又是一口仰尽。

“我不是二哥，不是事事都能隐忍得下去，不喜欢便是不喜欢，不想做便是不想做。既然有人看不惯，所谓话不投机半句多，那么我又为何非要留在明家？我很享受这种放浪形骸无拘无束的日子。”景承说着，也一口仰尽杯中之酒。

“呵呵，你纵然恨他，却始终是一颗心向着明家。”美仁轻笑。

景承脸色微变，握着手中的杯子，禁不住给自己倒了一杯，猛地仰尽：“二哥旧伤未愈又添新伤，你不回去看他，却带着庄飞、庄杰来我万花楼，是气恼他罚你？”

美仁轻笑出声：“呵呵，我为何会受罚，还不是因为承哥哥你带我来万花楼斗花魁？或许承哥哥早就算到会有这样的结果，对吧？”

景承轻哼一声，捏着手中的杯盅把玩。这小子倒是聪明。

美仁笑着为他又斟了一杯酒，道：“啊，说来也怪，下个月初五是王大人四十岁生辰，苏素姑娘为了他的生辰不见客，而景哥哥罚我禁足也刚好是一个月。真的好巧啊，都是一个月，可是这一个月的日子我该怎么熬呢？”

笑望着杯中之酒，美仁的眼底尽现悲伤之情。

景承凝视着她，一脸防备之色，沉声道：“你问我做什么，我怎么知道？”

“承哥哥，你说我回去向景哥哥求情，让他罚我在万花楼里待一个月可好？”美仁端着酒壶意欲替景承倒酒。

景承一把按住她的手，愠道：“你有什么话直说吧。”

若是他收留了她，他在这万花楼里清闲的日子也将过不了几日，到时不是明庄主差人上门，便是二哥天天来这里坐镇。

美仁轻轻拨开景承的手，执意为他再斟一杯酒，云淡风轻地吐了一句：“我就是突然很想见苏素姑娘一面……”

她从景承的口中得知，怡素为了参知政事王钦若大人的生辰宴，一直在离万花楼不远的舞馆别苑里练习舞技。

“据我所知，她并不想见你。”景承道。

“那就当我强人所难好了。”美仁笑道。

景承白了她一眼，继续喝酒。

不多时，那一坛酒见了底，美仁仍然很清醒，坐在她对面的景承更清醒，不过清醒中更添几分豪情。

聊得虽不多，景承却能感受到坐在他面前之人，因为那个家，和他一样不快乐。他起身步向门外，拍起手掌招了一名小丫头，示意她再弄两坛酒来。

“酒逢知己千杯少。看不出你年纪轻轻，酒量倒不错，今夜不醉不归。”

自进了这万花楼之后，美仁的心的确平静了好些。

景承方想为她再斟上一杯，却被她封住杯口。她浅浅一笑，道：“若是在其他地方，可以与承哥哥对饮通宵，不醉不归，但唯独这花楼里绝不可。我先回竹芙园，庄氏兄弟二人就有劳承哥哥了，明日我再来。”

“什么叫花楼里不可以？身为男人敢来花楼，谁都知道是那么回事。难道你是怕你喝醉了，我万花楼的姑娘撕了你不成？”

“呵呵，那倒不是，今夜多谢承哥哥作陪，告辞。”说罢，美仁起身双手抱拳，作了揖，转身离开。

“臭小子，你说来就来，说走就走，你以为你付了银子，就当我是陪酒的姑娘吗？”景承不依不饶，有人挑起他的酒兴，岂能说不喝就不喝？

说着，他的左手便迅速扣住美仁的右肩，美仁闪避不及。

孰料，他用力过猛，意外发生，只听嘶啦一声，美仁的衣裳自右肩至整个后背被撕下一大块，露出雪白的肩头及裹着胸部的束布。

“你干什么？！”美仁怒喝一声，反手便给了景承一拳，将他逼退数步，以手拉住被他撕坏的衣裳。

望着手中被撕下的衣裳碎布，景承当场呆住，难以置信地道：“你……你小子竟然是个女儿身？！”

胸口顿觉一股气流上涌，美仁强忍着心中的怒火，背抵着墙，低垂下头，双拳紧握，直到整个人平静下来，她才抬起头对景承大声道：“承哥哥还立在这儿做什么呢？难道是想看着我就这样走出你的万花楼，回竹芙园？”

一阵血气上涌，景承终于回过神，错开目光，匆匆闪出屋子，随便抓了个丫头，大喝一声：“去我屋里拿一套衣衫来，快！”

立在门外，景承咬着牙，来回不停地走动，却不敢迈进那屋中半步。

这是他万万没想到的，自从这小子，不，自从这丫头来到明家之后，就将家中搅得一团乱，甚至让他误以为二哥有龙阳之好，孰知，二哥再正常不过，不正常的是他才对。

这简直是耻辱！凭他久经风月，竟然看不出她是个女子。

小丫头终于将衣物取来了，却见着俊朗邪气的三公子脸色不大好，原本想多偷看他几眼，眼下也只能低垂着头，欠着身，恭敬地将衣衫举在面前：“三公子，你要的衣衫。”

“今晚金妈妈没让你吃饭吗？取件衣衫也要这么久？！”景承狠瞪了小丫头一眼，接过衣衫，方想推门进去，骤然顿住，对着那小丫头又喝道，“回来！把这身衣服给里面的公子送进去。”

“是。”小丫头再不敢抬眸，惊恐地接过衣衫连忙进了屋。她看到屋中空无一人，傻傻地立在那儿手足无措，正想硬着头皮出去再挨顿骂。

这时，倚墙而靠的美仁出了声：“衣服放在桌上就可以了，谢谢。”

小丫头惊恐地回转头，见着前日与苏素姑娘一争高下的俊俏公子正冲着她微笑，当下惊慌地垂下了头，将衣衫放下，羞红着脸退了出去。

美仁扬起唇，迅速将那件衣衫披上，但衣摆之处长了好多，于是她弯下腰，从齐脚踝之处将超出的衣摆撕掉，整了整身上的衣衫，才缓缓走出厢房。一出门，便见着景承一脸的烦躁不安，来回不停地走动。

景承见她穿好了衣服，拧紧双眉，怔怔地望着她，上下来回重新打量一番，面如敷粉，唇若施脂，神清骨秀，艳如桃李。他怎么到了今时今日才瞧出她是个女子，真是够蠢。

目光落在被美仁撕掉的衣摆之处，他吐了一口气，道："二哥是不是早就知道你是女儿家？"

心中平静了许多，美仁坦然面对，道："嗯。"

"那明庄主可知此事？"景承口气很不好。

"我怎么知道？"美仁翻了翻白眼。

暗咒一声，景承对她摆了摆手，道："罢了罢了，你快些回竹芙园，从今往后，你不要来我万花楼了。"

"行，不来你万花楼也可，不过，明日只要能见着苏素姑娘就行。"美仁道。

景承愠道："你做什么执意一定要见她？你若是男儿，见她倒也无可厚非，可你……你到底是什么病？"

"我没有病！就像你方才说的，酒逢知己千杯少，那么同为一个茶道中人，女子欣赏另一个女子又有何不可？"美仁反问。

"明日的事明日再说。"景承回转身，又招了两名龟奴，吩咐他们找一顶轿子送美仁回竹芙园。

美仁笑了笑，转身离开万花楼。途中，她打发了两名轿夫，一人慢步回了明府。

立在明府大门外，美仁抬眸望向两盏高悬的灯笼，烫金匾额，以及那两扇紧闭的铜钉大门，心中泛起阵阵酸意。

这里不是她的家。

这里曾毁了娘，如今应是至亲的人却是陷害她成凶手的幕后主使。

她淡淡地扫过一眼，带着一颗疲惫的心回到了竹芙园。

就快要进屋时，一抹黑影迅速从眼前闪过，美仁回过神，那身影早已越过房檐消失在屋檐尽头。

莫非又是景升那个不愿见人的师父？但那人的姿势怎么那么怪？那身影好像是倒立着行走……一个正常人为何要倒立着行走……

推开屋门，点了灯，一切与她离开的时候一样，但是她总觉得有什么地方不妥。她高举起灯台，将屋内一一照过，不一会儿便在门扉之上发现了一个泥掌印，同样的泥掌印又出现在了琴架旁的墙壁上。细查了屋内，除了这两处有掌印之外，其他并没有任何不妥。

难道是为了《天一圣经》？

安全起见，她并未将它随身带，而是藏在明家。

这人究竟想要找什么？

［二十三］做好人难

次日，庄飞、庄杰兄弟二人酒醒了，匆匆赶回竹芙园，却见着美仁气定神闲地坐在亭中弹琴，两人万分羞愧，静静地守在一旁。

景升没有再来。

美仁也只是无意间听到下人提及他的病，说是要好好静养一阵子，才能恢复元气。心弦微动，她停下拨动的手指，目光顿在琴身之上，忽然余光瞥见琴首，意外发现其上赫然刻着几个小字：月影风清听×声。听与声之间原先也应刻有一个字，却不知被何人以刀给剜了去，刀痕还很新。

她心中愕然，记得景升将清风送给她的时候，这琴首上好像是有那么几个小字，当时她一心放在了《月影风清曲》上，未曾留意那几个字究竟是什么，只当是琴名罢了。

但她可以百分之百地确定，这刀痕是新刻上去的，最有可能应该就是在昨夜。

昨夜？那个奇怪的人？

美仁心下疑惑，抬眸之际，正好见着如妈推着叶声泉立在池对岸望着她。

如妈犀利的目光直射在她手中的琴上，美仁防备地将琴抱起，缓缓地步向二人，有礼地问了一声："叶叔叔今日可好？"

"有牢美仁小姐费心了。"如妈的目光从琴上收回，恭敬地回应。

"如妈客气了，称呼我一声美仁就好。"美仁笑道。

"美仁小姐自便，老奴还要伺候叶二爷，这就退下了。"

"嗯。"

望着越走越远的二人身影，美仁突然嘴角微微上扬，原来如此。

命人将清风送回屋内，她缓缓向主屋迈去。迈上竹阶，立在叶声泉的屋外，透过竹窗，她瞧见如妈娇小的身影在不停地忙碌着，而叶声泉则是痴痴呆呆地倚坐在床沿。

美仁迈进屋子，静静地看着二人。

如妈听见声响，回首见是美仁，颔首：“美仁小姐……”

美仁浅浅一笑，目光一直落在叶声泉那一双废腿之上，再抬眼看向叶声泉那张俊朗而有些苍白的面容，一双好看的黑眸找不到焦距，一脸痴呆的表情真的让人很困惑。她想了想，便道：“如妈，不知方不方便问，叶二叔的腿是怎么伤的？”

如妈微愕，目光茫然，缓缓垂下头，微微转身，望着床上的叶声泉，幽幽地说道：“十多年前的旧事了，声泉的双腿是摔断的。那一摔不但摔断了腿，也将脑子摔坏了……”

声泉？

看如妈的神情，听她的语气，她与叶声泉之间的关系匪浅，而且她心甘情愿在他身边伺候了这么多年……

“摔坏的？哦……”美仁拖长了话音，却未追问是何时从何处又是为何摔下的。

“美仁小姐，老奴要下去看看药是否好了，有劳小姐代为照看一下。”如妈道。

“好说好说。”美仁笑应。

待如妈出了门，美仁立在叶声泉的面前，哂笑了两声：“当年名震江湖，与紫玉公子齐名的叶声泉叶大侠，如今却成了又痴又残的废人，真是令人难以想象。”

靠在床上的叶声泉眼波连动都未动。

美仁抚摸着竹椅背，目光直视叶声泉，一字一字由樱唇逸出：“月影风清听……”

果然如美仁所料，叶声泉那一直痴呆的眼神中终于有了一丝细小的变化，这变化小到她都不敢相信他确实是有了反应。

她微笑着，紧接着又道：“啊，真可惜，不知道是谁剜了清风上的那个字，究竟是听什么声呢？听水声？听雨声？听荷声？不好，都不好。啊！我想到了，泉声……妙，妙极，怎么填似乎都是这个泉字最为合适。全句应该是‘月影风清听泉声’，叶二叔，你说是不是？是不是应该填这个‘泉’字？”

这一次美仁在叶声泉的脸上见到了一抹异样的笑容，浅浅的，转瞬间又消失了。

她方想再说，这时如妈端着药盅进了屋。

她往后退了两步，望着如妈细心地将汤药一勺一勺喂进叶声泉的口中，时不时，他的嘴角处总是溢出好些汤药，而如妈会毫不厌烦地一一擦尽再喂。

又是一个痴情的傻女人。

又是一个多情的坏男人。

美仁愤恨地看了一眼，大步迈向屋门，立在门口处，她顿了顿，忍不住说了一句："如妈，下次熬药的时候，记得多放些辣椒油。"

如妈的手微颤，以余光睨了一眼，美仁已经甩了衣袖出门。

那黑衣人一开始不敢面对她，就怕她知道他是个废人，所以在第二次出现的时候，他选择坐着面对他——没人会怀疑，那个坐着的人其实是个废人。

当一个人双腿废掉的时候，在没有拐杖的帮助下还能走的话，那唯一可以用的便只有双手，用手开门，所以门上墙上有泥印也就不足为奇。

原来这里有秘密的并非她一个人而已。

美仁回到自己的住处，见着庄飞、庄杰兄弟二人像个门神一样守在那儿一动不动，她整了整身上的衣衫，对兄弟二人招了招手，狡黠地笑道："我想出去走走，你们两人要陪我吗？"

庄飞、庄杰两人面面相觑，半晌都不敢吭声，昨夜被那些姑娘们折腾得半死，今日他们可不想再去那万花楼里受罪了。

似是看出他们的想法，美仁轻笑一声："哦，我有一幅画留在点墨轩里好些日子了，一直未取回。"

两人听闻，顿时松了一口气，跟在美仁身后一同出了竹芙园。

集市上，美仁一路不停地买买买，而所谓忠心的贴身奴仆非庄飞、庄杰二人莫属，两人手中提着，怀着塞着，嘴中叼着，若是脚可以不用来走路，估计也一并使上了。

点墨轩内，美仁见着那幅裱好的胭脂海棠图，紧抿双唇，倏然卷起，随手掷给庄杰，大步迈出点墨轩。幸好庄杰眼明手快及时接住，兄弟二人紧跟上前。

突然，不远处一个恶声恶气的嗓音叫了开来："死丫头，再不快点给我走，老子现在就扒光你的衣服。"

除非有钱赚，美仁向来不爱管闲事，但心中一直烦躁，听着那人的叫嚷声甚是不爽。于是，她抬眸循声望去，便见两个长相猥琐、身形粗壮的男人，拖着一名身着素色衣裳的女子正往西去，那女子的衣裳早已被扯得破烂不堪，圆白的肩头若隐若现。

典型的"逼良为娼"！

围观的人也越来越多。

那名女子拼了命似的挣扎，在拉着她的那个粗壮男人的手背上狠咬一口。那个粗壮的男人吃痛，一把揪过她的头发，狠狠地甩了她一记耳光，将她打翻在地。

就在那女子撑起身体扬起脸的一瞬间，美仁看清了她的脸，不由得震惊。

竟然是蓝希凌！

“贱货！给我起来。”那打手又厉声喝道，右手方想再揪住蓝希凌的头发，却听他惨叫一声，捂着流血的手腕，冲着四周大嚷，“是谁？是哪个王八龟孙子暗算老子？啊——”

那人的嘴不知又被什么东西猛击了一下，顿时满嘴鲜血直流，嘴唇肿得老高，想再开口说话都难，只捂着嘴示意同伴。

他的同伴没由地一阵恐慌，胡乱指着围观的人群，颤着声嚷开：“是……是谁？有……有种的站出来！”

这时，一身锦衣华服的美仁从人群中走了出来。

“臭小子，你竟然敢暗算老子，老子非……”那个被打得满嘴是血的男人话未说完，一柄弯刀已经指向他的咽喉。

那人惊恐地望着眼前奇特的弯刀，连连往后退，孰料被人用东西从身后抵住，进退两难。另一人见挡在同伙身后的正是跟着美仁的两名护卫，情况不妙，连忙拔腿就跑。

勾了勾唇，美仁的笑容很灿烂，手中的弯刀贴在那人的脸颊之上，来回刮了两下，云淡风轻地对着庄飞兄弟二人道：“庄飞啊，你不是说今晚要给庄杰弄些下酒小菜吗？听如妈说，最近这猪肉价涨了好几钱，正巧眼前有这么一头不要钱的肥猪，勉强也能做几道下酒的小菜，给你们兄弟俩解解馋。你说是现在就宰了拖回去，还是拖回去再宰呢？”

庄飞与庄杰瞟了一眼那“肥猪”，脑子里联想到桌上的菜色，胃中一阵翻滚，连连朝美仁摇了摇头。

“这头猪的肉好像不怎么新鲜。那好吧。”看似很简单的一句话，岂料，美仁翻手以刀背拍向那人左肩，只听那人惨叫一声，抚着右肩，口中不停地惨叫着：“少侠饶命——”

“借你衣服擦一下，回头让人给你做件新衣。”美仁将弯刀在庄杰的身上蹭了两下，收起弯刀，对着那人大喝一声，“下次再让我见着你，你这只猪肘能不能还这么安稳地搁在上面，那就要看天意了。滚！”

围观的众人无不称快，眼见没什么戏好看，很快散去。

美仁走向蓝希凌，将手伸给她，意欲将她拉起，孰料蓝希凌在看清她之后，惊恐地抱着头，尖叫了起来：“不要杀我！不要杀我！”

美仁翻了翻白眼，和上次一样，她还是当自己是凶手。

“姐姐，是我。”美仁蹲下身，抓住她的手轻声道。

面对蓝希凌惊吓过度的模样，美仁深皱起眉头，抚开她披散在脸上的长发，理了理，顺手摸向她颈后的风池穴。

蓝希凌偏过头便抓住美仁的手腕狠狠地咬了上去，下一刻便被美仁以内力震开松了口。她盯着美仁，眼中的怒火似要喷射出来，猛地将美仁推开。

美仁一屁股跌坐在地上，抿了抿唇，若有所思地望着蓝希凌。

原来她并非是神志不清，风池穴上根本就没有封穴的银针。转念，她又感到十分困惑，依昕大哥所言，蓝希凌的确是中了驱魂术，若是没人帮她解除咒术，她应该像蓝家三夫人一样成为一个真正的疯子，为何她会这么清醒？最怪的是，除了天一族的人会解这驱魂术之外，难道还有人也会解？

美仁直盯着蓝希凌："姐姐在生什么气呢？"

"别叫我姐姐，我当初瞎了眼，才会让你住进我们蓝家。老天会开眼的，你会不得好死，你一定会遭报应的。"蓝希凌咬紧了牙，怒瞪着美仁。

美仁不恼，凑往蓝希凌的面前，轻笑一声："你有没有想过，按理来说那个杀手很厉害，何以你们全家就只有你一人逃了？你是被压在你家人的尸身下没被凶手发现，还是你的武功比那凶手高？据我所知，那凶手可是追你追了好久，都未曾动手杀你，为何？"

蓝希凌的脸色一黯，颤着声问："你……你什么意思？"

按美仁的推测，昕大哥是绝对不会告诉蓝希凌，其实是蓝希凌自己杀死自家一十二口人这个残忍的事实的。

"意思很明白，"美仁将嘴凑近蓝希凌的耳边，"那晚杀了你一家一十二口的不是我，也不是那凶手，而是……"

"你胡说！你胡说！你血口喷人。"蓝希凌尖叫出声。

"呵呵，我什么都没说啊，姐姐这么激动做什么呢？"美仁忽然笑靥如花。

蓝希凌冲上来，就要撕烂美仁的那张笑脸，却被美仁轻易抓住。

那一瞬间，美仁飞快地在蓝希凌的耳边道了一句只有她们两人才能听见的话："想活下去，能再见到他，你就给我继续装疯下去。"

蓝希凌难以置信地瞪大双目，望进美仁饱含笑意的眼眸里，那里除了笑竟然还有着一种莫名的伤痛，来不及深究，她便被美仁点了睡穴。

抱着蓝希凌坐在地上，美仁偏过头扫视庄氏兄弟二人，道："哎，庄杰，看在你是弟弟的分儿上……嗯……"

庄杰望着美仁，是要他去抱这个小女子吗？他偏首望了下哥哥庄飞，此时庄飞也同样是一脸困惑。

"所以，这个抱美人的差事还是让给你哥来吧。"美仁扶着蓝希凌，以眼色示意庄飞将手中的东西全丢给庄杰，快过来抱起蓝希凌。

庄飞憋红着脸，低着头，按指示抱起蓝希凌，结巴着道：“小……”

“哎，叫公子。”

“少公子，要庄飞将这位姑娘送至哪里安顿，竹芙园？”庄飞问。

幕后主使是明家，究竟要将蓝希凌安置在哪里更为安全呢？

美仁也苦恼。

“先这么抱着吧。”美仁不确定明家到底有多少人认识蓝希凌。

经过昨夜，向昕不会再留在东水门，难道她为了要表示自己的清白，保住蓝希凌的命吗？

就这么漫无目的地走着，庄飞与庄杰一人抱着蓝希凌，一人抱着一堆东西，紧随其后。

最终，鬼使神差地，她还是将蓝希凌带回了竹芙园。

望着清洗干净、衣裳整洁，还在昏睡中的蓝希凌，美仁沉默了很久。出屋后，她便对庄飞和庄杰称蓝希凌是她失散了的表姐，劳烦他们兄弟二人好生照看。她打算先回明府去见一见景升。之前是庄飞抱着佳人回来，所以美仁便将看顾佳人的任务交给了庄杰，自己带着庄飞回了明家大宅。

到了明家之后，看门的小厮见着美仁十分惊讶，但碍于她的身份，不敢多说什么。美仁问了话，得知明经堂与鱼海浪已经回到府中，景升旧伤加新伤，这几日在府上养伤，大门都不曾迈出，她心中有种说不出的感觉，急忙往水竹苑步去。

景升的屋门敞着，这一次她没有像以前一样大叫着“明景升”三个字直接冲进去，而是立在门外犹豫半晌。

方想敲门，忽然听见一个女声尖锐地响起。

“哥，你让人送这么多画像到我房里是什么意思？”是景璇的声音。

“璇儿，再过些日子，你就十七了，可以嫁人了。”景升的声音听上去低低浅浅的，与往日那种动不动就讥讽她的语调完全不同，想来当真伤得很重。

“我不要！我不要！我不要嫁人，留在家里很好，我就是要留在家里守着……守着爹和你。”景璇大声嚷着。

“唉……”景升叹了口气，便往外屋走去，却被景璇拉住衣袖。

“哥，你身子还没好，又想去哪儿？爹和鱼三叔回来了，生意上的事也不用你再操心，你要去哪儿？我不让。”

“璇儿，别闹了。”

“你是不是又想去看他？那个臭小子有什么好看的？他自私、无礼、傲慢，心肠还恶毒。上次，绝非是我在做梦，就是他掐着我的脖子，虽然我记不清那是怎么回事，但我记得他那双充斥着魔血一样的眼睛……”

“璇儿，咳咳咳……”景升及时出口断了她的话，却因一时语急，又是一阵猛咳。

景升那一声声咳嗽，让美仁的心猛地一揪。她咬着唇，攥紧拳头，立在门扉处一动不动。她又没要他救她，明知道自己的伤未痊愈，还要强出头，她也不想那样无法控制自己。死丫头！说她什么自私、无礼、傲慢、心肠恶毒，难道她明景璇就是个好人吗？在背后说三道四，也没见着留什么口德，还不是小人一个。

“哥，对不起，我又惹你犯急了。其实你也不用担心他，反正你都罚他在竹芙园里闭门思过了，不是还有如妈守着吗？而且昨日明飞不是有去那里问情况吗？你也知道，他还是死性不改，依然跑去万花楼喝花酒，你还有什么担心的呢？难道他真的如三哥说的那样，是爹在外面的私生子？”景璇见着景升避而不答，惊叫一声，“天哪！我才不要有他这么一个弟弟。”

“别乱说，她的年纪比你还虚长一岁多。”

“怎么可能？你和三哥十八九岁的时候也不像他长的这样啊。”

屋内一阵沉默。

弟弟？这丫头讨厌她，以为她就稀罕她吗？切！

美仁在心中冷嗤一声，回头愤愤地瞪了一眼庄飞，原来这两人将她的行踪时刻上报了。

庄飞低下头，慢慢向后退去，很快便离开水竹苑。

想来这明家的人个个对她畏惧，似乎都默认她是“第四公子”了。

美仁打算离开，忽然又听见景璇说：“哥，再过几日便是七月初七，我想在乞巧节那晚出去看花灯。我还听说今年的烟花会跟往年有所不同。哥，你陪我一起去好吗？”

“嗯，还早呢。”景升轻应。

“那我就当哥你答应了，到时候你可不能像去年一样，再以什么事为借口说不去。”

再之后，就没了声音。

美仁愣在原地，还想继续听些什么，谁知听到两人的脚步正往外屋来，她紧张地转过身，背对着屋子。

景升在见到她的那一刹那，一阵惊诧。

［二十四］无心无力

“你怎么会在这儿？不是罚你在竹芙园闭门思过吗？”景璇一脸不快。

美仁缓缓转过身，没看景升，冲着景璇讪笑一声：“真是劳明家小姐时刻惦记着我。”

景璇一直对美仁有所顾忌，趁着有景升在，才壮着胆说：“阴魂不散的小人。”

景升听了很不悦，双眉紧蹙，对她轻道：“璇儿，你先回你园子里。”

景璇轻应一声，走向门处，嚷道：“滚开！好狗不挡路。”

“呵呵，你挺有自知之明的。好狗，别挡着路，让开！”美仁讥笑一声，猛地推了一下景璇，径直迈进屋内，找了一张椅子坐了下来。

景璇一个踉跄向后跌去，被景升及时扶住，她站稳了身子，回头冲着美仁大叫一声：“姓向的，你——”她正要扑过去，被景升及时拦住。

景升愠道：“别再闹了，先回你园子里去。”

“哥——”

“要我叫人送你回去？！”

“哥——”景璇气得直跺脚，心有不甘，冲着美仁叫道，“向美仁，你给我等着，今日我一定要叫爹把你赶出明家。你给我等着！”说罢，提着裙摆奔出屋子。

景璇一走，嘎吱一声，门被关上。

屋中顿时陷入一种尴尬的怪异气氛。

美仁低垂着头，盯着自己的新衣，却不敢抬头看景升。她这两日脑子清醒了，回想起那个吻，她可以确定那不是在做梦。对于那个吻，她很气恼，气得恨不能在她想明白的那一刻就冲过来，将他狠狠地揍一顿，但是一想到要面对他，她又有点退缩，因为她更不敢去想身为哥哥的他，是不是对她这个妹妹有种非分之想……这种感觉，她无法形容，就好比自己正在吃东西，忽然嘴里不小心飞进了一只苍蝇，卡在喉间……

她深吸一口气，抬头望着一脸苍白的他，他倚着门，双手抱胸，一动不动地凝视着她。

无论怎样，如今能救蓝希凌一命的，除了他，她实在想不出第二个人。

她决定豁出去了，总之无论今后发生什么事，她都当那一吻是被猪给啃了。

她咬了咬唇，低低地问道：“夷山之北，是不是你替我挡了那一杖？”

景升拧紧双眉，反问：“若我说不是呢？”

“呵呵呵……”美仁禁不住嗤笑开来，“若不是你替我硬挡了那一杖，你会那么巧碰见我流血汗？明家二公子三更半夜不睡觉跑到那个荒无人烟的夷山之北？是啊，之前也曾半夜跟踪人掳人，会半夜跑去赏风景也未尝不可。”

她顿住，盯着他看，可除了脸色苍白，他的脸上依旧平静得看不出任何情绪。

“明景升，你无缘无故地又病倒，脸色苍白得像个死人，别跟我说与那晚没有关系。就算你化成灰我都能认得出，何况你只不过是戴了一个黄金面具而已。”美仁的音调陡然间高了许多。

“那地方不是你该去的。”景升轻咳两声，转身往里屋走去。

美仁追了进去，却见他扶着桌子，以一方帕子捂住口。见着她，他慌忙将那沾有血迹的帕子收进袖口。

气不过，美仁冲上前，强行将他的手指掰开，在见到帕子上触目惊心的血迹后，一时间所有的话语全数哽在喉间说不出来。

“那个和你一样戴着黄金面具的人究竟是谁？你们究竟有什么不可告人的秘密？是不是那夷山之北的禁地内有什么秘密与蓝家有关，所以非要灭了他们不可？而向昕因为无意中发现了那个秘密，所以你们必须要杀了他，是不是？是不是？！”她捏紧拳头，激动地颤着身体，几乎是用尽全力在吼着。

“够了！不要再问了！”景升撑着桌子厉声喝断她，却因情绪激动，又剧烈地咳了起来。

眼见他这副半条腿迈进棺材里的模样，美仁又气又急，从怀中掏出雪莲丹，倒出一粒，强行掰开他的下颌，塞了一粒在他的口中，然后又将整个药瓶塞在他的手中，道：“拿着。”

景升有些不自然地看着她，然后缓缓走向床边，在床沿坐了下来，许久，方道：“这件事你不要再管了，过了八月初五，你想怎样都好。”

“我找到你的未婚妻了。”她幽幽地吐了一口气。

景升身体一僵，抬眸惊愕地望向她。

听不见任何声响，屋内一片沉寂。

“你们一直在找她，对不对？杀了她和向昕，就再也没有人知道你们的秘密和曾经做过的事了！”

“昨夜你让万花楼里的姑娘灌醉了庄飞和庄杰，后来你去了哪里？”景升答非所问，声音依旧低沉。

“你猜呢？”她冷笑一声，笑得面部表情有些扭曲。

“他……与你闹僵了，所以你才会跑去找景承喝酒？”

“也许这就是天意，我明明什么都不知道，明明没有抓蓝希凌，却让我今日在市集上碰上了她。我何时成了一个这么有情操的人？何时学会为人出头、锄强扶弱、除暴安良了？我又何时变得心慈手软？”美仁讥讽的声音越变越大，到最后化为声声苦涩。她盯着景升，轻轻地道了一句，“她疯了，是你们逼疯了她，所以我带她回了竹芙园。”

“你今日来找我的目的？”

“你知道的。”

景升不语，他知道她躲了他几日，今日能前来找他，无非是想保蓝希凌一条命罢了。

“让向昕带她走吧，离开京城，有多远走多远。”景升叹了一口气。

美仁嘲弄地笑了几声，激动地大声道：“你说得倒轻巧，若是真能这样，他会甘冒生命之险带着她上京城？”

“既然他们俩执意要送死，没人能救得了他们。”景升也恼了，回瞪美仁一眼。

“你——”美仁气结，又自嘲地冷笑几声，“好，想来这么大的事，大伙都有难处，不提也罢。我懒得管你们究竟想做什么，你们杀人放火也好，结党营私也罢，都与我不相干，但请不要因为我体内流着某人的血，就硬要把我也扯进这件肮脏的事情里来，让我平白无故背负那一十二条人命！告诉我，灭蓝家的那个女人是谁？我只要知道那个女人是谁。”

她要知道是什么人做的，她要找到那个女人，亲手了结她，她要让她知道栽赃嫁祸给自己的代价。

“什么意思？”景升不明所以。

“你别告诉我你不知道。景哥哥啊景哥哥，你难道不知道那个杀手长得和我一模一样？我真的很佩服你们，竟然能找到这么个女人！谁的脸不用，却偏偏用我这张脸，呵呵呵。”

“你说什么？！”景升讶异地凝视着美仁，“你说那个女人和你长得一模一样？”

“是。这难道不是你们蓄意谋划的？他也真做得出来。”

景升双眉紧蹙，咬着牙道：“我只知道爹找了艳门的人，至于是艳门哪个杀手接了这个任务，我倒是没过问。”

“那个妖精门？那个专门以美色诱惑杀人的妖精门？”美仁轻嗤一声，不可思议地偏过头，喃喃地念着，“妖精门，呵呵，就是挖地三尺我也要找出你。”

景升皱着眉头，轻咳几声，道：“你今日有没有弹奏我教你的那首曲子？”

一想到他教自己的那首《月影清风曲》，她心中有种说不出的感激，轻点了点头。

她还想说什么，这时，有人敲了敲屋门，景升启口：“进来。”

是明飞。

“何事？”景升问道。

“回少主，老爷请少主与向少公子去书房一趟。”

景升道：“好，知道了。”

“你那宝贝妹妹的行动可真快。要不要与我赌一场？赌我今日会不会被赶出这里？”美仁怪笑一声。

景升缓缓抬眸，眸中满是复杂的神情：“你应该试着心平气和地去看待每一件事，试着去接受，或许你会发现事情并非如你想象的那么糟。”

“呵呵，是吗？我觉得我已经很努力地心平气和了。不过这事总是要面对的，不过是来得早与晚罢了。”说着，她转身走向门外，忽然想到什么，又顿住脚步，回头道，“我绝不会让你们杀了他的。”

美仁与景升到了书房，果然与之前猜想的差不多。

屋内只有明经堂、鱼海浪与明景璇三人。明景璇嘟着小嘴，满脸的不高兴，在见着景升的那一霎，立即上前要扶他坐下。

景升不自在地挥了挥手，轻道一句：“我自己来。”

美仁望着坐在书案前多日不见的明经堂，明显觉得有些陌生，冷淡地唤了一声：“明叔叔，鱼三叔。”

明经堂轻应一声。

鱼海浪一见着她便迎了上前，扬着手刚想拍向她的肩膀，但很快就收了回去，背着手，笑道：“臭小子，有没有想你鱼三叔？”

“当然有了，美仁天天都有挂念着鱼三叔是否吃好喝好睡好，可盼了鱼三叔好些日子了。”美仁弯了弯眼，对于不拘小节心胸豁达的鱼海浪，她倒是十分敬重。

鱼海浪终于忍不住，拍了一下她的肩头，朗声笑道：“臭小子，算你还有良心。”

两人还想道会儿家常，这时，景璇强行打断：“鱼三叔，你在外奔波了那么些日子，也很累了，坐下说话吧。”

鱼海浪脸色一黯，一声不吭地坐回上座。

明经堂一双犀利的眸子紧盯着美仁，双眉深蹙，嘴唇紧抿。

在蓝府的时候，他便知道美仁与他有些什么说不清道不明的关系，自她来了明家之后，他更加确定她是他与怡惜的孩子，他也猜出这丫头在修炼长春功，否则身形不会这么奇怪，长大成人似乎就在一夜之间。

十八年前，怡惜带着腹中骨肉愤然离开他，他曾经派人找了很久，终寻而无获。十八年后，他的骨肉就立在他的眼前他却不能相认，不是他不认，而是她不要。在蓝府的时候，她不要；在这里，她依然还是不要；在知道更多的事情以后，她会更加不要。

她愿意回来这里的目的究竟是什么呢？

这时，屋外又传来景承的声音："明庄主，今日什么事情这么重要，将人全召至书房，连找人说个话都这么费神？"

景承是来找景升的，想问问有关美仁的事，却不想下人说他们全被老爷叫至书房。

一听到那个不肖子的声音，明经堂的嘴角就微微抽搐，眉头拧得更紧了。

景承一进屋，就见美仁立在屋中，当下便收起嬉皮笑脸，目光复杂地扫了她一眼，走到她的面前，轻道一声："看来是真的有事，你还真是一刻也不消停。"

美仁勾了勾唇，朝他哂笑出声："说不定下一刻我就可以去你那儿逍遥了。"

"敬谢不敏。"见那妩媚一笑，景承觉得很扎眼，一想着昨夜他无意中撕了她的衣服，让他知道这丫头是女扮男装，他便觉得有些气恼。他冷哼一声，往景升身旁的空位坐去，冲着明经堂大嚷一声，"明庄主今日是不是打算要宣告所有人，你终于要喜认亲子了？哈哈，要真是这个样子，这场面也太寒酸了吧？"

明经堂忍着怒火，一直未开口，倒是景璇听不下去，怒道："三哥，你在胡说些什么啊？每次你一回来，总是说些难听的话，惹得爹爹不高兴。爹爹今日是要为我主持公道。"

"主持公道？"景承心中咯噔一下，望了一眼气定神闲的美仁，她仍在冲着他笑。

"爹，三叔，就是他意图掐死我，你们可要为我做主。"景璇站在美仁的对面，指着美仁的鼻子大声地说道。

一时间，所有人都屏住呼吸，静静地听着景璇将那日所发生的事从头说来。景璇说完便跪倒在明经堂的跟前，磕了一个响头，委屈地道："若是爹和鱼三叔今日不给景璇讨个说法，景璇便长跪不起。"

美仁低着头，盯着自己的衣摆，根本就没听景璇在说什么，她脑子里一直在想明经堂与鱼海浪回来了，那么她留蓝希凌在竹芙园会不会有事？

景升皱着眉看着她，视线一直不曾从她的脸上移开。

景承见景璇这副得理不饶人的模样，莫名地有些生气，忽然站起身反驳她："事情根本就不是你说的这样，那日的事，侍书与奉剑都告诉我了，是你先打碎人家的东西，辱骂人家，现在还恶人先告状。"

"侍书与奉剑都是你的人，天天伺候着他，当然向着他说话。爹不在家，你就带着他上万花楼，二哥罚他在竹芙园闭门思过，他却将二哥气得病发，像他这样的坏人为何还能留在我们明家？"景璇的声音尖锐而高亢。

景承怒不可遏："你说什么呢？我的事什么时候轮着你来管？"

景璇自小仗着爹与哥哥们对她的宠溺，就会恃强凌弱。一直以来，景承就觉得他这个妹妹很有问题，只要二哥身边一出现女子，她总是会想尽法子去折磨人家，侍书和奉剑在她手上吃的苦头可不少，当初他就是看不惯，所以才从二哥的园里将侍书和奉剑要了过来。二哥身边至今除了明飞在伺候着，根本就见不着女人。嫉妒女人也就算了，就连二哥身边的男人也嫉妒。虽然他现在知道美仁是女儿身，但不管怎样，在人前她可是男儿的模样。他真是搞不懂景璇这个丫头，一想到她可能有恋兄情节，他就头痛。

他偏头瞟了一眼二哥，二哥的目光正落在美仁的身上，这真是剪不断理还乱。

景璇又给明经堂磕了一个响头，道："请爹与三叔为璇儿做主。"

明经堂还是沉默不语。

突然，美仁大笑几声，对着景承道："承哥哥，昨夜你拉着我说酒未尽兴，今日要不要继续？"

景承狠瞪了景璇一眼，走到美仁身边，道："今日还是你出酒钱，我出地方。"

"好。"美仁笑着，转身与景承并肩欲往门处迈去。

"都给我站住！"一直沉默的明经堂终于站起身，对跪在眼前的景璇道，"璇儿，你起来，先回房去。"

"爹——"景璇难以置信地大叫一声。

"叫你回房，听不懂吗？"明经堂重拍了一下书案，对着景升、景承大喝一声，"你，还有你，都给我出去，美仁留下。"他又看了鱼海浪一眼，示意鱼海浪将他们全带出去。

鱼海浪会意，一把拉过景承，低喝一声："臭小子，净会惹你爹生气，要喝酒，三叔陪你喝，看我不把你个臭小子喝到东南西北分不清。走！"

景承扬了扬眉，对美仁道：“若是这里留不下你，我万花楼勉为其难地收留你。”

“去那儿做什么？做龟公？我才不要跟你一样逼良为娼。”美仁嬉笑。

“臭……臭小子！”景承瞪了她一眼，这臭丫头就是故意的。

景升望了一眼美仁，她满脸的不在乎。他走过去拉着跪在地上不肯起来的景璇，道：“璇儿，起来吧。”

“爹，你最疼爱璇儿的，如今叫一个外人欺负了你最宝贝的女儿，你怎么——”

“你给我住口，出去，听见没有？”明经堂的脸色越发不好看。

景璇难以置信地瞪大双眸望着明经堂，委屈的泪水顺着脸颊缓缓而落。

“璇儿……”景升轻唤一声，方想扶起她，却被她无礼地挥开手。

景璇越想越觉得委屈，站起身，哭着冲到美仁的跟前，狠瞪了她一眼，尖叫着道：“这个家有你没我！”说罢，哭着冲出书房。

景升行了礼，退出屋子，经过美仁的身边，低声道了一句，那声音小到只有他和她两人听见：“我赌你留下。”

笑意微敛，美仁的余光只捕捉到景升离开的身影。

书房内，只剩下美仁与明经堂两人。所有人都离开了，美仁却发现她再也笑不出来，她攥紧着拳头，低垂着眼眸，盯着衣摆，整颗心好似有万蚁啃噬一般，烦躁不安。

“不必太拘礼，坐。”明经堂语调轻柔，微笑着望着美仁。

“多谢明叔叔。”美仁颔首，在离明经堂最远的一张红木雕花椅上坐了下来。

明经堂明显感觉到美仁的抗拒，却什么也没说，走到书案后的一个柜子前，打开柜子并从中取出一个檀木盒。他拿着那个檀木盒立在书案前，许久未动。

半晌，只听他低沉着声音道：“你今年是十八，而非十三，是不是？”

美仁双手交错着放在腿上，微微诧异，想想他会知道也不足为奇，于是轻应了一声：“嗯。”

“介不介意告诉我你的真名？是姓怡吗？”明经堂又问。

美仁沉默了很久也未开口。

明经堂深叹了一口气，道：“唉，你的脾性真的是和你娘亲一模一样，什么事都是宁可憋在心里，宁可一个人默默地承受也不愿说出来。”

美仁直视明经堂，扯了扯嘴角，嘲讽：“说出来，说出来就一定会有用吗？有些人就是死性不改，难道说出来他就一定会改吗？这样，说与不说又有何区别？”

“你是在怨我，怨我这么多年来没有好好照顾你们母女俩吗？我知道我亏欠你们母女俩很多。你娘在你出生后，只是命人给我传了口讯，告诉我，是个女儿。这个是我在你出生后，命人连夜打制的。”明经堂打开那个檀木盒子，里面放着一个做工精巧的银制长命锁，他将这个盒子放在美仁身侧的几案上，“我带着这个长命锁，找了很多地方，每一次，都是她先我一步离开。这个长命锁，始终都没有送出去，现在送给你，只希望不算太晚。”

明经堂将那个檀木盒子往美仁的面前又推近一些。

美仁微微动了动喉咙，凝视着明经堂，却始终不接那个盒子。

明经堂将那个长命锁拿起，摸着上面凸起的一行小字，浅浅笑道：“你娘亲曾对我说过，不论是男孩还是女孩，她都不要我与她的孩子的名字中有个景字，所以我给你起的名字叫符衣，你的名字是叫符衣吗？”

美仁将目光转向那块长命锁，明经堂再一次将那块长命锁递至她的眼前，这一次，她没有拒绝，颤着手接过那个小小的锁片。

正面是“长命百岁”四个字，反面一行小字赫然映入眼帘：“愿爱女明符衣一生平安、无忧。”

触摸着凹凸有致的小字，美仁心境难平，原来符衣这个名字是他取的，她一直以为自己的名字是娘起的……

眼前这个她应叫一声“父亲”的人，越来越让她觉得矛盾。

为了那所谓的什么“霸业”，他可以找艳门灭了即将联姻的亲家，明知道她是他的亲生女儿，他却任由艳门的人栽赃她。若不是景升，甚至他会任由夷山之北的那个人杀了她，眼下却又以一副慈父的模样，对着她说着他所谓的什么“父爱”……

这样的父亲，她要接受吗？她该接受吗？

十八年了，有与没有，又有何区别？

寂寞、孤独，她早已习惯了。

她倏然将那个长命锁放回盒子里盖上，将它推还明经堂的面前，道：“多谢明叔叔的美意，这个东西，十八年前，我娘没有代我收下，十八年后，我亦不会收。”

一声“明叔叔”将一切打回原点。

明经堂的脸色暗了下来，难以置信地看着她，许久，他苦笑了几声，道：“无妨，只要你还愿意待在明家就好了。我等，我想我会等到你愿意收下这个长命锁的那一天。”

美仁坚强地笑着，不作回应。

明经堂又道："你不想认我这个父亲，无妨。不过，既然要留你在明家，一定要给你一个合理的名分，那就做我的义女吧。"

听罢，美仁有些惊诧，她未曾想到明经堂会以这样的方式留她。

"这样你也不愿意？"明经堂的语调明显有些着急。

美仁仍是不语。

"你当真就这么恨我？"明经堂追问。

美仁强扯了一抹笑意，道："没有，只是觉得做义女有点太突然了。"

明经堂悬着的一颗心总算是落下了，原来她是在担心这个，他笑了笑，道："也是，无妨。若是觉得眼下的身份有些尴尬，那么就做义子吧，怎样？"

美仁不知最后是怎么应了明经堂的，迈出书房后，她自嘲地笑了几声，因为过了今日，明经堂将会对外宣称她是他收的义子。

一想到景升离去时，在她耳边轻声说的那句话，她不禁莞尔。

他倒是赌对了。

［二十五］相知相依

明家的办事效率素来很高，那日美仁应了明经堂之后，很快明经堂便挑了个良辰吉日，大摆宴席，对外宣称从今往后他又多了一个儿子。来往的客人都是京城有头有脸的商贾，还有官场上的人，似乎所有人都在为这件事高兴，每个人的脸上都洋溢着一种难以形容的笑意——虚伪、奉承。

直至酒尽人散，美仁才觉得自己的面部有多僵硬，笑得太多了，真的很累。她实在是太累了。

经过这么多日的探查，渐渐地，她失望了，《天一圣经》应该不在明家。

不知过了八月初五，她是不是就可以离开这里，回到倚笑楼，接受悦姨的鄙夷，心甘情愿地跟着她，为她做牛做马，或是接过她的衣钵，做一个和她一样的老妖精。

一想到悦姨，她便忍不住轻笑出声。很难想象，那么美的女人，明明年纪不小了，却还那么风骚，语不惊人死不休，搞得那么多男人心里痒痒的，为她前赴后继。

回到竹芙园，已是华灯初上，园内四下静得只听见自己的心跳声。

不用再被禁足，她依旧还是选择住在竹芙园里，虽然她接受了义子的身份，并不代表她就能立刻接受明经堂那一脸的慈父模样，所谓眼不见为净，最重要的是不用面对那个让她退避三舍的二哥明景升。

几日来，除了查探艳门的有关消息，她便是在这竹芙园内守着蓝希凌。一想到艳门杀手的事，她的心便是一沉。

吐了一口气，她推开屋门，便见着蓝希凌目光痴呆地盯着床头帐幔上的流苏。那日她威胁蓝希凌的话，蓝希凌听进去了，每日痴痴呆呆的，若不知道蓝希凌是装的，她会以为她是真的疯了。

她的心跟着压抑起来，从昕大哥赶她走的那一刻开始，她就没有真正地开心过。

她变了，变得像个傻瓜。

明明是一个不相干的人，她居然也会劳神劳力地去救护。

冷笑一声，她坐在清风前，每日弹奏《月影风清曲》已经成了一种不可或缺的活动，指下轻挑，琴音犹自宛转，如流水般潺潺而起。

静坐在床头的蓝希凌终于有了反应，怔怔地望向美仁，聆听这首如魔似幻的曲音，仿佛可以让人忘却尘世间所有的不快。

曲音倏然而止，一滴滚热的泪珠从蓝希凌的眸中滴落，她颤着唇，问美仁：“为何你能弹出这样明澈空灵的曲子，却有着那样狠毒的心肠？我蓝家究竟与你有何怨仇？当初我真心实意地待你，把你当亲弟弟一样看待，可你是怎样对我的？”

“清心咒曲难清心。你少在那儿自欺欺人了，你对我好不过是因为昕大哥，因为你知道我对他来说是特别的。”手指在琴弦上微微滑动，美仁嘲弄地笑着，“我说过杀你蓝家一十二口的人不是我，信不信由你。我若是那凶手，你今日绝无可能听见我弹这首曲子。”

蓝希凌的脸色一阵红一阵白，美仁字字句句都戳中她的内心。当初她以为她是个男孩子，却没料着是个姑娘家，而且向大哥对她情有独钟。外表那样美艳动人，那样让人动心的女子，却是那样的蛇蝎心肠，她不禁为向大哥感到不值，这样一个女子怎么配得到他的爱？除了对人无情冷漠地伤害，还是伤害，如今一想到向大哥为了替她全家报仇，生死不明，她内心就倍受煎熬。

“我要见向大哥，你究竟想把他怎样？”蓝希凌突然扑在琴弦上，引得琴弦声声嗡鸣，一副楚楚可怜的模样，叫人心疼。

可惜美仁不是男人，冷漠地说道：“你压着我的琴了。”说着，纤掌毫不留情地将她的手臂挥开。

蓝希凌不堪这股强劲的力道，失了重心向后跌去，正巧撞在凳角处，额头立即肿了起来。望着盛怒中的美仁，她不知哪来的勇气，哽咽着道：“就当我求求你，放过他吧。念在他曾经待你那般好的分儿上，念他心中只有你的分儿上，放过他吧。这一切都与他无关，他只不过是碰巧救了我，若是你与蓝家有何怨仇，冲着我来好了——”

铮——琴弦在美仁的纤掌之下发出嗡嗡的声音，显得格外刺耳，食指指甲的断裂牵痛着她的整个心。

眼前这个女人有什么资格来对她说教？

她起身，冲到蓝希凌的面前，目光阴骘，倏然以手掐住她的咽喉，厉声道：“谁和你说是我杀的人？谁和你说是我捉的他？我根本就不想骗他，为何老天连一次解释的机会都不给我？身为怡家人是命，可那也不是我所愿的，邪恶卑鄙，都不是与生俱来的，都是被逼的。若不是因为他们，我娘就不会死。若不是因为你，他也不会与我多番争吵。曾经他的眼里只有我，可是自从你们蓝家成为他的愧疚，你成为他的责任与包袱之后，他对我就再也没有了那种眷恋，有的只有厌恶。你知不知道？你这种无辜的神情真的很讨人厌。是你一直缠着他，否则他不会那样对我。”

手中的力道渐渐加深，蓝希凌的整张脸涨得通红，两行清泪顺着脸颊缓缓落下，她难以置信地惊恐地望着眼前这双阴邪似魔的眼眸，用尽全力挣扎着动着嘴唇，微弱地道：“我死了……也好……他就会……更加愧疚……这样……一辈子……都忘……不了我……”

蓦地，美仁一下子清醒过来，手松开。

卡在脖子上的力量没了，蓝希凌双手抚着脖子不停地咳嗽着。

美仁极力克制，差一点儿，差一点儿她又要失去理智。若是她真的杀了她，她和昕大哥就再也无法回头了。

她跪坐在地上发笑，面目有些狰狞，心口之处又是一阵撕心裂肺的疼痛。

蓝希凌见她这副模样，害怕地直往后退缩，生怕她再做出什么疯狂而不理智的举动。她真的让人好害怕，尤其是那一双骇人的眸子。蓝希凌颤着声，不停地重复着这句话：“你根本就不是人，你根本就不是人……”

“滚出去！你给我滚出去！”美仁知道体内那股邪劲又要发作了。

她费力地爬起身，将地上的蓝希凌一把揪起，扔出门外。

砰的一声将门合上，她顺着门扉缓缓滑落。

为何每次都是这样，每次失去理智，每次疯狂都与昕大哥有关？她想将那本《天一圣经》打开来，仔细看看那书中记载的邪功究竟还有何奥秘，但是她没有那种勇气，她真的不想再受那邪功诱惑，从此变得像都桓一样一发不可收拾。

可是，浑身的痛越来越强烈，她不能像上次在夷山一样任意地叫喊出声，因为这里是竹芙园，她不能让更多的人知道她的秘密。

从怀中掏出银针，她颤着手捏着，想封住几处穴道，可是头如撕裂般地疼痛，她不禁松了手，抱住头，痛苦地呻吟着。

《月影风清曲》，她还有那可以静心的《月影风清曲》……

她望着清风，慌张地向清风爬去。那如撕裂般的头痛再度袭来，她猛地撞在一旁的圆凳上，连人带凳整个撞翻在地。

手背上又是一热，她又看见那恐怖的血滴滴在她的手背上，她慌乱地连忙拭去，可是又一滴继而落在她的衣袖上。

她不再去拭血，而是惊恐地抚住脸颊，抚住额头，嘴唇微微颤动，祈求着血汗不要再流了。

自明经堂回来之后，景升每日都有忙不完的事，如今明家所有的财力物力已全部调往南方，京城这边，只待八月初五做最后一战。

有时候他也弄不清楚，明明他可以比景承更为洒脱，却为何有着种种放不下。

或许恪守多年，只为了等待一个答案。

他觉得真的好累，身累，心更累。

这么多年来真正开心的日子，却是屈指可数。

明飞说他近些日子笑的次数比往日多了很多。

呵呵，面对那样的她，想不笑都难。

她已经躲他躲了很多天了，他自知是何原因，那日若不是为了蓝希凌，她也绝不会来找他。怕她太过寂寞，他将侍书和奉剑派去服侍，况且那里还多了一个蓝希凌。他知道她的用意，留蓝希凌在身边或许可以保她的性命更久一些。

心里一想到她，他的嘴角处便微微漾开一抹淡淡的幸福浅笑。

会选择在夜深人静来竹芙园，也是被迫无奈。为了明经堂收她为义子这件事，景璇闹了好些天，以绝食来宣泄心中的愤恨，而明经堂也懒得管她，最终也只有在他的哄劝之下景璇才肯吃饭，景璇以此为由黏他黏得更紧了。

面带浅笑，他步入竹芙园。庄飞与庄杰见着他恭敬地行了礼，问了几句，他才知她也才回到这里。走过回廊，就快要接近她的屋子，他莫名有些紧张。

然而当他见着蓝希凌躺在屋外一动不动时，嘴角处的那抹浅笑骤然僵在脸上。

发生了什么事？

他锁着眉头快步上前，扶起蓝希凌，探了探她的鼻息，只是晕了过去。眼前那两扇紧闭的竹门，令他的心没由地一阵恐慌。

“庄飞、庄杰——”他大叫一声。

庄氏兄弟二人很快出现在眼前。

“去找丫鬟来，把这位姑娘扶下去好生伺候着。还有，今晚，任何人都不准靠近这屋子，你们俩也是，今夜不用守在这屋子附近。二老爷那里也千万别惊动了，都下去吧。”景升一脸焦虑地吩咐着。

“是。”

很快，屋门外一片寂静。

景升抬起右手轻叩了叩门扉，门内并无响应。

“美仁，你在里面吗？”他咬着牙问道。

砰的一声，屋内传来一声巨响，还夹杂着异样的琴声，这声音让他的心一下子抽紧了。

他没再开口，直接破门而入，满屋狼藉，就连娘最爱的清风，都被挥翻在地，而那个让他牵肠挂肚的丫头却趴在琴弦之上，痛苦地呻吟着，脸上又开始渗着血汗。

他反手将门关上，迅速抱起她，眸中满是疼惜。

“你……是不是又动了杀念？”语气里虽带着一丝责备，更多的却是疼惜。

她右手食指的指尖被琴弦划出一道血口，掌心上那触目的血迹已经让人分不清是从血口中流出的，还是她所流出的血汗。她的手微抬，指着清风上的断弦，虚弱地颤着声道：“琴弦断了，琴弦断了……”

“唉……”景升捉住她沾满血迹的纤纤玉手，除了那被琴弦划破的血口之外，却见她手背上及手腕处有着明显的牙印，那牙印之下还微微渗着血，“你……”

疼痛难忍，这傻丫头竟然自伤。

他心疼地一手握着她的手，一手从怀中摸出金创药，轻点其上，再以帕子包好。

“痛……”美仁窝在他的怀中，口中不停地喃喃呜咽着，“呜呜呜……我要弹《月影风清曲》，可是琴弦断了……”

景升以袖将她额上渗出的血珠一一拭净，他抚住她的双肩，道：“你听着，琴音操控的只是你的心，真正需要平静的是你的心，倘若你的心永远不能静下来，就算是我娘在世，弹奏的《月影风清曲》也依旧救不了你。”

“呜呜呜……我静不下来，我控制不住，”伏在他的身前，美仁又开始痛苦地呻吟，“我的头要裂开了……呜呜呜……好冷……”

“冷？怎么会冷？”抱着她的身子，景升只觉得热，从上到下都是火热的，这三伏的天气，为何她会觉得冷，抱住她的双臂越收越紧，他的下颌抵着她的发丝，轻道，“没事的，像上次一样，挨过去就好了。”

“嗯——”

“不许咬你的唇。”他以手掰着她的下颌，不让她死咬着下唇，“要咬的话，手臂借给你。”他将衣袖撩高，将手臂送向她的嘴唇。

“不要你管我……你离我远一点……”她口中虽这么说，身子却不由自主地往他的怀中钻，那温暖的源头可以减轻身体上的疼痛，可以驱走她身上的寒冷。

“好，那你就撑着，撑到你不痛了，再一掌将我挥开。”他的唇贴着她的发丝，低声回应。

“会的……明景升……你轻薄我的账……还未和你算呢……”

“叫景哥哥，和你说了很多次了。”他笑着。

“明景升……等我不痛了……我一定要……封了你的内力……找人把你衣服全脱光了……再在你的身上……倒一桶蜂蜜……把你扔进狗熊洞里……”她一边喘息着，一边咬牙切齿地瞪着他。

这个可恶的男人，为何每次都会在她丑态百出的时候出现。

他的笑声低低传来，抱着她的身体也跟着颤动。

这样很好，诱惑着她转移注意力。

“还有呢？”他的唇贴着她的发丝，浅浅地笑着。

“我这样是不是很可笑……”

“是很可笑。”

“我这样是不是会吓着他们……”

“嗯。不会的，我让他们都走开了，他们都不会瞧见。”

“我这样是不是像鬼一样……”

“嗯，有点。”

“是不是很脏……”

“还好。”

“让侍书她们准备热水……”

“好。”

“我要沐浴……”

“好。”

两人有一句没一句这样乱搭着，渐渐地，疲惫不堪的美仁并未坚持到热水来就合上了眼沉沉地睡了过去。

景升抱着她，将她轻轻地放在床上，盖上薄被，放下帐幔，转身拾起落在地上的清风。

弦断了两根，琴身之上还残留了点点血迹。

他抱着清风正欲离开，脚下不慎踢着一幅画卷，一旁还散落着一套平时她最常用的银针。放下清风，他一一捡起装好，忍不住对那幅画产生好奇，将它打开，却是一幅雨后海棠图，那颜色艳丽异常，怎么看都不像是平常用的水粉，若有若无还有一股淡香，这味道倒像是景璇平时用的脂胭粉的味道。

多情思，无情丝。

点点胭脂，碎梦，情缘叹平生。

花落花开辗落尘，声声化伤心，海棠谢。

这幅画是以胭脂画的，莫非就是景璇打碎的那盒胭脂……

他微微皱眉，隔着幔帐看向床内的美仁，嘴角微动，缓缓将画收起，放回原处，抱着清风出了屋子。

次日清晨，美仁只觉得右手心又热又湿，黏黏的，很不舒服，好像还抓着个什么东西。睁开眼，才发现隔着帐幔，她的右手正抓着一个人的手。她瞪大双眸，终于看清了。帐帘缝隙处正露着半张俊朗迷人的面容，而她抓着的正是他的手。她慌张地急忙松开，将那帐帘紧合在一起。

景升被惊醒，轻道一声："你醒了？"

隔着帐幔，美仁有些尴尬地别过脸，低声道："嗯。你出去吧，让侍书与奉剑弄热水进来，我要沐浴。"

"嗯，我让她们来伺候你。清风我已经派人送去修了，不用担心。我先出去了，有事吩咐侍书她们即可。"

景升走了之后，美仁不敢立即下床，直到侍书与奉剑弄了热水进来，待所有都备妥之后才将她们也赶出去，脱光了身上污脏不堪的血衣，看见身上斑斑点点模糊一片的血迹，整个心都变得很郁结。她跳进木桶里，痛痛快快地将身上洗干净。

衣衫穿戴整齐后，美仁深吸了几口气才出门。

与侍书、奉剑说了几句，美仁得知景升已经离开，她那颗烦躁不安的心总算是平静下来。

看到侍书和奉剑偷笑她，她便不自在，于是道："昨晚被我……被我扔出去的那位姑娘怎么样了？"

"回公子，昨夜就请了大夫，只是一些皮外伤，没什么大碍，眼下正在屋子里歇着呢，公子要去看看那位姑娘吗？"侍书道。

“哦……不用了，叫春香、秋香好生伺候着就行了。”美仁淡淡地回应。

在把蓝家的事情解决之前，她是不想再见到蓝希凌了，伤了蓝希凌她不会心疼，伤了自己那可是会要自己的命，至少她没嫌自己活腻了。

昨日，探到艳门的消息让她很恼火，因为那个杀手的名字叫作“素”。女人，妩媚妖娆的女人，名字偏偏叫作“素”，除了那个丫头，她实在想不出第二人选。她从来不知道怡素会恨她那么深，无论怎么想都想不明白，若说怡素嫉妒她，她反倒更嫉妒怡素。

若真的是怡素，她不知道该怎么办。因为悦姨，她真的不知道该怎么办。

“公子，要上哪儿去？”奉剑跟着美仁。

“明家若有人问起，就说我去万花楼，叫他们不用派人寻我，在万花楼待着不会死人。”美仁冷冷地说着，快步出了竹芙园。

［二十六］姐妹“情深”

美仁到了万花楼，却不见景承，经盘问，才知道他去了万花楼专门训练艺伶的别馆。

她架着一个龟奴，要他带她去，可龟奴却哆嗦着说苏素姑娘不想见她，景承也交代了没他的允许不可擅自带她去别馆。

她狠瞪着那个龟奴，怒称今日不带她去，她就一把火烧了万花楼。金妈妈惹不起这位小祖宗，只告诉她别馆的位置，让她自个儿去找，别提是他们说的就好。

美仁松了揪住龟奴的手，嫌恶地将手轻拍几下，大步转身，往别馆寻去。

别馆守门的并不认识美仁，见美仁突然闯进来，齐齐亮剑阻止。美仁快步靠近他们身前，纤手在两人眼前微晃，两个守卫便被点住了穴道。

对这里的格局，美仁并不熟，穿过曲折回廊，总算碰到一个小丫头，她捉住便问：“三公子在哪儿？”

小丫头战战兢兢地指了指西面的一道小桥，美仁松了手，往左前方走去。不远就到了那道小桥，过桥便有个花篱挡住，又是回廊，顺着回廊往北行数步，便见树荫下，景承懒散地躺在贵妃椅上半眯着眼。

在那里她也见着了那个让她咬牙切齿的丫头。

怡素身着一袭紫色薄衫，整个肩头都露在了外头，半跪在那贵妃椅前，手中正剥着一粒又圆又大的葡萄，然后送进口中以唇含着，缓缓俯下头，将那颗葡萄喂给景承。景承魅惑地笑着，很享受美人这样的伺候。

两人唇舌交缠，景承将怡素抱上贵妃椅，更是纠缠不清。

这样的场面美仁见多了，但是与男人调情的女子换作是悦姨的女儿，她的表妹怡素，那就是不可以。

望了一眼那棵粗壮的槐树，她拾起一粒碎石，击向那延伸出的枝条，便听见枝杈处一声咔嚓，往下坠去。

突如其来的事故，让景承睁大双眼，他身手敏捷地抱起怡素，翻身飞向安全之处。

怡素好似受了惊吓，紧张地拍着胸口，依偎在景承胸前，低喃一声："三公子，素素好怕。"

"乖。"景承勾了勾唇角，从怀中的美人儿身上收回视线，瞥向不请自来的不速之客，待看清了是谁，他浑身的肌肉就开始紧张。

"你是怎么找到这里的？"景承挑了挑眉。

"怎么找到的很重要吗？"美仁皱着眉，眼睛却紧盯着怡素。

怡素淡扫了她一眼，拉紧身上的衣裳，终于遮住了圆润白皙的肩头，抬首对着景承吐气如兰："承，你答应过我的，我不想见这个人。"

景承目光复杂地看着美仁，她真的很让他头痛，那日在明家见到她被那么多人欺负，想到那夜在万花楼他不小心撕了她衣服后她那副楚楚可怜的模样，他便起了恻隐之心，心中想帮她。她倒好，脸皮厚到日日在他的万花楼里与姑娘们寻欢作乐，明庄主已经派人至少警告过他三回。这丫头喜欢泡在花楼里，怪他咯？问她有何想法，她坚称没有，只想让姑娘们陪着玩玩。昨天他还记得他才问过："今晚你可是有想法？"

她便笑着说："嗯，带我去见苏素姑娘。"

他没好气地回道："她说了她不想见你，我万花楼还要开门做生意，你想我这里的台柱就这样倒了？"

"要是她走了，我给你做台柱。"

"你——"

"承哥哥，你废话真多。"

她能找到这里，他一点儿也不觉得奇怪，倒是奇怪她为何忍了这么多天才来，还偏偏选择在他与佳人柔情蜜意的时候来。

景承轻拍了拍怡素的纤腰，以手轻捏了捏她的下颌，笑道："可她现在是我明家人，是我的'义弟'，谁叫你这么诱人？"

"咦？讨厌！"怡素一声娇嗔，斜眼睨了美仁一眼。

"乖，我在屋内等你。"说着，景承在怡素唇上轻点，便笑着离开了。

美仁别过脸，一想到这两个行为放荡的男女配在一起，她不禁觉得有些可笑，其实两人真的很相配，无论从外表到行为，着实是绝配。

“找我什么事？”

美仁再转头，怡素已然优雅地躺在贵妃椅上，目光阴沉地凝视着她。

“这一年多你在哪里？”美仁开门见山。

“四海为家咯，哪个地方有男人养，我就待在哪个地方。”怡素笑着回应。

“是吗？艳门从何时开始改由男人养女人了？”美仁冷道。

“简直是不知所云。”怡素脸上的笑容敛了，从贵妃椅上匆匆起身，便要往屋里走去。

“你给我站住。那件事是不是你做的？”美仁伸手便拦住了她。

“不知道你在说什么。让开，我要练舞了。”怡素大力挥开美仁的手臂。

美仁一把拽住她，凑近她的面孔，厉声道：“你可记得上次在万花楼里我跟你说的话？”

“怡符衣，别仗着我娘向着你偏袒你，你就可以对我大呼小叫的，你还真把自己当我亲姐姐了。有时候，我真怀疑你是不是她生的另一个种？反正她这辈子也不知道跟了多少个男人——”

啪的一声，美仁狠狠地甩了怡素一记耳光，怡素白皙的脸颊上顿时显出来五道指印。

“你还是不是人？连自己的亲娘都辱骂！你忘了是谁生你养你的？这种畜生都不如的话你也说得出口？”

“你——”怡素恶毒地盯着美仁，翻手就想给她一拳，却被她死死地抓住手腕，“怡符衣，我忍了你近九年，你居然敢打我？你这个——”

美仁怒不可遏，甩手又给了她一记耳光，吼道：“这种话你也好意思说得出口，简直是自取其辱。你忍了我近九年？若不是看在悦姨的面子上，怕她伤心，我早就想狠狠地揍你一顿。你这个不知好歹的臭丫头！”

怡素嘴角微微渗血，自认遭受到奇耻大辱，左手紧攥成拳，直击向美仁的心口之处，此招正是毒辣无比的碎石裂心拳。

“还说不是你！”美仁大喝一声，被逼着松了手，退后数步。

“笑话！你不也一样会这种招数？天一族哪个人不会这招？你自己惹了一身骚，难道什么罪名都要算在我头上？”怡素狞笑着讥讽。

呼地一拳，怡素向美仁的心口猛击过去，这一拳劲力非凡，美仁眼明手快，右拳以同样招式挥出，拳拳相交，猛地，怡素的身子一晃，整个人向后栽倒在地。

“噗……”怡素大吐一口鲜血，以手抹净，不敢相信地注视着美仁，“你的武功何时变得这样厉害？你偷练了《天一圣经》上的武功？你竟然偷练了

《天一圣经》上的武功，他们不会放过你的！”

美仁冷冷地瞪了她一眼，并未应她，大步上前，封了她的内力，将她从地上拉起，厉声道：“你给我起来，跟我回杭州。我没资格教训你，但悦姨有。”

“你放开我，我不要回去，我就是死在外面，也不回那里。”怡素尖叫着挣扎着。

“由不得你，跟我回去。”美仁以怡素身上的绸带将她束缚起，硬拽过她，拖着她便走。

“怡符衣，你这个恶心、自私、卑鄙的小人，我恨你。”

“骂吧，我知道你从小就恨我，尽管骂吧，你就是把嗓子骂破了，今日我也一定要送你回杭州，你这不知好歹的丫头。”美仁不以为然。

“怡符衣，你早就该死的。”怡素骂着。

“可惜我就是死不了。”

美仁硬拖着她快步离开，才过了小桥，迎面撞见急匆匆赶来的景承，身后还跟着两名神色满是恐慌的小丫头，想来也就是这两个小丫头给他通风报信的。

怡素一见到景承，就好像抓住了一根救命稻草，激动地大叫：“承，救我！她要抓我卖到其他窑子里，你要救我——”

偏头望了一眼身旁与之前盛气凌人完全两样、异常楚楚可怜的怡素，美仁不禁嗤笑开来，不想再听她聒噪，索性点了她的哑穴。

景承双手抱胸，皱了皱眉，道：“我说‘义弟’，你要带我的苏素姑娘去哪儿？”他刻意加重“义弟”二字。

“承哥哥，请你让开。总之我不会害了她。”美仁正了正色，扣住怡素的手更紧了。

怡素是个聪明人，这时一句话也说不出，尽量装出最可怜的模样，博得景承的同情。

景承见着，眉头蹙得更深，道：“下月初五，就是王大人的生辰，你是想我整个万花楼都跟着毁了吗？”

“全京城能歌善舞的女人那么多，为何偏偏要选她？”美仁问道。

“这个问题我也同样要问你，为何你偏偏选她？”景承反问。

“那就让她告诉你为何？”美仁邪恶地望着怡素。

怡素狠瞪着她，明明点了她的哑穴，还装腔作势。

“我给你机会了，是你不说的，可别说我不厚道。”美仁笑着。

景承叹了一口气，道：“别闹了，不管怎样，她，我是不会让你带走的。

下个月初五，她一定要在王大人的府上出现。”

“为何？”

“王大人指名要她。”

“承哥哥，换一个人吧，我知道你可以的。”

“不可以。”

美仁不再理会，拖着怡素直往前冲。

“你可知道强行带她走的后果？！”景承拦住二人。

“我不是圣人，管不了别人的死活。”美仁坚定地回道。

气急，景承当下运起内力，右掌即出。那一掌有若飘雪轻扬，绵绵不着力，直袭美仁右肩，正是紫玉山庄明经堂的绝学紫虚掌。

美仁怒瞪了他一眼，却未料着他当真出了手，斜身避过，顺手将怡素拉至身后。

寒光再现，她手中的弯刀已出，嗞的一声，景承的右袖口处被弯刀划破。

景承也未料着这丫头一出招，竟是这般阴毒，他连着打出三掌，直袭美仁。

美仁因要顾着怡素，稍有分神，自己上三路已全被景承的掌势罩住，紧抓住怡素的手不得已松开，被逼得节节后退。

景承趁势将怡素揽至怀中，收了掌势，解了她的穴道，低问：“有没有伤着你？”

怡素终于能够开口，轻摇了摇头，佯装柔弱：“我没事。”

望着怡素惺惺作态的虚伪样，美仁咬着牙，不甘心地收了弯刀。在这里若是真与景承大打出手，不见得能占得半点好处，说不定越扯越糟。或许有景承看着这个疯丫头，也不失为一件好事，过了八月初五，无论如何她都会带她回杭州。

于是，她对着景承道：“承哥哥，那就请你时刻看好她，要是她再惹出什么事来，我就一把火烧了你的万花楼。”

怡素得意地瞟了她一眼，以眼色示威。

她狠瞪了怡素一眼，从她身边擦身而过，厉道：“等着，我会抓你到她面前磕头认错。”

说罢，一身怒气的她如风一样，卷出这座别馆。

［二十七］夷山之北

似乎自那日后，怡素与景承二人更是如胶似漆。而美仁在别馆负了气，便再也没去过万花楼，除了明经堂偶尔“召唤”，她多半会窝在房内潜心修炼内功，有时候也会去鱼海浪的武馆。

茶余饭后的琐事，能引起她兴趣的对象只有如妈与叶声泉，因为她只要一弹奏清风，这两人的身影总会在无声无息中出现。如妈的眼神一如既往的怨毒，叶声泉的眼中或多或少会闪出一丝光彩，偶尔不经意间还能见着他在对她笑。

本来她并不想去打探别人的隐私，但是日子久了实在太无聊，她也寂寞了。

她打听到如妈年轻的时候，也是一位不可多得的美人，根据推算，如妈的年纪不会超过三十五，可是如今这张脸却是饱经风霜，看上去比叶声泉还要苍老一些。而叶声泉能将如妈从西域带回，两人确实也有那么一份情。可是为何叶声泉却独身了二十多年一直未曾娶妻，而如妈也是云英未嫁?

望着手下的清风，她笑得很诡异。

月影风清听泉声……

自从那天她流血汗之后，景升未再来探望她。

京城内明家名下好些不起眼的铺子，无声无息地都关了门，只留下一些老字号的经营规模较大的酒楼、客栈、药铺、丝绸庄等，分布在大江南北的这些分店似乎也在秘密的整顿之中。

庄飞、庄杰在一夜之间突然失踪，或许被派去守他们应该守的地方了。

明家的下人也被遣散了大部分，只留了为数不多的几个。春香和秋香也离开了，如今留在竹芙园里的，只有她、叶声泉、如妈、蓝希凌、侍书与奉剑六人。在外人看来，明家可能是经营不善，出现危机，但她知道，不是明家经营不善，而是明家的银子都去了该去的地方。

她收到消息，艳门的杀手“素”的确就是怡素，这让美仁感到心寒。悦姨和她辛苦地找寻了近两年，却不想怡素入了艳门。

艳门，这笔账，她算是记下了。

蓝希凌再见到她，更添了一分惊恐之色，能避则避。

侍书与奉剑也察觉到这位少公子心中有所不快，更加小心地侍奉着，但偶尔也能听见她开几句玩笑。

收留蓝希凌一事，像是得到默许一样，她知道，那日景升嘴上虽未应她，但私下里一定是费了不少神。

日子平静到不能再平静，对美仁来说，却是心如火燎。

山雨欲来风满楼。

有些时候有些事情总是会非常微妙。

她以为她再不会有机会亦不可能踏上那夷山之北，可是一切来得就是那么突然。

原本闲着无事，美仁在武场与鱼海浪的弟子们切磋。可突然有人前来，与鱼海浪耳语几句，鱼海浪脸色大变。他一声令下，让所有弟子停止习武，整齐列队，他从中挑了五名身体健壮的弟子，对着另外两位教武师父匆忙交代了几句，便急匆匆地领着那五人随来人一同离开。

经过平日里的观察，鱼海浪很少出现这种慌张且手足无措的神色。

似乎嗅出一丝异样气息，美仁悄悄地跟着他们离开。

出乎意料，鱼海浪领着那五名弟子去了城东的一间药铺。若是没记错，这间药铺也是明家旗下的，但店面不大，里面的摆设也十分陈旧。若是她没记错，在明家所有的产业中，这间药铺是最不起眼也最不赚钱的。

花了些碎银，美仁找了一位路人，让他代为进去买几包最普通的药，那人拎了一包药出来后，美仁几经询问，得知那店铺里只有掌柜和一名伙计，还有两位前去买药的人。

心中的疑惑越来越大，她明明见着七人前后进去，怎么只有四人？

美仁正想着要不要去探探是否有后门，这时从药铺里走出来一个人，肤色极白，东张西望不知在看什么，手中捏着一方帕子，时不时掩着口鼻。不一会儿，一顶轿子落在其跟前，只见他一扭一捏地迈进轿子。此人行为举止扭捏怪异，给她的感觉就是有点不男不女，这个想法让她立刻想到皇宫里的太监。

太监？鱼海浪怎么会带着几名弟子前来见一个太监？

美仁继续守着。

约莫一盏茶的工夫，又出来一个人。这人身着蓝色长襦衫，面色红润，手中提着几包药，一举一动都有位居要职的官员作风。他与先前出来的那个疑似太监的人一样，小心谨慎地四处张望之后，方举步离开。

再出来的便是鱼海浪与那五名弟子，他们立在药铺之外，并未即刻离去，似在等人。

未久，有人牵了两匹马过来，鱼海浪不知对那五名弟子说了什么，那五人行了礼后，便匆匆离开。与此同时，明经堂从那间药铺里走了出来，仅一个眼色，鱼海浪便会意，与他分别跨上马匹，往城北的方向驰去。

美仁怎么也没想到会在这里见到明经堂。这又是太监，又是官员的，他们究竟要做什么？

抛了银子，她从一路人手中抢了一匹马，疾驰追去。

意料之外，明经堂与鱼海浪去的地方竟是夷山之北，但他们上山的道路与那晚她追着向昕前去的并不是同一条。

上山的路上，一路上守卫的护卫比那晚见到的还要多。他们依旧一个个面戴白色面具，身着白色衣衫，看起来像一个个将死的囚犯。

光天化日之下，白色的面具、白色的衣衫，说有多恐怖就有多恐怖。

很奇怪，那晚见着的这些戴白色面具的护卫，所穿的衣衫绝非是白色的，为何今日见着却是这么诡异?

躲在隐蔽之处，她看到沿途这些守山的护卫在见到明经堂与鱼海浪时，全部单膝跪地，行了大礼。

由于守卫森严，再往前行有些困难，美仁正思忖着该如何是好，这时，一名戴白色面具的护卫，走到离她藏身之处不远的一棵树前，松了松裤子，接着便听见一阵哗哗的水声。

心里一阵恶心，美仁趁其不备，一掌击晕了他。真是天助她也！此人的身形与她相似，摘下他的面具，她方看清那张脸，面色蜡黄，眼窝深陷，好似生了什么怪病似的。她不由得想到景升，他戴着黄金面具时，容貌可比眼前这副罗刹一样的相貌要好上千倍百倍。

她从身上掏出方巾，将这面具里里外外仔细擦拭了一通，才戴在脸上。在那人的腰上，她还发现了一块刻有“楚”字的令牌，令牌之上刻着个姓名，以朱砂着色：王大川，下面有两个绿色小字：待龙。王大川应该就是名字，那“待龙”是什么意思?虽然她不明白这令牌所代表的意思，但她仍是小心翼翼地学着那人，别在腰间。脱了那人身上的白衣套在身上，她的心里又是一阵恶心。

算了，办正事要紧，待回去以后，她一定会以艾蒿煮水洗净全身。

自上次离开夷山，未做好周详的准备，她不敢再贸然前来。这几日忙着查探明家、蓝家与艳门之间有何联系，虽有些眉目，但不曾料着今日会遇上这么一个大好的时机。

凭那块令牌，她顺利地到达那处禁地。

若不是戴着面具，美仁相信自己定会瞠目结舌。来回巡逻的白色面具护卫也越来越多，眼前所有布置就像是驻军兵营一样。

抬眸映入眼帘的便是两座箭楼，每座箭楼之上都有一名戴着面具的护卫守在上面，周围以木围栏和铁丝网成约莫一人高的围墙，每隔十余步，就有一根粗大的木桩被钉入地下，一根根铁丝缠绕而过，铁丝与铁丝之间间隔绝不会超过一尺，就算是小孩子也未必能通过。

自本朝开国以来，但凡驻扎在汴京的军营便不能建城墙，只能以木围栏等建成防护层，可这里除了木围栏之外，还有一层铁丝网。汴京附近都不太可能出现敌军的踪影，以这样的防护墙再配上箭楼，足够防御窃贼、奸细或是别有用心的人了。

那些人除了穿着与普通的士兵有异，所有行径看上去与真正的士兵并无区别，可是为何会在这里设军营？

几个士兵正往外运送着几车不知什么东西，上面盖着草席。忽然，那车上滑出一样东西挂在车沿，美仁定睛一看，竟是一个人的手臂。那个人的手臂筋脉暴突，青肿异常。推车的士兵见着，将那人的手臂随意地塞进草席之下。

美仁终于看清了，那车上装的不是东西，而是人，是死人，不是一个死人，而是好些个死人。

庆幸，有了脸上的面具，美仁才能掩饰住内心的惊恐。

他们到底在做什么？

这时，正好一辆车子装满了粮草被推进大门。她低下头，混在车后，佯装帮着推车子进入木栏大门。此时早已失去了明经堂与鱼海浪的踪影，为了使自己看起来不那么突兀，美仁低着头推着车子前行。

不一会儿，众人忙着将那些粮草卸下。

美仁趁着所有人的注意力都集中在那些粮草之上，她悄悄撤离，快步往士兵较少的地方走去。

回首之间，却见几个戴着白色面具的士兵推着几车看似肥料的东西往北面去。好奇之下，她跟着过去。忽然间，眼前豁然开朗，满山遍野的红色果实、绿色茎叶，其间有许多白色的面具来回穿梭，应该是正在采摘那些红色果实。

美仁再一次被眼前的景象惊住了，她怔怔地立在那里一动不动。

明经堂他们在这里种这么多不知名的果子做什么？她实在看不出来，这一串串红红的果子究竟有何奥妙。若是单纯的生意上的事，这与蓝家又有何干系？为何还会动用军队来种植这些莫名其妙的东西？为何这些东西她总觉得很眼熟？好像在哪里见过。

前面两人的背影很熟悉，好像庄飞、庄杰那两个呆子，她方想走上前细瞧，身后一个厉声传来。

“王大川，你怎么会在这儿？你不是应当去守山吗？”

美仁回首，看到一具白色面具，但那人身着一件黑色长衫，腰间别的令牌虽同刻着一个“楚”字，但与她腰间别的那块有所区别。

若是她一开口，便会露馅。她抬起头，以手摸向自己的颈前，嘶哑地啊了两声，以示自己的嗓子坏了。她想到明经堂与鱼海浪上山之后，那些白色面具所行的单膝礼，她立即单膝跪地颔首，余光瞥了一眼，这人腰间所别的令牌之上刻的名字是“高远”。

“算了，起来吧，就知道你小子是在偷懒。把脑袋给我悬着点，谁让你到这儿来的？今日几位大人都到了，去，将这份地图送去大人的军帐之内，几位大人都在候着呢。”

美仁起身恭敬地接过那份羊皮卷，这时，一个白色面具走过来叫道：“报指挥使大人，西区的龙奇果已经采摘好了。”

“好，我随后到。”高远应了声，转首又对美仁道，“川儿，你小子给我机灵点，就算你是我外甥，但再这么偷懒下去，到时出了什么乱子，做舅舅的我也保不了你。好了，快点把地图送过去，我还要再去下面看看。这几天，什么事都有点乱糟糟的，老子宁可还像以往一样上战场。”

川儿？舅舅？原来被她打劫的人是这指挥使的亲侄子。

美仁连连点了几个头，待见着脚步离开，她方掐了下大腿，轻呼了一口气。

高远口中那几个什么大人之中肯定有明经堂与鱼海浪，这身后密密麻麻的一排排军帐，中间一个最大的，应是主帐营。

想到手中的地图，她犹豫了一下，先送去？难道不能先偷看一下？

她连忙退向身后两个营帐之间的隐蔽之处，将手中的羊皮卷展开。令她惊讶的是，这是两张地图，她本以为会是对辽的行军图，却没料着第一张是汴京城的概貌，虽几处红点标记再简单不过，但结合第二张王钦若府上的地图再理解，这用意就大不同了。

八月初五，是王钦若的生辰。这两张地图……若是要灭了王钦若，何须动用这么多的士兵？他们究竟想要做什么？

当务之急是要将这两张地图送到“那些大人”的手中，或许可以“探听”一些消息。美仁遗传了娘可以过目不忘的本领，有时是件好事，有时就是悲哀，比如说那《天一圣经》，她想不记得都难。将这两张地图的标识一一详记于脑中，未久，她将两张地图重新卷好，挺直身体，回转身正打算去寻那主帐，却不想撞上了一个人。

她定了定神，待抬首望见那具熟悉的黄金面具，急忙垂下头，整颗心都跟着提到了嗓子眼。

糟糕！定是那王大川被人发现了。

索性装到底，她连忙单膝下脆，将手中的地图高高奉上，变了声道：“见过大人，这是大人吩咐的东西，小的正要送去。”

那黄金面具从她的手中接过地图，不说话也不离开，美仁知道那人还在盯着她看。

“记清楚了？”那人嗓音低沉。

想到那晚差点命丧他手，美仁跪着，连大气都不敢喘。这人身份不明，若是被发现，就算她扑在明经堂的面前，抱着他的大腿，哭天喊地承认自己就是他的女儿，他也未必能保住她这条小命。

“怎么不说话？”那人又道。

“回禀大人，小的不明白大人在说什么。”美仁抱拳回道，突觉自己的双臂在颤抖，她在怕，她竟然在怕。

“起来吧，随我来。”那人的声调微转，迈着沉稳的步调往主帐的方向步去。

美仁大气都不敢喘一下，垂着头乖乖地跟在他身后。他所到之处，但凡士兵都行以单膝礼。美仁的心跳得更激烈了。

“你，就在帐外好好地守着，没有吩咐，任何人不得入内。”

“是，属下遵命。”美仁学着单膝跪地。

那人进去了，她守在帐外安静地立了许久，忽然间意识到这帐外没有来回走动的士兵，能望见的都离着好远，他们似乎都不大敢靠近这里，那么是不是意味着她可以偷听了？

四下张望，她便找了个绝佳的位置将耳朵贴在那军帐之上，隐约听见帐内有七八个人的声音。

突然，一个陌生的声音大喝一声：“上一批药，死了那么多人，你是怎么配的药？你不是说新配方没有问题吗，怎么会死那么多人？如果这里精挑细选出来的两万精兵，到时全死光了怎么办？难道还要再等一年吗？再等一年，还会有这样的机会吗？”

沉寂半晌，听见另一人的声音响起：“陈某自打出道以来，从未受过此等羞辱，道不相同不相为谋。哼！众位告辞。”

“汝生兄且慢，赵王爷的话绝无恶意，我等都十分敬佩汝生兄。”这谦和的声调正是明经堂。

陈某？汝生兄？陈汝生？陈汝生不是天下闻名的药王老前辈的爱徒吗？传闻药王已仙逝，由其徒陈汝生承接衣钵。陈汝生号称药鬼，为人心胸豪迈，虽善于用毒，但绝不滥害无辜。此人生性孤傲，独来独往，他们能请动这药鬼必定下了一番苦功。

“哼，紫玉兄莫要说好话，既然有人信不过我陈某，陈某还留在此地作何用处？另请高明吧。”陈汝生顶撞的声音毫不示弱。

“汝生兄何必如此负气呢？轩儿也服了汝生兄的药，内力大增，也不曾出现任何异象。汝生兄，快快坐下。”明经堂又是一番好言相劝。

接着便听到鱼海浪开始劝解，还有两名不曾听过的声音同时劝解，大意都是药出了问题，那责任也不能全数推在陈汝生的身上，或许有其他什么环节未曾配合好。总之几个人的轮流劝解总算是安抚住了药鬼陈汝生。

那赵王爷的声音听起来很是不高兴，矛头突然又指向了另一人：“轩儿，不知你手下是如何办事的，几个月前，那次明明是一个大好时机，你手下却让赵恒跑了。这事未完，前几日本王又听说，有人擅闯禁地，居然又让人跑了，真不知你手下都是些什么人，楚王如今下落不明，你的手下都是怎么做事的，都是酒囊饭袋吗？还有那个蓝德宗，若不是他坏了我们的大事，何以招来这些乱子？真是气死本王了！”

听至此，美仁怔住了，这个赵王爷所说的赵恒不就是当今天子的名讳吗？看来她真的没猜错，韩襄当真就是赵恒。当日，景升与她救了赵恒，难怪景升执意要收走那块玉佩。若赵王爷说的赵恒就是当今天子，那么楚王不就是他的哥哥赵元佐？

美仁细想整件事，顿时恍然大悟。

如今宋境屡遭辽军侵犯，但也不至于弄到民不聊生的地步，难怪景升告诫她不要插手此事，还有向昕这个傻子，为了救别人却落入这般境地。

“王爷不必如此气恼，我已经派人去寻了，相信用不了多久，一定会找到义父的，其他的事都无须多虑，只等八月初五最后一战，一切便都结束了。”这声音美仁听出来了，就是那晚差点要她命的那个黄金面具。义父？原来黄金面具是楚王的义子。

等一下！可为何又与方才领她进来时说话的声音有所不同？

之后美仁又听见他们在讨论着什么，却听得不是很清晰，她将身体往前倾，耳朵再附上，孰知，一不小心踩到脚下的一个木棍，发出声响。

“是何人这么大胆？”那赵王爷的声音再度响起。

美仁连忙正身，回到原本守着的帐帘旁，刚站立好便见着一名年纪与明经堂相仿、身着绛纱袍的中年男子出现在眼前。

这人没有戴面具，美仁只是略扫了一眼，便觉这人满脸煞气，想来就是那位什么赵王爷。

二话没说，美仁恭敬地下跪行礼，而后指了指自己的嗓子，咿咿呀呀地说了一些让人听不懂的话，又指了指帐内，意指是帐内之人命她守在帐外。

这时，帐帘再度掀起，又出来两名男子，这两人都戴着黄金面具，而且身形、衣着都差不多，美仁无法分清之前领她前来的究竟是谁。面具背后，她额上已开始微微渗汗，就连手心都开始微湿，她偷偷瞟了一眼手心，看见只是普通汗水，紧绷的心弦稍稍缓和，唯一能做的还是乖乖地跪着。

“回王爷，是晚辈让他守在这儿的。”

听到这个声音，她惊愕地望向那人，这人的声音与之前领她来的时候不太一样，但是她可以十分确定，是明景升。这个家伙，好好的不以自己的声音说话，非得要装腔作势，一定是猜到是她，所以故意戏弄她。

赵王爷疑惑地看了看两人，对景升道：“升儿也越来越像你哥哥了。”说着，他笑着走进帐内，大声道，“现在可以见识一下改良过后的药效吗？用来试药的人都已经找好了。”

试药？美仁惊诧地抬起头直视景升，这个浑蛋拉她过来是要试什么药？

隔着面具，美仁看不透景升。

不一会儿，帐内所有人都出来了。

除了赵王爷和陈汝生未戴面具，其他人全都戴着面具，而且全是黄金面具，美仁除了能辨别出明经堂、鱼海浪和景升，对另外三人的身份都很好奇。

她一直跪着，直到一行人走出数十步之遥，她以为他们无视了她这个“小人物”，以为自己安全了，岂知景升突然顿住，回首大声道：“你，过来！”

心中一凉，他又搞什么鬼？他们几个都不当她是一回事，他怎么还不放过她？看来只有听天由命了。

在美仁就要跟上之时，景升突然开口道：“待会儿由你分药，好好地跟在后面。”

分药？那是什么？

美仁恭敬地行了一个跪礼，心中记下这笔账。

“二弟，走快点吧。”这个声音，美仁忆起来了，这才是那个要她命的黄金面具。他为何唤景升为二弟？明家的长子明景轩不是早就死了吗？若是之前她没听错，那个赵王爷可是叫他轩儿，而她那个无缘见面早已去世的大哥，名字不刚好就是明景轩？

一个匪夷所思的推断在美仁的脑中形成。

若那晚要她命的真的是明景轩，那么明经堂也知道他要杀了她？

美仁下意识地紧咬了咬唇，随着他们来到练兵场，东南西北角各立着一个石柱，场上左侧摆放着一排桌椅，正中铺了好些软垫。

他们一个个依序就座，美仁只得静静地立在景升身后。

不一会儿，八个面戴白色面具身着白色衣衫的士兵在正对面一字排开。这时又来了三个士兵，这三个士兵未戴面具，有一个共同特征是又瘦又小，面色青肿，眼窝下陷，却炯炯有神，若是风大些，这三人有可能就要被风吹跑了。

之前，陈汝生离开了一会儿，等他再出现，手中多了一个盘子，盘子之上有三个瓷瓶。

为何这三个瓷瓶这么眼熟？对，她想起来了，她见过，在蓝家的密室里见过，当时蓝德宗说这是烘焙茶叶的秘方。

“你还愣在这儿做什么？还不快把药分下去。”

她不能确定说话之人是否就是她无缘得见的“大哥”明景轩，恭敬地上前端过那个盘子。

这药是分给那三个人，还是分给那八个人？

她抬首偷偷望了望景升的方向，却见他一直低着头不看她。她咬了咬牙，将三瓶药送到那三名又瘦又小的士兵跟前，瞟了一眼那三人身上的令牌，一个叫王勇，一个薛德光，一个叫曾少同。这三个士兵一见着那药，情绪异常激动，连忙从她的手中夺过去，拔开塞子。

从那瓶中倒出的是一粒艳红的药丸，那颜色就好像是她先前看到的龙奇果。那三人一口将药吞下，接着相互之间对笑几声，双拳紧握，一会儿屈臂出拳，一会儿弯腿扎马步，三人轮流武弄一番，弄得她莫名其妙。

“谁先来？”又是她的“大哥”明景轩开口。

“属下先来。”说话的是离美仁最近的薛德光，嫌美仁挡着他的去路，他粗鲁地一把将她推开。

美仁被他这么一推，猛地往后跌去，跌坐在地上。被推倒后，她并不急于起来，而是怔怔地望着薛德光发呆，这人看上去瘦弱无力，为何会有这么大的力气，看似无意的一推，便将她推倒在地？

“王大川，药发完了该回哪儿就回哪儿。”景升对着她朗声道。

美仁顿觉失态，急忙爬起身，回到原处，静静地立在景升身后。

她瞪大了双目，看见推开她的薛德光立在武场中央，以手拍了拍自己的胸脯，对着正对面的那八个人，说了一番豪言壮语，那八人便大喝着一起冲向他，有的抱他的腿，有的抱他的胳膊，八人分别从他的前后左右攻击他，可他就像磐石一样定在那儿一动不动。

明明是个看上去不堪一击的人，却有这么大的力量。

美仁的目光落在那三个瓷瓶之上，奥妙就出在这里。那瓶子里究竟装的是什么药？

思忖之间，只听薛德光狂吼一声，将缚束着他双臂的四人震开，而抱着他腿和身体的另四个士兵也不例外，全数躺在地上呻吟。还有最后一人在死撑着，薛德光忽地将那人高高举起，再次大吼一声，转个身猛地将那人摔向一旁的软垫之上。

只听啪的一声，那人的白色面具抛了出去，跌在地上摔成两半，便见他神情痛苦地瘫在软垫上，嘴角还溢出丝丝血迹。

“好。”坐在椅座上的几位大人声声叫好。

“来人，拖下去。”明景轩再次起身，大声道，“下一列。”

这声令下，薛德光退了下去，王勇站在了场上，而他的手中多了一把刀。这时，传来一阵铁器摩擦的声音，又是八人，这八人同样身形高大，且均身着铠甲，左手持盾，右手持刀。

美仁的身体微微晃了晃，这王勇不是要凭一把单刀与那武备齐全的八名士兵比试吧？

果然，男儿厮杀的吼声响起，那八人冲向王勇，铠甲上的金属片摩擦声阵阵，让美仁不禁为王勇捏了把冷汗。转眼之间，八把刀全数架在王勇的头顶之上，而王勇仅以单刀顶着，眼见着瘦小的身体就要被压下时，只听锵锵锵几声，那八把刀竟然同时被震开，王勇嘶吼一声，举刀向那八人冲去。不一会儿，那八人手中的刀一一被王勇砍断。王勇的刀抵在其中一面盾牌之上，将那持盾的士兵逼得连连退后，那名士兵被逼得抵在一根石柱上，由于王勇的力道太大，锵的一声，他手中的那把刀应声而断。

这再一次让美仁惊诧，王勇像发了疯似的，扔了手中的断刀，一把扯住那士兵身上的铠甲，片片铠鳞抖动，只听他大喝一声，那人身上的铠甲竟被硬生生地给扯了开来，而王勇的双手早已血流一片，他居然还不知道痛。他正欲举起那人，这时被冲上来的另几个士兵团团围住，双方手中都没了兵器，撕扭成一团，几个人影交错，一会儿铠甲一会儿白衣，甚至可以看到血肉飞溅。

望着这等肉搏的场面，美仁挑了挑眉，直觉太阳穴猛跳。她垂下头，总算明白了这些士兵都是用来试药的，一种神奇的药，可以让人莫名地力气大增。他们究竟要做什么？

一阵掌声响起，美仁抬首，方见除了“明景轩”，还有身旁的景升、赵王爷，他们齐齐鼓掌。

王勇行了一个军礼退居一旁，而他身穿的白衣上染着一大片触目惊心的血迹。那八名士兵早已伏在地上不住地呻吟，身上的铠甲也东一片西一片地散落在旁，身上全都染了血。

就剩下曾少同了，他早已在场中央候着多时。

明景轩缓缓起身，尚未开口，便被那赵王爷截断，指着美仁道：“你，去和他比试。”

只顾着盯着自己的脚尖，美仁没有意识到那赵王爷指的人就是她。

“王大川，你还愣着做什么？王爷叫你去比试。”“明景轩”厉声喝道。

回过神，美仁才知道祸事临头，还好反应迅速，连忙上前，单膝下跪，以手捂着嗓子，以示听令。

“明景轩”命令道：“这里还有一粒，吃了它，你下去和他比试。”

“且慢。”这时，一直不曾出声的景升忽然开口道，“将军，若是我没记错，‘他’已经服过药了。”他转身，开口又谦和地问药鬼陈汝生，“前辈，‘他’是服过药的吧？”

药鬼捻了捻胡须，道：“是的，待龙，他昨日才服过，此药不可连续服用，需隔三日，否则将会暴血而亡。”

原来“待龙”指的便是已服过药的意思，美仁舒了一口气，幸好没挑错人，否则她要被迫吃那药，就犯难了。

“明景轩”的面具一直面向景升的方向，而后又望向跪在前头的美仁，半晌，方听他一声冷哼：“无碍，既然服过药，那药效尚未过。高指挥使曾骁战沙场，其外甥也定当英勇过人。王大川听命，与曾少同比试，要竭尽所能。这是本将的金权杖，你就拿着它同他比试，记住，要尽全力。”说罢，他将手中的黄金权杖抛向美仁。

美仁丝毫不敢怠慢，紧紧握住手中这根权杖，好沉。

她缓缓起身，慢慢走向场中，面对一脸兴奋提着陌刀的曾少同，想到之前薛德光大力推倒她的情形，还有之前的两场肉搏，她的头皮开始发麻。那到底是什么药，弄得他们一个个如此神力？王大川会不会武功、实力如何，她一概不知，若是她贸然以自己所学相对，必定会露出破绽。

她斜睨了一眼她的大哥“明景轩”，会不会是他看出什么破绽，明摆着就是让她来送死的。看来这场比试绝不能掉以轻心，否则她真的会提前见阎王。

“呀——”曾少同高嚷着举刀向她砍来。

一个侧身，她身手敏捷地避过那一刀。面对曾少同军人惯用的刀法，她只能采取以守为攻，手中的权杖所到之处，始终护着周身，为了防止被他们看出破绽，她不得不学着曾少同胡乱地乱挥几杖，但也奇怪。明明她使的力气已经很大了，但那权杖打在曾少同的身上，却不见他皱一下眉头，似乎感觉不到疼痛。

曾少同的力气还真是大，那柄刀压下来时，她几乎快招架不住。如若再这么下去，她怕要是被曾少同砍死，当下便运起内力，将他猛地震开。

曾少同一个踉跄，往后大退了好几步。很快地，他就站稳身子，一声嘶吼，再度向美仁扑了过来。

置之死地而后生，美仁紧握权杖之尾，直袭向曾少同的胸部，只用了五层的功力便将曾少同逼退，这一招便是学的她的大哥“明景轩”，即便是被他认出了招式，也可以说是见过学会了。

两人纠缠了很久，曾少同的刀始终近不了美仁的身，但美仁也会表现出让他们看来她一直在强撑着防守的状态。曾少同开始变得异常狂躁，出招的劲道也越来越大。美仁并不想与他为难，但他似乎就是与她过不去。为了速战速决，这次她索性装作无力还手，手中的权杖被曾少同给挑了出来，落在地上发出噌的一声响。在曾少同的刀砍下来的那一刹，她也同时顺势佯装向后栽倒。

锵的一声，只见曾少同手中的刀被震飞出去数尺开外。

似乎早已料到，躺在地上的美仁微微偏首，看到是景升，击飞那把刀的正是他射出的一个茶盅盖。

这时，有人从座位上呼一下立起，是“明景轩”。

她在心中大呼一声“糟糕”，他一定看出来是她了。

景升未看向他大哥，也起了身，对着美仁和曾少同大声道：“今日点到即止，王大川败了。曾少同退下，全部都退下。”

曾少同一脸无辜地望了望几位大人，僵着一张脸，行了军礼，终于退下了。守在练兵场上的其他士兵也全部退下，而美仁躺在地上却是一动不动，偏着头望着景升。

坐着的一干人等，目光也齐刷刷地望向景升。

“明景升，身为辅国军师，你最近做事很有失分寸。当真仗着你是我的弟弟，我就不敢罚你吗？”这厉声斥责出自“明景轩”之口。

终于，明经堂也忍不住开了口：“升儿，你这是什么意思？”

离开座位，景升在他们面前单膝跪下。

“来人，将他拉下去杖责二十军棍！”明景轩怒吼一声。

二十军棍？美仁咬了咬唇，手尖一阵莫名的疼痛，那种痛直袭心口。景升的伤尚未痊愈，若是再受这二十军棍，就可以直接去见阎王了。亏他方才还叫他一声二弟，到底有没有人性？他不可能不知道自己的弟弟身受重伤，何况那伤还是被他打出来的，竟然还这么无情地要置他于死地。

没人性的明家人。

美仁咬着牙，撑起身，捡起黄金权杖冲到明景轩的面前，跪在景升旁边，将权杖高高举起，无声地阻止了他的命令。

鱼海浪与另一位不知身份的人，对冲过来领命的两名士兵挥了挥手，两人领命又退了下去。

景升沉声道："精心挑选的十六名精兵全败，证明药鬼前辈这次新配的药比上次的更强。之前药鬼前辈一直有所犹豫，眼下，事实已证明这一次配出的药效是最好的一次。王大川一直都被曾少同的气势所压，方才最后一刀，若不是我出手相救，结果是可想而知。我之所以出手，是不想失去高指挥使这样的良才。如今正是用人之际，既然已经得到了想要的结果，恳请将军及各位大人，今日之事就此作罢。"

景升句句在理，字字铿锵有力。

场上一片寂静。

未久，只听一个一直未曾响起的男音道："将军，辅国军师说得有理，不如今日就此作罢，还有更多的事有待操劳。"说话的正是当今郑国公主的夫君，驸马都尉王贻永，也是先太子太傅王溥之孙。

"将军，我们还有更多事要办，如今时间紧迫，结果已出，不必再浪费精力在这种事上，看在我与驸马爷的面子上，今日此事作罢。不是还有将军让人新打制的兵器要看吗？"说话的这位是曾任宰执后被贬为兵部尚书的卢多逊之子卢雍。当年他父亲受牵连，弄得家破人亡，最终客死异乡，若非楚王搭救，或许他卢雍还不知在何处漂泊，或许最终也与他父亲一样，沦落到无人收尸的地步。

赵王爷与鱼海浪连忙圆场。

明经堂启口："轩儿，正事要紧。让他们都退下吧。"

接过权杖，明景轩冷扫了一眼景升，喝道："明景升，我现在不想看到你，给我滚下去！"

"属下遵命，属下告退。"说着景升颔首起身，面对其他人一一行了礼，沉声对美仁道了一句"跟我走"，便大步离开。

美仁跟着告退，识趣地跟着景升离开。

［二十八］夷山脱险

她跟着他，一前一后，竟是去种植龙奇果的田地。他们穿梭在一株株龙奇果之间，每一株龙奇果约莫一人之高，美仁双手要不停地拨开像扇子一样的叶子，才能跟上景升的步调。

望着片片硕大的茎叶，她对那艳红的果实很好奇，它约莫有杏果一般大小。她忽然觉得这东西很眼熟，长得很像天一谷里的一种植物，只不过他们天一谷会将那果实制成用以治疗伤口、提神醒脑的药材，果实是酱红色，没有这么红，茎叶也没有这么大，最高不过刚及膝下。

像，真的很像。

顿住脚步，景升回首望向美仁，她正盯着龙奇果发呆，于是道：“欣赏完了？”

隔着面具，美仁反讥：“你早就知道是我，对不对？”

“你想让人认不出你都难。根据军令，王大川今日应当守山，不到太阳落山时分，是不能回营的，以他的身份根本没有资格进入这片种植区，而你一出现，便是在那里闲晃，若不是其他人都在忙，你早就被抓去以军法论处了。也不知你走了什么运，竟能碰见王大川的亲舅舅高远，哼。”

原来那人真是王大川的舅舅，难怪高远一见着她就一副紧张兮兮的模样。

“这叫吉人自有天相。”她顺手摘了一颗果实下来在手中把玩，忍不住问道，“你究竟是何时发现我的？”似乎她一有何动作，他都会知道。

“在你上山的时候。”

“我没见着你跟着你爹和鱼三叔一起上山。”

“途中有事，稍微耽搁了一会儿，没与他们同行，倒是见着你把王大川敲晕了，剥了他的衣服。”

“喂喂喂，注意你的措辞，别把我说得像你这种登徒子一样，意图对一个姑娘家不轨。上次在……”

“上次在什么？”

说完，美仁便后悔了，她怎么会又想起那件事，脸上一阵燥热，幸好有面具遮掩，不然真不知该如何面对。

“没什么！没什么！”她急忙断了景升的问话，举起手中艳红的果实道，“这就是龙奇果？就是用来炼制他们三人方才所吃的药丸的药材？那这个又是什么？”从袖中滑出一个瓷瓶，举在他的面前，这瓷瓶正是她方才顺手牵羊牵来的，问话的目的不是问方才的药，而是眼前的瓷瓶。蓝家密室中整整齐齐摆放着的一口口大箱子里，装的正是一模一样的瓷瓶。

“方才你亲自端的药，不都看到了吗？”他回道。

“明景升，我知道你是有意的，你有意领我去偷听你们讲话，有意让我亲眼看看这瓷瓶的秘密，有意带我来这里。”

“你也知道？不这么做，你会善罢甘休？”对，她说得没错，他就知道这么多天，她除了躲他之外，是不会放弃对这件事的追查的。从上山时见到她跟踪爹和三叔的那一刻起，他就决定与其让她一点一点慢慢查下去，倒不如索性让她全部都知道，这样至少他可以不用再去担心她随时都会没命了。

“换作是你，你也不可能放弃的。”她回道。

他看了她一眼，转身继续向前。

她追上他，挡在他身前，又道："但在蓝家那间密室里，箱子里装的瓷瓶，你可记得你当时说的是什么吗？是晒茶粉。今日我手中的这个瓷瓶与当日的一模一样，可从里面倒出来的又是什么？你还会说是晒茶粉吗？"

望着她手中的瓷瓶，他双唇微抿，夺下瓷瓶，牵过她的手腕，道："想知道，就跟我来。"

一言不发，她任由他拖着她继续前行。

沿着这曲折回旋的龙奇果田地，美仁只觉得被景升牵着手走了好久好久，还没走出这片种植地。一路上，隐约见着那些采摘药果的白色面具，一晃眼却又全失去了那些人的踪影。

"明景升，你究竟要带我去哪儿？还有多远？"她忍不住开口。

景升依旧没理她，抓着她的手握得很紧，生怕手一松就再也抓不住了。美仁咬着唇，就在愤怒快要爆发的边缘，景升终于停下步子，松了手。

美仁立在一株龙奇果后，又见到木护栏与铁网，似乎是离开这里的另一个出口，相较之前她上山时的那个入口，人要少些，只有几个白色面具不停地挥动着手中的铁锤，正在将这个出口封住。

"待在这里别动。"他对她轻声道了句，越过眼前这几株龙奇果，身影奇快，便点了那几人的穴道。

美仁微微张了张嘴，不明白为何他要带着她绕了这么远的路，以他的身份，想要离开这军营，何须以这种手段，为何不找个借口从原来的入口光明正大地离开？

"走。"他回头拉过她，很快两人便越过那护栏，直到远离那片禁地，二人方停下。

隔着面具，美仁疑惑地望着景升。

"为何不从原来的路出去？"他知道她在想什么，这时想必大哥早已下令封锁那个出口，若是让大哥抓住她，只会将她困在这里，怕是要想离开这里，也只能等到八月初六的清晨。若是情况严重，大哥甚至会杀了她，所以他不能冒险："哼！你当大哥认出了你，你还能这么轻易地离开这里？就算爹想保你一条小命，也只会力不从心。"

"你大哥不是已经死了吗？不是英年早逝吗？为何会成了什么将军，他原本不是军器监丞吗？"

景升未应她，伸手摘下她的面具，道："把衣服脱了。"

"你想干什么？"美仁紧张地双手护胸，紧紧地护住自己的衣襟。

"你不觉得你穿这身衣服很恶心吗？还是你喜欢穿这种衣服？要是喜欢，

明日我命山上所有兄弟将衣服全部换下，全送给你。”景升戏谑道。

一经提醒，美仁这才想起她身上穿的是那个王大川的衣服，一想到王大川那副骇人的模样，她连忙将身上令人作呕的衣服脱下。

“喏，你的衣服。”景升递过一套衣服给她。

“你怎么连我的衣服也窝藏了？色胚子！”美仁忍不住啐骂。

“一直以为你做事都很谨慎小心，今日才知道你这么没脑子。”景升反讥，不忘伸手轻戳几下她的额头。

美仁挥手拍开他的手，越过他，在一棵树后见到王大川，王大川还在昏迷中。美仁环顾四周，这里离之前她击晕王大川的地方很近。也是，当时她击晕王大川之后，只顾急着往禁地去，倒忘了将他藏得隐蔽些。

景升将王大川的衣服给他重新套上，一切稳妥之后，便对她道：“快点离开这里。”

“等下。”美仁从怀中取出银针正要往王大川的风池穴刺去，被景升连忙阻止：“你想做什么？！”

“我要洗掉他的记忆，若是他醒来，记得你我之事，怎么办？”

“不必了，他不会想起来的。”

啊，原来他已经先下手为强了？

她撇了撇嘴角，没了面具的遮蔽，对着景升脸上的黄金面具，她心有不甘，伸手也摘了他的面具，道：“这个面具送我。还有，你还没说你大哥为何诈死？还有晒茶粉。”

景升勾了勾唇，十分自然地又牵过她的手，道：“先离开这里再说。”

这次她倒也安静，没有挣扎。

景升一边走着，一边与她说着。

“这漫山的龙奇果就是用来炼制增强兵力的‘奇药’，一直以来，都是做成药粉，入水即溶，且无色无味，不易察觉。寻常人吃了之后，气力会比之前增加几倍，就像你方才所见到的，以一当十，即便是被刀剑所伤，也感觉不到疼痛，肢体麻木；若是习武之人吃了，内力会增强数倍，与武功相当之人相战，对方必死无疑，这也是为何那夜向昕很轻易地就败于我哥手下。”

“你大哥也有服这药？这龙奇果不会给人体造成什么伤害吗？王大川，还有那几个人，我明明见着都是一脸死症。”她不解。

“嗯，是的，你说得没错，是死症。再来说蓝家出现的‘晒茶粉’。之前死了很多兄弟，就是因为服了那些‘晒茶粉’，也就是药鬼前辈之前炼制失败的药粉。那批药在短期之内可以增强气力，但过不了多久，他们就会一个个面如草色，浑身无力，身软困乏，快则三个月，最多撑不过半年，全都死去。”

药鬼前辈这次炼的药，不知会不会再有问题，会不会再有人死，一想到这个问题，景升便深皱起眉头。

“你们有没有想过，拿这么多活人来做药人，会遭天谴的。”

“试药的那些兄弟都是心甘情愿的，没人逼他们，他们都知道试药失败后的后果。”

“哈，心甘情愿？真是难以想象，这世上竟会有这么多心甘情愿白白送死的傻子。”

景升皱着眉看向美仁，叹了一口气，道：“有些人却是值得这么做，值得为他生死相随。”

“值得？都是为了那个楚王？若是我没听错，你们口中的楚王应该是当今圣上的大哥赵元佐。那日在树林里，你我救下的那人应该就是当今的圣上赵恒。而你们如今所做的一切，夷山之北荒地上的一切，是为了将楚王推上皇帝的宝座，对不对？”

景升笑而不答，牵着她大步往前走着。

明经堂曾救过当时还是太子的楚王赵元佐一命，后两人成了莫逆之交。赵元佐收了明景轩为义子，这是明家三生修来的福分。明景轩也因此进入了自幼便想去的军器监。赵元佐待明景轩就像是待自己的亲生儿子一般，但他与明经堂都是为人处事异常低调之人，明景轩也是性情沉稳，并未宣扬此事，故而知道赵元佐收义子一事的人寥寥无几。

明景轩是明经堂这一生的骄傲，相貌俊朗，文武双全，只可惜好景不长，身为太子的赵元佐被废，秦王赵廷美被先皇赐死，那口气傲慢的赵王爷便是秦王的胞弟，曾任军器库副使的赵廷俊。秦王被赐死，他也逃不过，明经堂费了好大的力气才将他给救下，从此这赵廷俊也过着见不得光的日子。当年忠于秦王的殿前都指挥使李继勋、中书堂吏赵白、秦府孔目官阎密等全数被斩，宰执卢多逊大人被流放至崖州，后客死异乡。

当今太后，原为淄州刺史李处耘的次女，性恭谨庄肃，无庶出，抚育诸子及嫔御甚厚，却相当偏爱赵元佐。因秦王之事，元佐佯装疯癫，烧了东宫，太子被废。之后，新皇登基，李太后沉寂于深宫大内，整日郁郁寡欢，元佐那些命尚在的忠心部下及明家的支撑，才重燃她心头那团火。

助楚王赵元佐夺回皇位是明家人肩负的使命。明景轩进入朝廷之后，更是得到王钦若的赏识，被他收为门生，官职一升再升，但为了义父，他甘愿放弃似锦的前途，以诈死的方式脱离了朝廷，从此这世上再没有明景轩这个人。依他的话说，如今他就是弄得人不像人鬼不像鬼，待到可以重见天日的时候，便是楚王登上皇位的大日。

夷山之北的荒山便成了他们储存兵力的宝地，外有李太后、驸马都尉王贻永及当年秦王府卢府等众多忠心部下的追随，还有余在朝中势力的支撑，内有明家的财力，一切都在隐蔽地顺利进行之中。

但最可笑的是，楚王赵元佐并不这么想，他没办法选择出身在皇家，但他可以选择远离皇家，当初他装疯就是想逃离世间权力最大、最富有、最无骨肉之情的帝王家。所以他失踪了，在那么多忠心的部下谋划着为他夺回王位的时候，他失踪了。

这一切，美仁虽了解得不是很详细，但通过之前在主帐内及练兵场上听他们所说，加上景升爱理不理的回应，拼拼凑凑，至少有了一个大概的轮廓。

“真是越想越糊涂了，在我看来，明明你们都很想杀了赵恒，可你为何还会出手救他？若那日他死了，今日你们不就可以不用这么劳神劳力了吗？”

景升点了点头，道：“杀赵恒不是最终的目的，最终是为了夺权。爹当初收到消息，先行离开蓝家就是为了去寻找楚王，只可惜他还是慢了一步，楚王已经先他一步离开。据探子回报，那日，我们会在那个树林里遇上当今圣上赵恒，是因为圣上早就知晓楚王会在那里出现。圣上十分想念他的大哥楚王，四处打听，才探得楚王在朱仙驿，只可惜楚王谁都不愿见，避着他，同样也避着我们。那日也是因楚王念及旧情，不想伤了当今圣上，我只是奉命阻止大哥派出的人动手罢了。”

美仁皱着眉心，快速消化景升的话，然后忍不住反讥：“当事者都不愿去争夺那狗屁劳什子王位，你们还要强逼着他谋反，不是狗拿——”

景升及时阻断美仁下面不太文雅的话语：“你当然不会明白，有时候我也不明白。夷山之上的两万精兵，还有散在燕云十六州及边关的更多待命的将士们，都是忠心追随楚王的。与辽征战多年，在瀛州辽人击败宋军，生擒大将康保育，紧接着是齐州、淄州，大掠而归。当今圣上赵恒生性软弱，怯懦畏敌，楚王相较于他，会是个更好的明君，但是我们有许多的身不由己……”

“身不由己？我又不想阻止你们的身不由己，但这关蓝家何事？关向昕何事？关苏素何事？关我何事？何以要扯上这么多无辜的人？”

“以明家还有其他势力的支持，养活夷山那么多兄弟，还是有些吃力，但多了蓝家还有江南的一些商贾便不一样，多一人便多一份力。蓝家在淮河南北的势力不容小觑，蓝德宗家里的药也不过只是一个批次，原本就是命他销毁的，只可惜这人太过贪心，反而将那批理应销毁的次品龙奇果药粉私自留下藏了起来。早在此前，我们就已经收到消息，他要将这批药粉卖给契丹人，而我爹只是借用贺寿之名探查真相，找出他背叛的证据。若不是向昕揭了他的密室，或许要等契丹人入主中原，我们才会知道，到时那么多忠心的兄弟的命就全都没了！”

“所以蓝德宗不能留，那造成蓝家灭亡的间接凶手，就是向昕？这一切说来是多么的理所当然。难怪朝中没有人敢查蓝家遭人灭门一案，难怪这件事就这么草草结案，原来都是被你们这团势力给压下了，呵呵……”美仁讥笑几声，语调中除了嘲讽并无多余情绪，“是你说出去的，是不是？如果不是你说出去的，他们怎会知道蓝德宗私藏了那批药？”

景升笑了笑，道：“我爹为人处事，事事小心。蓝家知道这么多事，他自然不会任由蓝德宗羽翼丰满，所以他早就在蓝家安插了探子，回报实情的也绝非是我，根本也不需要我如此多事。”

反正，她与向昕都被搅进了一桩密谋叛乱的行动之中，为了成就楚王夺回皇位，所以向昕唯有一死。若要他不死，除非他收手，要想他收手，除非他死，这根本就是死结！

景升忽然顿住脚步，回首问道：“明家……与向昕你会选谁？”

一直沉浸在自己思绪里的美仁未留意，一头撞向景升，摸了摸被撞痛的鼻子，抬眸便望进一双饱含忧郁的深邃黑眸之中，她的心莫名地一阵慌乱，匆忙垂下眼帘，道：“你方才说了什么？”

“没什么。”之前的话一说出口，景升就有些后悔。他竟然在害怕她会选择向昕。

其实美仁听见了他的问话。她轻睨了他一眼，为何他也会问这种听起来很蠢的问题？向昕曾经问过，当时，她开玩笑地说是选明家。这种问题真的很蠢，但一深究，她竟不知道该如何回答。

她不想昕大哥死，虽然恨明经堂，讨厌明景璇，更讨厌眼前这个身为她二哥却多次轻薄她的男人，但她不想看着明家家破人亡。他们口中都念着八月初五，那日之后谁也不能料着结果会是怎样。

她忍不住地问道：“八月初五，你会以什么身份出现在王钦若的府上？明家二公子，还是黄金面具？”

“不知道……”他伸手抚了抚贴在她脸颊上的乱发，她的身子明显一僵，不着痕迹地避开，他伸出去的手僵在半空中许久才收回，“后天就是乞巧节，听说那晚会有烟花，前些日子你也在竹芙园里憋了很久，出来散散心吧。”

“哦……”她真的有太久没有看过烟花了。

“过完乞巧节，你陪景璇他们先离开京城，去杭州，还有我二叔、如妈，我已经安排好了，过了八月初五，待一切事成，我们会尽快派人再接你们回京城。”

美仁不怒反笑，轻嗤一声道："明家没有人了？若不是我突然出现在明家，你们就不会找其他人护送？你身边的人不是很多吗？"

要回杭州，她是怎么也不可能带着明景璇一起上路的。

"我信你。景璇同样也是你的妹妹。"他不是神仙，他不能肯定那一战楚军就一定会赢，甚至他还有一种不祥的预感，但无论怎样，他都希望她平安无事，不要再深涉这件事了，不要再留在京城这个是非之地，走得越远越好。二叔、景璇只是一个让她离开京城的借口，但他知道这个借口真的很烂。

"不要！妹妹又怎样？我讨厌她，若是让我护送她上路，说不定因为她那张没有遮拦、不讨人喜的嘴巴，我可能会杀了她。反正我体内那股子邪劲时不时就会发作，她惹了我，我一定会控制不住地杀了她。再说了，你不是在帮她挑夫家吗？那就找个可靠的人，把她嫁出去不就一了百了？"

一提到景璇，她便会像一个抢不到糖吃的小孩，或许她在内心深处一直认为，景璇的身份地位应该属于她才对，只可惜，她一日都未曾享受过，所以这种感受转变为很强烈的妒忌，偏偏她还故作清高，很不屑的样子。

景升轻笑出声，轻捏了一下她嘟起的粉颊，却被她恼羞地以手挥开。她以手在他的胸膛上重重地推了一下，跑开了。

望着那飞快离去的身影，景升笑意更浓，紧随其后。

［二十九］姻缘乞巧

自那日随景升离开夷山，美仁就知道了一切她想知道的。把玩着手中的黄金面具，她满心想的都是八月初五那晚会怎样，她还不能离开，八月初五关系着太多人的性命，但她真正关心的似乎只有两个人，一个是怡素，一个是向昕，可是想着想着，内心担忧的似乎不只是两人，还有明家的人……

她多么希望八月初五那日永远不要到来，让时间就此停止吧。

日子好似度日如年。

这日才到七月初七乞巧节，传说中牛郎与织女相会的日子。

今晚会有烟花，景升派人来请美仁一同去赏烟花。她直接回绝了，牛郎和织女相会与她何干？她又不是织女，他又不是她的牛郎，她干吗要陪他去赏烟花，她宁可静静地守在竹芙园里。

夜幕降临，原本大家都期待能够在这样的节日去赏烟花，侍书和奉剑却见着少主毫无动静，也不敢多嘴，只能私下里按传统仪式拜织女。

朦胧的月光下，在这个充满浪漫气息的夜晚，两人抬了一张竹桌，在桌上置了茶酒，摆放了水果、五子（桂圆、红枣、榛子、花生、瓜子）等祭品，又将白日里采摘的几朵鲜花，束以红纸，插在瓶子里，花前还置放了一个小香炉。

她们悄悄地拉了蓝希凌一起斋戒一天，沐浴停当，一人焚上一炷香，在桌前跪下，虔诚地礼拜，向天上的织女仙子默念自己的心事，祈求织女仙子能赋予自己聪慧的心灵和灵巧的双手，让自己的针织女红技法娴熟，更祈求自己的姻缘巧配，能够嫁个如意郎君，早生贵子，过上幸福美满的生活。

美仁在见着这番情形后，觉得可笑至极。

侍书与奉剑强拉着她在桌前跪下，递给她一炷香，要她在心中许个愿。

不知为何，她手中高举着香，拜了三拜，许了个愿，插在香炉上，一阵晚风吹过，却莫名地灭了。侍书与奉剑的脸色一黯，瞪大美目，两人抓紧双手，不禁捏了一把冷汗。

“什么狗屁拜织女！若是上天的神仙真能听见凡人的心声，为何人间还有这么多的痴男怨女？”美仁冷嘲热讽一番，伸手便将插在香炉内属于自己的那炷香拿出来掐断，随手一掷，怒气冲冲地回了自己的屋子。

一直安然无事也不敢无理取闹的蓝希凌，终于忍不住了，追着美仁回到屋子，大骂她：“你根本就是个冷血无情的人！自私，卑鄙，虚伪，阴险，狡诈，残忍，又怎么会懂得牛郎织女爱情的真谛，像你这样的人根本就不配得到爱。”

她不懂什么叫爱？她不配得到爱？

“我不懂他们爱情的真谛？那牛郎与强抢民女的恶霸有什么分别？偷藏织女的衣裳，令织女不能回天庭，为他生儿育女，这算什么伟大的爱情？论自私卑鄙，他牛郎一点儿都不弱，根本就是一个猥琐小人。织女喜欢被囚禁受虐，还怨王母娘娘棒打鸳鸯？这简直就是个笑话！你们还信以为真，竟然向他们祈求什么狗屁爱情！”

“你……”蓝希凌一时间无言反驳。

“再多说一句，我就杀了你！滚出去！”

蓝希凌含泪转身而出。

侍书和奉剑两人守在门口吓得大气不敢出，想安抚美仁却不知如何开口是好，忽然又觉得她的那番话很有道理。

蓝希凌的一番话，犹如一枚火石投在美仁的心窝，一时间炸了开来。她怎么不懂了？她曾经问过悦姨，喜欢一个人的感觉是怎样的，悦姨说她没有喜欢过人，所以不知道那样的感觉，但是听别人说过，那就是心中每时每刻都充满着你喜欢的人的身影。

她要是不喜欢昕大哥，为何心里念的总是他？为何一遇着与他有关的事，她就会失去常性？她一直担心他的生命安危，担心他有没有风餐露宿……这难道不是爱？那这是什么？

或许是这两日封闭压抑的日子，让她终觉得厌倦，还有方才的拜织女让她几近疯狂，所以她决定今夜出去走走，去见识一下牛郎织女之间所谓的爱情真谛。

既然牛郎织女一年一度才能相会，或许她也可以碰上她想见的人。

最开心的莫过于侍书与奉剑。

蓝希凌被美仁骂哭之后，听到这个消息，脸上也稍稍露出一丝笑容。一夜之间，家破人亡，没了向昕的保护，如今无依无靠，被仇人深锁在这个园子里，还要装成一个时醒时疯的人，她的痛苦谁能明白。

一行四人，到了全京城最热闹的市集。整个京城的上空被万家灯火映照得通明，仿佛白昼一样。

到哪里都有小贩们的吆喝声，人头攒动。

美仁俊朗的公子扮相，让很多姑娘家频频回首，以扇子遮面围作一团暗暗嬉笑，遇着有些大胆的姑娘，甚至故意佯装被挤得撞向美仁。蓝希凌、侍书和奉剑则引来很多男子的目光。这样她们四人身边的人越挤越多，美仁再次皱紧眉头，她很不喜欢这种人挤人、人贴着人的感觉，不喜欢被这么多人以这种放肆的眼光盯着看的感觉，也不喜欢被女人趁机东摸西摸的感觉。

她寒着一张俏脸，杀出重围，走到一处人稍稍少一些的地方。

“乞手巧，乞容貌，乞心通，乞容颜。

乞我爹娘千万岁，乞我姐妹千万年。”

好几个小孩子一边奔跑着一边唱着儿歌，将美仁的思绪一下子拉回十多年前。每逢这样的日子，娘总是会教她唱一遍，当时她不明白，这歌里究竟是在说什么，说来说去都是在乞求容貌，真的很傻。

渐渐地，她也忍不住跟着轻哼起来。

一旁的侍书和奉剑见了，都抿着嘴偷笑。

美仁意识到自己失态，当下板起脸。

奉剑嗤笑一声拉着侍书跑开了，突然，便听她大叫起来：“快看快看，穿针乞巧。”

美仁顺着奉剑手指的方向望去，不远处，一群女子围着一个老妇人，每人手中都端着一个大红的针线包，每个针线包上都插着一排针。

“走，我们也去穿针乞巧。”奉剑拉着侍书兴奋地大叫着，回头对美仁暧昧地笑，“‘公子’，你要不要也来试试？”

如今她是女儿身的事，在明家也不算是什么秘密了，只有少数的一些人不知道，而这些人也在前不久被一一遣散了。

奉剑这个小丫头，明知故问，她如今一身男装，跑去穿针，不被人骂有病，也会被人当怪物给轰走。

美仁抬起右手，做了个要揍奉剑的姿势。奉剑笑着跳开，顺手拉上蓝希凌，冲进那群女子之中。

美仁立在不远处，凝望着她们三人又笑又叫地穿着针，觉得很匪夷所思，这穿针引线就这么让人着迷？很好玩吗？

正想着，奉剑她们三人回她的面前。奉剑像变戏法一样，将一个大红针线包呈在她的眼前。她盯着那个大红色的针线包，这才看清，上面插了七根针，相邻的两根针的距离在半寸左右。

“干吗？你这是什么意思？”美仁皱着眉头，冷漠地将奉剑的手轻轻挥开。

“试试嘛，若是你连着穿过七根针，上仙一定会保佑你找到如意郎君的，今后一定会有幸福美满的姻缘。我、侍书和蓝姑娘都穿过了，你也试试嘛。这里人又不多，没人会看见的。”奉剑诱惑美仁。

美仁愣愣地望着奉剑手中的针线包，莫名地有些心动。

“这是红线，试试吧。”奉剑再次将线与针包举呈在她的眼前。

接过奉剑手中的两样东西，美仁颤着手，将那红线对准了第一根针，约莫半盏茶的工夫过去了，那红线始终还停在针孔之外，每一次在她以为就要穿过去时，却总是滑过针孔的边缘。

“不穿了，无聊的东西！”美仁猛地将针线包和红线塞回奉剑的手中，转身往前方人潮中走去。

“怎么会这样？少公子剑使得那么好，为何小小的一根绣花针她却应付不了？”奉剑望着手中的针线包，又望了一眼身旁时而清醒时而疯癫的蓝姑娘，连她都是一穿而过，为何少公子却不可以？

侍书以手掐了掐奉剑的粉腮，道：“瞧，少公子生气了，都怪你多事，谁说剑使得好，就一定会穿针，或许少公子从小就没有拿过针线呢！”

“唉！痛！怎么会呢？前阵子你说你肩痛，公子为你施针的时候，我可是看她为你施针的手法很灵活的。”奉剑疑惑。

“针灸的针和绣花针的针是两样东西，怎么可以相提并论？你真是够笨。”侍书再次以手敲了一下奉剑的头。

“唉，若是少公子真的是少公子，该多好……”奉剑喃喃地念着。

奉剑从第一眼见着美仁的时候，心中便欣喜万分，能侍奉这样一位俊朗的公子是上天对她的眷顾。三公子虽好，可是她心知肚明，三公子会收留她与侍书，完全是因为见不惯四小姐老是欺负她们俩。三公子处处留情，对主动投怀送抱的丫头更是来者不拒，这样的男子不是每个女人都会爱上的，最起码，她不会爱上三公子。可是少公子不一样，若是没有二公子被打被罚的那件事，少公子简直就是她心目中的神。也正是前两日无意中知道她是女儿身的时候，她才明白，那个时候的少公子为何会那样无情地对待二公子。

“走啦，发什么愣？再不跟上，我们就要和少公子走散了。”侍书拉过发呆的奉剑，再拐上蓝希凌的手臂，往人潮汹涌的地方挤去。

果然，被侍书给说中了，美仁与她们真的走散了。

在人群里呆呆地走着，被人撞了很多下，美仁却毫无知觉。

她的思绪还沉浸在方才那七根针上，为何那么简单她却穿不进去？难道这预示着她根本就不会有好的姻缘结果？因为她们族的女人都是被下了诅咒的，永远都不会得到真爱。

她自嘲地冷嗤一声，什么姻缘天注定，穿不过那七根针不过是因为她从未学过针线活而已，她始终相信任何事都是事在人为，自己争取了就没有得不到的。

“磨喝乐！磨喝乐！这位公子要买一个吗？”面前的小贩拿起一个小泥偶递至美仁的眼前。

美仁把玩着这个身穿荷叶半臂衣裙、手持荷叶的小泥偶。前几日，她在潘楼街东宋门外瓦子内，看到贩卖的磨喝乐很精致，是以龙涎佛手香雕成的，以彩绘木雕为栏座，红砂碧笼当罩子，手中所持的玩物或饰物也多以珍贵的金玉宝石来装饰，要价更是惊人，一个小小的磨喝乐居然高达百两银子，那样奢侈的玩物也只有富贵人家才能买得起。不过眼前这个磨喝乐是用泥土烧制而成，外表是彩绘的。

“多少钱？”美仁笑着问道。

“这位公子，只要五十钱。”那中年小贩笑道。

“五十钱？”美仁疑惑，平时只要五文钱就可买到，今夜却翻了十倍，难道是因为乞巧节，所以物价也跟着水涨船高？

“呵呵，这位公子，看你有所不知，我林家的磨喝乐与别家的可不同，别看这小小的磨喝乐，每逢七夕节，意义也与往日里大不相同。每年七夕快要来临之际，我与我家娘子只会做五百对磨喝乐仅供七夕这晚贩卖，五百只男娃娃、五百只女娃娃，我与我家娘子会在七夕的前一日去月老祠求姻缘签，这对姻缘签我们也会放在一对娃娃里。只要你的情意能感动上天，那么你与你的心上人一定会得到那对放着姻缘签的磨喝乐。我与我家娘子做这个也有二十年之久了，每一年都会成就一对佳偶，这在京城是家喻户晓，今夜是多少公子姑娘家祈祷姻缘的好日子，看我这摊上也只剩下这最后的几个了。”中年小贩细心地解答。

听闻，美仁好奇地又细看了一下手中的这个男娃娃小泥人：“若真有你说的真这么神，而我又想与我心上人喜结良缘，那我在你刚摆摊的第一刻，就将你所有的磨喝乐全买了，这样岂不省心？”

“公子此言差矣。人人都知道我老林，一个磨喝乐只卖一个客人。”

“那我花钱找很多人来帮我买不也一样？”

“呵呵呵，这位公子，今夜是牛郎织女一年一度相会的日子，寓意是天下有情人终成眷属。公子若是真的有心求姻缘，又何须劳他人之手？若公子真的那样做了，又岂会是真心对待那份感情？月老的姻缘签只给有心人。”那位中年小贩说到最后，一脸很不欢迎美仁的样子，将美仁手中的磨喝乐收回，小心翼翼地摆放好。

中年小贩的话让美仁的心陡然一凉，她到底在害怕什么？

她的心猛地一揪，紧张地抓住自己的袖摆，面色苍白地立在小贩跟前一动不动。

这时又来了三人，两女一男，指着那最后剩下的几个磨喝乐，开心地笑着，对那中年小贩指明要哪个哪个。

还剩下最后一个女娃娃了……

又来了两位姑娘，刚要出手，却被美仁抢先一步。

两位姑娘见着这么一位俊俏的公子哥，却与她们抢一个女娃娃，不由得一阵惊愕、鄙夷。

“借过。”美仁匆匆丢下五十钱，低着头快步离开。

身后依然能听见两位姑娘的鄙夷声。

美仁手中紧攥着那个磨喝乐，一直犹豫不决，是否要打开这娃娃底座下的那道泥封。若是没有，那么她与昕大哥是有缘无分，她会很失望；但若是有那个姻缘签，可是又不能确保昕大哥一定也买了这磨喝乐，就算他买了，那磨喝乐里难道就一定有那个姻缘签吗……

她素来不相信这种东西，怎么会冲动地买下这个磨喝乐呢？

算了，还是扔了它吧。

她举起手忽地又放下，叹了一口气，将它紧紧地握在手中，舍不得扔掉。回首，她这才发现，侍书、奉剑和蓝希凌，早已不见了踪影。

真是要命，这么多人，上哪儿去寻她们？

“你看这个，‘千里挑一，百里挑一’，猜一个字，什么字？好难哦。”

正当美仁凝眉发愁之际，听到一位姑娘家软语，她偏过头，数步之外，一个挂满了灯笼的字谜摊前立着一男一女，两人一看便是情人，手中正拿着从灯笼上扯下的谜题。

美仁走过去，望见这一盏盏红灯笼，不禁想起小时候上元节这天，娘亲会教她扎好多好多的灯笼，每个灯笼里面都会放着一道谜题，猜中一题，娘亲就会做一道菜，猜中得越多，上元节那晚的菜就越多。后来随悦姨去了倚笑楼后，悦姨也会以一道道灯谜来做行酒令。

“千里挑一，百里挑一，什么字千里挑一又百里挑一，没这个字吧？”男子道。

“怎么会没有？人家出了灯谜就肯定有。”女子道。

“是伯字。”美仁浅笑出声。

“千字少一横，百字又少一横，都‘挑’了一，对，是伯字。”那女子兴奋地叫着，抬眸见到美仁这般俊秀的一位公子，顿时羞涩起来，然后回首冲着那老板大声道，“老板，是伯字。”

老板年纪较大，笑着将一柄水墨绢扇作为奖品赠送给了那位姑娘。那位姑娘接过扇子，掩口含笑，对美仁颔首道谢，便随着心上人一同离开。

美仁抬眸，望着满满挂着的灯谜，笑着问老板：“请问谜题怎么猜？”

“哦，一题两钱。”

“若是把所有谜题都猜中了有何奖赏？”

“老朽这里一共有二十道题，若是公子全猜中了，老朽不但分文不取，还会返给公子纹银一两。”

“哦。”钱倒是小事，她只是想玩一玩。

“哥，你看，有些人就是不自量力，还妄想将所有题全数猜中。”

一个刺耳的声音从身后传来，只要一听到那个声音，美仁就会浑身不舒服。

这世上除了她最讨厌的人明景璇之外，就不会再有第二人，而那个被她称作哥的人自然也就是景升了，两人的身后还跟着明飞。

说什么邀请她赏烟花，真是可笑，明知道她最讨厌那个丫头，还好意思约了这个丫头再邀请她。最可笑的是，还想她护送那个丫头去杭州，简直是痴人说梦。

景璇倚着景升，出口便凶道：“又是你！你还真是阴魂不散，到哪儿都能见着你。”

美仁扯了扯嘴角，笑着反讥：“彼此彼此，说到阴魂不散，似乎你更像。这离七月半还有几日呢，没想到姑娘你这么早就出来吓人，真是罪过罪过，敢问姑娘今夜脸上抹了几斤面粉？”

“你——”景璇气得浑身都在发抖，每次遇到这个向美仁，她总是吃瘪。

上次的事不但没让明经堂赶她走，反倒让她成了什么‘义子’，这对景璇来说，是永远难以消去的奇耻大辱。

“好了，在外面就一人少说一句吧。”景升皱着眉头，拦住景璇。

景璇方想再说什么，却被那老板断了话：“几位客官，若是想叙旧，可否别挡着老朽做生意？”

“没见着我们正要猜吗？不然来你的摊子做什么？”景璇对着老板大声说道，见着美仁要离开，伸手拦住她，讥道，“方才不是要猜出所有谜题吗，怎么这么快就想走？”

美仁挑了挑眉，瞅着盛气凌人的景璇，懒得跟她啰唆，正欲离开，景璇却不依不饶：“我爹整日夸你饱读诗书、文采斐然，是世间不可多得的奇才，我就不信你真能如他说的那样。你敢不敢与我二哥比试？这里有二十道题，你若是胜了我二哥，我便从此叫你三声好哥哥。”

好哥哥？

“承蒙明家小姐厚爱，你就算叫我一千声一万声好哥哥，我也不会多长一块肉。借过。”美仁以手推了一下景璇。

景璇一脸怒气，未待发作，景升倒是抢先拦住了美仁，以只有两人方能听见的声音轻道：“遮遮掩掩地都跑出来了，突然要走，很矫情。”

景升忽然一把将她揽在胸前，美仁惊慌地抬眸看向他，他似笑非笑，很难想象方才那句话是从那双好看的薄唇中吐出的。

她挣脱他的怀抱，慌乱地跳至摊前，平复怦怦不停猛跳的心，对景璇道：“不用你叫我三声好哥哥，以后见着我自觉地滚远一点就行了。”

景璇趾高气扬地回道：“好！若是我哥赢了，你要对我行大礼，并且要叫我三声好姐姐，还有，立刻离开我们明家。哥，你一定要赢他。”回首她便扯着景升的衣袖撒娇。

美仁见着顿觉恶心，抬首望着那二十盏小灯笼，方想扯下一条灯谜，却被景升拦住了。

美仁不解，蹙着眉，道：“干什么？不是要比试吗？”

“换个玩法，我挑题，你说答案；你挑题，我说答案。”

“有病。”美仁白了他一眼，一掌挥开他的手，从眼前扯下一条灯谜，大声念道，“一个字，泪，猜四个字。”

美仁将那张字谜递至景升的眼前，景升轻勾了勾唇角，道：“颠三倒四。”

收回手，美仁便将那张字条揉烂了丢还给老板。

“该我了。”景升微笑着取下一个，柔声念道，“七仙女嫁出去一个。”说着将那谜题递给美仁，又是猜四字。

“老伯，看你的样子有点‘六神无主’，放心好了，猜完找他们兄妹俩结账，顺便再多要一些打赏钱。”美仁从那老板手中接过团扇，扇了几下，又扯了一个字谜，正准备要念，却被景璇打断。

“等一下，你方才那个‘七仙女嫁出一个’还没有回答呢，怎么又轮着你问了？”

扑哧一声，明飞笑了开来。

“明飞，你好好的笑什么？”景璇怒瞪了明飞一眼。

“四小姐，七仙女嫁出去一个，不就是还有六个没嫁吗？那不就是六神无主吗？方才少公子已经说过谜底了。”明飞说完，又捂着肚子大笑起来。

“死明飞！你敢笑我，看我不打你。”景璇扬起手，便追着明飞喊打，明飞反应快，跑开了，景璇不依不饶，追了上去。

美仁嘴角轻勾，接着念：“这个简单，猜药名，‘频哭上苍何不应’。”

“苦参、天麻。”

一来一往，还剩下五道谜题，突然，景升在看到那道谜面之后，望了一眼美仁，突然将那张谜题捏在手中，失了神。

突觉异样，美仁抬眸对上他那双幽深如潭神情复杂的眸子，紧张道：“怎么，好好的为何不念了？”

回过神，景升扬着唇，轻轻念道：“眼前但得一分松。猜一称谓。”

听闻，美仁脸色大变，慌张得双眸不知望向何处。

这时，那位老板突然开口：“咳咳，公子，这谜题——”

景升微微抬手阻止那位老板开口插话，直视着美仁，柔声戏谑道：“答不出来，你可就要叫景璇姐姐了。”

这时，景璇揪住明飞的耳朵正好赶了回来，听到这句话，立即松开揪住明飞耳朵的手，高声叫道：“哥，你真的赢了？给我看看是什么字谜她答不出来？”

景璇从景升手里抢过那谜题，兴奋地打了开来，她好奇究竟是什么谜面让美仁败了阵，急急地念着那字条上的字：“驼背老公公，趴在河上弓，人从背上过，船从腹中行。啊？这个谜题他答不出？这谜底不就是我们经常过的桥吗。”

“是啊。明明就很简单。”明飞也跟着应和，两人满脸的难以置信。

“你——”美仁狠瞪了一眼景升，咬了咬下唇，愤然转身，却不想撞上一人，那人当场大叫出声：“你眼瞎了？走路不长眼？就算人多，也要看着点。”

“我只不过转个身而已，一步也不曾迈出，是你先撞着我的，理当赔不是的人是你，你竟然还先出口伤人。”美仁全身火气顿时被激起，发觉这人刚才撞她的时候有问题，随手摸向腰间，大喝一声，“把钱袋给我交出来！”

那人脸色一变，结巴道：“你在说什么？你别血口喷人。”

周围的人开始指指点点。

那人想要趁势逃离，美仁出手就要教训他，不料手腕却被人紧紧攥住。不用回头，她也知道那人是谁。

“你何时才能控制住自己的情绪？”景升道。

“愚蠢！他偷了我的钱，你难道就看不出来吗？”美仁怒气冲天，想抽回手揍那人一顿，景升却不放手。

那小贼一见是明家的二公子景升，十分惊慌，想趁机溜走，突然被什么东西一击，膝下一软，当下便跪倒在美仁脚下。

看着美仁，景升笑问：“近日开封府大牢内的老鼠、蟑螂、蜘蛛都太过寂寞了，你说它们是不是太可怜了，是不是该找个人去陪陪它们、安慰它们？嗯？”

美仁冲他翻了翻白眼，气不打一处来，他居然还有闲情开这种玩笑。

那小贼本以为撞着一只肥羊，孰知遇上个不好惹的角色，一听要将他送交官府，定少不了挨板子，当下磕头连声求饶，急忙将偷来的钱袋双手奉还。

“求公子饶命，小的再也不敢冒犯了。小的上有八十老母，下有黄口小儿，求公子大人有大量，放小的一马——”

美仁冷嗤一声：“我还有十几个如花似玉的老婆要养呢。”

小贼惊愕地抬头看向美仁，嘴角忍不住地抽搐。

拿回钱袋，美仁狠狠地给了那人一脚，大骂一声：“滚！”

她捏了捏钱袋，银子未少，方想离开，却不知突然哪里又冒出来许多人，她被拥挤的人潮挤得正好跌进景升的怀中。

一阵低柔且浅浅的轻笑自头顶上方传来。

景璇见着两人抓着一个小贼，正在争执，看着手中的谜题，总是觉得哪里古怪，于是问那老板：“他真的连这样简单的谜面也答不出来？”

那老板也是一脸的莫名，看了美仁和景升一眼，一副难以置信的模样，不停地摇着头。

急于知道事情始末的景璇，命明飞掏出一锭银子来丢给那老板：“方才发生了何事，你快说，说了这锭银子便是你的。”

那老板一见这白花花的银子两眼放光，笑眯眯地对景璇说："这位小姐，其实那位公子答不出的那道谜题根本就不是老朽出的。"

"什么？不是你出的？那是谁出的？"景璇疑惑。

"不是老朽出的，那谜面是你家兄长自己出的。"

"啊？"景璇惊叫，"他出的？那他出了什么谜面？"

老板笑看着银子回道："眼前但得一分松。打一称谓。"

"这是什么谜题？猜称谓？他真的答不出？"

"这……"老板的眼神有些闪烁。

"说。"景璇又摸出一锭银子。

老板眉开眼笑，接过银子，道："依老朽看，倒不是那位公子答不出，而是不愿答。"

"那谜底究竟是什么？"

"相公。"

"相公？！"景璇惊叫着，这是什么谜题？

景璇望向还在牵扯的二人，一种不敢确定的可能在她的脑中盘旋，不可能，不可能的……心中一种莫名的恐慌升起，她想要冲过去拉开牵扯的二人，却被挤攘的人群挤退了数步，一个踉跄，尖叫出声，不慎跌倒。

越来越多的人涌来，美仁被景升紧紧地护在怀中，憋红了脸，从他的怀中站稳身体，方要挣脱他的手臂，却不想这时空中几声巨响，眼前忽地一亮。

顿时，周围全都沸腾起来，一声接一声，好些人惊呼着涌了过来："快看，是烟花，多美的烟花啊！"

美仁怔怔地抬首，望着夜空中绚烂无比的烟花，一时间忘了挣扎。

砰砰砰——

漫天的烟花在上空一朵接一朵地盛开、散去、消逝，绚丽多彩的光芒映照在每一张幸福的面容上，这一刻人们感受不到烟雾缭绕的刺鼻味道，感受不到震耳欲聋的吵闹，感受不到人潮的拥挤，有的只是洗却了世间繁华的缤纷美丽的光芒。

苍莽天穹，唯有这样繁华的一瞬，有着令人心碎的哀伤……

待最后一朵烟花散去，人群再度喧闹起来，美仁才觉得有些燥热，回过神，人已经被景升拉到一个不算拥挤的地方，整个人都窝在他的怀里，脸庞离他的胸前不过寸许，可以清晰地听到他的呼吸声。

人虽少些，但还是时不时有姑娘家以扇掩面往两人这边挤来，只为了更近地瞧清两位俊俏公子的模样。

美仁挑了挑眉，不顾旁人异样的目光，没有离开他的怀抱，抬眸只是怔怔地望着他发起了呆。

今夜的他，发墨如漆，只以一个玉麟髻束着，身着一件白色云纹锦袍，面如美玉，身若长柳，一双黑眸清清澈澈，宛若夜空里的明星。

除了一副看似有些病歪歪的身子之外，他有着让人捉摸不透的脑袋、俊美的容貌、显赫的家世、卓越的才华，以及一身暗藏得很好的武功，一切看上去都是那么的完美，惹得那么多姑娘家情愫暗生，芳心相许。

这人……根本就是一个祸水……

而她自从沾上了这个祸水，就没法撇得清，越搅越乱，越搅越浑……

那炷香不是灭了吗？不是灭了吗？为何织女还会听到她的祈祷？

在那炷香没有灭的时候，在她没有跪下的时候，她就许了愿，她希望织女赐她一个可以共赏烟花的心上人。可是她在心中期望的那个人并不是他，为何偏偏上天赐给她的却是他陪她赏烟花？难道织女是耳聋眼花了吗？

他是她的哥哥呀……

“怎么了，我脸上有东西？”景升被她瞧得有些不自然，以手在她眼前招了招。

回过神，她忽然又想到什么。

她拿起一直捏在手中的磨喝乐，揭了底下的泥封，身子仿佛被定住一般，因为那里头正露出一折签文的纸角。

“你买了这个泥偶？！”景升松开手，拿过她手中的磨喝乐，抽出那纸签文，方要展开，却被她夺了回来。

“不许看，这是我的。”她颤着手，打开那个签文，那姻缘签上赫然写着：“世间情缘一语间。”

拜神香灭，穿针不过，在她看来，她的姻缘是受到诅咒的，他们天一族的女人是不会有好姻缘的，但上天就好像和她开了个玩笑一样，五百对娃娃里仅有一对姻缘签，居然出现在她抢到的最后一个女娃娃里。

这怎么可能？那另一个男娃娃要是随便被什么人给买了去，那她的姻缘岂不是“千里姻缘一线牵”？万一被一只狗儿叼走了，难道她还要被一只狗儿牵着走……

她在乱想什么？在乱担心什么？她真是够愚蠢，怎么会买这种不可信的东西。

“哥，你在哪里？哥——”

望着景璇与明飞奔过来的身影，她将手中的签文一揉，砸向景升，瞪了他一眼，凶道：“祸水。”

祸水？

景升皱了皱眉，不明白她何以这样叫他。

推开景升，美仁也不知生的哪门子气，决定回竹芙园，至于侍书、奉剑、蓝希凌她们，玩累了自然就会回去。

很快，她的身影就淹没在人潮之中。

景升望着她背影消失的方向怔怔地发着呆。

祸水……祸水应该是在说她自己吧……

他弯身捡起地上那纸签文，展开："世间情缘一语间。"

"哥，你怎么跑到这里？方才人真的好多，我被挤得都跌倒在地，又看不到你，人好多，我好害怕，就怕找不到你了，还有两个该死的登徒子趁机意图对我不轨，还好有明飞在……"景璇语中带着哭腔，说着就往景升身上扑来。

景升的双手一时之间不知往哪里放，犹豫之下扶住她的双肩，拉开些距离，道："都说了这么多人不要出来，你偏偏不听，这会儿被挤着了，又叫人多。"

"哥——"一滴泪从景璇的眸中滑下。

"唉，好了好了，有没有伤着？"

"伤倒是没伤着，就是心里不舒服。"

"回去吧。"

"嗯。"景璇哽咽着，紧抓着景升的手臂不放。

渐渐地，人潮散了，景升任由景璇抓着他的衣袖，缓缓走回府里。

"哥，你手中抓的是什么？

"磨喝乐？哥，你什么时候又买了一个？

"哥，怎么还是个女娃娃？

"哥，这是什么？

"'世间情缘一语间。'哥，这是那个娃娃里的签文吗？

"哥，这个娃娃你哪里来的？

"哥，你自己的那个娃娃扔了吗？有没有扔啊？

"哥，你究竟在笑什么？为何不回答我的话？"

一路上，景璇的问话一直缠绕着景升，面对她接二连三的问话，他选择沉默不语，脸上一直洋溢着一种幸福的笑容。

陪景璇买磨喝乐只是偶然，听完那小贩的话后他也只是一笑而过，孰知，随手挑了一个男娃娃，那封泥里竟然有一张签文，上曰："千里姻缘一线牵。"

他何其有幸，竟然买到了封有姻缘签的磨喝乐。

景璇手中的磨喝乐只是普通的泥偶，里面什么都没有，见他的磨喝乐里有这张签文，异常紧张，甚至要扔了那个泥偶。以往他都由着她，这一次，他却留下了那个泥偶。

扬着眉，嘴角轻弯，笑意尽现眼底。

千里姻缘一线牵，

世间情缘一语间。

“公子，你去哪里了？吓死奴婢了。”刚过德胜桥，在回竹芙园的路上，奉剑见到美仁异常激动。

美仁轻捏了捏她的下颔，笑道：“找了个好地方赏烟花了。”

奉剑悬着的一颗心总算放下了，与侍书二人同美仁笑着说了走散之后的一些窘事，谁叫三位姑娘长得美若天仙，惹了好些苍蝇，好容易才摆脱，还好有惊无险，没遇上什么歹人。

美仁笑着，看了蓝希凌一眼，笑意微敛，将之前从灯谜摊上拿来的一把团扇递给了她，道：“送给你。”

蓝希凌微愣，转瞬之间，便傻呵呵地笑了两声，看似兴奋地接过扇子，不停地到处扇。

“回去吧。”美仁轻道。

离人群愈渐愈远，四人走在幽静的巷内，踩着脚下的青石板，远远地，只有侍书和奉剑手中提着的灯笼亮着。

忽然，美仁顿住脚步。

“怎么了，公子？”奉剑问道。

侍书和奉剑来不及惊叫出声，美仁已迅速点了二人的睡穴，瞬间，两个丫头就软软地倒在地上。

向昕失踪有好些日子了，以他查案的经验，不可能不知道蓝希凌在她手中，既然他想救蓝希凌，也势必会找准最佳的时机才会下手。

不远处，正立着一个高大的身影，那身影越来越近。美仁终于看清了，多日不见，此时的向昕一身黑色夜行衣，满面胡楂，头发也有些凌乱，看上去十分憔悴，疲惫不堪。

“向大哥！”蓝希凌在看清是向昕之后立即奔上前，“你怎么会变成这样？”

向昕未应，以复杂的神情看了看她，未待开口，她便主动将那日的事急急道来。

原来那日她醒来未见着向昕，也不管什么危险不危险，便出去寻他，却没料着，被两个地痞流氓盯上了，若不是那两人欠了赌庄一屁股债，想将她卖去青楼多拿些银两，她可能早就清白尽毁了。之后遇到美仁的事她也如实一并道出，说着说着便泪如雨下。

听完，向昕轻点了点头，说了几句安慰的话，便径直走近美仁，道：“谢谢你。”

美仁嫣然一笑，道：“冥冥之中早已注定，不是我抓的人，也变成我抓了人，眼下，人还你了，若是再弄丢了，可就不关我的事了。”

向昕抿紧唇，想了想，方道：“事情的始末你都知道了？”

“嗯。”美仁轻点了点头。

“八月初五是王钦若的生辰宴，你……会不会去？”

“不知道。”美仁说的是实话，虽然她知道明经堂与王钦若交情匪浅，但八月初五那晚，即便是去贺寿，明经堂也未必会带她去，带景升去的可能性倒是比较大。

其实她也在想着八月初五那晚该怎么混进王府，到时戒备铁定森严，脑中虽清晰地记住了王府的地图，但也得做好万全的准备。

在知道整件事后，她估摸着怡素会是他们的一颗棋子，可是她不明白怡素为何甘心沦为一颗受人摆布的棋子？她会坚持到八月初五，除了要看着那个妖孽一样的妹妹怡素，还有就是为了眼前的这个男人，自从认识他之后，他便让她整日思念。

“离开那里吧，离开京城，有多远走多远。”向昕道。

多日不见，他再也找不着往日那个满眼笑意的她了。她变了，无论是神情还是语调，都变了，她不快乐，没有了在信阳城那些日子里的生气勃勃，神采飞扬。这是他不愿见到的，都是他们害了她。

“这话应该是我说才对吧。”美仁苦涩笑着，“那日话说得那么绝情，何苦今日又这么关心我？”

“我……”向昕语塞，许久方道，“在信阳，为了抓凶手，我曾利用过你一次，所以这一次，无论如何，我都不想连累你。”

他的黑眸之中尽是真诚，这句话憋在心中好久，此时此刻说出来他整个人顿时轻松了好多。他怕再不说，日后就没有机会了。

美仁挑了挑眉，凝视着他不语。

他又道：“万花楼那晚，我说的话都是发自肺腑的，绝无半句虚言。”

盯着向昕许久，渐渐地，美仁的眉梢、眼眸、嘴角，都饱含着浓浓的笑意：“我知道。”

“或许我没有立场叫你离开明家，也许你会恨我，但是请不要把自己牵扯进这件事中。”

“听大哥，都别说了，我不怪你。”

“我……”向昕还想再说什么，却听见打更的声音传来。

“向大哥，有人来了，我们走吧。”蓝希凌拉扯着向昕的衣袖。

他对美仁示以抱歉的眼色，美仁苦涩一笑，看向蓝希凌，他走近她，以只有两人能听见的声音轻道：“牛郎与织女，即便是一年只能见一次面，即便两人之间隔着天地，但相互思念的心也永不会停止。”

倏地，蓝希凌的脸色变得苍白。

向昕的目光中流露出不舍，他还是带着蓝希凌离开了。

对着渐行渐远的背影，美仁忽然大声道：“八月初六清晨，我就会离开这里，永远地离开这里，我会在东水门渡口乘船。”

她的话，向昕一字不漏地听见了，他在心中立誓，若是八月初六的清晨，他的命还在，那就东水门渡口相见。

美仁静静地立在巷中，心中久久不能平静，半晌，方想起还倒在地上的两人。她解了侍书和奉剑的穴道，等着两人醒来，对于蓝希凌的离开与二人突然的昏迷，她随便找了个理由搪塞过去。

侍书与奉剑没有多问，只是默默地紧随着她。

【未完待续】